청소년을 위한

한국고전
문학사

청소년을 위한
한국고전문학사

초 판 1쇄 2016년 09월 30일
초 판 7쇄 2024년 03월 06일

지은이 류대곤, 김은정
펴낸이 류종렬

펴낸곳 미다스북스
본부장 임종익
편집장 이다경
책임진행 김가영, 윤가희, 이예나, 안채원, 김요섭, 임인영, 권유정

등록 2001년 3월 21일 제2001-000040호
주소 서울시 마포구 양화로 133 서교타워 711호
전화 02) 322-7802~3
팩스 02) 6007-1845
블로그 http://blog.naver.com/midasbooks
전자주소 midasbooks@hanmail.net
페이스북 https://www.facebook.com/midasbooks425
인스타그램 https://www.instagram/midasbooks

ⓒ 류대곤, 김은정, 미다스북스 2016, *Printed in Korea.*

ISBN 978-89-6637-474-8 03810

값 15,000원

미다색샤는 다음세대에게 필요한 지혜와 교양을 생각합니다.

—청소년을 위한—

한국고전
문학사

류대곤 · 김은정 지음

— 상고부터 조선까지, 단군부터 홍길동까지 —

추천사

　사람이 사람을 만나서 아무런 생각이 없을 수 없고, 환경이나 시대를 만나서도 아무런 생각이 감정이 없을 수 없는데 이런 생각이나 감정을 글이나 말로 표출한 것을 문학 작품이라고 한다. 문 작품은 개개인이 자기의 생각을 담아 놓은 결과물이기 때문에 개인이 자신을 세상에 알리는 수단 된다. 그리고 문학 작품, 즉 글을 통한 자기 표출의 양상은 다양하다. 문학 작품을 만들어 내는 주 의 선택에 따라 시나 소설, 또는 일기와 기행문 등 다양한 형식이 사용된다. 문학 작품의 내용은 인의 생각이나 감정을 드러낸 것이기 때문에 문학은 다른 사람을 이해하거나 공감하기 위한 통 된다.

　타자에 대한 원만한 이해는 개인의 삶을 풍족하게 만들어 준다. 사람마다 다른 생각과 감정 지고 있는 인간 사회에서 서로에 대한 바른 이해는 개인의 정신적 삶에 있어서나 사회의 건강 습을 유지하는 데에 필수적인 요소이다. 때문에 서로의 생각과 감정이 소통되지 않는 개인의 나 사회의 모습을 상상할 수 없다. 친구 사이에 상호 이해가 없을 수 없고, 가정에서 부모자식 에도 상호 이해가 없을 수 없다. 우리는 상호 이해가 없는 친구 관계나 가족, 사회는 정상적 여기지 않는다.

　문학은 다른 사람을 더 잘 이해하고 공감할 수 있게 해 주는 능력을 신장시킨다. 우리가 살면서 수천 년 전의 이야기였던 『그리스 신화』를 읽거나 『햄릿』, 『전쟁과 평화』와 같은 작 목적은 무엇일까? 그 시대 사람들이 주어진 환경에서 어떻게 생각하고 어떻게 행동하였 고 이해하며, 때로는 공감하기 위해서이다. 우리는 이렇게 다른 시대와 다른 공간에 살 을 이해하고, 작품 속 주인공들과 공감하기 위해 작품들을 읽는 것이다. 그렇다면 서로 지만 우리와 같은 공간에서 살았던 우리 조상들을 이해하고 공감하며, 또 소통할 수 엇일까? 바로 우리의 고전 작품을 읽는 것이다.

　이 책은, 먼저 우리의 고전 문학에서 대표적인 작품들을 선별한 다음 그 작품들을 기 위한 내용을 제시하였으며, 이를 바탕으로 과거 이 공간에 살았던 사람들이 시 에 따라 생각과 감정이 어떻게 달라져 왔는지를 추적한 것이다. 즉 현대를 살아가 사람들을 이해하고 공감하기 위한 토대를 제공해 주는 책이라고 할 수 있다.

이창희 고려대학교

책을 내면서

행복한 삶은 어떤 모습일까요? 사람마다 행복의 기준은 다르겠지만 저는 이런 모습을 떠올리면
복해집니다.

책의 첫 장을 넘기며 침이 꼴깍 넘어가는 소리가 들릴 때,
숫가 잔디밭에 드러누워 파란 하늘과 책을 나란히 올려다 볼 때,
롱초롱한 눈동자가 글자를 따라 천천히 아래로 향하고 입가에 미소가 번질 때,
용한 도서관에 한 발을 내딛고 오래된 책 냄새를 가슴 속 깊은 곳까지 들이마실 때,
밖에는 흰 눈이 소복소복 내리고 집 안에서는 책장 넘어가는 소리가 낭랑하게 번져 나올 때.

이런 모습에서 행복을 느낄까요? 그것은 이 모습의 주인공들이 행복하기 때문이겠지요. 눈치
독자들은 벌써 이해하셨을 것 같습니다만, 저는 책을 읽는 시간이 사람들이 행복한 순간 중 하
생각합니다.

왜 사람들은 책을 읽으며 행복을 느낄까요? 도대체 책이라는 것이 무엇이기에 이것에서 행
길 수 있는 걸까요?

의 모든 존재가 자기를 표현한다. 태양은 빛으로 자기를 표현하고, 바위는 형태로 자기를 표현하
깔로 자기를 표현하고, 구름은 운동으로 자기를 표현하고, 새는 노래로 자기를 표현하고, 공작
개로 자기를 표현하고, 바람은 소리로 자기를 표현하고, 라일락은 짙은 향기로 자기를 표현한
만상이 저마다 저다운 방식으로 자기를 표현한다.

안병욱, 「자기표현」 중에서

있듯이 이 세상에서 존재하는 모든 것들은 자기를 표현하기 마련입니다. 사람들
기 마련이지요. 그렇다면 사람들은 무엇으로 자기를 표현할까요? 이 표현의 수단
할 수 있습니다.

그럼, 책은 무엇을 표현하려는 걸까요? 책은 말로 다 전하지 못하는 파란만장한 인간의 삶을 글로 표현한 것입니다. 때로는 아름답게, 때로는 뜨겁게, 때로는 아프고 쓸쓸하게……. 하지만 이 모든 것이 인간 삶의 표현이니 결국 책을 읽는다는 것은 인간의 삶을 들여다보는 것이 되지요.

　그렇다면 책을 읽는 행복을 좀 더 만끽하기 위해 책을 어떻게 읽어야 할까요? 오로지 책 그것만으로도 행복을 느낄 수 있지만, 이러한 책이 나올 수밖에 없었던 시대와 그 시대의 삶을 함께 짚어보는 것도 행복의 폭을 넓힐 수 있는 길이 될 것입니다.

　뉴턴은 그의 위대한 연구 결과가 어떻게 나오게 되었는지에 대한 질문을 받고 "거인의 어깨 위에 올라서서 더 넓은 시야를 가지고 더 멀리 볼 수 있었기 때문입니다."라는 말을 했다고 합니다. 이 책의 내용은 거인의 어깨에서 더 넓은 시야로 멀리 본 것까지는 아니지만 거인의 어깨에서 바라본 것을 정리한 결과물이라고 할 수 있습니다. 우리들의 앞에서 있었던 수많은 학자들이 우리의 삶을 고스란히 담고 있는 문학 작품을 읽고 생각하고 분석하여 만들어 놓은 것을 정리했을 뿐이라는 것입니다. 따라서 이 책의 얕음과 잘못도 모두 다 이 책을 엮은 저희들의 좁은 식견 탓임도 더불어 두고 싶습니다.

　선학先學들의 연구 결과를 정리하면서 느낀 것은 고전 속에서 다양한 인물들이 숨을 쉬고 웃으며 움직인다는 점입니다. 그리고 이런 삶들이 담긴 저작著作을 남긴 선조들에게도 고마움과 부러움을 느낍니다. 책이라는 산물이 그 책을 쓴 사람들의 고된 노력의 결정체이면서 인간의 위대한 기록이라는 생각도 들었습니다. 그래서 독자 여러분들도 이 책을 길잡이 삼아 고전으로 한 발자국 내딛어 보시기를 권하고 싶습니다.

　학교에서 아이들을 가르치다 보면 해마다 어김없이 새로운 얼굴을 만나기 마련입니다. 만나기 전엔 기다림으로 가슴이 두근두근합니다. 그리고 이런저런 생각에 마음이 설레어서 치곤 하는 때가 새 학기가 시작되기 하루 전날 밤이지요. 미다스북스로 출판사를 옮겨 이 책을 발간하는 지금의 심정도 그때와 똑같다고 할 수 있습니다. 서점에서 이 책을 펼쳐 여러분과 만나기 위한 기다림이 새 학기에 아이들을 만나기 위해 기다리는 심정과 비슷합니다.

　독자 여러분에게 이 책과 우리가 어떤 책, 어떤 필자로 다가설지 궁금하지만 어떤 한 학년을 마친 아이들을 다음 학년으로 올려 보내듯 이 책을 접한 독자 여러분이 책의 마지막을 덮고 있을 즈음에는 고전이라는 좀 더 넓고 깊은 세계로 독자 분들을 보내 드릴 수 있다는 바람이 있습니다.

끝으로, 책이 나오기까지 애써 주신 모든 분들께 감사의 말씀을 전하고 싶습니다. 우선, 이 책을 통해 우리 문학을 느끼고 이해하는 데 함께 할 청소년 및 그 부모님들과 이 책을 참고하여 학생들이 문학에 좀 더 다가갈 수 있도록 길을 열어 주실 여러 선생님들 및 예비 선생님들께 지면을 빌려 미리 감사하다는 말씀을 드리고 싶습니다. 그리고 독자들에게 좀 더 도움이 되도록 작품을 보완하여 넣을 수 있게 배려해 주신 미다스북스 류종렬 사장님과 편집부 식구들에게도 감사드립니다. 마지막으로 마치 공기 같아서 종종 소중함을 잊어 버리게 되지만, 그래도 세상의 그 무엇과도 바꿀 수 없는 소중한 가족들에게 고맙다는 말을 하고 싶습니다.

2016년 가을
류대곤, 김은정

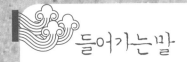

들어가는말

　대학의 전공서로서의 한국고전문학사만 존재하는 현실 속에서, 필자는 청소년들이 한국고전문학사를 체계적으로 쉽게 살펴볼 수 있게 『청소년을 위한 한국고전문학사』를 집필하게 되었습니다. 이 책은 한국고전문학사를 단편적으로만 접하던 청소년들이 그들의 눈높이에 맞게 한국고전문학의 흐름을 읽어 내릴 수 있도록 했습니다.

　대부분의 책들이 그렇듯 이 책도 몇 가지 측면에서 필자가 의도하는 바가 녹아 있게끔 책을 썼습니다. 집필 의도 중 그 첫째는 문학은 삶이라는 전제 하에 다양한 관점으로 문학 작품을 해석하자는 것입니다. 그런데 혹자는 문학 작품을 감상할 때 작품 외의 요소들은 철저하게 배제한 채 작품의 상황이나 요소들만으로 작품을 감상해야 한다는 절대주의적 관점을 주장합니다. 하지만 이런 입장은 작품을 한쪽 시각에서만 바라보는 편협한 방법입니다. 마치 숲 속의 나무 몇 그루를 보고서 숲 전체에 대해 알았다고 착각하는 것과 같습니다. 어떤 문학이건 간에 작품에는 작가의 의도가 담겨 있고, 작가는 자신들의 시대에 뿌리를 내리고 살아가는 존재임이 분명합니다. 또한 문학 작품은 독자를 대상으로 한 작가의 말 걸기이기도 합니다. 요컨대 문학 작품은 작가와 독자, 그리고 작품이 창작된 현실이 유기적으로 연결되어 있는 산물이라 할 수 있습니다. 따라서 이 책에서는 논의의 대상이 되는 고전들을 분석할 때 종합적인 관점에 입각하여 작품의 맛이 더 잘 우러나도록 다양한 해석을 하려고 노력하였습니다.

　둘째, 국문학의 연속성에 입각한, 고전 문학과 현대 문학이 각각 독립되어 별개로 존재하는 것이 아니라는 관점으로 집필하였습니다. 우리 국문학사는 상고 시대부터 현대에 이르기까지 죽 이어져 오고 있으며 '고전'이니 '현대'니 하는 시대 구분은 우리 문학사를 고찰하기 위한 선택일 뿐입니다. 그런데 혹자들은 고전과 현대가 단절되어 있고 각각은 별개의 것이라고 합니다. 예를 들어, 임화는 "우리의 신문학이 서구적인 문학 장르를 채용하면서 형성되고, 문학사의 모든 시대가 외국 문학의 자극과 영향과 모방으로 일관되었다 하여도 그만큼 신문학사는 이식 문화의 역사이다."라고 주장합니다. 이러한 임화의 주장은 아무 검증을 거치지 않고 받아들여집니다. 심지어는 일제를 극복하기 위해서라는 구실 아래 강조되었습니다. 그래서 우리가 속한 사회의 문화를 감히 이식 문화라고까지 부른 것입니다. 임화에서 생각하는 것처럼 우리의 문학적 전통은 단절되었다는 비극적 상황 인식이 나타나

시 말하면, '개화기 후의 한국 문학과 그 이전의 한국 문학은 확연히 구분되며, 개화기 이전의 문학은 근대정신이 없는 과거의 문학이며 그 이후의 문학은 시민 정신의 구현에 의한 새로운 문학'이라는 주장이 등장합니다. 이러한 주장이 바로 전통 단절론입니다.

이식 문화론과 전통 단절론은 논리적으로는 아무런 모순이 없는 듯 보이지만 쉽게 무너질 수밖에 없는 결점이 있습니다. 왜냐하면 문학 작품을 실제로 읽다보면 고전 문학의 전통이 현대 문학에 면면히 이어지고 있는 증거들을 수도 없이 찾을 수 있기 때문입니다. 필자는 단순한 민족주의나 자문화 중심주의의 발로가 아니라, 우리 국문학사를 기술하는 곳곳에서 문학사에 존재하는 연속성의 실체들을 찾아 우리의 고전 문학이 단절되지 않고 끊임없이 현대로 계승되어 오고 있다는 사실을 보여 드리고자 하였습니다.

독자들이 이 책을 통해 과거가 현재에 어떻게 작용하는가를 파악하여 앞으로의 삶에 우리의 고전에서 얻은 지혜를 적용할 수 있게 하려는 데에 이 책의 마지막 집필 의도가 있습니다. 시대 간에 어떤 영향이 오고가는가를 이해하기 위해서 국문학사를 배열할 때 시대간의 영향 관계에 따라 문학이 어떻게 발생하고 변화하였는가를 밝히려고 노력하였고, 이를 위해 국문학사의 시대 구분에 세심한 주의를 기울였습니다. 왜냐하면 왕조의 흥망성쇠, 민족의 분열과 통일, 그리고 주요한 외침과 외세의 영향은 민족 문화에 발전과 위기를 초래했으며, 또한 자생적인 문학 장르들마저 시간의 흐름에 따라 일정한 원리에 의해 발생, 변화하였으므로 그것들의 시간적 추이에 따라 국문학 전체를 고찰ᄒᆞ는 것은 필수적인 작업이기 때문입니다.

학자들이 각자의 기준을 가지고 우리 문학사의 시대를 구분합니다. 왕조 교체에 따른 시대ᄒᆞᆨ 자체 혹은 사상을 기준으로 한 시대 구분, 사회 · 경제사에 따른 시대 구분 등 그 적용 방ᄒᆞᆸ니다. 문학사의 시대 구분에 대해서는 시대별로 각각의 어려움이 있었지만, 특히 상고ᄋᆞ 있는 문헌들이 후대의 그것들과 비교해 볼 때 현저하게 적은 까닭에 고조선에서 통일ᄂᆞᆫ 시기를 한꺼번에 뭉뚱그릴 수밖에 없는 어려움이 있었습니다. 하지만 이 책에서는ᅠ교체에 따른 시대 구분을 중심으로 다른 방법들을 절충한 시대 구분을 하였습니다.

ᅵ 반영이기 때문에 우리는 고전을 통해 옛사람들과 만날 수 있고, 과거의 시대로 여ᅵ니다. 또한 고전은 현재 우리의 삶을 비춰 주는 거울인 동시에 미래의 삶을 예견할ᅵ기도 합니다. 앞에서 언급한 필자의 주요한 집필 의도를 기억하며 고전과 함께 과ᅵ시작해 봅시다.

차례

1부

상고 시대의 문학 – 우리 문학의 태동

2부

고려 시대의 문학 – 한문학의 융성기

3부

조선 시대 전기의 문학 – 진정한 국문학의 시작

4부

조선 시대 후기의 문학 – 시민 의식의 성장과 산문 문학의 시대

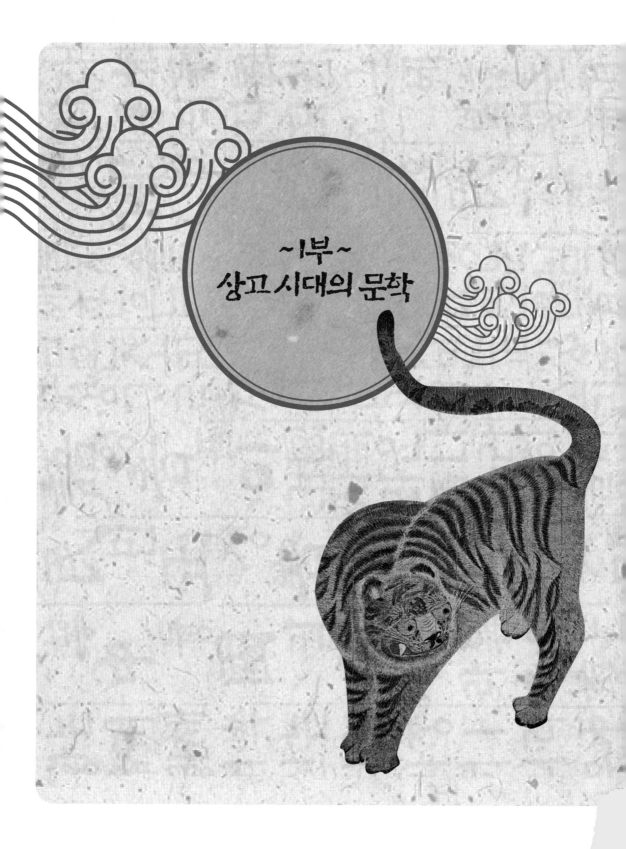

~1부~
상고 시대의 문학

우리 문학의 태동

    문학은 문자를 이용해 사회를 묘사하고 삶을 그려 냅니다. 그러나 문학의 발생은 문자가 발명되기 훨씬 전으로 거슬러 올라갑니다. 풍요를 기원하고 자연에 대한 외경심을 표현한 동굴 벽화와 더불어 이러한 내용을 담은 주문이나 기도에서부터 문학이 시작되었습니다. 한반도에 정착한 선사 시대 사람들도 불을 피우고, 집을 짓고, 사냥을 하면서 노래나 이야기를 만들었을 것입니다. 이 시기는 우리말만 있고 우리글은 없던 때이므로 이러한 노래나 이야기는 입에서 입으로 전해졌을 것입니다. 그리고 시대의 흐름과 더불어 문학도 그 형식과 내용이 인간의 삶과 맞물려 변하여 갔을 것입니다.

    우리의 땅 한반도에 우리 민족의 삶이 시작되던 시점부터 고려 시대 이전까지의 문학을 상고 시대의 문학이라고 부르는데 이것은 우리 문학의 원류에 해당됩니다. 이 시기의 문학은 샤머니즘Shamanism이나 토테미즘Totemism을 바탕으로 하는 원시 종합 예술의 형태로 음악(소리)과 무용(몸짓)과 문학(말)이 통합되어 있었습니다. 원시 종합 예술은 경외敬畏의 대상인 하늘에 제사를 올리는 제천 의식에서 이루어졌으며 인간의 지혜가 발달하고 사회가 진보하면서 원시 종합 예술에서 행해졌던 '말(문학)'이 시가 문학과 서사 문학으로 세분화됩니다.

    이 시기의 시가 문학 중에서 고대 가요는 제천 의식에서 불렸던 집단적 서사 가요와 원시 종합 예술에서 분화된 개인적 서정 가요를 말하는데 우리글이 없던 시대이다 보니 구전口傳되다가 한문의 전래와 더불어 한자로 기록되어 오늘날 전해집니다. 대표적인 작품으로는 집단적인 노래인 「구지가」와 개인적인 노래인 「공무도하가」, 「황조가」 세 편이 있는데 이 노래들은 배경 설화와 함께 전해지고 있어서 노래의 내용을 이해하는 데 도움이 됩니다. 또한 이 시기의 시가 문학이 서사 문학과 완전히 분리되지 않은 상태임을 알려 줍니다. 즉, 시가 문학이 독립적인 형태로 존재했던 것이 아니라 서사적인 문학에서 서정적인 부분이 독립되면서 만들어졌음을 짐작할 수 있습니다. 그러나 한자로 짤막하게 노래의 뜻만을 기록하고 있어 그 본래의 내용이 어떠하였는지를 구체적으로 알기는 어렵습니다.

향가는 신라에서 한자를 이용하여 우리말을 표기하는 향찰이 창안되면서 지어졌는데, 문학사적으로 최초의 국문 시가이며 개인 창작시라는 의의가 있습니다. 현재 전해지는 작품은 『삼국유사三國遺事』에 14수, 『균여전均如傳』에 11수로 총 25수가 있으며 이 중에서 최초의 향가 작품은 신라 진평왕 때인 6세기 말에 서동이 지은 「서동요」이고 마지막 향가 작품은 고려 광종 때인 10세기 말에 균여 대사가 지은 「보현십원가」 11수입니다. 향가를 집대성한 『삼대목三代目』이 진성 여왕 2년에 간행되었다는 『삼국사기三國史記』의 기록으로 보아 신라 시대에 향가 창작이 융성한 것으로 추정되나, 지금은 이 향가집이 전해지지 않아서 25수 이외의 향가를 확인할 수 없다는 안타까움이 있습니다.

향가는 4구체, 8구체, 10구체의 형식이 있는데, 4구체는 향가의 초기 형태로서 민요나 동요가 정착된 것으로 보입니다. 8구체는 4구체에서 발전된 형태로, 4구체에서 10구체로 발전해가는 과도기적 형태입니다. 그리고 10구체는 가장 정제되고 세련된 형태로 4-4-2구의 세부분으로 이루어져 있습니다. 마지막 2구인 낙구落句의 첫머리에는 '아야'나 '아으'와 같은 감탄사를 두었는데, 이 감탄사는 후대 시조 형식에 영향을 주었습니다.

향가의 내용은 민요, 동요, 토속 신앙에 대한 것, 임금을 그리워하는 노래, 나라를 다스리는 노래 등 다양하지만, 불교적 기원과 신앙심을 노래한 것이 가장 많습니다. 각각의 향가 작품은 배경 설화와 함께 전승되는데, 향찰로 표기된 노래의 앞이나 뒤에 그 노래와 관련된 이야기가 서술되어 있는 것이 특징입니다. 이 이야기들은 설화적說話的 성격을 지닌 것들이 대부분이나 노래가 창작된 당시의 역사적 사실이 기술되기도 합니다. 작자층은 주로 승려, 화랑 등 귀족 계층이었습니다.

한시는 원래 중국의 전통 시를 말하는데 우리나라에 한자가 전래된 이후 한자를 능숙하게 구사하는 지배 계층에 의해 상류 문화로 서서히 자리를 잡아가다가 7세기경에는 한시가 본격적으로 창작되어 한문학의 기원을 이룩하였습니다. 신라의 최치원이 중국의 빈공과賓貢科에 급제하여 벼슬을 했다는 사실로 보아 당시 한문학이 상당한 수준이었음을 알 수 있습니다. 을지문덕의 「여수장우중문시」는 현전하는 가장 오래된 한시인데, 이 작품이 존재하는 것으로 보아 한시는 삼국 시대 이전부터 시작하여 삼국 시대에 이르러 완전히 정착되었다고 할 수 있습니다.

설화는 예로부터 전해 내려오는 이야기로 일정한 구조를 지니고 있으며 꾸며 낸 이야기라는 점에서 서사 문학의 근원이 됩니다. 우리글이 없던 시대이다 보니, 설화도 처음부터 어떤 개인에 의해 고정된 형태로 창작된 것이 아니라 말로 전파되는 동안 여러 사람의 상상력에 의해 끊임없이 변형되면서 일정한 형태를 갖추었습니다. 즉 설화는 개인의 창작물이 아니라 시간이 경과되면서 민중의 의식이 더해짐으로써 완성되었다고 할 수 있습니다.

일반적으로 설화는 신화, 전설, 민담의 세 가지 유형으로 분류되는데, 전승자의 태도나 구성 요소, 인물, 사건, 배경 및 전승의 범위에 따라 서로 다른 특징들이 있습니다. 즉 신화는 신적 존재가 초능력을 발휘하는 신성성을 중시하는 이야기라면, 전설은 비범한 인간이 비극적 결말에 이르는 내용이 대부분이며 구체적 시간과 장소를 배경으로 이야기가 전개됩니다.

시대 상황에 따른 다양한 문학의 모둠이 재밌지?

민담은 평범한 인간이 운명을 개척하는 내용으로, '옛날 어느 곳에 아무개가 살았는데…….'의 형식으로 전개됩니다. 상고 시대 초기에는 신화가 많이 등장하지만, 후기로 갈수록 진실성이나 보편성을 추구하는 전설과 민담이 많아집니다.

상고 시대 사람들은 자신들의 삶을 지배하는 자연 현상의 기원에 대해 관심을 가지면서 천지 창조나 인간을 비롯한 모든 생명체의 유래에 대해 상상을 하고 그것을 소재로 이야기를 만들었을 것입니다. 이 이야기의 주인공인 하늘과 땅, 그리고 신과 인간은 신비한 존재이므로 이야기의 내용은 신성성을 띠면서 진행될 가능성이 높습니다. 또, 씨족이나 부족의 무당은 수호신의 유래를 이야기로 만들어 굿을 하면서 들려주었을 것입니다. 이러한 이야기들이 건국 신화의 토대가 됩니다.

본격적인 건국 신화는 고대 국가가 성립하면서 등장하였습니다. 고대 국가는 신화를 통해 국가의 통치 기반을 공고히 하면서 정복과 지배의 과정을 정당화하고 자기 집단의 우월성을 과시하였습니다. 이러한 건국 신화는 집단 가무를 동반하는 국중대회國中大會에서 국가의 번영과 농사의 풍년을 기원하며 서사시로 불렸습니다. 고대 국가의 건국 신화로는 고조선의 단군 신화, 고구려의 주몽(동명왕) 신화, 신라의 박혁거세 신화, 석탈해 신화, 김알지 신화, 그리고 가락국의 김수로왕 신화가 있습니다.

인간의 인지 능력이 발달하는 삼국 시대로 접어들면서 신의 이야기는 인간의 이야기로 대체되어 신화의 시대가 전설과 민담의 시대로 전환됩니다. 고승들의 일화를 통해 불교의 이치를 쉽게 전달하고, 상층과 하층, 남성과 여성의 관계가 다양한 설화로 전승되면서 서사 문학이 활기를 띠었습니다.

이러한 신화, 전설, 민담의 설화들은 김부식의 『삼국사기』와 일연의 『삼국유사』에 수록되어 현재까지 전해지고 있습니다. 또 박인량의 『수이전殊異傳』에도 많은 설화들이 수록된 것으로 알려졌으나 안타깝게도 그 책은 지금 전하지 않습니다.

한문을 이용한 서사 문학인 한문 문학은 한문을 능숙하게 구사한 상층 귀족들에 의해 창작되었는데, 대표적인 작품으로는 우리나라 최초의 창작 설화인 설총의 「화왕계」와 혜초의 불교 유적지 순례기인 『왕오천축국전』, 그리고 불우한 천재 최치원이 중국에서 썼던 격서인 「토황소격문」 등이 있습니다.

시가 문학

01 고대 가요

문학은 인간의 삶을 언어로 그려 낸 것입니다. 그래서 각 시대의 문학은 그 시대의 삶을 담고 있습니다. 고전 문학을 읽으면 당대 사람들의 삶과 생각에 대해 알 수 있고, 우리가 작품에서 이해한 삶의 모습을 오늘의 삶에 적용할 수 있습니다. 고대 가요 역시 작품이 만들어진 상고 시대 사람들의 삶을 담고 있습니다.

상고 시대의 사람들은 사냥을 하거나 들판에 있는 식물을 채집하여 생활하였습니다. 그들에게 있어서 자연은 삶을 이어 가도록 도와주는 존재인 동시에 그들의 삶을 송두리째 흔들어 놓을 수도 있는 두려움의 대상이었습니다. 원시인들은 공포의 대상인 자연에 맞서는 대신 자연을 섬기는 방식을 선택하였습니다. 이 섬김의 방식이 제천 의식입니다. 제천 의식은 자연 중에서도 가장 큰 힘을 지니고 있는 하늘에 제사를 지내는 것인데, 의식을 치르면서 집단으로 노래와 춤을 즐기는 원시 종합 예술이 행해졌습니다. 중국의 역사서인 『삼국지三國志』「위지魏志」「동이전東夷傳」을 보면, 부여는 1월에 영고迎鼓, 예는 10

콸르롱~

하늘님 아무쪼록
잘 부탁드립니다!!

월에 무천舞天, 고구려는 10월에 동맹東盟을, 마한은 5월·10월에 오월제와 시월제를 지냈다는 기록이 있습니다. 인간의 지혜가 발달하면서 집단 가무의 원시 종합 예술이 분화되는데 소리는 음악으로, 말은 문학으로, 몸짓은 무용과 연극으로 발전합니다. 이 중에서 신화나 전설처럼 이야기의 성격이 강한 말은 서사 문학으로, 축복이나 기원처럼 노래의 성격이 강한 말은 시가 문학으로 발전합니다.

집단에서 개인으로 사회가 분화되듯이 노래도 집단적 서사 가요에서 개인적 서정 가요로 옮겨 갔을 것입니다. 지금까지 전해지는 집단적인 성격의 노래로는 「구지가」가 있는데, 이 노래는 개인적인 서정 시가인 고조선의 「공무도하가」와 고구려 유리왕의 「황조가」보다 후대의 작품입니다. 문학도 사학史學과 마찬가지로 과거의 모습을 확인할 수 있는 자료가 많이 부족합니다. 따라서 앞의 두

고구려 유적지인 아차산 홍련봉에서
재연한 동맹 의식

노래 이전에 존재했던 집단적인 노래를 찾을 수는 없지만, 집단적인 가무 형태의 노래가 존재했을 것입니다.

고대 가요는 삼국 시대 이전의 노래로 두 토막 넉 줄 또는 네 토막 두 줄 형식이며, 창작 당시에는 우리말로 구전되었지만 우리 문자가 없던 시절이어서 한자로 기록되었을 것입니다. 고대 가요는 일반적으로 배경 설화와 함께 전해지는데, 이것은 서사 문학에서 시가 문학이 분화되었다는 것을 보여 주는 증거가 되기도 합니다. 문학사적으로는 고대 가요가 국문학 사상 최초의 서정 시가라는 의의가 있습니다.

가락국 건국의 노래 「구지가」

가락국(가야)은 낙동강 일대 변한 지역에 자리 잡은 작은 나라입니다. 가락국 건국과 관련된 「구지가龜旨歌」는 42년경의 노래로, 「공무도하가」나 고구려의 「황조가」보다 후대의 노래지만 고대 시가가 집단 가요에서 개인적 서정 가요로 발전해 간 점에 주목하여 그 집단적 성격을 먼저 살펴볼 만합니다.

가락국 지도

계욕일

액을 없애기 위해 물가에서 목욕하며 노는 날.

후한 세조 광무제 건무建武 18년 임인壬寅 3월 계욕일禊浴日*에 마을의 북쪽 구지龜旨에서 무엇을 부르는 수상한 소리가 났다. 마을 사람 이삼백 인이 그 곳에 모이니, 사람의 소리가 나는데 그 모양은 보이지 않고, 소리만 들리거늘 "여기에 사람이 있느냐 없느냐?" 구간九干들이 말하되 "우리가 여기 있습니다." 또 소리하기를 "이곳이 어디냐?" 대답하되 "구지입니다." 또 말하되 "하느님께서 나에게 명하시기를 이곳에 와서 나라를 새롭게 하여 임금이 되라 하였으니 너희들은 구지의 봉우리 흙을 파면서,

龜何龜何(구하구하)	거북아, 거북아,
首其現也(수기현야)	머리를 내어라.
若不現也(약불현야)	내어 놓지 않으면,
燔灼而喫也(번작이끽야)	구워서 먹으리.

하고 노래를 하고 춤을 추면 대왕을 맞이하는 일이 될 것이니, 기뻐하고 용약勇躍하라." 하였다. 구간들이 그 말을 따라 다 같이 빌면서 가무歌舞를 하였다. 10여 일 후에 하늘에서 내려온 황금 알 여섯이 사람으로 변하였는데 그중의 한 사람이 처음으로 나타났다고 하여 휘諱를 수로首露라 하고, 나라를 대가락大駕洛 또는 가야국伽倻國이라고 불렀으니, 곧 육가야六伽倻의 하나이고, 나머지 다섯 사람도 다섯 가야伽倻의 주인이 되었다고 한다.

일연, 『삼국유사』

이 이야기는 『삼국유사』 권2 「가락국기」에 전해지는데, 여기서 여러 사람들이 흙을 파면서 불렀다는 노래가 바로 「구지가」입니다. 「구지가」는 가락국에서 왕을 맞이하기 위해 신령스러운 존재인 거북이를 부르는 것으로 시작됩니다. 즉, '신령스러운 존재인 거북아, 우리들의 우두머리인 수로를 내놓아라. 만약 내놓지 않으면, 구워서 먹을 것이다.'라는 내용입니다. 이때 '머리'는 '생명' 또는 '우두머리(왕)'로 해석할 수 있으며, 이 두 해석은 '탄생'이라는 측면에서 의미가 통합니다. 배경 설화의 내용을 고려한다면 이 노래를 부름으로써 왕의 출현이라는 목적을 이루었으니 주술*적인 노래라고 할 수 있습니다.

김수로왕릉에 있는 거북

고조선 뱃사공 아내의 노래 「공무도하가」

「공무도하가公無渡河歌」는 단군이 세운 우리나라 최초의 국가인 고조선의 노래로, 문헌상 가장 오래된 서정 가요입니다. 하지만 우리나라 문헌보다 중국 후한 말 채옹이 엮은 『금조』와 송나라 때 곽무천이 엮은 『악부시집』*에 먼저 수록되었기 때문에 후대인들이 안타까움을 느끼는 노래입니다. 우리나라 문헌으로는 조선 정조 때 한치윤이 엮은 『해동역사』라는 책에 이 노래가 실려 있는데, 고대 가요가 존재하던 때에는 우리글이 없었으므로 구전되다가 한자로 정착됩니다.

주술
무당 등이 신의 힘이나 신비력으로 길흉을 점치고, 재액을 물리치거나 내려 달라고 비는 일 또는 그런 술법. 「구지가」는 신성한 존재인 '거북'에게 '왕'을 내놓게 하도록 강한 위협을 가해 이를 성취한다는 점에서 주술적인 성격을 지닌다.

『악부시집』
중국 고대와 중세의 악부를 집대성한 100권의 책. 작자 및 시대가 분명한 것만도 575명의 3,792수에 이른다.

公無渡河(공무도하)	임이여, 물을 건너지 마오.
公竟渡河(공경도하)	임은 그예 물을 건너시네.
墮河而死(타하이사)	물에 휩쓸려 돌아가시니
當奈公何(당내공하)	가신 임을 어이할꼬.

한치윤, 「해동역사」

시적 화자는 물을 건너지 말라고 임을 만류하지만, 임은 끝내 물을 건너가다가 휩쓸려 죽게 됩니다. 이에 임을 잃은 화자는 슬픔을 느낍니다. 여기서의 슬픔이 우리 서정 문학에서 드러나는 '한恨'의 원류라 할 수 있습니다. 이 노래에는 1~3구에 걸쳐 '물'이 등장하는데, 화자의 감정과 심리적 상태를 고려하면 1구의 물은 '사랑'으로, 2구의 물은 '이별', 3구의 물은 '죽음'으로 해석할 수 있습니다. 따라서 이 노래는 '물'을 매개로 하여 사랑과 죽음을 노래한 작품입니다. 또 이 노래의 배경 설화는 조선의 뱃사공 곽리자고가 이른 아침에 목격한 사건과 관련이 있습니다. 즉, 머리가 허옇게 센 미치광이(백수광부白首狂夫)가 머리를 풀어 헤친 채 술병을 쥐고 강물을 건너려고 하자 그의 아내가 남편을 말립니다. 하지만 남편은 물에 빠져 죽고 그의 아내는 공후箜篌를 뜯으면서 공무도하의 노래를 부릅니다. 이 장면을 본 곽리자고는 아내인 여옥에게 이야기를 하고 여옥은 이웃 여인인 여용에게 전했다는 배경 설화가 있습니다.

고구려 유리왕이 이별의 슬픔을 노래한 「황조가」

유리왕이 지은 「황조가黃鳥歌」는 「공무도하가」와 더불어 문헌상으로 현전하는 가장 오래된 개인 서정 가요입니다. 고구려는 잘 알려진 대로 동명왕 주몽이 세운 나라입니다. 유리왕은 주몽이 부여를 탈출할 때 남겨 두고 온 아들이었는데, 고구려의 왕자였던 비류와 온조를 제치고 태자로 책봉되어 결국 왕위에 오른 인물입니다.

한편, 유리왕 재위 시절 고구려는 국가 성립 초기여서 여러 가지 사회적 어려움이 있었습니다. 「황조가」의 배경 설화에는 당대 사회의 정치적 어려움이,

노래 내용에는 개인적 고뇌가 잘 담겨 있습니다.

고구려 제2대 왕인 유리왕 3년 7월, 왕은 골천鶻川에 이궁離宮을 지었다. 10월에 왕비 송씨宋氏가 돌아갔으므로, 왕은 다시 두 여자를 계비로 맞았는데, 하나는 골천 사람의 딸인 화희禾姬였고, 하나는 한인漢人의 딸 치희雉姬였다. 두 여자가 사랑을 다투어 서로 화목하지 못하자, 왕은 양곡涼谷의 동서에 두 궁전을 짓고 그들을 각각 살게 하였다. 훗날 왕이 기산箕山으로 사냥을 나가서 이레 동안 돌아오지 않았는데, 두 여자가 서로 싸움을 벌었다. 화희가 치희를 꾸짖기를, "너는 한가漢家의 비첩婢妾으로 무례함이 어찌 그렇게 심한가?" 하니, 치희는 부끄럽고 분하여 제집으로 돌아가 버렸다. 왕이 이 말을 듣고 곧 말을 달려 좇아갔으나, 치희는 노여워 돌아오지 않았다. 왕은 일찍이 나무 그늘 밑에서 쉬고 있었는데, 때마침 나뭇가지에 꾀꼬리들이 모여들고 있었다. 왕이 그것을 보고 느낀 바 있어, 노래를 불렀다.

「황조가」
『삼국사기』「고구려본기」의 「유리왕」

翩翩黃鳥(편편황조)   펄펄 나는 저 꾀꼬리는
雌雄相依(자웅상의)   암수 서로 정다운데,
念我之獨(염아지독)   외로울사 이 내 몸은
誰其與歸(수기여귀)   뉘와 함께 돌아갈꼬.

김부식, 『삼국사기』

이 노래의 배경 설화를 사회적으로 해석하여 화희와 치희의 싸움을 종족 간의 투쟁이라고 한다면, 이 노래는 두 종족 간의 화해에 실패한 왕의 탄식을 표현한 것입니다. 또, 배경 설화에 나오는 두 사람의 이름을 한자로 풀이하면, '화희禾姬'의 '화禾'는 '벼'를 뜻하므로 농경 생활을 의미하고, '치희雉姬'의 '치雉'는 '꿩'이므로 수렵 생활을 의미합니다. 따라서 화희가 남고 치희가 자기 나라로 돌아가는 것은 사회가 수렵 생활에서 농경 생활로 변하고 있다는 것을 뜻합니다.

시적 화자는 서로 정다운 꾀꼬리에 비해 인간인 나는 함께 돌아갈 사람이 없어 외롭다고 합니다. 따라서 이 노래는 자연물인 '꾀꼬리'와 인간의 처지를

우의

그리스어 알레고리아allegoria, '다른 이야기'라는 뜻에서 유래한다. 추상적인 개념을 직접 표현하지 않고 다른 구체적인 대상이나 사물을 이용하여 표현하는 문학 형식이다. 의인화하는 경우가 많다. 「황조가」에서는 '꾀꼬리'에 빗대어 '외로움'이라는 추상적인 정서를 표현하고 있다.

대조시켜서 자연물을 매개로 하는 우의*적인 방식으로 '외로움'이라는 개인의 정서를 표현하였다고 할 수 있습니다. 또 앞에 나온 「구지가」와 비교할 때, 「구지가」가 왕을 얻고자 하는 집단 주술의 성격이 강한 노래라면, 「황조가」는 '이별과 슬픔'이라는 구체적인 개인의 정서를 잘 드러낸 노래입니다.

행상 나간 남편을 기다리는 백제 아내의 노래 「정읍사」

「정읍사井邑詞」는 지금까지 내용이 전해지는 유일한 백제 노래입니다. 입에서 입으로 전해지다가 조선 성종 때 편찬된 『악학궤범』에 수록되었으며, 우리말로 기록된 노래 중에서 그 시기가 가장 오래된 작품입니다.

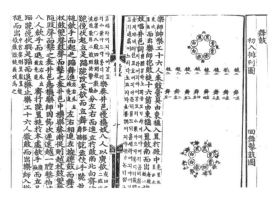

『악학궤범』에 실려 있는 「정읍사」

> 정읍은 전주의 속현續絃이다. 이 고을 사람이 행상을 떠나 오래도록 돌아오지 않으므로, 그 아내가 산 위의 바위에 올라 남편이 간 곳을 바라보며, 남편이 밤길을 오다가 해害를 입지나 않을까 염려하여 진흙의 더러움에 의탁하여 이 노래를 불렀다. 세상에 전하기를, 오른 고개에 망부석이 있다 한다.
>
> 『고려사』 권 71, 악지2

『고려사』의 배경 설화를 살펴보면 「정읍사」는 행상인의 아내가 남편이 무사히 돌아오기를 '달'에게 기원하는 '사랑의 노래'로 볼 수 있습니다. 한편 『중종실록』에는, 이 노래를 행상 나간 남편이 다른 여성과 사랑에 빠지지나 않을까

하는 아내의 의구심과 질투를 드러낸 속된 노래로 보아 「동동動動」과 함께 폐
기했다는 기록이 전합니다.

> 둘하 노피곰 도드샤,
>
> 어긔야 머리곰 비취오시라.
>
> 어긔야 어강됴리.
>
> 아으 다롱디리.
>
> 져재 녀러신고요.
>
> 어긔야 즌 딕룰 드딕욜셰라.
>
> 어긔야 어강됴리.
>
> 어느이다 노코시라.
>
> 어긔야 내 가논 딕 졈그룰 셰라.
>
> 어긔야 어강됴리.
>
> 아으 다롱디리.

「악학궤범」

현대어 풀이

달님이시여 높이 높이 돋으시어

아, 멀리 멀리 비추어 주십시오.

어긔야 어강됴리.

아으 다롱디리.

(임은) 시장에 가 계시옵니까

아, 진 곳을 디딜까 두렵습니다.

어긔야 어강됴리.

어느 곳에나 놓으십시오.

아, 내가(내 임이) 가는 곳에 날이 저물까 두렵습니다.

어긔야 어강됴리.

아으 다롱디리.

이 노래는 형식적인 면에서 후렴구에 해당되는 '어긔야 어강됴리 아으 다롱디리'를 제외하면, 아래와 같이 전체 3행의 구성에 각 행별 4음보의 형식을 이루어 평시조의 3장 6구와 비슷해집니다.

둘하 / 노피곰 도두샤 / 머리곰 / 비취오시라 //　　　　── 초장
져재 / 녀러신고요 / 즌 딕룰 / 드딕욜셰라 //　　　　　── 중장
어느이다 / 노코시라 / 내 가논 딕 / 졈그룰 셰라 //　　　── 종장

이것은 백제의 노래가 고려 말 무렵에 시작된 시조와 그 형식이 유사하다는 것을 뜻하며, 우리의 문학이 각 시대별로 단절되지 않고 후대로 이어졌음을 확인할 수 있는 증거입니다.

이 노래를 질투의 노래로 본다면 '즌 딕'는 '화류항花柳巷'*으로 해석할 수도 있습니다. '어느이다 노코시라. 어긔야 내 가논 딕 졈그룰 셰라.'라는 구절도 '어느 여인에게 마음을 빼앗기고 계십니까? 당신과 내가 함께 하는 인생길이 저물까 두렵습니다.'로 풀이할 수 있습니다. 하지만, 이 노래는 사랑의 노래로 보는 견해가 우세합니다. 이렇게 볼 때 이 작품의 화자는 남편의 안전을 걱정하는 전통적인 여성의 이미지를 지니고 있습니다. 이러한 여인의 모습은 고려 속요 「가시리」나 황진이의 시조, 김소월의 「진달래꽃」으로 이어집니다. 중심 소재인 '달'은 우리 문학에서 즐겨 다루는 소재인데, 이 작품에서는 어둠 속에서도 빛을 발하는 존재로, 기원의 대상이면서 '광명光明'을 의미하는 것으로 해석할 수 있습니다.

이외에도 「지리산가」, 「선운산가」, 「무등산가」, 「방등산가」 등 내용은 전해지지 않고 제목만 남아 있는 백제의 노래가 있습니다. 「지리산가」는 백제의 왕이 미모가 뛰어난 구례현의 한 여인을 차지하려 했지만 여인이 정절을 지켰다는 내용인데 「도미 설화」와 유사한 면이 있습니다. 「선운산가」는 아내가 부역 나간 남편을 기다렸다는 노래인데, 이 노래 역시 「정읍사」와 주제가 비슷합니다.

화류항
기생들이 모여서 사는 거리.

시가문학

02 향가

고구려, 신라, 백제는 각기 그 고유의 노래를 가지고 있었으며, 그중에서 신라의 노래인 향가가 가장 번성하였습니다. 신라는 원래 진한 지역의 사로국이었는데, 지증왕 때인 503년에 나라의 이름을 '신라新羅'*로 바꾸었습니다. 『삼국유사』*에 나오는 건국 신화에 의하면 사로국 양산촌의 촌장이 나정이라는 우물가에 흰말이 무릎을 꿇고 울고 있어서 가까이 가 보니 자줏빛 커다란 알이 있었는데 그 알에서 어린아이가 태어납니다. 이 아이가 열세 살에 왕이 되는데, 둥근 박처럼 생긴 알에서 태어났다고 하여 성을 '박'이라고 하고 '세상을 밝게 한다.'는 뜻으로 이름을 '혁거세'로 짓습니다.

신라에서는 왕을 '밝은 태양'이라는 뜻인 '거서간'이라고 부르다가 그다음에는 '무당'이라는 의미의 '차차웅'으로 부르고, 또 '나이 많은 사람, 연장자'라는 뜻으로 '이사금'이라고 바꿔 부릅니다. 건국 신화의 주인공인 제1대 왕 박혁거세는 '거서간'으로, 제2대 왕인 남해는 '차차웅'으로 불리며 무당으로서의 힘

신라
'덕업을 새롭게 하여 사방을 망라한다德業日新 網羅四方.'에서 '신라新羅'라는 국명을 따옴.

『삼국유사』
고려 충렬왕 11년(1285년)에 승려 일연이 쓴 역사책. 단군·기자·대방·부여의 사적史跡과 신라·고구려·백제의 역사를 기록하고, 불교에 관한 기사·전설·시가 따위를 풍부하게 수록하였다. 5권 3책.

을 가지고 신라를 다스렸습니다. 제3대 왕은 남해 차차웅의 아들 유리와 사위인 탈해가 서로 왕위를 양보하다가 떡을 깨물어 잇자국이 많이 난 유리가 먼저 왕이 되었는데, 이가 더 많이 난 것을 나이가 많은 것으로 여겼기 때문입니다. 이렇게 왕이 된 유리는 '이사금'이라고 불리는데, '이사금'이라는 명칭에서 사회의 변화를 엿볼 수 있습니다. 즉, 무당이 지닌 권능權能으로 나라를 다스리는 시대에서 나이에 따른 '지혜로움'이라는 합리적인 방식으로 통치하는 시대로 사회가 변화하였다는 것을 확인할 수 있습니다. 역사적 기록에 의하면 유리왕 때의 신라는 통치 체제를 정비하고, 농업에 있어서 백성을 먹여 살릴 수 있도록 생산력의 향상을 꾀했다고 합니다.

『삼국사기』*를 살펴보면 유리왕 28년에 왕이 직접 국내를 순행하면서 가난과 추위 때문에 거의 죽게 된 노파를 보고 옷을 벗어 덮어 주고 음식을 먹이며, 왕으로서 백성을 제대로 먹여 다스리지 못하였다며 자신의 죄를 뉘우쳤다고 합니다. 이에 유리왕은 어렵고 가난한 백성들을 구제하도록 명을 내렸고, 이 소문을 듣고 이웃 나라 백성까지 모여듭니다. 또 그해에 민속이 환강歡康하였으며 「도솔가」*를 지었는데 이것이 '가악歌樂의 시작'이라는 기록이 전해집니다. 『삼국유사』에도 「도솔가」를 처음 지었는데, '차사사뇌격嗟辭詞腦格'*이 있었다는 기록이 전해집니다. 이 기록을 고려한다면 신라의 노래는 유리왕 때인 약 3세기경에 시작되었다고 추정할 수 있습니다.

제목만 전해지는 노래 중에는 「회소곡會蘇曲」이 있는데, 이 노래를 통해서도 문학과 사회의 관련성을 엿볼 수 있습니다. 『삼국유사』에 따르면, 유리왕이 6부를 편성한 후에 6부의 여자를 두 패로 나누어 왕녀 둘이 각기 우두머리가 되어 7월 보름 무렵부터 8월 한가위까지 길쌈 경쟁을 하게 했습니다. 이 경쟁에서 진 쪽이 가무백희歌舞百戲를 갖추어 이긴 쪽을 대접하며 '회소회소會蘇會蘇'라는 감탄구를 가진 노래를 불렀는데, 이 감탄구 때문에 이 노래를 「회소곡」이라고 부릅니다. 이러한 상황을 고려하면, 이 노래는 길쌈을 통해 생산력의 증대를 꾀한 것으로 해석할 수 있습니다. 이처럼 문학은 당시 사람들의 삶과 밀접한 관련을 맺고 있습니다. 「회소곡」 외에도 제목만 전해지는 노래로는 「물계자가」, 「우식곡」, 「치술령곡」, 「대악」, 「목주가」 등이 있습니다.

『삼국사기』
고려 인종 23년(1145년)에 김부식이 왕명에 따라 펴낸 역사책으로 신라 · 고구려 · 백제 세 나라의 역사를 기전체로 적었다. 50권 10책.

두 개의 「도솔가」
신라에는 유리왕 때 지어진 「도솔가」와 경덕왕 때 월명사가 지은 「도솔가」가 있다.

차사사뇌격
조윤제 박사의 견해에 의하면 '차사사뇌격'은 10구체 향가를 뜻하지만 의미가 명확하지는 않다.

한편, 현재까지 가사가 전해지는 향가는 『삼국유사』에 14수, 『균여전』에 11수 등으로 총 25수가 있습니다. 그런데 『삼국사기』에는 신라 제 51대 진성 여왕 2년(888년)에 위홍과 대구화상이 『삼대목』이라는 향가집을 간행했다는 기록이 있습니다. 이 기록으로 보아 25수의 향가 보다는 훨씬 더 많은 수의 향가가 존재하였을 것입니다. 하지만 이 책은 안타깝게도 지금은 전해지지 않습니다.

현재까지 전해지는 향가 중에서는 6세기경의 노래인 「서동요」가 가장 오래된 것이며, 이때부터 『균여전』의 「보현십원가」 11수가 창작된 10세기 말 무렵까지 향가 창작이 이어졌습니다. 향가계 고려 가요인 「도이장가」와 「정과정곡」까지 향가의 범주에 포함시킨다면 향가는 12세기까지 긴 세월을 이어 내려오면서 우리나라 고대 가요의 중심을 이루었다고 할 수 있습니다.

'향가'라는 말은 넓은 의미로는 중국의 한시에 대한 우리의 노래라는 뜻이고, 좁은 의미로는 신라 때부터 고려 초기까지 향유되었던 향찰*로 표기된 우리 고유의 시가를 뜻합니다.

향가는 우리나라 최초의 정형시인데 4구체, 8구체, 10구체의 형식으로 이루어집니다. 민요와 형식이 유사한 4구체는 4줄 형식의 노래인데, 구전되어 오던 민요나 동요가 기록 문학으로 정착된 것일 가능성이 높습니다. 8구체는 8줄 형식의 노래로, 4구체에서 10구체로 발전해 가는 과도기의 노래라고 할 수 있습니다. 10줄로 된 노래인 10구체는 향가 중에서 가장 정제된 형식으로, 완성형이라 할 수 있습니다. 즉, 4-4-2의 형식으로 8구체에 두 구가 더 붙습니다. 이것을 '낙구'라고 하며 이 낙구의 첫머리에는 반드시 '아야阿也'나 '아으' 등과 같은 감탄사가 붙습니다. 이 감탄사는 앞에 나온 내용들을 정서적으로 고양시키거나 전환시켜서 노래의 내용이 완결되게끔 하는 효과가 있습니다. 향가의 작가는 매우 다양하였으나 주로 승려와 화랑이 많았습니다. 향가의 내용은 축사逐邪*, 안민安民*, 연군戀君* 등으로 다양하지만, 주로 불교적 신앙심을 바탕으로 한 숭고한 정신을 표현한 작품이 많습니다.

향찰
신라 때에 한자의 음과 뜻을 빌려 국어 문장 전체를 적은 표기법으로, 우리말이 없던 시절에 한자를 우리말에 맞게 사용하였다는 점에서 문학사적으로 큰 의의가 있다.

축사
사악한 것을 물리침.

안민
백성을 편안하게 함.

연군
임금을 사모함.

서동과 선화 공주의 사랑을 노래한 「서동요」

「서동요書童謠」는 신라 제26대 진평왕 때 백제의 서동이 지었다는 4구체 향가인데, 현재까지 전해지는 향가 중에서 가장 오래된 것입니다. 진평왕 재위 기간이 576년부터 632년인 점을 고려하면 6세기경의 노래라고 할 수 있습니다.

善化公主主隱	善化公主님은
他密只嫁良置古	늠 그스지 얼어 두고
薯童房乙	맛둥방을
夜矣卯乙抱遣去如	밤의 몰 안고 가다.

향가의 내용에 대해서는 여러 해독이 있지만, 이 책에서는 양주동 박사의 「증정고가연구」(일조각, 1965)의 해독을 따른다.

이 노래는 '(진평왕의 셋째 딸인) 선화 공주님은 남 몰래 정을 통하고 마를 캐는 도련님 즉, 서동을 밤에 몰래 안고 간다.'라는 내용이며, 배경 설화는 다음과 같습니다.

백제의 제30대 무왕의 이름은 장璋이다. 그 모친이 남편을 여의고 과부가 되어 백제의 서울* 남쪽 못가에 살면서, 연못의 용과 정을 통하여 아들을 낳았다. 그 아들은 재주와 도량이 커서 장차 큰일을 할 바탕을 갖추고 있었는데 항상 마薯를 캐어 팔아서 생계를 꾸려 갔으므로, 사람들이 그를 '서동'이라고 불렀다. 그는 신라 진평왕의 셋째 딸 선화 공주가 아름답기 그지없다는 소문을 듣고 그녀를 아내로 맞이하고자 머리를 깎아 중의 형색을 하고 신라의 서울로 들어갔다. 서울 근방의 아이들에게 마를 나누어 주면서 그들과 친해져 그를 따르게 되자 자신이 지은 동요를 부르게 하였다. 이 노래가 「서동요」인 것이다.

이 동요의 내용이 대궐에까지 알려져 공주는 먼 곳으로 귀양을 가게 되었다. 귀양길에 오르는 공주의 애처로운 모습에 왕후는 순금 한 말을 노자로 주었고, 공주가 귀양처로 가는 도중에 서동이 나타나 맞이하며 시위侍衛하여 가고자 하였다. 공주는 그가 어디서 왔는지 모르나 외로운 귀양길에 친구가 되리라 생각하고 그를 따

서울
한 나라의 중앙 정부가 있는 곳.
= 도읍.

서동을
몰래 안고간다 ♪

르게 되었다. 공주는 서동이 믿음직스럽고 좋아 그와 결혼했는데, 그 후에야 서동의 이름을 알고 동요의 영험함도 알았다. 백제로 와서 어머니가 준 금을 내어 생계를 꾀하려 하니, 서동이 크게 웃으며, "이것이 무엇이냐?" 하였다. 공주가 "이것은 황금이니 가히 백 년의 부를 이룰 것이다." 하니, 서동은 "내가 어려서부터 마를 파던 곳에 흙과 같이 쌓아 놓았다." 하였다. 공주가 듣고 크게 놀라 "그것은 천하의 지보至寶니 지금 그 소재를 알거든 그 보물을 가져다 부모님 궁전에 보내는 것이 어떠하냐."고 하였다. 서동이 좋다 하여 금을 모아 구릉과 같이 쌓아 놓고 용화산 사자사의 지명 법사에게 가서 금을 옮길 방책을 물었다. 법사는 "내가 신력을 써 보낼 터이니 금을 가져오라." 하였다. 공주가 편지를 써서 금과 함께 사자사 앞에 갖다 놓으니 법사가 신력으로 하룻밤 사이에 신라 궁중에 갖다 두었다. 진평왕이 그 신비한 변화를 이상히 여겨 더욱 존경하며 항상 편지를 보내어 안부를 물었다. 서동이 이로부터 인심을 얻어 백제의 왕위에 올랐다.

왕이 부인과 함께 사자사로 가려고 용화산 아래의 큰 연못가에 이르니 미륵 삼존이 연못 가운데에서 나타나므로 수레를 멈추고 절을 올렸다. 부인이 왕에게 말하기를 꼭 이 연못가에 큰 절을 지어야 한다면서 그것이 굳은 소원이라고 하였다. 왕이 허락하자 지명법사에게 가서 연못을 메울 일을 물으니 신력으로써 하룻밤에 산을 허물고 못을 메꾸어서 평지를 만들었다. 이에 미륵의 법상을 세 회전에 모시고 탑과 낭무를 각각 세 곳에 만들고 미륵사(국사에는 왕흥사라 했다.)라는 편액을 달았다. 진평왕은 많은 공인들을 보내서 그 일을 돕게 하였다. 지금도 그 절이 남아 있다.

이 이야기는 서동이 아내를 맞이하는 앞부분과 '사찰연기寺刹緣起'*로 이루어진 뒷부분으로 나눌 수 있습니다. 특히 뒷부분 설화에 대해서는 백제가 망할 무렵에 왕실의 원찰願刹*이었던 미륵사를 신라의 침입에서 보호하기 위해 백제와 신라의 인연을 강조하는 내용을 퍼뜨렸다는 견해도 있습니다.

노래의 종류를 분석하면 백제의 무왕이 선화 공주와 혼인을 하려는 의도로, 앞으로 일어나기를 바라는 일을 마치 이미 이루어진 것처럼 노래하게 했다는 점에서는 참요讖謠*이고, 아이들에게 부르게 했다는 점에서는 주술적 동요입니다. 특히 선화 공주가 서동을 찾아가는 것이 아닌데도 그녀가 주동자인

사찰연기
절을 짓게 된 유래에 대한 설화.

원찰
죽은 사람의 명복을 빌거나 소원을 빌기 위해 세운 절.

참요
잠재적 소망을 얻어 부른 노래. 앞으로의 일이 그렇게 될 것임을 미리 직설적으로 암시함.

전도

차례, 위치, 이치, 가치관 따위
가 뒤바뀌어 원래와 달리 거꾸로
됨. 혹은 그렇게 만듦.

것처럼 노래하여 서동 자신의 욕망을 선화 공주의 욕망인 것처럼 전도*시켜
표현하고 있다는 점이 특징입니다.

충청남도 부여군에 있는 서동요 테마파크

중생이 행복한 세상을 꿈꾸며 부른 「도솔가」

과학적으로는 하늘에 두 개의 해가 나타날 일이 없지만, 만약 두 개가 나타
난다면 이것은 기이한 일이고 빨리 해결해야만 하는 일입니다. 옛날의 과학
수준으로는 두 개의 해를 설명할 수 없었으므로 사회적 상황이나 정치적 상황
과 관련지어 이러한 현상을 해석했습니다. 하늘에 떠있는 '해'는 귀한 존재인
'왕'을 뜻합니다. 따라서 해의 등장은 왕권에 도전하는 세력이 등장이라고 분
석할 수 있습니다.

신라 제35대 경덕왕은 무열왕의 4대손으로 삼국 통일 후 70여 년이 흐른
뒤에 왕위에 올랐습니다. 경덕왕 6년과 18년에 각각 지방 군현의 명칭과 중앙
관부의 명칭을 중국식으로 고치며 중국의 제도를 모방하여 중앙 집권 체제를
강화하려고 하였고, 이에 대해 지방 세력과 귀족들이 반발하면서 왕을 지지하

는 왕당파와 반反왕당파 간의 대립이 생깁니다. 고대 가요의 발생에서 살펴보았듯이 위기나 고난의 상황이 닥쳤을 때, 우리 선조들은 하늘을 섬기는 제천의식을 함으로써 문제를 해결하려고 하였습니다. 따라서 해 두 개가 나타나는 정치적 혼란 상황에서도 의식을 통해 문제를 해결하려고 하였습니다. 이때 행해진 것이 산화공덕散花功德*이고, 이 의식에서 부른 노래가 「도솔가兜率歌」입니다.

今日此矣散花唱良　　　오늘 이에 散花 블어
巴寶白乎隱花良汝隱　　　샌 쌀본 고자 너는
直等隱心音矣命叱使以惡只　　　고돈 ᄆ슴미 命ㅅ 브리ᄋᆞ디
彌勒座主陪立羅良　　　彌勒座主 뫼셔라.

이 노래의 내용은 '오늘 여기 산화가를 불러 / 뿌리는 꽃이여, 너는 / 곧은 마음의 명命을 받들어 / 미륵좌주*를 뫼셔라.'입니다. 제천 의식에서는 하늘이라는 보편적이고 포괄적인 대상에게 기원을 하였지만 신라 시대에는 좀 더 범위를 한정하고 구체화시켜 '미륵좌주'에게 소원을 빌어 문제를 해결하려 했다는 점이 이전과는 달라진 대응 방식입니다. 또 목적한 바를 이루려고 하는 방법에 있어서도 「구지가」가 위협의 방법을 사용하였다면 이 노래는 '미륵좌주를 모셔라.'라는 명령의 형태를 사용했다는 점에서 이전의 노래에 비해서 표현이 많이 완곡해집니다. 국가의 태평을 위해서 만들어진 노래라는 점에서는 10구체 향가인 「안민가」와 유사합니다.

이외에도 4구체 향가로는 선덕 여왕 때의 명승이며 대예술가인 양지가 영묘사의 장륙삼존상을 만들 때(635년) 여인들이 진흙을 운반하면서 불렀다는 노래인 「풍요」와, 수로 부인이 길을 가다가 바위 꼭대기의 철쭉꽃을 꺾고 싶어 하자 암소를 끌고 지나가던 노인이 꽃을 꺾어 바치며 불렀다는 배경 설화가 전해지는 「헌화가」 등이 있습니다. 특히 「헌화가」에서는 신라인의 소박하고 보편적인 미의식을 확인할 수 있습니다. 즉, 수로 부인이 꺾기 힘든 위치에 있는 꽃을 원하는 것과 노인이 아름다운 여인인 수로를 위해 꽃을 꺾어 바친다

는 것은 아름다움에 매혹되는 수로 부인과 노인의 순수한 미적 태도를 나타냅니다.

그리움의 마음을 노래로 표현한 「모죽지랑가」

「모죽지랑가慕竹旨郞歌」는 '죽지랑'을 사모하는 노래로, 득오가 지은 8구체 향가입니다. 죽지랑은 진덕 여왕 때 김유신과 함께 국사를 논의하던 술종공의 아들입니다. 술종공이 미륵상을 세운 뒤 그 공덕으로 태어나, 삼국 통일에 큰 공을 세우고 벼슬이 이찬까지 올랐으며, 미륵의 화신으로 여겨질 정도로 높이 숭앙되었지만, 삼국 통일 후에는 토사구팽*된 인물이기도 합니다. 득오는 원래 죽지랑의 낭도였다가 익선에게 고난을 겪던 중 죽지랑이 이끌고 온 무리들에 의해 구해졌다고 합니다. 죽지랑에게 도움을 받은 득오가 그를 사모하여 지은 노래이므로, 종교적이거나 주술적인 성향의 노래가 아니라 죽지랑에 대한 애틋한 마음을 담고 있는 순수한 서정의 노래라고 할 수 있습니다. 노래의 마지막 7, 8행에는 '낭이여'라는 감탄사가 있어서 10구체 향가의 낙구인 9, 10구와 유사성을 보여 줍니다

토사구팽
교토사주구팽狡兔死走狗烹. 곧 날쌘 토끼가 죽으니 사냥개는 소용이 없게 되어 삶아 먹힌다는 뜻으로, 필요할 때는 쓰고 필요하지 않을 때는 야박하게 버리는 경우를 이르는 말.

去隱春皆理米	간 봄 그리매
毛冬居叱沙哭屋尸以憂音	모든 것사 우리 시름.
阿冬音乃叱好支賜烏隱	아름 나토샤온
皃史年數就音墮支行齊	즈싀 살쯈 디니져.
目煙廻於尸七史伊衣	눈 돌칠 사이예
逢烏支惡知作乎下是	맛보옵디 지소리.
郞也慕理尸心未行乎尸道尸	낭郞이여 그릴 마사미 녀올 길
蓬次叱巷中宿尸夜音有叱下是	다봊 굴허헤 잘 밤 이시리.

이 노래를 현대어로 표현하면 '간 봄을 그리워함에 / 모든 것이 울면서 시름하는구나. / 아름다움을 나타내신 / 얼굴에 주름살이 지려 하는구나. / 눈

깜짝할 사이에 / 만나 보게 되리. / 낭이여, 그리워하는 마음이 가는 길 / 다북쑥 우거진 구렁(험한 마을, 무덤)에서 잠을 잘 수 있는 밤도 있으리.'인데 죽지랑을 추모하는 노래로 보느냐 또는 사모하는 노래로 보느냐에 따라 해석에 차이가 있습니다. 즉, 추모의 노래로 볼 때에는 죽지랑이 죽고 없는 현재의 상태를 시름으로 보고 그를 그리워하면서 다시 만나기를 소망하는 내용으로, 죽지랑에 대한 지극한 추모의 정을 보여 줍니다. 하지만 사모의 노래로 볼 때에는 삼국 통일 후에 쇠퇴해 가는 화랑에 대한 안타까움을 표현했다고 할 수 있습니다.

관용으로 역신을 물러나게 한 「처용가」

「처용가處容歌」는 지금까지 전해지는 향가 중에서 가장 창작 시기가 늦은 작품으로, 신라 제49대 헌강왕 때(897년)의 노래입니다. 이 노래의 주인공인 처용은 헌강왕이 개운포에 놀러 갔다가 서라벌로 데리고 와서 미녀를 아내로 삼게 하고 벼슬을 내린 인물인데, 동해 용왕의 일곱 아들 중에 한 명이라고 배경 설화에 전해집니다. 처용이 어느 날 밤늦게 집으로 들어와 보니 역신이 그의 아름다운 아내를 범하였는데, 이때 처용이 다음과 같은 노래를 부릅니다.

東京明期月良	신볼 불기 드래
夜入伊遊行如可	밤드리 노니다가
入良沙寢矣見昆	드러사 자리 보곤
脚烏伊四是良羅	가르리 네히어라
二肹隱吾下於叱古	둘흔 내해 엇고
二肹隱誰支下焉古	둘흔 뉘해 언고
本矣吾下是如馬於隱	본디 내해 다마른
奪叱良乙何如爲理古	앗아늘 엇디ᄒ릿고

이 노래의 내용을 현대어로 풀이하면 '서울(경주) 밝은 달밤에 / 밤이 늦도록 놀고 지내다가 / 들어와 잠자리를 보니 / 가랑이(다리)가 넷이로구나. 둘은 내(아내) 것이지만 / 둘은 누구의 것인가? / 본래 내 것이다마는(내 아내이지만) 빼앗긴 것을 어찌하리오.'입니다. 앞 4구는 역신이 아내를 범하였다는 상황에 해당되고, 뒤의 4구는 이런 상황에 대한 처용의 관용적 태도를 보여 줍니다. 이 노래와 함께 처용이 춤을 추며 물러나는 관용적인 태도를 보이자 역신이 감동하여 처용 앞에 무릎을 꿇고 "내가 공의 아내를 흠모하여 지금 잘못을 범하였는데, 노하지 않으시니 감격하여 아름답게 여기는 바입니다. 이후로는 맹세코 공의 모습을 그린 그림만 보아도 그 집에는 들어가지 않겠습니다."라고 말하며 물러갔다고 배경 설화에 전해집니다. 역신이 물러가는 벽사진경辟邪進慶*의 속성 때문에 이때부터 처용의 가면을 대문에 걸어 두는 풍습이 생겼습니다. 또, '처용무'나 '처용희' 등으로 전승되어 나례儺禮*에서 잡귀를 물리치는 역할을 한 것으로 미루어 보아, 주술적인 노래의 계보를 잇는다고 할 수 있습니다. 한편, 이 노래는 가사 중 일부가 고려 가요 「처용가」에 수용됩니다. 그리고 고려 가요 「처용가」는 조선 시대 문헌인 『악장가사』와 『악학궤범』에 한글로 수록됨으로써, 「처용가」는 다른 향가에 비해 해석이 용이할 뿐만 아니라, 향찰 문자 해독의 중요한 열쇠 역할을 합니다.

벽사진경
사악한 것을 물리치고 좋은 것을 향해 나아감.

나례
잡귀를 쫓기 위한 의식.

처용무의 한 장면

혜성을 물리치고자 지은 「혜성가」

「혜성가彗星歌」는 신라 진평왕 때(594년) 융천사가 지은 10구체 향가로서, 10구체 형식 중에서는 가장 오래된 작품입니다. 이 노래를 불러 왜구를 물리쳤다고 전해지는데, 이것은 「혜성가」가 주술성을 지니고 있음을 뜻합니다. 고대 가요의 경우에는 「구지가」나 「혜성가」처럼 노래가 힘을 지니고 있어서 어떤 일을 이루게 하는 경우가 많습니다. 즉 진심이 담긴 노래는 하늘이나 땅, 귀신 등을 움직일 수 있다는 고대인의 소박한 믿음을 엿볼 수 있습니다.

舊理東尸汀叱乾達婆矣	녜 싀ㅅ믌ㄱ
遊鳥隱城叱肹良望良古	乾達婆의 놀온 잣훌란 ᄇ라고
倭理叱軍置來叱多	예ㅅ 軍두 옷다
烽燒邪隱邊也藪耶	燧ᄉ얀ㄱ 이슈라
三花矣岳音見賜烏尸聞古	三花의 오롬보샤올 듣고
月置八切爾數於將來尸波衣	둘두 ᄇ질이 혀렬 바에
道尸掃尸星利望良古	길 쓸 벼리 ᄇ라고
彗星也白反也人是有叱多	彗星여 술여 사롬이 잇다
後句 達阿羅浮去伊叱等邪	아으 둘 아래 떠갯더라
此也友物叱所音叱彗叱只有叱故	이 어우 믓숌 彗ㅅ기 이실꼬

이 노래는 '옛날, 동해 물가에 건달바가 / 놀던 성을 바라보고 / 왜군이 왔다고 / 봉화를 올린 변방이 있었다. / 세 화랑이 산 구경 오심을 듣고 / 달도 부지런히 등불을 켜는데 / 길을 쓸고 있는 별들을 바라보고 / 혜성이여, 사뢴 사람이 있었다. / 아아, 달 아래로 떠나갔더라. / 이에 무슨 혜성이 있을까?'로 해석할 수 있습니다. 여기서 '건달바'는 음악과 놀이를 관장하는 불교의 신이고, 건달바가 논 성은 신기루입니다. 세 명의 화랑은 거열랑, 실처랑, 보동랑으로, 이들이 산 구경을 오면 달도 등불을 켜서 그들을 맞이하는데 길을 쓸고 지나가는 별을 보고 혜성이라고 잘못 아뢴 사람이 있다고 합니다. 즉 이 노

래에서는 신기루와 별만 있을 뿐이고 혜성은 없다고 합니다.

『삼국사기』의 내용에 따르면 진평왕 때에 동쪽 하늘에 혜성이 나타났다는 기록이 있습니다. 신라에서는 그 혜성이 심대성心大星*, 즉 신라 쪽으로 나타났다고 위기감을 느낍니다. 이에 혜성이 없다고 하면 혜성이 사라질 것이라고 믿고 융천사에게 「혜성가」를 짓도록 합니다. 융천사는 '천사天師'라는 명칭에서 짐작할 수 있듯이 하늘을 관장하는 천문관이나 주술사일 가능성이 높습니다.

화랑은 진흥왕 때에 창설되어 진평왕 대에 이르러 정비 작업을 거치면서 세력을 확장했습니다. 그러므로 화랑의 기백으로 일본을 상징하는 혜성을 물리쳐 위기를 극복하려고 했다고 해석할 수도 있습니다.

죽은 누이를 그리워하는 「제망매가」

삶과 죽음은 인간의 본질이라 할 수 있습니다. 그래서 삶과 죽음의 문제를 다룬 문학 작품이 많습니다. 현대 시 「귀천歸天」은 인간의 삶과 죽음을 통찰한 작품이고, 「유리창」과 「하관下棺」은 각각 자식과 아우의 죽음을 소재로 한 작품입니다. 향가에도 죽음과 관련된 작품으로 「제망매가祭亡妹歌」가 있습니다. 이 노래는 누이의 죽음을 소재로 하여 한 10구체 향가인데, 앞서 나왔던 「도솔가」를 쓴 월명사의 작품입니다.

生死路隱	生死路는
此矣有阿米次肹伊遣	예 이샤매 저히고
吾隱去內如辭叱都	나는 가느다 말ㅅ도
毛如云遣去內尼叱古	몯다 닏고 가느닛고
於內秋察早隱風未	어느 ᄀᆞᆯ 이른 ᄇᆞᄅᆞ매
此矣彼矣浮良落尸葉如	이에 뎌에 ᄠᅥ딜 닙다이
一等隱枝良出古	ᄒᆞ든 갖애 나고
去奴隱處毛冬乎丁	가논 곧 모ᄃᆞ온뎌
阿也彌陀刹良逢乎吾	아으 彌陀刹애 맛보올 내
道修良待是古如	道 닷가 기드리고다

심대성
스물여덟 개의 별자리(이십팔수
二十八宿, 중국에서 달의 공전 주
기가 27.32일이라는 것에 착안하
여 적도대를 28개의 구역으로 나눈
것으로, 각 구역이 각각의 별자리이
다.) 중에서 신라를 뜻함.
= 북극성.

이 노래의 내용을 현대어로 해석하면 '삶과 죽음의 길은 / 여기(이승)에 있으므로 두렵고 / '나(죽은 누이)는 간다'는 말도 / 다하지 못하고 갔는가. / 어느 가을 이른 바람에 / 여기 저기 떨어지는 나뭇잎처럼 / 한 가지에서 태어나고도 / 가는 곳을 모르겠구나. / 아아, 극락 세계에서 만나 볼 나는 / 불도를 닦으며 기다리겠노라.'입니다. 즉, 누이의 죽음이 안타깝지만 다시 만나기를 기원하며 도를 닦는 자세로 기다리겠다고 하여 혈육의 죽음으로 인한 인간의 고뇌를 종교적으로 승화시킵니다. 따라서 이 노래는 삶과 죽음에 대한 통찰을 바탕으로 '부모'를 'ᄒᆞᆫ 가지'로, '죽은 누이'를 '뻐딜 닙'으로, '누이의 요절'을 '이른 ᄇᆞᄅᆞᆷ'으로 표현하는 고도의 비유법을 사용하여 누이의 죽음에 대한 슬픔과 허무함을 애절하게 드러내고 있어서 향가 중에서 최고작으로 손꼽힙니다. 특히 인간의 고뇌를 종교적으로 승화한 부분은 숭고한 불교적 신앙심을 바탕으로 하여 피안彼岸*의 세계를 지향하는 신라 지식인의 의식 세계를 잘 드러냈다는 평가를 받습니다.

이 노래와 관련하여 '신라 사람들은 향가를 무척 높였거니와…… 자주 천지와 귀신을 감동시키는 일이 한두 번이 아니었다.'라는 기록이 『삼국유사』에 남아 있습니다. 이처럼 문학은 인간의 삶과 죽음을 통찰하면서 깊은 내면적 울림으로 감동을 자아내는 것이라 할 수 있습니다.

피안
이승의 번뇌를 해탈하여 열반의 세계에 도달하는 일. 또는 그런 경지. ↔ 차안此岸.

서리 모를 화랑의 우두머리여! 「찬기파랑가」

「찬기파랑가讚耆婆郎歌」는 '기파랑을 찬양하는 노래'라는 뜻인데 『삼국유사』의 배경 설화에 의하면 당시의 왕이었던 경덕왕이 이 노래를 알고 있었을 정도로 문학적인 비유가 뛰어난 작품입니다.

咽鳴爾處米	열치매
露曉邪隱月羅理	나토안 ᄃᆞ리
白雲音逐于浮去隱安支下	흰 구룸 조초 뻐가는 안디하
沙是八陵隱汀理也中	새파른 나리여희

기파랑 이란
인물은 정말 성품이
훌륭했던 것 같군

耆郎矣兒史是史藪邪	耆郎(기랑)이 즈싀 이슈라
逸鳥川理叱磧惡希	일로 나리ㅅ 지벽히
郎也持以支如賜鳥隱	郎이 디니다샤온
心未際叱肹逐內良齊	ᄆᆞᅀᆞ미 ᄀᆞ홀 좇누아져
阿耶栢史叱枝次高支好	아으 잣ㅅ가지 놉허
雪是毛冬乃乎尸花判也	서리 몯누올 花判여

이 노래를 현대어로 해석하면 '(구름을) 열어 젖히매 / 나타난 달이 / 흰구름을 쫓아 떠가는 것이 아니냐? / 새파란 냇가에 / 기파랑의 모습이 있구나. / 이로부터 냇가의 조약돌에 / 낭이 지니시던 / 마음의 끝을 따르고 싶구나. /

찬기파랑가비

아아, 잣나무 가지가 높아서 / 서리조차 모르실 화랑의 우두머리여.'입니다. 이 노래에서 찬양하는 '기파랑'은 고매한 인품을 지닌 화랑인 듯하지만, 자세한 기록은 전해지지 않습니다. 하지만 이 노래를 읽는 독자는 기파랑이 달과 같은 광명의 존재이고, 냇물처럼 맑고 깨끗한 모습이면서 조약돌과 같이 원만하고 강직한 인품을 지닌 존재라는 상상을 하게 됩니다. 또한 잣나무 가지처럼 절개를 지니고 있어서 어떠한 시련에도 굴하지 않는 화랑의 우두머리라는 생각을 하게 됩니다. 이처럼 이 노래는 기파랑이라는 인물을 달, 냇물, 조약돌, 잣나무에 비유하여 고도의 상징성으로 숭고미를 자아내면서, 미래 지향적인 진취적 기상과 의지를 나타내고 있어서 문학성이 뛰어난 작품이라는 평가를 받습니다.

백성이 세상의 근본임을 일깨워 주는 「안민가」

신라는 불교를 국교로 삼은 나라이다 보니 대부분의 향가가 불교적인 성향이 강했습니다. 하지만 10구체 향가인 「안민가安民歌」는 유교와 밀접한 관련이 있습니다. 「안민가」는 경덕왕의 명에 의해 충담사가 지은 향가로 제목처럼 '백성을 편안하게 하기 위한 노래'이면서, 『논어』 「안연」에 나오는 '군군신신부부자자君君臣臣父父子子*'와 같은 유교적인 내용을 담고 있습니다.

군군신신부부자자
'임금은 임금답게, 신하는 신하답게, 아버지는 아버지답게, 자식은 자식답게 한다.'라는 뜻.

君隱父也	君은 어비여,
臣隱愛賜尸母史也	臣은 ᄃᆞᅀᆞ샬 어ᅀᅵ여
民焉狂尸恨阿孩古爲賜尸知	民ᄋᆞᆫ 얼혼 아히고 ᄒᆞ샬디
民是愛尸知古如	民이 ᄃᆞᅀᆞᆯ 알고다
窟理叱大肹生以支所音物生	구믈ㅅ다히 살손 物生
此肹喰惡支治良羅	이흘 머기 다스라
此地肹捨遣只於冬是去於丁爲尸知	이 ᄯᅡ홀 ᄇᆞ리곡 어듸 갈뎌 홀디
國惡支持以支知古如	나라악 디니디 알고다
後句君如臣多支民隱如爲內尸等焉	아으, 君다이 臣다이 民다이 ᄒᆞᄂᆞᆯ둔
國惡太平恨音叱如	나라악 太平ᄒᆞ니잇다

이 노래의 내용은 '임금은 아버지요 / 신하는 사랑을 주시는 어머니요 / 백성은 어린 아이라고 한다면 / 백성이 (임금의) 사랑을 아실 것입니다. / 꾸물거리며 구차히 사는 백성들 / 이들을 배불리 먹이고 다스려 / (백성들이) 이 나라를 버리고 어디로 갈 것인가 한다면 / 나라 안이 다스려짐을 알게 될 것입니다. / 아아, 임금답게 신하답게 백성답게 할 것이면 / 나라 안이 태평할 것입니다.'라는 내용입니다. 임금, 신하, 백성이 각자 아버지, 어머니, 아이처럼 자기의 직분을 다하면 나라와 백성 모두가 편안하리라는 치국治國의 방법을 알려 주는 노래입니다.

『논어』에 '임금은 예로써 신하를 부리고 신하는 충으로써 임금을 섬겨야 한다君使臣以禮 臣使君以忠.'라는 말이 있습니다. 「안민가」는 이 글에 나오는 것처럼 진심 어린 예와 충의 마음을 지니기를 바라는 교훈적 의도가 담긴 잠요箴謠* 입니다. 또 이 노래는 가족 관계에 비유하는 표현 방법을 사용하여 친근하면서도 설득적이고 논리적입니다. 내용 면에서는 백성을 아이처럼 아끼고 사랑하라고 하였으므로 민본주의 사상과도 통한다고 할 수 있습니다.

이 노래와 함께 수록된 배경 설화에 의하면 왕이 남산 삼화령 미륵 세존께 차를 공양하는 승려인 충담사를 만나 이 노래를 짓게 하였다고 하는데, 이러한 점을 고려하면 이 노래는 불교적인 성격도 지닙니다. 또 오악 삼산의 신이 출현하는 국가의 위기를 노래를 통해 극복하려고 한다는 점에서는 주술적인 성격을 지닌 노래임을 파악할 수 있습니다. 경덕왕 때는 왕당파와 반왕당파 간의 갈등으로 위기를 겪었던 시기였으며 이러한 정치, 경제적 상황 속에서 「안민가」가 탄생하게 되었다는 점에서 이 노래를 사회성을 지닌 작품이라고도 할 수 있습니다.

안민가비

눈 먼 딸에게 눈을 달라는 어머니의 사랑 노래 「도천수대비가」

옛날에 한 청년이 살았다. 청년은 아름다운 여인을 만나 사랑에 빠졌다. 여인이 청년에게 별을 따다 달라 하면 별을, 달을 따다 달라 하면 달을 따다 주었다. 이제 청년이 그녀에게 더 이상 줄 것이 없게 되었을 때, 여인이 말했다. "어머니의 심장 을 꺼내 와요……." 많은 고민과 갈등을 했지만 결국 청년은 어머니의 가슴 속에서 심장을 꺼냈다. 청년은 어머니의 심장을 들고 뛰기 시작했다. 오직 그녀와 함께할 자신의 행복을 생각하며 달리고 또 달렸다. 청년이 돌부리에 걸려 넘어졌을 때 청 년의 손에서 심장이 빠져 나갔다. 언덕을 굴러 내려간 심장을 다시 주워 왔을 때, 흙투성이가 된 심장이 말했다. "애야……, 많이 다치지 않았니?"

이 이야기는 심장을 빼앗기면서도 자식에 대힌 간질한 마음을 드러내는 어 머니의 사랑을 보여 줍니다. 「도천수대비가禱千手大悲歌」*는 이처럼 깊고 넓은 어머니의 사랑이 담긴 노래입니다.

「도천수대비가」
「천수관음가千手觀音歌」, 「천수 대비가千手大悲歌」, 「맹아득안가 盲兒得眼歌」, 「도천수관음가禱千 手觀音歌」로도 부른다.

膝肹古召旀	무루플 고조며
二尸掌音毛乎支內良	둘솑바당 모호누아
千手觀音叱前良中	千手觀音ㅅ 前 아히
祈以支白屋尸置內乎多	비술볼 두누오다.
隱手叱千隱目肹	즈믄 손ㅅ 즈믄 눈흘
一等下叱放一等肹除惡支	ᄒᆞ든흘 노ᄒ ᄒᆞ든흘 더웁디
二于萬隱吾羅	둘 업는 내라
一等沙隱賜以古只內乎叱等邪阿邪也	ᄒᆞ든사 그스시 고티누옷다라
吾良遺知支賜尸等焉	아으으 나애 기티샬ᄃᆞᆫ
放冬矣用屋尸慈悲也根古	노티 뽈 慈悲여 큰고

바ᄂᆡ이다 비ᄂᆡ이다

이 노래의 내용은 '무릎을 곧추며(꿇고) / 두 손바닥 모아 / 천수관음 앞에 / 비옵니다. / 천 개의 손, 천 개의 눈을 / 하나를 내놓고 하나를 덜어서 / 둘이다 없는 나이니, / 하나만 그윽이(정성스럽게) 고쳐 주시옵소서. / 아아, 나에게 (그 덕을) 끼쳐 주신다면 / 놓되 베푼 자비가 얼마나 큰 것인가!'입니다. 『삼국유사』에 함께 수록되어 있는 배경 설화에 의하면, 희명이라는 여인이 자신의 다섯 살 난 눈 먼 딸에게 영험이 있는 분황사 부처님 앞에서 기원의 내용을 담아 노래를 지어서 부르게 했다고 합니다. 그러나 다섯 살 난 아이가 노래를 짓는다는 것은 무리이므로, 사뇌가 형식의 기도문을 아이에게 외우게 한 것으로 여겨집니다. 어머니의 마음을 담아 노래의 내용을 바꾸어 표현한다면, '천 개의 눈을 가진 보살이여. 내 아이에게 천개의 눈 중에서 하나만 덜어 주소서. 당신이 눈 하나 주시는 것은 아주 쉽지만, 내 아이에게는 목숨만큼 중요합니다.'라고 할 수 있습니다. 또 이 노래는 눈을 뜨기를 기원하는 노래이면서 종교적 신념으로 구제되기를 바란다는 점에서 종교적 서정성을 지닌 노래로 볼 수 있습니다.

이 밖에도 10구체 향가로는 달에게 의탁해서 극락 세계에 가기를 바라는 기원의 노래인 「원왕생가願往生歌」와 효성왕이 자신과의 약속을 잊자 원망의 마음을 담아 불렀던 원망의 노래인 「원가怨歌」, 그리고 도적들이 감탄할 만한 인품을 지녔던 영재라는 스님이 불렀다는 「우적가遇賊歌」 등이 전합니다.

세상을 교화하는 노래 「보현십원가」

지금까지 전해지는 향가 중에서 14수는 일연이 편찬한 『삼국유사』에, 나머지 11수는 『균여전』에 실려 있습니다. 『균여전』은 혁련정이 고려 문종 29년 (1075년)에 승려 균여에 관한 자료를 모두 모아 10장의 구성으로 편찬한 균여의 전기인데, 제7장 「가행화세분歌行化世分」에 균여가 노래를 지어 세상을 교화하였다고 말하고 원문을 실었으며, 제8장 「역가현덕분譯歌現德分」에 균여가 지은 11수의 노래를 최행귀가 한역漢譯한 것으로 수록하였습니다.

고려 초기의 지배층은 서라벌의 전통을 이은 6두품 출신의 문신 귀족과 왕건을 도운 호족 세력이었습니다. 그중에서 호족 세력은 불교의 선종과 결탁하였으며, 그 세력이 상당히 커진 상태였습니다. 이에 중앙 집권 체제로 왕권을 강화하기 위해서는 호족의 정신적 기반이 되는 선종과 대립할 교종의 화엄종이 필요했습니다. 균여는 이 화엄종을 따르는 승려로 고려 광종이 왕권을 강화하는 데 정신적 기틀을 제공하였습니다. 이를 위해 『화엄경』의 「보현행원품普賢行願品」*을 본떠 한자를 모르는 사람도 읽고 행할 수 있도록 당시에 유행하던 향가 형식으로 11수의 노래를 지은 것입니다. 『균여전』 서문에 노래를 지은 연유를 밝힌 대목에서 이와 같은 균여의 의도를 확인할 수 있습니다.

> 대개 사뇌詞腦란 세상 사람들이 희롱하며 즐기는 도구요, (보살의) 소원이란 보살이 행실을 닦는 데 긴요한 것이다. 그러므로 얕은 곳을 건너야 깊은 데로 돌아가고, 가까운 곳에서 출발해서 먼 데 이르게 되듯이, 세속의 도리를 따르지 않고서는 둔한 바탕을 인도할 길이 없으며, 세속적인 말에 기탁하지 않고서는 크고 넓은 인연을 나타낼 수 없다. 이제 쉽사리 알 수 있는 가까운 일에 의거해서 생각하기 어려운 먼 뜻을 깨치도록 하자고, 열 가지 큰 소원을 말한 글에 따라서 열한 수의 노래를 짓는다.
>
> 혁련정, 「균여전」 제7장 서문

이 내용을 요약하면 당시 향가가 유행하였으며, 유행하는 노래를 이용해서 교화를 펴고자 했음을 알 수 있습니다. 이 11수의 노래는 「보현십원가普賢十願歌」 또는 「보현십종원왕가普賢十種願往歌」라고도 합니다. 노래의 구성을 살펴보면 「예경제불가禮敬諸佛歌」*, 「칭찬여래가稱讚如來歌」*, 「광수공양가廣修供養歌」*, 「참회업장가懺悔業障歌」*, 「수희공덕가隨喜功德歌」*, 「청전법륜가請轉法輪歌」*, 「청불주세가請佛住世歌」*, 「상수불학가常隨佛學歌」*, 「항순중생가恒順衆生歌」*, 「보개회향가普皆廻向歌」*, 열 수는 『화엄경』에서 그 제목을 그대로 따왔고, 마지막 노래인 「총결무진가總結无盡歌」*는 균여가 창작한 것입니다.

「보현행원품」
『화엄경』의 맨 마지막 부분. 열 가지 긴요한 행실을 잘 닦으라는 보현보살의 가르침을 담고 있다.

「예경제불가」
여러 부처에게 두루 절하는 노래.

「칭찬여래가」
여래를 칭송하는 노래.

「광수공양가」
부처에게 공양하는 공덕을 널리 닦는 노래.

「참회업장가」
스스로 잘못을 저질러 그르친 바를 참회하는 노래.

「수희공덕가」
다른 사람이 공덕 닦는 것을 기뻐하는 노래.

「청전법륜가」
법륜을 굴려서 설법해 주기를 부처에게 청하는 노래.

「청불주세가」
부처가 항상 세상에 머물기를 바라는 노래.

「상수불학가」
항상 부처를 따라 배우는 노래.

「항순중생가」
항상 중생의 뜻을 따르는 노래.

「보개회향가」
스스로 닦은 공덕을 모두 다른 사람에게 돌려주자는 노래.

「총결무진가」
끝없는 사연을 마무리하는 노래.

시가 문학

03 한시

삼국 시대에는 아시아의 보편 종교인 불교가 유입이 되고, 공동 문어에 해당되는 한자를 사용한 한문학이 발전하는 시기였습니다. 이 시기에는 우리말은 있으나 우리글이 없었기 때문에 한자로 생각과 정서를 표현할 수밖에 없었습니다.

한자로 된 시가 문학을 한시漢詩라고 합니다. 한시는 음수율(일정한 낱말 수를 갖추어야 함), 음위율(정해진 구의 첫 자나 끝 자에 같은 운에 딸린 글을 넣어야 함), 음성률(구의 각 글자가 평측에 맞게 배정되어야 함), 시행률(일정한 구 수를 따라야 함)에 맞게 지어야 하며, 기본 형식은 4줄로 이루어진 절구絕句, 8줄로 이루어진 율시律詩, 12구를 기본으로 하는 배율排律이 있으며, 한 구를 이루는 글자에 따라 다섯 글자인 오언五言, 일곱 글자인 칠언七言으로 나뉩니다.

고구려인의 기개를 보여 준 「여수장우중문시」

고구려는 지리적으로 우리나라의 관문 역할을 하면서 크고 작은 여러 가지 전투를 치렀습니다. 그중에서도 살수대첩*은 을지문덕의 용맹함이 돋보이는 전투로 널리 알려져 있습니다. 고구려 영양왕 23년(612년)에 수나라 양제는 113만의 대군을 거느리고 고구려를 침범하였으나, 진전이 없자 30만 명의 수나라 별동대를 시켜 압록강 서쪽으로 진격하게 합니다. 그러나 이 계획을 미리 파악한 을지문덕이 하루에 일곱 번 싸워 일곱 번 후퇴하는 유인 작전을 펴서 대승을 거둡니다. 이때 수나라의 대장 우중문에게 써 보낸 것이 이 작품인데, 현재 전해지는 한시 중에서 가장 오래된 작품입니다.

살수대첩
612년에 고구려와 수나라가 살수(지금의 청천강)에서 벌인 큰 싸움. 고구려 군사가 살수를 건너 온 수나라 별동대 30만 5천 명을 몰살하였으며, 전투 직전에 수나라 별동대 대장인 우중문에게 「여수장우중문시」를 보냈다.

神策究天文   그대의 신기한 계책은 하늘의 이치를 다하였고
妙算窮地理   기묘한 헤아림은 땅의 이치를 통하였네.
戰勝功旣高   싸움에 이겨 그 공이 이미 높으니
知足願云止   만족함을 알고 그만두기를 바라노라.

김부식, 『삼국사기』

살수에서 수나라 별동대를 섬멸하는 을지문덕

내가
최고라고 !!

을지운덕

작품의 제목인 「여수장우중문시與隋將于仲文詩」는 '수나라 장수 우중문에게 보내는 시'라는 뜻입니다. 이 노래는 우중문을 찬양하면서 시작합니다. 찬양에 이어 공이 이미 높다고 적의 공명심을 자극한 후, '그만두기를 바란다.'는 말로 물러나라고 달래면서 끝맺습니다. 이 구절은 노자의 『도덕경』에 나오는 '족함을 알면 욕되지 않고, 그칠 줄 알면 위태롭지 않다知足不辱止不殆.'라는 구절을 원용한 것이기도 합니다.

이 작품은 적을 높이는 듯하지만 결국에는 우중문에게 퇴각을 종용하며 야유와 조롱을 행하는 것이 핵심입니다. 따라서 이 작품에서는 적을 두려워하지 않는 고구려인의 기상을 확인할 수 있습니다. 결국 수나라 군대는 고구려인의 자신감과 기백에 밀려 거의 전멸하다시피 하였고 중원 땅에는 전쟁에 시달린 백성들의 원망 속에서 새로운 국가인 당나라가 들어섭니다.

시대가 버린 인재 최치원의 한이 서린 「추야우중」

최치원 (857~?)

「토황소격문」
최치원이 당에서 황소黃巢의 난을 토벌하기 위해 지은 격문.

신라에는 '골품제'라는 신분 제도가 있었습니다. 골품제는 성골과 진골이라는 '골' 신분과 가장 낮은 신분인 1두품에서 가장 높은 6두품까지의 '두품'이라는 신분으로 이루어지는데, 1두품에서 3두품까지는 평민과 똑같이 취급을 하였다고 합니다. 즉, 평민, 4두품, 5두품, 6두품, 진골, 성골로 신분이 나뉘었습니다. 물론 고구려나 백제에도 신분제는 있었지만 신라에서는 신분제가 엄격하게 적용되었으며 골품에 따라 벼슬에 한계가 정해져 있고, 결혼이나 옷차림, 매일 사용하는 그릇까지도 달랐습니다. 따라서 더 높은 벼슬에 오르지 못하는 사람들에게 신분제가 불만의 요소가 되기도 하였고, 6두품 중에는 아예 벼슬길을 포기하고 승려나 학자의 삶을 선택하는 사람들도 있었습니다.

최치원이나 원효 대사도 6두품 출신의 인재들이었습니다. 특히, 최치원은 한문학의 대가로 알려져 있습니다. 어릴 때부터 신동으로 널리 이름을 날리다가 868년 12세에 당나라에 유학을 가서, 874년 18세에는 외국인이 치르는 당나라의 과거인 '빈공과'에 합격하였습니다. 당나라에서 벼슬을 하면서 쓴 「토황소격문」*은 뛰어난 문장으로 널리 알려져 있습니다. 하지만 어린 나이에 남의 나라에서 외로움에 시달렸으며, 885년 29세에 고국으로 돌아온 뒤에도 「시무십조時務十條」를 진성 여왕에게 올리는 등 정치적 개혁을 위해 여러 가지 노력을 하였지만 뜻을 펼치지 못합니다.

최치원이 서쪽으로 유학을 떠나 당나라에서 벼슬살이를 하다가 동쪽 고국으로 돌아왔다. 하지만 어지러운 세상을 만나 운수가 막혀 움직이면 문득 허물을 얻게 되므로, 스스로 때를 만나지 못함을 슬퍼하며 다시 벼슬할 뜻을 가지지 않았다. 그는 유유히 마음대로 생활하며 산림 아래와 강과 바닷가에 누각과 정자를 짓고 소나무와 대나무를 심고 책속에 파묻혀 풍월을 읊었다. 최후에 가족을 거느리고 가야산 해인사에 숨어 살았는데 동복 형인 중 현준 및 정현 스님과 도우道友를 맺어 한가히 지내면서 여생을 마쳤다.

김부식, 「삼국사기」 「열전列傳」 「최치원」

당나라에서 유학을 하고 벼슬에 오르다 보니 최치원은 공동 문어인 한문에 능통하였습니다. 신분제의 한계에서 벗어나지 못했던 불우한 천재 최치원의 대표작으로는 「추야우중秋夜雨中」이 있습니다.

秋風唯苦吟	가을바람에 이렇게 힘들여 읊고 있건만
世路少知音	세상 어디에도 날 알아주는 이 없네.
窓外三更雨	창밖엔 깊은 밤 비 내리는데
燈前萬里心	등불 아래 천만 리 떠나간 마음.

「추야우중」은 서거정의 「동문선東文選」*에 실려 있습니다. 이 노래의 시적 화자는 깊어가는 가을밤에 괴롭게 시를 읊조리며, 세상 어디에도 알아주는 이가 없다는 설움을 느낍니다. 창밖에 내리는 밤비는 서러움의 정서를 더 심화시키고 등불 아래 잠 못 이루는 마음은 만 리 밖을 떠돈다고 합니다. 세상에 용납되지 못하여 제 뜻을 펼치지 못하는 불우한 천재 최치원의 마음이 안타까움을 자아내는 작품입니다.

「동문선」
신라부터 조선 숙종까지의 시문을 엮은 책. 133권 45책.

다듬이 소리에 고국을 그리워하는 발해인의 노래 「야청도의성」

발해 지도

　발해는 고구려의 유민인 대조영이 세운(698년) 나라인데 당나라에서 '해동성
국'이라고 부를 만큼 번창했습니다. 또, 신라는 발해를 북국이라고 불렀는데,
이는 신라는 남국이고 발해는 북국인 남북국의 관계가 성립하였음을 의미합
니다. 『구당서舊唐書』에 의하면 발해에는 '자못 문자 및 서기가 있다.'라는 기록
이 있습니다. 이는 발해의 독자적인 문자가 있었음을 의미하는 것인데, 오늘
날에는 그 문자나 문자를 사용한 노래는 전해지지 않습니다. 다만, 일본의 문
헌에 양태사, 왕효렴, 인정, 정소, 배정 등이 남긴 한시가 전합니다. 그 중에
서 가장 길고 정감 어린 노래가 양태사의 「야청도의성夜聽擣衣聲」입니다.

霜天月照夜河明   서리 내린 하늘에 달이 비치고 은하수가 밝아

客子思歸別有情   나그네는 돌아갈 생각으로 마음이 간절하구나.

厭坐長霄愁欲死   긴 밤을 앉았기 지루해 근심도 사라지려고 하는데

忽聞隣女擣衣聲   어디선가 홀연히 이웃 여인의 다듬이 소리가 들려오네.

聲來斷續因風至   소리는 끊어질 듯 이어지고 바람 따라 이르러서

夜久星低無暫止   밤이 깊어 별이 낮아지도록 잠시도 멈추지 않네.

自從別國不相聞   고국을 떠난 후로 들어보지 못했는데

今在他鄕聽相似   지금 타향에서도 들려오는 저 소리는 비슷하구나.

「야청도의성」은 '밤에 다듬이 소리를 듣다.'라는 뜻인데, 작자가 발해 문왕 23년(759년)에 일본에 부사副使로 갔다가 송별연에서 읊은 노래로 『경국집經國集』이라는 일본 시집에 전해집니다. 일본에는 다듬이질하는 풍속이 없습니다. 그런데 이 고국의 소리를 타국에서 들었으니 그리움이 일어날 법도 합니다. 따라서 이 노래는 '고국에 대한 그리움'이라는 내면 적 세계를 잘 드러내어 감동을 자아내는 한시라고 할 수 있습니다.

다듬이

서사문학

01 설화

만물의 영장인 인간이 다른 동물과 구별되는 점은 생각하는 힘입니다. 인간은 살아가면서 이 세상의 흐름과 자신의 삶에 대해 생각하기 마련입니다. 그리고 이 세상의 모든 일에 대해 '왜?'라는 의문을 품고 의문에 대한 자신들의 생각을 기록합니다. 이것이 신화, 전설, 민담과 같은 설화가 되었을 가능성이 매우 높습니다. 인간은 이 세상의 모든 현상에 대해 호기심을 품게 되므로 신화, 전설, 민담은 인간이 딛고 있는 땅의 유래, 인간의 삶을 좌우하는 하늘의 유래, 그리고 주변의 바위와 강물, 나무의 유래까지 이야기로 엮습니다.

신화는 그대로
받아들이기 보단
숨은 뜻을 헤아려야해!

이 중에서 인간이 넘볼 수 없는 초월적인 존재에 대한 의문의 결과물이 신화라면 좀 더 인간의 삶에 근접하여 비범한 인물이 풀어내는 이야기는 전설입니다. 그리고 평범한 사람들의 보편적인 이야기는 민담이 됩니다.

이러한 설화에는 사람들의 생활, 감정, 풍습, 신념 등이 반영되어 있습니다. 따라서 설화는 인간 삶의 원류原流라고 할 수 있습니다. 그리고 사람들의 삶에 있어서 가장 기본적인 이야기들로 구성되다 보니 이 세상에 있는 모든 삶의 이야기, 즉 문학의 출발점이 됩니다.

하늘을 중시하며 인간 중심적 사고에 바탕을 둔 고대 건국 신화

「단군 신화」는 우리나라 최초의 국가인 고조선의 건국 내력을 밝혀
주는 건국 신화입니다. 「단군 신화」는 고조선이 성립된 청동기 시대의
역사적 사실과 고대인들의 세계관을 반영하고 있습니다. 「단군 신화」
의 가장 큰 의미는 고조선이 천신天神의 아들인 단군에 의해 세워졌다
는 것을 밝힌 것입니다. 따라서 「단군 신화」는 우리 민족이 천손天孫이
라는 민족적 긍지를 표현하고 있을 뿐만 아니라, 한국 신화의 원형으
로서 우리 민족에게 민족적 정체성을 부여한 신화라고 할 수 있습니
다. 그리하여 「단군 신화」는 민족의 수난기에 우리 민족의 우월성과 신
성성을 고취하는 역할을 해 왔습니다.

인왕산 사직공원에 있는 단군상

고기古記에 이렇게 전한다.

옛날에 환인桓因(제석帝釋)의 서자庶子인 환웅桓雄이 계시어, 천하에 자주 뜻을 두고
인간 세상을 탐내어 구했다. 아버지는 아들의 뜻을 알고, 삼위 태백산을 내려다보
니, 인간 세계를 널리 이롭게 할 만 했다. 이에 천부인天符印 세 개를 주어, 내려가
서 세상을 다스리게 했다.

환웅은 그 무리 삼천 명을 거느리고 태백산 꼭대기의 신단수神壇樹 밑에 내려 와
서 이곳을 신시神市*라 불렀다. 이분을 환웅 천왕桓雄天王이라 한다. 그는 풍백風伯,
우사雨師, 운사雲師*를 거느리고, 곡식, 수명, 질병, 형벌, 선악 등을 주관하고, 인간
의 삼백예순 가지나 되는 일을 주관하여, 인간 세계를 다스려 교화했다.

이때 곰 한 마리와 호랑이 한 마리가 같은 굴에서 살았는데, 늘 신웅神雄, 즉 환웅
에게 사람 되기를 빌었다. 때마침 신이 신령한 쑥 한 심지와 마늘 스무 개를 주면서
말했다.

"너희들이 이것을 먹고 백 날 동안 햇빛을 보지 않는다면, 곧 사람이 될 것이다."

곰과 범은 이것을 받아서 먹었다. 곰은 기忌한 지 삼칠일 만에 여자의 몸이 되었

신시

환웅桓雄이 태백산 신단수 아래
로 내려와서 세웠다는 도시.

풍백, 우사, 운사

각각 바람, 비, 구름을 주관하는
주술사로, 농경 생활을 중시했
음을 알 수 있다.

으나, 범은 능히 기하지 못했으므로 사람이 되지 못 했다. 여자가 된 곰은 그와 혼인할 상대가 없었으므로, 항상 단수壇樹 밑에서 아이 배기를 축원했다. 환웅이 이에 임시로 변하여 그와 결혼해 주었더니, 그는 임신하여 아들을 낳았다. 이름을 단군왕검檀君王儉이라 하였다.

단군은 요堯 임금이 왕위에 오른 지 50년인 경인년(요 임금의 즉위 원년은 무진이니, 50년은 정사이지 경인은 아니다. 아마 그것이 사실이 아닌 것 같다)에 평양성平壤城에 도읍을 정하고, 비로소 조선朝鮮이라 불렀다. 또 다시 도읍을 백악산白岳山 아사달阿斯達에 옮겼다. 그 곳을 또는 궁홀산弓忽山(일명 방홀산方忽山) 또는 금미달今彌達이라 한다. 그는 일천 오백 년 동안 여기서 나라를 다스렸다.

주周의 무왕武王이 왕위에 오른 기묘년에 기자箕子를 조선에 봉하매, 단군은 장당경藏唐京으로 옮기었다가 후에 아사달에 돌아와 숨어 산신山神이 되었는데, 그때 나이가 1,908세였다.

일연, 「삼국유사」*

「삼국유사」는 일연이 쓴 것인데, 일연은 김부식이 쓴 「삼국사기」에서 배척 및 누락된 내용들을 모아 「삼국유사」에 기록하였다. 특히 일연은 조선의 건국 신화를 수록하여 우리 민족의 역사에 대한 자긍심을 고취시키려 했다.

삼대기 구조

이러한 삼대기 구조는 현대 소설에도 드러나는데, 대표적인 것으로 채만식의 「태평천하」, 염상섭의 「삼대」 등이 있다.

「단군 신화」는 '환인-환웅-단군'의 삼대기三代記 구조*로 이루어져 있습니다. 환인의 아들인 환웅이 태백산 꼭대기의 신단수 아래로 내려 와 신시를 베풀고 임금이 된 것은 천신의 후손인 민족에 대한 자긍심을 고취하기 위한 개국 신화로서의 성격을 나타낸 것입니다. 그리고 환웅이 풍백, 우사, 운사를 거느렸다는 것은 이 시기부터 농경 생활이 시작되었음을 의미하며, 곰이 웅녀熊女가 된 것은 부족이 통합됨을 알려 주는 것입니다.

「단군 신화」를 보면, 환인의 아들 환웅이 지상 세계에 뜻을 두자 환인은 삼위 태백을 좋은 땅이라 하여 내려 가 다스리게 합니다. 이는 우리 민족의 삶의 터전이 원래 하늘이 선택한 곳임을 뜻합니다. 단군은 자연계와 인간계를 주관하는 환웅과 시련을 이기고 사람이 된 웅녀 사이에서 태어나 조선이라는 나라를 세웠습니다. 이는 단군이 부계父系로는 하늘에서 내려 온 신성한 혈통과 인간의 삶을 발전시키려는 숭고한 이념을 이어받고, 모계母系로는 어떤 시련도 이겨내고 스스로를 향상시키고자 하는 의지를 이어받은 거룩한 존재임을 말합니다. 이처럼 신화는 신의 혈통을 이어받았다는 것으로써 그 신성성을 과시

합니다.

「동명왕 신화」는 고구려의 시조인 동명왕에 관한 건국 신화입니다. 이 신화는 주인공인 동명왕의 이름을 따서 「주몽 신화」라고도 하는데, 고주몽이라는 영웅의 일대기를 다룬 건국 신화이기 때문에 영웅의 일대기가 서술의 초점이 됩니다. 또한, 이 신화는 주인공이 알에서 태어나는 난생卵生 신화에 해당되며, '어별성교魚鼈成橋'*라는 이야기 요소도 포함되어 있습니다. 내용상 서사적 폭이 광대하며, 앞서 살펴본 「단군 신화」가 건국을 위한 투쟁 과정이 없었던 것과는 달리 「동명왕 신화」에는 건국을 위한 투쟁 과정이 뚜렷이 나타납니다.

주몽 벽화

고구려高句麗는 곧 졸본 부여卒本扶餘다. 혹 지금의 화주和州니 성주成州니 하는 것은 모두 잘못된 것이다. 졸본주는 요동遼東의 경계에 있다. 국사 고려 본기本記에는 다음과 같이 쓰여 있다.

시조 동명왕東明王은 성姓은 고씨高氏요, 이름은 주몽朱蒙이다. 이보다 앞서, 북부여 왕 해부루解夫婁가 동부여로 피해 가고, 부루가 죽자 금와金蛙가 왕위를 이었다.

그때 한 여자를 태백산太白山 남쪽 우발수優渤水에서 만나 물으니,

"나는 하백河伯의 딸로 이름은 유화柳花입니다. 동생들과 놀러 나왔다가 하느님의 아들인 해모수解慕漱를 만나 웅신산熊神山 밑 압록鴨淥가에서 같이 살았는데, 그는 가서 돌아오지 않았습니다. 부모가 중매 없이 남을 따라간 것을 책망하여 여기에 귀양 보낸 것입니다."

라고 하였다.

금와가 이상히 여겨 유화를 집에 두었더니, 햇빛이 비쳐 몸을 피해도 쫓아가며 비추었다. 이로 해서 잉태하여 알 하나를 낳았는데, 크기가 다섯 되들이나 되었다. 왕이 버려서 개, 돼지에게 주어도 먹지 않으며, 길에 버리면 소나 말이 피해 가고, 들에 버리면 새와 짐승이 덮어 주었다. 왕이 깨뜨리려 해도 깨어지지 않으니 도로 어미에게 주었다. 어미가 알을 싸서 따뜻한 곳에 두니, 한 아이가 껍질을 깨고 나

어별성교

금와왕의 아들들이 주몽을 해치려 하자 주몽이 부여를 탈출하기 위해 엄수淹水(지금의 압록강 동북쪽)에 이르렀을 때 물고기와 자라가 물 위로 떠올라 다리를 이루어서 주몽이 건널 수 있었다. 그 후 주몽을 뒤따라온 병사들이 물가에 이르자 물고기와 자라가 만들었던 다리는 곧 없어져서 이미 다리로 올라섰던 자들은 모두 몰사 당하였다. '어별성교'는 곧 물고기와 자라가 다리를 만들어 주었다는 뜻이다.

왔다. 기골이 영특하고 기이하여 7세에 벌써 보통 사람과 다르게 뛰어났다. 스스로 활과 화살을 만들어 쏘면 백발백중하였다. 속담에 활을 잘 쏘는 사람을 '주몽'이라 하기 때문에, 그 이름을 주몽이라 하였다.

금와에게 아들 일곱이 있었는데, 주몽과 같이 놀면 그 재주가 늘 따라가지 못하였다. 맏아들 대소가 왕에 말하되,

"주몽은 사람의 소생이 아니니, 만약 일찍 없애지 않으면 후환이 있을까 두렵사옵니다."

라고 했다. 그러나 왕은 듣지 않고 주몽에게 말을 기르도록 하였다. 주몽은 좋은 말을 알아보아 조금씩 먹여 여위게 하고 나쁜 말은 잘 먹여 살찌게 했다. 왕은 살찐 것을 타고 여윈 것은 주몽에게 주었다. 주몽의 어미가 왕의 다른 아들들이 여러 장수와 함께 주몽을 장차 해치려 함을 알고,

"이 나라 사람들이 너를 해치려 하니, 너의 재주와 지략으로 어디로 간들 안 되겠느냐? 속히 일을 꾸며라."

라고 하였다.

이에 주몽이 오이烏伊 등 세 사람의 벗과 엄수淹水에 이르러 고하되,

"나는 하느님의 아들이요, 하백의 손자다. 오늘 도망하고 있는데 뒤쫓는 자가 따라오니 어찌하리오?"

하니, 고기와 자라가 다리를 놓아 주었다. 주몽이 건너자 다리는 사라지고 쫓아오는 군사들은 건너지 못하였다.

졸본주에 이르러 도읍하였으나 미처 궁실을 짓지 못하여 비류수沸流水가에 초막을 짓고 국호國號를 고구려라 하였다. 고씨로 성을 삼았으니, 그때 나이 12세였다.

「동명왕 신화」

후흐흑
물고기를 우습게 보지마

주력
주술 및 종교의 기초를 이루는
초자연적인 힘.

「동명왕 신화」에는 천손강림天孫降臨, 난생, 동물 양육, 기아棄兒, 주력呪力*
등 고대 서사 문학에 나타나는 여러 요소가 유기적으로 연결되어 드러나고 있습니다. 이는 「금와왕 설화」, 「해모수 신화」, 난생 신화 등이 섞여 나타난 것이라 볼 수 있으며, 고구려의 세력 범위가 폭넓게 펼쳐져 있었다는 것과도 연관 지을 수 있습니다. 이 신화에서 주몽은 천제天帝(천신天神)의 아들인 해모수

와 하백(수신水神)의 딸인 유화 사이에서 태어난 아들입니다. 따라서 주몽의 부계父系는 '천제-해모수-주몽'이며, 모계母系는 '하백-유화-주몽'으로 「단군 신화」와 비교할 때 모계가 지상의 웅녀에서 하백의 딸로 바뀌었다는 차이가 있습니다.

「동명왕 신화」는 「단군 신화」와 마찬가지로 삼대기 구조로 되어 있습니다. 그리고 후대 영웅 서사 문학의 기본 틀이 된다는 측면에서 문학사적 의의가 있습니다. 이 서사 구조는 대체로 '고귀한 혈통-비정상적인 출생-버려짐-조력자의 구원-탁월한 능력-시련-시련의 극복 및 위업 달성'이라는 형식을 따릅니다.

동명왕릉

「박혁거세 신화」는 대표적인 남방계 난생 신화로, 혁거세는 하늘이 낸 알에서 탄생한 신성한 존재로서 6부를 통합하여 새로운 국가(신라)의 임금이 되었으며 왕비 알영도 신성한 존재로 태어났다는 내용을 담고 있습니다.

이 신화는 단군과 주몽의 신화적 일대기를 기록한 북방계 신화와 비교할 때, 평화로운 기상이 드러나 있다고 평해지기도 합니다. 즉 단군이나 주몽이 그들 자신의 주체적 활동으로 나라를 세우고 지배자가 된 것에 비해 혁거세는 방자해진 백성들을 덕으로 다스리는 임무를 띠고 타의에 의해 왕으로 추대되었습니다. 이렇게 덕치를 통해 민심 통합과 사회의 안정을 추구했다는 점에서 북방계 신화와 달리 투쟁보다는 평화를 중시하는 남방계 신화의 특성이 드러나 있습니다.

이 신화 역시 다른 건국 신화와 마찬가지로 '천신의 강림에 의한 건국'을 그 기본 줄거리로 하고 있습니다. 다른 건국 신화들과 비교되는 「박혁거세 신화」만의 이야기 요소는, 이 신화가 씨족 사회가 연합하여 하나의 왕국으로 뭉쳐 가는 과정을 반영하고 있다는 점, 천신의 강림이 우물에서 이루어진다는 점, 혁거세의 알이 박에 견주어 묘사되고 있다는 점, 신성한 두 아이가 같은 날 태어나 부부로서 인연을 맺고 있다는 점에서 찾을 수 있습니다. 특히 혁거세의 주검이 흩어져 떨어진 것은 괴상하고 기이하다 할 만큼 다른 건국 신화에서는 유례를 찾아볼 수 없는 이 신화만의 특색입니다.

「김수로왕 신화」는 가락국 건국 신화로 건국자인 수로왕의 탄생과 혼사, 그리고 즉위에서 죽음에 이르기까지의 내력을 줄거리로 삼고 있습니다. 건국 신화로서 「김수로왕 신화」는 왕국에 신성함을 부여하고, 아울러 왕권 자체를 신성화하고 있습니다. 하늘을 중시하는 태도는 이 신화에서도 다른 건국 신화에서와 마찬가지로 드러나고 있습니다. 즉 금관가야의 시조인 김수로왕은 하늘에서 내려와 하늘의 뜻대로 지상을 다스리는 첫 군왕인 것입니다.

이 신화는 몇 가지 점에서 특징을 지니고 있습니다. 먼저 이 신화가 가지는 특징 중의 하나는 '신맞이 신화'라는 것입니다. 신의 내림을 받는 신맞이 신화라는 점에서는 앞서 살펴본 「박혁거세 신화」도 마찬가지입니다. 실제로 「김수로왕 신화」는 신이 하늘에서 소리를 내면서부터 지상에 출현하기까지의 과정을 소상하게 보여 주고 있습니다. 따라서 이 신화는 결국 건국 신화라는 형태 속에 다른 신화들에서 볼 수 없거나 볼 수 있다고 해도 단편적으로밖에 볼 수 없는 한국 종교사적인 의미를 가장 풍족하게 간직하고 있습니다. 그리고 이 신맞이 과정에서 신화의 내용이 직접 신에게서 인간에게 주어졌다는 점도 특이합니다.*

박혁거세의 전설이 깃든 나정

3월 계욕일에 즈음하여 구지봉에 이삼백 인의 무리를 거느리고 모인 구간九干은 직접 하늘에서 들려오는 신의 목소리에 응답하였고, 그 결과 신의 내림을 받는다. 그 목소리는 "황천皇天이 나로 하여금 이곳을 다스려 새로이 나라를 세우고 임금이 되라고 하기에, 내 여기에 내리고자 하노라."라고 하면서 구간들에게 춤추고 노래하며 그를 맞이하기를 요구했고, 하늘의 신이 시키는 대로 실행하여 신을 맞이했다. 이 부분이 「김수로왕 신화」에서 가장 중요한 대목이다.

또한 여러 씨족이 연합하여 이룩한 통합적인 왕국의 창건에 관한 신화라는 점에서도 「박혁거세 신화」와 유사합니다.

이상에서 볼 때 우리 나라 고대 국가의 건국 신화는 다음의 세 가지 공통된 특징을 가지고 있습니다. 첫째, 하늘을 중시하는 관점을 취하고 있습니다. 왜냐하면 모든 건국 신화가 국조國祖의 부계 혈통을 천신으로 설정하고 있기 때문입니다. 둘째, 건국 신화들이 인간 중심적 사고에 바탕을 두고 있습니다. 단군, 주몽, 혁거세, 수로는 모두 인간으로 태어났으며, 하늘이 아닌 인간 세상을 위해 태어난 존재들이기 때문입니다. 마지막으로 우리나라 고대 국가 건국 신화의 또 다른 특징은 현세 중심의 낙관주의적 태도를 취하고 있다는 점입니다. 건국 신화의 내용들은 모두 현세의 삶에 집중하며, 주인공의 삶은 대개 '영광'으로 귀결되고 있습니다.

한편 우리나라의 고대 건국 신화는 아니지만, 우리나라 문헌에 전해지는 유일한 일월日月신화*가 있는데, 그것은 다름 아닌 「연오랑과 세오녀」 이야기입니다. 이 이야기는 박인량*이 지었다고 하는 『수이전』에 실려 있었던 설화입니다. 그러나 오늘날 『수이전』은 전하지 않고, 대신 일연의 『삼국유사』와 서거정의 『필원잡기筆苑雜記』에 그 내용이 옮겨져 전해 옵니다.

제8대 아달라왕 즉위 4년 정유丁酉에 동해 바닷가에 연오랑과 세오녀 부부가 살고 있었다. 어느 날 연오가 바다에 나가 해조*를 따고 있는데, 갑자기 바위 하나가 나타나더니 연오를 싣고 일본으로 가 버렸다. 이것을 본 그 나라 사람들은, "이는 범상한 사람이 아니다." 하고는 연오를 세워 왕으로 삼았다. 세오는 남편이 돌아오지 않자 이상히 여겨 바닷가에 나가 찾다가 남편이 벗어 놓은 신을 발견했다. 세오가 그 바위 위에 올라갔더니, 바위는 또한 전처럼 세오를 싣고 일본으로 갔다. 그 나라 사람들은 놀라 왕에게 사실을 아뢰었다. 마침내 부부가 서로 만나게 되어 그녀를 귀비貴妃로 삼았다.

이때 신라에서는 해와 달이 광채를 잃었다. 일관日官이 왕께 아뢰길,

"해와 달의 정기가 우리나라에 내려와 있었는데, 이제 일본으로 가서 이런 괴변이 생겼습니다."

일월 신화

태양의 발생이나 운행 따위의 현상을 의인화하거나 동물의 형상을 빌려 신격화한 신화.
= 태양 신화.

박인량 (?~1096)

고려 초기의 학자. 자는 대천代天. 시문詩文에 뛰어났으며 문장이 우아하고 아름다워 중국에 보내는 많은 외교 문서를 도맡아 작성하였다. 우리나라 최초의 설화집인 『수이전』을 지었고, 『고금록古今錄』 10권을 편찬하였다.

해조

바다에서 나는 조류의 총칭. 빛에 따라 녹조, 갈조, 홍조로 구별함. 해초海草.

라고 했다.

    왕이 사자를 보내서 두 사람을 찾으니 연오가 말하길,

    "내가 이 나라에 온 것은 하늘이 시킨 일인데 어찌 돌아갈 수가 있겠소. 그러나 나의 비가 짠 고운 비단이 있으니 이것으로 하늘에 제사를 드리면 될 것이오."

하고는 사자에게 비단을 주니, 사자가 돌아와서 사실대로 고했다. 그의 말대로 하늘에 제사를 드렸더니, 해와 달의 정기가 전과 같이 되었다. 이에 그 비단을 어고御庫에 간수하고 국보로 삼았다. 그 창고를 귀비고貴妃庫라 하고, 하늘에 제사 지낸 곳을 영일현迎日縣 또는 도기야都祈野라 했다.

포항 호미곶 광장에 있는 연오랑과 세오녀 동상

고대 중국의 신화나 고구려의 고분 벽화를 보면 고대인들이 까마귀를 태양 속에서 사는 새로 인식하고 있음을 알 수 있다. '연오延烏', '세오細烏'라는 이름 속에는 까마귀 '오烏'자가 포함되어 있는데, 이것은 이 설화가 일월 신화라는 점을 뒷받침해 주고 있다.

    연오랑과 세오녀가 일본으로 건너가자 신라의 해와 달은 빛을 잃게 되는데 세오녀가 짠 비단으로 하늘에 제사를 지내자 해와 달이 다시 빛을 찾는 사건이 이 이야기의 핵심입니다. 이것은 연오랑과 세오녀가 해와 달의 신, 즉 일월의 정기精氣를 상징함을 의미합니다. 특히 세오녀가 짠 비단으로 하늘에 제사를 지냈더니 해와 달이 전과 같은 빛을 찾았다는 것은 이 이야기가 태양의 여신 설화임을 말해 주는 증거입니다. 그리고 까마귀 오烏자가 태양을 뜻한다는 것은 중국 문헌에서도 찾을 수 있습니다.

    또한 연오랑과 세오녀가 일본으로 건너가 그곳의 왕이 되었다는 이야기는 태양 신화의 일본 이동을 말해 주는 근거가 되므로, 고대의 한일 관계에 대해 시사해 주는 바가 크다고 하겠습니다.

인간의 이야기, 전설과 민담

신격
신으로서의 자격. 신의 지위. 신의 격식.

    전설은 신화와는 달리 강한 지역성과 역사성을 가지고 있습니다. 신화가 까마득한 태초, 역사 이전의 이야기라면 전설은 어느 특정 시대, 특정 지역의 특정 인물에 관한 이야기입니다. 신화가 공동체의 구성원들에게 종교적 믿음을 심어 준다면, 전설은 역사적 믿음을 심어 준다고 할 수 있습니다. 전설은 신격神格*을 행위의 주인공으로 하지 않고 인간을 사건과 행위의 주체로 한다는 점에서 신화와 구분됩니다. 하지만 전설에 나오는 인간 역시 많은 경우에

서 신적 존재와 상호 작용을 합니다. 특히 영웅 전설에서는 주인공 자신이 거의 반半신격화되기도 합니다. 또 전설은 역사와 같이 객관적 진실성을 가지는 이야기만으로 되는 것이 아니라 오직 주관적으로 진실한 것과 믿을 수 있는 사상事象을 내용으로 한다는 것이 신화와의 공통점입니다. 신화와 다른 점은 전설이 그 내용과 관련된 개별적 증거물을 동반하여 구체성을 갖는다는 점과 시공간적 제약을 받는다는 점입니다.

민담은 신화의 신성성과 위엄성, 전설의 신빙성과 역사성 등이 거세되고 흥미 본위로 꾸며진 이야기입니다. 따라서 민담은 전설이 지녔던 구체적이고 개별적인 증거물을 갖지 않는다는 특색이 있으며, 그처럼 제약에서 자유로울 수 있기 때문에 지역적인 제한성을 벗어나 제재나 내용에서 범세계적 보편성을 띱니다. 일반적으로 민담에는 일상적 인물이 불가능하다고 생각되는 일을 성취하는 과정이 나타납니다. 평범한 인물의 소원을 성취하는 이러한 공상적 성격 때문에 민담은 인간의 기본적 욕구를 표현하는 특성을 지니고 그에 따라서 이야기의 구조가 세계적 보편성을 띠게 되는 것입니다.

「도미都彌 설화」는 남편의 아내에 대한 믿음과 아내의 남편에 대한 정절이 잘 드러나 있는 열녀 설화로, 후대에 열녀를 제재로 한 많은 설화의 원형이 됩니다. 이 설화의 특징은 설화의 등장인물인 도미 부부와 개루왕을 통해 서민이 권력의 침해를 받는 모습을 구체적으로 그려 냈다는 점입니다.

도미는 백제 사람이다. 비록 소민小民이라도 의리는 알았다. 그 아내가 아름답고도 절행이 있어 사람들이 칭찬하였다.

개루왕이 듣고 도미를 불러 말하되 "대개 부인의 덕이 정결貞潔하다 하나 만약 으슥한 곳에서 잘 꾀기만 하면 마음이 변할 이 많다." 도미 가로되 "사람의 마음은 헤아릴 수 없사오나, 신의 아내는 죽을 망정 딴 뜻은 없소이다."라고 하였다.

왕이 시험하고자 하여 도미를 멈추어 두고, 한 근신近臣으로 하여 왕의 의복을 입히고 말을 태워 그 집에 이르러 그 집 사람에게 먼저 왕이 왔다 하였다. 그리고, 그 아내에게 이르되 "내 오랫동안 네 예쁘다는 말을 듣고 도미와 더불어 내기를 하고 왔노라. 내일은 너를 들여 궁인을 삼아 이후로는 나의 소유가 되리라." 하고 드디어 어지러이 하려 하니, 그 아내가 "왕의 말씀을 내 어찌 어기리까. 대왕께서는 먼저 방으로 드소서. 나는 옷을 갈아 입고 오리라." 하고 한 비자婢子를 단장丹粧하여 들어가게 하였다.

　왕이 그 뒤 속은 줄을 알고 크게 노하여 도미의 두 눈을 빼어 내보내어 배에 태워 강에 띄웠다. 그리고는 그 아내를 붙들고 놀려 하매 가로되 "내 이제 남편을 잃고 다만 한 몸으로서 누구를 의지하리까. 더구나 대왕에게 어찌 어기리까. 마침 몸이 더러우니 다음에 목욕을 하고 오리이다." 하니, 왕이 믿고 말았다. 그 아내는 문득 밤에 도망하여 강에 이르러 통곡하였다. 별안간 배 하나가 이르러 타고 천성도泉城島에 가서 그 남편을 만나 고구려로 가 살았다.

　이상에서 보는 바와 같이, 이 설화는 열녀의 절개를 강조할 뿐만 아니라 민중의 건강한 삶의 윤리와 이를 깨트리려는 권력의 횡포를 대비적으로 묘사하고 있다는 점에서 흥미 위주로 서술되는 다른 고대 설화들과는 달리 특이한 성격을 지닙니다.

　「도미 설화」의 이야기 전개는 열녀 설화라는 점에서 매우 보편적이고 유형적인 면모를 지니고 있습니다. 그러나 이 설화는 반동 인물이 왕으로 설정되어 있다는 측면에서 다른 설화들과는 큰 차이를 보이고 있습니다. 왕은 국가를 이끄는 최고의 통치자인데, 이런 왕이 이 설화에서는 사회를 유지하는 기본 윤리인 '열烈(정절)'을 부정하는 모습을 보입니다. 이러한 내용 설정은 유교의 기본 윤리 중의 하나인 '열'을 강조하기 위한 의도에서 비롯된 내용으로 판단해 볼 수 있습니다. 다시 말하면, '열'은 절대 권력자인 왕과 대항해서라도 지켜 내야만 하는 가치 있는 것이라는 의미를 부여하고자 하는 의도가 숨어있는 것입니다.

　도미의 아내는 개루왕의 어떠한 술책과 유혹에도 흔들리지 않고 정절을 지켜 냅니다. 이러한 정절은 이른바 '관탈官奪 열녀형 설화'*에서 공통적으로 발견됩니다. 「춘향전」과 같은 소설도 이런 관탈 열녀형 설화가 소설화한 것이라 할 수 있지만, 구전되는 유형은 소설에 비해 내용이 더욱 소박합니다.

　「도미 설화」에서 우리가 한 가지 주목할 점은 도미의 여성관입니다. 개루왕

관탈 열녀형 설화
관탈 민녀民女형 설화라고도 하는데, 이는 관의 힘을 이용하여 민간의 여인(열녀)을 빼앗는 유형의 설화를 말한다.

은 여성의 정조란 믿을 수 없다는 견해를 밝히는데, 이것은 여성 부정의 태도일 뿐만 아니라 인간 부정의 태도라고 보아야 합니다. 그런데 도미는 그렇지 않습니다. '사람의 심리란 측량하기 어렵다'는 생각은 하고 있지만, 자신의 아내는 전적으로 신임합니다. 이것은 인간을 긍정하는 도미의 건실한 태도를 보여 주는 좋은 예입니다.

『삼국사기』「열전」*에 수록된 「온달 설화」는 신분이 고귀한 공주가 스스로 미천한 바보 총각을 찾아가 결혼을 하고, 남편을 영웅으로 성장시켜 공을 세우는 내용으로 되어 있습니다. 공주는 결단력이 있을 뿐만 아니라, 온달의 잠재적인 능력을 알아보고 그를 영웅으로 입신케 하는 방안을 마련하는 등 비범한 안목을 가진 여성입니다. 반면 온달은 세상 사람 모두가 바보라 했던 인물이지만 공주의 도움으로 영웅적 능력을 발휘하게 됩니다. 여기에서 이 설화가 시사하는 바는 사람을 신분이나 겉모습만으로 판단해서는 안 된다는 사실입니다.

이 설화의 주제는 부권 중심의 전통적인 도덕률을 비판하고 독자적인 삶을 개척해 나가는 여성의 주체 의식이라 할 수 있습니다. 이러한 의식은 여성 자신의 독자적 실현에 의한 것이 아니라 남편인 온달에 의해 성취되고 아버지의 인정으로 이루어진 것이므로 일정한 한계를 지니기도 합니다.

「구토龜兔 설화」는 고구려 때의 설화로『삼국사기』「김유신전」에 수록되어 전합니다. 신라 선덕 여왕 11년에 김춘추의 딸과 사위인 품석이 백제군에 죽임을 당하자 이를 보복하기 위해 고구려로 청병하러 떠난 김춘추가 엉뚱하게도 첩자로 오인되어 옥에 투옥되었을 때, 자신이 가지고 온 청포靑袍* 삼백 보를 고구려 장수 선도해에게 뇌물로 주자, 그가 탈출의 암시로 들려준 '탈신지계脫身之計'*의 설화입니다.

이와 같은 이야기는 불경이나 외국 설화에도 있기 때문에 고구려 고유의 설화라고 보기는 어렵고 상고 시대의 여러 나라에 널리 전해진 원시 설화인 것으로 보아야 합니다. 후에 「수궁가」에서 「토끼전」, 그리고 「토의 간」 등으로 전해지는 「구토 설화」는 이 설화의 핵심적인 모티프가 판소리와 고전 소설에 그대로 살아남아 있는 것으로 볼 때, 설화에서 소설까지의 서사적 양식의 발전

「열전」

사마천의『사기』「열전」에서 확립된 문학의 한 양식이다. 인물의 행적을 서술하는 전傳의 한 형식으로, 특히 역사적으로 후세에 거울이 될 만한 특출한 인물들을 서술의 대상으로 하였다. 열전은 국가에서 편찬한 정사正史의 한 체계로 자리 잡게 되었는데, 엄밀히 말하면 문학과 역사의 중간 형태라고 말할 수 있다.

청포

빛깔이 푸른 도포. 조선 때, 사품·오품·육품의 관원이 공복公服으로 입었음.

탈신지계

위험에서 벗어날 수 있는 계책. 이 이야기에서 용왕은 고구려의 보장왕을, 거북은 고구려 신하를, 토끼는 신라의 김춘추를 나타낸다.

을 이해하는 데 중요한 단서가 됩니다.

「구토 설화」가 주는 교훈은 난관에 빠져도 당황하지 않고 슬기를 모아 어려움을 헤쳐 나가는 삶의 지혜와 자세입니다. 이러한 내용은 거북에게 속은 토끼가 위기의 상황에서 벗어나기 위해 내놓은 꾀에서 잘 드러납니다. 토끼는 "나는 본시 신령의 후예인지라 간을 꺼내어 깨끗이 씻어서 바위 위에 널어 두었다. 나는 간이 없어도 충분히 살아갈 수 있으니 기꺼이 그것을 줄 수 있다. 왜 출발하기 전에 그런 이야기를 하지 않았나? 내 가서 그것을 가져오리라." 라고 말하여 위기에서 빠져나왔습니다. 「구토 설화」의 주제는 이 밖에도 속고 속이는 세태 풍자, 분수에 넘치는 행위의 경계 등 다양한 관점에서 볼 수 있습니다.

연극 〈토끼전〉 중 한 장면

「삼태성三台星 설화」는 중국 연변 지역에 살고 있는 조선족 사이에서 구전되는 전설로, 사라진 해를 되찾아 지키다 '삼태성'이라는 별이 된 세 형제의 이야기입니다. 따라서 이 작품은 삼태성이라는 천체의 유래담이자 태양을 숭배하는 우리 민족의 모습을 확인시켜 주는 이야기라고 할 수 있습니다.

옛날 흑룡담이라는 큰 늪이 있는 마을이 있었는데, 여기에 한 여인이 유복자로 세쌍둥이 아들을 낳았다. 그 어머니는 아들 삼 형제가 여덟 살 되던 해 십 년을 기약하고 훌륭한 재주를 배워 오라고 집에서 내보냈다.

삼 형제는 각기 흩어져 신기한 재주를 배웠는데, 첫째는 하늘을 나는 방석을 타고 날아다니는 재주를 배웠고, 둘째는 한 눈을 감고 다른 한 눈으로 구만 리까지를 볼 수 있는 재능을 배웠으며, 셋째는 무예를 익혀 칼과 활의 명수가 되었다. 십 년 후에 삼 형제는 다시 어머니에게 돌아와 함께 살게 되었는데 하루는 폭풍우가 몰아치더니 해가 없어지고 말았다.

삼 형제의 어머니는 아들들을 불러 놓고 해를 찾아올 것을 명령하였다. 삼 형제는 해를 찾아 몇 년을 헤매었으나 찾지 못하고 스승과 상의한 뒤 스승의 스승을 찾아가서야 비로소 흑룡담에 사는 한 쌍의 흑룡이 해를 삼켰다는 것을 알아내었다.

삼 형제는 곧바로 방석을 타고 하늘로 날아가 흑룡과 싸우기 시작하였다. 흑룡은 매우 흉포하였으나 삼 형제와 그들의 스승이 협력해서 해를 삼킨 흑룡을 활로 쏘아 해를 토해 내게 하였다. 두 마리의 흑룡은 삼 형제에게 패해 달아나다가 한 마리는 흑룡담으로 피하여 숨고 또 한 마리는 땅에 떨어져 죽고 말았다.

지상에서는 해를 되찾아 환희로 가득 찼다. 그러나 삼 형제의 어머니는 살아남은 흑룡이 언제 다시 해를 삼킬지 알 수 없다며 삼 형제에게 하늘에 올라가 영원히 해를 지키라고 하여 삼 형제는 하늘에 올라가 삼태성이 되었다.

옛사람들은 땅에서 일어나는 일은 모두 하늘과 관계가 있다고 생각하여, 해가 가려지는 자연 현상이 땅에 재앙을 내리는 것으로 여겼습니다. 그리고 그 재앙은 하늘의 도움으로 물리칠 수 있다고 생각하였습니다. 따라서 해가 잠시 보이지 않게 된 자연 현상을 땅의 일과 관련지어 집단의식을 고양시키는 이야기로 만든 것입니다.

신이 존재하는 신화와 설화의 세계에서 인간은 한갓 보잘 것 없는 존재로 여겨졌습니다. 그래서 세상에 나타나는 천재지변은 신이나 그에 의해 능력을 부여 받은 영웅에 의해서 조절되고 극복될 뿐이었습니다. 그러나 이 설화 속 인물들은 해가 없어진 상황을 신성한 일이라고 생각하거나 저절로 해결되기를 바라지 않고 직접 그 문제를 해결하기 위해 노력하고, 그 뒤에 어려움이 재발하는 것을 방지하기 위해 더욱 애씁니다. 그런 의미에서 이 이야기는 인간의 능동적이고 진취적인 기상을 보여 주는 것으로, 인간을 신의 부속물이 아닌 세계의 중심으로 생각하고 있다는 점에서 의의가 있습니다.

또한 이 설화는 집단을 우선시하는 사고방식이 바탕에 깔려 있습니다. 삼 형제의 어머니는 세 아들을 이 세상에 쓸모 있는 훌륭한 사람으로 키우기 위해 십 년을 기약하고 집을 내보냈으며, 마을에 변고가 생기자 집에 머물러 있는 삼 형제를 나무라며 해를 찾기 전에는 집에 돌아오지 말라고 당부합니다. 이것은 바로 개인보다는 집단을 우선시하는 당대의 가치관이 반영된 것이라 할 수 있습니다.

「화왕계花王戒」는 우리나라 최초의 창작 설화로, 『동문선』에는 '풍왕서'라는 제목으로 실려 전해 옵니다. 이 작품은 신라 신문왕 때의 설총*이 왕의 명을 받고 들려준 이야기라고 하는데, 꽃을 의인화하여 임금을 충고한 풍자적인 내용입니다. 우리나라 최초의 소설적인 기록이며, 후대의 가전체 소설에 영향을 주었습니다.

설총 (655~?)
자는 총지聰智. 호는 빙월당氷月堂이며, 경주慶州 설씨薛氏의 시조이다. 원효 대사와 요석 공주 사이에서 태어났으며, 신라 십현十賢의 한 사람이다. 한림翰林을 지냈고 주로 왕의 자문역을 맡아보았다. 유학과 문학을 깊이 연구한 학자로서 일찍이 국학國學에 들어가 학생들을 가르쳐 유학의 발전에 기여했으며 그가 창제한 중국 문자에 토를 다는 방법은 당시 중국 학문을 받아들이는 데 큰 도움이 되었다.

화왕花王께서 처음 이 세상에 나왔을 때, 향기로운 동산에 심고 푸른 휘장으로 둘러싸 보호하였는데, 삼춘가절三春佳節을 맞아 예쁜 꽃을 피우니, 온갖 꽃보다 빼어나게 아름다웠다. 멀고 가까운 곳에서 여러 꽃들이 다투어 화왕을 뵈러 왔다. 깊고 그윽한 골짜기의 맑은 정기를 타고 난 탐스러운 꽃들이 다투어 모여 왔다.

문득 한 가인佳人이 앞으로 나왔다. 붉은 얼굴에 옥 같은 이와 신선하고 탐스러운 감색 나들이옷을 입고 아장거리는 무희舞姬처럼 얌전하게 화왕에게 아뢰었다.

"이 몸은 백설의 모래사장을 밟고, 거울 같이 맑은 바다를 바라보며 자라났습니다. 봄비가 내릴 때는 목욕하여 몸의 먼지를 씻었고, 상쾌하고 맑은 바람 속에 유유자적하면서 지냈습니다. 이름은 장미라 합니다. 임금님의 높으신 덕을 듣고, 꽃다운 침소에 그윽한 향기를 더하여 모시고자 찾아왔습니다. 임금님께서 이 몸을 받아 주실는지요?"

이때 베옷을 입고, 허리에는 가죽 띠를 두르고, 손에는 지팡이, 머리는 흰 백발을 한 장부 하나가 둔중한 걸음으로 나와 공손히 허리를 굽히며 말했다.

"이 몸은 서울 밖 한길 옆에 사는 백두옹白頭翁입니다. 아래로는 창망한 들판을 내려다보고, 위로는 우뚝 솟은 산 경지에 의지하고 있습니다. 가만히 보옵건대, 좌우에서 보살피는 신하는 고량膏粱*과 향기로운 차와 술로 수라상을 받들어 임금님의 식성을 흡족하게 하고, 정신을 맑게 해 드리고 있사옵니다. 또 고리짝에 저장해 둔 양약으로 임금님의 원기를 돕고, 금석의 극약으로써 임금님의 몸에 있는 독毒을 제거해 줄 것입니다. 그래서 이르기를 '비록 사마가 있어도 군자된 자는 관괴라고 해서 버리는 일이 없고, 부족에 대비하지 않음이 없다.'라고 하였습니다.* 임금님 께서도 이러한 뜻을 가지고 계신지 모르겠습니다."

한 신하가 화왕께 아뢰었다.

"두 사람이 왔는데, 임금님께서는 누구를 취하고 누구를 버리시겠습니까?"

화왕께서는 이렇게 대답하였다.

"장부의 말도 도리가 있기는 하나, 그러나 가인을 얻기 어려우니 이를 어찌할꼬?"

그러자 장부가 앞으로 나와 말하였다.

"제가 온 것은 임금님의 총명이 모든 사리를 잘 판단한다고 들었기 때문입니다. 그러나 지금 뵈오니 그렇지 않으십니다. 무릇 임금된 자로서 간사하고 아첨하는 자를 가까이 하지 않고, 정직한 자를 멀리 하지 않는 이는 드뭅니다. 그래서 맹자는 불우한 가운데 일생을 마쳤고, 풍당馮唐*은 낭관郞官*으로 파묻혀 머리가 백발이 되었습니다. 예로부터 이러하오니 저인들 어찌하겠습니까?"

화왕은 마침내 되풀이하여 "내가 잘못했다. 잘못했다."라고 하였다.

이어 왕이 심각한 표정을 지으며,

"그대의 우언寓言에 정말 깊은 의미가 있으니 글로 써서 왕자王者의 계감戒鑑*을 삼게 하기 바라오."

하고, 총을 발탁하여 높은 관직에 임명하였다.

이 작품에 등장하는 주요 인물은 '모란', '장미', '백두옹(할미꽃)'입니다. 여기에서 '모란'은 화왕을, '장미'는 간신을, '백두옹'은 충신을 의미합니다. 이 작품

고량
'고량진미膏粱珍味'의 준말로, 기름진 고기와 맛있는 음식.

『좌전』의 '수유사마 무기관괴雖有絲麻無棄菅蒯'에서 인용한 말. 최선의 것이 있어도 차선의 것을 버리지 않음을 비유한 말로 유사 시에 대비함을 의미한다. 사마는 명주실과 삼실로 아름답고 부드러운 것을 의미하고, 관괴는 띠풀과 왕골로 거친 것을 의미한다. 따라서 좋은 것을 가지고 있어도 보기에 좋지 않은 것이라 해서 하찮게 여기고 멀리하려 해서는 안 됨을 지적하고 있다.

풍당
한 나라 안릉 사람. 어진 인재였으나 벼슬이 낭관에 그쳤음.

낭관
조선 시대에 정5품 통덕랑 이하의 당하관을 통틀어 이르던 말. 여기서는 하급직 벼슬을 의미.

계감
경계鏡戒와 같은 말로, 분명히 타일러 다시는 같은 잘못을 저지르지 않게 함.

은 화왕이 아첨하는 '장미'와 충간忠諫을 하는 '백두옹'을 두고 누구를 택할까 망설이자 백두옹이 화왕에게 간언하는 것을 주요 내용으로 하고 있습니다. 백두옹이 화왕에게 한 간언의 핵심은 결국 어진 임금 밑에는 어진 신하가 모이고 폭군 밑에는 간신들이 모인다는 것이었습니다. 이러한 역사적 교훈은 신분의 고하를 막론하고 세상의 모든 사람에게 해당하는 것으로, '좋은 약은 입에 쓰다.'는 평범한 속담과도 일치하는 내용입니다.

이 작품의 내용 전개상 돋보이는 점은 왕의 심리에 갈등을 도입하여 위기를 설정하는 장면입니다. 처음에는 간신인 장미에게 마음을 주었다가 뒤에 나타난 백두옹의 충직한 모습에서 심리적 갈등을 일으키는 화왕은 결국 백두옹의 간언에 마음이 움직여 정직하고 바른 도리를 따르게 됩니다.

이 작품은 꽃을 의인화하여 쓴 서사 문학 작품으로 최초의 것입니다. 이처럼 사물을 의인화한 작품 전통은 고려 시대의 가전체로 이어지고, 조선 시대에 이르러서는 인간의 심성을 의인화한 소설, 동물을 의인화한 소설 등으로 발전합니다. 꽃을 의인화한 임제의 『화사花史』와 그의 또 다른 작품인 마음을 의인화한 한문 소설 『수성지愁城誌』, 그리고 동물을 의인화한 한글 소설인 『장끼전』, 『까치전』, 『두껍전』, 『서동지전』, 『토끼전』 등이 그 예입니다.

02 수필

이 시기는 아직 수필이 활발하게 창작되던 시기가 아니었으므로 작품 또한 많지 않습니다. 이 시기를 대표할 만한 작품으로는 『왕오천축국전』과 「토황소격문」 정도인데, 이 작품을 한국 문학의 범주 안에서 다루어야 하는지에 대해서는 논란의 여지가 있기도 합니다. 왜냐하면 한자로 표기된 작품이고, 작품 속 장소도 우리나라가 아닌 외국이기 때문입니다. 하지만 이 시기는 훈민정음이 창제되기 이전이었고 한자가 우리나라 문인들의 보편적인 문자 표현 수단이었으며 두 작품의 모두 신라 사람이 신라인의 경험과 정서를 바탕으로 썼다는 점에서 한국 문학으로 보는 것이 타당합니다.

인도와 중앙아시아에 관한 세계 유일의 기록 『왕오천축국전』

『왕오천축국전往五天竺國傳』은 신라의 승려 혜초가 불교 유적지를 순례하던 중 보고 들은 것을 기록한 기행문입니다. '천축국'이란 옛날 중국에서 인도를 가리키던 이름으로, 『왕오천축국전』은 다섯 천축국, 즉 동천축, 서천축, 남천축, 북천축, 중천축국에 다녀온 기록이라는 뜻입니다. 이 여행기는 마가다국 녹야원에서부터 시작하여, 석가가 보리수 아래서 오도悟道했다는 부다가야의 마하보리사, 중천축국, 남천축국(지금의 데칸 고원), 그리고 북천축국으로 북상하여 카슈미르, 간다라, 토하라 각지를 둘러보고 파미르 고원을 넘어 당의 안서도호부가 자리 잡고 있는 구자에 도달하기까지의 과정을 기록한 것입니다.

혜초의 오언 율시

보리사가 멀다고 근심할 것 없었는데 / 녹야원이 먼들 어찌하리요.
다만 멀고 험한 길이 근심이 되나 / 불어닥치는 악업惡業의 바람은 두렵지 않네.
여덟 개의 탑을 보기 어려움은 / 여러 차례의 큰 불에 타 버렸음이라.
어찌해서 사람들의 소원을 들어줄거나. / 오늘 아침부터 이 눈으로 똑똑히 보오리.

이 시는 혜초가 마하보리사를 예방한 것을 계기로 지은 것이다. 불교에 귀의한 승려로서 불교 성지를 순례하는 것을 평소의 숙원으로 삼았던 그가 읊은 이 시는, 승려로서 혜초가 지닌 가치관을 이해하는 데 도움이 된다. 혜초는 마하보리사에서 받은 종교적인 감동과 느낌을 직접 진술하지 않고, 간결하고 절제된 시로 자신의 감정을 표현하고 있다.

혜초의 이동 경로

이 책은 불교 유적 순례기이기 때문에 기본적으로 불교에 관한 내용을 중심으로 서술되어 있습니다. 여기에 정세, 지리, 풍속, 정치, 언어 등 다양한 내용들을 담고 있습니다. 하지만 기행문의 성격이 그렇듯이 작품 또한 작가가 경험하고 느낀 것을 중심으로 서술하다 보니 어떤 곳은 지명이나 나라 이름도 언급하지 않았으며, 언어 · 풍속 · 정치 등 일반적인 언급도 빈약한 편입니다. 하지만 이 기록은 1,200년 전 중국과 인도의 여로를 알려 주는 소중한 자료이기도 합니다. 그리고 국문학사적인 면에서도 외국 기행문으로서 첫 작품이라는 의의가 있습니다. 또, 풍물과 여정旅情을 노래한 오언 율시五言律詩* 5수가 수록되어 있으며, 단편적이나마 인도를 비롯한 중앙아시아의 정세와 풍습을 알게 해 주는 세계적으로 유일한 자료라는 점에서 가치가 있습니다.

이 책은 다음과 같은 네 가지 면에서 매우 중요한 사료적 의의를 지닙니다. 첫째, 이전의 인도 여행기들은 육로 기행이거나 해로 기행인 데 비하여 이 책은 육로와 해로가 같이 언급되어 있습니다.

둘째, 이전의 여행기가 6세기와 7세기의 인도 정세를 말해 주는 자료인데 비해 이 책은 8세기의 사료입니다. 8세기의 인도와 중앙아시아에 관해 세계에서 유일무이한 기록입니다. 단편적이기는 하지만 인도 제국의 제왕이 코끼리나 병력을 얼마나 소유하고 있었는지, 아랍의 제국이 얼마만큼 인도 쪽으로 세력을 펼쳤는가 하는 점을 기록하고 있습니다. 그뿐만 아니라 투르크족이나 한족의 지배하에 있던 나라들이 어디이며, 그 생활 수준은 어떠하였는가 등도 비교적 상세하게 언급하고 있습니다.

셋째, 일반적인 정치 정세 외에 사회 상태에 대해 설명하고 있다는 점에서 사료적 가치가 높습니다. 불교의 대승이나 소승이 각각 어느 정도 행해지고 있는지, 또 음식, 의상, 습속, 산물, 기후 등도 각 지방마다 기록하고 있습니다. 중부 인도에서 어머니나 누이를 아내로 삼는다거나 여러 형제가 아내를 공유하는 풍습이 있다는 등의 기록은 사실과 부합하므로 이 자료의 신빙성을 입증하고 있습니다.

넷째, 이국적인 풍취에 관해서 언급하고 있다는 점도 두드러집니다. 인도에는 감옥이나 사형 제도가 없고, 죄를 지은 이는 벌금으로 다스린다는 기록, 카슈미르 지방에는 여자 노예가 없고, 인신매매가 없다는 등의 기록이 그것입니다.

『왕오천축국전』이 발견된
둔황 막고굴의 전경

신라인의 가장 뛰어난 문장 「토황소격문」

「토황소격문討黃巢檄文」은 신라 헌강왕 때 최치원이 지은 격서檄書*입니다. 이 글은 최치원이 당나라에서 귀국한 이듬해에 자신이 편찬하여 헌강왕에게

격서
특별한 경우에 군병을 모집하거나 널리 일반에게 알려 부추기기 위한 글.

올린 다섯 편의 저서 중 하나인 『계원필경집桂苑筆耕集』 20권 중 제11권의 첫머리에 수록되어 있습니다. 원문을 우리말로 옮기면 다음과 같습니다.

황소

　광명 2년 7월 8일에 제도도통검교태위 모某는 황소에게 고하노니, 무릇 바른 것을 지키고 떳떳함을 행하는 것을 '도道'라하고, 위험한 때를 당하여 변통하는 것을 '권權'이라 한다. 지혜있는 이는 시기에 순응하는 데서 성공하고, 어리석은 자는 이치를 거스르는 데서 패하는 법이다. 비록 백년의 수명에 죽고 사는 것은 기약하기 어려우나, 모든 일은 마음으로써 그 옳고 그른 것을 이루 분별할 수 있는 것이다.

(도입: 제도도통검교태위는 황소에게 고함)

　이제 내가 왕사로서 말하면 징벌함은 있으나 싸우지는 않고, 군정軍政은 먼저 은혜를 베풀고 베어 죽이는 것은 뒤로 한다. 장차 상경上京을 수복하고 진실로 큰 믿음을 펴려 함에 공경스럽게 가유嘉諭(임금의 명)를 받들어 간사한 꾀를 쳐부수려고 한다. 또 너는 본래 먼 시골구석의 백성으로 갑자기 억센 도적이 되어, 우연히 시세를 타고 문득 감히 떳떳한 기강을 어지럽게 하며 드디어 불측한 마음을 가지고 신기神器를 노리며 성궐을 침범하고 궁궐을 더럽혔으니, 이미 죄가 하늘에 닿을 만큼 지극하여 반드시 여지없이 패하여 다시 일어나지 못할 것이 분명하다.

　애달프다. 당우 시대로부터 내려오면서 묘와 호 따위가 복종하지 아니하였은즉, 양심 없는 무리와 충의忠義 없는 것들이란 바로 너희들의 하는 짓이다. 어느 시대인들 없겠느냐. 멀리는 유요와 왕돈이 진나라를 엿보았고, 가까이는 녹산과 주자가 황가를 시끄럽게 하였다. 그들은 모두 손에 막강한 병권을 쥐었고 또한 몸이 중요한 지위에 있어서, 호령만 떨어지면 우레와 번개가 치닫듯 요란하였고, 시끄럽게 떠들면 안개와 연기가 자욱하듯 하였지만, 잠깐 동안 못된 짓을 하다가 필경에는 그 씨조차 섬멸을 당하였다.

　햇빛이 널리 비침에 어찌 요망한 기운을 마음대로 펴리요, 하늘 그물에 높게 달려 반드시 흉적을 베일진대, 하물며 너는 여염집에서 내치고, 농묘 사이에서 일어나 분겁으로 좋은 꾀 삼고, 살상으로 급무 삼으니 큰 죄는 탁발할 수 있을 것이요, 소선小善으로 은신隱身할 수 없느니라. 천하 모든 사람이 다 너를 죽이려고 생각할 뿐 아니라, 문득 또한 땅 속의 귀신도 벌써 남몰래 베기로 의논하였다. 비록 기세를 빌어 혼을 놀게 하나, 일찍이 선을 망치고 넋을 빼앗으리라. 무릇 인사를 이름에 스스로 하는 것만 같지 못하니 내 망언妄言하지 않는다.

너는 자세히 듣거라. 요즈음 우리나라에서는 더러운 것을 용납하는, 덕이 깊고 결점을 따지지 않는 은혜가 지중하여 너에게 병권을 주고 또 지방을 맡겼거늘, 오히려 짐새*와 같은 독심을 품고 올빼미와 같은 흉악한 소리를 거두지 아니하여 움직이면 사람을 물어뜯고 하는 짓이 개가 주인을 짓는 격으로, 필경에는 천자의 덕화를 배반하고 궁궐을 침략하여 공후들은 험한 길로 달아나게 되고 어가는 먼 지방으로 행차하시게 되었다. 그런데도 너는 일찌감치 덕의에 돌아올 줄 모르고 다만 흉악한 짓만 늘어가니, 이야말로 천자께서는 너에게 죄를 용서해 준 은혜가 있고, 너는 국가에 은혜를 저버리니 죄가 있을 뿐이니, 반드시 머지않아 죽고 말 것인데, 어찌 하늘을 무서워하지 않느냐.

하물며 주나라 솥은 물어볼 것이 아니요, 한나라 궁궐은 어찌 네가 머무를 곳이랴. 너의 생각은 끝내 어찌하려는 것이냐. 너는 듣지 못하였느냐. 『도덕경』에 "회오리바람은 하루아침을 가지 못하고 소낙비는 온종일을 갈 수 없다."라고 하였으니, 하늘의 조화도 오히려 오래가지 못하거늘 하물며 사람의 하는 일이랴. 또 듣지 못하였느냐. 『춘추전』에 "하늘이 아직 나쁜 자를 놓아두는 것은 복되게 하려는 것이 아니고 그 죄악이 짙기를 기다려 벌을 내리려는 것이다."라고 하였는데, 지금 너는 간사함을 감추고 흉악함을 숨겨서 죄악이 쌓이고 앙화가 가득하였음에도, 위험한 것을 편안히 여기고 미혹되어 돌이킬 줄 모르니, 이른바 제비가 막 위에다 집을 짓고 막이 불타오르는데도 제멋대로 날아드는 것과 같고, 물고기가 솥 속에서 너울거리지만 바로 삶아지는 꼴을 당하는 것과 마찬가지다. 우리는 뛰어난 군략을 모으고 여러 군사를 규합하여, 용맹스런 장수는 구름처럼 날아들고 날랜 군사들은 비 쏟아지듯 모여들어, 높이 휘날리는 깃발은 초새(초나라의 요새)의 바람을 에워싸고 총총히 들어찬 함선은 오강의 물결을 막아 끊었다.

진나라 도태위처럼 적을 처부수는 데 날래고, 수나라 양소처럼 엄숙함이 신이라 불릴 만하여, 널리 팔방을 돌아보고 거침없이 만 리를 횡행할 수 있으니 마치 치열한 불꽃을 놓아 기러기 털을 태우고, 태산을 높이 들어 새알을 짓누르는 것과 무엇이 다르랴. 금신金神이 계절을 맡았고 수백水伯이 우리 군사를 환영하는 이때, 가을

짐새
중국 남방 광둥廣東에 사는 독이 있는 새. 깃을 술에 담가 마시면 죽는다고 함.

바람은 숙살하는 위엄을 도와주고 새벽 이슬은 혼잡한 기운을 씻어 주니, 파도는 이미 쉬고 도로는 바로 통하였다. 석두성에 뱃줄을 놓으니 손권이 후군이 되었고, 현산에 돛을 내리니 두예가 앞잡이가 되었다. 앞으로 서울을 수복하기는 늦어도 한 달이면 되겠지만, 살리기를 좋아하고 죽이기를 싫어하는 것은 하늘의 깊으신 덕화요, 법을 늦추고 은혜를 펴려는 것은 국가의 좋은 제도이다.

국가의 도적을 토벌하는 데는 사적인 원한을 생각지 아니해야 하고, 어두운 길에 헤매는 이를 깨우쳐 주는 데서 바른 말이라야 하는 법이다. 그러므로 나의 한 장 글을 날려서 너의 급한 사정을 풀어 주려는 바이니, 미련한 고집을 부리지 말고 일찍이 기회를 보아 자신의 선후책을 세우고 과거의 잘못을 고치도록 하라. 만일 땅을 받아 나라를 맡고 가업을 계승하여서 몸과 머리가 두 동강이 되는 화를 면하고 뛰어난 공명을 얻기 원한다면 몹쓸 도당들의 말을 믿지 말고 오직 후손에게 영화를 유전해 줄 것만을 유의하라. 이는 아녀자의 알은 체할 바가 아니요, 실로 대장부의 할 일이니만큼, 그 가부를 속히 회보할 것이요, 쓸데없는 의심을 두지 말라.

나는 명령은 하늘을 우러러 받았고 믿음은 맑은 물을 두어 맹세하였기에, 한 번 말이 떨어지면 반드시 메아리처럼 응할 것이매 은혜가 더 많을 것이요, 원망이 짙게 되지는 않을 것이다. 만일 미쳐서 날뛰는 도당들에 견제되어 취한 잠을 깨지 못하고 마치 당랑이 수레바퀴를 항거하듯이 어리석은 고집만 부리다가는 곰을 치고 표범을 잡는 우리 군사가 한 번 휘둘러 쳐부숨으로써 까마귀 떼처럼 질서 없고 솔개같이 날뛰던 무리가 사방으로 흩어져 도망칠 것이며, 너의 몸뚱이는 도끼날에 기름이 되고 뼈다귀는 수레 밑에 가루가 될 것이며 처자는 잡혀 죽고 권속들은 베임을 당할 것이다.

(본문: 왕사로서 정벌하고자 함)

옛날 동탁처럼 배를 불태울 그때가 되어서는, 사슴처럼 배꼽을 물어뜯는 후회가 있을지라도 시기는 이미 늦을 것이니, 너는 모름지기 진퇴를 참작하고 옳고 그른 것을 분별하라. 배반하다가 멸망하기보다 어찌 귀순歸順하여 영화롭게 되는 것이 낫지 않겠느냐. 다만 너의 소망은 반드시 이루게 될 것이니, 장부의 할 일을 택하여 표범처럼 변하기를 기할 것이요, 못난이의 소견을 고집하여 여우처럼 의심만 품지 말라.

(결말: 귀순을 권유함)

항.. 항복할까..?

황소

이 글은 당나라 때의 유명한 민란인 황소의 난 때 그 괴수 황소에게 항복을 권유하기 위하여 보내는 격문을 번역한 것입니다. 내용은 '도道'와 '권權'을 내세워 천하대세의 운행 이치를 밝히고, 당나라 조정의 바르고 강성함과 황소 무리의 비뚤어지고 무모함을 대비시켜 사태를 올바로 파악하여 항복하도록 권유하는 것입니다.

최치원은 이 글에서 황소의 마음을 돌리기 위해 위협과 회유를 절묘하게 배합하여 표현하고 있습니다. 위협을 가하는 대목에서는 상대방이 자기 목이 붙어 있는지를 확인하게 할 정도로 강력하게 표현하고 있으면서도, 회유하는 대목에서는 상대가 마음을 돌릴 수 있도록 어루만지고 달래며 부드럽게 표현함으로써 상대방을 효과적으로 설득하고 있습니다.

특히, 이 글 중에서 '천하 사람들이 모두 다 너를 죽이려고 생각할 뿐 아니라, 땅속의 귀신도 벌써 남몰래 베기로 의논하였다.'라는 구절은 매우 유명합니다. 황소가 이 구절을 접하고 저도 모르게 상 아래로 내려와 꿇어 엎드렸다는 일화가 있습니다. 이 구절은 문학사 및 시화詩話 등에 빈번히 인용됩니다.

이 글의 문체는 대표적인 사륙변려문四六騈儷文*으로, 후세의 한학자들에게 많은 영향을 끼쳤습니다. 이것은 중국 일류의 사륙(변려)문체가들의 문장에도 견줄 만큼 뛰어납니다. 다만, 형식에 너무 치우쳐 작자의 독특한 사상과 정서가 결여되어 있다는 것이 결함으로 지적되고 있으나, 문학사상 신라 전 기간을 통하여 가장 뛰어난 문장으로 평가할 수 있습니다.

사륙변려문

변려체·변문·사륙문이라고도 한다. 문장이 4자와 6자를 기본으로 한 대구對句로 이루어져 수사적으로 미감美感을 주는 문체로, 변騈은 한 쌍의 말이 마차를 끈다는 뜻이고 여儷는 부부라는 뜻이다. 후한後漢 중말기에 시작되어 위·진·남북조 시대를 거쳐 당唐나라 중기까지 유행했다. 변려문이라는 명칭은 당송唐宋 8대가의 한 사람인 유종원의 「걸교문乞巧文」 중 '변사려륙금심수구騈四儷六錦心繡口'라는 구절에서 유래한다.

중국 장쑤성 양저우에 건립된 최치원 기념관

1500년 전 사랑이야기 – 미실과 사다함

애절한 사랑의 이야기는 시대를 초월해 어디에나 존재한다.

일 년에 딱 하루, 칠월 칠일에만 만날 수 있는 견우와 직녀의 사연이나 신분의 차이를 극복한 춘향과 이몽룡의 사연, 그리고 원수를 사랑한 로미오와 줄리엣의 사연도 있다. 이쯤 되면 사랑은 인간의 삶에서 빠질 수 없는 것이 아닌가 하는 생각이 든다.

옛 신라에도 애절한 사랑의 사연들은 곳곳에 있었을 것이다. 미실美室과 사다함斯多含의 애절한 사랑도 두 편의 노래와 함께 『화랑세기花郎世記』에 수록되어 오늘날 전해진다.

사다함은 내물왕의 7대손으로 5대 풍월주風月主(화랑의 우두머리)에 오른 인물이다. 진흥왕 23년(562)에 이사부가 가야를 정벌할 때 16세의 어린 나이로 큰 공을 세웠다고 전해진다. 후대인들은 늘 사람들의 영웅적인 면모 뒤에 있는 그들의 삶의 이야기, 특히 사랑 이야기에 관심을 가지는 법이다. 어린 영웅 사다함에게도 사랑의 사연이 있었다. 사다함은 2대 풍월주인 미진부의 딸인 미실과 사랑에 빠진다. 미실은 신라의 대표적인 미인으로 신라 제24대 왕인 진흥왕부터 제25대 왕인 진지왕, 그리고 제26대 왕인 진평왕을 모셨던 인물이다.

하지만 전쟁은 사랑하는 사람들을 갈라 놓는 법! 사다함은 가야가 반란을 일으키자 이를 진압하기 위해 전쟁터에 나가게 된다. 이때 미실이 사다함의 무사귀환을 기원하며 부른 노래가 「풍랑가風浪歌」*인데 「송출정가送出征歌」라고 부르기도 한다.

風只吹留如久爲都	바람이 불다고 하되
郎前希吹莫遣	임 앞에 불지 말고
浪只打如久爲都	물결이 친다고 하되
郎前打莫遣	임 앞 치지 말고
早早歸良來良	빨리빨리 돌아오라
更逢叱那抱遣見遣	다시 만나 안고보고
此好 郎耶 執音乎手乙	아흐, 임이여 잡은 손을
忍麼等尸理良奴	차마 물리라뇨.

이렇게 미실은 바람과 물결에 사랑의 마음을 담아 사다함을 위해 노래를 불렀지만, 하늘은 그들의 사랑을 허락하지 않았다. 사다함이 돌아왔을 때 미실은 세종 전군(정궁의 소생이 아닌 왕의 아들)의 아내가 되어 있었다. 남겨진 사다함은 안타까운 마음을 담아 「청조가靑鳥歌」*라는 노래를 불렀다고 한다.

靑鳥靑鳥 彼雲上之靑鳥	파랑새야 파랑새야 저 구름 위의 파랑새야
胡爲乎 止我豆之田	어찌하여 나의 콩밭에 머무는가
靑鳥靑鳥 乃我豆田靑鳥	파랑새야 파랑새야 내 콩밭의 파랑새야
胡爲乎 更飛入雲上去	어찌하여 다시 날아들어 구름 위로 가는가
旣來不須去 又去爲何來	이미 왔으면 가지 말지 또 갈 것을 어찌하여 왔는가
空令人淚雨 腸爛瘦死盡	부질없이 눈물짓게 하며 마음 아프고 여위어 죽게 하는가
(吾)死爲何鬼 吾死爲神兵	나는 죽어 무슨 귀신 될까. 나는 죽어 신병 되리
飛入(殿)(主)(護)(護)(神)	(전주)에게 날아들어 보호하여 호신護神되어
朝朝暮暮保護殿君夫妻	매일 아침 매일 저녁 전군 부처 보호하여
萬年千年不長滅	만 년 천 년 오래 죽지 않게 하리.

미실을 잃은 사다함은 절친한 친구였던 무관랑마저 죽자 결국 병이 들어 7일 만에 세상을 떠난다. 하지만 그의 노래처럼 어쩌면 그는 죽어서도 사랑하는 여인 미실을 지켜주지 않았을까?

「풍랑가」
8구체 향가이지만 이 작품이 수록된 『화랑세기花郞世記』가 진위에 대한 논란이 있어서 현존하는 향가의 범주에는 포함시키지 않고 있다. 「풍랑가」 또는 「송출정가」라는 제목과 이 노래의 해석은 서강대학교 정연찬 교수의 견해를 따른다.

「청조가」
「청조가」의 해석은 서강대학교 이종욱 교수의 『화랑세기』(소나무, 1999)를 따른다.

~2부~
고려 시대의 문학

한문학의 융성기

　고려 시대의 문학은 고려가 건국된 날에서 조선이 건국되기 전까지 약 500년 동안에 이루어졌습니다. 고려는 고구려를 계승한 나라로 호족 세력이 극대화되면서 세워졌습니다. 하지만 건국 이후에 호족 세력이 지나치게 커지자, 이들을 누르고 왕권을 강화하기 위한 방편으로 과거제를 실시하였습니다. 훈민정음이 창제되기 전이었으므로 국가에서 공식적으로 치르는 시험인 과거는 당시 아시아의 보편 문자였던 한자를 이용하여 행해졌고, 과거제의 영향과 중국 문물의 유입으로 한문학이 전성기를 이루었습니다.

　고려 시대의 시가 문학으로는 향가와 유사한 형식의 노래인 향가계 여요와 우리말로 구비 전승된 고려 가요, 무신의 난 이후에 창작된 경기체가와 시조, 그리고 상층의 전유물이었던 한시 등이 있습니다.

　향찰 문자가 아시아의 보편 문자인 한자에 밀려 쓰이지 않게 되자 신라 시대에 융성했던 향가가 고려 시대에는 쇠퇴하게 되고, 향가와 고려 가요 사이의 과도기적 형태의 노래가 만들어집니다. 이러한 노래를 '향가계 여요' 혹은 '향가계 가요'라고 하는데, 고려 제16대 왕인 예종이 고려 건국의 공신인 김락과 신숭겸 두 장군의 덕을 기리고자 지은 「도이장가」(1120년)와 의종 15년인 1151년에 참소로 귀양을 간 정서가 자신의 억울함을 호소하고 임금에 대한 그리움을 노래한 「정과정곡」(1151~1170년)이 대표작입니다. 이두 작품을 끝으로 향가는 우리 문학사에서 자취를 감추고 맙니다.

강원도 춘천시에 있는 신숭겸 장군의 묘소

　고려 가요는 이 시대 시가 문학의 핵심으로, 속요 혹은 별곡이라고 불립니다. 평민층에서 주로 구전되다가 노래 중 일부가 궁중의 노래로 사용되었고, 훈민정음 창제 이후에 『악장가사』, 『악학궤범』, 『시용향악보』 등에 수록되어 기록 문학으로 전해집니다. 고려 가요의 음보는 주로 3음보이며, 후렴구가 있습니다. 또, 향가가 단연單聯 구성인 데 비해, 고려 가요는 대체로 분연分聯 구성이라는 점이 특징입니다.

고려 시대에 유행하던 고려 가요 중의 일부는 한시의 형태로 이제현의 『익재난고益齋亂藁』와 민사평의 『급암선생시집及菴先生詩集』에 각 11수와 6수가 기록이 되어 전하는데, 이 노래를 '소악부小樂府'라고 합니다. 대표적인 노래로는 「장암」, 「거사련」, 「제보」, 「오관산」, 「사리화」, 「월정화」, 「안동자청」 등이 있는데 우리말 가사는 전해지지 않고 한시만 전해집니다.

국보 181호 『장량수 급제 패지』

이 문서는 고려 희종 원년(1205년)에 진사시에 급제한 장량수에게 내린 교지이며, 가로 88cm, 세로 44.3cm로 황색 마지 두루마리에 쓰여 있다. 장량수는 고려 개국 공신 장정필의 5세손이며, 울진부원군 문성공 장미필의 8세손으로 추밀원부사, 전리판서 등을 역임하였다. 조선 시대 과거에 급제한 사람들에게 내린 홍패紅牌, 백패白牌와 같은 성격의 교지인데, 앞부분이 없어져 완전한 내용을 파악할 수 없으나, 고시에 관여한 사람의 관직과 성이 기록되어 있다. 문서의 형식은 중국 송나라 제도에서 받아들인 듯하며, 지금까지 전해지는 패지牌들 가운데 가장 오래된 것으로, 고려 시대 과거 제도를 연구하는 데 귀중한 자료이다.

경기체가景幾體歌는 별곡체別曲體라고도 하는데, 하나의 연이 전대절前大節과 후소절後小節의 총 6행으로 이루어지며 이런 연이 여러 개가 모여 한 편의 노래가 됩니다. 노래의 후소절에 '경기하여景幾何如'라는 후렴구가 들어 있어서 '경기체가'라고 부르며 운율은 주로 3·3·4나 4·4·4조의 3음보로 이루어집니다. 고종 때에 한림의 여러 문인들이 지었다고 하는 「한림별곡」이 최초의 작품이며 조선 초기까지 사대부들에 의해 계속 창작되었습니다.

시조는 불교 국가였던 고려 말에 유학을 신봉했던 신흥 사대부들이 경기체가로는 표현할 수 없는 유교적 이념을 담아내기 위해 만들어 낸 문학 양식입니다. 하지만 점차 향유 계층이 귀족과 평민으로 확대되었습니다. 따라서 시조는 명실상부한 '국민 문학'이라고 그 의의를 높이 평가할 수 있습니다. '시조'라는 명칭은 조선 영조 때 이세춘이 '시절가조時節歌調'라고 한 것에서 유래하며, 그 이전에는 '단가短歌'로 불렀습니다. 시조의 형식은 초장, 중장, 종장의 3장 6구 45자 내외인데, 주로 4음보로 이루어지고 종장의 첫 음보는 3음절로 고정됩니다. 유교를 신봉하는 신흥 사대부에 의해 만들어졌으므로 유교적인 이념을 다룬 작품이 많고, 시대적 상황이 고려 말이었으므로 망해 가는 고려에 대한 안타까움의 정서를 '충忠'이라는 주제로 표현한 것도 전해집니다.

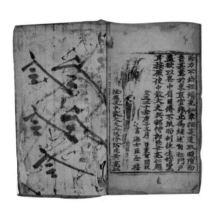

보물 895호 『제왕운기』
고려 충렬왕 13년(1287년)에 이승휴(1224~1300)가 쓴 역사시로 상·하권 1책으로 되어 있다. 상권은 중국의 역사를 신화시대부터 삼황오제, 하夏, 은殷, 주周 3대와 진秦, 한漢 등을 거쳐 원元에 이르기까지 칠언시 264구로 엮었다. 하권은 우리나라의 역사를 2부로 나누어 '동국군왕개구연대'와 '이조군왕세계연대'로 편찬하였는데, 지리기地理記 및 상고사上古史는 칠언시로 하고, 고려 시대의 것은 오언시로 엮어 편찬하였다.

과거제와 중국 문물 유입의 영향으로 한시가 융성하였는데, 특히 고려 시대의 한시 중에서 주목할 것은 민족 서사시입니다. 민족 서사시는 역사적 사건을 민족적 행위를 중심으로 하여 엮은 영웅 서사시입니다. 이규보의 「동명왕편」은 고구려의 시조인 동명왕의 영웅적 일대기를 5언 282구로 그려 낸 우리나라 최초의 건국 서사시이며, 이승휴의 『제왕운기』는 한민족의 역대 사적을 7언과 5언의 한시로 그려 낸 것입니다. 이러한 작품들은 고려 시대에 거듭된 외침에 대한 민족의식을 표현한 것입니다.

고려 시대의 서사 문학은 구비 전승되던 것을 문자로 기록한 것과 고려 시대에 와서 창작된 것으로 나눌 수 있습니다. 전자는 설화이고 후자는 패관 문학稗官文學과 가전체 문학입니다. 신화, 전설, 민담을 아우르는 설화는 이 시기에도 상고 시대와 마찬가지로 구비 전승되다가 한자를 이용해 문헌에 수록되는데, 대표적인 문헌으로는 우리나라 최초의 설화집인 박인량의 『수이전』과 김부식의 『삼국사기』, 일연의 『삼국유사』 등이 있습니다.

패관稗官은 항간에 떠도는 소문을 수집하고 기록하는 벼슬을 뜻하며, 패관이 수집한 이야기에 창의성을 가미하여 윤색한 것을 패관 문학이라고 합니다. 이 패관 문학이 발달하여 사물을 의인화해 세상 사람들에게 교훈을 전하는 것을 목적으로 하는 문학 갈래인 가전이 창작되었습니다. 그리고 이 두 갈래는 조선 시대에 발생하는 소설의 모태가 됩니다. 패관 문학이 수록된 주요 문헌으로는 이규보의 『백운소설』, 이인로의 『파한집』, 최자의 『보한집』, 이제현의 『역옹패설櫟翁稗說』 등이 있습니다. 설화집과 패관집은 작품뿐만 아니라 문학 이론이나 평론도 함께 수록하고 있어서, 우리나라 문학에 있어서 최초의 본격적인 문학 비평서로 평가됩니다.

전傳은 교훈을 목적으로 사람의 일생을 압축하여 서술한 문학을 말하는데, 어떤 인물의 가치 있는 행적을 기록한 인물전人物傳과 사물을 의인화하여 경계심을 일깨워 줄 목적으로 지어진 가전假傳으로 나눌 수 있습니다. 이숭인의 「배열부전裵烈婦傳」, 이곡의 「절부 조씨전」이 대표적인 인물전에 해당됩니다. 가전은 개인의 창작물이라는 점에서 민간에 떠도는 이야기를 수집한 패관 문학과 구별되며, 소설에 조금 더 접근한 형태라고 할 수 있습니다.

시가문학

01 고려 가요

　고려의 건국 이후 한문학이 발달하면서 향가가 쇠퇴하자 국문 시가는 다시 구비 전승의 영역으로 돌아갔습니다. 따라서 한시를 제외한 이 시기의 시가는 온전하게 전해지지 않으며, 한글 창제 이후의 몇몇 문헌에 정착된 소량의 자료만이 남아 있을 뿐입니다. 이런 작품 가운데서 경기체가를 제외한 국문 시가들을 일반적으로 '고려 가요'라고 합니다. 이처럼 고려 가요란 현전하는 고려 시대의 노래 중 경기체가 이외의 국문 시가에 대한 편의적 지칭이기 때문에, 그것이 단일한 시가 양식으로서 공통 원리와 속성을 가진다고 섣불리 가정하는 것은 위험합니다. 현전하는 고려 가요는 고려 시대 시가의 전모를 두루 반영하는 것이 아니라 고려조 궁중악의 일부분으로 조선조에 전해지고 다시 조선 초기의 구악舊樂 정리 과정을 거쳐 문헌에 남겨진 작품들인 것입니다.

　이렇게 남겨진 작품들의 주요 내용은 남녀 간의 사랑, 자연에 대한 예찬, 이별의 아쉬움 등인데, 이들은 모두 인간의 보편적인 삶의 문제와 깊은 관련이 있습니다. 따라서 현전하는 고려 가요는 고려인의 삶에 대한 소박하고 진솔한 정서의 표현이라는 점에서 문학사적 의의를 지닙니다.

이별 노래의 쌍벽, 「가시리」와 「서경별곡」

「가시리」는 고려 가요 중 민요적 율격과 전통적인 '이별의 정한'*을 가장 잘 드러낸 작품으로 평가됩니다. 사랑하는 사람을 떠나보내는 애절한 마음을 간결한 형식과 진솔한 언어로 표현한 작품입니다.

가시리 가시리잇고 나ᄂᆞᆫ
ᄇᆞ리고 가시리잇고 나ᄂᆞᆫ.
위 증즐가 大平盛代(대평셩디)

날러는 엇디 살라 ᄒᆞ고
ᄇᆞ리고 가시리잇고 나ᄂᆞᆫ.
위 증즐가 大平盛代(대평셩디)

잡ᄉᆞ와 두어리마ᄂᆞᄂᆞᆫ
선ᄒᆞ면 아니 올셰라.
위 증즐가 大平盛代(대평셩디)

셜온 님 보내ᄋᆞᆸ노니 나ᄂᆞᆫ
가시ᄂᆞᆫ 듯 도셔 오쇼셔 나ᄂᆞᆫ.
위 증즐가 大平盛代(대평셩디)*

「악장가사」

이별의 정한

한국의 보편적 정서인 '이별의 정한'은 고구려의 「황조가」에서 고려 가요인 「가시리」와 「서경별곡」, 한시인 정지상의 「송인」, 황진이의 시조, 민요인 「아리랑」, 김소월의 시 「진달래꽃」과 같은 작품에 면면히 이어져 오고 있다. 그러나 이 작품들의 서정적 자아가 보여 주는 정서는 조금씩 다르다. 「가시리」의 경우, 자기 희생과 감정의 절제를 통해 재회를 기약하고 있으며, 이러한 감정의 표출이 자연스럽고 소박하게 표현되어 있다.

「가시리」의 후렴구 '위 증즐가 대평성대'는 악기의 소리를 흉내 낸 의성어로, 악률을 맞추기 위한 여음구에 해당한다. 여음구는 일반적으로 노래에 리듬감을 갖게 하여 흥을 돋우는 구실을 하며 시상 전개에 통일성을 부여하여 형태적 안정감을 얻을 수 있게 한다. 그런데 「가시리」에서 '대평성대'라는 말은 이 작품의 전체적인 분위기와 어울리지 않는데, 이는 이 작품이 궁중에서 노래로 불렸다는 점을 감안하면 이해가 될 것이다. 즉 임금께 나라의 태평성대를 고하며 성덕을 기리는 축원의 의도로 불린 것이므로, 이런 표현이 삽입된 것이라고 이해할 수 있다.

현대어 풀이

가시렵니까 가시렵니까
(나를) 버리고 가시렵니까?

나더러는 어떻게 살라하고
버리고 가시렵니까?

붙잡아 두고 싶지만
서운하게 생각하시어 아니 오실까 두렵습니다.

서럽지만 님을 보내오니
가시자마자 돌아오십시오.

이 노래는 직설적인 언어에 의존하면서도 시적 호소력이 매우 강한데, 그 까닭은 시적 화자의 어조와 심리의 흐름 속에 진솔한 감정이 함축되어 있기 때문입니다. 1연에서 화자는 떠나는 임에 대한 원망과 하소연을 통해 이별의 슬픔을 호소하고 2연에서는 이러한 이별에 대한 슬픔과 원망의 심정이 고조되다가, 3연에서는 임을 붙잡고 싶지만 귀찮게 하면 임의 노여움을 살지도 모른다는 생각 때문에 임과의 이별에 대해 체념하는 태도를 보이고 있습니다. 마지막 4연에서는 '서럽지만 님을 보내오니 가시자마자 곧 돌아오라'는 간절한 염원을 드러내고 있습니다. 이처럼 이 작품은 여성 화자를 통해서 이별의 상황에 직면한 복합적인 감정들을 섬세하고도 아름답게 그려 내고 있습니다.

이 작품의 특징 중 하나는 사용된 언어가 순수한 우리말이어서 쉽게 이해가 되고, 사용된 말이 얼마 되지 않기 때문에 오히려 숨은 사연을 생각하게 한다는 것입니다. 특히 4연의 내용은 두 가지 뜻을 내포하고 있다고 볼 수 있습니다. 화자를 서럽게 하는 임에게 하소연하는 말이기도 하고, 무언가 드러나 있지 않은 사연 때문에 서럽게 떠나야 하는 임이기에 그렇게 당부할 수밖에 없다는 말이기도 합니다.

하지만 이 노래는 남녀평등의 관점에서 보자면, 여성이 비주체적으로 등장한다는 한계가 있습니다. 특히, 이별의 상황에서 시적 화자가 보여 주는 태도 측면에서 「서경별곡西京別曲」에 등장하는 시적 화자와 「가시리」의 시적 화자를 비교해 보면 매우 대조적입니다. 「가시리」가 자기희생과 감정의 절제를 통해서 재회를 기약하는 이별가라면, 「서경별곡」은 이별을 적극적으로 거부하고 함께 있는 행복과 애정을 강조한 이별가라고 할 수 있습니다. 따라서 「가시리」의 화자가 인고와 순종을 미덕으로 삼는 소극적이고 자기희생적이며 감정을 절제할 줄 아는 여인이라면, 「서경별곡」의 화자는 사랑과 믿음을 중요시하는 자기중심적이며 직선적인 성격의 여인이라 할 수 있습니다.

「서경별곡」은 고려 가요 가운데 남녀의 이별과 이에 따른 슬픔의 정서가 가장 잘 드러난 작품이라고 할 수 있습니다. 이 노래는 이별을 거부하고 임과 함께함으로써 누릴 수 있는 사랑과 애정을 강조하는 시적 화자의 모습을 통해 적극적이고 현실적인 사랑의 정서를 잘 표현하고 있습니다.

　서경西京이 아즐가 서경이 셔울히 마르는
　위 두어렁셩 두어렁셩 다링디리
　닷곤딩 아즐가 닷곤딩 쇼셩경 고외마른
　위 두어렁셩 두어렁셩 다링디리
　여희므론 아즐가 여희므론 질삼뵈 브리시고
　위 두어렁셩 두어렁셩 다링디리
　괴시란딩 아즐가 괴시란딩 우러곰 좃니노이다.
　위 두어렁셩 두어렁셩 다링디리

　구스리 아즐가 구스리 바회예 디신들
　위 두어렁셩 두어렁셩 다링디리
　긴히똔 아즐가 긴힛똔 그츠리잇가 나눈
　위 두어렁셩 두어렁셩 다링디리
　즈믄 히를 아즐가 즈믄 히를 외오곰 녀신들

위 두어렁셩 두어렁셩 다링디리
신信잇든 아즐가 신信잇든 그츠리잇가 나는
위 두어렁셩 두어렁셩 다링디리

대동강大同江 아즐가 대동강大同江 너븐디 몰라셔
위 두어렁셩 두어렁셩 다링디리
빈 내여 아즐가 빈 내여 노흔다 샤공아
위 두어렁셩 두어렁셩 다링디리
네 가시 아즐가 네 가시 럼난디 몰라셔
위 두어렁셩 두어렁셩 다링디리
녈 빈예 아즐가 녈 빈예 연즌다 샤공아
위 두어렁셩 두어렁셩 다링디리
대동강大同江 아즐가 대동강大同江 건넌편 고즐여
위 두어렁셩 두어렁셩 다링디리
빈 타 들면 아즐가 빈 타 들면 것고리이다 나는
위 두어렁셩 두어렁셩 다링디리

「악장가사」, 「시용향악보」

현대어 풀이

서경(평양)이 서울이지만
새로 닦은 곳인 작은 서울을 사랑합니다마는
(임과) 이별하기보다는 (차라리) 길쌈 베를 버리고라도
사랑만 해 주신다면 울면서 따르겠습니다.

구슬이 바위 위에 떨어진들
끈이야 끊어지겠습니까?
천 년을 홀로 살아간들
믿음이야 끊어지겠습니까?

대동강이 넓은 줄을 몰라서

배를 내어 놓았느냐, 사공아

네 아내가 음란한 줄을 몰라서

다니는 배에 얹었느냐(태웠느냐), 사공아

대동강 건너편 꽃을

배를 타고 가기만 하면 꺾을 것입니다.

「서경별곡」의 내용은 크게 세 부분으로 나뉩니다. 1연에서는 시적 화자가 서경(평양)이라는 삶의 터전을 버리고 떠나가는 임을 쫓아가겠다는 연모의 정을 노래하고 있으며, 2연에서는 구슬과 끈의 비유를 통해 아무리 오랜 세월을 헤어져 있어도 시적 화자의 임에 대한 신의는 변하지 않을 것이라고 다짐하고 있습니다. 그리고 3연에서 화자는 임을 떠나게 하는 뱃사공을 원망하고, 이별한 다음에 임이 만날 다른 여인에 대한 질투심을 드러내고 있습니다. 특히 3연에서 자신을 버리고 떠나는 임에 대한 원망의 감정을 애꿎은 뱃사공에게 돌려 비속한 푸념을 하는 화자의 목소리는 2연에 나타난 남성 화자의 다짐과 대비되어 골계미*를 느끼게 합니다. 화자가 사공에게 사공의 아내가 정분이 나 있다는 사실을 알려 주어 사공을 집으로 돌려보냄으로써, 임이 대동강을 건너지 못하게 하려는 것입니다.

「서경별곡」의 시적 화자는 전 연에 걸쳐 일관되게 여성 화자로 보기도 하지만 그렇게 보지 않는 경우도 있습니다. 이렇게 생각하는 사람들은 2연의 시적 화자가 남성이며, 이 때문에 각 연의 시적 전개가 매끄럽지 못하다고 주장합니다. 그리고 자신의 감정을 직설적으로 표출하는 1연과 3연에 비해 2연은 이성적인 어조를 지닌다는 점에서 어조 또한 매우 이질적인 것으로 판단하고 있습니다. 한편 이 노래의 2연은 고려 가요인 「정석가」의 6연과 동일한데, 이는 당대에 이와 같은 구절이 널리 유행했다는 점을 말해 주기도 하고, 구전되는 과정에서 후대 사람들에 의해 첨삭되고 중복되었을 가능성을 시사합니다.*

골계미
익살을 부리는 가운데 어떤 교훈을 주는 미적 정서.

이 노래는 단일한 작가에 의해 일관적으로 창작된 개인적인 작품이 아니라, 서경 노래, 유행 민요, 대동강 노래라는 세 가지 노래를 당시에 새로 유입한 궁중의 악곡에 맞추어 연마다 여음과 후렴구를 첨가하여 합성한 것이라고 보기도 한다.

고려 가요의 백미 「청산별곡」

고려인의 삶의 비애와 애환을 잘 보여 주고 있는 「청산별곡靑山別曲」은 적절한 비유와 고도의 상징성, 빼어난 운율미와 정제된 형태미로 고려 가요 중 문학성이 가장 뛰어난 작품으로 평가받고 있습니다. 이 노래에는 당시 내우외환에 시달리던 고려인들의 현실 도피적 태도가 잘 드러나 있으며, 삶의 고뇌와 슬픔이 매우 진솔하고도 절실하게 표출되어 있습니다.

살어리랏다.

'~리랏다.'를 과거 가정법으로 보아 '살았으면 좋았을 것을'로 해석하기도 한다. 이 경우 '과거에 내가 좀더 현명했더라면 청산에 살았을 것' 그렇게 하지 못해 아쉽다는 의미가 된다.

우러라

명령법으로 보아 '새여, 울어라'로 풀이하기도 한다. '노래하다'의 의미로 보아 '노래 불러라 새여. 너보다도 근심이 많은 나도 이렇게 노래 부르고 있는데'로 풀이한다.

가던 새

'가던 새'의 '새'를 '鳥(새)'로 보지 않고 '갈던 새(밭이랑)'로 보기도 한다. 즉 '가던'은 '(밭을)갈던'에서 ㄹ이 탈락된 형태이고, '새'는 '사래'에서 ㄹ이 탈락되고 축약된 형태로 보는 것이다. 여기서 '사래'는 밭이랑 또는 마름이 지어 먹는 밭(사경私耕) 등을 뜻한다. 따라서 제 3연을 '갈던 밭을 본다. 녹슨 연장을 가지고 갈던 밭을 본다.'로 풀이하여, 경작하던 밭을 빼앗기고 산 속에 들어와 옛 생활을 회상하는 내용으로 파악하기도 한다.

살어리 살어리랏다. 청산靑山애 살어리랏다.*
멀위랑 드래랑 먹고, 청산애 살어리랏다.
얄리얄리 얄랑셩 얄라리 얄라.

우러라 우러라 새여, 자고 니러 우러라* 새여.
널라와 시름 한 나도 자고 니러 우니노라.
얄리얄리 얄라셩 얄라리 얄라.

가던 새 가던 새 본다. 믈 아래 가던 새* 본다.
잉무든 장글란 가지고, 믈 아래 가던 새 본다.
얄리얄리 얄라셩 얄라리 얄라.

이링공 뎌링공 ᄒᆞ야 나즈란 디내와손뎌,
오리도 가리도 업슨 바므란 ᄯᅩ 엇디 호리라.
얄리얄리 얄라셩 얄라리 얄라.

어듸라 더디던 돌코, 누리라 마치던 돌코.
믜리도 괴리도 업시 마자셔 우니노라.
얄리얄리 얄라셩 얄라리 얄라.

살어리 살어리랏다. 바루래 살어리랏다.
ᄂᆞᄆᆞ자기 구조개랑 먹고, 바루래 살어리랏다.
얄리얄리 얄라셩 얄라리 얄라.

가다가 가다가 드로라. 에졍지 가다가 드로라.
사ᄉᆞ미 짒대예 올아셔 ᄒᆡ금奚琴을 혀거를 드로라.*
얄리얄리 얄라셩 얄라리 얄라.

가다니 빈브른 도긔 설진 강수를 비조라.*
조롱곳 누로기 ᄆᆡ와 잡ᄉᆞ와니, 내 엇디 ᄒᆞ리잇고.
얄리얄리 얄라셩 얄라리 얄라.

『악장가사』, 『시용향악보』

현대어 풀이

살으리 살으리로다. 청산에서 살으리로다.
머루와 다래를 먹으며 청산에서 살으리로다.

우는구나 우는구나, 새여! 자고 일어나서 우는구나, 새여
너보다 근심이 많은 나도 자고 일어나 울며 지내노라.

갈던 사래, 갈던 사래를 보고 있도다. 물 아래(속세)에서 갈던 사래(밭이랑)를 보고 있
도다. / 이끼 묻은 쟁기를 가지고 물 아래에서 갈던 밭이랑을 바라보노라.

이럭저럭하여 낮은 지내왔지만 / 올 사람도 갈 사람도 없는 밤은 또 어찌하리오.

어디에 던지던 돌인가? 누구를 맞히려던 돌인가?
미워할 사람도 사랑할 사람도 없이 (돌에) 맞아서 울며 지내노라.

살으리 살으리로다. 바다에서 살으리로다.

사ᄉᆞ미 짒대예 올아셔 ᄒᆡ금을 혀거를 드로라.
① 못난 속세 사람들이 잘난 체하며 뽐내는 꼴을 할 수 없이 보노라.
② 산대잡회山臺雜戲를 하는 광대 중에 사슴으로 분장한 사람이 장대에 올라가서 해금을 켜는 것을 듣노라.

설진 강수를 비조라.
'설진'을 '주름 잡힌'으로 해석하여, '술이 끓어 올라서 누룩이 우글쭈글 엉겨 주름 잡힌 덜 익은 술(단술)을 빚는구나.'로 풀이하기도 한다.

해초와 굴과 조개를 먹으면서 바다에서 살으리로다.

가다가 가다가 듣노라. 에정지(외딴 부엌)를 지나다가 듣노라.
사슴으로 분장한 광대가 장대에 올라가서 해금을 연주하는 것을 듣노라.

가다 보니 불룩한 술독에 독한 술을 빚고 있구나.
조롱박꽃 같은 누룩이 매워(술이 독해) 나를 붙잡으니 낸들 어찌하리오.

「청산별곡」의 시적 화자는 현실에서의 고뇌와 비애를 벗어나기 위해 '청산'
과 '바다'를 찾지만 어느 곳에서도 그것을 풀 수 없는 마음을 술로 달래면서
뛰어난 문학적 표현을 통해 삶의 고뇌를 그려 내고 있습니다. 1연에서 청산에
대한 동경을 보이는 시적 화자의 모습은 2연에서는 삶의 비애와 고독에 가득
찬 인물로, 3연에서는 자신이 살았던 속세에 대해 미련을 보이는 인물로 구체
화됩니다. 이런 측면에서 이 노래는 난리로 인해 삶의 터전에서 쫓겨나서 피
해 다니던 유랑민의 삶의 비애를 나타낸 작품이라고 볼 수 있습니다. 4연의
절망적인 고독과 5연의 피할 수 없는 운명적인 고독도 같은 맥락에서 생각해
볼 수 있습니다. 6연은 자연에 대한 동경을 노래한 1연과 내용상 대칭을 이룹
니다. 7연에는 기적이 일어나기를 간절히 바라는 생의 절박감과 고독이 드러
나 있으며, 8연에서는 술을 통해 고뇌를 해소해 보겠다는 것으로서 시상을 마
무리하고 있습니다. 하지만 이러한 고뇌에 찬 삶이 이어짐에도 불구하고 이
노래의 시적 화자가 삶에 대한 포기보다는 낙천적 태도를 보이고 있는 점이
특징입니다.

그 밖의 고려 가요

「동동動動」은 현전하는 월령체* 노래 중 가장 오래된 것으로서, 임과 이별한
여인의 애절한 사랑과 고독, 그리움을 달에 따라 형상화한 작품입니다. 한 편
의 작품이 여러 연이 중첩되어 이루어지는 분절체 형식이라는 점과 후렴구가

월령체

일 년 열두 달을 차례대로 맞추
어 나가며 읊는 시가 형식으로,
월령체가月令體歌, 또는 달거리
요라고도 한다. 매 달을 각각 한
절로 해서 보통 12개가 분절로
이루어지지만, 작품에 따라 머
리시가 붙어 13개의 분절로 된
것도 있다. 달거리의 매 연에는
그 달의 자연, 기후 상태, 명절
놀이, 민속 행사 등이 반영된다.
전해지는 작품으로는 「농가월령
가農家月令歌」, 「12월가」, 「사친
가思親歌」, 「관등가觀燈歌」 등이
있다.

사용되고 있다는 점에서 고려 가요의 전형적 특징이 드러납니다.

德(덕)으란 곰비예 받줍고, 福(복)으란 림비예 받줍고,
德(덕)이여 福(복)이라 호늘, 나ᅀᆞ라 오소이다. / 아으 動動(동동)다리. (이하 후렴구 생략)

正月(정월)ㅅ 나릿므른 아으 어져 녹져 ᄒᆞ논ᄃᆡ,
누릿 가온ᄃᆡ 나곤 몸하 ᄒᆞ올로 녈셔.

二月(이월)ㅅ 보로매, 아으 노피 현 燈(등)ㅅ블 다호라.
萬人(만인) 비취실 즈ᅀᅵ샷다.

三月(삼월) 나며 開(개)혼 아으 滿春(만춘) 들욋고지여.
ᄂᆞ미 브롤 즈슬 디녀 나샷다.

四月(사월) 아니 니저 아으 오실셔 곳고리새여.
므슴다 錄事(녹사)니믄 녯 나ᄅᆞᆯ 닛고신뎌.

五月(오월) 五日(오일)애, 아으 수릿날 아ᄎᆞᆷ 藥(약)은
즈믄 힐 長存(장존)ᄒᆞ샬 藥(약)이라 받줍노이다.

六月(유월)ㅅ 보로매 아으 별해 ᄇᆞ룐 빗 다호라.
도라보실 니믈 젹곰 좃니노이다.

七月(칠월)ㅅ 보로매 아으 百種(백종) 排(배)ᄒᆞ야 두고,
니믈 흔 ᄃᆡ 녀가져 願(원)을 비ᅀᆞᆸ노이다.

八月(팔월)ㅅ 보로ᄆᆞᆫ 아으 嘉俳(가배) 나리마른,
니믈 뫼셔 녀곤 오ᄂᆞᆯ낤 嘉俳(가배)샷다.

九月(구월) 九日(구일)애 아으 藥(약)이라 먹논 黃花(황화)

고지 안해 드니, 새셔 가만ᄒᆞ얘라.

十月(시월)애 아으 져미연 ᄇ롯 다호라.

것거 ᄇ리신 後(후)에 디니실 ᄒᆞᆫ 부니 업스샷다.

十一月(십일월)ㅅ 봉당 자리예 아으 汗衫(한삼) 두퍼 누어

슬홀ᄉ라온뎌 고우닐 스싀옴 녈셔.

十二月(십이월)ㅅ 분디남ᄀ로 갓곤 아으 나ᄉᆞᆯ 盤(반)잇 져 다호라.

니믜 알픠 드러 얼이노니 소니 가재다 므르ᄋᆞᆸ노이다.

『악학궤범』

현대어 풀이

덕은 뒤에(뒷 잔에, 신령님께) 바치옵고, 복은 앞에(앞 잔에, 임에게) 바치오니,

덕이며 복이라 하는 것을 진상하러 오십시오.

정월 냇물은 아아, 얼려 녹으려 하는데,

세상에 태어나서 이 몸이여, 홀로 살아가는구나.

2월 보름에 아아, 높이 켜 놓은 등불 같구나.

만인을 비추실 모습이시도다.

3월 지나며 핀 아아, 늦봄의 진달래꽃이여.

남이 부러워할 모습을 지니고 태어나셨구나.

4월을 잊지 않고 아아, 오는구나 꾀꼬리새여.

무엇 때문에(어찌하여) 녹사님은 옛날을 잊고 계시는구나.

5월 5일(단오)에, 아아 단옷날 아침 약은

천 년을 사실 약이기에 바치옵니다

6월 보름(유두일)에 아아, 벼랑에 버린 빗같구나.

돌아보실 임을 잠시나마 따르겠나이다.

7월 보름(백중)에 아아, 여러 가지 제물을 벌여 놓고

임과 함께 살고자 소원을 비옵니다.

8월 보름(가위)은 아아, 한가윗날이지마는,

임을 모시고 지내야만 오늘이 뜻 있는 한가윗날입니다.

9월 9일(중양절)에 아아, 약이라고 먹는

노란 국화꽃이 집 안에 피니 초가집이 고요하구나.

10월에 아아, 잘게 썬 보리수나무 같구나.

꺾어 버리신 후에 (나무를) 지니실 한 분이 없으시도다.

11월에 봉당 자리에 아아, 홑적삼을 덮고 누워

임을 그리며 살아가는 나는 너무나 슬프구나

(슬픔보다 더하구나. 사랑하는 임과 갈라져 제각기 살아가는구나)

12월에 분지나무로 깎은 아아, (임께 드릴) 소반 위의 젓가락 같구나.

임의 앞에 들어 가지런히 놓으니 손님이 가져다가 뭅니다.

「동동」은 총 13연으로 구성되어 있는데, 시상詩想의 흐름이 일관되지 않을 뿐더러, 각 연의 주제도 하나로 묶이지 않기 때문에 시적 화자 한 명의 정서가 일관되게 표출된 것이라고 보기는 힘듭니다. 서사*와 2, 3, 5월령은 임에

서사는 민간의 노래가 궁중 노래로 유입되는 과정에서 덧붙여진 것으로 보인다.

대한 순수한 송축頌祝입니다. 이때의 '임'은 임금이거나 임금처럼 높이 추앙된 공적公的인 사람일 수 있습니다. 정월, 4월령은 개인적 정서, 즉 구체적인 '나의 고독'이며, '나의 임'에 대한 원망적願望的 호소입니다. 6, 7, 8월령은 공적 정서와 개인적 정서의 애한哀恨이 함께 융합된 중간적 정감의 노래입니다. 9, 10, 11월령은 임으로부터 버림받은 시적 화자가 임이 없는 가운데 쓸쓸하고 외롭게 살아가는 슬픔을 노래하고 있습니다. 그리고 12월령에서 화자는 임에게 버림받고 다른 사람에게 시집간 자신의 운명을 한탄하고 있습니다. 그만큼 이루어질 수 없는 사랑의 슬픔으로 인한 한恨이 시적 화자의 마음속 깊이 자리하고 있음을 알 수 있습니다. 따라서 이 노래는 원래 연가적戀歌的 민요가 궁중에 흘러들어 궁중 연악宴樂으로 쓰이면서 변형되었으리라 추측됩니다.

「동동」이 고려 속요 가운데 뛰어난 작품 중의 하나로 평가받는 이유는 12개월의 특성에 맞춰 임에 대한 송축과 찬양, 떠나버린 임에 대한 원망, 홀로 지내는 외로움, 임에 대한 애절한 그리움, 임과 함께 살아가기를 간절히 소망하는 마음 등이 뚜렷하게 드러나 있기 때문입니다.

「상저가相杵歌」*는 간결하고 소박한 언어와 밝은 분위기 및 경쾌한 여음으로 볼 때 방아를 찧으며 부르던 노동요였을 것으로 추정됩니다. 이 노래에는 거친 밥이나마 지어 부모님께 드리고, 남는 것이 있으면 그것을 자기가 먹겠다는 가난한 촌부의 효심과 소박한 마음이 잘 드러나 있습니다.

「사모곡」*은 어머니의 지극한 사랑을 예찬하는 노래로, 어머니의 사랑이 아버지의 사랑보다 훨씬 깊다는 것을 '어마님ᄀᆞ티 괴시리 업세라.'라는 표현을 반복함으로써 강조하고 있습니다. 특히 어머니의 사랑을 '낫의 날카로움'에, 아버지의 사랑을 '호미의 무딈'에 비유하고 있는데, 이러한 비유는 우리 문학 작품에서 볼 수 있는 일반적인 것이 아닙니다. 그리고 비유의 대상으로 '낫'과 '호미'가 등장한 것으로 보아 작가 계층이 농민층일 것으로 추측됩니다.

고려 가요 중에는 「만전춘滿殿春」*, 「쌍화점雙花店」 등과 같이 궁중 악곡으로 정착되는 과정에서 많은 개작이 가해져서 본래적 성격을 상실한 것도 있습니다. 「만전춘」과 「쌍화점」은 조선 시대 사대부들에 의해 '남녀상열지사男女相悅之詞'*라고 지탄을 받았습니다. 하지만 인간의 진솔한 감정을 표현하고 있다

「상저가」

듥긔동 방해나 디허 히얘,
게우즌 바비나 지서 히얘,
아바님 어마님의 받곱고 히야해
남거시든 내 머고리, 히야해 히야해.

「사모곡」

호미도 놀히언마ᄅᆞᄂᆞᆫ
낟ᄀᆞ티 들 리도 업스니이다.
아바님도 어이어신마ᄅᆞᄂᆞᆫ
위 덩더둥셩
어마님ᄀᆞ티 괴시리 업세라.
아소 님하
어마님ᄀᆞ티 괴시리 업세라.

「만전춘」

조선 시대에는 「만전춘」과 한문으로 된 가사 「만전춘사」와 구별하기 위해 「만전춘」을 「만전춘별사」라고 부르기도 했다.

남녀상열지사

남녀의 애정을 주제로 한 고려 가요를 조선 때의 한학자들이 업신여기면서 부르던 말.

는 점에서 문학성을 높이 살 만합니다. 「만전춘」은 표현면에서 관능적이고 감각적인 언어 표현이 지배적인데, 전체적으로 보아 비유와 상징, 반어와 역설 등을 통하여 남녀 간의 사랑을 강하게 노래하고 있습니다. 「쌍화점」은 당시의 퇴폐한 성 윤리를 보여 주며 그것을 풍자한 것이라고 볼 수 있습니다. 표현면에서도 매우 뛰어날 뿐 아니라, 봉건 시대의 금기이던 왕궁을 우물로, 제왕을 용으로 비유하고 있는 점도 특이합니다.

이 밖에도 자연에 대한 예찬을 소박하게 형상화하면서, 진솔한 느낌을 있는 그대로 표현한 「유구곡」, 청상과부의 번민과 가신 임을 그리워하는 일편단심으로 저승길에서나마 재회를 기약하는 애절한 마음이 느껴지는 「이상곡」, 처용의 모습과 역신에 대한 묘사가 자세하고 역신에 대한 분노가 극적으로 표현된 「처용가」* 등이 있습니다.

개인 창작 가요로는 향가의 잔존형이라 추정되는 「정과정곡」과 쇠퇴기 향가인 예종의 「도이장가悼二將歌」가 있습니다. 「도이장가」는 이두식 표기로 된 향가 형식의 노래로, 8구체를 4구씩 둘로 나누어 지었습니다. 그래서 이 노래는 「정과정곡」과 함께 향가 형식의 노래가 고려 중기까지 남아 있었다는 증거가 되기도 합니다. 「도이장가」는 예종 15년(1120년) 임금이 서경에 행차하여 팔관회가 열렸을 때, 그 자리에서 개국공신 김낙과 신숭겸의 가상희假像戲*를 보고, 두 장군에 대한 추모의 정을 이기지 못하여 지은 노래입니다.

「정과정곡鄭瓜亭曲」은 고려 의종 때의 문인 정서가 지은 작품으로, 귀양지인 동래에서 임금인 의종에게 자신의 억울함과 결백을 밝히고 임금이 자신과 한 약속을 떠올리도록 하기 위해 지어졌다고 합니다.

내 님믈 그리ᄉ와 우니다니
山(산) 졉동새 난 이슷ᄒ요이다.
아니시며 거츠르신 ᄃᆞᆯ 아으
殘月曉星(잔월효성)*이 아ᄅ시리이다.
넉시라도 님은 ᄒᆞᆫᄃᆡ 녀겨라 아으
벼기더시니 뉘러시니잇가.

過(과)도 허믈도 千萬(천만) 업소이다.

믈힛마리신뎌

술읏븐뎌 아으

니미 나를 ᄒ마 니즈시니잇가.

아소 님하, 도람 드르샤 괴오쇼셔.

「악학궤범」

현대어 풀이

내가 임(임금)을 그리워하며 울고 지내니

산에서 우는 접동새와 내가 비슷합니다.

(나를 모함하고 헐뜯는 말들이 사실이) 아니며 거짓이라는 것을, 아!

지는 달과 새벽 별은 아실 것입니다.

죽어서 영혼이라도 임과 함께 살아가고 싶습니다. 아!

(임에게 나를 귀양보내야 한다고) 우기던 사람들이 누구였습니까?

잘못도 허물도 전혀 없습니다.

뭇 사람들이여!

슬프도다. 아!

임이 나를 벌써 잊으셨습니까?

아아, 임이시여! 다시 (마음을) 돌리시어 나를 사랑해주소서.

아아 임이시여! 다시 나를 사랑해주서

정서가 스스로 자신의 호를 '과정瓜亭'이라 했기 때문에 후세 사람들이 이 작품을 「정과정곡」이라고 불렀다. 정서는 고려 의종 5년(1151년)에 참소를 받고 동래로 귀양을 갔는데, 곧 부르겠다는 왕의 약속을 믿고 20년을 기다렸다. 그러나 아무런 소식이 없이 세월만 흐르던 차에 고려 명종 1년(1170년)에 정중부의 난으로 의종이 축출되고 명종이 즉위하자 정서는 다시 등용되었다. 따라서 이 작품은 정서가 유배 생활을 했던 1151~1170년 사이에 창작되었을 것으로 보이지만 정확한 창작 시기는 알 수 없다.

「정과정곡」*에서 시적 화자는 임을 그리워하며 울며 다니는 자신의 모습을 한의 상징물로 알려져 있는 '접동새'에 비유하고 있습니다. 그리고 자신의 무고함과 결백을 자연물인 '잔월효성'에 빗대어 표현함으로써 자신의 주장의 객관성을 확보하고자 합니다. 이런 시적 화자의 결백성은 죽어서 넋이라도 임과 함께 하고 싶다는 간절한 소망으로 이어집니다. 그러면서도 '過(과)도 허믈도 千萬(천만) 없다.'는 말과 함께 자신을 잊지 말고 다시 사랑해 줄 것을 간절히 기원하고 있습니다. 이 작품은 충신 연주 지사忠臣戀主之詞의 원류이자 유배 문학의 효시가 되는 작품으로, 후대의 작품인 정철의 「사미인곡」, 「속미인곡」 등에 영향을 주었습니다.

시가문학

02 경기체가

경기체가는 13세기 초에 출현하여 고려 후기와 조선 전기 동안 간헐적으로 창작되다가 그 이후에는 거의 그 자취를 찾아 볼 수 없는 시가 형태입니다. 이 양식이 꽤 오랜 시간 동안 존속했는데도 현재까지 확인된 작품이 20여 편 정도밖에 안 되는 이유는 경기체가가 매우 까다로운 형식적 제약과 특이한 관습을 지녔기 때문입니다. '경기체가'*라는 명칭은 이 노래에 '경景 긔 엇더하니잇고' 혹은 '경기하여景幾何如'라는 구절이 되풀이되는 것을 두고, 이를 줄여서 붙인 것입니다.

경기체가는 앞서 살펴본 고려 가요와 함께 고려 시대의 대표적인 문학으로 평가되는데, 각 장마다 여음이 붙어 반복된다는 점이나 분절된다는 점에서 고려 가요와 공통점이 있습니다. 주제나 정서 면에서는 두 갈래가 차이가 있는데, 고려 가요가 서민들의 진솔한 정서를 표출할 수 있는 양식이었던 데 비

경기체가
제목에 공통적으로 '별곡'이라는 말이 붙어 있어 '별곡체'라고도 한다.

해, 경기체가는 객관적 사물을 묘사하고 귀족들의 호사스러운 향락과 풍류적 분위기를 드러내는 문학 양식이었습니다.

사대부 문인들의 넘치는 자신감을 표현한 「한림별곡」

「한림별곡翰林別曲」은 고려 고종 때 한림원*의 여러 선비들이 지은 노래로, 현전하는 경기체가 중 가장 오래된 작품입니다. 이 노래는 일반적으로 무신의 난 이후 새롭게 중앙 정계에 진출한 신진 사대부들의 자신감과 호방한 의식 세계가 반영되어 있다고 이해합니다. 하지만 이와 달리 이 작품이 당시 문인들의 퇴영적이고 향락적인 기풍을 나타냈다고 보는 견해도 있습니다.

한림원
고려 때 임금의 명령을 받아 문서를 꾸미는 일을 맡아보던 관청.

元淳文(원슌문) 仁老詩(인노시) 公老四六(공노ᄉᆞ륙)
李正言(니졍언) 陳翰林(딘한림) 雙韻走筆(솽운주필)
冲基對策(튱긔ᄃᆡ척) 光鈞經義(광균경의) 良鏡詩賦(냥경시부)
위 試場(시댱)ㅅ 景(경) 긔 엇더ᄒᆞ니잇고.
葉(엽) 琴學士(금ᄒᆞᆨᄉᆞ)의 玉笋門生(옥슌문ᄉᆡᆼ) 琴學士(금ᄒᆞᆨᄉᆞ)의 玉笋門生(옥슌문ᄉᆡᆼ)
위 날조차 몃 부니잇고. (제1장)

唐唐唐(당당당) 唐楸子(당츄ᄌᆞ) 皂莢(조협) 남긔
紅(홍)실로 紅(홍)글위 미요이다.
혀고시라 밀오시라 鄭少年(뎡쇼년)하
위 내 가논 ᄃᆡ ᄂᆞᆷ 갈셰라.
葉(엽) 削玉纖纖(샥옥셤셤) 雙手(솽슈)ㅅ 길헤 削玉纖纖(샥옥셤셤) 雙手(솽슈)ㅅ 길헤
위 携手同遊(휴슈동유)ㅅ 景(경) 긔 엇더ᄒᆞ니잇고. (제8장)

『악장가사』

현대어 풀이

유원순의 문장, 이인로의 시, 이공로의 사륙변려문, 이규보와 진화의 쌍운을 맞추어 써 내려간 글, 유충기의 대책문, 민광균의 경서 해의解義, 김양경의 시와 부賦,

아, 과거 시험장의 광경, 그것이 어떠합니까? 금의가 배출한 죽순처럼 많은 제자들, 금의가 배출한 죽순처럼 많은 제자들, 아, 나까지 몇 분입니까? (제1장)

당당당 당추자(호도나무) 쥐엄나무에 붉은 그네를 맵니다. 당기시라 미시라 정소년이여. 아, 내가 가는 곳에 남이 갈까 두렵다. 옥을 깎은 듯 고운 손길에, 옥을 깎은 듯 고운 손길에 아, 마주 손잡고 노니는 정경, 그것이 어떠합니까? (제8장)

위에서는 작품의 일부만을 제시했지만, 이 작품은 총 8장*의 연장체로 되어 있습니다. 그리고 각 장은 전대절 4행과 후소절 2행의 총 6행으로 구성되어 있습니다. 전대절 4행에서는 작가들이 이상적으로 생각한 것이나 친숙한 사물들을 나열한 뒤 '위 ○○ 景 긔 엇더ᄒᆞ니잇고'라는 후렴구로 마무리하였으며, 후소절 2행에서는 자신들의 모습을 강조하면서 시상을 마무리합니다.

제1장은 문장가, 시인 등의 시부詩賦를 나타낸 것으로 명문장을 찬양한 것으로 볼 수 있습니다. 당시 과거 시험의 고시관이었던 금의琴儀에 의해 배출된 많은 제자들의 시詩와 부賦를 찬양함으로써 신진 사류들의 당당한 기개를 드러냅니다. 그러나 명사의 나열에 그쳐 문학성이 희박하다고 할 수 있습니다. 제8장은 다른 장과 달리 우리말 위주로 표현되었다는 데 의의를 찾을 수 있습니다. 특히 우리말의 아름다움을 살려 그네 뛰는 장면을 생동감 있게 표현했다는 점에서 문학성이 높습니다. 그러나 이황은 자신의 연시조 작품 「도산십이곡」 발문에서 「한림별곡」은 한문이 주를 이루고 있으며 인간의 삶과 고민을 진지하게 담아내지 못한 작품이라고 신랄하게 비판하였습니다.

관동의 아름다운 경치를 읊은 「관동별곡」

「관동별곡關東別曲」은 고려 말엽의 문인 근재 안축의 경기체가로, 충숙왕 17년(1330년)에 작자가 강원도 존무사存撫使*로 있다가 돌아오는 길에 관동의 아름다운 경치를 보고 읊은 노래입니다. 안축의 문집 『근재집謹齋集』에 실려 있습니다.

「한림별곡」은 모두 8장으로 구성되었는데, 문장가와 시인 등의 명문장을 찬양하는 시부詩賦, 지식 수련과 독서에의 자긍심을 찬양하는 서적書籍, 유행 서체와 필기구 등 명필을 찬양하는 명필名筆, 상층 계급의 주흥酒興을 노래하는 명주名酒, 화원花園의 서경을 노래하는 화훼花卉, 흥겨운 주악의 의취意趣를 노래하는 음악音樂, 후원後園의 서경을 노래하는 누각樓閣, 그네뛰기의 즐거운 광경을 노래하는 추천鞦韆 등을 소재로, 당시 선비들의 생활을 노래했다.

이황

존무사

고려 후기 도道에 파견한 지방관. 충선왕 때 안렴사按廉使를 제찰사提察使로 바꾸고, 강릉도江陵道와 평양도平壤道에 존무사를 설치하여, 5제찰사·2존무사로 하였다. 공민왕 후년에 양계의 존무사가 없어지고 도순문사都巡問使가 관장하게 되었다.

海千重 山萬疊 關東別境(해천중 산만루 관동별경)

碧油幢 紅蓮幕 兵馬營主(벽유당 홍련막 병마영주)

玉帶傾盖 黑槊紅旗 鳴沙路(옥대경개 흑삭홍기 명사로)

爲 巡察 景 幾何如(위 순찰 경 기하여)

朔 方民物 摹義趨風(삭방민물 모의추풍)

爲 王化中興 景 幾何如(위 왕화중흥 경 기하여) **(제1장)**

鶴城東 元帥臺 穿島國島(학성동 원수대 천도국도)

轉三山 移十州 金鼇頂上(전삼산 이십주 금오정상)

收紫霧 卷紅嵐 風恬浪靜(수자무 권홍람 풍념량정)

爲 登望滄溟 景 幾何如(위 등망창명 경 기하여)

桂棹蘭丹 紅粉歌吹(주도란단 홍분가취)

爲 歷訪 景 幾何如(위 력방 경 기하여) **(제2장)**

『근재집謹齋集』

현대어 풀이

바다 겹겹 산 첩첩인 관동의 절경에서 / 푸른 휘장 붉은 장막에 둘러싸인 병마영주가 / 옥대 매고 일산 받고, 검은 창 붉은 깃발 앞세우며 모래사장으로 아, 순찰하는 그 모습 어떠합니까 / 이 지방의 백성들 의를 기리는 풍속을 쫓네 / 아, 임금의 교화 중흥하는 모습 그 어떠합니까 (제1장)

학성 동쪽(안변)의 원수대와 천도섬 국도섬 / 삼산 돌아, 십주 지나, 금자라가 이고 있는 삼신산 / 안개 거두고 붉은 노을 사라져, 바람은 조용하고 물결은 잔잔한데 / 아, 높이 올라 바라보는 창해의 모습 그 어떠합니까 / 계수 돛대 화려한 배에 기녀들의 노래 소리 / 아, 경승지를 둘러보는 모습 그 어떠합니까 (제2장)

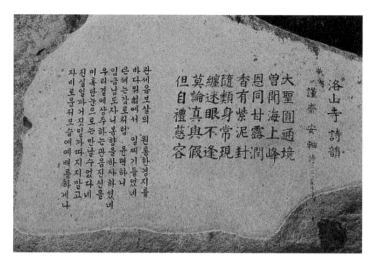

낙산사에 있는 안축 선생의 「낙산사 시운洛山寺詩韻」비

「닉산사 시운」은 안축 선생이 강원도 존무사로 왔을 때 관음굴(홍련암)에서 체험한 관음 신앙기이다.

전체 9장으로 되어 있는 이 작품은, 1장에서는 작품의 서사序詞로서 위풍당당한 순찰의 정경을, 2장에서는 학성을, 3장은 총석정을, 4장은 삼일포를, 5장은 영랑호를, 6장은 양양의 풍경을, 7장은 임영을, 8장은 죽서루를, 9장은 정선을 노래했습니다. 실재하는 자연을 주관적 흥취로 여과하고 관념화하여, 그 미감을 절도 있게 표출함으로써, 사대부 특유의 세계관을 작품으로 승화하였습니다.

시가문학

03 시조

    시조는 우리 문학의 전통적 양식 가운데서 가장 오랫동안 많은 사람들에 의해 창작되고 불리어져 다수의 작품이 현전하는 갈래입니다. 시조가 오랫동안 생명력 있는 시 형식으로 존속할 수 있었던 것은, 3장 6구 12어절로 이루어진 간결한 형식, 절제된 언어, 담백한 미의식을 담아낼 수 있는 서정적인 구조 등에 기인한다고 할 수 있습니다.

    시조의 기원에 대해서는 다양한 이설異說이 존재합니다. 10구체 향가에서 시조가 비롯하였으리라는 설, 무당의 노랫가락 기원설, 한시를 번역하는 과정에서 생성되었다는 설, 고려 가요 기원설, 특히 「만전춘별사」에서 보이는 3장 형태에서 비롯되었다는 주장 등 매우 다양합니다. 그중에서 고려 가요의 형태상 특징이 허물어지면서 단형화되어 새로운 문학 형식인 시조가 만들어졌다는 설이 매우 유력합니다. 시조는 고려 말엽에 발생하였지만, 조선 시대에 들어서 본격적으로 융성하였습니다.

우탁, 이조년, 길재, 이색의 시조

이 시기의 대표적인 시인으로는 우탁, 이조년, 이색, 길재, 최영, 정몽주, 이방원이 있습니다. 우탁이 지은 「탄로가嘆老歌」*는 여유 있는 마음으로 남은 인생을 밝게 살아 보려 하는 의욕적인 내용으로, 건강하고 긍정적인 작가 정신이 깃들어 있습니다. 이 시조는 늙음을 한탄하면서도 인생을 달관한 여유가 한결 돋보이는 작품입니다.

> 梨花(이화)에 月白(월백)ᄒᆞ고 銀漢(은한)이 三更(삼경)인 제
>
> 一枝春心(일지춘심)을 子規(자규)ㅣ야 아랴마는,
>
> 多情(다정)도 病(병)인 냥ᄒᆞ여 ᄌᆞᆷ 못 드러 ᄒᆞ노라.
>
> 『청구영언』, 『병와가곡집』

위 시조는 「다정가多情歌」라고도 불리는 이조년의 시조인데, '이화'와 '월백', '은한'의 중첩된 백색 이미지를 통해 고독과 애상의 정서를 시각적으로 형상화하고 있으며, 소쩍새(자규子規는 본래 두견새)의 울음은 화자가 느끼는 한의 정서를 청각적으로 매끄럽게 형상화하고 있습니다.

포은圃隱 정몽주, 야은冶隱 길재*와 함께 고려 말의 삼은三隱*으로 유명한 목은牧隱 이색은 정몽주나 최영같이 실천하는 행동파와 비교해 볼 때 고뇌하는 지식인이었다고 할 수 있습니다. 이색은 아래의 시조에서 보는 바와 같이 기울어져 가는 고려 왕조를 바라보며 느끼는 안타까움과 회한을 절실하게 표현하고 있습니다. 이색은 결국 조선 왕조에서 벼슬을 하지 않고 산림에 은거하며 제자를 길러 내어 사림파 문인 양성의 선구자가 됩니다.

> 白雪(백설)이 ᄌᆞ자진 골에 구루미 머흐레라.
>
> 반가온 梅花(매화)는 어늬 곳에 픠엇는고.
>
> 夕陽(석양)에 홀로 셔 이셔 갈 곳 몰라 하노라.
>
> 『청구영언』

「탄로가」

春山(춘산)에 눈 녹인 바롬 건듯 불고 간 듸 업다. / 져근덧 비러다가 마리 우희 불니고져. / 귀 밋티 ᄒᆡ묵은 서리롤 녹여 볼가 ᄒᆞ노라.

『청구영언』

길재의 「고려유신회고가」

오백 년 도읍지를 匹馬(필마)로 도라드니 / 山川(산천)은 依舊(의구)하되 人傑(인걸)은 간 듸 업다. / 어즈버 太平烟月(태평연월)이 꿈이런가 하노라.

『청구영언』

삼은

고려가 망하고 조선이 들어서자, 고려의 재상들이 변절하여 조선 왕조의 신하가 되었다. 그러나 끝까지 절개를 지킨 충신들은 망국의 한과 슬픔으로 벼슬과 인연을 끊고 은둔 생활을 하였다. 삼은이 바로 그런 사람들인데, 포은 정몽주, 야은 길재, 목은 이색을 가리킨다.

「하여가」와 「단심가」

이방원은 고려 말의 충신인 정몽주의 마음을 떠보고 회유하기 위해 시조를 지었는데, 이 시조를 일명 「하여가何如歌」라고 합니다. 이 시조에서 이방원은 직설적인 말은 내비치지 않고 '萬壽山(만수산) 드렁츩'의 비유를 통해 새로운 왕조를 세워 보자는 의도를 우회적으로 전함으로써 은근하게 회유를 합니다.

> 이런들 엇더ᄒ며 져런들 엇더ᄒ료.
> 萬壽山(만수산) 드렁츩이 얼거진들 엇더ᄒ리.
> 우리도 이ᄀᆞ치 얼거져 百年(백년)ᄭᅵ지 누리리라.
>
> 「청구영언」

그러나 정몽주는 이방원의 「하여가」에 「단심가丹心歌」로 응답을 합니다. 정몽주는 이 시조에서 고려 왕조에 대한 변함없는 충정과 절개를 비장하게 노래하고 있습니다. 이방원의 「하여가」가 암시적인 표현을 사용한 데 비해, 「단심가」는 직설적인 어법으로 대응함으로써 자신의 입장과 의지를 분명하게 전달하고 있습니다.

> 이몸이 주거주거 一白番(일백번) 고쳐 주거,
> 白骨(백골)이 塵土(진토)되여 넉시라도 잇고 업고,
> 님 向(향)ᄒᆞᆫ 一片丹心(일편단심)이야 가실 줄이 이시랴.
>
> 「청구영언」

최영의 시조

綠耳霜蹄(녹이상제) 살지게 먹여 시냇물에 싯겨타고, / 龍泉雪鍔(용천설악)을 들게 갈아 두러메고, / 丈夫(장부)의 爲國忠節(위국충절)을 세워볼까 하노라.

「가곡원류」

고려를 멸망시키고 새 왕국을 건설하려 했던 이방원의 현실 추구의 삶과 고려 왕조를 끝까지 지키고자 했던 정몽주의 명분 추구의 삶 사이의 대립은 오늘날에도 여전히 존재하는 인간 세상의 한 단면이라고 할 수 있습니다.

마지막으로 최영*은 고려 왕조를 위한 장군의 기백과 기상을 읊은 시조를 지었습니다. 최영은 공민왕 때 홍건적을 물리치고, 우왕 때 왜구를 물리치는

등 빛나는 공로를 세웠고, 명나라가 '철령위'를 설치하려고 할 때 팔도도통사로 정명군征明軍을 일으키는 등 고려 왕조의 최후를 지키는 자랑스러운 기상을 보여 주었습니다. 하지만 최영은 이성계의 '위화도 회군'이 있을 때 유배되어 피살됩니다.

선죽교
경기도 개성에 있는 돌다리.
고려 말기 충신인 정몽주가 이방원이 보낸 조영규 등에게 철퇴를 맞고 죽은 곳이다.

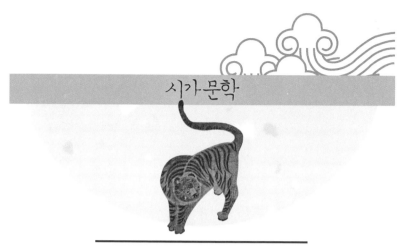

시가문학

04 한시

이규보 (1168~1241)

서사시

건국 시조 신화는 서사 무가로
전승되는 무조巫祖 신화와 더불
어 영웅의 일대기라는 서사 구조
를 지닌다. 이 서사 구조는 대체
로 '고귀한 혈통-신이한 출생-
어릴 때 버림받음-조력자의 도
움-뛰어난 능력-시련을 겪음
-시련을 극복하고 위업을 달성
함' 등의 형식을 따른다. 주몽
역시 그러한 인물이며, 이러한
서사 구조는 현세적 성취를 강조
하는 낙관주의적 세계관과 관련
이 있다.

자주적인 민족사, 이규보의 「동명왕편」

「동명왕편東明王篇」은 5언 282구로 된 우리나라 최초의 건국 영웅 서사시*입
니다. 이규보가 26세 때(1193년) 고구려의 건국 신화인 「동명왕 신화」를 노래한
작품입니다. 이 작품은 본문 속에 지금은 전하지 않는 구삼국사舊三國史의 기
록을 남기고 있다는 점에서 국문학사상 중요한 의미가 있습니다. 또 주몽의
영웅적 행적과 위업을 찬미한 작품인 만큼 「동명왕 신화」의 내용을 고스란히
받아들여 그의 영웅적 모습을 더욱 부각시키고 있습니다.

(전략)

王知慕漱妃	왕이 해모수의 왕비인 것을 알고
仍以別室寘	이에 별궁에 두었다.
懷日生朱蒙	해를 품고 주몽을 낳았으니

是歲歲在癸　이 해가 계해년이었다.

骨表諒最奇　골상이 참으로 기이하고

啼聲亦甚偉　우는 소리가 또한 심히 컸다.

初生卵如升　처음에 되만한 알을 낳으니

觀者皆驚悸　보는 사람들이 깜짝 놀랐다.

王以爲不祥　왕이 "상서롭지 못하다.

比豈人之類　이것이 어찌 사람의 종류인가." 하고

置之馬牧中　마구간 속에 두었더니

群馬皆不履　여러 말들이 모두 밟지 않고,

棄之深山中　깊은 산 속에 버렸더니

百獸皆擁衛　온갖 짐승이 모두 옹위하였다.

母姑擧而養　어미가 우선 받아서 기르니,

經月言語始　한 달이 되면서 말하기 시작하였다.

自言蠅嚙目　스스로 말하되, "파리가 눈을 빨아서

臥不能安睡　누워도 편안히 잘 수 없다." 하였다.

母爲作弓矢　어머니가 활과 화살을 만들어 주니,

其弓不虛掎　그 활이 빗나가는 법이 없었다.

年至漸長大　나이가 점점 많아지매,

才能日漸備　재능도 날로 갖추어졌다.

扶余王太子　부여왕의 태자가

其心生妬忌　그 마음에 투기가 생겼다.

乃言朱蒙者　말하기를 "주몽이란 자는

此必非常士　반드시 범상한 사람이 아니니,

若不早自圖　만일 일찍 도모하지 않으면

其患誠未已　후환이 끝없으리라." 하였다.

王令往牧馬　왕이 가서 말을 기르게 하니

欲以試厥志	그 뜻을 시험하고자 함이었다.
自思天之孫	스스로 생각하니 천제의 손자가
厮牧良可恥	천하게 말 기르는 것 참으로 부끄러워
捫心常竊導	가슴을 어루만지며 항상 혼자 탄식하기를
吾生不如死	"사는 것이 죽는 것만 못하다.
意將往南土	마음 같아서는 장차 남쪽 땅에 가서
立國立城市	나라도 세우고 성시도 세우고자 하나
爲緣慈母在	사랑하는 어머니가 계시기 때문에
離別誠未易	이별이 참으로 쉽지 않구나."

其母聞此言	그 어머니 이 말 듣고
潛然拉淸淚	흐르는 눈물 씻으며
汝幸勿爲念	"너는 내 생각하지 말라
我亦常痛疿	나도 항상 마음 아프다
士之涉長途	장사가 먼 길을 가려면
須必憑駿駬	반드시 준마가 있어야 한다." 하며
相將往馬閑	아들을 데리고 마구간에 가서
卽以長鞭箠	곧 긴 채찍으로 말을 때리니
群馬皆突走	여러 말은 모두 달아나는데
一馬騂色斐	붉은 빛이 얼룩진 한 말이 있어
跳過二丈欄	두 길 되는 난간을 뛰어 넘으니
始覺是駿驥	이것이 준마인 줄 비로소 깨달았다.
潛以針刺舌	남모르게 바늘을 혀에 꽂으니
酸痛不受飼	시고 아파 먹지 못하네.
不日形甚癯	며칠 못 되어 형상이 심히 야위어
却與駑駘似	나쁜 말과 다름없었다.
爾後王巡觀	그 뒤에 왕이 돌아보고
子馬此卽是	바로 이 말을 주었다.

得之始抽針　　얻고 나서 비로소 바늘을 뽑고
日夜屢加餧　　밤낮으로 도로 먹였다.

暗結三賢友　　가만히 세 어진 벗을 맺으니
其人共多智　　그 사람들 모두 지혜가 많았다.
南行至淹滯　　남쪽으로 행하여 엄체수에 이르러
欲渡無舟艤　　건너려 하여도 배가 없었다.

秉策指彼蒼　　채찍을 잡고 저 하늘을 가리키며
慨然發長喟　　개연히 긴 탄식을 발한다.
天孫河伯甥　　"천제의 손자 하백의 외손이
避難至於此　　난을 피하여 이곳에 이르렀소.
哀哀孤子心　　불쌍한 고자의 마음을
天地其忍棄　　황천 후토가 차마 버리시리까."
操弓打河水　　활을 잡아 하수를 치니
魚鼈騈首尾　　고기와 자라가 머리와 꼬리를 나란히 하여
屹然成橋梯　　높직이 다리를 이루어
始乃得渡矣　　비로소 건널 수 있었다.
俄爾追兵至　　조금 뒤에 쫓는 군사 이르러
上橋橋旋圮　　다리에 오르니 다리가 곧 무너졌다.

雙鳩含麥飛　　한 쌍의 비둘기 보리 물고 날아
來作神母使　　신모의 사자가 되어 왔다.

形勝開王都　　형세 좋은 땅에 왕도를 개설하니
山川鬱嵂嵬　　산천이 울창하고 높고 컸다.
自坐第蕝上　　스스로 띠자리 위에 앉아서
略定君臣位　　대강 군신의 위치를 정하였다. (후략)

『동국이상국집』

이 작품은 중국 중심의 세계관에서 탈피하여 우리의 민족의 우월성 및 고려가 위대한 고구려를 계승하고 있다는 고려인의 자부심을 전하겠다는 의도에서 지어진 것으로, 작가의 국가관과 민족에 대한 자부심, 그리고 외적에 대한 항거 정신이 잘 나타나 있습니다. 이규보가 이 작품을 지을 때는 무신의 난으로 인한 귀족 문화의 붕괴와 계속되는 몽고의 침략 등 고려가 내외적으로 어려움에 처해 있었습니다. 이런 상황 속에서 이규보는 중국 중심의 역사 서술 시각에서 벗어나 민족사를 자주적인 시각에서 바라보았다고 할 수 있습니다.

이별시의 대명사, 정지상의 「송인」

정지상 (?~1135)

절조
아주 뛰어난 곡조.

雨歇長堤草色多	비 갠 긴 둑에는 풀빛이 짙어지고
送君南浦動悲歌	남포에서 임 보내니 슬픈 노래 울린다.
大同江水何時盡	대동강 저 물은 어느 때나 마를 것인가.
別淚年年添綠波	해마다 흘린 이별 눈물이 푸른 물결 보내니.

「동문선」, 「파한집」

정지상의 「송인送人」은 우리나라 한시 중 이별시의 절조絶調*라고 평가받는 작품입니다. 특히 한시를 짓는 사람들이라면 어느 누구도 이 시에 대해 언급하지 않는 사람이 없을 정도로 이 시는 많은 사람들의 사랑과 관심을 받았습니다. 또한 명나라 사신들이 「송인」을 보면 모두 '신품神品'이라고 극찬했다고 하니 이 작품의 진가가 어느 정도인지는 충분히 상상할 수 있고도 남을 것입니다.

이 작품의 진수眞髓*는 결구結句에 있습니다. 여기에서 작자는 대동강에 해마다 이별의 눈물이 더해지니 대동강 물이 마를 수가 있겠느냐는 기발한 발상을 해냅니다. 이렇듯 작가는 결구에서 이별의 의미를 개인적 차원에서 보편적 차원으로 바꿔 놓았습니다. 즉, 대동강물의 의미를 이별의 눈물이 모인 집합체로 변용함으로써 이별에서 오는 슬픔의 정도를 극대화하여 드러내고 있습니다.

진수
사물의 중심 부분에서도 가장 중요한 부분.

청소년을 위한
한국고전문학사

탐관오리의 횡포를 고발한 이제현의 「사리화」

黃雀何方來去飛	참새야 어디서 오가며 나느냐,
一年農事不曾知	일 년 농사는 아랑곳하지 않고.
鰥翁獨自耕耘了	늙은 홀아비 홀로 갈고 맸는데,
耗盡田中禾黍爲	밭의 벼며 기장을 다 없애다니.

이 작품은 당시 유행하던 우리말 노래를 한시로 옮겨 놓은 것으로, 이제현의 『익재난고』「소악부小樂府」*에 노래의 내력과 함께 7언 절구의 한역시로 수록되어 있습니다. 「사리화沙里花*」는 여기에 실린 한역시 중 네 번째 시인데, 『고려사』「악지」에 의하면, 부세賦稅*는 무겁고 권력자들은 수탈하므로 백성들이 이를 참새가 곡식을 쪼아 먹는 것에 빗대어 이 노래를 지었다고 합니다.

1·2구에서는 일 년 농사를 힘들게 지어 놓았는데, 그런 것에 아랑곳하지 않고 아까운 곡식을 쪼아 먹는 참새의 모습을 통해 가혹한 수탈을 일삼는 권력자의 횡포를 풍자하고 있으며, 3·4구에서는 수탈당하는 농민들의 원망 어린 목소리를 암시적으로 전달합니다. 이렇듯 이 작품은 농민들의 마음은 헤아리지도 않고 권력을 마음대로 휘두르며 수탈을 일삼는 탐관오리의 횡포를 고발하고 있습니다.

「소악부」
당시 유행하던 우리말 노래(민요 등)를 한시로 옮겨 놓은 것인데, 이 가운데는 「처용가」, 「정석가」, 「쌍화점」, 「정과정」 등의 고려 속요도 실려 있다.

사리화
기장과 비슷한 풀을 말하는 것 같다는 해석이 있기는 하나, 확실히 알 수는 없으며 그것과 유추해서 해석해야 하는지 정확히 알 수 없다. 하여간 무리하게 한자의 뜻으로 해석을 하자면, 사리화의 '沙(사)'에는 목이 쉰다는 뜻이 들어 있고, '里(리)'에는 근심하다는 뜻이 있다. 『시경』 '운여하리云如何里'에서 그 의미를 추측할 수가 있다. 그리하여 사리화는 농부들이 목이 쉬고 근심 걱정하여 얻는 꽃, 다시 말해서 '곡식'이라는 뜻으로 추정할 수 있다.

부세
세금을 부과함.

고려 가요 「동동」이 고구려의 노래라고?

2005년 7월 20일에 열린 '6.15 공동선언 실천을 위한 민족 작가대회'
남북 문인과 해외 교포 작가들이 '남과 북이 자주적이고 평화적으로 통일'하자는 정신을 문학에 반영하여 통일의 기반을 놓자는 의도에서 모였다.

북한의 『문학예술사전』에는 '민요'를 "오랜 력사적 과정을 거쳐서 근로인민들의 집체적 지혜와 인민들 속에서 나온 가수들에 의하여 창조되고 불리여진 노래"라고 정의하고 있다. 이러한 민요에는 '로동 민요, 서정 민요, 서사 민요, 무가 형식의 민요 등 여러 종류'가 있다. 그중에서도 가장 많은 비중을 차지하는 것이 「모내기 노래」, 「베틀 노래」, 「뱃노래」 등과 같은 노동 가요이다. 앞의 책에 보면, "이러한 로동 가요에는 우리 인민의 근로 애호 사상과 락천적 기백, 착취 계급에 대한 증오 등이 반영되어 있다."라고 밝히고 있다. 이렇게 볼 때, 북한 문학이 바라보는 '로동 가요'에 대한 성격 규정은 남한에서 바라보는 '노동요'에 대한 성격 규정과는 다소 차이가 있다. 특히 '착취 계급에 대한 증오'의 감정이 '로동 가요'에 반영되어 있다고 한 점에서 그 특이점을 찾을 수가 있다고 하겠다. 이러한 북한 민요의 역사적 전개 과정 속에서 남한의 그것과 비교해 볼 때, 눈에 띄게 다른 점은 「동동」을 고구려의 노래라고 보고 있는 것이다. 남한에서는 이미 널리 알려진 사실이다시피 「동동」은 고려 시대의 작품이다. 하지만 북한에서는 문학사에 「동동」을 고구려 시대의 인민가요라고 규정하고 있다. 다음은 『조선문학사』에 언급된 「동동」에 관한 내용이다.

> 「동동」은 고구려 인민들 속에서 창조되어 오랫동안 불려 왔다. 이 노래는 15세기에 편찬된 『악학궤범』에 실려 있는데, 지금까지 고려 가요로 취급해 왔다. 그러나 『성종실록』에 '이 춤(동동춤을 말함)은 고구려 때부터 이미 있었던 것인데, 동동춤이라고 부른다.'라는 기록이 있는 것으로 보아, 고구려 인민들 속에서도 이미 오래전부터 이 노래가 창조·전승되어 왔다는 것을 알 수 있다. 오랜 후에 편찬된 『악학궤범』에 실려 있는 「동동」의 내용이 그대로 다 고구려의 것이라고는 믿기 어려우나, 작품의 기본적인 내용과 그 예술적 표현들은 보존되어 있다고 보아야 할 것이다.

이상에서 볼 때, 같은 작품에 대한 시대 구분일지라도 남한과 북한 문학에서 달리 나타나는 것을 확인할 수 있다. 어느 쪽의 관점이 옳다고 단정할 수는 없지만, 북한에서 「동동」을 고구려 시대의 인민 가요라고 규정하는 데는 구체적 문헌을 근거로 논증하고 있다는 점에서 상당히 설득력을 갖는다고 하겠다.

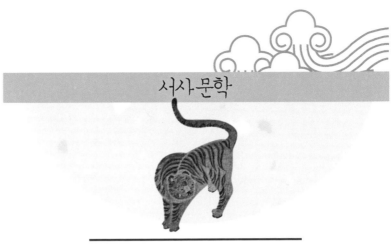

01 가전체

가전체假傳體는 어떤 사물을 그 사물 자체의 내용, 속성, 가치 등을 활용하여 사람처럼 표현하되, 의인화된 인물의 행적을 통해 교훈을 전달하려 하는 문학 양식입니다. 사물을 사람처럼 허구화하여 표현하다보니 사람의 일대기인 '전傳'*의 형식을 따르게 되는데, '가짜 전기'이므로 '가전假傳'이라 합니다.

가전체는 '인물의 가계家系−인물의 행적−인물의 평가'의 방식으로 글이 진행되며, 중국의 역사서인 사마천의 『사기』「열전列傳」처럼 사신史臣의 평이 글의 끝부분에 붙어 있다는 점이 특징입니다. 가전이 지닌 '전'의 형식과 사물을 의인화하는 허구적 성격은 소설의 발생에 영향을 미쳐 '∼전'이라는 제목의 허구적 서사물이 탄생하게 됩니다. 즉 고전 소설이 대부분 '∼전'이라는 제목 아래 개인의 일생을 다루는 허구적 서사물이라는 점에서 가전체는 고전 소설과 통한다고 할 수 있습니다. 따라서 설화−가전체−고대 소설로 이어지면서 가전체가 소설의 탄생에 영향을 미쳤다고 할 수 있습니다.

하지만 가전체는 역사적 전거典據*를 관념적으로 나열하고 있으며, 작품 내

전

의인화한 사물의 '자'를 알려 주거나 가계(집안)에 대해 설명하는 방식으로 시작하여 일생을 다루는 것이 가전체의 '전' 형식이다. 예를 들어 「국순전」에서는 술을 의인화한 '국순'의 일생을 다루고 있다.

전거

근거로 삼는 문헌상의 출처.

적 세계의 독자성이 확보되지 않아서 소설에 비해서 서술적 형상화가 미흡하다는 한계가 있습니다. 현재 남아 있는 가전체 중 문헌상 최초의 작품은 임춘(1147~1197)의 「국순전」과 「공방전」입니다.

임춘은 정중부의 난(1170년) 때 몰락한 귀족 세력으로 간신히 목숨을 건지기는 했지만, 시와 술로 세월을 보내며 매우 불우한 현실적 상황을 경험하였습니다. 이러한 작가의 불우한 삶이 화려한 공상이나 관념적인 세계에서 벗어나 구체적인 사물과의 일상적인 관계를 통해 자신의 처지와 생각을 발휘하게 하였고 이것의 실현이 가전체라는 문학 갈래로 나타나게 되었습니다.

술의 폐해를 보여 준 「국순전」

임춘의 「국순전麴醇傳」은 현재 전해지는 가전체 중에서 가장 먼저 쓰인 작품으로, 술을 의인화하여 당시의 정치적 상황을 풍자하고 있습니다. 술은 흥을 돋우어 주는 장점이 있지만 지나치게 마시면 사람에게 폐가 된다는 단점을 지니고 있습니다. 이러한 술의 장단점을 신하와 임금의 관계에 적용하고 더 나아가 인간의 삶 전체에 활용하고 있는 작품이 「국순전」입니다. 전체 내용은 '국순麴醇'의 가계家系 소개-국순의 성품과 정계 진출·임금의 총애와 전횡專橫·국순의 은퇴와 죽음-국순에 대한 사관의 평가'로 요약할 수 있습니다.

국순의 자字*는 자후子厚이다. 그 조상은 농서* 사람이다. 90대조인 모牟*가 후직后稷*을 도와 뭇 백성들을 먹여 공이 있었다. 『시경』에,

"내게 밀과 보리를 주다."

라고 한 것이 그것이다. 모가 처음 숨어 살며 벼슬하지 않고 말하기를,

"나는 반드시 밭을 갈아야 먹으리라."*

하여, 밭에서 살았다.

「국순전」은 서술된 바와 같이 조상을 소개하는 것에서 시작됩니다. 국순의 90대조인 모와 국순의 아비인 주酎*에 대해 소개를 한 후에 이어 국순의 성품

국순
'누룩 국麴'자와 '전국술 순醇'자를 합쳐 술을 의인화한 이름이다.

자
본 이름 외에 부르는 이름인데, 옛날에는 이름을 소중하게 여겨 함부로 부르지 않고 이것을 사용하였다.

농서
진, 한 시대 군 이름.

모
보리를 의인화한 것이다.

후직
농사를 잘 다스린 주나라의 선조.

"나는~먹으리라"
벼슬을 하지 않고 밭을 갈면서 야인으로 살겠다는 의지가 드러나는 대목.

주
'진한 술'의 의인화.

과 관직 진출에 대해 다음과 같이 이야기 하고 있습니다.

순醇의 기국器局(기량)과 도량은 크고 깊었다. 출렁대고 넘실거림이 만경창파萬頃蒼波(한없이 맑고 넓은 바다)와 같아 맑혀도 맑지 않고, 뒤흔들어도 흐려지지 않으며*, 자못 기운을 사람에게 더해 주었다. 일찍이 섭법사葉法師*에게 나아가 온종일 담론할 때, 일좌一座가 모두 절도絕倒하였다(취하여 몸을 가누지 못했다). 드디어 유명하게 되었으며, 호號를 국처사麴處士라 하였다. 공경公卿, 대부大夫, 신선神仙, 방사方士들로부터 머슴, 목동, 오랑캐, 외국 사람에 이르기까지 그 향기로운 이름을 맛보는* 자는 모두가 그를 흠모하여, 성대盛大한 모임이 있을 때마다 순이 오지 아니하면 모두 다 슬퍼하며 말하기를,

"국처사가 없으면 즐겁지가 않다."

하였다. 그가 당시 세상에 애중愛重됨이 이와 같았다.

태위太尉 산도山濤('죽림칠현' 중의 한 사람. 가장 주량이 셌다)가 감식鑒識(사람을 보는 눈)이 있었는데, 일찍이 그를 말하기를,

"어떤 늙은 할미가 요런 갸륵한 아이를 낳았는고. 그러나 천하의 창생蒼生을 그르칠 자는 이 놈일 것이다."*

라고 하였다. 공부公府에서 불러 청주종사靑州從事*를 삼았으나, 마땅한 벼슬자리가 아니므로, 고쳐 평원독우平原督郵*를 시켰다.

(중략)

진陣 후주候主 때에 양가良家의 아들로서 주객 원외랑主客員外郞을 받았는데, 위에서 그 기국을 보고 남달리 여겨 장차 크게 쓸 뜻이 있어, 금구로 덮어 뽑아서 당장에 벼슬을 올려 광록대부예빈경光祿大夫禮賓卿으로 삼고, 벼슬을 올려 공公으로 하였다. 대개 군신君臣의 회의에는 반드시 순을 시켜 짐작斟酌하게 하나(술을 따르게 하나), 그 진퇴와 수작이 조용히 뜻에 맞는지라, 위에서 깊이 받아들이고 이르기를,

"경이야말로 이른바 곧음直 그것이고, 오직 맑구나. 내 마음을 열어 주고 내 마음을 질펀하게 하는 자로다."

라고 하였다.

출렁대고~않으며

술잔에 담긴 술을 묘사.

섭법사

『태평광기』의 '섭법선 설화'에 등장하는 인물. 유명한 도사였다.

그 향기로운 이름을 맛보는

술을 즐겨 마시는. 이 부분은 주로 흥을 돋우어 준다는 술의 장점을 서술하고 있다.

"어떤 늙은~것이다"

술의 폐해에 대한 경고, 즉 술이 간신이 될 것이며 백성을 해칠 것이라는 뜻.

청주종사

배꼽 아래까지 넘어가는 좋은 술, 4세기 초 삼국 시대 위나라의 뛰어난 인물인 환온의 하급 부하 중의 한명이 뇌물 받기를 좋아했는데 청주종사가 보내 오는 술은 맛이 좋아 배꼽에 이르도록 짜릿한데 평원독우가 보내오는 술은 겨우 가슴까지만 젖어든다는 것에서 유래한 말임. 청주종사淸州從事에서 청주淸州를 청주淸酒로 바꾸면 '술 마시는 것을 일삼는다.'는 뜻이 되고 청주淸州에는 제군濟郡이 있는데 '배꼽 제臍'와 발음이 같아서 청주淸酒는 제하臍下(배꼽 아래)까지 잘 흘러가는 좋은 술이라는 뜻이 됨.

평원독우

명치 위에 머물러 숨이 막히는 좋지 않은 술, 평원독우平原督郵의 우郵를 '근심 우憂'로 바꾸면 '근심 없이 하는 벼슬'이라는 뜻이 된다. 평원에는 격현隔縣이 있는데 이것과 '흉벽 격膈'이 발음이 같아서 격상膈上(명치 위)에 머물러 숨이 막히게 하는 좋지 않은 술을 비유함.

이것을 풀이하면 도량이 크고 남의 기운을 북돋아 주는 재간이 있는 국순은 위로는 벼슬하는 사람부터 아래로는 머슴이나 목동에 이르기까지 누구나 흠모하는 인물이었고 벼슬에 올라 쓰였다는 내용입니다. 하지만 국순은 벼슬을 하게 되자 왕의 마음을 혼미하게 하고 돈을 거두어들이는 것에만 급급해 비판받다가 하루 저녁에 갑자기 병들어 죽게 됩니다.

이는 술의 폐해를 보여 주는 것으로 인간이 술을 너무 좋아하게 되면 술 때문에 타락하게 된다는 교훈을 통해 술과 인생의 관계를 독자에게 알려줍니다. 또한 타락한 국순의 행적을 통해 당시 국정의 문란*과 병폐, 그리고 자신의 이익만을 꾀하는 무리들이 득세하고 뛰어난 인물이 소외되는 현실을 고발합니다. 마지막으로 작품 끝부분에 있는 사관의 평은, 갸륵하지만 백성을 그르칠 자가 술이라는 것을 한 번 더 강조하고 있습니다. 이것은 읽는 이로 하여금 술의 폐해에 대해 다시 한 번 생각해 보게 하는 대목입니다.

문란
고려 의종 당시 어지러운 사회상.

사신이 말하기를,*

"국씨의 조상이 백성에게 공功이 있고, 청백淸白을 자손에게 끼쳐 울창주鬱鬯酒(옻기장을 재료로 빚은 술)가 주周나라에 있는 것과 같아 향기로운 덕德이 하느님에게까지 이르렀으니, 가히 제 할아버지의 풍이 있다 하겠다. 순이 하찮은 들병의 지혜(작은 병에 들어갈 정도의 작은 지혜)로 독 들창에서 일어나서, 일찍 금구의 뽑힘*을 만나 술 단지와 도마에 서서 담론하면서도 가부可否를 아뢰지 아니하고, 왕실이 어지러워도 붙들지 못하여 마침내 천하의 웃음거리가 되었으니, 산도의 말이 족히 믿을 것이 있도다."라고 하였다.

사신이 말하기를
가전체의 전형적인 마무리 형식인 '논평'을 확인할 수 있는 부분. 술에 탐닉하여 향락만을 일삼던 당대 문사들과 분수를 지키지 못하고 나라를 어지럽히던 간신배를 풍자·고발하여 사람들의 경계심을 일깨우고 있다.

금구의 뽑힘
'금구'는 쇠나 금으로 만든 사발 또는 단지. '금구로 뽑는다'는 것은 재상으로 임명한다는 뜻.

이처럼 술을 의인화 한 「국순전」은 이규보의 「국선생전」에 큰 영향을 미치지만, 두 작품이 술을 바라보는 관점에는 차이*가 있습니다.

「국순전」과 「국선생전」의 차이
「국순전」에서는 술을 대체로 부정적으로 보는 데 비해 「국선생전」은 술의 긍정적인 면을 제시하고 있다.

고려 시대 화폐
1. 삼한통보 2. 삼한중보
3. 동국통보 4. 해동통보

돈의 폐해를 본격적으로 다룬 최초의 작품 「공방전」

「공방전」은 「국순전」과 함께 문헌상으로 남아 있는 가전체 중에서 최초의 작품으로 추정됩니다. '공방孔方'은 돈(엽전)을 의인화한 것으로, 작품에서는 '겉으로는 둥글지만 속으로는 모난 것'이라고 돈의 생김새를 묘사하고 있습니다. 이 중에서 '겉으로 둥글다'는 표현은 돈의 긍정적인 측면을, 그리고 '속으로 모난 것'이라는 표현은 돈의 부정적인 측면을 각각 의미합니다.

　욕심이 많고 비루하며 염치가 없는 공방이 벼슬에 오르자 권세를 잡고 뇌물을 거두어들입니다. 또 공방은 농사가 국가의 근본임을 알지 못하고 장사치의 이익만 내세워 나라를 좀먹고 백성을 해칩니다. 이런 삶을 살았던 공방에 대해 작품의 마지막 부분에서는 다음과 같이 평가*하고 있습니다.

돈(공방)에 대한 사관의 평가
공방에 대한 사관의 평가는 대체로 부정적인 내용으로 돈의 폐해를 지적하면서 돈을 없애야 한다고 주장한다.

권신
정권을 잡은 권세 있는 신하.

명명한
겉으로 드러나지 않게 아득한.

예나 지금이나
돈이 문제야...!!

　사신은 말한다.

　남의 신하가 된 몸으로서 두 마음을 품고 큰 이익만을 좇는 자를 어찌 충성된 사람이라고 하랴. 방이 올바른 법과 좋은 주인을 만나서, 정신을 집중시켜 자기를 알아주어서 나라의 은혜를 적지 않게 입었다. 그러면 의당 국가를 위하여 이익을 일으켜 주고, 해를 덜어 주어서, 임금의 은혜로운 대우에 보답했어야 했다. 그런데도 도리어 비를 도와서 나라의 권세를 한 몸에 독차지해 가지고, 심지어 사사로이 당을 만들기까지 했으니, 이것은 충신이 경계 밖의 사귐이 없어야 한다는 말에 어긋나는 것이다. 방이 죽자 그 남은 무리들은 다시 남송에 쓰였다. 집정한 권신權臣*들에게 붙어서 그들은 도리어 정당한 사람을 모함하는 것이었다. 비록 길고 짧은 이치는 저 명명冥冥한* 가운데 있는 것이지만, 만일 원제元帝가 일찍부터 공우貢禹가 한 말을 받아들여서 이들을 하루아침에 모두 없애 버렸던들 이 같은 후환은 없었을 것이다. 그런데 다만 이들을 억제하기만 해서 마침내 후세에 폐단을 남기고 말았다. 그러나 대체 실행보다 말이 앞서는 자는 언제나 미덥지 못한 것을 걱정하지 않을 수가 없다.

　이것은 사관의 입을 빌어 돈의 폐해를 지적하는 것입니다. 따라서 이 작품은 돈을 우선시하는 세태를 비판하고 재물에 대한 욕심을 경계해야 한다는 교훈을 줍니다. '돈'은 인간의 삶에서 중요한 부분을 차지하고 있어서 오늘날에도 많은 작품의 소재가 됩니다. 「공방전」은 돈을 소재로 하는 여러 작품 중에서도 돈의 문제를 본격적으로 다룬 최초의 작품이라고 할 수 있습니다.

이처럼 「국순전」과 「공방전」은 '술'과 '돈'이라는 소재를 부정적으로 다루고 있다는 공통점이 있습니다. 두 작품에서 소재를 다루는 방향이 부정적인 이유는 정중부 집권 이후 겨우 목숨만을 유지했던 작가 임춘의 불우한 삶에서 비롯되었다고 할 수 있습니다.

맑은 술을 의인화한 「국선생전」

이규보는 임춘과 더불어 가전체를 쓴 대표적인 작가입니다. 이규보는 임춘의 「국순전」에 영향을 받아 술을 의인화한 「국선생전麴先生傳」을 썼습니다.

국성麴聖*의 자는 중지中之이니 바로 주천酒泉*에 사는 사람이다. 국성이란 맑은 술을 말하는 것이요, 중지는 곤드레만드레를 뜻한다. 어렸을 때에 서막徐邈*에게 사랑을 얻어, 그의 이름과 자字는 모두 서씨가 지어 주었다.

그의 조상은 애초에 온溫이라고 하는 고장에서 농사를 지으면서 살고 있었는데, 정鄭나라가 주周나라를 칠 때에 포로가 되어 본국으로 돌아가지 못하였으므로, 그 자손의 일파가 정나라에서 살게 되었다. 그의 증조는 역사에 이름이 나타나지 않았고, 조부 모牟는 살림을 주천으로 옮겨, 이때부터 주천에서 살게 되었다. 아버지 차醝(흰 술)에 이르러서 비로소 벼슬길에 나아가 평원독우平原督郵의 직을 역임하였고, 사농경司農卿 곡씨穀氏의 따님과 결혼하여 성聖을 낳았다.

성은 어렸을 때부터 도량이 넓고 침착하여, 아버지의 친지들이 그를 매우 사랑하였다. 그래서 항상 이렇게 말하는 것이었다.

"이 아이의 도량이 만 이랑의 물과 같아서, 가라앉히더라도 더 맑아지지 않으며, 흔들어 보더라도 탁해지지 않으니, 우리는 자네와 이야기하기보다는 이 아이와 함께 기뻐함이 좋네."

국성
맑은 술을 의인화함.

주천
물이 맑은 곳으로 이 곳의 물로 술을 빚으면 술맛이 좋다고 함.

서막
중국 위나라 시대의 애주가.

조구연

조糟는 '술지게미'를 뜻함. '조구연'은 '술지게미'를 의인화한 것.

태사

천문과 역수를 담당하는 관리.

국좌좨주

나라에 제사를 올리는 술, 여기서는 벼슬로 표현함.

천식

새로 난 과일이나 농산물을 신에게 바치는 일.

진작

임금에게 술을 올리는 일.

교자

벼슬아치들이 타는 수레인데, 여기서는 술상을 의미함.

중략된 부분 줄거리

미천한 존재였지만 출세한 국성은 국정을 어지럽힌다는 비난을 받게 된다. 이 일로 죄를 입어 그의 세 아들은 자살하고 성도 연좌連坐되어 서인庶人이 되기까지 한다. 국성은 야인으로 있으면서도 국란이 일어나자 출정하여 희생정신을 발휘하고 공을 세운다. 그리하여 벼슬을 받으나 상소하고 물러나와 제 본분을 지킨다.

농사짓는 집안

곡식이 술의 원료이므로 농사짓는 집안이라고 표현함.

'기미를~해 나간다'

낌새를 알아차리고 미리 조처를 취한다는 것을 의미하며 속뜻은 '순리를 알고 처신함'.

성이 자라서, 중산中山에 사는 유영劉伶, 심양에 사는 도잠陶曆과 벗이 되었다. 이들은 서로 말하기를,

"하루라도 이 친구를 만나지 못하면 마음 속에 비루하고 이상한 생각이 싹튼다."*

라고 하며, 만날 때마다 저물도록 같이 놀고, 서로 헤어질 때는 항상 섭섭해 하였다.

나라에서 성에게 조구연糟丘掾*을 시켰지만 부임하지 않자, 또 청주종사로 불렸다. 공경公卿들이 계속하여 그를 조정에 천거하니 임금께서 조서詔書를 내리고 공거公車를 보내어 불러 보고는 말하기를,

"이 사람이 바로 주천의 국생麴生인가? 내가 명성을 들어온 지 오래다."

라고 하셨다.

이보다 앞서 태사太史*가 아뢰기를, 주기성酒旗星이 크게 빛을 낸다 하더니, 얼마 안 되어 성이 이른지라 임금이 성을 더욱 기특하게 여기었다. 곧 주객낭중主客郎中(손님을 맞이하는 벼슬) 벼슬을 시키고, 이윽고 국자좨주國子祭酒*로 올리어 예의사禮儀使(예의범절을 담당하는 관리)를 겸하니, 무릇 조회朝會의 잔치와 종조宗祖의 제사·천식薦食*·진작進酌*의 예禮에 임금의 뜻에 맞지 않음이 없는지라, 이에 임금은 그의 그릇이 믿음직하다 하여 승진시켜 승정원의 재상으로 있게 하고 융숭한 대접을 했다. 매양 들어와 뵐 적에 교자轎子*를 탄 채로 전殿에 오르라 명하여, '국선생麴先生'이라 하고 이름을 부르지 않으며, 임금의 마음이 불쾌함이 있어도 성이 들어와 뵈면 임금은 비로소 크게 웃으니, 무릇 사랑받음이 모두 이와 같았다. (중략)*

사신은 말한다.

국씨는 원래 대대로 농사짓는 집안*이었는데, 성이 유독 넉넉한 덕이 있고, 맑은 재주가 있어서, 당시 임금의 심복이 되어 국가의 정사에까지 참여하고 임금의 마음을 깨우쳐 주어 태평스러운 시절의 공을 이루었으니 장한 일이다. 그러나 임금의 사랑이 극도에 달하자 마침내 국가의 기강을 어지럽히고 화禍가 그 아들에게까지 미쳤다. 하지만 이런 일은 실상 그에게는 유감이 될 것이 없다 하겠다. 그는 만절晚節(늦게까지 지키는 절개)이 넉넉한 것을 알고 자기 스스로 물러나서 마침내 천수天壽로 세상을 마쳤다. 『주역周易』에 '기미를 보아서 일을 해 나간다'*고 한 말이 있는데, 성이야말로 거의 여기에 가깝다 하겠다.

「국순전」과 「국선생전」은 둘 다 술을 의인화한 것이지만 술에 대한 관점이 다릅니다. 「국순전」이 술의 폐해를 주로 보여주는 데 비해, 「국선생전」은 제목에서부터 술을 '선생'이라 하여 예우와 존경의 뜻을 드러내고 있습니다. 국성의 인물됨을 살펴보면, 국성은 도량이 만 이랑의 물과 같아서 가라앉히더라도 더 맑아지지 않으며 흔들어 보더라도 탁해지지 않는다는 평을 들었는데, 이는 맑은 술을 의인화하였음을 알 수 있는 부분입니다. 국성이 벼슬에 오르자 국성의 아들인 혹酷*, 포誌*, 역酕*이 아버지의 권세를 믿고 방자히 굴다가 모영毛穎*의 탄핵을 받고 자살하게 됩니다. 이에 국성은 벼슬에서 물러나지만 후에 다시 기용되어 수성愁城*에 물을 대어 난리를 평정하는 공을 세우고 물러나 고향에서 죽습니다. 결국 이 작품에서 국성은 신하의 임무를 충실히 수행하여 임금을 보필하는 충성심이 강한 위국충절의 긍정적인 인물형입니다. 그리고 벼슬에서 물러나야 할 때가 언제인가를 아는 지혜로운 신하였습니다. 이렇게 볼 때, 이규보는 임춘과는 달리 술의 긍정적 측면*에 주목하였다고 할 수 있습니다.

벼슬에 나아간 거북의 이야기 「청강사자현부전」

이규보가 쓴 「청강사자현부전淸江使者玄夫傳」은 거북을 의인화한 이야기로, 제목의 '청강사자'는 벼슬을 뜻하고, '현부'는 거북을 뜻합니다. 신명神明의 후손이며 길흉의 예측에도 밝은 인물인 현부는 '진흙 속에 노니는 그 재미가 무궁한데 높은 벼슬 받는 총영寵榮*을 내가 어찌 바랄소냐?'라고 노래하며 벼슬에 뜻을 두지 않았습니다. 하지만 춘추 시대 송나라의 어부인 예저의 술책으로 벼슬길에 나아가게 됩니다. 이에 왕이 현부에게 벼슬길에 나온 까닭을 물으니 '밝은 눈에도 보이지 않는 것이 있고, 지혜도 미치지 못하는 곳이 있다.'라고 답하였습니다. 그 후 현부의 종적은 알 길이 없으며, 그의 두 아들은 사람들에게 잡혀 삶아 먹히는데, 뛰어난 능력을 지녔던 현부도 이를 예언하지는 못하였습니다.

혹
텁텁한 술맛의 형용. 독한 술.

포
차좁쌀로 빚은 술. 계명주(하룻밤 사이에 만든 술).

역
쓰고 진한 술.

모영
붓의 의인화.

수성
마음의 의인화.

술의 긍정적 측면
평상시에 신하 된 도리를 굳게 지키고 물러나야 할 때를 알았다는 점에서 '국성'이 존경할 만하다고 하였다.

총영
임금에게 총애를 받아 영화롭게 되는 것.

은미
희미하여 나타나지 않은.

사신은 이렇게 평한다. "지극히 은미隱微*한 상태에서 미리 살피며, 징조가 나타나기 이전에 예방하는 것은 성인이라도 어그러짐이 있는 법이다. 현부 같은 지혜로도 능히 예저의 술책을 막지 못하고 또 두 아들이 삶아 먹힘을 구제하지 못하였는데, 하물며 다른 이들이야 더 말할 것이 있겠는가! 옛적에 공자는 광匡 땅에서 고난을 겪었고 또 제자인 자로가 죽어서 젓으로 담겨짐을 면하지 못하게 하였으니, 아, 삼가지 않을 수 있겠는가?"

인천광역시 강화군에 있는 이규보 문학비

이 작품도 다른 가전체와 마찬가지로 작품의 끝 부분에 위와 같은 사신의 평이 이어지는데, 자신의 능력을 과신하다가 결국 벼슬에 나아가게 된 현부를 통해 능력을 과신하지 말고 언행을 신중히 해야 한다는 교훈을 전하고 있습니다. 이뿐만 아니라 「청강사자현부전」은 '점占'이 인간의 삶을 구원하는 방책이 이님을 드러내며, 특히 작품의 중간에 현부의 노래와 같은 시를 삽입하여 문학적 효과를 극대화하고 있는데 이러한 방식은 우리나라 최초의 한문 소설인 『금오신화』로 계승됩니다.

이외에도 「저생전」, 「죽부인전」, 「정시자전」과 같은 가전체가 널리 알려져 있습니다.

직간
거리낌 없이 간함.

「저생전楮生傳」은 종이를 의인화한 글로, 문신 이첨의 작품입니다. 종이는 글 쓰는 이의 주변에서 흔히 볼 수 있는 소재인데, 이것을 의인화하였다는 것은 가전체가 점차 생활 주변에서 소재를 취했음을 의미하기도 합니다. 이 글에 나오는 저생은 천지 음양의 이치를 널리 통하고 학문의 근원을 두루 알고 있는 뛰어난 인물로, 한나라 때 벼슬길에 오르는 것을 시작으로 하여 여러 시대에 다양한 일을 하다가 직간直諫*을 하여 쫓겨납니다. 이러한 삶은 귀양과 복귀를 반복한 작가 이첨의 생애와도 유사하여, 작가가 자신의 이야기를 문학을 통해 한 것이라고도 볼 수 있습니다. 결국 작가는 저생의 삶을 통해 '선비로서 올바른 삶'을 이야기하고 있습니다. 또 이 작품은 다른 가전체 작품과는 달리 작품의 끝 부분에 '평'이 없다는 점이 특이합니다. 이는 가전체의 형식이 변화하고 있음을 보여 줍니다.

죽부인은 더운 여름밤에 서늘한 기운이 돌게 하기 위해 끼고 자는 도구인데, 대오리로 길고 둥글게 얼기설기 엮어 만듭니다. 하지만 이곡의 가전체 「죽부인전竹夫人傳」에서 '죽부인'은 이 도구가 아니라 죽부인의 재료가 되는 대나무를 의인화한 것으로, 주인공인 죽부인은 '절개'를 상징하는 인물입니다. 즉 절개가 굳어서 세상이 칭송을 하는 훌륭한 가문의 후손인 어진 죽부인이 어려움을 무릅쓰고 절개를 지키며 살았다는 내용인데, 이는 유교적이고 교훈적 가치관인 '열烈'을 주제로 하여 남녀 관계가 문란했던 당시의 사회상을 우회적으로 풍자했다고 할 수 있습니다. 이러한 주제 의식은 '열'을 주제로 하는 후대 작품인 「춘향전春香傳」 등으로 이어집니다.

이 외에도 식영암이 쓴 「정시자전丁侍者傳」이라는 작품이 있는데, 이 작품은 지팡이를 의인화하기는 했지만 일대기를 서술한 것이 아니라 어느 날 하루에 일어난 한시적 상황을 그리고 있어 가전체 중에서 가장 특이한 작품으로 평가받습니다. 즉, 입동 날 새벽에 승려인 식영암이 졸고 있는데 복희씨伏羲氏(중국 고대의 황제)와 여와(상고 시대의 여제왕)의 자식인 정시자가 찾아와 그들이 자신을 수풀 사이에 낳고 돌보지 않았으나 바람과 비의 은혜로 자라나 중이 되었으니 제자가 되게 해달라고 합니다. 이에 식영암이 정시자와 대화를 하면서 글이 전개되는데, 식영암이 졸면서 꾸는 '꿈'을 이용한다는 점과 대화체로 기술한다는 점에서 「정시자전」은 다른 가전체 작품과 구별되는 특징을 지니고 있습니다. 또 정시자가 '진심으로 붙들어 모시는 분이 몇 분 되지 않는다.'라고 이야기를 하는 대목에서 부패한 불교 사회의 단면을 고발하면서 승려와 지도층에 반성을 촉구하고 있는 작품입니다.

『동문선』 중 「용부전」

『동문선』

성종 9년(1478년)에 성종의 명을 받아 서거정, 노사신, 강희맹, 양성지 등 23인의 찬집관이 참여하여 편찬한 우리나라 역대 시문선집. 133권 45책. 최치원, 김부식, 이인로, 이규보, 이제현, 이곡, 이색, 이첨, 정도전, 권근 등 이 책의 편찬 당시의 인물들까지 약 500인의 작품을 차례로 수록하였다. 전체의 4분의 1정도가 시詩이고, 나머지는 문文으로 구성돼 있다.

02 한문 산문과 패관 문학

과거제의 실시로 한문학이 융성한 고려 시대에는 문인 관료층에 의해 다양한 한문학 양식들이 수용되면서 풍부한 작품이 창작되고 많은 문집들이 만들어졌습니다. 이규보의 『동국이상국집東國李相國集』이나 이인로와 최자의 시화집인 『파한집』과 『보한집』, 그리고 여러 권의 개인 문집 등에 수록된 자료를 통해 다양한 양식과 내용의 문장들을 접할 수 있습니다. 또 조선 시대에 편찬된 『동문선東文選』*에서도 고려 시대의 많은 작품을 확인할 수 있습니다.

또한 이 작품집들은 패관 문학으로 분류할 수도 있습니다. '패관稗官'이란 원래 중국 한나라의 관직이었는데, 고려 시대에는 항간에 떠도는 소문들을 수집하고 기록하여 조정에 보고하고 정사政事에 반영하는 벼슬이었습니다. 이들에 의해 수집된 이야기는 창의성이 가미되고 윤색되어 앞서 언급한 작품집 등에 수록되었는데, 비평이나 일화, 설화 등과 혼합된 형태로 오늘날 전해집니다.

한문학 양식 중 하나인 '설說'은 사물의 이치를 풀이하고 자신의 의견을 덧붙여 펴는 글인데, 주로 사실과 의견의 2단 형식으로 이루어지며, 비유의 기법을 사용하여 강한 교훈성을 제시하는 특징이 있습니다. 설을 쓴 대표적인 작가로 이규보를 들 수 있는데, 이규보는 한시의 대가이면서 「경설」, 「이옥설」, 「슬견설」, 「뇌설」, 「주뢰설」, 「토실을 허문 데 대한 설」 등과 같은 많은 한문 수필을 발표하여 수필가로서도 뛰어난 면모를 보여 줍니다. 그의 수필은 비록 한문으로 되어 있지만, 심오한 철학과 인생의 경륜을 담고 있습니다. 특히 이규보 자신의 파란만장한 인생 역정*과 뛰어난 문학적 통찰력이 수필 작품에 형상화되어 있다는 평가를 받습니다.

우리나라 최초의 비평서 『파한집』

『파한집破閑集』*은 우리나라 최초의 비평서로서, 우리 문학사에서 비평이 본격적으로 등장했음을 보여 주는 첫 사례입니다. 책 제목인 '파한破閑'은 글자 그대로 '한가함을 깨뜨린다.'라는 뜻이지만, 내용을 살펴보면 시에 얽힌 일화에다 시평을 곁들이고, 여기에 문학 일반론까지 보태서 거의 '잡록雜錄(잡다한 것을 수록한 책)'이라 할 수 있습니다. 따라서 이 책은 단순히 한가함을 깨뜨리기 위해 취미 수준으로 쓴 책이 아니라, 우리나라 고전 시학 연구의 귀중한 자료라고 할 수 있습니다.

특히 '문학이란 무엇이며, 어떻게 창작해야 하는가, 어떤 작품이 좋은가.'와 같은 문제를 제기하는 비평이 본격적으로 대두했다는 것은 이 시기에 우리 문학이 상당히 발달했음을 뜻합니다. 즉 문학을 하는 것에 대한 반성과 방향 모색이 요구될 정도로 문학의 영향력이 커졌다는 것입니다. 이 책 「권하卷下」의 22, 23번째 글에서는 문장의 가치를 논하면서 문학의 본질에 대한 견해를 밝히는 부분이 있는데, 발췌하여 살펴보면 다음과 같습니다.

세상사 중에 빈부나 귀천으로 그 높고 낮음을 정할 수 없는 것은 오직 문장文章뿐이다. 대개 완성된 문장은 해와 달이 하늘에 빛나고 운연雲煙*이 허공에서 집산集散

이규보의 인생 역정

이규보는 의종 22년(1168년)에 태어나 고종 28년(1241년)에 일생을 마감한 문인으로, 문재文才가 뛰어난 인물이었으나 30세까지 관직에 오르지 못하는 등 불우한 젊은 시절을 보냈다. 특히 25세 때 개경의 천마산에 들어가 시문을 지으며 세상을 관조하며 지냈는데, 백운거사라는 호는 이 시기에 지은 것이다. 32세에 관직에 나아가나 1년 4개월 만에 물러나고, 이후로도 관직에 나아감과 물러남을 반복하면서 현실주의적이며 보신保身적인 삶을 살았던 인물이다.

『파한집』
고려 중기의 문신인 이인로의 시화·잡록집. 3권 1책. 목판본. 저자가 사망하기 직전인 69세에 지은 것으로, 그의 사후 40년 뒤인 1260년 3월에 아들 세황이 수집하여 간행했다.

운연

구름과 안개.

갈포

칡의 섬유로 짠 베. '갈포를 입은 선비'는 곧 벼슬하기 전의 선비를 뜻한다.

조맹

중국 춘추 시대 진晉나라의 귀족. 중국 역대 명필의 하나.

구양영숙

구양수歐陽脩. 자는 영숙. 중국 송나라 사람으로 문명文名이 높았고 당송 팔대가의 한 사람으로 꼽힘.

후세에~하였다.

후세인들이 옛 성현의 덕을 공평하게 평가하여 추앙하듯, 시인의 훌륭한 작품도 그의 외적 여건에 구애 받지 않고 공평하게 평가된다면 그 가치가 깊이 전해질 것이다.

양주가학

많은 즐거움을 함께 받고 싶어함을 비유한 말.

하는 것 같아서, 눈이 있는 사람이면 보지 않을 수 없고 가릴 수도 없다. 그러므로 갈포葛布*를 입은 비천한 선비로도 넉넉히 무지개처럼 찬란한 빛을 드리울 수 있으며, 조맹趙孟*의 귀함이야 그 세도가 나라를 부유하게 하고 집안을 넉넉하게 하는 데 부족함이 있으랴만 문장에 있어서는 칭찬할 수가 없다. 이렇기 때문에 문장은 일정한 가치를 지니고 있어 부로써도 그 가치를 감소시킬 수 없다고 말하는 것이다. 그러므로 구양영숙區陽永叔*은, 후세에 정말 공정하지 못하다면 지금까지도 성현聖賢이 없었을 것이다."라고 하였다.*

「권하」 22

대개 문장文章은 천성天性에서 얻어지는 것이나 작록爵祿은 사람이 소유하는 것이므로, 도리로 구한다면 쉽다고도 할 수 있다. 그러나 이 세상의 모든 만물에게 아름다운 것만을 독점하게 할 수는 없었으므로, 뿔이 있는 것에게는 이齒를 버리게 하고, 날개가 있으면 두 다리만 있게 했으며, 이름 있는 꽃에는 열매가 없고, 채색 구름은 흩어지기 쉽게 되었으니, 사람에게 있어서도 역시 마찬가지다. 뛰어난 재예才藝를 주면 빛나는 공명功名은 주지 않게 되는 이치가 이렇기 때문이다. 그러므로 공자·맹자·순자·양자로부터 한유·유종원·이백·두보에 이르는 분들은 비록 문장이나 덕예德譽로서는 넉넉히 천고에 치솟을 수 있을지라도 지위는 경상卿相에 오르지 못했으니, 장원壯元으로 높이 뽑히고 재상에 오를 수 있는 것은 실로 고인이 말하는 '양주가학楊州駕鶴'*이라 하겠으니 어찌 흔한 일이라 할 수 있겠는가.

「권하」 23

이 글은 제목은 없으나 주로 문장에 관한 이야기를 하고 있습니다. 여기서의 문장은 오늘날의 '문학'에 해당하는 것으로 문장에 관한 이야기는 곧 '문학에 관한 견해'라고 할 수 있습니다. 그래서 대개 이 글을 번역하는 사람들은 '문장의 가치'라고 제목을 붙이곤 합니다. 내용을 살펴보면 「권하」 22번째 글에서는 부유함과 가난함, 신분의 높고 낮음에 따라 문장의 격이 달라지는 것이 아니며, 문학은 그 글을 쓰는 개인과는 별개로 독자적 가치를 가지고 있다고 말합니다. 또, 「권하」 23번째 글에서는 뛰어난 문장가라고 해도 공명을 얻기가 어렵다는 것을 '공자'에서 '두보'에 이르는 다양한 예를 통해 보여 줍니다. 이처럼 두 글에서는 귀천이나 빈부와 구별되는 독자적인 것으로 문장의 가치를 논하고 있습니다.

이외에도 『동문선』에 수록된 「월등사죽루죽기」는 이인로의 한문 수필로 널리 알려져 있습니다. 이 글은 자연물을 인생에 빗대어 사물에 대한 올바른 인식과 태도를 보여 줍니다. 주된 내용은 화산 월등사의 죽루에 모인 여러 사람들이 대나무에 대해 의견을 제시하는 것인데 대의 맛, 목재로서의 쓰임, 운치, 지조 등에 대해 예찬하고, 마지막으로 식영암이 종합적인 관점에서 인간의 심성을 대에 관련지어 자신의 견해를 밝힙니다. 즉, 대의 쑥 빼어난 속성은 '선천적으로 깨달은 사람'과 일치하며, 대가 늙을수록 단단해 지는 것은 '후천적으로 노력하는 사람'에 해당되고, 속이 빈 것은 '사람의 공허한 성품'을 뜻하며, 대의 곧음은 그 실상, 즉 본질에 해당된다고 말하여 대의 진정한 장점을 밝히고 대를 예찬하고 있습니다.

『파한집』을 보완하는 책 『보한집』

최자의 『보한집』은 『파한집』, 『역옹패설』과 함께 고려 시대의 3대 비평 문학서로 일컬어집니다. 이 책의 서문을 살펴보면, 문학의 본질에 대한 견해와 편찬 의도가 드러납니다.

> 文(문)이란 것은 道(도)를 밟아 들어가는 門(문)으로써 不經(불경)한 말을 쓰지 않는다. 그러나 글을 지음에 있어 기운을 돋우고 말을 생동하게 해서 듣는 사람을 감동시키고자 하여 혹 험하고 괴이한 것에 간여하기도 한다. 하물며 시를 짓는 것은 比(비)*, 興(흥)*과 諷喩(풍유)*를 근본으로 하므로 반드시 奇詭(기궤)*한 것에 寓託(우탁)*한 뒤에야 기운이 힘차 보이고 뜻이 깊으며 말이 뚜렷하게 되어 보는 이의 마음을 감동시킬 만하고 미묘한 뜻을 드러내어 마침내 바른 데로 돌아오게 되는 것이다. 남의 것을 표절하든가 모방하여 지나치게 떠벌리는 것은 선비들이 진실로 범하지 않는 것이다.

비
『시경』 문체의 하나로, 비슷한 것을 이끌어다가 견주어 표현하는 비유법.

흥
『시경』 문체의 하나로, 먼저 다른 것을 서술하고 거기에 연상하여 본론을 서술하는 은유법.

풍유
원관념은 숨기고 보조관념만 드러내어 그 숨은 뜻을 넌지시 나타내는 방법.

기궤
이상야릇함.

우탁
함께 할 것을 부탁함.

탁구와 연의
자구字句를 다듬는 일.

성률
음악의 가락.
한자의 발음 규칙.

장구
시조의 구절.

대구를 다듬다
대구를 다듬는 것이 탁련사격의
하나인 연대鍊對, 나머지 하나는
탁자琢字임.

졸렬
잔졸하고 용렬함.

웅걸
영웅다운 호걸.

노성
글이나 솜씨 따위가 착실하고 세
련됨.

비록 시인들에게는 琢鍊四格(탁련사격)이 있으나 그중에서 취하는 것은 탁구琢句와 연의鍊意*뿐이다. 지금의 後進(후진)들은 聲律(성률)*과 章句(장구)*만 숭상하여 글자를 다듬을 때는 반드시 새롭게 하고자 하기 때문에 그 말이 生疏(생소)해지고, 對句(대구)를 다듬는* 데는 반드시 유사한 말로써 하려고 하기 때문에 그 뜻이 拙劣(졸렬)*해져서 雄傑(웅걸)*하고 老成(노성)*한 氣風(기풍)이 이로 말미암아 상실되는 것이다.

(중략)

學士(학사) 李仁老(이인로)가 대략 글을 모아 엮어서 破閑(파한)이라고 이름 하였는데 晋陽公(진양공)이 그 册(책)이 널리 글을 모아서 이루어진 것이 아니라고 하여 나에게 그것에 이어서 補充(보충)하라고 명했다 이에 숨겨지고 잊혔던 글을 약간 모으고 近體詩(근체시) 몇 수를 얻었으며 혹 스님이나 아녀자들의 한두 가지 일이라도 웃음거리가 될 수 있는 것은 그 詩(시)가 비록 좋지 못해도 함께 실었는데 모두를 一部(일부)로 하여 세권으로 나누었다 아직까지 인쇄에 올릴 겨를이 없었더니 지금에 와서 侍中上柱國(시중상주국) 崔公(최공)께서 선친의 뜻을 추모하여 그 원본을 찾기에 삼가 엮어서 올린다. 때는 甲寅年(갑인년) 四月(사월) 守太尉(수태위) 崔滋(최자)가 서문을 쓰다.

인용문의 첫 문장은 문학의 본질에 있어서는 유학의 도리에 어긋나지 않아야 가치가 있다고 전제하고, 문학의 실제에 있어서는 독자의 감동을 유발하기 위해 수식을 하거나 기발한 착상에 의지하는 표현력이 필요하지만 표절이나 모방을 해서는 안 된다고 말합니다. 또 가락이나 구절과 같은 것을 중시하는 형식적인 시 창작에 대해 비판하면서, 마지막 부분에서 최이崔怡(진양공)의 권유에 따라 『파한집』을 보완하고자 엮었다고 편찬 의도를 밝히고 있습니다.

백운거사의 문학 이야기 『백운소설』과 한문 수필들

25세 때에 개경의 천마산에 들어가 스스로를 '백운거사白雲居士'라고 했던 이규보가 시 창작 일화와 시에 대한 비평을 비교적 짧은 이야기로 엮어 놓은 문집이 『백운소설白雲小說』*입니다. 이 책의 내용에서 뛰어난 문재文才를 지녔던 이규보의 문학관과 고려 당대의 문학에 대한 인식을 엿볼 수 있으므로 그 일부를 살펴보고자 합니다.

시에는 좋지 못한 아홉 가지 문체가 있는데, 내가 깊이 생각한 끝에 터득한 것이다.

한 편의 작품 속에 옛 사람들의 이름을 많이 인용하는 것은 '귀신을 수레에 하나 가득 실은 체體'다. 옛 사람들의 뜻과 심정을 인용할 때에 쓰는 것도 나쁜데, 훔쳐 쓴 것도 제대로 되지 않은 것은 '어설픈 도둑이 쉽사리 잡히는 체'다. 근거 없이 어려운 일을 글로 다루는 것은 '센 활을 당기지 못하는 체'다. 자기 재주를 측량해 보지도 않고 압운押韻이 지나치게 어긋난 것은 '술을 지나치게 많이 마신 체'다. 좀처럼 뜻을 알기 어려운 힘든 글자를 써서 사람을 곧잘 미혹시키기 좋아하는 것은 '함정을 만들어 장님을 이끄는 체'다. 말이 순조롭지 않은데 억지로 인용하는 것은 '자기를 따르도록 남을 무리하게 이끄는 체'다. 상스러운 말을 쓰는 것은 '품격 없는 사람이 모여드는 체'다. 공자, 맹자를 함부로 쓰기 좋아하는 것은 '존귀한 분을 범하는 체'다. 말을 구사함에 있어 거친 데를 삭제해 버리지 않은 것은 '밭에 잡초가 우거진 체'다. 이러한 좋지 못한 체들을 면한 다음에라야 함께 시를 논할 만하다.

『백운소설』
백운거사 이규보의 시평집. 소설이라는 명칭을 처음 썼으나, 소설이라기보다는 작품 해설 내지는 수필에 가깝다.

이 글은 '한시를 쓸 때 피해야 할 것'을 다루고 있는데, 이것은 작가인 이규보가 시의 표현 방식에 대해 얼마나 고민을 많이 하였는가를 잘 보여 줍니다. 그 고민의 결과를 정리하면, '옛 사람의 이름을 인용하거나 남의 글을 훔쳐 쓰거나 자기 능력에서 벗어나는 어려운 글을 써서는 안 되며, 쉽게 쓰되 순조롭게 이끌어 가고 공자·맹자 등과 같은 성인들의 말을 함부로 인용하지 말며, 상스럽거나 거친 말을 사용하지 않은 후에야 시를 논할 수 있다.'라는 것입니다. 즉 이규보는 독창적이면서 참신하고 깊은 공감을 줄 수 있는 글을 높이 평가하고 있습니다.

또 이 책은 역사의 흐름에 따라 글을 전개하고 있는데, 을지문덕이 수나라 장수에게 보낸 시를 책의 앞부분에서 언급하고 이 작품처럼 굳센 기상을 나타낸 작품이 기교에 치우쳐 말이나 다듬는 후대에 이르러서는 다시 나타나지 않음을 애석하게 여긴다고 기술하였습니다. 을지문덕에 이어 최치원을 다루었는데, 최치원이 비록 당나라에 가서 명성을 얻었다 할지라도 끝내 당의 문인일 수 없다고 논하면서 중국에 대한 사대주의를 비판합니다.

이외에도 이규보의 대표적인 수필로는 「경설」, 「이옥설」, 「슬견설」, 「뇌설」, 「주뢰설」 등이 있습니다.

「경설鏡說」은 『백운소설』에 실려 있는데, 거울을 소재로 하여 통념을 뒤엎으면서 삶과 처세에 대한 이규보의 철학을 드러내고 있습니다. 사람들이 일반적으로 맑은 거울을 원하는 것이 통념입니다. 하지만 이 글의 거사居士는 오히려 흐린 거울을 취해야 한다고 말하고, 못난 사람이 많은 세상이어서 못난 모습을 드러내는 맑은 거울이 용납되지 못하기 때문이라고 합니다. 이것은 이 세상에는 결점을 가진 사람이 더 많으므로, 지나친 결벽과 청명만을 추구하기보다 그 결점을 이해하고 수용해 주는 유연한 자세로 세상을 살아야 한다는 뜻입니다. 거사와 나그네의 문답으로 진행되는 「경설」에서 등장인물인 거사가 작가의 허구적 대리인으로서 작가의 세계관을 반영한 인물이라면, 나그네는 세속적이며 인습에 사로잡힌 사람이라고 할 수 있습니다. 또 '거울의 맑은 바탕은 그대로 남아 있다.'라는 표현은 '사물의 외관은 다른 모습이지만 그 본질은 맑으며 변함이 없다.'라는 의미로 해석할 수 있습니다. 따라서 통념을 뒤집는 개성적인 시각과 사물에 대한 통찰력이 이 글의 핵심이라고 할 수 있습니다.

고려 시대의 청동 거울

민족 서사시인 「동명왕편」과 가전체인 「국선생전」, 「청강사자현부전」이 수록되어 있는 『동국이상국집』에는 이규보의 대표적인 한문 수필에 속하는 「이옥설」과 「슬견설」도 실려 있습니다. 이 중에서 「이옥설理屋說」은 퇴락한 행랑채 수리 과정에서 얻은 실생활의 경험을 삶의 이치와 나라를 다스리는 일에 적용한 수필입니다.

집에 오래 지탱할 수 없이 퇴락한 행랑채 세 칸이 있어서 나는 부득이 그것을 모두 수리하게 되었다. 이때 앞서 그중 두 칸은 비가 샌지 오래되었는데, 나는 그것을 알고도 어물어물하다가 미처 수리하지 못하였고, 다른 한 칸은 한 번 밖에 비를 맞지 않았기 때문에 급히 기와를 갈게 하였다.

그런데 수리하고 보니, 비가 샌 지 오래된 것은 서까래, 추녀, 기둥, 들보가 모두 썩어서 못 쓰게 되었으므로 경비가 많이 들었고, 한 번 밖에 비를 맞지 않은 것은 재목들이 모두 완전하여 다시 쓸 수 있었기 때문에 경비가 적게 들었다.

나는 여기에서 이렇게 생각한다. 사람의 몸에 있어서도 역시 마찬가지이다. 잘못을 알고서도 곧 고치지 않으면 몸의 패망하는 것이 나무가 썩어서 못쓰게 되는 이상으로 될 것이고, 잘못이 있더라도 고치기를 꺼려하지 않으면 다시 좋은 사람이 되는 것이 집 재목이 다시 쓰일 수 있는 이상으로 될 것이다. 이뿐만 아니라, 나라의 정사도 이와 마찬가지이다. 모든 일에 있어서, 백성에게 심한 해가 될 것을 머뭇거리고 개혁하지 않다가, 백성이 못살게 되고 나라가 위태하게 된 뒤에 갑자기 변경하려 하면, 곧 붙잡아 일으키기가 어렵다. 삼가지 않을 수 있겠는가?

『동국이상국집』

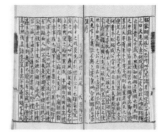

『동국이상국집』

「이옥설」에서 '나'는 집을 수리하는 과정에서 얻은 경험, 즉 '비가 샌 지 오래된 집의 서까래, 추녀, 기둥, 들보가 모두 썩어서 못 쓰게 되어 경비가 많이 드는 데 비해 한 번만 비를 맞은 것은 모두 완전하여 쓸 수 있다'는 것을 삶의 이치에 적용하여, '잘못을 알고 바로 고치면 좋은 사람이 될 수 있다.'는 깨달음에 이릅니다. 그리고 이것을 다시 정치에 적용하면 '백성을 좀먹는 무리는 내버려 두지 말고 바로 고쳐야 나라가 도탄에 빠지지 않는다.'라는 말이 됩니다. 따라서 이 작품은 길이는 짧지만 유추의 방식을 잘 적용하여 교훈성을 추구하고 있는 작품이라 할 수 있습니다. 글쓴이가 몽고의 침략으로 수도를 강화도로 옮기던 무신 정권의 시대를 살았던 인물이라는 점을 고려하면 내우외환이라는 당대의 사회상 속에서 백성을 위하는 마음을 엿볼 수 있습니다.

「슬견설蝨犬説」은 '이와 개에 관한 이야기'인데, 크기가 작은 이와 크기가 큰 개를 대비시켰다는 점이 흥미롭습니다.

어떤 손客이 나에게 이런 말을 했다.

"어제 저녁엔 아주 처참悽慘한 광경을 보았습니다. 어떤 불량한 사람이 큰 몽둥이로 돌아다니는 개를 쳐서 죽이는데, 보기에도 너무 참혹慘酷하여 실로 마음이 아파서 견딜 수가 없었습니다. 그래서 이제부터는 맹세코 개나 돼지의 고기를 먹지 않기로 했습니다."

이 말을 듣고, 나는 이렇게 대답했다.

"어떤 사람이 불이 이글이글하는 화로火爐를 끼고 앉아서, 이를 잡아서 그 불 속에 넣어 태워 죽이는 것을 보고, 나는 마음이 아파서 다시는 이를 잡지 않기로 맹세했습니다."

손이 실망하는 듯한 표정으로,

"이는 미물微物이 아닙니까? 나는 덩그렇게 크고 육중한 짐승이 죽는 것을 보고 불쌍히 여겨서 한 말인데, 당신은 구태여 이를 예로 들어서 대꾸하니, 이는 필연必然코 나를 놀리는 것이 아닙니까?"

하고 대들었다.

나는 좀 구체적으로 설명할 필요를 느꼈다.

"무릇 피血와 기운氣이 있는 것은 사람으로부터 소, 말, 돼지, 양, 벌레, 개미에 이르기까지 모두가 한결같이 살기를 원하고 죽기를 싫어하는 것입니다. 어찌 큰 놈만 죽기를 싫어하고, 작은 놈만 죽기를 좋아하겠습니까? 그런즉, 개와 이의 죽음은 같은 것입니다. 그래서 예를 들어서 큰 놈과 작은 놈을 적절히 대조한 것이지, 당신을 놀리기 위해서 한 말은 아닙니다. 당신이 내 말을 믿지 못하겠으면 당신의 열 손가락을 깨물어 보십시오. 엄지손가락만이 아프고 그 나머지는 아프지 않습니까? 한 몸에 붙어 있는 큰 지절支節과 작은 부분이 골고루 피와 고기가 있으니, 그 아픔은 같은 것이 아니겠습니까? 하물며, 각기 기운과 숨을 받은 자로서 어찌 저 놈은 죽음을 싫어하고 이놈은 좋아할 턱이 있겠습니까? 당신은 물러가서 눈 감고 고요히 생각해 보십시오. 그리하여 달팽이의 뿔을 쇠뿔과 같이 보고, 메추리를 대붕大鵬과 동일시하도록 해보십시오. 연후에 나는 당신과 함께 도道를 이야기하겠습니다." 라고 했다.

흔히 변증법*이라고 하면 철학에서 사용하는 용어라고 생각하기 쉽지만, 문학 작품에서도 작가의 의도를 효과적으로 전달하기 위해 변증법을 사용합니다. 즉 '개의 죽음을 마음 아파함(손님 생각, 정正)—이의 죽음을 마음 아파함(내 생각, 반反)—이는 미물이므로 이의 죽음은 하찮은 것임(손님 생각, 정)—모든 생명체는 소중하므로 생명체의 죽음은 모두 처참함(내 생각, 합슘)'으로 전개가 되어 변증법의 양상을 띠고 있습니다. 그리고 이러한 전개는 '선입견을 버리고 사물을 바라보자.', '생명이 있는 것은 다 소중하다.', '만물은 동일하다.'라는 주제를 드러냅니다. 특히 이 글은 '이와 개, 달팽이의 뿔과 소의 뿔, 메추리와 대붕'이라는 일상적이고 대조적인 소재를 잘 활용하면서 대화체의 형식으로 주제를 이끌어 내어, 내용과 형식이 조화를 이룬다는 점이 돋보입니다.

「뇌설」과 「주뢰설」은 조선 시대의 문헌인 『동문선』에 수록되어 있습니다. 이중에서 「뇌설雷說」은 자연 현상인 우레 소리를 듣고 나의 잘못은 없는지 반성한다는 내용으로 교훈성을 지니는데, 이러한 점이 '설說'의 갈래상의 성격을 잘 드러내고 있습니다.

「주뢰설舟賂說」은 작은 배로 강을 건너가는 일상의 하찮은 일조차 뇌물이 있어야 이루어진다는 사실을 통해 사회 곳곳에 퍼져 있는 부패상을 강조합니다. 특히 이 글에서는 '다른 날에 보고자 써 둔다.'라고 담담하게 집필 의도를 밝히고 있지만 실제로는 현실에 대한 강한 절망감이 작가의 의식에 자리 잡고 있었을 것으로 보입니다. 또 표현 면에서는 간결하게 내용을 전개함으로써 오히려 주제를 강렬하게 부각시키는 효과를 거두고 있습니다.

변증법

'변증법'이란 하나의 이론에 대해 이의를 제기하면 그것의 문제점을 수정하여 새로운 이론을 정립하고, 또 이것이 새로운 이론이 되면 '이의제기-새로운 이론 정립'의 순서로 반복되는 과정을 통해 논리를 전개하는 것을 말한다. 이때 하나의 이론이 '정正'이라면 이의 제기는 '반反'이라고 할 수 있으며, 새로운 이론은 '합슘'이라고 한다. 따라서 변증법을 '정반합正反슘의 원리'라고 부르기도 한다.

'하버드'의 라이벌은 '예일', '와세다'의 라이벌은 '게이오', 그럼 '고려'의 라이벌은?

'고려'의 라이벌은 '연세'일까?

일반적으로 라이벌은 서로 겨루는 맞수를 말한다. 우리 삶의 주변에는 수많은 라이벌들이 있다. 앞서 이야기한 대학뿐만 아니라 '케네디와 닉슨', '나폴레옹과 웰링턴' 등과 같은 역사의 라이벌도 있다. 문단에도 라이벌이 있는데, 고려 시대의 라이벌이라면 '김부식과 정지상'을 꼽을 수 있다. 이들이 라이벌이 된 사연은 이규보의 『백운소설』에도 수록되어 널리 알려져 있다.

어느 날 김부식과 정지상이 길을 가는데 정지상이 "절에서 독경소리 끝나자琳宮梵語罷, 하늘은 유리인 양 맑구나天色淨琉璃."라는 시구를 짓는다. 김부식이 이 시구를 좋아하여 자신에게 달라고 하지만 정지상은 이것을 거절했고, 이후에 정지상은 서경 천도와 관련하여 김부식의 손에 죽게 된다.

김부식과 정지상은 다음과 같은 이야기도 전해진다. 김부식이 "버들 빛은 천 갈래로 푸르고柳色千絲綠, 복사꽃은 일만 점으로 붉도다桃花萬點紅." 하고 봄에 관한 시를 짓자, 공중에서 정지상의 귀신이 나타나 김부식의 뺨을 때리며 "천 갈래인지 일만 점인지 누가 세어 보았느냐? 왜 '버들 빛은 갈래갈래 푸르고柳色絲絲綠, 복사꽃은 점점이 붉도다桃花點點紅.'라고 하지 않느냐?"라고 했다고 한다.

또 김부식이 어떤 절의 측간에 가는데, 이때 정지상의 귀신이 나타나 김부식의 불알을 잡아당기며 "술도 마시지 않았거늘 어째서 얼굴이 붉은가?"라고 묻는다. 이에 김부식이 "저 건너 언덕의 단풍이 얼굴에 비쳐서 붉지."라고 답을 한다. 정지상의 귀신이 김부식의 불알을 꽉 움켜잡으며 "이것이 어떤 놈의 가죽 주머니지?"라고 말하자 김부식은 "네 아비 불알은 쇠불알이냐?"라고 답하면서 얼굴빛을 바꾸지 않았는데, 정지상의 귀신이 불알을 더욱 힘주어 잡아서 결국 김부식이 측간에서 죽었다고 한다.

김부식은 "시의 뜻이 엄정하고 실다워서 참으로 덕을 가진 사람의 시다."라는 평가를 받고 있고, 정지상은 "시어가 운치가 맑고 화려하며 시구의 격조가 호방하고 빼어나다." 라는 평가를 받는다. 두 사람은 출신 지역이나 정치적 견해에서 차이가 있지만, 두 사람 모두 뛰어난 문장가임은 분명하다.

　고려 시대의 또 다른 라이벌로는 '이인로와 이규보'가 있다. 고려에는 중국의 죽림칠현竹林七賢을 본 따 시를 짓는 문인 모임이 있었는데, 이들이 죽림고회竹林高會이다. 오세재, 임춘, 황보항, 조통, 함순, 이담지, 그리고 이인로 등으로 구성된 이 모임에서 19세 청년인 이규보의 문학적 재능을 높이 평가하여 자신들의 모임에 함께하기를 권한다. 이담지가 "우리 모임의 오세재가 경주에 놀러 가서 돌아오지 않으니 자네가 그 자리를 메워 주겠는가?"라며 이규보를 초대하자, 이규보는 "칠현七賢이 조정의 벼슬입니까? 어찌 빈자리를 보충한단 말입니까? 혜강, 완적 뒤에 그들을 계승한 이가 있었다는 말은 듣지 못했습니다."라고 대답하며 그들의 제안을 거절한다. 이규보에게 제안을 한 사람은 이담지였지만 이 모임의 대변인 역할을 한 사람이 이인로였으니, 이를 거절한 이규보는 이인로와는 다른 길을 선택했다고 할 수 있다. 이때 이인로의 나이는 35세였다고 한다. 이규보와 이인로는 시를 쓰는 방법에서도 다른 생각을 지니고 있었는데, 이인로가 옛글을 숭상하여 틀을 지키려고 노력했다면 이규보는 참신한 글쓰기를 강조했다. 이런 경향의 차이 때문에 이 둘이 각기 고유한 문학의 길을 걸어간 것이 아닐까?

~3부~
조선 시대
전기의 문학

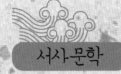

진정한 국문학의 시작

　　왕건과 호족 중심으로 918년에 출발한 고려가 불교의 타락과 함께 망하고, 이성계와 사대부들은 1392년에 성리학을 기반으로 한 조선을 건국합니다. 500년의 역사를 지닌 조선은 임진왜란을 기점으로 사회 · 문화적으로 큰 변혁이 일어나기 때문에, 조선의 건국에서 임진왜란까지의 약 200년간은 조선 전기로, 그 이후의 시기는 조선 후기로 나누어 문학의 전개 방향과 그 내용을 살펴보겠습니다.

　　조선 전기에는 새로운 나라의 건국과 더불어 문학도 새로운 방향으로 펼쳐집니다. 이 시기의 가장 큰 성과는 훈민정음의 창제로 인한 진정한 우리말 문학의 등장입니다. 이전에도 우리말은 있었으나 고유한 문자가 없었으므로, 한자를 빌려서 문자 생활을 하고 문학 활동을 할 수밖에 없었습니다. 하지만 훈민정음*이 창제됨으로써 한글로 된 문학 작품이 많이 창작되었고, 우리글이 없어서 구전되던 고려 가요 같은 작품들도 『악장가사』, 『악학궤범』, 『시용향악보』 등에 기록됩니다. 또한 한문으로 전해지던 외국 문학이 우리말로 번역되는 언해 사업도 활발하게 진행됩니다.

　　고려 시대부터 전해지던 시조는 더욱 활발하게 창작되어 이 시기에 새롭게 등장하는 가사와 함께 조선 시대 운문 문학의 양대 산맥으로 자리 잡습니다. 서사 문학에서는 최초의 한문 소설인 『금오신화』가 창작되어 우리나라 소설사의 문을 열게 됩니다.

　　고려 말의 문란한 기강을 바로 잡아 나라의 기초를 튼튼히 할 필요를 느낀 조선 초기에는 새로운 왕조의 이념과 문화를 널리 알릴 필요가 있었습니다. 이와 가장 밀접한 문학 갈래가 악장입니다. 악장은 왕의 행차나 종묘宗廟 제향祭享* 등 국가적인 행사에서 사용하던 음악의 가사인데, 주로 조선의 창업과 문물제도를 송축하거나 왕의 덕을 기리는 내용을

훈민정음

1443년 창제, 1446년 반포. '백성을 가르치는 바른 소리'라는 뜻.

제향

나라에서 지내는 제사. 이때 쓰이는 음악을 '제례악'이라 함.

담고 있습니다. 2절 4구를 기본으로 한시체, 경기체가체, 속요체, 신체 등의 변조형으로 창작되었습니다. 하지만 악장은 지나친 목적의식과 귀족 중심의 문학이라는 한계로 인해 그 명맥이 길게 이어지지 못하고 건국 초에 잠깐 유행하다가 사라집니다.

훈민정음 창제의 영향으로 한문으로 전해지던 외국 문학에 대한 번역 사업이 활발하게 진행됩니다. 최초로 언해된 작품은 세종의 명에 의해 1443년에 착수하여 성종 12년인 1481년에 간행된 『분류두공부시언해』인데, 흔히 『두시언해』라고 합니다. 이 책은 당나라 현종 때의 시인인 두보杜甫(712~770)의 시를 언해한 것입니다. 최초의 언해집으로 두보의 작품을 택한 이유는 그의 작품 경향이 유교적, 우국적이어서 조선의 국가 이념에 부합할 뿐만 아니라 한시의 형식과 내용의 측면에서 모범이 될 만한 작품이 많아서였습니다. 두보의 한시 언해집은 인조 10년인 1632년에 한 번 더 개작하여 간행됩니다. 그래서 성종 때의 언해집을 초간본, 인조 때의 언해집을 중간본이라고 하는데, 초간본과 중간본 사이에 약 150

집현전 학사도

년이라는 시차가 있으므로 이 언해집은 우리말 변천 연구의 중요한 자료가 됩니다. 이 밖에도 유학이나 불교와 관련된 내용을 번역하여 외국 문학을 소개하였습니다. 이러한 언해 사업은 우리말을 많이 사용함으로써 우리말 발전에도 기여하였을 뿐만 아니라 지식을 대중화하는데도 큰 몫을 하였습니다.

고려 시대에 발생한 시가 문학 갈래 중 조선 전기까지 이어진 것으로는 시조와 경기체가가 있습니다. 이 시기의 대표적인 경기체가로는 「불우헌곡」, 「화전별곡」, 「독락팔곡」 등이 있는데, 주로 자연에 대한 감상이나 유교적인 이념을 담고 있습니다. 하지만, 객관적인 현실에 관심을 보이는 경기체가는 유사한 성향의 새로운 문학 갈래인 가사의 등장으로 더이상 단일한 문학 갈래로 이어지지 못하고 사라집니다.

한편, 시조는 더욱 활기를 띠면서 가사와 더불어 조선 시가 문학의 대표적 문학 갈래로 자리를 잡습니다. 시조의 내용을 살펴보면 조선 초기에는 주로 고려 유신들의 회고가懷古歌나 충절가忠節歌와 조선 개국 공신들의 송축가頌祝歌 등이 많이 창작되었고, 세조가 왕위에 오르는 정치적 변화기에는 단종에 대한 애절한 마음을 바탕으로 한 충절가가 창작됩니다. 하지만 정치적인 안정기에 접어들자 자연을 즐기며 유교 사상을 펼치는 강호가도*의 시조가 많이 등장하고 시조의 창작 계층도 사대부에서 가객이나 기생으로 넓어집니다. 또 형식 면에서 단시조單時調뿐만 아니라 여러 편의 작품을 하나의 주제로 묶는 연시조連時調가 등장합니다.

하지만 시조와 같은 단가 형식을 벗어나 복잡하고 풍부한 작가의 정서를 표현하고자 하는 욕구가 생겨나면서 시조보다 좀 더 긴 길이의 새로운 문학 갈래인 가사歌辭가 창작됩니다. 가사는 3 · 4조, 또는 4 · 4조를 바탕으로 한 4음보여서 운문의 틀을 유지하고 있지만, 이것이 연속체로 이루어져 시조보다 좀 더 깁니다. 가사의 내용은 개인적인 정서뿐만 아니라 교훈적인 내용이나 여행의 견문과 감상 등과 같은 산문적인 것까지 포괄하고 있습니다. 따라서 가사는 시가 문학에서 서사 문학으로 넘어가는 과도기적인 갈래라고도 할 수 있습니다.

조선 전기의 서사 문학은 소설이라는 갈래가 시작되었다는 점에서 큰 의미가 있습니다. '소설의 시작'이라는 성과는 설화와 고려의 패관 문학, 가전의 발달 등이 밑거름이 되고 여기에 중국의 소설이 더해지면서 가능하였습니다. 설화와 가전은 사건 구조가 단순하고 문학적 형상화가 미흡하였지만, 소설은 허구성을 바탕으로 하는 복잡한 사건 구조로 주제를 형상화함으로써 앞의 두 장르의 미흡한 점을 보완하였습니다. 이 시기의 소설은 대체

강호가도
조선 시대에 널리 나타난 자연 예찬의 문학 사조.

로 한문으로 창작되고 권선징악적인 주제의식을 가지고 있으며, 전해 오는 기이한 일을 소설로 전한다는 점에서 전기傳奇 소설에 속합니다. 대표작으로는 최초의 한문 소설인 김시습의 『금오신화』와 이에 이은 두 번째 한문 소설인 채수의 「설공찬전」이 있습니다. 특히 불교의 윤회설을 바탕으로 한 「설공찬전」은 민심을 혼란스럽게

연극 〈설공찬전〉의 한 장면

한다고 하여 1511년에 왕명으로 모두 불태워져 제목만 전해지다가 1997년에 극적으로 13쪽이 낙질落帙*된 국문 필사본이 발견되어 그 내용을 확인하게 된 작품입니다. 『조선왕조실록』의 기록에 의하면 「설공찬전」은 조선 최초의 금서로 규정되어 탄압을 받았다고 합니다. 이것으로 미루어 볼 때, 이 시기에 이미 소설이 대중화되었음을 알 수 있습니다.

한편 고려 시대 가전체의 전통을 이어받아 허구성과 창의성을 가미한 의인화 문학이 발달하였는데, 대나무를 의인화하여 절개와 지조를 강조한 정수강의 「포절군전」과 마음을 의인화한 임제의 『수성지』가 대표작입니다. 또, '현실−꿈−현실'이라는 환몽 구조를 바탕으로 한 몽유록계 소설이 있는데, 꿈속에서 문인 중심의 이상 세계를 설정한 심의의 「대관재몽유록」과 '원자허'라는 인물이 꿈속에서 단종과 사육신을 만나 토론한 내용을 담고 있는 임제의 「원생몽유록」이 대표적인 작품으로 전해집니다.

낙질
한 질을 이루는 여러 권의 책 중에서 빠진 권이 있음.

시가문학

01 악장

목적성과 의식성

악장은 개국의 위업을 예찬하거나 제왕의 덕을 기리고 천하의 태평을 구가하는 내용이 많았으므로 목적성이 매우 강하고, 주로 국가 의식에서 사용되었으므로 의식성도 강하다.

찬가

예찬하는 노래.

교술적인~갈래

국문학의 한 종류로 실제의 경험, 사실, 생각을 기록하여 전달하는 양식이다. 사실과 교훈이 담기며 가사, 전기, 기행, 일기, 편지, 수필, 악장 등이 이에 속한다.

토

한문을 읽을 때 한문의 구절 끝에 붙여 읽는 우리말 부분.

조선에서는 새 왕조가 들어서면서 개국의 정당성을 입증하고 왕조의 존엄성을 널리 알리기 위한 노래가 필요했습니다. 조선 시대의 악장이 바로 이런 역할을 수행했습니다. 일반적으로 악장樂章은 궁중 음악(아악雅樂, 궁중 의식에서 연주한 음악)으로 불렸던 노래인데, 좁은 의미의 악장은 조선 왕조의 창업과 번영을 송축하기 위하여 주로 15세기에 만들어진 노래를 말합니다.

악장은 목적성과 의식성*이 강한 문학 갈래이다 보니 개인적인 서정의 측면 보다는 개국의 역사적 필연성과 왕조의 무궁한 번영을 예찬하는 공식적인 성격이 강한 찬가讚歌*였습니다. 따라서 악장은 이념성과 교훈성이 매우 강하고 교술적敎述的인 성향을 가진 갈래*라는 견해가 일반적입니다. 하지만 실제로 악장을 살펴보면 그 형식이 매우 다양하여 일관성을 찾기가 어렵습니다. 예를 들면, 한시로 된 악장, 여러 가지 한시 형태에 국문으로 토*를 단 악장, 우리말의 표현력을 잘 구사한 국문으로 된 악장도 있습니다. 또, 경기체가처럼 '景(경) 긔 엇더ᄒ니잇고'가 들어간 형식의 악장이나 단형 형식의 악장도 있습니다. 따라서 악장은 목적성이라는 공통점 아래 다양한 형태로 존재했던 문학 갈래라 할 수 있습니다.

「문덕곡文德曲」*은 한시 형태에 국문으로 토를 단 형식의 악장으로, 국문으로 제작된 「용비어천가」와 더불어 유교적 정치 이상에 부합하는 군주상을 부각시킨 작품입니다.

> 法弓*이 有嚴深九重ᄒ시니
>
> 一日萬機 粉其叢ᄒ샷다
>
> 君王이 要得民情通하야
>
> 大開言路 達四聰ᄒ시다.
>
> 開言路 君不見가
>
> 아으 我后之德이 與舜興*ᄒ샷다.

「악학궤범」

현대어 풀이

궁궐은 엄숙하여 구중으로 깊은데 / 하루에도 온갖 정사 복잡하기만 하여라. / 군왕이라면 반드시 백성의 뜻 통하게 하고 / 크게 언로 열어 사총을 이르게 해야 하리. / 언로 여심은 신이 본 바이오니 / 우리 임금의 덕은 순임금과 같으시도다.

「용비어천가龍飛御天歌」는 세종의 6대조*에 이르는 조선 건국 초기의 사적史跡이 15세기 국어의 섬세한 표현력을 바탕으로 인상 깊게 묘사되어 있는 작품인데 조선 건국의 정당성과 왕조의 유구한 번영에 대한 기원을 가장 숭고한 모습으로 구현한 대작입니다. 또, 「용비어천가」는 우리 문학사상 최초의 국문 시가라는 점에서 그 문학사적 가치가 매우 크다고 할 수 있습니다.

【1장】

海東(해동) 六龍(육룡)이 ᄂᆞᄅᆞ샤 일마다 天福(천복)이시니

古聖(고성)이 同符(동부)ᄒ시니

3부

「문덕곡」

「문덕곡」은 개언로開言路·보공신保功臣·정경계正經界·정예악定禮樂 네 장으로 되어 있는데, 옆의 예시문은 개언로장으로, 태조가 민정을 파악하고자 언로를 크게 열고 널리 여론을 청취함으로써 그 덕이 순舜임금과 같다는 내용이다.

弓

「태조실록」에는 '弓'이 아니라 '宮'으로 되어 있는데, 의미상 '宮'으로 보는 것이 적절함.

興

「태조실록」에는 '興'이 아니라 '同'으로 되어 있는데, 문맥의 흐름상 '同'으로 보는 것이 타당함.

세종의 6대조

목조穆祖·익조翼祖·도조度祖·환조桓祖·태조太祖·태종太宗

【2장】

불휘 기픈 남ᄀᆞᆫ ᄇᆞᄅᆞ매 아니 뮐씨 곶 됴코 여름 하ᄂᆞ니

ᄉᆡ미 기픈 므른 ᄀᆞ모래 아니 그츨씨 내히 이러 바ᄅᆞ래 가ᄂᆞ니

【125장】

千歲(천세) 우희 미리 定(정)ᄒᆞ샨 漢水北(한수북)에 累仁開國(누인개국)ᄒᆞ샤 卜年(복년)이 ᄀᆞᆺ 업스시니

聖神(성신)이 니ᅀᅡ샤도 敬天勤民(경천근민)ᄒᆞ샤ᅀᅡ 더욱 구드시리이다.

님금하 아ᄅᆞ쇼셔 洛水(낙수)예 山行(산행) 가이셔 하나빌 미드니잇가.

『용비어천가』*

현대어 풀이

【1장】

해동(우리나라)의 여섯 용(임금)이 날으시어서, 그 행동하신 일(개국창업)마다 모두 하늘이 내리신 복이시니, / 그러므로 옛날의 성인(중국의 개국 성군)의 하신 일들과 부절을 합친 것처럼 꼭 맞으시니.

【2장】

뿌리가 깊은 나무는 바람에도 흔들리지 아니하므로, 꽃이 좋고 열매도 많으니.

샘이 깊은 물은 가뭄에도 그치지 않고 솟아나므로, 내가 되어서 바다에 이르니.

【125장】

천대 옛날에 미리 정하신 한강 북에, 어진 일을 쌓고 나라를 여시어, (나라 전할) 해가 한이 없으시니 / 성신이 이으셔도 하늘을 공경하고 백성을 위하여 힘쓰셔야 나라가 더욱 굳으실 것입니다. / 임금님이시여 아소서. (하나라 태강처럼) 낙수에 사냥가서 조상의 공덕만을 믿습니까? (믿을 것이겠습니까?)

한편,「월인천강지곡月印千江之曲」은 다른 악장과는 달리 석가의 생애를 노래

한 장편 찬가이면서 불교 서사시이므로 왕조의 영광을 노래한 악장에는 포함시킬 수 없습니다. 하지만 「용비어천가」와 비교할 때, 찬가이면서 전절과 후절로 구성되어 있다는 유사성 때문에 악장류 시가의 하나로 다룹니다. 그리고 이 작품은 국가적인 사업으로 제작된 최초의 국문 서사시라는 점에서 높이 평가할 만합니다. 하지만 「월인천강지곡」은 석가모니의 공덕을 기리는 찬불가讚佛歌이기 때문에 궁중 음악으로 사용되지는 않았습니다.

긔其·힗一
외巍외巍·셕釋가迦·뿛佛 무無·량量무無변邊 공功·득德·을·겁劫·겁劫
에 어·느 다:술·ᄫ·리

긔其·ᅀᅵ二
셰世존尊ㅅ·일 술·ᄫ리·니 만萬:리里 외外ㅅ:일·이시·나 눈·에·보
논·가 너·기ᅀᆞ·ᄫᆞ쇼·셔
셰世존尊ㅅ:말 술·ᄫ리·니 쳔千·ᄌᆡ載·쌍上ㅅ:말·이시·나 귀·예 들·
논·가 너·기ᅀᆞ·ᄫᆞ쇼·셔

긔其·힗一·빅百·륙六·씹十
·칧七·봏寶산山·올 :내·니·믈·와 남·기 이시·며 곳·과 여·름·이:
다 ᄀᆞ·초 잇·더·니
금金강剛·륵力ᄊᆞ士ㅣ 나·니 금金강剛:져杵를 자·바 머·리 견·지·니
고·대 믈·어·디·니

「월인천강지곡」*

현대어 풀이
【기1】
높고 큰 석가불의 끝없는 공덕을 이 세상 다하도록 어찌 다 말할 수 있겠습니까?
(이 세상 다할 때까지 아뢰고 아뢰어도 능히 다 아뢸 수 없을 만큼 높고 크십니다.)

『월인천강지곡』은 상, 중, 하 3권으로 간행되었는데 이 중 상권만이 발견되었다. 수록 작품은 모두 194장인데, 이로 미루어 볼 때 전편은 580여 장이 될 것으로 추측된다. 수양대군이 어머니 소헌왕후 심 씨의 명복을 빌기 위해 지어 바친 『석보상절釋譜詳節』을 본 세종대왕이 이 글을 지었다고 한다. 『월인천강지곡』의 '월인천강'은 밝은 달이 이 세상의 모든 강물에 고루 다 비친다는 뜻으로, 부처님의 교화敎化가 온 세상에 가득함을 비유한 말이다. 이 책은 세조 5년에 『석보상절釋譜詳節』과 합본하여 『월인석보月印釋譜』라는 이름으로 간행된다.

【기2】

석가 세존의 하신 일을 말씀드릴 것이니 (우리 나라에서) 만 리나 떨어진 곳(인도)의 일이지만 눈에 보는 것같이 여기소서. 석가 세존의 하신 말씀을 사뢸 것이니 천 년 전에 하신 말씀이시지만, 귀에 듣는 듯이 여기소서(시간적 · 공간적으로 멀고 아득한 석가 세존의 말씀과 행적을 아뢸 것이니, 현세에서 보고 듣는 듯이 여기소서.)

'기 160'의 내용
사리불과 노도차의 재주 겨룸에서 사리불이 노도차를 물리친 불력을 찬양한 것이다.

【기160】*

(노도차가) 칠보로 된 산을 만들어 내니, 물과 나무가 있으며, 꽃과 열매가 모두 갖추었습니다. (사리불의 신념으로), 금강역사가 나오니, 금강저를 잡아 멀리에서 겨누니 (칠보산이) 곧 무너졌습니다.

「신도가」는 조선 초기의 송축가이다. 조선이 개국하고 곧 이어 송도에서 한양으로 천도하였는데, 이 새 도읍을 찬양하기 위해 지은 작품으로 앞 부분에서는 한양의 빼어난 모습을 찬양하고 있으며, 중간 부분에서는 태조의 성덕과 한양이 도성다움을 칭송하고 끝 부분에서는 배산임수의 명당 터에서 태조의 공덕을 기리며, 만수무강을 빌고 있다. 고려 속요의 가락을 바탕으로 지은 노래라는 점에서 그 의의가 크다. 조선 건국의 정당성을 주장하고 홍보하려는 의도가 엿보이는 작품이지만, 건국의 찬양과 왕들에 대한 송축이라는 천편일률적인 내용 때문에 문학적인 의미는 거의 없다.

한편, 「신도가新都歌」*는 조선의 도읍인 한양을 예찬하는 악장인데 「용비어천가」처럼 우리말로 되어 있습니다. 이 작품은 단형 가요의 형식이며, 고려가요처럼 '아으 다롱디리'라는 여음餘音이 들어있다는 점이 특이합니다.

네는 양쥬楊州 고을히여
디위예 신도형승新都形勝 이샷다
기국성왕開國聖王이 이 셩딕聖代를 니르어샷다
잣다온뎌 당금경當今景 잣다온뎌
셩슈만년聖壽萬年ᄒ샤 만민萬民의 함락咸樂이샷다
아으 다롱디리
알픈 한강슈漢江水여 뒤흔 삼각산三角山이여
덕듕德重ᄒ신 강산江山 즈으메 만세萬歲룰 누리쇼셔

『악장가사』

현대어 풀이

옛날에는 양주 고을이여, / 이 자리에 새로 도읍하니 경치도 좋을씨고. / 나라를 여신 성왕(태조)께서 태평성대를 이룩하셨도다. / 성(도읍)답구나, 지금의 경치 성(도읍)답구나. / 임금께서 만수무강하시어 온 백성이 즐거움을 누리는구나. / 아으 다롱디리 / 앞에는 한강물이여, 뒤에는 삼각산이여, / 많은 덕을 쌓으신 이 강산에서 영원토록 사십시오.

조선조의 악장은 유교의 덕치주의와 천명론을 바탕으로 조선이 건국되다 보니 개국 시조들을 문화적, 도덕적으로 예찬하는 성향이 있습니다. 조선의 시조인 이성계는 군사적인 힘을 바탕으로 건국의 기틀을 마련한 무인이었으므로 「납씨가」나 아래의 「정동방곡」*과 같은 무덕武德*곡의 형식으로 건국 주역들의 영웅성을 예찬합니다.

무진년(1388년) 봄에 신우辛禑가 군사를 크게 일으켜 요동을 공격하자, 우리 태조는 우군장右軍將으로 여러 장수들을 효유曉諭*하여 의義로서 회군하였다.

繫東方阻海陲(예동방조해수)

披狡童*竊天機(피교동절천기)

爲東王德盛多里利(위동왕덕성다리리)

肆狂謀興戈師(사광모흥융사)

禍之極靖者誰(화지극정자수)

爲東王德盛多里利(위동왕덕성다리리)

天尙德回義旗(천상덕회의기)

罪其黜逆其夷(죄기출역기이)

爲東王德盛多里利(위동왕덕성다리리)

皇乃懌覃天施(황내역담천시)

軍以國俾我知(군이국비아지)

爲東王德盛多里利(위동왕덕성다리리)

於民社有攸歸(어민사유유귀)

千萬歲傳無期(천만세전무기)

爲東王德盛多里利(위동왕덕성다리리)

『악학궤범』

정도전 (1342~1398)

「정동방곡」은 태조 2년에 정도전이 지은 것으로 태조의 위화도 회군을 찬양하는 내용이다.

무덕
무인이 갖춘 권위와 덕망, 무도武道의 덕.

효유
알아듣도록 타이름.

교동
『시경』「정풍鄭風」의 편명. 음란함을 말하는데, 여기서는 우왕을 뜻한다.

「상대별곡」

권근權近이 지은 경기체가 형식의 악장. '상대霜臺'는 사헌부를 가리키는 것이며 사헌부에서 하는 일을 칭송하는 내용이다. 연장체聯章體 형식으로 되어 있으며, 1장부터 4장까지는 경기체가의 정격正格 형식을 지켰으나, 끝의 5장은 변격變格으로 되어 있다. 사헌부는 새 왕조의 기강을 바로잡는 기관이다. 서릿발 같은 기세로 새 왕조에 반대하는 세력을 규찰하고 엄격한 질서를 수립하는 중대한 임무를 맡았으니, 거기서 일하는 관원은 차림새도 격식 있고 자부심도 남달랐을 것이다. 이런 관점에서, 새 왕조의 기강을 바로잡고자 하는 취지를 펴기 위해 이 작품을 지은 것으로 보인다.

「화산별곡」

변계량이 지은 경기체가 형식의 악장. '화산華山'은 삼각산의 다른 이름이며 한양을 뜻한다. 주요 내용은 도읍지와 왕업에 대한 찬양이다.

「감군은」

명종 때 상진尙震이 지은 작품으로, 임금의 은덕을 극단적인 대상과 비교하여 과장적으로 찬미하고 있는 것이 특징이다.

임금의 은혜에 대해 언급은 다른 작품에서도 나타난다. 최초의 연시조인 맹사성의 「강호사시가江湖四時歌」는 자연을 벗삼아 사는 흥취와 임금의 은혜에 감사하는 마음을 계절별로 노래하는데, 각 수는 '역군은亦君恩이샷다'로 끝을 맺고 있다. 그리고 송순이 지은 「면앙정가俛仰亭歌」의 마지막 부분도 '이 몸이 이렁 굼도 역군은亦君恩이샷다'로 맺음으로써 임금의 은혜에 감사하는 마음을 표현하고 있다.

현대어 풀이

금수동방 동떨어진 바닷가 나라 / 저 교동이 천기를 도둑질하다니 / 동왕 되시어 덕이 거룩하시리라. / 부질없는 꾀 부려 군사를 일으키니 / 극에 달한 이 화를 막을 사람 누구인가 / 동왕 되시어 덕이 거룩하시리라. / 하늘은 덕을 숭상 의기를 돌리면서 / 죄진 사람 몰아내고 역적은 멸족했네. / 동왕 되시어 덕이 거룩하시리라. / 황제님 기뻐하여 큰 은혜 베푸셔서 / 군대로써 나라 세워 우리님께 맡기셨네. / 동왕 되시어 덕이 거룩하시리라. / 아름답도다! 백성과 사직이 돌아갈 곳 있으니 / 천세 만세 끝없이 전해가리 / 동왕 되시어 덕이 거룩하시리라.

이외에도 「상대별곡霜臺別曲」*, 「화산별곡華山別曲」*은 경기체가와 형식이 유사하며, 「감군은感君恩」*은 4장으로 분연分聯된 속요체 형식을 취하고 있는데, 매 연마다 '향복무강享福無疆ㅎ샤 만셰萬歲를 누리쇼셔 / 향복무강享福無疆ㅎ샤 만셰萬歲를 누리쇼셔 / 일간명월一竿明月이 역군은亦君恩이샷다'*라는 구절이 반복적으로 나타납니다. 아래는 「상대별곡」의 일부입니다.

【제1장】

華山南(화산남) 漢水北(한수북) 千年勝地(천년승지)

廣通橋(광통교) 雲從街(운종가) 건나드러

落落長松(낙락장송) 亭亭古栢(정정고백) 秋霜烏府(추상오부)

위 萬古淸風(만고청풍) ㅅ景(경) 긔 엇더ㅎ니잇고

(葉(엽)) 英雄豪傑(영웅호걸) 一時人才(일시인재)

英雄豪傑(영웅호걸) 一時人才(일시인재)

위 날조차 몃부니잇고

【제2장】

鷄旣鳴(계기명) 天欲曉(텬욕효) 紫陌長堤(자맥장제)

大司憲(대사헌) 老執義(노집의) 臺長御史(대장어사)

駕鶴驂鸞(가학참란) 前呵後擁(전가후옹) 辟除左右(벽제좌우)

위 上臺(상대)ㅅ景(경) 긔 엇더ᄒ니잇고
(葉(엽)) 싁싁흐뎌 風憲所司(풍헌소사) 싁싁흐뎌 風憲所司(풍헌소사)
위 振起頹綱(진기퇴강)ㅅ景(경) 긔 엇더ᄒ니잇고

「악장가사」

양촌 권근 삼대 묘소 및 선도비
고려 말, 조선 초의 문신이며 학자인 양촌 권근과 아들 권제, 손자 권담의 삼대 묘로 충청북도 음성에 있다.

현대어 풀이

【1장】

북한산의 남쪽, 한강의 북쪽, 옛날부터 이름난 경치 좋은 땅, 광교, 종로 건너 들어가 휘휘 늘어진 소나무, 우뚝 솟은 잣나무(사직의 원로 대신), 위엄 있는 사헌부 아, 청렴한 모습 그것이 어떠합니까? (엽) 영웅호걸 당대의 인재들, 영웅호걸 당대의 인재들, 아, 나를 위시하여 몇 사람입니까?

【2장】

닭이 이미 울고 날이 밝아 올 때, 잣나무가 호위하듯 길게 늘어선 길로, 대사헌, 노집의, 장령, 지평 등 사헌부 관리들이 아름다운 가마를 타고, 앞에서 길을 치우고 뒤에서 옹위하며, 잡인의 통행을 막으면서, 아, 사헌부로 등청하는 광경, 그것이 어떠합니까? (엽) 엄숙하도다, 사헌부의 관리들, 엄숙하도다, 사헌부의 관리들, 아, 허물어진 기강을 떨쳐 일으키는 광경이 그 어떠합니까?

악장의 창작은 조선 초기로 일단락되고, 그 이후에는 창작되는 작품이 매우 미미微微하였습니다. 국가적 전례奠禮에 쓰이는 악가樂歌는 여러 의식儀式 요소와 더불어 고정되어 있는 것이어서 새로운 노래가 계속해서 만들어질 필요가 없었고, 일단 정립된 개국의 사적과 이념은 왕조의 체제가 유지되는 한 변하지 않는 것으로 여겨졌기 때문입니다.

종묘 제례악
중요무형문화 제45호 종묘 제례와 더불어 2001년 5월 18일 유네스코 세계무형유산 걸작으로 선정되었다.

3부

시가문학

02 언해

『내훈』

한글로 된 여성 교훈서로서는 한국 최초의 것으로서, 독립된 기사를 단위로 하고, 한글로 토를 단 한문 원전을 앞세운 후 한글 번역문을 실었다. 전체 7장으로 구성되었는데, 권1의 「언행」은 부녀자의 기본적인 말과 행실, 「효친」은 부모 섬기기, 「혼례」는 혼인의 예절에 대한 내용을 담고 있다. 권2의 「부부」는 남편을 어떻게 대할 것인가를 담은 것으로 가장 많은 분량을 차지하며, 권3의 「모의母儀」는 어머니로서의 자세, 「돈목敦睦」은 친척과의 관계, 「염검廉儉」은 사회·경제 생활의 자세를 담았다.

『칠서』

중종 때 유숭조에 의해 언해된 책. 『논어』, 『대학』, 『중용』, 『맹자』와 삼경 『시경』, 『서경』, 『주역』의 원문에 한글로 음과 토를 달고 다시 우리말로 번역했다.

훈민정음 창제를 계기로 한문으로만 전해 오던 수많은 문헌을 우리말로 번역하는 일이 활발하게 진행되었습니다. 국가적인 사업으로 운서韻書, 불경佛經, 문학서文學書 등의 번역이 골고루 행해졌고, 많은 서적이 번역됨으로써, 지식과 학문을 널리 보급하는 데 기여하였습니다.

조선 초의 번역 사업은 세종 31년(1449년) 『홍무정운역훈洪武正韻譯訓』의 운서와 사서四書의 번역으로부터 시작되었는데, 세조 6년(1461년) 대궐 내에 간경도감을 설치하여 불경을 번역함으로써 크게 발달하였습니다. 그 뒤 성종 6년(1475년)에는 인수 대비(소혜 왕후 한씨)가 비빈妃嬪의 수양서修養書로 엮은 『내훈』*과 세종 때 편찬한 『삼강행실도三綱行實圖』를 번역·간행하였습니다. 중종 때에는 『번역 소학飜譯小學』이 간행되었고, 교정청에서 유교의 경전인 『칠서七書』*가 완역되었습니다.

조선은 억불 숭유 정책을 바탕으로 하는 유교 국가였습니다. 그리하여 고려 시대의 근간이던 불교를 제거하기 위해 노력했으나, 정신적인 축으로서 일상

회되어 있던 불교는 완전히 사라지지 않았습니다. 그런 연유에서 불교 언해가 이루어졌고, 불교는 궁중 비빈 및 일부 계층의 비호 아래 계속 신봉되었습니다. 불경 번역은 세조 초에 설치된 간경도감에서 간행되었는데, 번역 사업 중 가장 활발하게 진행되었습니다.

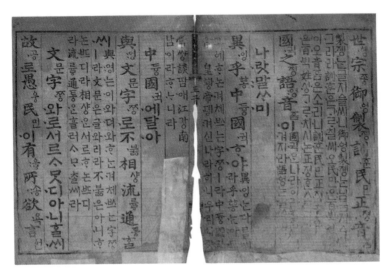

『훈민정음』

경서 언해는 세종 때 최초로 이루어졌으나 간행을 보지 못하고, 중종 때 교정청에 의하여 간행되었습니다. 경서 언해 사업은 중종 연간에 가장 활발히 진행되었으며, 유교 정치의 기틀도 이때에 확실하게 잡혔습니다.

문학서의 언해는 국문학 발전에 크게 기여하였는데, 여러 작품들 중 『분류두공부시언해』는 번역 문학의 으뜸이라고 할 수 있습니다.

번역 문학의 으뜸인 『두시언해』

『두시언해杜詩諺解』*는 두 차례에 걸쳐서 간행이 되었는데, 초간본은 세종·성종 대에 걸쳐 왕명으로 유윤겸 등의 문신들과 승려 의침이 우리말로 번역하였고 성종 12년(1481년)에 간행되었습니다. 조위의 서문에 의하면 간행 목적이 세교世敎*에 있었음을 짐작할 수 있습니다. 중간본은 목판본으로서, 초간본 발간 이후 150여 년 뒤인 인조 10년(1632년)에 간행되었습니다. 장유의 서문에 의하면, 초간본을 보기 힘들던 차에 경상 감사 오숙이 한 질을 얻어 베끼고 교정하여 영남의 여러 고을에 나누어 간행시켰다고 합니다. 이 중간본은 초간본을 복각覆刻*한 것이 아니라 교정校正한 것이므로, 15세기 국어를 보여 주는 초간본과는 달리 17세기 국어를 보여 준다는 점에서 국어사적인 가치를 지닙니다. 초간본에는 반치음(ㅿ)과 옛이응(ㆁ)음을 사용하였고, 자음 동화 현상이 뚜렷하지 않으며, 구개음화 현상이 없었습니다. 그러나 중간본에는 반치음(ㅿ)과 옛이응(ㆁ)이 'ㅇ'으로 바뀌고, 자음 동화 현상에 따라 일부 표기가 달라졌으며, 구개음화 현상이 나타납니다. 이는 초기의 한글 음운 변천 과정을 연구함에 있어 귀중한 자료가 됩니다.

『두시언해』
원명은 『분류두공부시언해』이다. 중국 원나라 때 편찬된 『찬주분류두시』를 원문으로 삼아 두보의 시 1,647편과 다른 사람의 시 16편에 주석을 달고 풀이했다.

세교
세상의 가르침.

복각
판본을 중간重刊하는 경우에 원형을 모방하여 판각板刻하는 일. 또는 그 판을 말함.

내의 시가 좋긴 좋은걸 쓰이거니!

두보

나라히 破亡(파망)ᄒᆞ니 뫼콰 ᄀᆞᄅᆞᆷ쑨 잇고
잣 앉 보믹 플와 나모쑨 기펫도다.
時節(시절)을 感歎(감탄)호니 고지 눉믈를 쓰리게코
여희여슈믈 슬호니 새 ᄆᆞᅀᆞᄆᆞᆯ 놀래노라.
烽火(봉화)ㅣ 석ᄃᆞᆯ룰 니어시니
지빗 音書(음서)ᄂᆞᆫ 萬金(만금)이 스도다.
셴 머리롤 글구니 ᄯᅩ 뎌르니
다 빈혀룰 이긔디 몯홀 ᄃᆞᆺ ᄒᆞ도다.

『분류두공부시언해』

현대어 풀이

나라가 망하니 산과 강물만 그대로 남아 있고 / 성안의 봄에는 풀과 나무만 그 색이 짙구나. / 지금의 시절이 생각하니 꽃까지 눈물을 흘리게 하고 / 처자와 이별하였음을 슬퍼하니 새조차 마음을 놀라게 한다. / 전쟁이 석 달 동안이나 계속되니 / 집의 가족들의 소식은 만금보다 더 귀하구나. / 흰머리를 긁으니 또 짧아져서 / 남은 머리를 다 모아도 비녀를 꽂지 못하겠네.

위의 「춘망春望」은 두보의 나이 46세 때 봉선현에 기식寄食*하고 있는 처자를 만나러 갔다가 백수에서 안녹산 군에 사로 잡혀 장안에 연금되었을 때 지은 오언 율시입니다. 안녹산 군에 의하여 폐허가 된 장안의 모습과 처자를 그리워하며 시국을 걱정하는 비통한 심정을 노래하고 있습니다.

전란으로 인하여 폐허가 된 외경 묘사로써 시상을 불러일으킨 두련頭聯은 인구人口에 회자膾炙되는* 구절로, 나라가 망해도 아랑곳하지 않고 피어나는 풀과 나무를 보면서 느끼는 세상살이의 무상함을 노래하고 있습니다. 꽃을 보아도 눈물이 나고 새가 울어도 헤어진 가족들 생각에 마음이 놀란다고 한 함련頷聯은 난리 통의 어지러운 시대 상황과 가족을 그리워하는 두보의 간절한 심회를 잘 표현하고 있습니다. 경련頸聯에서는 전쟁이 계속되는 상황을 노래하고, 미련尾聯*에서는 타향에서 덧없이 늙어 가는 자신의 신세를 한탄하고 있습니다.

기식
남의 집에 묵으면서 밥을 얻어먹고 지냄.

인구에 회자되는
인구는 사람의 입이라는 뜻이고, 회자는 날고기와 구운 고기라는 뜻으로, 널리 사람의 입에 오르내린다는 뜻이다.

두련 · 함련 · 경련 · 미련
율시에서 1 · 2구는 두련, 3 · 4구는 함련, 5 · 6구는 경련, 7 · 8구는 미련이라고 한다.

맑근 ᄀᆞ롮 흔 고비 ᄆᆞ슬홀 아나 흐르ᄂᆞ니

긴 녀름 江村(강촌)애 일마다 幽深(유심)ᄒᆞ도다.

절로 가며 절로 오ᄂᆞᆫ 집우흿 져비오

서르 親(친)ᄒᆞ며 서르 갓갑ᄂᆞᆫ 믌 가온딧 ᄀᆞᆯ며기로다.

늘근 겨지븐 죠희ᄅᆞᆯ 그려 쟝긔파ᄂᆞᆯ 밍ᄀᆞᆯ어ᄂᆞᆯ

져믄 아ᄃᆞᆯᄋᆞᆫ 바ᄂᆞᄅᆞᆯ 두드려 고기 낫골 낙술 밍ᄀᆞᄂᆞ다.

한 病(병)에 얻고져 ᄒᆞ논 바ᄂᆞᆫ 오직 약믈이니

져구맛 모미 이 밧긔 다시 므스글 求(구)ᄒᆞ리오.

『분류두공부시언해』

두보 (712~770)

갈파
큰소리로 꾸짖어 눌러 버림.

현대어 풀이

맑은 강의 한 굽이 마을을 안아 흐르니 / 긴 여름 강촌의 일마다 그윽하도다. / 절로 가며 오는 것은 집 위의 제비요 / 서로 친하며 서로 가까운 것은 물 가운데의 갈매기로다. / 늙은 아내는 종이를 그려 장기판을 만들거늘 / 어린 아들은 바늘을 두드려 고기 낚을 낚시를 만든다. / 많은 병에 얻고자 하는 것은 오직 약물이니 / 이 천한 몸이 이것 밖에 다시 무엇을 구하리오?

「강촌江村」은 칠언 율시七言律詩로 되어 있으며, 49세 되던 해에 성도成都에서 지은 것입니다. 초당에 정착한 두보는 여러 사람의 도움으로 살림도 장만하고 한숨을 돌릴 수가 있었습니다. 두련, 함련, 경련에는 여름날 강촌의 한가하고 정겨운 풍경이 그려져 있습니다. 맑은 강이 마을을 안아 흐르고, 제비와 갈매기가 날고, 아내는 종이에다 장기판을 그리며, 아들은 고기 잡을 낚시를 만들고 있습니다. 미련에서는 병을 다스릴 약만 있다면 더 이상 바랄 것이 없다는 여유를 보이고 있습니다. 적절한 대구對句가 작품의 묘미를 더해 주고 있으며, 전반적으로 한 폭의 그림을 보는 듯합니다. 특히 겉으로는 평화로워 보여도 속으로는 어지럽기만 한 인간사를 갈파喝破*한 경련은 두보의 시재詩才가 돋보이는 부분입니다.

두보의 시는 현재 1,450여 편이 전하는데, 내용 면에서는 평민적이고 인간적이며, 표현 면에서는 사실적이라고 할 수 있습니다. 두보는 나라의 운명과 백성의 고통을 항상 자신의 고통으로 여긴 인도주의자라고 해도 과언이 아닙니다. 그는 또한 현실을 고발하는 참여주의적인 입장에서 글을 썼고, 이런 시풍이 오늘날 그를 더 높이 평가하는 이유입니다.

아동을 위한 수신서 교본 『소학언해』

한문으로 된 원본 『소학』은 효종 14년(1187년)에 유자징이 당시의 거유巨儒인 주자의 지시에 따라 아동들에게 수신 범례와 효자, 충자, 신자의 사적事蹟을 가르치기 위하여 저술한 것인데, 내편內篇과 외편外篇으로 나누어져 있습니다.

우리나라에서는 수신서 교본으로 아동들에게 널리 읽도록 하기 위해 일찍이 『번역소학』(1518년)을 간행하였고, 선조 때에는 국가사업으로 교정청*을 설치하여 사서삼경 등 경서류 언해에 박차를 가했습니다. 이와 병행하여 번역되어 나온 것이 바로 『소학언해小學諺解』입니다.

책 첫머리에는 범례가 있고 끝에 이산해의 발문과 간행에 관여한 관원의 명단이 붙어 있어, 이 책의 편찬·간행에 관한 자세한 사정을 알 수 있습니다. 발문은 선조 20년(1587년) 4월로 되어 있고, 내사기內賜記*는 이듬해 1월로 되어 있습니다. 이 교정청본의 복각본覆刻本이 임진왜란 전후에 몇 차례 간행된 것으로 보입니다. 『소학』의 번역은 중종 때 편찬한 『번역 소학飜譯小學』이 처음이었으나, 이 번역이 너무나 의역意譯에 흘러 선조 때에 이를 비판하고 직역을 원칙으로 한 것이 바로 『소학언해』입니다.

『소학』의 이 두 번역은 우리나라에서 번역의 원칙과 방법 문제가 논의된 중요한 사례로서 주목이 됩니다. 『소학』은 영조 때에 와서 다시 한 번 새로 번역되어 『어제소학언해御製小學諺解』로 간행되었습니다.

교정청

조선 시대에 서적을 편찬할 때 교정·보완을 위하여 임시로 설치한 관아. 성종 1년(1470년)에 『경국대전』을 최종 검토하기 위해 처음 설치하였으며, 고종 5년(1868년)에는 김병학이 총재관이 되어 『오례편고五禮便攷』 등을 간행하였다.

내사기

임금이 신하들에게 책을 내리면서 언제 누구에게 무슨 책을 주었는가를 기록한 것.

孔·공子·ᄌᆡ 曾증子·ᄌᆞᄃᆞ·려 닐·러 ᄀᆞᆯᄋᆞ·샤·ᄃᆡ,
·몸·이며 얼굴·이며 머·리털·이·며·슬·흔 父·부母·모·ᄭᅴ 받ᄌᆞ·온 거·시·라.
敢:감·히 헐·워 샹히·오·디 아·니·홈·이 효·도·이 비·르·소미·오,
·몸·을 셰·워 道:도·ᄅᆞᆯ 行ᄒᆡᆼ·ᄒᆞ·야 일·홈·을 後·후世:셰·예:베퍼·뼈
父·부母·모ᄅᆞᆯ:현·더케:홈·이:효·도·이 ᄆᆞ·ᄎᆞᆷ·이니·라.

孔子謂曾子曰 身體髮膚 受之父母 不敢毀傷
孝之始也 立身行道 揚名於後世 以顯父母 孝之終也

현대어 풀이

공자께서 증자에게 일러 말씀하시기를, 몸과 형체와 머리털과 살은 부모께 받은 것이라, 감히 헐게 하여 상하게 하지 아니함이 효도의 시작이고, 입신(출세)하여 도를 행하여 이름을 후세에 날려 이로써 부모를 드러나게 함이 효도의 끝이니라.

:유·익호·이 :세 가·짓 :벋·이요, :해·로온·이 :세 가·짓 :벋·이니,
直·딕호·이·룰 :벋호·며, :신·실호·이·룰 :벋호·며, 들:은·것 한·이·룰 :벋호·면 :유·익호·고,
:거·동·만 니·근·이·룰 :벋호·며, 아:당호·기 잘·호·논·이·룰 :벋호·며,
:말숨·만 니·근·이·룰 :벋호·면 해·로·온이·라.

益者三友 損者三友 友直 友諒 友多聞 益矣 友便辟 友善柔 友便佞 損矣

현대어 풀이

유익한 것이 세 가지 벗이고, 해로운 것이 세 가지 벗이니, 정직한 이를 벗하며,
신실한 이를 벗하며, 견문이 많은 이를 벗하면 유익하고, 행동만 익은 이를 벗하
며, 아첨하기를 잘하는 이를 벗하며, 말만 익은 이를 벗하면 해로우니라.

孟밍子지 글익샤딘 世세俗쇽애 니릭논 밧 不블孝효ㅣ 다슷시니
그 四스支지룰 게을이 호야 父부母모의 공양을 도라보디 아니홈이
한 不블孝효ㅣ오, 샹뉵 바독 호고 술먹기룰 됴히 녀겨 父부母모의
공양을 도라보디 아니홈이 두 不블孝효ㅣ오, 보화와 직물을 됴히
녀기며 妻쳐子조룰 스스로이 호야 父부母모의 공양을 도라보디 아니홈이
세 不블孝효ㅣ오, 귀와 눈의 욕심을 방종히 호야뼈
父부母모의 욕이 되게 홈이 네 不블孝효ㅣ오, 용밍을 됴히 녀겨
싸흠 싸호며 거슬뼈 뼈 父부母모룰 위틱케 홈이 다슷 不블孝효ㅣ니라.

현대어 풀이

맹자가 가라사대, 세속에 이르는 바의 불효가 다섯이니, 그 사지를 게을리하여
부모의 공양을 돌아보지 아니함이 한 불효요, 쌍륙과 바둑하고 술 먹기를 좋이
여겨 부모의 공양을 돌아보지 아니함이 두 불효요, 보화와 재물을 좋이 여기며
처자를 사사로이 하여 부모의 공양을 돌아보지 아니함이 세 불효요, 귀와 눈의
욕심을 방종히 하여 부모의 욕이 되게 함이 네 불효요, 용맹을 좋이 여겨 싸움
싸우며 거슬리어 부모를 위태하게 함이 다섯 불효이니라.

『소학언해』는 16세기 말(1587년)에 나온 것인데, 16세기는 중세 국어에서 근대 국어로 넘어가는 과도기에 있으므로 국어학적인 면에서 중대한 의미를 지닙니다. 이렇기 때문에 『소학언해』는 16세기 국어의 여러 모습을 밝히는 데 적격입니다. 특히 엄정한 교정청에서 간행되었기 때문에 그 당시의 올바른 국어를 파악하는 데도 도움이 되는 책입니다.

충신, 효자, 열녀들의 이야기 『삼강행실도』

『삼강행실도三綱行實圖』는 조선 시대에 설순 등이 왕명에 따라 펴낸 책입니다. 우리나라와 중국의 서적에서 군신君臣, 부자父子, 부부夫婦 간에 모범이 될 충신, 효자, 열녀들을 각각 35명씩 뽑아 그 행적을 그림과 글로 칭송하고 있습니다. 세종 14년(1432년)에 간행되었으며, 성종 12년(1481년)에는 한글로 풀이한 언해본이 간행되었습니다.

그리고 이 책은 조선 중종 9년(1514년)에 신용개가 펴낸 『속삼강행실도續三綱行實圖』로 이어집니다. 이 『속삼강행실도』는 『삼강행실도』 이후의 유명한 효자, 충신, 열녀를 그림과 함께 설명하고, 나오는 사람마다 끝에 칠언 절구로 된 한시를 붙이고 있습니다.

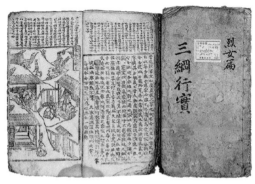

『삼강행실도』

윤음뵈 셔즐 이와 훈 스승의게 글 비호더니, 서로 닐오딕,

님금과 어버이와 스승과는 훈가지로 셤플디라 하고,

됴훈 차반 어드면 이바드며, 명일名日이면 모로매 이바디ᄒ더니,

스승이 죽거늘 둘히 제여곰 어버의게 가 시묘侍墓살아지라

청請ᄒ야늘, 어엿비 너겨 그리ᄒ랴 ᄒ야늘, 거믄 곳갈 쓰고

거상居喪쯰 씌여 손조블디더 제 밍ᄀ더라.

은보이 아비 병ᄒ야늘, 도라와 약藥ᄒ며 옷 밧디 아미ᄒ더니,

아비 됴하 도로 가라 하야늘, 훈 ᄃ른 ᄒ야 황탄荒誕훈 ᄭᅮᆷ 꾸고

쎨리 도라오니, ᄭᅮᆷ 꾸운 바믜 아비 어더 열흘 못ᄒ여 죽거늘,

아춤 나죄 빈숫殯所 겨틔셔 블러 울며 시묘 사더니,

훌론 ᄇᆞᄅᆞᆷ 세여 상 우횟 향합香盒을 일허씨니, 서더 둘 재야

가마괴 그 향합을 므러다가 무덤 알픠 노ᄒᆞ니라. 은뵈 삭망朔望

이어든 슨지 스승의 무더매도 졔祭 ᄒ더라.

션덕 임ᄌ宣德王子 엿ᄌ와늘 둘흘 다 벼슬 ᄒ이시고, 홍문紅門셰라 ᄒ시니라.

『삼강행실도』

현대어 풀이

윤은보 (1467~1544)

조선의 이름난 효자로서, 서즐과 더불어 장지도에게 학업을 닦다가 스승이 죽자 상을 입고 묘를 지켰다. 아버지가 돌아가신 뒤에는 아버지의 묘를 지키면서 조석으로 통곡하고, 삭망이 되면 반드시 장지도의 묘에도 제사드렸다.

시묘

부모의 거상 중에 그 무덤 옆에서 움막을 짓고 3년간 사는 일.

윤은보*가 서즐과 함께 한 스승에게 글을 배웠는데, 서로 이르되, 임금과 어버이와 스승은 한가지로 섬길 것이라 하고, 좋은 음식 반찬을 얻으면 공양하며, 명일이면 반드시 공양하였다. 스승이 돌아가시므로 둘이 제가끔 어버이께 가서 (스승의) 시묘侍墓* 살기를 청하거늘, (어버이께서) 불쌍히 여겨 그리하라 하시므로, 검은 고깔을 쓰고 거상 띠를 띠어 손수 불을 때어 제(제사 지낼 때 쓰는 음식)를 만들더라. 은보의 아버지가 병이 드시거늘, (은보가 스승의 시묘 막에서) 돌아와 약하며 (약을 다려 간호하며) 옷을 벗지 아니하였다. 아버지가 좋아(병이 나아) 도로 가라 하거늘, 한 달은 되어 허황한 꿈을 꾸고 빨리 (집으로) 돌아오니, 꿈을 꾼 밤에 아버지가 병을 얻어 열흘이 못되어 돌아가셨다. 아침저녁 빈소 곁에서 (아버지를) 부름 울면서 시묘를 살았는데, 하루는 바람이 세어 상 위의 향합을 잃었는데, 서너 달째야 까마귀가 그 향합을 물어다가 무덤 앞에 놓으니라. 은보가 초하루와

보름이면, 이내 스승의 무덤에도 삭망 제사를 지내더라. 선덕 임자년에 여쭙거늘 둘을 다 벼슬시키고 정문을 세우라 하시니라.

「은보감오殷保感鳥」는 조선 때 효자로 이름난 윤은보의 효성을 칭송하여 만인에게 효의 귀감을 보인 글입니다. 군사부일체君師父一體를 실천에 옮겨 스승과 어버이를 한가지로 극진히 섬기고, 돌아가신 후에는 정성을 다해 시묘를 살아 미물인 까마귀조차 이에 감동하였다는 내용입니다.

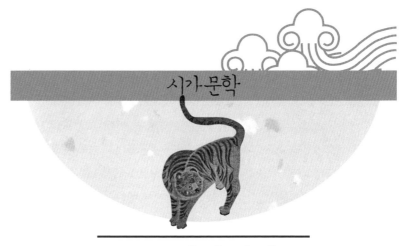

시가문학

03 경기체가

고려 고종 때 「한림별곡」으로 시작된 경기체가는 상층의 선비들에 의해 조선 전기까지 문학적 생명력을 이어갑니다. 하지만 내용 면에서 상층의 호사스러운 향락이나 그에 따른 감흥을 드러내는 데만 치중하고, 형식 면에서 전·후절의 구성을 유지하면서 '경景 긔 엇더하니잇고' 혹은 '경기하여景幾何如'라는 구절이 반복적으로 들어간다는 제약 때문에 작품 수는 그다지 많지 않습니다.

전원에서 후학을 양성하는 보람과 성은을 노래한 「불우헌곡」

「불우헌곡不憂軒曲」*은 고려 고종 때의 「한림별곡」의 형식을 본받고 있습니다. 다만 제6장 끝에 독립된 낙구(제7장)를 가진다는 점에서 「한림별곡」과 크게 구별됩니다. 이 같은 현상은 그 유래를 권근의 「상대별곡」에서 찾을 수 있습니다. 「불우헌곡」보다 약 70년 앞선 「상대별곡」의 형식은 고려 때 「한림별곡」의 형식과 같으나, 다만 끝에 낙구가 첨가된 것이 다를 뿐입니다.* 이러한 점에서 「불우헌곡」의 낙구는 「상대별곡」으로부터 영향을 받았다고 할 수 있습니다. 따라서 「불우헌곡」의 형식은 경기체가 형식의 변천과 그 계보를 파악하는 데 도움을 줄 수 있는 자료입니다.

【제1장】

山四回 水重抱 一畝儒宮	산사회 수중포 일무유
向陽明 開南牕 名不憂軒	향양명 개남창 명불우헌
左琴書 右博奕 隨意逍遙	좌금서 우박혁 수의소요
偉 樂以忘憂 景 何叱多	위 낙이망우 경 하질다
平生立志 師友聖賢 (再唱)	평생립지 사우성현 (재창)
偉 遵道而行 景 何叱多	위 준도이행 경 하질다

【제2장】

晚生員 老及第 樂天知命	만생원 노급제 낙천지명
再訓導 三敎授 誨人不倦	재훈도 삼교수 회인불권
家塾三間 鳩聚童蒙 詳說句讀	가숙삼간 구취동몽 상설구독
偉 諄諄善誘 景 何叱多	위 순순선유 경 하질다
不亦樂乎 負笈書生 (再唱)	불역낙호 부급서생 (재창)
偉 自遠方來 景 何叱多	위 자원방래 경 하질다

【제3장】

再上疏 闢異端 依乎中庸	재상소 벽이단 의호중용
進以禮 退以義 守身爲大	진이례 퇴이의 수신위대
備員霜臺 具臣薇垣 引年致仕	비원상대 구신미원 인년치사
偉 如釋重負 景 何叱多	위 여석중부 경 하질다
一介孤臣 濫承天寵 (再唱)	일개고신 남승천총 (재창)
偉 再參原從 景 何叱多	위 재삼원종 경 하질다

【제4장】

耕田食 鑿井飮 不知帝力	경전식 착정음 부지제력
賞良辰 設賓筵 兄弟朋友	상량신 설빈연 형제붕우
談笑之間 不遑他及 孝悌忠信	담소지간 불황타급 효제충신
偉 樂且有義 景 何叱多	위 낙차유의 경 하질다
舞之蹈之 歌詠聖德 (再唱)	무지도지 가영성덕 (재창)
偉 祈天永命 景 何叱多	위 기천영명 경 하질다

【제5장】

尹之任 惠之和 我無能焉	윤지임 혜지화 아무능언
聖之時 顔之樂 乃所願也	성지시 안지락 내소원야
上下怨天 下不尤人 心廣體胖	상하원천 하불우인 심광체반
偉 不懼不憂 景 何叱多	위 불구불우 경 하질다
不忮不求 何用不臧 (再唱)	불기불구 하용부장 (재창)
偉 古訓是式 景 何叱多	위 고훈시식 경 하질다

【제6장】

壬辰歲 四月初 抑有奇事	임진세 사월초 억유기사
降諭書 到衡門 閭里觀光	항유서 도형문 여리관광
廉介自守 不求聞達 敎誨童蒙	염개자수 불구문달 교회동몽
偉 過蒙褒奬 景 何叱多	위 과몽포장 경 하질다
特加三品 時致惠養 (再唱)	특가삼품 시치혜양 (재창)
偉 聖恩深重 景 何叱多	위 성은심중 경 하질다

【제7장】

樂乎伊隱底 不憂軒伊亦	낙호이은저 불우헌이역
樂乎伊隱底 不憂軒伊亦	낙호이은저 불우헌이역
偉 作此好歌 消遣世慮 景 何叱多	작차호가 소견세려 경 하질다

『불우헌집』

현대어 풀이

【제1장】

산을 네 번 돌아 물을 거듭 안고 있는, 아늑한 곳 협소한 집에는, 볕이 훤하게 드
는 남쪽을 향하여 창문이 났는데, 집 이름은 불우헌이로다. 왼쪽에는 거문고와
서책이오, 오른쪽에는 바둑과 장기요, 뜻에 좇아 거니노니, 아! 즐거움으로 걱정
을 잊는 광경, 어떻습니까. 평생에 뜻을 세운 바, 스승과 벗 그리고 성인과 현인
들의, 아! 도를 따라가는 광경, 어떻습니까.

【제2장】

늦게 29세에 생원이 되고, 늙마인 53세에 급제하매, 천명을 즐거워할 줄 알았으
니, 두 번의 훈도와 세 번의 교수를 지내며, 남을 가르치기에 지치지 않았도다.
삼간짜리 작은 글방에다 어린아이들을 모아 놓고, 구두점을 찍어 가며 상세히
설명하느니, 아! 선생님께서 말로 타이르는 모습에서 다정스럽고도, 친절하게
잘 인도해 주는 광경, 어떻습니까. 매우 즐겁지 아니한가, 타향으로 공부하러 떠
나는 서생들이여, 아! 먼 곳으로부터 찾아오는 광경, 어떻습니까.

【제3장】

두 번의 상소에서 이단을 폐하게 하고, 중용에 의하게 하였느니, 예로써 나아가
고 의로써 물러남에 자기 몸을 지킴으로써, 불의에 빠지지 않게 하는 것이 중대
한 일이로다. 인원을 잘 정비한 사헌부와 직위나 채우는 신하로 있는 사간원에
서, 나이가 많아 벼슬을 사양하고 물러나니, 아! 무거운 짐을 푼 듯한 광경, 어떻
습니까. 일개의 외로운 신하한테, 이어 임금님께서 내리시는 은총이 넘치느니,
아! 원종공신原從功臣으로 두 번이나 참여하는 광경, 어떻습니까.

【제4장】

요堯임금때 늙은 농부가 부른 「격양가擊壤歌」에, 밭 갈아 밥 먹고 샘 파서 물 마심
에, 임금님의 힘임을 알지 못하랴. 아름다운 시절에 손님 위한 연석을 차리매 형
제붕우들이로다. 이야기하고 웃고 하는 동안 다른 데 미칠 겨를 없이, 어버이에

효도요, 형제 간의 우애요, 임금에게 충성이오, 붕우 간의 신의뿐이니, 아! 즐기면서도 또한 법도 있는 광경, 어떻습니까. 춤추면서 임금님의 거룩한 덕을 노래하고 읊조리느니, 아! 길이 오래 살라고 하늘에 비는 광경, 어떻습니까.

【제5장】
상商나라 이윤은 성인으로서 사명을 자임自任하였고 춘추 때 류하혜는 성인으로서 온화한 성품을 지녔으나, 나는 그것을 행하지 못하였느니, 공자는 성인으로서 때를 알아서 일했고, 안회는 안빈낙도의 즐거움을 알았느니, 이것이 원하는 바였도다. 위로는 하늘을 원망치 않고, 아래로는 사람을 탓하지 않으면서도, 마음이 넓고 너그러우면 몸도 편안하여지느니, 아! 두려워하지 않고 근심하지 않는 광경, 어떻습니까. 해치지도 않고 탐내지도 않으니, 어찌 훌륭하지 않은가. 아! 옛적의 밝은 가르침을 본받는 광경, 어떻습니까.

【제6장】
임진년 사월 초에 억눌러야 할 기이한 일이 있었으니, 유서가 내려 누추한 문 앞에 다다르게 되자, 이를 여항 사람들이 구경하려 모였도다. 청렴결백한 가운데 스스로 분수를 지키며, 이름이 세상에 드날리길 구하지 않고, 어린아이들을 잘 가르쳐 깨우쳐 주어야 하는데, 아! 칭찬과 장려함을 지나치게 입는 광경, 어떻습니까. 특별히 가자삼품加資三品과, 때맞추어 은혜로운 양로가 이르게 되느니, 아! 임금님의 은혜가 깊고도 무거운 광경, 어떻습니까.

【제7장】
즐겁구나! 불우헌이여! 즐겁구나! 불우헌이여! 아! 이 좋은 노래(불우헌곡)을 지어 부르매, 세상의 근심 걱정이 사라지는 광경, 어떻습니까.

「불우헌곡」의 작가인 정극인은 벼슬을 그만두고 향리인 태인으로 내려가 향리의 자제들을 가르치는 데 힘썼습니다. 이런 연유로 성종으로부터 삼품의 작위를 받았는데, 이에 감격하여 정극인은 「불우헌가」와 함께 이 노래를 지어 성

군의 만수무강을 축원하였다고 합니다. 이 노래의 내용은, 벼슬을 그만두고 자연에 묻혀 거문고와 책과 바둑과 장기를 즐기며 소일하는 모습(1장), 향리의 소년들과 타향에서 공부하고자 찾아 온 학동들을 모아 놓고 교육하는 즐거움(2장), 벼슬에 나아가고 물러남에 임하여 베푼 왕의 망극한 은덕(3장), 태평성대에 춤을 추고 노래하며 왕의 성덕을 기리는 모습(4장), 자기 분수를 지켜 안빈낙도하는 심경을 드러내는 모습(5장), 삼품산관의 유서를 받고

전라북도 정읍시 칠보면 무성리 은석 마을
뒷산 산비탈에 있는 정극인의 묘

성은에 감격하는 모습(6장), 작자 자신의 생활의 즐거움을 노래로 지어 세상 근심을 떨쳐 버리는 모습(7장)으로 구성되어 있습니다. 이 중에서 특히 3, 4, 6 장은 당시 군신 간의 관계가 어떠했는지를 짐작케 하는 좋은 예입니다.

현존 최후의 경기체가 「독락팔곡」

「독락팔곡獨樂八曲」은 조선 선조 때의 문인 권호문이 지은 경기체가로, 현존하는 경기체가 가운데 가장 마지막 작품입니다. 제목은 '팔곡八曲'이라고 되어 있지만, 실제로는 7곡만이 문집인 『송암별집』에 수록되어 있습니다. 작자는 서문에서 이 작품의 창작 동기를 밝히고 있는데, "고인이 말하기를, 노래라하는 것은 흔히 시름에서 나오는 것이라 하였듯이 이 노래 또한 나의 불평에서 나온 것이니, 한편 주자의 말처럼 노래함으로써 뜻을 펴고 성정을 기르겠다."라는 것이 바로 그것입니다. 작자는 어머니가 천비였기 때문에 평생을 벼슬길에 나가지 못하고 자연을 벗 삼아 그 속에서 노닐며 노래로 시름을 달래었습니다. 이렇기 때문에 그는 훌륭한 학식을 지녔음에도 불구하고 그것을 세상에 널리 펴보지 못한 한을 갖고 살았던 것으로 생각됩니다.

【제5장】

집은 范萊蕪(범래무)의 蓬蒿(봉호)ㅣ오 길은 蔣元卿(장원경)의 花竹(화죽)이로다.

百年浮生(백년부생) 이러타 엇다ᄒᆞ리.

진실로 隱居(은거) 求志(구지)ᄒᆞ고 長往(장왕) 不返(불반)ᄒᆞ면

軒冕(헌면)이 泥塗(니도)ㅣ오 鼎鐘(정종)이 塵土(진토)ㅣ라.

千磨霜刃(천마상인)인ᄃᆞᆯ 이 ᄠᅳ들 긋츠리랴.

韓昌黎(한창려) 三上書(삼상서)ᄂᆞᆫ 내의ᄠᅳ데 區區(구구)ᄒᆞ고,

杜子美(두자미) 三大賦(삼대부)ㅣ 내 ᄆᆞᆼ내 行道(행도)ᄒᆞ랴.

두어라 彼以爵(피이작) 我以義(아이의) 不願人之(불원인지) 文繡(문수)ᄒᆞ야

世間萬事(세간만사) 都付天命(도부천명) 景(경) 긔 엇다ᄒᆞ니잇고.

『송암별집』

현대어 풀이

【제5장】

내 집은, 저 후한後漢 때 범래무가 끼니가 떨어질 정도로 가난하였어도 태연자약하게 초야에 묻혀 살았듯, 전한 때 장원경이 뜰 앞의 꽃과 대나무 아래에다 세 갈래 길을 여고 구중과 양중으로 더불어 조용히 놀기를 구하였도다. 평생 동안 덧없는 인생이 이렇다고 어떠하리. 진실로 은거하여 뜻을 구하고, 죽어서 영영 돌아오지 않는다면, 대부가 타는 수레와 복장이 진흙처럼 천한 것에 지나지 않는 것이오, 종묘에 두는 그릇에다 공적을 새긴 이름도 아득한 후세에는 흙먼지에 지나지 않는도다. 천 번이나 간 서릿발 서슬이 푸른 날카로운 칼날일지라도 이 뜻을 끊으랴. 한창려는 세 번이나 상서를 올림에 그때마다 귀양을 감으로써 벼슬길이 막혔는데, 그것은 나의 뜻에 각기 달랐고, 두자미는 삼대 예부를 올림에 드디어 벼슬길이 트였다고, 내 마침내 그러한 도를 행하랴. 두어라, 그들은 그들의 작위를 가지고 행하나, 나는 나의 정의를 가지고 행하는데, 남의 수놓은 비단옷(벼슬)을 원치 않으매, 세간의 만사가 모두 천명에 달려 있는 광경, 그것이야말로 어떻습니까.

특히, 5장에 언급된 '千磨霜刀(천마상인)인들 이 뜨들 긋츠리랴.'를 보면 그의 의기가 얼마나 드높은지 알 수 있습니다. 이 작품을 글자 그대로 이해하면 자연 속에 파묻혀 한가로이 풍류를 즐기며 살아가는 것 같지만, 그 이면에는 세상을 향해 자신의 뜻을 마음껏 펴 보지 못한 작자의 만족스럽지 못한 마음이 가득 담겨 있습니다.

이상으로 살펴본 경기체가는 구체적 현실에 관심을 가지고 사물과 사실을 나열하면서 감흥을 추구한 문학 갈래였습니다. 하지만 현실에 대한 비판은 없고, 지나치게 우아미만을 추구한다는 한계가 있었습니다. 이에 현실에 대한 관심을 담아내되 좀 더 자유로운 형식을 갖춘 가사가 경기체가의 문학적 역할을 대신하게 됩니다.

시가·문학

04 가사

잡가

조선 후기에 평민들이 지어 부르던 노래. 경기 잡가·서도 잡가·남도 잡가 따위.

십이가사

조선 때, 널리 불리던 작자 미상의 가창 가사 중 12편을 가리키는 말.「백구사白鷗詞」,「죽지사竹枝詞」,「어부사漁父詞」,「행군악行軍樂」,「황계사黃鷄詞」,「춘면곡春眠曲」,「상사별곡相思別曲」,「권주가勸酒歌」,「처사가處士歌」,「양양가襄陽歌」,「수양산가首陽山歌」,「매화 타령梅花打令」을 이른다.

허두가

판소리 창자가 주요 공연 작품을 노래하기 전에 짧게 부르는 노래. 보통의 경우에 판소리 창자는 본격적인 소리를 하기 전에 목청을 풀고 소리의 높낮이를 고른 후 자신의 몸의 상태를 짚어 본다. 이어서 소리판의 분위기를 잡아 나가기 위하여 허두가를 부른다. 대개 5분 내외의 짧은 시간 안에 노래되기 때문에 '단가短歌'라는 명칭으로 더 많이 일컬어져 왔다. 또는 소리판에서 첫 소리로 노래된다는 점에서 '초두가初頭歌'라 불리기도 한다.

가사는 운문 형식이지만 산문적인 내용을 담고 있다는 점이 일반적인 서정시와 다릅니다. 가사의 내용은 서정적인 것, 사실적이고 체험적인 것, 이념적이고 교훈적인 것, 허구적인 것 등 극히 다양한 내용을 폭넓게 수용하고 있습니다.

가사는 3·4조, 또는 4·4조의 연속체로 이루어져 있으며, 정격 가사의 경우 끝 부분이 시조의 종장과 같은 것이 특징입니다. 가사를 이루는 요건은 매우 간단하여 4음보 율격의 장편 연속체連續體 시가는 모두 그 범위에 포함될 수 있습니다. 예를 들면, 가사와 구별하기 어려운 잡가雜歌*의 일부와 십이가사十二歌辭*, 허두가虛頭歌* 등도 모두 가사의 범주에 속하는 것으로 보기도 합니다.

가사는 크게 조선 전기와 후기, 그리고 개화기의 세 시기로 나눌 수 있습니다. 조선 전기의 가사는 송순, 정철 등과 같은 양반층에 의해 주로 창작되었습니다. 이들은 한시와 시조를 통해 응축된 서정의 세계를 추구하는 한편, 가사의 유연한 포용력을 빌려 여러 가지 생활 체험과 흥취 및 신념을 자유로이 노래하였습니다.

그중에서도 특히 두드러진 흐름을 이룬 것은 이른바 강호시가江湖詩歌의 범주에 드는 작품들로서, 세속의 갈등에서 벗어나 자연을 벗 삼고 심성을 닦으며 살아가는 유자儒者의 모습이 표출되었습니다. 이 부류에 속하는 가사들은 자연의 조화로운 질서 속에서 자연과의 합일을 지향하는 높은 정신적 세계를 보여 주는 경우가 많습니다. 그런 점에서 조선 전기는 후기에 비하여 가사의 서정성이 강했던 시기라고 할 수 있습니다.

강호가도*를 노래한 정극인의 「상춘곡」

「상춘곡賞春曲」은 작가 정극인이 벼슬을 그만두고, 향리인 전라도 태인으로 돌아가 자연 속에 파묻혀 지내면서, 자연의 아름다움을 즐기는 풍류와 안빈낙도를 노래한 작품입니다.

「상춘곡」은 조선 초기 가사의 대표적인 작품으로, 우리 조상들의 전통적인 자연관이 무엇인가를 뚜렷하게 보여 줍니다. 서양에서는 자연을 인간이 정복해야 할 대상으로 여겼지만, 동양에서 자연은 인간과 조화를 이루며 언제나 곁에 있는 친근한 대상으로 존재했습니다. 이러한 사고방식이 이 작품의 작자가 보여주는 삶의 태도에서도 여실히 드러납니다. 화자는 속세를 떠나 자연 속에 사는 즐거움을 '天地間(천지간) 男子(남자) 몸이 날만한 이 하건마는, 山林(산림)에 뭇쳐 이셔 至樂(지락)을 ᄆᆞᄅᆞᆯ 것가.'라는 말을 통해 매우 자랑스럽게 노래하고 있습니다. 그리고 '淸風明月(청풍명월) 外(외)예 엇던 벗이 잇스올고. 簞瓢陋巷(단표누항)에 훗튼 혜음 아니 ᄒᆞᄂᆡ.'에서 알 수 있듯이 안분지족의 생활 철학을 실천하는 모습을 보여 줍니다. 이렇게 화자는 자연의 품 안에서 부귀와 공명을 멀리하고, 청풍과 명월을 벗하는 안빈낙도의 생활 자세를 지니며 살아가겠다는 의지를 나타냅니

강호가도
조선 시대에 속세를 떠나 자연을 벗하며 지내면서 일어난 시가 창작의 한 경향.

상춘곡비

다. 이 작품은 가사 문학의 효시로 평가되고 있으나, 고려 말 승려인 나옹화상 혜근이 지었다는 「서왕가西往歌」가 이 갈래의 시작이라는 학설도 있습니다.

紅塵(홍진)에 뭇친 분네 이내 生涯(생애) 엇더ᄒ고, 넷 사ᄅᆞᆷ 風流(풍류)ᄅᆞᆯ 미출가 믓 미출가. 天地間(천지간) 男子(남자) 몸이 날만ᄒᆞᆫ 이 하건마ᄂᆞᆫ, 山林(산림)에 뭇쳐 이셔 至樂(지락)을 ᄆᆞᄅᆞᆯ 것가. 數間茅屋(수간모옥)을 碧溪水(벽계수) 앏픠 두고, 松竹(송죽) 鬱鬱裏(울울리)예 風月主人(풍월주인) 되어셔라.

엇그제 겨을 지나 새봄이 도라오니, 桃花杏花(도화행화)ᄂᆞᆫ 夕陽裏(석양리)예 퓌여 잇고, 綠楊芳草(녹양방초)ᄂᆞᆫ 細雨中(세우중)에 프르도다. 칼로 몰아 낸가, 붓으로 그려 낸가, 造化神功(조화신공)이 物物(물물)마다 헌ᄉᆞ룹다. 수풀에 우ᄂᆞᆫ 새ᄂᆞᆫ 春氣(춘기)ᄅᆞᆯ ᄆᆞᆺ내 계워 소ᄅᆡ마다 嬌態(교태)로다. 物我一體(물아일체)어니, 興(흥)이이 다ᄅᆞᆯ소냐. 柴扉(시비)예 거러 보고, 亭子(정자)애 안자 보니, 逍遙吟詠(소요음영)ᄒᆞ야, 山日(산일)이 寂寂(적적)ᄒᆞᆫ듸, 閒中眞味(한중진미)ᄅᆞᆯ 알 니 업시 호재로다.

이바 니웃드라, 山水 구경 가쟈스라. 踏靑(답청)으란 오ᄂᆞᆯ ᄒᆞ고, 浴沂(욕기)란 來日(내일)ᄒᆞ새. 아ᄎᆞᆷ에 採山(채산)ᄒᆞ고, 나조ᄒᆡ 釣水(조수)ᄒᆞ새. ᄀᆞᆺ 괴여 닉은 술을 葛巾(갈건)으로 밧타 노코, 곳나모 가지 것거, 수노코 먹으리라. 和風(화풍)이 건듯 부러 綠水(녹수)ᄅᆞᆯ 건너오니, 淸香(청향)은 잔에 지고, 落紅(낙홍)은 옷새 진다. 樽中(준중)이 뷔엿거ᄃᆞᆫ 날ᄃᆞ려 알외여라. 小童(소동) 아ᄒᆡᄃᆞ려 酒家(주가)에 술을 믈어, 얼운은 막대 집고, 아ᄒᆡᄂᆞᆫ 술을 메고, 微吟緩步(미음완보)ᄒᆞ야 시냇ᄀᆞ의 호자 안자, 明沙(명사) 조흔 믈에 잔 시어 부어 들고, 淸流(청류)ᄅᆞᆯ 굽어보니, 떠오ᄂᆞ니 桃花(도화) ㅣ 로다. 武陵(무릉)이 갓갑도다. 져 ᄆᆡ이 귄 거인고. 松間 細路(송간 세로)에 杜鵑花(두견화)ᄅᆞᆯ 부치 들고, 峰頭(봉두)에 급피 올나 구름 소긔 안자 보니, 千村萬落(천촌만락)이 곳곳이 버려 잇ᄂᆡ. 煙霞日輝(연하일휘)ᄂᆞᆫ 錦繡(금수)ᄅᆞᆯ 재폇ᄂᆞᆫ ᄃᆞᆺ. 엇그제 검은 들이 봄빗도 有餘(유여)ᄒᆞᆯ샤.

功名(공명)도 날 ᄭᅴ우고, 富貴(부귀)도 날 ᄭᅴ우니, 淸風明月(청풍명월) 外(외)예 엇던 벗이 잇ᄉᆞ올고. 簞瓢陋巷(단표누항)에 훗튼 혜음 아니 ᄒᆞ니. 아모타, 百年行樂(백년행락)이 이만ᄒᆞᆫ들 엇지ᄒᆞ리.

「불우헌집」

형식은 운율이 잇지만
산문에 가까운
모습이죠!

청금인

현대어 풀이

세속에 묻혀 사는 사람들아, 이 나의 살아가는 모습이 어떠한고? 옛 사람의 풍류를 따를 것인가? 못 따를 것인가? 천지간의 남자 몸이 나와 같은 사람이 많건마는, 산림에 묻히어서 지극한 즐거움을 모른다는 말인가? 초가삼간을 시냇물 앞에 두고, 소나무와 대나무 울창한 속에 자연을 즐기는 사람이 되었구나.

엊그제 겨울 지나 새봄이 돌아오니, 복숭아꽃과 살구꽃은 저녁 햇살 속에 피어 있고, 푸른 버들과 꽃다운 풀은 가랑비 속에 푸르도다. 칼로 오려 낸 것인가, 붓으로 그려 낸 것인가? 조물주의 신비한 공덕이 사물마다 야단스럽다. 수풀에 우는 새는 봄기운을 끝내 못 이겨 소리마다 아양 떠는 모습이로다. 자연과 내가 한 몸이니 흥이 이와 다르겠는가? 사립문 앞을 이리저리 걸어도 보고 정자에 앉아도 보니, 천천히 거닐며 시를 읊조려 산 속의 하루가 적적한데, 한가한 가운데 맛보는 진정한 즐거움을 아는 사람 없이 혼자로다.

여보시오, 이웃 사람들아, 산수구경 가자꾸나. 풀 밟기는 오늘하고 목욕은 내일 하세. 아침에 나물 캐고, 저녁에는 낚시질하세. 막 익은 술을 두건으로 걸러놓고 꽃나무 가지 꺾어 수 놓고 먹으리라. 따뜻한 바람이 문득 불어 푸른 물을 건너오니, 맑은 향기는 잔에 지고, 떨어지는 꽃잎은 옷에 진다. 술독이 비었거든 나에게 알리어라. 어린아이에게 술집에 술이 있는지 없는지를 물어, 어른은 막대 집고 아이는 술을 메고, 나직이 시를 읊조리며 천천히 걸어서 시냇가에 혼자 앉아, 깨끗한 모래 위를 흐르는 맑은 물에 잔 씻어 (술) 부어 들고 맑은 물을 굽어보니 떠내려오는 것이 복숭아꽃이로구나. 무릉도원이 가깝도다. 아마도 저 들이 그것인 것인고. 소나무 숲으로 난 가느다란 길에 진달래꽃을 붙들어 들고, 산봉우리에 급히 올라 구름 속에 앉아 보니, 수많은 촌락들이 곳곳에 널려 있네. 아름다운 자연은 비단을 펼쳐 놓은 듯, 엊그제까지만 하여도 겨울 들판이던 것이, (이제 보니) 봄빛이 넘쳐 흐르는 도다.

공명도 날 꺼리고, 부귀도 날 꺼리니, 청량한 바람과 맑은 달 이외에 어떤 벗이 있겠느냐. 청빈한 선비의 살림에 헛된 생각 아니하네. 아무튼 한평생 즐겁게 지내는 일이 이만하면 어떠한가.

「상춘곡」은 서사·본사·결사의 3단 구성으로 되어 있는데, 서사에서는 산림에 묻혀 사는 즐거움을, 본사에서는 봄을 맞이하여 자연 속에서 체험한 물아일체의 경지와 풍류적인 생활을 그렸으며, 결사에서는 자연을 벗 삼아 소박한 삶을 사는 안빈낙도의 모습을 보여주며 이러한 삶에 대한 만족감을 드러내고 있습니다.

이 작품에 대한 시각은 대체로 두 가지 측면에서 이해될 수 있는데, 하나는 벼슬에서 물러나 자연에 묻혀 사는 선비의 생활을 읊은 작품으로 보는 경우이고, 다른 하나는 겉으로 강조하고 있는 것과는 달리, '부귀와 공명이 나를 꺼려하니 자연 말고는 다른 벗이 없다'라고 해서 벼슬길에 대한 미련이 남아 있는 시적 화자의 속마음을 드러낸다고 보는 경우입니다.

한편 이 노래는 자연에 묻혀 사는 즐거움을 표방하는 은일 가사隱逸歌辭의 첫 작품으로, 송순의 「면앙정가」와 정철의 「성산별곡」으로 이어지는 호남 가단湖南歌壇 형성의 계기가 되는 작품으로 평가됩니다.

강호한정을 노래한 송순의 「면앙정가」

「면앙정가俛仰亭歌」는 중종 19년(1524년) 송순이 41세 되던 해에 벼슬을 그만두고 고향으로 돌아가 향리인 전남 담양의 제월봉 아래에 면앙정이라는 정자를 짓고, 그곳에서 지내면서 생활하는 즐거움을 노래한 것으로 자연에서 얻어지는 흥취를 사계절의 변화에 따라 읊은 작품입니다. 이 작품은 조선 전기 가사의 주제 중 중심을 이루는, 자연 속에서 풍류를 즐기며 자신을 수양하는 '강호 한정江湖閑情'의 노래입니다.

(전략)

흰구름 브흰 煙霞(연하) 프로니는 山嵐(산람)이라. 千巖(천암) 萬壑(만학)을 제 집으로 사마 두고 나명성 들명성 일희도 구는지고. 오르거니 느리거니 長空(장공)의 쩌나거니 廣野(광야)로 거너거니 프르락 블그락 여트락 지트락 斜陽(사양)과 섯거디어 細雨(세우)조차 쑬리는다.

藍輿(남여)룰 비야 트고 솔 아릭 구븐 길로 오며 가며 ᄒᆞᄂᆞ 적의 綠陽(녹양)의 우
ᄂᆞ 黃鶯(황앵) 嬌態(교태) 겨워 ᄒᆞᄂᆞ괴야. 나모 새 ᄌᆞᄌᆞ지여 樹陰(수음)이 얼린 적
의 百尺(백 척) 欄干(난간)의 긴 조으름 내여 펴니 水面(수면) 涼風(양풍)이야 긋칠
줄 모르ᄂᆞᆫ가.

즌 서리 ᄲᆡ진 후의 산 빗치 錦繡(금슈)로다. 黃雲(황운)은 ᄯᅩ 엇지 萬頃(만경)에 편
거기요. 漁笛(어적)도 흥을 계워 들룰 ᄯᅡ라 브니ᄂᆞᆫ다.

草木(초목) 다 진 후의 江山(강산)이 미몰커ᄂᆞᆯ 造物(조물)이 헌ᄉᆞᄒᆞ야 氷雪(빙설)로
ᄭᅮ며 내니 瓊宮瑤臺(경궁요대)와 玉海銀山(옥해은산)이 眼底(안저)에 버러셰라. 乾坤
(건곤)도 가음 열샤 간 대마다 경이로다.

人間(인간)을 ᄯᅥ나와도 내 몸이 겨를 업다. 니것도 보려 ᄒᆞ고 져것도 드르려코
ᄇᆞ룸도 혀려ᄒᆞ고 ᄃᆞᆯ도 마즈려코 봄으란 언제 줍고 고기란 언제 낙고 柴扉(시
비)란 뉘 다드며 딘 곳츠란 뉘 쓸려뇨. 아ᄎᆞᆷ이 낫브거니 나조히라 슬흘소냐.
오ᄂᆞᆯ리 不足(부족)커니 來日(내일)리라 有餘(유여)ᄒᆞ랴. 이 뫼ᄒᆡ 안자 보고 져 뫼
ᄒᆡ 거러 보니 煩勞(번로)ᄒᆞᆫ ᄆᆞᄋᆞᆷ의 ᄇᆞ릴 일리 아조 업다. 쉴 사이 업거든 길히
나 젼ᄒᆞ리야. 다만 ᄒᆞᆫ 靑藜杖(청려장)이 다 므듸어 가노미라.

술리 닉엇거니 벗지라 업슬소냐. 블닉며 ᄐᆞ이며 혀이며 이아며 온가지 소리
로 醉興(취흥)을 빅야거니 근심이라 이시며 시름이라 브터시랴. 누으락 안즈
락 구브락 져츠락 을프락 ᄑᆞ람ᄒᆞ락 노혜로 소긔니 天地(천지)도 넙고넙고 日月
(일월) ᄒᆞᆫ가ᄒᆞ다. 羲皇(희황)을 모롤러니 이 젹이야 긔로고야 神仙(신선)이 엇더턴
지 이 몸이야 긔로고야.

江山風月(강산풍월) 거늘리고 내 百年(백 년)을 다 누리면 岳陽樓上(악양루상)의 李
太白(이태백)이 사라 오다. 浩蕩情懷(호탕정회)야 이에서 더홀소냐.

이 몸이 이렁 굼도 亦君恩(역군은)이샷다.

『잡가』 이성의李聖儀본

현대어 풀이

흰 구름과 뿌연 안개와 놀, 푸른 것은 산 아지랑이다. 수많은 바위와 골짜기를
제 집을 삼아 두고, 나며 들며 아양도 떠는구나. 오르기도 하며 내리기도 하며

넓고 먼 하늘에 떠나기도 하고 넓은 들판으로 건너가기도 하여, 푸르락 붉으락, 옅으락 짙으락 석양에 지는 해와 섞이어 보슬비마저 뿌리는구나.

뚜껑 없는 가마를 재촉해 타고 소나무 아래 굽은 길로 오며 가며 하는 때에, 푸른 들에서 지저귀는 꾀꼬리는 흥에 겨워 아양을 떠는구나. 나무 사이가 가득하여 (우거져) 녹음이 엉긴 때에 긴 난간에서 긴 졸음을 내어 펴니, 물 위의 서늘한 바람이야 그칠 줄 모르는구나.

된서리 걷힌 후에 산 빛이 수놓은 비단 물결 같구나. 누렇게 익은 곡식은 또 어찌 넓은 들에 퍼져 있는고? 고기잡이를 하며 부는 피리도 흥을 이기지 못하여 달을 따라 부는 것인가? / 초목이 다 떨어진 후에 강과 산이 묻혀 있거늘 조물주가 야단스러워 얼음과 눈으로 자연을 꾸며 내니, 경궁요대와 옥해은산 같은 눈 덮힌 아름다운 대자연이 눈 아래 펼쳐 있구나. 자연도 풍성하구나. 가는 곳마다 아름다운 경치로다.

인간 세상을 떠나와도 내 몸이 한가로울 겨를이 없다. 이것도 보려 하고, 저것도 들으려 하고, 바람도 쏘이려 하고, 달도 맞으려고 하니, 밤은 언제 줍고 고기는 언제 낚으며, 사립문은 누가 닫으며 떨어진 꽃은 누가 쓸 것인가? 아침 나절 (자연을 완상하느라고) 시간이 부족한데 저녁이라고 싫을소냐? 오늘도 (완상할) 시간이 부족한데 내일이라고 넉넉하랴? 이 산에 앉아 보고 저 산에 걸어 보니 번거로운 마음이면서도 아름다운 자연은 버릴 것이 전혀 없다. 쉴 사이가 없는데 (이 아름다운 자연을 구경하러 올) 길이나마 전할 틈이 있으랴. 다만 하나의 푸른 명아주 지팡이가 다 못 쓰게 되어 가는구나. / 술이 익었거니 벗이 없을 것인가. 노래를 부르게 하며 악기를 타게 하며 악기를 끌어당기게 하며 흔들며, 온갖 아름다운 소리로 취흥을 재촉하니, 근심이라 있으며 시름이라 붙었으랴. 누웠다가 앉았다가 구부렸다가 젖혔다가 시를 읊었다가 휘파람을 불었다가 하며 마음 놓고 노니, 천지도 넓고 넓으며 세월도 한가하다. 복희씨의 태평성대를 모르고 지내더니 이 때야말로 그것이로구나. 신선이 어떻던가 이 몸이야말로 그것이로구나. 강산풍월江山風月 거느리고 (속에 묻혀) 내 평생을 다 누리면 악양루 위에 이백이 살아온다 한들 넓고 끝없는 정다운 회포야말로 이보다 더할 것인가. / 이 몸이 이렇게 지내는 것도 역시 임금의 은혜이시도다.

「면앙정가」는 서사에서 제월봉의 형세와 면앙정의 모습을 그린 다음, 본사에서 그 주위의 아름다운 경치를 사계절의 변화에 따라 짜임새 있게 묘사하였습니다. 그러면서 결사에서는 절경絶境에 묻혀 지내는 작자의 호방한 정회情懷를 노래하는 선경후정先景後情의 구성 방식을 취하고 있습니다.

우리말을 자유자재로 구사하고 반복 · 점층 · 대구법 등을 적절히 활용하여 대상을 실감나게 묘사하고 있으며, 내용 구성과 표현 형식의 완숙성, 격조 높은 풍류 등의 특징을 가지고 있어 가사 문학의 걸작으로 평가 받고 있습니다. 특히 이 작품에 이르러서 자연미를 발견하고 자연의 흥취를 즐기는 정서가 본격적으로 등장하여 그 뒤에 두고두고 모범이 되며 많은 작품에 영향을 끼쳤습니다.

호남 가단을 처음 형성했고 자연 속에서 즐기는 풍류를 누구보다도 사랑한 송순은, 정극인의 「상춘곡」에서 영향을 받아 정철의 「성산별곡」에 영향을 준 이 작품을 창작함으로써 강호가도를 확립하였습니다. 인간이 자연과 일체를 이룸으로써 최고선에 도달하고자 하는 것이 도가 사상인데, 이 작품은 바로 그 사상적 바탕을 자연 친화적인 도교에 두고 있습니다. 그리고 송순은 작품의 끝부분을 '이 몸이 이렁 굼도 亦君恩이샷다.'라고 마무리 지음으로써 유가儒家의 도리를 표현하는 것도 잊지 않고 있습니다.

사대부들의 휴식처인 자연을 노래한 「성산별곡」*

이 작품은 송강松江 정철鄭澈*의 가사 작품으로, 아름다운 자연에 묻혀 사는 생활을 찬미하는 강호 은일 가사의 성격을 띠고 있습니다. 정철이 25세 되던 해에 그의 처 외재 당숙인 김성원이 서하당과 식영정을 지었을 때, 사계절에 따른 그곳의 아름다움과 김성원의 풍류를 노래한 작품입니다. 하지만 그 속에는 정철 자신의 체험에서 우러난 전원생활의 흥취와 그의 개성이 잘 담겨 있습니다.

「성산별곡星山別曲」은 조선조 사대부들의 전형적인 삶의 한 단면을 보여 준 작품입니다. 이 작품에서 자연은 사대부들이 잠시 쉬었다가 훌쩍 떠나는 휴식

처입니다. 따라서 자연은 도의와 심성을 기르는 군자의 벗일 뿐이지, 완전히 융합된 삶을 이루어야 할 대상은 아니었던 것입니다. 이렇게 보면 「성산별곡」은 '귀거래歸去來'*를 명분으로 삼고 때를 기다리며 쉬어 가는 안식처로 자연을 인식하던 16세기 조선조 사대부들의 전형적인 자연관이 잘 드러난 작품이라고 할 수 있습니다.

귀거래
관직을 그만두고 고향으로 돌아감. 진나라 도연명의 시 「귀거래사」에 나오는 말임.

(전략)

梅窓(매창) 아젹 벼틔 香氣(향기)예 잠을 끼니 山翁(산옹)의 히욜 일이 곳 업도 아니ᄒ다. 울 밋 陽地(양지) 편의 외씨를 ᄲᅥ허 두고 미거니 도도거니 빗김의 달화 내니 靑門故事(청문고사)ᄅᆞᆯ 이제도 잇다 ᄒᆞᆯ다. 芒鞋(망혜)를 븨야 신고 竹杖(죽장)을 훗더디니 桃花(도화) 퓐 시내 길히 芳草洲(방초주)의 니어셰라. 닷봇근 明鏡(명경) 中(중) 절로 그린 石屛風(석병풍) 그림재를 버들 사마 西河(서하)로 홈ᄯᅴ 가니 桃源(도원)은 어드매오 武陵(무릉)이 여긔로다.

(중략)

空山(공산)의 ᄡᅡ힌 닙흘 朔風(삭풍)이 거두 부러 ᄠᅦ구름 거ᄂᆞ리고 눈조차 모라오니 天公(천공)이 호스로와 玉(옥)으로 고즐 지어 萬樹千林(만수천림)을 ᄭᅮ며곰 낼셔이고. 압 여흘 ᄀᆞ리 어러 獨木橋(독목교) 빗것ᄂᆞᄃᆡ 막대 멘 늘근 즁이 어ᄂᆡ 뎔로 간닷 말고. 山翁(산옹)의 이 富貴(부귀)를 ᄂᆞᆷᄃᆞ려 헌ᄉ 마오. 瓊瑤屈(경요굴) 銀世界(은세계)를 ᄎᆞᄌᆞ리 이실셰라.

山中(산중)의 벗이 업서 漢紀(한기)를 ᄡᅡ하 두고 萬古(만고) 人物(인물)을 거스리 혜여ᄒᆞ니 聖賢(성현)도 만커니와 豪傑(호걸)도 하도 ᄒᆞᆯ샤. 하ᄂᆞᆯ 삼기실 제 곳 無心(무심)ᄒᆞᆯ가마ᄂᆞᆫ 엇디흔 時運(시운)이 일락배락 ᄒᆞ얏ᄂᆞᆫ고. 모를 일도 하거니와 애ᄃᆞᆯ옴도 그지업다. 箕山(기산)의 늘근 고불 귀ᄂᆞᆫ 엇디 싯돗던고. 박소릭 핀계ᄒᆞ고 조장이 ᄀᆞ장 놉다. 人心(인심)이 ᄂᆞᆾ ᄀᆞᆮᄐᆞ야 보도록 새롭거ᄂᆞᆯ 世事(세사)는 구름이라 머흐도 머흘시고. 엊그제 비즌 술이 어도록 니건ᄂᆞ니. 잡거니 밀거니 슬ᄏᆞ장 거후로니 ᄆᆞ음의 믹친 시름 져그나 ᄒᆞ리ᄂᆞ다. 거믄고 시욹 언저 風入松(풍입송) 이야고야. 손인동 主人(주인)인동 다 니저 ᄇᆞ려셔라. 長空(장공)의 ᄯᅥᆺ는 鶴(학)이 이 골의 眞仙(진선)이라. 瑤臺(요대) 月下(월하)의 힝혀 아니 만나신가. 손이셔 주인ᄃᆞ려 닐오ᄃᆡ 그ᄃᆡ 귄가 ᄒᆞ노라.

「송강가사」

3부

현대어 풀이

(전략)

매화창 아침 볕의 향기에 잠을 깨니 산 늙은이 할 일 아주 없지 아니하다. 울 밑 양지 편에 오이씨 뿌려 두고 김매거니 북돋우거니 비 온 김에 손질하니 청문의 고사를 지금도 있다하리. 짚신을 죄어 신고 대지팡이 흩어 짚으니 복숭아꽃 핀 시내 길이 방초주에 이었구나. 잘 닦은 거울 속 저절로 그린 돌 병풍 그림자 벗 삼아 새와 더불어 함께 가니 도원이 어드메요 무릉은 여기로다.

(중략)

공산에 쌓인 낙엽을 북풍이 걷워 불어 떼구름 거느리고 눈조차 몰아오니 조물주는 호사하여 옥으로 꽃을 지어 온갖 나무들을 잘도 꾸며 내었구나. 앞 여울 가리워 얼고 외나무다리 걸쳤는데 막대 멘 늙은 중이 어느 절로 간단 말인가. 산 늙은이 이 부귀를 남에게 자랑 마오. 아름다운 은세계를 찾을 이 있을세라.

산중에 벗이 없어 서책을 쌓아 두고 만고의 인물들을 거슬러 헤아리니, 성현은 물론이요 호걸도 많고 많다. 하늘이 만드실 때 곧 무심할까마는 어찌 한 시운이 일고 기울고 하였는고. 모를 일도 많거니와 애닯도 그지 없다. 기산의 늙은 고불 古佛 귀는 어찌 씻었던가. 표주박을 떨친 후에* 지조가 더욱 높다. 인심이 얼굴 같아야 볼수록 새롭거늘 세상사는 구름이라 험하기도 험하구나. 엊그제 빚은 술이 얼마나 익었는가. 잡거니 밀거니 실컷 기울이니 마음에 맺힌 시름 조금이나마 덜어진다. 거문고 줄에 얹어 풍입송을 타자꾸나. 손님인지 주인인지 다 잊어 버리려무나. 창공에 떠 있는 학이 이 고을의 진선이라. 휘영청 달빛아래 행여 아니 만나잔가. 손님이여, 주인에게 이르기를 그대가 곧 진선인가 하노라.

「성산별곡」의 내용은 서사, 본사, 결사로 나누어 볼 수 있는데, 특히 본사의 짜임이 사계절로 이루어진 점이 송순의 「면앙정가」와 매우 유사합니다. 위에 언급된 것은 본사 중 춘사春詞와 동사冬詞, 그리고 결사結詞입니다. 춘사에서는 '靑門古事(청문고사)*'를 인용하면서 봄날 '山翁(산옹)의 히욜 일'을 노래하고, 봄날 한가로운 마음으로 아름다운 자연을 즐기는 삶의 여유를 노래하였습니다. 동사에서는 눈 덮힌 성산의 겨울 경치에 매료되어 그 아름다움을 유감없이 그

표주박을 떨친 후에

요나라 때 가난하게 살던 허유가 표주박 하나도 시끄러운 소리가 나서 귀찮다고 핑계 대며 버린 고사를 말함.

청문고사

진나라 때 소평이란 사람이 동릉후東陵侯로 봉해졌다가 진나라가 망하자 서민이 되어 청문(장안성의 동남문) 부근에서 오이를 심고 지냈다는 고사.

려 내고 있습니다. '瓊瑤屈(경요굴) 銀世界(은세계)'로 인지되는 성산의 아름다움을 즐기면서 살고 싶어 하는 마음을 '늘근 즁'에게 '山翁(산옹)의 이 富貴(부귀)를 눔ᄃ려 헌ᄉ 마오.'라고 당부하는 것으로써 표현하고 있습니다. 결사에서는 'ᄆᆞᄋᆞᆷ의 ᄆᆞ친 시름'을 '술'과 '거문고'로 달래며, '손'과 '주인'도 잊을 정도로 도도한 흥취에 젖어서 산 속 풍류를 노래하고 있습니다. 여기에서의 'ᄆᆞᄋᆞᆷ의 ᄆᆞ친 시름'은 현실에 대한 미련을 강하게 드러낸 것으로 보입니다. 그렇기 때문에 화자는 때를 기다리며 자연 속에 머물고 있는 것입니다.

동방의 「이소」*라 칭송받는 「관동별곡」

「관동별곡關東別曲」은 선조 13년(1580년)에 정철이 강원도 관찰사로 부임하여 관동 팔경을 두루 유람하고서 지은 작품입니다. 이 작품은 숙종 때 김만중의 『서포만필』에서 높이 칭송되기도 한*, 조선 시대 가사 문학의 대표작이라고 할 수 있습니다.

이 작품의 내용은 3단계로 구성되어 있는데, 서사에는 관찰사로 임명되어 부임지로 향하는 과정과 관내 각 고을을 순회하는 내용이 나와 있고, 본사에서는 금강산과 관동 팔경을 유람하면서 구경한 감상을 옮기고 있으며, 결사에서는 동해의 달맞이와 꿈속에서 만난 신선과 풍류를 즐기는 것을 내용으로 하고 있습니다.

「관동별곡」의 가장 특이한 점은 '연군지정戀君之情과 신선神仙으로서의 풍류'라고 할 수 있습니다. 이 두 가지는 처음부터 계속 뒤섞여 나타나고 있는데, 이 중에서 특히 '연군'을 작자는 작품 속에서 진지하게 풀어내고 있습니다. 그리고 이 작품은 「사미인곡」이나 「속미인곡」처럼 순수한 우리말이 주로 쓰인 것은 아니지만, 사용되고 있는 언어가 세련되고 표현 또한 탁월하기 때문에 이 작품이 꽤 긴 가사임에도 불구하고 전혀 지루한 느낌을 주지 않습니다. 세련된 언어 표현은 '십이폭포'를 묘사한 '銀은河하水슈 한 구비를 촌촌이 버혀 내여, 실ᄀ티 플텨이서 뵈ᄀ티 거러시니, 圖도經경 열두 구비 내 보매ᄂᆞᆫ 여러히라.'에서 절정에 이르는데, 폭포의 아름다움을 은하수 한 굽이를 마디마디

은하슈 한구비를
촌촌이 버혀 내여,
실ᄀ티 플텨이셔
뵈ᄀ티 거러시니

베어 실처럼 풀어서 베같이 걸어 놓은 듯하다고 한 것은 우리말 표현의 진수
眞髓*라고 할 만합니다.

3부

진수
사물이나 현상의 가장 중요하고
본질적인 부분.

(전략)

小쇼香향爐노 大대香향爐노 눈 아래 구버보고, 正정陽양寺ᄉ 眞진歇헐臺디
고텨 올나 안준마리, 廬녀山산 眞진面면目목이 여긔야 다 뵈ᄂᆞ다. 어와 造조
化화翁옹이 헌ᄉᆞ토 헌ᄉᆞ홀샤. 놀거든 쒸디 마나 셧거든 솟디 마나. 芙부蓉용
을 고잣ᄂᆞᆫ 듯 白빅玉옥을 믓것ᄂᆞᆫ 듯, 東동溟명을 박ᄎᆞᄂᆞᆫ 듯 北북極극을 괴왓
ᄂᆞᆫ 듯. 놉흘시고 望망高고臺디 외로올샤 穴혈望망峰봉이 하ᄂᆞᆯ희 추미러 무ᄉᆞᆷ
일을 ᄉᆞ로리라, 千천萬만 劫겁 디나ᄃᆞ록 구필 줄 모ᄅᆞᄂᆞᆫ다. 어와 너여이고 너
ᄀᆞ트니 ᄯᅩ 잇ᄂᆞᆫ가.

開기心심臺디 고텨 올나 衆듕香향城셩 ᄇᆞ라보며, 萬만 二이千쳔峰봉을 歷녁
歷녁히 혀여ᄒᆞ니, 峰봉마다 밋쳐 잇고 긋마다 서린 긔운, 몱거든 조티 마나
조커든 몱디 마나. 뎌 긔운 흐터 내야 人인傑걸을 ᄆᆞᆫ들고쟈. 形형容용도 그지
업고 體톄勢셰도 하도 할샤. 天텬地디 삼기실 제 自ᄌᆞ然연이 되연마ᄂᆞᆫ, 이제
와 보게 되니 有유情졍도 有유情졍ᄒᆞᆯ샤.

毗비盧로峰봉 上샹上샹頭두의 올라 보니 긔 뉘신고. 東동山산 泰태山산이 어
ᄂᆞ야 놉돗던고. 魯노國국 조븐 줄도 우리ᄂᆞᆫ 모ᄅᆞ거든, 넙거나 넙은 天텬下하
엇찌ᄒᆞ야 젹닷 말고. 어와 뎌 디위를 어이ᄒᆞ면 알 거이고. 오ᄅᆞ디 못ᄒᆞ거니
ᄂᆞ려가미 고이홀가. 圓원通통골 ᄀᆞᄂᆞᆫ 길로 獅ᄉᆞ子ᄌᆞ峰봉을 ᄎᆞ자가니, 그 알
픠 너러바회 化화龍룡쇠 되어셰라. 千쳔年년 老노龍룡이 구비구비 서려 이
셔, 晝듀夜야의 흘려 내여 滄창海ᄒᆡ예 니어시니, 風풍雲운을 언제 어더 三삼
日일雨우를 디련ᄂᆞᆫ다. 陰음崖애예 이온 플을 다 살와 내여ᄉᆞ라.

(중략)

眞진珠쥬館관 竹듁西셔樓루 五오十십川쳔 ᄂᆞ린 믈이, 太태白빅山산 그림재ᄅᆞᆯ
東동海ᄒᆡ로 다마 가니, 출하리 漢한江강의 木목覓멱의 다히고져. 王왕程뎡이
有유限ᄒᆞᆫ ᄒᆞ고 風풍景경이 못 슬믜니, 幽유懷회도 하도 할샤, 客긱愁수도 둘
듸 업다. 仙션槎사ᄅᆞᆯ 씌워 내여 斗두牛우로 向향ᄒᆞ살가, 仙션人인을 ᄎᆞᄌᆞ려

丹단穴혈의 머므살가. 天텬根근을 못내 보와 望망洋양亭뎡의 올은말이, 바다 밧근 하늘이니 하늘 밧근 무서신고. 굿득 노훈 고래, 뉘라셔 놀내관되, 블거니 쑴거니 어즈러이 구는디고. 銀은山산을 것거 내여 六뉵合합의 느리는 듯, 五오月월 長댱天텬의 白뵉雪셜은 므스 일고.

져근덧 밤이 드러 風풍浪낭이 定뎡ᄒ거늘, 扶부桑상 咫지尺쳑의 明명月월을 기드리니, 瑞셔光광 千쳔丈댱이 뵈는 듯 숨는고야. 珠쥬簾렴을 고텨 것고 玉옥階계를 다시 쓸며, 啓계明명星셩 돗도록 곳초 안자 브라보니, 白뵉蓮년花화 ᄒ 가지를 뉘라셔 보내신고. 일이 됴흔 世세界계 ᄂ대되 다 뵈고져. 流뉴霞하 酒쥬 ᄀ득 부어 들드려 무론 말이, 英영雄웅은 어디 가며, 四ᄉ仙션은 긔 뉘러니, 아ᄆ나 맛나 보아 넷 긔별 뭇쟈 ᄒ니, 仙션山산 東동海ᄒ예 갈 길히 머도 멀샤.

松숑根근을 볘여 누어 픗줌을 얼픗 드니, 쑴애 ᄒ 사름이 날ᄃ려 닐온 말이, 그딕를 내 모ᄅ랴 上샹界계예 眞진仙션이라. 黃황庭뎡經경 ᄒ一字ᄌ를 엇디 그릇 닐겨 두고, 人인間간의 내려와셔 우리를 쏠오는다. 져근덧 가디 마오 이 술 ᄒ 잔 머거 보오. 北븍斗두星셩 기우려 滄창海ᄒ水슈 부어 내여, 저 먹고 날 머겨늘 서너 잔 거후로니, 和화風풍이 習습習습ᄒ야 兩냥腋익을 추혀 드니, 九구萬만 里리 長댱空공애 져기면 ᄂ리로다. 이 술 가져다가 四ᄉ海ᄒ예 고로 ᄂ화, 億억萬만 蒼창生ᄉ을 다 醉취케 밍근 後후의, 그제야 고텨 맛나 ᄯ ᄒ 잔 ᄒ쟛고야. 말 디쟈 鶴학을 트고 九구空공의 올나가니, 空공中듕 玉옥簫쇼 소릭 어제런가 그제런가. 나도 줌을 씌여 바다흘 구버보니, 기픠를 모ᄅ거니 ᄀ인들 엇디 알리. 明명月월이 千쳔山산 萬만落낙의 아니 비쵠 디 업다.

「송강가사」

현대어 풀이

(전략)

소향로, 대향로봉을 눈 아래로 굽어보고 정양사 진헐대에 다시 올라 앉으니, 금강산의 참모습이 여기(진헐대)에서 다 보이는구나. 아아, 조물주가 야단스럽기도 야단스럽구나. 날거든 뛰지 말거나 섰거든 솟지 말거나 할 것이지, 날고 뛰고 섰고 솟은 변화무쌍한 봉우리, 부용(연꽃)을 꽂아 놓은 듯 백옥을 묶어 놓은 듯, 아름다운 산봉우리여. 동해 바다를 박차는 듯 북극성을 괴어 놓은 듯, 그렇게도 힘찬 기상의 봉우리여. 높도다 망고대여, 외롭구나 혈망봉이 하늘에 치밀어 올라가 무슨 일을 아뢰려고 오랜 세월 지나도록 굽힐 줄을 모르느냐? (그 지조가 놀랍구나) 아, 너(망고대, 혈망봉)로구나. 너같이 지조가 높은 것이 또 있겠는가?

개심대에 다시 올라 중향성을 바라보며 만이천봉을 똑똑히 헤아려 보니, 봉우리마다 맺혀 있고 끝마다 서려 있는 기운이 맑거든 깨끗하지 말거나, 깨끗하거든 맑지나 말거나 할 것이지, 맑고 깨끗함을 함께 지닌 산봉우리의 수려함이여. 저 맑은 기운을 흩어 내어 뛰어난 인재를 만들고 싶구나. 모양도 끝이 없고 몸가짐새도 많기도 하구나. 천지가 생겨날 때에 자연히 되었지만 이제 와서 보게 되니 (천지창조에) 조물주의 뜻이 깃들어 있기도 하구나.

비로봉 정상에 올라가 본 사람이 있다면 그가 누구인가?(저렇게 아득하니 아마 없을 것임.) (비로봉을 바라보니, 공자님 말씀이 생각나네. 공자는 동산에 올라 노나라가 작고, 태산에 올라서 천하를 작다고 했으니) 동산과 태산 중 어느 것이 높던가? 노나라가 좁은 줄 우리는 모르거늘 넓거나 넓은 천하를 공자는 어찌해서 작다고 했는가? 아! 공자의 저 높은 정신적 경지를 어떻게 하면 알 수 있을 것인가? 오르지 못하는데 내려감이 이상하겠는가? 원통골의 좁은 길을 따라 사자봉을 찾아가니, 그 앞의 너럭 바위가 화룡소化龍沼가 되었구나. 마치 천 년 묵은 늙은 용이 굽이굽이 서려 있는 것같이 밤낮으로 물을 흘러 내어 넓은 바다에 이었으니, (저 용은) 바람과 구름을 언제 얻어 흡족한 비를 내리려느냐? 그늘진 낭떠러지에 시든 풀을 다 살려 내려무나.

(중략)

진주관(삼척) 죽서루 아래 오십천의 흘러 내리는 물이 (그 물에 비친) 그림자를 동해로 담아(옮겨)가니, 차라리 그 물줄기를 임금 계신 한강으로 돌려 서울의 남산에 대고 싶구나. 관원의 여정은 유한하고, 풍경은 볼수록 싫증나지 않으니, 그윽한 회포가 많기도 많고, 나그네의 시름도 달랠 길 없구나. 신선이 타는 뗏목을 띄워 내어 북두성과 견우성으로 향할까? 사선을 찾으러 단혈에 머무를까? 하늘의 맨 끝을 끝내 못 보고 망양정에 올랐더니, (수평선 저 멀리) 바다 밖은 하늘인데 하늘 밖은 무엇인가? 가뜩이나 성난 고래(파도)를 누가 놀라게 하기에, 물을 불거니 뿜

거니 하면서 어지럽게 구는 것인가? 은산을 꺾어 내어 온 세상에 흩뿌려 내리는 듯, 오월 드높은 하늘에 백설(파도의 물거품)은 무슨 일인가?

잠깐 사이에 밤이 되어 바람과 물결이 가라 앉거늘, 해 뜨는 곳이 가까운 동햇가에서 명월을 기다리니, 상서로운 빛줄기가 보이는 듯하다가 숨는구나. 구슬을 꿰어 만든 발을 다시 걷어 올리고 옥돌같이 고운 층계를 다시 쓸며, 샛별이 돋아오를 때까지 꼿꼿이 앉아 바라보니, 저 바다에서 솟아오르는 흰 연꽃같은 달덩이를 어느 누가 보내셨는가? 이렇게 좋은 세상을 다른 사람 모두에게 보이고 싶구나. (온 백성에게 은혜가 골고루 미치도록 선정을 베풀고 싶다.) 신선주를 가득 부어 손에 들고 달에게 묻는 말이, "옛날의 영웅은 어디 갔으며, 신라 때 사선은 그 누구더냐?" 아무나 만나 보아 영웅과 사선에 관한 옛 소식을 묻고자 하니, 선산이 있다는 동해로 갈 길이 멀기도 하구나.

소나무 뿌리를 베고 누워서 선잠을 얼핏 드니, 꿈에 신선이 나타나 나에게 이르는 말이 "그대를 내가 모르겠는가, 그대는 하늘나라에 살았던 신선이라. 황정경 한 글자를 어찌 잘못 읽어 인간 세상에 내려와서 우리를 따르는가? 잠깐만 가지 마오. 이 술 한 잔 먹어 보오." 북두칠성을 술잔으로 삼아 기울여서 창해수를 술로 삼아 부어 내어, 저 먹고 나에게 먹이거늘, 서너 잔 기울이니 봄바람이 산들산들 불어 양쪽 겨드랑이를 추켜드니, 높고 아득한 하늘에 웬만하면 날 것 같은 기분이로다. "이 술을 가져다가 온 세상에 고루 나누어, 모든 백성을 다 취하게 만든 후에 그때 다시 만나 또 한 잔을 하자꾸나." 이 말이 끝나자 신선이 학을 타고 높고 아득한 하늘로 올라가니, 공중에서 들려오는 옥피리 소리가 언제인지 그제인지 모르게 아득히 들려오는구나. 나도 잠을 깨어 바다를 굽어보니 깊이를 모르니 그 바다 끝을 어찌 알겠는가. 명월이 온 산과 촌락에 비치지 않은 곳이 없구나.

이 노래의 골격은 위정자의 모습으로 비쳐진 '산'의 이미지와 인간적인 모습으로 비쳐진 '바다'의 이미지로 형성되어 있습니다. 이 작품에서 작자가 산을 보고 떠올린 이미지는 주로 깨끗함이나 숭고함을 드러내는 '흰색'입니다. 따라서 작자가 산에서 주로 나타내고자 하는 바는 목민관으로서의 책임감입니다. 그러나 이런 모습은 바다로 이동하면서 인간 본연의 모습을 드러내는 쪽으로 바뀌어 갑니다. 특히 산에서는 볼 수 없었던 바다에서의 설렘은 본능적인 인간의 모습이라고 할 것입니다. 이러한 바다에서의 모습은 위정자로서의 모습이 인간적인 개인의 모습으로 전환된 것입니다.

이 과정에서 작자는 관찰사로서의 공식적인 임무와 자연을 마냥 즐기고 싶은 신선적인 풍류 사이에서 갈등을 합니다. 이러한 갈등은 신선과 만나는 꿈속에서 해결되고 있습니다. 작자는 '이 술 가져다가 四ᄉ海ᄒᆡ예 고로 ᄂᆞ화, 億억萬만 蒼창生ᄉᆡᆼ을 다 醉취케 밍근 後후의, 그제야 고텨 맛나 ᄯᅩ ᄒᆞᆫ 잔 ᄒᆞ잣고야'라는 말 속에서 백성을 사랑하는 마음과 자신의 회포를 풀고 싶은 마음을 동시에 드러내고 있습니다. 하지만 관찰사로서의 소임을 다한 후에 자신이 추구하는 세계를 향해 나가겠다고 마음을 먹으면서, 도교적 신선 사상과 유교적 현실주의 사이에서 일어났던 갈등은 극복이 됩니다.

임을 향한 변함없는 충성심의 노래 「사미인곡」

「사미인곡思美人曲*」은 송강 정철이 50세 되던 해에 조정에서 물러나 전남 창평에서 불우하게 지내고 있을 때 임금(선조)을 사모하는 연군의 정을, 한 여인이 남편을 잃고 연모하는 마음에 비겨서 노래하고 있습니다. 뛰어난 우리말 구사와 세련된 표현으로, 속편인 「속미인곡」과 함께 가사 문학의 최고 걸작으로 꼽히고 있습니다.

제목인 '사미인思美人'은 중국 초나라 굴원屈原의 '이소'를 뜻한다. 그래서 임금께 제 뜻을 얻지 못하더라도 충성심만은 변함이 없어 죽어서도 스스로를 지킨다는 「이소」의 충군적 내용에 송강 자신의 처지를 맞추어 노래한 것이라고 보기도 한다.

이 몸 삼기실 제 님을 조차 삼기시니, 혼ᄉᆡᆼ 緣연分분이며 하늘 모를 일이런가. 나 ᄒᆞ나 졈어 잇고 님 ᄒᆞ나 날 괴시니, 이 ᄆᆞᆷ 이 ᄉᆞ랑 견졸 ᄃᆡ 노여 업다. 平평生ᄉᆡᆼ애 願원ᄒᆞ요ᄃᆡ 혼ᄃᆡ 녜쟈 ᄒᆞ얏더니, 늙거야 므ᄉᆞ 일로 외오 두고 글이ᄂᆞᆫ고. 엇그제 님을 뫼셔 廣광寒한殿뎐의 올낫더니, 그 더딘 엇디ᄒᆞ야 下하界계예 ᄂᆞ려오니, 올 적의 비슨 머리 얼킈연 디 三삼年년이라. 臙연脂지粉분 잇ᄂᆡ마ᄂᆞ 눌 위ᄒᆞ야 고이 홀고. ᄆᆞᆷ의 ᄆᆡ친 실음 疊텹疊텹이 ᄡᅡ혀 이셔, 짓ᄂᆞ니 한숨이오 디ᄂᆞ니 눈믈이라. 人인生ᄉᆡᆼ은 有유限한ᄒᆞᆫ듸 시름도 그지업다. 無무心심호 歲세月월은 물 흐르듯 ᄒᆞᄂᆞᆫ고야. 炎염凉냥이 ᄶᅢ를 아라 가는 듯 고텨 오니, 듯거니 보거니 늣길 일도 하도 할샤.

東동風풍이 건듯 부러 積적雪셜을 헤텨 내니, 窓창 밧긔 심근 梅ᄆᆡ花화 두세 가지 픠여셰라. ᄀᆞᆺ득 冷닝淡담호ᄃᆡ 暗암香향은 므스 일고. 黃황昏혼의 ᄃᆞ리 조차 벼마ᄐᆡ 빗최니, 늣기는 듯 반기는 듯 님이신가 아니신가. 뎌 梅ᄆᆡ花화 것거 내여 님 겨신 ᄃᆡ 보내오져. 님이 너를 보고 엇더타 너기실고.

곳 디고 새 닙 나니 綠녹陰음이 ᄭᆞᆯ렷ᄂᆞᆫᄃᆡ, 羅나幃위 寂적寞막ᄒᆞ고 繡슈幕막이 뷔여 잇다. 芙부蓉용을 거더 노코 孔공雀쟉을 둘러 두니, ᄀᆞᆺ득 시름 한ᄃᆡ 날은 엇디 기돗던고. 鴛원鴦앙錦금 버혀 노코 五오色ᄉᆡᆨ線션 플텨 내여, 금자히 견화이셔 님의 옷 지어 내니, 手슈品품은 ᄏᆞ니와 制졔度도도 ᄀᆞ줄시고. 珊산瑚호樹슈 지게 우희 白ᄇᆡᆨ玉옥函함의 다마 두고, 님의게 보내오려 님 겨신 ᄃᆡ ᄇᆞ라보니, 山산인가 구롬인가 머흐도 머흘시고. 千쳔里리 萬만里리 길흘 뉘라셔 ᄎᆞ자갈고. 니거든 여러 두고 날인가 반기실가.

ᄒᆞᄅᆞ밤 서리김의 기러기 우러 녈 제, 危위樓루에 혼자 올나 水슈晶졍簾념 거든말이, 東동山산의 ᄃᆞᆯ이 나고, 北븍極극의 별이 뵈니, 님이신가 반기니 눈믈이 절로 난다. 淸쳥光광을 쥐여 내여 鳳봉凰황樓누의 븟티고져. 樓누 우희 거러 두고 八팔荒황의 다 비최여, 深심山산 窮궁谷곡 졈낫ᄀᆞ티 밍ᄀᆞ쇼셔.

乾건坤곤이 閉폐塞ᄉᆡᆨᄒᆞ야 白ᄇᆡᆨ雪셜이 ᄒᆞᆫ 빗친 제, 사룸은 ᄏᆞ니와 ᄂᆞᆯ새도 긋처 잇다. 瀟쇼湘샹 南남畔반도 치오미 이러커든, 玉옥樓누 高고處쳐야 더욱 닐너 므슴ᄒᆞ리. 陽양春춘을 부쳐 내여 님 겨신 ᄃᆡ 쏘이고져. 茅모簷쳠 비쵠 히를 玉옥樓누의 올리고져. 紅홍裳샹을 니믜ᄎᆞ고 翠취袖슈를 半반만 거더 日일暮모 脩슈竹듁의 혬가림도 하도 할샤. 댜른 히 수이 디여 긴 밤을 고초 안자, 靑쳥燈등 거른 겻ᄐᆡ 鈿뎐箜공篌후 노하 두고, 쑴의나 님을 보려 ᄐᆞᆨ 밧고 비겨시니, 鴛앙衾금도 ᄎᆞ도 출샤 이 밤은 언제 샐고.

ᄒᆞᄅᆞ도 열두 ᄶᅢ ᄒᆞᆫ ᄃᆞᆯ도 셜흔 날, 져근덧 싱각 마라 이 시름 닛쟈 ᄒᆞ니, 모음의 미쳐 이셔 骨골髓슈의 ᄭᅦ텨시니, 扁편鵲쟉이 열히 오나 이 병을 엇디ᄒᆞ리. 어와, 내 병이야 이 님의 타시로다. 출하리 싀어디여 범나븨 되오리라. 곳나모 가지마다 간 ᄃᆡ 죡죡 안니다가, 향 므든 ᄂᆞᆯ애로 님의 오ᄉᆡ 올므리라. 님이야 날인 줄 모ᄅᆞ셔도 내 님 조ᄎᆞ려 ᄒᆞ노라.

「송강가사」

현대어 풀이

이 몸이 태어날 때에 임을 따라서 태어나니, 한평생을 살아갈 인연이며 이것을 하늘이 모르겠는가. 나 오직 젊었고 임은 오직 나를 사랑하시니 이 마음과 이 사랑을 비교할 곳이 다시 없구나. 평생에 원하되 임과 함께 살아가려고 하였더니 늙어서야 무슨 일로 외따로 두고 그리워하는가. 엊그저께는 임을 모시고 궁전에 올라 있었는데 그동안 어찌하여 속세에 내려와 있는가. 내려올 때 빗은 머리가 헝클어진 지 삼년이라. 연지와 분이 있지만 누굴 위해 곱게 단장하겠는가. 마음에 맺힌 근심이 겹겹으로 쌓여 있어서 짓는 것이 한숨이요, 흐르는 것이 눈물이구나. 인생은 유한한데 근심은 끝이 없다. 무심한 세월의 순환이 물 흐르듯 빨리 지나가는구나. 더웠다 서늘해졌다 하는 계절의 바뀜이 때를 알아 갔다가는 다시 오니 듣거니 보거니 하는 가운데 느낄 일이 많기도 하구나.

봄바람이 문득 불어 쌓인 눈을 녹여 헤쳐 내니 창 밖에 심은 매화가 두세 송이 피었구나. 가뜩이나 차갑고 변화 없이 담담한데 매화는 그윽한 향기까지 무슨 일로 풍기고 있는가. 황혼의 달이 쫓아와 베갯머리에 비치니 흐느껴 우는 듯, 반가워하는 듯하니 이 달이 임인가 아닌가. 저 매화를 꺾어 내어 임 계신 곳에 보내고 싶구나. 임이 너를 보고 어떻게 생각하실까?

꽃잎이 지고 새 잎 나니 녹음이 우거져 나무 그늘이 깔렸는데 비단 포장은 쓸쓸히 걸렸고, 수 놓은 장막만이 드리워져 텅 비어 있다. 연꽃 무늬가 있는 방장을 걷어 놓고, 공작을 수 놓은 병풍을 둘러 두니, 가뜩이나 근심 걱정이 많은데, 날은 어찌 길던고? 원앙새 무늬가 든 비단을 베어 놓고 오색실을 풀어 내어 금으로 만든 자로 재어서 임의 옷을 만들어 내니, 솜씨는 말할 것도 없거니와 격식도 갖추었구나. 산호수로 만든 지게 위에 백옥으로 만든 함에 담아 앉혀 두고, 임에게 보내려고 임 계신 곳을 바라보니, 산인지 구름인지 험하기고 험하구나. 천 리 만 리나 되는 머나먼 길을 누가 찾아갈꼬? 가거든 열어 두고 나를 보신 듯이 반가워하실까?

하룻밤 사이의 서리 내릴 무렵에 기러기 울며 날아갈 때, 높다란 누각에 혼자 올라서 수정알로 만든 발을 걷으니, 동산에 달이 떠오르고 북극성이 보이므로, 임이신가 하여 반가워하니 눈물이 절로 난다. 저 맑은 달빛을 일으켜 내어 임이 계신 궁궐에 부쳐 보내고 싶다. 누각 위에 걸어 두고 온 세상을 비추어, 깊은 산골짜기에도 대낮같이 환하게 만드소서.

천지가 겨울의 추위에 얼어 생기가 막혀, 흰 눈이 일색으로 덮여 있을 때에, 사람은 말할 것도 없거니와 날짐승의 날아감도 끊어져 있다. 소상강 남쪽 둔덕도 추위가 이와 같거늘, 하물며 북쪽 임 계신 곳이야 더욱 말해 무엇하랴? 따뜻한 봄기운을 부치어 내어 임 계신 곳에 쐬게 하고 싶다. 초가집 처마에 비친 따뜻한 햇볕을 임 계신 궁궐에 올리고 싶다. 붉은 치마를 여미어 입고 푸른 소매를 반쯤 걷어 올려 해는 저물었는데 밋밋하고 길게 자란 대나무에 기대어서 이것저것 생각함이 많기도 많구나. 짧은 겨울 해가 이내 넘어가고 긴 밤을 꼿꼿이 앉아, 청사초롱을 걸어둔 옆에 자개로 수 놓은 공후라는 악기를 놓아 두고, 꿈에서나 임을 보려고 턱을 바치고 기대어 있으니, 원앙새를 수 놓은 이불이 차기도 차구나. 이 밤은 언제나 샐꼬?

하루는 열두 시간, 한 달은 서른 날, 잠시라도 임 생각을 하지 말아서 이 시름을 잊으려 하니, 마음속에 맺혀 있어 뼛속까지 사무쳤으니 편작 같은 명의가 열 명이 오더라도 이 병을 어찌하리. 아, 내 병이야 이 임의 탓이로다. 차라리 죽어 호랑나비가 되리라. 그리하여 꽃나무 가지마다 간 데마다 앉았다가 향기 묻힌 날개로 임의 옷에 옮아가리라. 임이야 그 호랑나비가 나인 줄 모르셔도 나는 끝까지 임을 따르려 하노라.

「사미인곡」은 서사 · 본사 · 결사로 구성되어 있는데, 본사는 봄 · 여름 · 가을 · 겨울의 계절적 변화에 따라 사무친 그리움을 노래하고 있습니다. 계절은 변하고 있지만, 외로운 신하가 임금을 그리워하는 심경은 계절의 변화와 관계없이 한결같음을 볼 수 있습니다. 위에서 인용하고 있는 부분은 '임과의 인연 및 이별 후의 그리움과 세월의 무상감'을 노래한 서사, '매화를 꺾어 임에게 보내드리고 싶은 마음'을 노래한 본사, '임을 향한 변함없는 충성심'을 노래한 결사입니다.

이 노래는 서정적 자아의 목소리를 여성으로 설정하여 자신의 애타는 마음을 절절하게 드러내고 있습니다. 「사미인곡」은 충신 연주 지사라는 측면에서 고려 속요인 「정과정곡」과 맥을 같이 하고 있으며, 우리 시가의 전통인, 부재하는 임에 대한 자기희생적 사랑을 보이고 있다는 점에서는 「가시리」와 그 맥을 같이한다고 할 수 있습니다.

이 작품은 분명히 송강다운 문학적 개성과 독창성을 발휘한 뛰어난 작품입니다. 하지만 이 작품에 권력 지향적인 느낌이 강하게 스며있다는 것은 부인할 수 없는 사실인 것 같습니다. 이 작품의 전반에 흐르는 정서는 분명 임에 대한 그리움과 변함없는 사랑입니다. 이런 시적 화자의 정서는 결사에서 절정에 이르게 됩니다. 이 작품의 끝 부분을 보면, '출하리 싀어디여 범나븨 되오리라. 곳나모 가지마다 간 딕 족족 안니다가, 향 므든 늘애로 님의 오시 올므리라. 님이야 날인 줄 모르셔도 내 님 조추려 ᄒ노라.'라고 되어 있습니다. 임이 나를 어떻게 생각하든지 간에, 설령 임이 나를 모른다고 하더라도 임에 대한 사랑은 죽어서 '호랑나비'가 되더라도 계속될 거라는 소름 끼칠 정도의 절절함을 보이고 있습니다. 바로 이런 부분이 작자가 현실 정치에 대한 미련을 버리지 못하고 있다는 것을 뒷받침하며, 송강의 작품이 권력 지향적이라는 것을 증명하는 예이기도 합니다.

차라리 '궂은비'가 되었으면 하는 마음을 노래한 「속미인곡」

「속미인곡續美人曲」은 「사미인곡」의 속편으로, 「사미인곡」에서 못다 한 심회를 더 발전시켜 읊은 작품입니다. 이 작품의 구성은 「사미인곡」과 달리 두 여성 화자의 대화체로 되어 있습니다. 편의상 두 여성 화자를 갑녀와 을녀라고 할 때, 둘의 역할은 매우 다릅니다. 갑녀는 작품을 전개하는 기능적 역할을 하는 데 반해, 을녀는 주제를 구현하는 중추적 역할을 하고 있습니다. 즉 이 작품의 중심 내용은 을녀 자신의 신세에 대한 하소연입니다. 을녀는 원래 '적강* 선녀'의 고귀한 신분이었으나, 지상으로 쫓겨난 존재입니다. 다시 말하면 사랑하는 임에게서 버림받은 처지입니다.

적강
신선神仙이 인간 세상에 내려오거나 사람으로 태어남.

데 가는 뎌 각시 본 듯도 흔뎌이고. 天텬上샹 白븩玉옥京경을 엇디호야 離니 別별호고, 히 다 뎌 져믄 날의 눌을 보라 가시는고.

어와 네여이고 내 스셜 드러 보오. 내 얼굴 이 거동이 님 괴얌즉 흔가마는 엇 딘디 날 보시고 네로다 녀기실시 나도 님을 미더 군쓰디 전혀 업서 이릭야 교틱야 어즈러이 구둣쩐디 반기시는 늦비치 녜와 엇디 다른신고. 누어 싱각 호고 니러 안자 혜여호니 내 몸의 지은 죄 뫼フ티 싸혀시니 하늘히라 원망호 며 사롬이라 허믈호랴. 셜워 플텨 혜니 造조物믈의 타시로다.

글란 싱각 마오.

미친 일이 이셔이다. 님을 뫼셔 이셔 님의 일을 내 알거니 물フ툰 얼굴이 편 호실 적 몃 날일고. 春츈寒한苦고熱열은 엇디호야 디내시며 秋츄日일冬동天 텬은 뉘라셔 뫼셧는고. 粥쥭무조飯반 朝죠夕셕 뫼 녜와 フ티 셰시는가. 기나 긴 밤의 줌은 엇디 자시는고.

님다히 消쇼息식을 아므려나 아쟈 흐니 오늘도 거의로다. 뉘일이나 사롬 올 가. 내 모움 둘 딕 업다. 어드러로 가쟛 말고. 잡거니 밀거니 놉픈 뫼히 올라 가니 구롬은쿠니와 안개는 므스 일고. 山산川쳔이 어둡거니 日일月월을 엇디 보며 咫지尺쳑을 모르거든 千쳔里리를 브라보랴. 출하리 물フ의 가 빅 길히 나 보쟈 흐니 브람이야 물결이야 어둥졍 된뎌이고. 샤공은 어딕 가고 빈 비 만 걸렷느니. 江강天텬의 혼쟈 셔셔 디는 히롤 구버보니 님다히 消쇼息식이 더옥 아득흐뎌이고.

茅모簷쳠 츤 자리의 밤둥만 도라오니 半반壁벽靑쳥燈등은 눌 위흐야 불갓는 고. 오락며 느리며 혜쓰며 바니니 져근덧 力녁盡진흐야 풋줌을 잠간 드니 精 졍誠셩이 지극흐야 숨의 님을 보니 玉옥 フ툰 얼굴이 半반이나마 늘거셰라. 모움의 머근 말숨 슬키장 숣쟈 흐니 눈믈이 바라 나니 말인들 어이흐며 情졍 을 못다흐야 목이조차 몌여흐니 오뎐된 鷄계聲셩의 줌은 엇디 끽돗던고.

어와, 虛허事수로다. 이 님이 어딕 간고. 결의 니러 안자 窓창을 열고 브라보 니 어엿븐 그림재 날 조출 뿐이로다. 출하리 싀여디여 落낙月월이나 되야이 셔 님 겨신 窓창 안히 번드시 비최리라.

각시님 돌이야쿠니와 구준 비나 되쇼셔.

「송강가사」

현대어 풀이

저기 가는 저 각시 본 듯도 하구나. 천상의 백옥경(임금이 계시는 곳)을 어찌하여 이 별하고, 해 다 져서 저물어 가는데 누구를 보러 가시는가? / 아, 너로구나. 내 사정 이야기를 들어 보시오. 내 얼굴과 이 나의 태도를 임께서 사랑함직한가마는 어쩐지 나를 보시고 '너로구나' 하고 특별히 여기시기에 나도 임을 믿고 딴 생각이 전혀 없어 애교며 아양을 부리며 귀찮게 굴었던지 반가워하시는 낯빛이 옛날과 어찌 다르신가? 누워서 생각하고 일어나 앉아서 헤아려 보니 내 몸이 지은 죄가 산과 같이 쌓였으니 하늘을 원망하며 사람을 탓하겠는가. 서러워 풀어내어 생각해 보니 조물주의 탓이로구나. / 그렇게는 생각하지 마시오. / 마음속에 맺힌 일이 있습니다. 님을 모시고 있어서 님의 일을 내가 잘 알거니 물과 같이 연약한 몸이 편하실 적이 몇 날이 될까? 이른 봄날 추위와 여름철 무더위는 어찌 지내시며 가을날 겨울날은 누가 모셨는가? 조반 전에 먹는 죽과 아침 저녁 진지는 옛날과 같이 잡수시는지 기나긴 밤에 잠은 어찌 주무시는가? / 임 계신 곳의 소식을 어떻게 해서라도 알려고 하니 오늘도 거의 저물었구나, 내일이나 소식 줄 사람이 올까 내 마음 둘 데 없다, 어디로 가야 한단 말인가. 잡기도 하고 밀기도 하면서 높은 산에 올라가니 구름은 물론이고 안개는 또 무슨 일인가. 산천이 어두운데 일월을 어떻게 바라보며 지척도 모르는데, 천 리나 먼 곳을 바라볼 수 있으랴. 차라리 물가에 가서 뱃길이나 보려 하니 바람과 물결이 어수선하게 되었구나. 사공은 어디 가고 빈 배만 걸렸는가. 강가에 혼자 서서 지는 해를 굽어보니 임 계신 곳의 소식이 더욱 아득하구나. / 띠집 차가운 잠자리에 한밤중이 돌아오니 벽 가운데 걸려 있는 등불은 누구를 위하여 밝아 있는가? 산을 오르내리며 강가를 헤매며 방황을 했더니 그 사이에 힘이 지쳐서 풋잠을 잠깐 드니 그 정성이 지극하여 꿈속에서 임을 보니 옥과 같이 곱던 얼굴이 반이 넘게 늙으셨구나. 마음속에 품은 생각을 실컷 말하려고 하니 눈물이 쏟아지니 말을 어찌하겠으며 정회도 못 다 풀어 목마저 메이니 방정맞은 닭소리에 잠은 어찌하여 다 깨었던가. / 아, 헛된 일이로다. 이 임은 어디 갔는가? 잠결에 일어나 앉아 창을 열고 바라보니 가엾은 그림자만이 나를 따르고 있을 뿐이로구나. 차라리 죽어서 달이나 되어 임 계신 창 안을 환하게 비쳐 드리리라. / 각시님, 달은 그만두고 궂은비나 되십시오.

이 작품은 「사미인곡」의 속편이지만, 「사미인곡」의 표현에 비해 순우리말의 묘미를 잘 살리고 있으며, 언어의 구사와 시의詩意의 간절함이 더욱 뛰어나다는 점에서 높은 평가를 받고 있는 작품입니다. 특히 우리말의 묘미를 잘 살려 소박하고 진실하게 표현하고 있는 점은 이 작품을 더욱 돋보이게 합니다.

「속미인곡」은 임과 이별한 사연 및 자신의 신세 한탄을 노래한 서사, 임에 대한 걱정과 그리움, 그리고 독수공방의 외로움을 노래한 본사, 독수공방의 애달픔, 꿈속에서 임과의 재회, 죽어서라도 사랑을 이루고자 하는 간절한 마음을 노래한 결사로 이루어져 있습니다. 특히 결사의 내용에서 화자는 더욱 적극적으로 자신의 마음을 임에게 전달하고 있습니다. 결사에 나오는 '궂은 비'는 달처럼 하늘에 머무는 것이 아니라 임이 있는 지상으로 직접 떨어져 내릴 수 있는 좀 더 적극적인 존재입니다. 따라서 '궂은비'에 담겨 있는 의미는 슬픔에 빠져 소극적으로만 있지 말고, 임에게 적극적으로 자신의 마음을 전해 보겠다는 화자의 강한 의지라고 하겠습니다.

조선 전기에 창작된 그 밖의 가사들

그 밖의 조선 전기 가사 작품으로 조위의 「만분가」, 백광홍의 「관서별곡」, 주세붕의 「권선지로가」, 양사준의 「남정가」, 허난설헌의 「규원가」 등이 있습니다.

조위의 「만분가」는 조선 전기에 일어난 무오사화(1498년)로 인하여 희생된 작가가 자신의 억울함을 호소한 유배 가사의 효시라는 점에서 문학사적 가치가 큰 작품입니다. 그리고 이 작품은 후대에 지어진 송강 정철의 「사미인곡」, 「속미인곡」 등에도 영향을 미친 것으로 보입니다.

天上(천상) 白玉京(백옥경) 十二樓(십이루) 어듸매오 五色雲(오색운) 깁픈 곳의 紫淸殿(자청전)이 가려시니 天文(천문) 九萬 里(구만리)를 꿈이라도 갈동말동 차라리 싀여 지여 億萬(억만) 번 變化(변화)하여 남산 늦픈 봄의 杜鵑(두견)의 넉시 되어 梨花(이화) 가디 우희 밤낫즐 못울거든 三淸洞裏(삼청동리)의 졈은 한널 구름 되어 바람의 흘리나라 紫微宮(자미궁)에 나라올라 玉皇(옥황) 香案前(향안전)의 咫尺(지척)의

나아 안자 胸中(흉중)의 싸힌 말삼 쓸커시 사로리라. (후략)

안정복, 「잡동산이雜同散異」

현대어 풀이

하늘 나라 백옥경 십이루가 어디인가. 오색 구름 깊은 곳에 자청전(신선의 궁궐)이 가렸으니 구만 리 먼 하늘을 꿈에라도 갈듯 말듯하구나. 차라리 죽어서 억만 번을 변화하여 남산 늦은 봄에 두견의 영혼이 되어 배꽃 가지 위에 앉아 밤낮으로 울지 못하거든 삼청동리(신선이 사는 고을)에 저문 하늘의 구름 되어 바람에 흩날려 자미궁(천제의 거처)에 날아올라 옥황상제 앞에 놓인 상 앞에까지 지척에 나가 앉아 가슴 속에 쌓인 말을 실컷 아뢰고 싶구나. (후략)

위의 「만분가」와 같은 유배 가사를 이해하기 위해서는 그 당시 지배 체제를 살펴보아야 합니다. 당시 지배 체제에서 절대 권력을 휘두르고 있는 이는 왕이었고, 그 왕권에 순응하는 길만이 그들이 유배의 고통에서 벗어날 수 있는 유일한 방법이었습니다. 그래서 어떤 유배 가사라도 왕권에 도전하는 내용이 아니라 그 왕에게서 사랑을 얻고자 노력하며 그 일환으로 왕의 은총을 회복하고자 하는 내용이 주류를 이루었습니다.

백광홍이 지은 「관서별곡關西別曲」은 기행 가사로 작가가 평안도 평사評事*가 되었을 때 그곳의 자연 풍물을 두루 둘러보고, 그 아름다움을 노래한 작품입니다. 이 작품의 영향을 받아 25년 뒤에 정철이 체재體裁와 수사修辭를 모방하여 「관동별곡」을 지었습니다.

주세붕의 「권선지로가勸善指路歌」는 이본異本에 따라 내용이 약간씩 다르지만, 대체로 인의와 오륜을 밝게 닦아 실천해야 함을 말하고 있습니다. 인륜을 행함에 있어 마음의 수양이 제일이라고 강조하고, 성현의 학문을 굳게 믿고 실천에 힘써야 한다고 하였습니다. 이 작품은 유교적 이념·사상·도덕을 노래한 것으로, 선의 가치관에 입각하여 그 선을 행동화하여 실천해 나갈 수 있는 길을 가르치고 있습니다.

양사준의 「남정가南征歌」는 현전하는 가사 작품 중 전쟁을 소재로 한 가사 중

평사

병마평사兵馬評事. 조선 시대 지방에 설치한 종6품 무관직.

주세붕 (1495~1554)

에서도 가장 오래된 작품입니다. 이 가사는 명종 10년 을묘왜변(1555년)을 당하여 김경석의 막하幕下*에 들어가 남정군에 가담한 지은이가 전남 영암에서 왜구들을 토벌하고 지은 전쟁 가사입니다. 「남정가」는 박인로의 「태평사太平詞」, 「선상탄船上嘆」과 함께 조선 시대 항왜抗倭의 역사적 사실을 다룬 전쟁 문학을 대표하는 작품으로 그 가치를 높이 인정받고 있습니다.

> 나라히 무스하야 이빅년이 너머드니 文恬武嬉ᄒ야 兵革을 니젓다가 時維 乙卯ㅣ오 歲屬 三夏애 島寇 雲翔ᄒ니 빗수를 뉘혜려요 혜음업슨 뎌 兵使야 네딘을 어듸두고 達島로 드러간다 옷버서 乞降이 처엄쁫과 다를셰고 父母 妻子을 뉘아니 두어실고 칼 맛거니 살맛거니 枕屍 遍野ᄒ니 어엿쓸샤 南民이야
> (후략)

남학명, 「남판윤유사南判尹遺事」

현대어 풀이

나라가 무사하여 이백 년이 넘었더니, 문염무희*하여 병혁*을 잊었다가 시유 을묘이요, 세속 삼하*에 도구 운상하니 뱃수를 누가 셀까? 생각없는 저 병사야! 네 진을 어디 두고 달도로 들어갔나? 옷 벗어 걸항이 처음 뜻과 다르구나. 부모 처자를 뉘 아니 두었을까? 칼 맞거니 침시 편야하니 가련하다 남민이여!
(후략)

허난설헌의 「규원가閨怨歌」는 규방 가사의 선구자적인 작품으로, 현전하는 최초의 여류 가사입니다. 일명 「원부사怨夫詞」로도 불리는 이 작품은 온화하고 품격이 높은 시풍이 돋보이는 작품입니다. 이 작품의 시적 화자는 봉건 제도 하에서의 부녀자의 한을 가진 존재입니다. 하지만 시적 화자는 자신을 버린 남편에 대해서 일관된 정서를 취하지는 않습니다. 때로는 임을 그리워하기도 하고, 원망하기도 하고, 때에 따라서는 이 두 개의 상반된 정서를 동시에 지니기도 합니다.

허난설헌 (1563~1589)

엇그제 저멋더니 ᄒ마 어이 다 늘거니. 少年行樂(소년행락) 생각ᄒ니 일러도 속절업다. 늘거야 서른 말슴 ᄒ자니 목이 멘다. 父生母育(부생모육) 辛苦(신고)ᄒ야 이내 몸 길러 낼 제, 公侯配匹(공후배필)은 못 바라도 君子好逑(군자 호구) 願(원)ᄒ더니, 三生(삼생)의 怨業(원업)이오 月下(월하)의 緣分(연분)으로, 長安遊俠(장안유협) 輕薄子(경박자)를 ᄭᅮᆷᄀᆞᆮ치 만나 잇서, 當時(당시)의 用心(용심)ᄒ기 살어름 디듸는 듯, 三五二八(삼오 이팔) 겨오 지나 天然麗質(천연 여질) 절로 이니, 이 얼골 이 態度(태도)로 百年期約(백년기약) ᄒ얏더니, 年光(연광)이 훌훌ᄒ고 造物(조물)이 多猜(다시)ᄒ야, 봄바람 가을 믈이 뵈오리 북 지나듯, 雪빔花顔(설빈화안) 어ᄃᆡ 두고 面目可憎(면목가증) 되거고나. 내 얼골 내 보거니 어느 님이 날 괼소냐. 스스로 慚愧(참괴)ᄒ니 누구를 怨望(원망)ᄒ리.

三三五五(삼삼오오) 冶遊園(야유원)의 새 사람이 나단 말가. 곳 피고 날 저물 제 定處(정처) 업시 나가 잇어, 白馬金鞭(백마금편)으로 어ᄃᆡ어ᄃᆡ 머무는고. 遠近(원근)을 모르거니 消息(소식)이야 더욱 알랴. 因緣(인연)을 긋처신들 ᄉᆡᆼ각이야 업슬소냐. 얼골을 못 보거든 그립기나 마르려믄, 열두 ᄢᅢ 김도 길샤 설흔 날 支離(지리)ᄒ다. 玉窓(옥창)에 심근 梅花(매화) 몃 번이나 픠여 진고. 겨울 밤 차고 찬 제 자최눈 섯거 치고, 여름날 길고 길 제 구즌 비는 무스 일고. 三春花柳(삼춘화류) 好時節(호시절)의 景物(경물)이 시름업다. 가을 ᄃᆞᆯ 방에 들고 蟋蟀(실솔)이 床(상)에 울 제, 긴 한숨 디ᄂᆞᆫ 눈물 속절업시 혬만 만타. 아마도 모진 목숨 죽기도 어려울사.

도로혀 풀쳐 혜니 이리ᄒ여 어이ᄒ리. 靑燈(청등)을 돌라 노코 綠綺琴(녹기금) 빗기 안아, 碧蓮花(벽련화) 한 곡조를 시름 조ᄎᆞ 섯거 타니, 瀟湘夜雨(소상야우)의 댓소리 섯도는 듯, 華表(화표) 千年(천 년)의 別鶴(별학)이 우니는 듯, 玉手(옥수)의 타는 手段(수단) 녯 소래 잇다마는, 芙蓉帳(부용장) 寂寞(적막)ᄒ니 뉘 귀에 들리소니. 肝腸(간장)이 九曲(구곡) 되야 구븨구븨 ᄭᅳᆫ쳐서라.

출하리 잠을 드러 ᄭᅮᆷ의나 보려 ᄒ니, 바람의 디ᄂᆞᆫ 닢과 풀 속에 우는 즘생, 무스 일 원수로서 잠조차 ᄭᅢ오는다. 天上(천상)의 牽牛織女(견우직녀) 銀河水(은하수) 막혀서도, 七月七夕(칠월칠석) 一年一度(일년일도) 失期(실기)치 아니거든, 우리 님 가신 후는 무슨 弱水(약수) 가렷관ᄃᆡ, 오거나 가거나 消息(소식)조차 ᄭᅳ쳣는고.

欄干(난간)의 비겨 서서 님 가신 딕 바라보니, 草露(초로)는 맷쳐 잇고 暮雲(모운)이 디나갈 제, 竹林(죽림) 푸른 고딕 새 소리 더욱 설다. 세상의 서룬 사람 수업다 ᄒ려니와, 薄命(박명)ᄒᆫ 紅顔(홍안)이야 날 가트니 ᄯᅩ 이실가. 아마도 이 님의 지위로 살동말동 ᄒ여라.

송계연월옹 편찬, 『고금가곡古今歌曲』

현대어 풀이

엊그제 젊었더니 어찌 벌써 이렇게 다 늙어 버렸는가? 어릴 적 즐겁게 지내던 일을 생각하니 말해야 헛되구나. 이렇게 늙은 뒤에 설운 사연 말하자니 목이 멘다. 부모님이 낳아 기르며 몹시 고생하여 이 내 몸 길러낼 때, 높은 벼슬아치의 배필을 바라지 못할지라도 군자의 좋은 짝이 되기를 바랐었는데, 전생에 지은 원망스러운 업보業報요 부부의 인연으로 장안의 호탕하면서도 경박한 사람을 꿈같이 만나, 시집간 뒤에 남편 시중하면서 조심하기를 마치 살얼음 디디는 듯하였다. 열다섯 열여섯 살을 겨우 지나 타고난 아름다운 모습 저절로 나타나니, 이 얼굴이 태도로 평생을 약속하였더니, 세월이 빨리 지나고 조물주마저 시기히여 봄바람 가을 물이 베틀의 베올 사이에 북이 지나가듯 빨리 지나가 버려 꽃같이 아름다운 얼굴 어디 두고 모습이 밉게도 되었구나. 내 얼굴을 내가 보고 알거니와 어느 임이 나를 사랑할 것인가? 스스로 부끄러워 하니 누구를 원망할 것인가.

여러 사람이 떼를 지어 다니는 술집에 새 기생이 나타났다는 말인가? 꽃 피고 날 저물 때 정처 없이 나가서 호사로운 행장을 하고 어디어디 머물러 노는고? 멀리 있는지 가까이 있는지 모르는데, 소식이야 더욱 알 수 있으랴. 인연을 끊었지마는 생각이야 없을 것인가? 임의 얼굴을 못 보거니 그립기나 말았으면 좋으련만, 하루가 길기도 길구나. 한 달이 지루하기만 하다. 규방 앞에 심은 매화 몇 번이나 피었다 졌는고? 겨울밤 차고 찬 때 자국 눈 섞여 내리고, 여름날 길고 긴 때 굳은비는 무슨 일인가? 봄날 온갖 꽃 피고 버들잎이 돋아나는 좋은 시절에 아름다운 경치를 보아도 아무 생각이 없다 가을 달이 방에 들이비추고 귀뚜라미 침상에서 울 때 긴 한숨 흘리는 눈물, 헛되이 생각만 많다. 아마도 모진 목숨 죽기도 어렵구나.

돌이켜 여러 가지 생각을 하니 이렇게 살아서 어찌할 것인가? 청사초롱을 둘러 놓고 거문고를 비스듬히 안고서 벽련화 한 곡을 시름에 잠겨 타니, 소상강 밤비에 댓잎 소리가 섞여 들리는 듯, 망주석에 천 년 만에 찾아온 특별한 학이 울고 있는 듯하고, 고운 손으로 타는 솜씨는 옛 가락이 아직 남아 있지마는 연꽃 무늬가 있는 휘장을 친 방안이 텅 비어 있으니 누구의 귀에 들리겠는가? 마음속이 굽이굽이 끊어졌도다.

차라리 잠이 들어 꿈에나 보려 하니 바람에 떨어지는 나뭇잎과 풀 속에서 우는 짐승은 무슨 원수가 져서 잠마저 깨우는고? 하늘의 견우성과 직녀성은 은하수가 막혔을지라도 칠월 칠석에 매 년에 한 번씩은 때를 놓치지 않고 만나는데, 우리 임 가신 뒤에는 무슨 건너지 못할 강이 놓여 있기에 오고 가는 소식마저 끊어졌는가? 난간에 기대어 서서 임 가신 곳을 바라보니, 풀에 이슬은 맺혀 있고 저녁 구름이 지나갈 때, 대나무 숲 우거진 곳에 새 소리가 더욱 서럽게 들린다. 세상에 서러운 사람이 수없이 많다고 하지만, 기구한 운명을 가진 여자 신세야 나 같은 이가 또 있을까? 아마도 이 임의 탓으로 살듯 말듯 하구나.

시가 문학

05 시조

    시조는 3장 6구를 바탕으로 간결성과 정형성을 갖춘 문학 갈래입니다. 조선 전기의 시조는 이러한 형식미 때문에 사대부들의 미의식과 정신세계를 표현하는 데 가장 적합한 갈래로 자리를 잡았습니다. 이 시기 시조의 주제는 주로 유교적 이념과 자연에 대한 동경이었습니다. 이 두 가지는 조선 사대부들의 이상이기도 하였습니다. 하지만 세부적으로는 조선의 건국이나 세조의 집권, 성종 이후의 안정기라는 사회적 환경의 변화에 따라 작품의 내용이 조금씩 차이를 보입니다. 따라서 이 책에서는 세 시기로 나누어 조선 전기 시조 작품을 살펴보기로 하겠습니다.

    아울러, 문학사적 측면에서 조선 전기는 여성 작가들이 시조 창작에 참여하기 시작하였다는 점에서 의미가 있는 시기입니다. 비록 창작에 참여한 여성들이 기녀로 한정되기는 하였지만, 섬세한 감수성으로 인간사를 노래하는 작품을 남겼다는 점에서 이 시기 시조의 문학적 성과를 높게 평가할 수 있습니다.

군은과 절의를 읊은 조선 전기의 시조

조선 초는 고려 유신들의 회고가 및 충절가, 조선 개국공신들의 송축가가 주류를 이루었습니다. 이 시기의 작가들로는 고려 왕조에 대한 회고와 망국의 슬픔을 노래한 길재, 고려 왕조에 충절을 다짐한 원천석, 가을 농촌의 풍요로움과 흥겨움을 노래한 황희, 대장부의 호방한 기개를 드러낸 김종서, 자연을 즐기며 임을 생각한 맹사성 등이 있습니다. 특히 맹사성이 지은 「강호사시가 江湖四時歌」는 최초의 연시조로 자연을 벗 삼아 사는 흥취와 임금의 은혜에 감사하는 마음을 계절별로 노래하였습니다.

江湖(강호)에 봄이 드니 미친 興(흥)이 절로 난다.
濁醪溪邊(탁료계변)에 錦鱗魚(금린어)] 안주로다.
이 몸이 閒暇(한가)히옴도 亦君恩(역군은)이샷다.

江湖(강호)에 녀름이 드니 草堂(초당)에 일이 업다.
有信(유신)흔 江波(강파)는 보내느니 브람이다.
이 몸이 서늘히옴도 亦君恩(역군은)이샷다.

江湖(강호)에 ᄀᆞ울이 드니 고기마다 슬져 잇다.
小艇(소정)에 그물 시러 흘리 띄여 더뎌 두고,
이 몸이 消日(소일)히옴도 亦君恩(역군은)이샷다.

江湖(강호)에 겨월이 드니 눈 기픠 자히 남다.
삿갓 빗기 쓰고 누역으로 오슬 삼아,
이 몸이 칩지 아니히옴도 亦君恩(역군은)이샷다.

「청구영언」

작품 속에서 화자는 자연을 인간과 조화를 이루는 존재로 여기고 자연의 질서에 순응하며 자연과 일체가 되는 삶을 지향하고 있습니다. 이와 같이 강호가도를 읊으면서 동시에 임금에 대한 은혜를 잊지 않는 시풍은 조선 초기 안정된 정서를 표현한 것으로 볼 수 있습니다. 강호가도의 선구적 작품인 「강호사시가」는 후대 이황의 「도산십이곡陶山十二曲」, 이이의 「고산구곡가」, 윤선도의 「어부사시사漁父四時詞」 등에 영향을 주었습니다.

세조 즉위 직후는 세조의 왕권 찬탈과 관련하여 세조를 비판하고, 단종에 대한 충성심을 표현한 사육신死六臣*과 생육신生六臣* 중심의 충절가가 많았습니다. 수양 대군의 왕위 찬탈 사건을 인정하지 않는 충신들이 지은 이 시기의 시조들은 의가 아니면 따르지 않는다는 선비의 절개와 충성을 노래하고 있습니다. 이 시기의 대표적인 작가들로는 세조 일파의 무차별한 인재 살육을 개탄하고 계유정난癸酉靖難*을 풍자한 유응부, 단종을 향한 일편단심과 변하지 않는 절개를 노래한 박팽년, 단종과의 이별의 슬픔을 노래한 이개, 단종을 유배지인 영월의 청령포에 두고 돌아오는 길에서 느낀 슬픔을 노래한 왕방연*, 억울하게 쫓겨난 단종에 대한 애틋한 정을 형상화한 원호, 단종에 대한 자신의 굳은 절개와 지조를 노래한 성삼문 등이 있습니다. 특히 성삼문은 세조의 단종 폐위에 대해 적극적으로 항거한 대표적인 인물입니다.

이 몸이 주거 가셔 무어시 될고 하니,

蓬萊山(봉래산) 第一峯(제일봉)에 落落長松(낙락장송) 되야 이셔,

白雪(백설)이 萬乾坤(만건곤)홀 제 獨也靑靑(독야청청)ᄒ 리라.

『청구영언』

사육신

단종의 복위를 꾀하다가 실패하고 죽임을 당한 성삼문, 박팽년, 하위지, 이개, 유성원, 유응부 등을 말한다.

생육신

사육신 못지않게 항거하고 절의를 지킨 김시습, 원호, 이맹전, 조여, 성담수, 남효온 등을 가리킨다.

계유정난

1453년 12세의 나이로 단종이 조선왕조 제6대 임금이 되자, 단종의 숙부인 수양 대군이 자신의 세력을 규합하여 김종서, 황보인 등 반대파 중신들을 죽이고 왕위를 찬탈한 뒤 단종을 유배시킨 사건.

왕방연의 시조

천만 리(千萬里) 머나먼 길에 고흔 님 여희압고 / 닉 마음 둘 듸 업셔 닉가에 안잣시니 / 져 물도 닉 안과 갓틔여 우러 밤길 예놋다.

『가곡원류』

충청남도 논산에 있는 성삼문의 사당인 성인각

위 작품은 성삼문이 단종의 복위를 도모하다가 실패하여 죽게 되었을 때 지은 것으로 대표적인 절의가로 알려진 작품입니다. 자신을 '낙락장송'에 비유하여 온 세상이 다 세조를 섬긴다고 하더라도 자신만은 단종에 대한 절개를 지키겠다는 굳은 결의를 상징적으로 드러내고 있습니다.

가단의 형성과 시조 작가층의 확대

성종 이후는 정국이 안정되고 왕조의 기틀이 잡힙니다. 그래서 유교 사상과 함께 노장老莊의 무위자연에 영향을 받아 자연 속에서 유유자적하는 삶을 노래한 작품들이 주류를 이루었습니다. 이 시기의 대표적인 작가로는 자연 친화와 안빈낙도를 노래한 송순, 지리산의 아름다운 경치를 노래한 조식, 자연과 더불어 살고 싶은 마음을 노래한 성혼, 적막과 고독의 서정을 노래한 조헌, 자연 속에서 학문 정진의 흥취를 노래한 이이의 「고산구곡가」 등이 있습니다.

高山九曲潭(고산구곡담)*을 살름이 몰으든이,
誅茅卜居(주모복거)*ᄒ니 벗님네 다 오신다.
어즙어, 武夷(무이)를 想像(상상)ᄒ고* 學朱子(학주자)를 ᄒ리라.　　　　－서사－

二曲(이곡)은 어드메고 花巖(화암)에 春晚(춘만)커다.
碧波(벽파)에 곳츨 ᄯᅴ워 野外(야외)에 보내노라.
살름이 勝地(승지)*를 몰온이 알게 흔들 엇더리.　　　　－2곡－

七曲(칠곡)은 어디메오 楓巖(풍암)*에 秋色(추색)좋다.
淸霜(청상)이 엷게 치니 絕壁(절벽)이 錦繡(금수)ㅣ로다.
寒巖(한암)에 혼자 앉아 집을 잊고 있노라.　　　　－7곡－

九曲(구곡)은 어드미고 文山(문산)에 歲暮(세모)커다.*
奇巖怪石(기암괴석)*이 눈쪽에 뭇쳤세라.
遊人(유인)은 오지 안이ᄒ고 볼 껏업다 ᄒ드라.　　　　－9곡－
『청구영언』

고산구곡담
고산의 아홉 굽이 계곡의 아름다움.

주모복거
풀을 베고 터를 잡아 집을 짓고 살다.

무이를 상상ᄒ고
주자가 읊은 무이산에서 후학을 가르친 주자를 생각하고

승지
경치 좋은 이곳.

풍암
단풍으로 둘러싸인 바위.

세모커다.
한 해가 저무는구나.

기암괴석
기이하게 생긴 바위와 돌.

「고산구곡가高山九曲歌」는 이이가 42세에 고산高山의 구곡九曲 중 오곡五曲에 은거하며 집을 짓고 후학을 양성하며 느낀 감상을 표현한 작품입니다. 고산의

청량산 도립공원
「등청량정」 시비에 있는
주세붕의 글귀

「오륜가」

兄(형)님 자신 져졸 내 조쳐 머굼
이다. / 어와 뎌 아♀야 어마님
너 ♀랑이아. / 兄弟(형제)옷 不
和(불화)ㅎ면 개 도티라 ㅎ리라.
  「무릉속집武陵續集」

현대어 풀이: 형님이 잡수신 젖
을 나까지 먹습니다. / 아아, 우
리 아♀야 어마님 너 사랑이야.
/ 형제 간에 화목하지 못하면 개
나 돼지라 할 것입니다.

초야우생

시골에 파묻혀 있는 어리석은 사
람

천석고황

산수를 사랑하는 것이 너무 정도
에 지나쳐 마치 불치의 고질과
같다는 뜻으로, 벼슬길에 나서
지 않음을 이르는 말. 연하고질
煙霞痼疾.

만고상청

오랜 세월 동안 변함없이 언제나
푸름.

아홉 굽이 골짜기에 맞게 아홉 수의 시조를 배치하고 서사에 이 시조를
지은 동기를 제시하고 있습니다. 서사를 포함하여 모두 열 개의 평시조로
이루어진 연시조인 이 작품은 각 수에 제재 역할을 하는 장소와 자연 경
치를 제시하여 실제 지형과 맞추고 있으며, 묘사된 자연에 사실성을 부여
하고 있다는 것이 특징입니다. 그리고 자연에 대한 예찬과 더불어 학문을
가르치고 배우는 것의 즐거움을 중의적으로 표현하고 있습니다.

이 시기는 고향으로 돌아가 자연과 벗하려는 경향이 대두되기도 하였
는데, 주로 관직을 떠난 가객歌客들이 자연에 파묻혀 강호의 아름다움을
노래하고 임금의 은혜를 생각하는 작품을 창작하였습니다. 이렇게 시조
의 영역이 확대되는 과정에서 영남 가단과 호남 가단이 형성되었습니다.
영남 가단은 심성心性을 닦는 것을 우위로 내세운 반면, 호남 가단은 심성
을 닦기보다는 풍류風流를 즐기는 모습을 보였습니다.

영남 가단의 대표적인 작가들과 그들의 작품으로는 삼강오륜을 생각하며
지은 주세붕의 「오륜가五倫歌」*, 인격 수양 및 학문 정진을 권유한 이황의 「도
산십이곡陶山十二曲」, 어부가 되어 자연에 묻혀 사는 즐거움을 노래한 이현보의
「어부가漁父歌」 등이 있습니다.

이런들 엇더ᄒ며 뎌런들 엇더ᄒ료
草野愚生(초야우생)*이 이러타 엇더ᄒ료
ᄒ믈며 泉石膏肓(천석고황)*을 고텨 므슴ᄒ료   −1곡−

當時(당시)예 녀던 길흘 몃ᄒᆡ를 ᄇ려 두고
어듸 가 ᄃ니다가 이제야 도라온고
이제나 도라오나니 년 듸 ᄆᆞ음 마로리   −10곡−

靑山(청산)는 엇뎨ᄒ야 萬古(만고)애 프르르며
流水(류수)는 엇뎨ᄒ야 晝夜(주야)애 긋디 아니ᄂᆞᆫ고
우리도 그치디 마라 萬古常靑(만고상청)* ᄒ오리라   −11곡−

위의 「도산십이곡」은 이황이 지은 연시조로 작자가 도산 서원을 세우고 학문에 열중하면서 사물을 대할 때 일어나는 감흥과 수양의 경지를 읊은 것입니다. 모두 12곡으로 이루어졌으며, 앞의 6곡은 '언지言志'로 자연에 동화된 생활을 하면서 사물을 접하는 감흥을 노래한 것이고, 뒤의 6곡은 '언학言學'으로 학문 수양에 임하는 심경을 노래한 것입니다. 중국 문학을 차용한 것이 많고, 어려운 한자어가 너무 많이 사용되어 문학적으로 볼 때에는 높이 평가할 수 없으나, 인간 속세를 떠나 자연에 묻혀 사는 생활과 후진 양성을 위한 학문 생활을 솔직 담백하게 표현해 놓은 점이 훌륭합니다. 그리고 이 작품의 끝에 붙인 발문跋文에는 작자 자신이 이 노래를 짓게 된 연유와 우리나라 가요를 평한 말* 가운데, 그의 문학관이 잘 나타나 있습니다.

이 듕에 시름 업스니 漁父(어부)의 生涯(생애)이로다.
一葉片舟(일엽편주)를 萬頃波(만경파)에 띄워 두고
人世(인세)를 다 니젯거니 날 가는 줄를 안가.

『농암집聾巖集』

"…… 저 '한림별곡'과 같은 류는 문인의 구기口氣에서 나왔지만 긍호矜豪와 방탕에다 설만褻慢과 희압戲狎을 겸하여 더욱 이 군자로서 숭상할 바 못 되고, …… 그러기에 내가 일찍이 이별의 노래를 대략 모방하여 '도산육곡'을 지은 것이 둘이니, 기일其一에는 '지志'를 말하였고, 기이其二에는 '학學'을 말하였다. 아이들로 하여금 조석朝夕으로 이를 연습하여 노래를 부르게 하고는 궤櫃를 비겨 듣기도 하려니와, 또한 아이들로 하여금 스스로 노래를 부르는 한편 스스로 무도舞蹈를 한다면 기의 비린鄙吝을 씻고 감발感發하고 융통融通할 바 있어서, 가자歌者와 청자聽者가 서로 자익資益이 없지 않을 것이다."

「도산십이곡발陶山十二曲跋」

위 「어부가」에 등장하는 어부는 고기잡이를 생업으로 하는 어부가 아니라, 세속과 정치 현실에서 벗어나 자연 속에서 풍류를 즐기며 사는 가짜 어옹漁翁일 뿐입니다. 따라서 이 작품은 실제 어부 생활을 하면서 쓴 것이 아니라, 관념적인 어부의 모습을 빌려 세속에서 벗어나 한가하고 느긋한 삶을 살고 싶은 욕망을 노래한 작품으로 이해할 수 있습니다. 이 작품은 후대 윤선도의 「어부사시사」에 영향을 주었습니다.

한편, 호남 가단을 대표하는 작가들로는 송순, 김인후, 김성원, 정철 등이 있습니다. 호남 가단의 작가들은 풍류를 즐기는 삶을 중시했는데, 그 모습의 절정을 보여주는 작가는 정철입니다. 이러한 모습은 그의 작품 「장진주사將進酒辭」에 매우 잘 드러납니다.

세속과 정치에서 벗어나 풍류를 즐기리라~

흔 盞(잔) 먹새그려 또 흔 盞(잔) 먹새그려 곳 것거 算(산) 노코 無盡無盡(무진무진) 먹 새그려

이 몸 주근 後(후)에 지게 우희 거적 더퍼 주리혀 민여가나 流蘇寶帳(유소보장)에 만인이 우러 녜나 어옥새 속새 덥가나무 白楊(백양) 수폐 가기곳 가면 누른 히 흰 둘 マ는 비 굴근 눈 쇼쇼리 브람 불 제 뉘 흔 盞(잔) 먹쟈 홀고

흐믈며 무덤 우희 진나비 프람 불 제 뉘우츤들 엇지리

『송강가사』

현대어 풀이

한 잔 먹세그려, 또 한 잔 먹세그려. 꽃을 꺾어 술잔 수를 세면서 한없이 먹세그려. 이 몸이 죽은 후에는 지게 위에 거적을 덮어 꽁꽁 졸라매어 가거나, 곱게 꾸민 상 여를 타고 만 명의 사람들이 울며 따라가거나, 억새와 속새와 떡갈나무 백양 숲 속 에 한 번 가기만 하면 누런 해와 흰 달이 뜨고, 가랑비와 함박눈이 내리며, 회오리 바람이 불 때 그 누가 한 잔 먹자고 하겠는가?

하물며 무덤 위에 잔나비(원숭이)들이 놀러 와 휘파람을 불 때 (아무리 지난날을) 뉘우친 들 무슨 소용이 있겠는가?

신윤복, 〈미인도〉

황진이의 모습은 전해지는 것이 없고, 〈미인도〉를 통해 그 모습을 추측한다.

위 「장진주사」는 우리나라 최초의 사설시조로 술과 풍류를 즐기는 삶을 노래 한 권주가(술을 권하면서 부르는 노래)입니다. 꽃을 꺾어 술잔을 세며 취흥을 즐기는 낭만적인 정경과 무덤 주변의 삭막한 분위기가 대조되면서 인생무상을 강조하 여, 사람들에게 술과 풍류를 즐기는 삶을 살라는 작가의 의사를 전달하고 있습 니다.

한편 이 시기에는 기녀들의 참여로 작자 계층이 확대되는데, 대표적인 작가 들로는 황진이, 계랑, 홍랑 등이 있습니다. 이들의 시조 내용은 공통적으로 임 에 대한 간절한 그리움을 노래하고 있으며, 표현 기교가 세련되었을 뿐만 아니 라 우리말의 아름다움을 잘 살리고 있습니다. 특히 황진이의 시조는 임에 대한 그리움을 참신한 은유와 감각적인 언어로 그려 내고 있습니다.

冬至(동지)ㅅ둘 기나긴 밤을 한 허리를 버혀 내여,

春風(춘풍) 니불 아리 서리서리 너헛다가,

어론 님 오신 날 밤이여든 구뷔구뷔 펴리라.

「청구영언」

특히, '冬至(동지)ㅅ둘 기나긴 밤'이라는 시간을 '春風(춘풍) 니불 아리'라는 공간 속에 담아 두어 임과 함께 있는 봄밤을 연장해 보겠다는 발상이 매우 돋보입니다.

이러한 기녀들의 시조는 상류 계층의 전유물이었던 시조의 작자층 확대를 가져왔다는 점에서 의의가 있으며, 시조가 새로운 모습으로 탈바꿈하는 계기를 마련하였습니다.

재능과 신분은 상관이 없다!

세종 전기교와 이총대효 설린 문화까지!

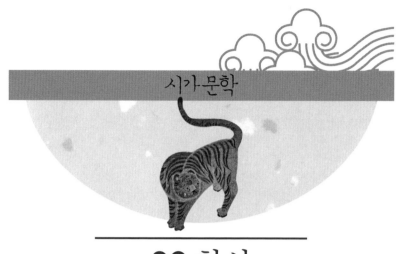

시가문학

06 한시

조선에 들어서도 한시는 양반층의 필수적 교양인 동시에 자기 표현의 서정 양식으로서 널리 자리 잡았습니다. 문인, 사대부들에게 한시의 창작은 신분 관계를 확인하고 같은 계층끼리 교류하는 데 꼭 필요한 수단이었습니다. 한시를 익숙하게 쓸 수 있기까지는 오랜 학습과 수련이 필요합니다. 따라서 이를 소화해 내고 넘어서는 것은 시적 재능을 평가하는 데 중요한 요인이 되었습니다.

이 시기 시단의 분위기는 고려 시대 이래 시인들이 따랐던 송시풍宋詩風에서 크게 벗어나지는 않았습니다. 하지만 선조 때의 삼당三唐 시인이라 불리는 최경창, 백광훈, 이달*은 이러한 풍조를 배격하고 당시唐詩를 배우는 데 힘을 기울였습니다. 이들은 정서를 중시하여 좀 더 낭만적이고 풍류적인 시를 쓰려고 했으며, 성조聲調 감각을 중시하였습니다. 이들 중에서도 이달은 특히 뛰어난 시인으로 이름을 떨쳤습니다. 다음은 이달의 「불일암 인운스님에게佛日庵贈因雲釋」입니다.

이달 (?~?)
조선 선조 때의 한시의 대가. 서얼 출신이며, 『홍길동전』을 지은 허균과 허난설헌에게 시를 가르치기도 했다. 허균이 훌륭한 재능은 있었으나 서얼이기 때문에 뜻을 펴지 못하는 이달을 보고 『홍길동전』을 지었다는 설이 있다.

寺在白雲中_(사재백운중) 절집이 흰 구름에 묻혀 있기에,
白雲僧不掃_(백운승부소) 흰 구름을 스님은 쓸지를 않아.
客來門始開_(객래문시개) 바깥 손님 와서야 문 열어 보니,
萬壑松花老_(만학송화노) 온 산의 송화는 하마 쇠었네.

『손곡집蓀谷集』

위 시는 깊고 고요한 산 속에서 느낄 수 있는 한적한 분위기를 시각적으로 형상화하여 한 폭의 풍경화를 보는 듯한 인상을 줍니다. 속세와 멀리 떨어져 구름 속에 파묻힌 채 세월의 흐름을 잊고 살아가는 삶의 경지를 그리고 있습니다. 특히, 이 시에서 '스님'은 자연과 일체가 되어 살아가는 탈속적인 은둔자의 모습을 보입니다.

그 밖에 이 시기의 대표적인 작가들과 그들의 작품으로는 초가을 산촌 풍경에서 느끼는 나그네의 시름을 노래한 김시습의 「도중途中」, 시대 현실에 대한 염려와 세상을 경륜經綸하고 싶은 마음을 노래한 임제의 「잠령민정蠶嶺閔亭」, 독서와 안빈낙도의 생활을 노래한 서경덕의 「독서유감讀書有感」, 친정어머니를 두고 떠나는 안타까움을 노래한 신사임당의 「대관령을 넘으면서踰大關領望親庭」, 불평등한 사회 현실에 대한 비판을 노래한 허난설헌의 「빈녀음貧女吟」 등이 있습니다.

강원도 대관령 중턱에 있는
신사임당 사친시비

북한문학에서 바라보는 윤선도의 「어부사시사」

북한에서는 17세기의 대표적인 시조 시인으로 윤선도를 꼽는다. 특히 그가 남긴 대표적인 시조 작품들 중 산중 생활의 이모저모와 농민들과 접촉하는 과정에서 보고 듣고 느낀 점을 진실하게 반영한 작품들을 의미 있게 평가한다. 그중에서 특히 「어부사시사」는 정계에서 몸을 더럽히지 않고 자연에 묻혀 깨끗하게 살아가려는 신념을 표현한 작품이라는 의미를 부여한다.

특히 련시조 형태의 장시 「어부사시사」는 그의 가장 우수한 대표작으로 알려져 있다. 시에는 고기를 낚으며 자연을 즐기는 기쁨을 우리말로 노래하면서 아름다운 자연 속에서 고기를 낚으며 어지러운 정계와는 인연을 끊고 '깨끗하게' 살아가려는 자신의 감정이 반영되어 있다. 그러나 작품에 반영된 어촌은 당대의 비참한 어촌 현실이 아니며, 주인공 '고기잡이 할아버지-어옹'도 근로하는 인물이 아니라 산촌에 파묻혀 자연을 즐기며 살아가는 은일 처사의 형상이다. 이 작품은 이러한 제한성을 갖고 있으나, 꽉 짜인 시적 구성과 생동한 예술적 형상, 특히 당대의 량반통치배들이 천대하고 멸시하던 우리 말로 자연풍경을 생동하게 그려 내고 있다는 점에서 의의가 있다.

위에 인용된 글은 북한의 『문학예술사전』에 언급된 윤선도의 「어부사시사」에 대한 평이다. 이처럼 북한에서는 이 작품에 대해 우리의 글로 자연 풍경을 아름답고 생동감 있게 그려내고 있다는 점에서 높이 평가하고 있다. 하지만 당대의 '비참한 어촌 현실'이 작품에 반영되지 않은 점을 지적한다. 사실 작품 속 어부는 실제로 노동을 하며 고달픈 삶을 살아가는 사람이 아니라, 자연 속에 파묻혀 풍류를 즐기는 은일 처사의 모습이다. 따라서 '비참한 어촌 현실'이 작품 속에 반영될 리가 없는 것이다. 그리고 당시 부패하고 무능한 '양반 통치배들'에 대한 비판적 시각도 드러나 있다.

어부사시사

[춘사春詞 4]
우는 거시 벅구기가 프른 거시 버들숩가
이어라 이어라
漁어村촌 두어 집이 닛 속의 나락들락.
至지匊국悤총 至지匊국悤총 於어思사臥와
말가흔 기픈 소회 온갇 고기 뛰노ᄂ다.

[하사夏詞 2]
년닙희 밥 싸두고 반찬으란 쟝만 마라.
닫 드러라 닫 드러라
靑청篛약笠립은 써 잇노라, 綠녹蓑사衣의 가져오냐.
至지匊국悤총 至지匊국悤총 於어思사臥와
無무心심흔 白백鷗구는 내 좃는가 제 좃는가.

[추사秋詞 1]
物믈外외예 조흔 일이 漁어夫부生생涯애 아니러냐
빗떠라 빗떠라
漁어翁옹을 욷디 마라 그림마다 그럿더라
至지匊국悤총 至지匊국悤총 於어思사臥와
四ᄉ時시興흥이 흔가지나 秋츄江강이 은듬이라

[동사冬詞 4]
간밤의 눈 갠 後후 景경物믈이 달랃고야.
이어라 이어라
압희ᄂ 萬만頃경琉류璃리 뒤희ᄂ 千천疊텹玉옥山산
至지匊국悤총 至지匊국悤총 於어思사臥와
仙션界계ㄴ가 佛블界계ㄴ가, 人인間간이 아니로다.

어옹漁翁

「고산유고」

01 소설

『장자』「외물편外物篇」원문

소설을 꾸며 높은 벼슬을 구하는 것은 크게 출세하는 것과는 또한 거리가 멀다飾小說以干縣令 其於大達亦遠矣.

『한서예문지漢書藝文志』원문

小說家者流 蓋出於稗官 街談巷語 道聽塗說者之所造也.

이선주본 『문선文選』 31, 「신론新論」원문

小說家 合殘叢小語 近取臂喩 以作短書 治身理家 有可觀之辭.

소설이라는 명칭은 『장자莊子』의 '소설을 꾸며 높은 벼슬을 구한다.'*에서 처음으로 보이는데 이때의 소설은 전후 문맥으로 보아 '상대방의 환심을 사기 위해 꾸며 낸 재담'을 뜻하는 것으로 이해할 수 있습니다. 또, 후한의 역사가 반고는 '소설가라는 무리들은 대개 패관 출신이며, 길거리와 뒷골목의 이야기들을 길에서 듣고 말하는 자들로 이루어졌다.'*라고 하였고, 반고와 거의 같은 시기에 살았던 한漢나라의 환담桓譚은 '소설가는 자질구레한 말들을 모아 가까운 곳에서 비유를 취하여 짤막한 글을 지어내었는데, 몸가짐을 바르게 하고 집안을 다스리는 데 볼만한 내용이 들어 있다.'*라고 하였습니다. 이로 미루어 볼 때 소설은 세상에 떠도는 이야기에 작가의 의도가 가미된 글이라고 할 수 있습니다.

우리나라의 경우 조선 전기인 15세기경에 김시습의 『금오신화』에서 한문 소설의 역사가 시작되었다고 보며, 조선 후기인 17세기 초에 창작된 허균의 『홍길동전洪吉童傳』이 최초의 국문 소설입니다. 흔히 말하는 '고소설'은 갑오경장

이전까지의 소설을 뜻합니다. 이 소설이 조선 전기에 탄생하게 된 배경으로는 설화, 패관 문학, 가전체 문학으로 '이야기'라는 형식이 전해져 온 것과 중국 소설의 영향을 들 수 있습니다. 즉 단순한 구조이던 설화나 패관 문학, 가전체에 작가의 창작 의식이 개입되고, 인간 삶의 문제에 관심을 가지게 되면서 허구성과 형상성을 지닌 소설이 만들어지게 된 것입니다.

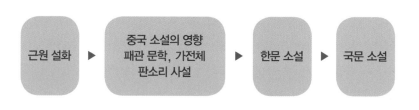

근원 설화 ▶ 중국 소설의 영향 패관 문학, 가전체 판소리 사설 ▶ 한문 소설 ▶ 국문 소설

고전 소설의 주제는 권선징악이나 인과응보를 다룬 것이 많으며, 구성은 인물의 일생을 다루는 일대기적 구성이 일반적이고 그 결말은 행복한 내용으로 마무리되는 경우가 많습니다. 또 등장인물의 성격은 전형적이고 단순하며, 비현실적이고 우연한 사건 전개가 주를 이룹니다.

한문 소설의 시대를 연 『금오신화』

김시습은 '매월당梅月堂'으로 널리 알려져 있는 인물로 세종 17년인 1435년에 한미한 무관의 집안에서 태어났습니다. 그는 태어난 지 여덟 달 만에 글을 깨쳐 이웃에 사는 집안 어른 최치운이 『논어論語』의 '배우고 때때로 익히면 즐겁지 아니한가學而時習之 不亦說乎.'에서 '시습時習'을 따서 이름으로 지어 주었다고 합니다. 또, 세 살 때 시를 지었으며 다섯 살 때 『중용中庸』과 『대학大學』을 익혔다는 소문을 듣고 세종이 '학문이 성취되기를 기다려 장차 크게 쓰겠다.'며 비단 30필을 하사하자, 주위에서 이름 대신 '오세五歲'라고 불렸다는 이야기가 전해집니다. 이렇듯 어릴 때부터 신동으로 불렸으나, 15세 때에 어머니를 잃는 불행을 겪으며 외로움에 시달렸다고 합니다. 다시 학문에 뜻을 두고 삼각산 중흥사에 들어간 21세 때에는 단종의 폐위 소식을 듣고 충격을 받아

김시습 (1435~1493)

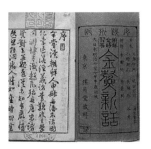
『금오신화』

명혼 소설
산 사람과 죽은 사람의 사랑 이야기.

몽유 소설
꿈 속에서 체험한 것을 서술한 소설. 꿈과 현실의 주인공이 일치한다. 이에 비해 몽자 소설은 꿈이 작품에서 중요한 기능을 하는 소설인데, 주인공이 꿈속에서 새로운 인물이 되어 인생을 체험한다.

책을 불사르고 방랑의 생활을 시작합니다. 이후 경주 남산에 들어가 금오산실을 세우고 은거하다가 다시 세상에 나왔다가 또 다시 현실에 환멸을 느끼고 유랑을 하다 홍산(지금의 부여군 외산면)의 무량사에서 일생을 마감합니다.

이런 삶의 과정 속에서 세상에 대해 김시습 자신이 느낀 갈등을 고스란히 담아낸 작품이 최초의 한문 소설인『금오신화』입니다. 이 책에 실려 있는 작품은 하나하나가 독립된 단편 소설인데, 현재 전해지는 것은 5편이며 일정한 순서에 따라 수록되어 있습니다. 즉 처음 두 편인「만복사저포기萬福寺樗蒲記」와「이생규장전李生窺牆傳」은 죽은 여자와 사랑을 하는 명혼 소설冥婚小說*이고, 마지막 두 편인「남염부주지南炎浮洲志」와「용궁부연록龍宮赴宴錄」은 꿈속에서 포부를 이루었다는 내용을 담고 있으므로 몽유 소설夢遊小說*입니다. 중간에 들어 있는「취유부벽정기醉遊浮碧亭記」는 앞뒤의 두 가지 성격을 모두 지닌 혼합형입니다.

만복사에서 저포 놀이를 한 이야기「만복사저포기」

남원에 사는 노총각 양생은 일찍이 부모님을 여의고 만복사 동쪽 방에서 홀로 거처하면서 달 밝은 밤이면 배필을 그리워하며 시를 읊조립니다.

한 그루 배꽃나무 적적함을 짝하니 / 시름도 많아라, 달 밝은 이 밤이여.
사나이 홀로 누운 외로운 창가에 / 어디서 들려오나, 고운 임 퉁소 소리
외로운 비취는 제 홀로 날아가고 / 짝 잃은 원앙새 맑은 물에 노니는데,
뉘 집 인연 그리며 바둑을 두는가. / 가물가물한 등불은 이 내 신세 점치는 듯.

그러던 중 젊은 남녀가 만복사에 찾아가서 등불을 켜고 소원을 비는 3월 24일에, 양생도 부처님에게 저포樗蒲* 놀이를 청하면서 자신이 지면 부처님께 불공을 드리고 이기면 부처님께서 아름다운 배필을 맞게 해달라고 약속을 합니다. 양생은 저포 놀이에서 부처님을 이기자 탁자 밑에 숨어 기다리는데, 그때 열대여섯 살 정도 되는 아름다운 여인이 나타나 자신의 외로운 신세를 한

탄하며 배필을 얻게 해달라는 내용의 축원문을 읽은 후 울기 시작했습니다.

이를 들은 양생은 탁자 밑에서 나가 여인과 가연佳緣을 맺은 뒤 여인의 집에 머무르면서 극진한 대접을 받습니다. 사흘* 뒤 여인은 양생에게 은그릇 하나를 증표로 주면서 길목에서 다시 만날 것을 약속하고 헤어집니다. 다음 날 여인이 시킨 대로 보련사 길목에 서 있던 양생은 딸의 대상大祥*을 치르러 가는 양반집 행차를 만나 전날의 여인이 3년 전 왜구의 난리 때에 정조를 지키기 위해 죽은 그 집 딸임을 알게 됩니다. 양생은 대상을 치르기 위해 처녀의 부모가 차려놓은 음식을 혼령인 여인과 함께 먹고 난 뒤 홀로 돌아옵니다. 다음날 양생은 여인과 함께 지냈던 집에 찾아가 제문을 지어 여인의 영혼을 위로하고 그 후로도 계속 여인을 잊지 못해 슬퍼합니다. 그러던 어느 날 밤 여인의 혼령이 나타나 자신은 다른 나라에서 남자로 태어났으니 양생도 불도를 닦아 속세의 누累*에서 벗어나라고 합니다. 이에 양생은 여인을 그리워하며 장가도 들지 않고 지리산에 들어가 약초를 캐며 혼자 살았다고 하는데, 이것이 「만복사저포기」의 내용입니다.

이 작품은 '양계陽界와 음계陰界의 인물이 만남－이별－양계의 인물이 속세를 버림'이라는 줄거리로 요약할 수 있으므로, 명혼 소설이면서 전기 소설*입니다. 또, 생사를 초월한 사랑이라는 작품의 내용을 고려할 때, 세계의 부당한 횡포에 맞서려는 작가의 의지를 남녀 간의 사랑으로 표현한 것이라고 볼 수 있는데, 이는 양생과 작가인 김시습의 삶의 행적이 유사하다는 점에서도 짐작이 가능합니다. 즉, 조실부모*하고 외가에서 자란 김시습과 만복사에 기거한 양생의 삶은 유사한 점이 많습니다. 여인이 왜구에 맞서 죽음을 불사하고 정조를 지킨 점도 세조 정권에 동조하지 않았던 김시습의 삶과 일치한다고 할 수 있습니다.

형식적인 측면에서는 산문 중간에 양생이 읊조린 시처럼 운문을 삽입한 점이 돋보이는데, 운문의 삽입은 단조로운 구성에서 벗어나게 하며 등장인물의 심리를 압축하여 전달하는 효과가 있습니다.

사흘
소설 원문에서는 여인이 양생과 함께 보낸 사흘은 인간세계의 삼 년에 해당된다는 설명이 있다.

대상
사람이 죽은 지 두 돌 만에 지내는 제사를 말한다

누
남의 잘못으로 말미암아 받게 되는 정신적인 괴로움이나 물질적인 손해.

전기 소설
비현실적이고 기이한 내용을 다룬 소설.

조실부모
일찍 부모를 잃음.

이생이 담을 엿본 이야기 「이생규장전」

송도에 사는 소년 서생 이생은 서당에 가는 길에 어느 집의 담장 사이로 어여쁜 여인이 시를 읊는 것을 보게 됩니다. 이 여인은 귀족의 딸인 최랑이었습니다. 최랑에게 반한 이생은 담장 안으로 편지를 보내고 결국 두 사람은 사랑하는 사이가 되지만, 이 사실을 알게 된 이생의 아버지가 이생을 시골로 쫓아보냅니다. 이생이 떠나자 최 낭자는 상사병이 나서 거의 죽을 지경에 이르게 되고, 딸이 병든 원인이 이생 때문임을 알게 된 최 낭자 부모의 주선으로 두 사람은 혼인을 합니다.

다음 해에 이생은 대과에 급제하여 벼슬길에 나아가지만, 신축년에 홍건적의 난이 일어나 도적에게 쫓기게 되고 이때 최 낭자는 절개를 지키려다 목숨을 잃습니다. 도적이 물러간 후에 이생은 난리 중에 폐허가 된 집터로 돌아오지만, 그날 밤에 이미 저승 사람이 된 최 낭자와 다시 만나게 됩니다. 두 사람은 부모님의 유골을 거두어 제사를 지낸 뒤에 은거하며 즐거운 시간을 보내는데, 그렇게 두서너 해가 지나자 최 낭자는 이승과 저승의 길이 다르다며 다음과 같은 노래를 부르고 떠나야 할 때임을 알립니다.

유혼
구천에 들지 못한 채 떠도는 혼.

> 도적떼 밀려와서 처참한 싸움터에
> 몰죽음 당하니 원앙도 짝 잃었네.
> 여기저기 흩어진 해골 그 누가 묻어 주리
> 피투성이 그 유혼*은 하소연도 할 곳 없네.
> 슬프다 이내 몸은 무산巫山 선녀 될 수 없고
> 깨진 거울 갈라지니 마음만 쓰라리네.
> 이로부터 작별하면 둘이 모두 아득하네
> 저승과 이승 사이 소식조차 막히리라.

이에 이생이 여러 가지로 만류하지만 결국 최 낭자는 저승으로 떠나고, 그후에 이생도 최 낭자를 그리워한 나머지 곧 세상을 떠납니다.

이 글은 홍건적의 난을 기점으로 '최 낭자와 이생의 만남과 결혼-과거 급제'라는 이승의 현실적인 사건을 다루는 전반부와 '홍건적의 난과 최 낭자의 죽음-죽은 최 낭자 환신과의 사랑과 이별-이생의 죽음'으로 이루어진 저승과 이승을 초월한 세계를 그린 후반부로 나눌 수 있습니다. 이 작품에서 사랑의 양상은 가난한 선비인 이생과 귀족의 딸인 최 낭자의 신분 차이 극복과 이승과 저승이라는 세계의 차이 극복으로 전개됨으로써, 세계의 횡포에 맞서 사랑을 이루려고 하는 인간의 강한 의지를 보여줍니다.

사상적인 면에서는 앞서 나왔던 「만복사저포기」가 불교를 바탕으로 한 작품인데 비해, 이 작품은 유·불·선의 사상을 혼합하여 반영하고 있습니다. 즉, 최 낭자와 이생이 자유연애를 하면서도 불안해한다는 것은 부모의 결정에 따라 혼인을 하던 유교 사회의 분위기 때문이고, 난리 끝에 다시 만난 이생과 최 낭자가 부모의 제사를 모시는 것도 유교 사상의 영향이라 할 수 있습니다. 또, 이생이 최 낭자의 환신과 다시 만나 사랑하는 것은 도교의 숙명론 내지는 운명론과 밀접한 관련이 있습니다. 최 낭자는 저승으로 떠나고 이생도 곧이어 죽게 되는 허무한 결말은 불교의 무상관無常觀을 반영한 것입니다.

이 작품은 14세기 고려 시대를 배경으로 하여 이야기를 전개함으로써『금오신화』에 실려 있는 다른 작품에 비해 사실성을 추구하려 한 작가의 의도를 확인할 수 있으며, 중간 중간에 시를 삽입하여 내용 전달의 효과를 높인다는 점에서는『금오신화』의 다른 작품과 비슷합니다.

취하여 부벽정에서 논 이야기 「취유부벽정기」

개성에 사는 큰 부자인 홍생은 젊고 풍채가 좋았는데, 팔월 추석을 맞아 벗과 함께 옛 고조선의 땅이었던 평양에서 포布와 실을 사서 강가에 배를 정박시킵니다. 평양성에 사는 벗이 잔치를 베풀어 홍생을 대접하자, 술에 취한 홍생은 작은 배를 타고 강을 거슬러 올라가 부벽정 아래에 이르러 고국의 흥망을 탄식하는 시 여섯 수를 읊조립니다. 노래를 마치자 은왕의 후예이며, 기자왕의 딸이라고 하는 한 미인(기씨녀)이 시녀를 거느리고 나타납니다. 이 여인은 부왕이 위만에게 왕위를 빼앗긴 후에 정절을 지켜 죽기를 기다리다가, 신선이 된 선조를 만나 불사약을 얻어 수정궁의 상아嫦娥(선녀)가 되었다고 자신의 사연을 이야기합니다. 이에 홍생은 부벽루에서 기씨녀와 시를 주고받으며 하룻밤을 함께 지냅니다. 다음날 기씨녀는 승천*을 하고 홍생은 집에 돌아와 그녀를 잊지 못하고 사모하던 끝에 병에 걸립니다. 어느 날 밤 꿈에 기씨녀의 시녀가 나타나, "우리 아가씨가 상제께 아뢰어 견우성 막하의 종사를 삼았으니 올라오라."라고 일러 줍니다. 이에 홍생은 목욕을 하고 옷을 갈아입은 후 분향하고 누웠다가 세상을 떠났는데, 장례를 치른 지 몇 달이 지나도 안색이 변하지 않았다고 합니다.

승천
하늘로 올라감.

이 작품은 기씨녀와 홍생이 만나 정신적 교류를 나누는 전반부와 홍생이 꿈을 꾼 후에 죽는 후반부로 나눌 수 있는데, 이 중에서 전반부는 「만복사저포기」나 「이생규장전」처럼 귀신과 사랑을 나누는 명혼 소설의 경향과 가깝고 꿈을 통해 미래를 예견하는 후반부는 몽유 소설의 경향에 가깝습니다.

이 작품에서 여주인공인 기씨녀는 위만에게 왕위를 빼앗겼던 기자의 딸입니다. 주인공 홍생은 이 여인을 사모하는데 이는 생육신이었던 작가의 사상을 반영한 것으로 세조에게 왕위를 빼앗긴 단종에 대한 연모와 안타까움의 정이 이러한 설정에서 드러납니다.

작품 전체의 배경 사상은 도교적인 성향이 강한데, 이러한 점은 선녀의 등장이나 홍생의 시신이 변하지 않았다는 결말부의 내용을 홍생이 신선이 되었다고 해석함으로써 확인할 수 있습니다. 또 현실에서 이루지 못한 사랑을 천상에서 지속해 보려는 초월적인 사상이 드러나고, 평양을 배경으로 역사적 인물을 등장시킴으로써 토속적인 성격 및 역사의식도 보여 줍니다. 역사적 현실에 대한 안타까움은 홍생이 읊은 한시의 내용에서도 잘 드러납니다. 또한 이 작품의 한시는 선녀와의 만남을 이끌어 냄으로써 작품의 내용을 전개시킵니다. 남녀 간의 사랑을 제재로 하고 있다는 점에서는 앞의 두 작품과 공통점이 있으나, 그 사랑이 정신적인 것이라는 점에서는 차이점이 돋보입니다.

남쪽 염부주의 이야기 「남염부주지」

경주에 사는 박생은 과거 시험에 급제하지 못해 어려움을 겪고 있었으나, 뜻이 매우 높아 어떤 세력을 추종하거나 함부로 뜻을 굽히지 않는 인물이었습니다. 사람들은 박생을 보고 거만한 위인이라고 평하기도 했으나, 그를 아는 사람들은 태도가 대단히 온순하고 후하다고 칭송하였습니다. 그는 일찍이 불교, 무당, 귀신 등 모든 것에 대해 의심을 품지만, 성격이 유순하여 불교 신자들과도 친밀하게 지내며 천당과 지옥에 대한 토론을 하기도 하였습니다. 또한 '일리론—理論'*이라는 책을 만들어 스스로 이단에 빠지지 않으려 하였는데, 그 내용은 다음과 같습니다.

> "일찍이 옛말을 들으매 천하의 이치는 오직 한 가지 있을 뿐이라 하였으니 한 가지라 함은 둘이 아니란 말이요, 이치란 천성을 말함이오. 천성이란 것은 하늘의 명함을 말함이라. 하늘이 음양과 오행으로 만물을 낳을 새 기운이 형상을 이룩하고 이理도 첨가됐다. 이치란 것은 일용과 사물의 사이에 각각 조리가 있어서 부자에는 친親을 다할 것이며 군신에는 의義를 다할 것이고, 부부와 장유에도 마땅히 행할 길이 있을 것이니, 이것이 이른바 도라는 것으로 이 이치가 우리의 마음에 갖추어져 있는 것이다. 그 이치를 좇으면 어디를 가나 합당하여 편안치 아니함이 없고, 그 이치를 거스르면 성품을 떨치는 것이 되리니 곧 재앙이 미칠 것이다. (중략)
>
> 이로써 추측컨대 천하 국가를 포괄치 않음이 없고 끌어안아 합하지 않음이 없으며, 여러 하늘에 참예하여 위반함이 없으매 여러 귀신에 물어 봐도 혹하지 않으리니 고금의 역사에 떨어지지 아니함에 유가儒家의 일이니 이에 그칠 따름이라. 천하에 어찌 두 가지 이치가 있으리요. 저들 스님들의 허무적멸을 위주로 한 이단異端의 이야기는 내 족히 믿은 바 아니다."

이와 같이 일리론을 주장하면서 학문에 힘쓰던 어느 날 밤 책을 읽고 있다가 잠깐 졸아 한 나라에 이르게 됩니다. 그곳은 창망한 바다 가운데 있는 섬인데 초목이나 모래도 없고, 대낮에는 불길이 하늘을 뚫을 지경이어서 대지

일리론

이 세상에는 현실 세계만 존재할 뿐 천당 · 지옥 · 저승 같은 다른 세계가 존재할 수 없으므로 세상의 이치도 하나일 뿐이라는 세계관.

마하사 현왕도
부산광역시 지정 유형문화재 제54호

현왕도는 사람이 죽어서 3일 후에
심판을 주재하는 현왕(염마왕을 여래화시킨 것)을
중심으로 묘사한 불화이다.

가 다 녹아 없어지는 듯하며, 밤이면 처참한 바람이 서쪽으로부터 불어 와서 사람의 살과 뼈를 에는 듯하고 쇠로 된 벼랑이 마치 성벽처럼 해변에 이어지는데 어마어마하게 큰 자물쇠가 달린 철문이 있습니다. 박생이 안으로 들어가자 검은 옷과 흰 옷을 입은 동자가 검은 바탕에 푸른 글씨를 쓴 악부惡簿와 흰 바탕에 붉은 글씨를 쓴 선부善簿를 손에 들고 나타납니다. 동자는 박생의 이름이 선부善簿에 올라 있다며 왕이 선비를 초청하는 예를 다해 맞이할 것이라고 말합니다. 박생은 왕을 만나게 되는데 왕은 이곳이 염부주이며 자신이 염마왕이라고 밝힙니다.

"선비는 여기가 어딘지 모르실 것이오. 이곳은 속세에서 말하는 염부요, 대궐 북쪽 산의 이름은 옥초산입니다. 이 땅은 남쪽에 있으므로 이름하여 남염부주라 하오. 염부라는 이름은 염화가 혁혁하여 항상 공중에 떠 있는 관계로 그렇게 칭하게 되었소. 나의 이름은 염마라고 부르니 불꽃이 나의 육신을 마찰하는 까닭이오. 내가 이곳의 왕이 된 지 이미 만 일 년이 된 지라 오래 살다 보니 내 스스로 영험스러워서, 마음 가는 바에 신통 변화를 부리지 못할 일이 없으며 하고자 하는 일에 내 뜻대로 되지 않는 일이 없소."

왕과 박생은 유교, 불교, 미신, 우주, 정치 등에 대한 담론을 하고, 담론 끝에 염마왕은 박생의 학문적 깊이를 칭찬합니다. 이에 박생이 염마왕에게 왕이 된 까닭을 물으니, 자신이 세상이 있을 때 충성을 다하였기에 죽어서도 나쁜 나라인 염부주의 왕이 되어서 흉악한 무리를 다스리는 일을 한다고 답을 합니다. 그리고 자신의 시운이 다하였으므로 정직한 인물인 박생에게 왕위를 물려주어 염부주를 다스리게 하겠다고 하면서 다음과 같이 선위문禪位文을 지어 줍니다.

염주의 땅은 실로 야만한 나라이라, 옛날 하나라 임금의 발자취가 이르지 못하였고 주나라 목왕의 말굽이 미친 적이 없었던 곳으로, 붉은 구름이 햇빛을 덮고 추한 안개가 공중을 막아 목이 마를 때는, 녹은 구리 쇳물을 마시며 배가 주리면 뜨거운 쇠끝을 먹고, 야차와 나찰이 아니면 그 발붙일 곳이 없고 이매 망양이 아니면 능히 그 기운을 펼 수가 없는 곳이다. 화성이 천리요, 철산이 만첩이라, 민속이 강하고 사나우니 정직하지 아니하면 그 간사함을 판단할 수 없고 지세가 험악하니 신성한 위엄이 없으면 그 조화를 베풀기 어렵도다. 이제 동국에 사는 박 아무개로 말하면 정직 무사하여 강인하고 결단력이 있으며 문장에 대한 재질이 크며 계몽의 재주가 있어 모든 백성의 기대에 어그러짐이 없을 것이니, 경은 마땅히 도덕과 예법으로써 백성을 지도할 것이오며 온 누리를 태평하게 해 주시오. 내 이제 하늘의 뜻을 받들어 요순의 옛일을 본받아 이 자리를 사양하노니, 아아, 경은 삼가 이 자리를 받을지어다.

박생은 선위문을 받들어 두 번 절하고 물러나오고, 염마왕은 문답의 내용을 인간 세상에 전하라고 합니다. 이에 박생은 수레를 타고 대궐문 밖으로 나오게 되는데, 수레가 넘어지는 바람에 깜짝 놀라 잠에서 깨어납니다. 박생은 스스로 죽을 날이 멀지 않다고 생각하고 주변을 정리하더니 몇 달 후에 병이 들어 죽습니다. 그런데 그가 죽던 날 저녁 꿈에 이웃 사람의 꿈에 신인이 나타나 "그대 이웃의 아무개가 장차 염라왕이 될 것이다."라고 말합니다.

이 작품은 꿈속의 경험이 들어 있는 몽유 소설로서, 작가인 김시습의 사상과 철학을 가장 잘 반영한 작품입니다. 김시습은 이 작품에서 불교의 타락상을 비판하면서 유교의 우위를 주장하되, 한편으로는 유교와 불교의 조화를 추구합니다. 또 미신적이고 신비주의적인 세계관을 부정하고 현실적이고 합리적인 세계관인 일리론을 주장하면서, 폭력과 억압으로 나라를 다스리는 자를 비판하고 '민심을 중시할 것'을 강조합니다. 이는 세조의 폭력적인 현실 정치를 우의적으로 비판한 것이기도 합니다. 이 작품은 사상을 밀도 있게 다룬 최초의 소설이라는 점에서 중요한 가치를 지닌다고 할 수 있습니다.

용궁 잔치에 나아간 이야기 「용궁부연록」

안양 삼성산 상불암 옆 용궁도

화촉동방
신랑 신부가 첫날밤에 자는 방.

고려 때 개성에 살고 있던 한생은 일찍부터 문장에 능해서 문명文名이 조정에까지 알려졌습니다. 어느 날 푸른 옷을 입고 수건을 머리에 접어 쓴 두 사람이 공중에 내려와 한생에게 용왕님께 함께 가기를 청합니다. 이에 한생은 함인지문含仁之門을 지나 수정궁으로 들어가 용왕을 뵙고, 용왕의 초대로 용궁에 온 조강신祖江神, 낙하신洛河神, 벽란신碧瀾神의 세 신왕神王도 만납니다. 용왕은 딸의 화촉동방*을 꾸밀 가회각佳會閣을 새로 짓고 그 상량문을 부탁하기 위해 양계(인간 세상)의 이름난 문사인 한생을 초대하였다고 말합니다. 이에 한생은 상량문을 지어 주고 용왕은 답례로 잔치를 벌여 한생을 대접합니다. 잔치 후에 한생은 용궁의 여러 누각과 보물들을 두루 구경하고, 용왕에게 명주明珠 두 알과 빙초氷綃 두 필을 선물로 받습니다. 한생을 인간 세계로 인도하는 사자가 한생에게 눈을 감으라고 하여 한생이 그 말대로 행한 후 눈을 떠보니 자신의 집 방에 누워 있었습니다. 한생이 자기 품속에 손을 넣어 보니 용왕이 준 구슬과 빙초가 들어 있었습니다. 한생은 이것을 대나무 상자에 깊이 간직하고 남에게 보여 주지 않았고, 그 후 한생은 세상의 명리名利를 마음에 두지 않고 명산明山으로 들어갔는데, 그가 어떻게 되었는지는 알 수 없었다고 합니다.

「용궁부연록」은 위에 나오는 것처럼 주인공인 한생이 꿈속에서 용궁에 가서 호화로운 용궁을 구경하고 인생무상을 느낀다는 내용의 몽유 소설인데, 꿈이 등장한다는 점에서 「남염부주지」와 유사한 성격을 띠며, 후대 몽유록계 소설의 선구가 됩니다.

또 이 작품은 인물, 지명, 시대 등이 우리나라를 배경으로 하고 있다는 점과 중심 등장인물 중에 여자가 없다는 점이 특징적이며, 주인공의 성이 한씨인 것은 작품의 무대가 되는 개성 지역의 벌족*이 한씨라는 점에서 착안한 것으로 보입니다. 즉 작가가 작품을 구상할 때 무대가 되는 지역의 성격을 잘 활용

한생, 용궁에 온 것을 환영하마!

벌족
벼슬이 높은 집안.

하였다는 점에서 현실에서 소재를 취하되 허구성을 지닌다는 소설의 본질을 잘 보여준 작품이라 할 수 있습니다. 그리고 주인공인 한생이 뛰어난 글재주를 지녔지만 세상에서 인정받지 못한 선비라고 하는 설정은 어릴 때부터 탁월한 글재주를 인정받았지만 세상에 나아가지 않고 스스로 생육신의 길을 걸었던 김시습의 모습을 투영한 것이라고 할 수 있으며, 용궁의 생물들을 의인화*하여 표현한 것도 눈여겨볼 만합니다.

의인화
게를 '곽개사'로, 거북을 '현선생'으로 의인화 함.

이상의 다섯 편으로 이루어진『금오신화』는 신비로운 내용으로 구성되어 있어서 중국의 전기 소설인『전등 신화剪燈新話』의 영향을 받은 것이라는 견해가 있지만, 몇 가지 요소를 살펴보면『전등 신화』와는 다른 독립적인 작품임을 알 수 있습니다. 즉「이생규장전」의 최 낭자처럼 굳건한 기상이나 의지를 지닌 한국적인 인물을 만들어 내고 공간적 배경을 우리나라로 설정하여 주체 의식을 드러냈다는 점, 주인공들의 삶을 통해 현실 세상에서 인정받지 못하는 작가의 기구한 처지를 작품의 내용에 투영하고 있다는 점, 애민적愛民的 왕도 정치 사상을 표출하고 있다는 점에서『전등 신화』와 구별되는 작품입니다.

『금오신화』는 우리나라 소설의 발달 과정에서 볼 때,『수이전』의「최치원 이야기」,『보한집』의「이인보 이야기」같은 명혼 설화와『삼국유사』의「조신 이야기」같은 몽유 설화를 계승하여 소설이라는 문학 양식을 확립시켰고 이후의 소설에 많은 영향을 끼쳤다고 할 수 있습니다.

설공찬의 저승 이야기 「설공찬전」

『금오신화』이후로는 조선 후기까지 뚜렷한 소설 작품이 보이지 않는 가운데 1996년에, 승정원 승지를 지낸 이문건(1494~1567)이 1535년에서 1567년 사이에 쓴 것으로 보이는『묵재일기』를 탈초脫草*하던 중 제3책의 뒷장에서 조선 중종 때 왕명으로 수거되어 불태워진 후 역사 속으로 영원히 사라진 것으로 여겨졌던 채수蔡壽(1449~1515)의 한문 소설「설공찬전薛公瓚傳」국문본*이 발견되었습니다.『조선왕조실록』의 기록에 나와 있는 이 작품의 창작 시기를 고

탈초
초서를 정자로 바꾸는 것.

「설공찬전」국문본
1996년 가을에 국사편찬위원회 사료조사실의 의뢰로 이복규(서경대 국문학 교수)에 의해 발굴되어, 1997년 4월 27일자 〈중앙일보〉를 통해 학계에 알려졌다.「왕시전」,「왕시봉전」,「비군전」,「주생전」국문본과 함께 수록되어 있다.

려할 때 국문 소설의 효시로 알려진 『홍길동전』(1609~1622년)보다 100여 년이나 앞선 작품입니다. 비록 번역체 국문 소설이지만, 이 작품이 1511년 당대에 이미 국문으로 번역되어 유통되었다는 사실이 『조선왕조실록』에 공식 기록*으로 나와 있어 국문 표기 소설로는 최초의 작품일 가능성이 높습니다.

작품의 전체 내용은 '사촌 몸에 들어간 설공찬―사촌들과 화해하는 설공찬(저승 이야기를 시작하는 계기)―저승에 관한 이야기를 하는 설공찬'으로 요약할 수 있으며 구체적인 내용은 다음과 같습니다.

순창에 살던 설충란은 슬하에 남매가 있었는데, 딸은 혼인하자마자 바로 죽고 아들 공찬도 장가들기 전에 병들어 죽습니다. 그런데 죽은 설공찬 누이의 혼령이 설충란의 동생인 설충수의 아들 공침에게 들어가 공침을 병들게 만듭니다. 이에 설충수는 방술사 김석산을 부릅니다. 누이의 혼령은 공찬을 데려오겠다며 물러가고, 설공찬의 혼령은 사촌 동생 공침에게 들어가 왕래하기 시작합니다. 설충수가 다시 김석산을 부르자, 공찬의 혼령이 노하여 공침의 사지를 비틀고 눈을 빼서 눈자위가 찢어지게 하고 혀도 끊어지게 만들자 공침은 매우 괴로워합니다. 이에 설충수가 다시는 방술사를 부르지 않겠다고 빌자 공침의 모습을 회복시켜 줍니다. 공침에 들어간 설공찬의 혼령은 자신의 사촌 동생 설워와 윤자신을 불러오게 하는데, 이들이 설공찬에게 저승 소식을 묻자 다음과 같이 전해 줍니다.

"우리나라 이름은 단월국檀越國이라고 한다. 중국과 모든 나라의 죽은 사람이 다 이 땅에 모이니, 하도 많아 수효를 세지 못한다. 우리 임금의 이름은 비사문천왕毗沙門天王이다. 육지의 사람이 죽으면 반드시 이승 생활에 대해 묻는데, '네 부모, 동생, 족친들을 말해 보라.'라며 쇠채로 친다. 많이 맞는 것을 서러워하면 책을 상고詳考하여 명이 다하지 않았으면 그냥 두고 다하였으면 즉시 연좌蓮座로 잡아간다. 나도 죽어 정녕코 잡혀 가니, 쇠채로 치며 묻기에 맞는 것이 매우 서러워 먼저 죽은 어머니와 누님을 대니 또 치려고 하길래, 증조부 설위에게서 편지를 받아다가 주관하는 관원한테 전하니 놓아 주었다." (중략)

"이승에서 어진 재상이면 죽어서도 재상으로 다니고, 이승에서는 비록 여편네

『중종실록』 기록

1511년에 '한문으로 필사하거나 한글로 번역해 유포되고 있다.'라고 기록돼 있어, 『홍길동전』보다 1백여 년 앞선 것임을 확인할 수 있다.

몸이었어도 약간이라도 글을 잘 하면 저승에서 아무 소임이나 맡으면서 잘 지낸다. 이승에서 비록 비명에 죽었어도 임금께 충성하여 간하다가 죽은 사람이면 저승에 가서도 좋은 벼슬을 하고, 비록 여기에서 임금을 하였더라도 주전충 같은 반역자는 다 지옥에 들어가 있었다. 주전충 임금은 당나라 사람이다. 적선을 많이 한 사람이면 이승에서 비록 천하게 다니다가도 (저승에서) 가장 품계 높이 다닌다. 서럽게 살지 않고 여기에서 비록 존귀하게 다니고 악을 쌓으면 저승에 가도 수고롭고 불쌍하게 다닌다. 이승에서 존귀하게 다니고 남의 원한 살 만한 일을 하지 않고 악덕을 베풀지 않았으면 저승에 가서도 귀하게 다니고, 이승에서 사납게 다니고 각별히 공덕쌓은 게 없으면, 저승에 가서 그 가지*도 사납게 다니게 된다."

가지
글의 흐름상 '자손'이라는 뜻으로 해석할 수 있다.

이 부분은 작품 전체에서 가장 핵심적인 대목이라 할 수 있습니다. 일반적으로 유교에서는 현실만을 인정하는 일리론을 주장하는 데 비해, 이 작품은 유교 이념으로는 설명할 수 없는 영혼과 사후 세계를 다룸으로써 당대의 정치, 사회 및 유교 이념의 한계를 비판하고 있습니다. 즉 '악한 사람이 지옥에 떨어진다.'라는 내용은 연산군을 축출하고 집권한 중종 정권에 대한 비판이라고 할 수 있는데, 이는 채수의 삶과 밀접한 관련이 있습니다.

채수는 세조 14년인 1468년에 생원시에 합격한 후 사헌부, 홍문관 등을 역임하면서 주로 실록 편찬의 일에 참여하였는데, 성종 때에 폐비 윤씨에 대한 애석함을 표현했다가 왕의 노여움을 사서 벼슬에서 물러나게 됩니다. 하지만 1485년에 충청도 관찰사로 관직에 다시 돌아와 성균관 대사성, 호조참판 등에 이르게 되나, 연산군이 등극한 후에는 외직에 머무르며 무오사화戊午士禍를 피합니다. 그 후 중종반정(1506년)에 가담하고 그 공으로 인천군仁川君으로 봉해집니다. 하지만 이 일은 채수 자신의 의지에 따른 것이 아니었습니다. 즉, 중종반정을 주도한 인물이 채수에게 동참을 청했으나, 그는 제안에 응하지 않습니다. 하지만 반정 당일에 채수의 사위가 장인인 채수에게 술을 먹여 만취한 상태인 채수를 부축하여 거사 장소인 대궐 앞으로 데리고 갑니다. 후에 이 일을 알게 된 채수가 "어찌 이게 감히 할 짓이냐."라는 말을 두 번 반복하면서 거사에 가담한 사실을 부끄럽게 생각하여 처가인 함창(지금의 상주)에 은거하면

서 이 작품을 썼다고 합니다. 은거지에서 쓴 이 작품이 서울까지 전해져 널리 읽혀진 것으로 보아 매우 인기가 있는 소설이었던 것으로 추정할 수 있으며, 이 사실을 통해 당대에 소설이 상당히 대중화되었음을 짐작할 수 있습니다. 하지만 이 작품은 현실 정치에 대한 비판 때문에 사헌부에서 수거해 소각하고 처벌을 요구하는 등 4개월이나 논란을 벌였고, 채수 자신은 이 일로 인해 파직을 당합니다.

작품의 내용 중에서 '간언하다 죽은 충신이 저승에서 높은 벼슬을 한다.'라는 내용은 인과응보의 원리에 따르는 것으로, 비록 폭군이라 할지라도 끝까지 보필하여 올바른 정치를 하도록 하는 것이 신하의 바른 도리라는 작가의 생각을 드러내고 있습니다. 또, '여성도 글만 할 줄 알면 관직을 맡을 수 있다'는 작품의 내용은 남존여비의 사회상을 비판하고 있습니다. 작품에 반영된 작가의 이러한 생각 때문에 이 작품이 불태워진 것으로 보이는데, 문학사적 측면에서는 이 작품의 발견이 소설의 발전 과정을 설명해 주기 때문에 큰 성과라고 할 수 있습니다.

『조선왕조실록』

『성종실록』, 『중종실록』, 『세종실록』의 표지

형식적인 면에서는 설공찬이 공침의 몸을 빌려 저승에서 경험한 이야기를 전한다는 점이 매우 흥미롭습니다. 이 작품에는 설씨 집안의 남자 다섯 사람이 등장합니다. 즉 설공찬의 증조할아버지인 설위, 아버지 설충란, 작은 아버지 설충수, 그리고 주인공인 설공찬과 설공찬이 몸을 빌리는 설공침 이렇게 다섯 명이 등장하는데, 이 중에서 설위, 설충란, 설충수는 순창 설씨의 족보에 등장하는 실존 인물입니다. 따라서 설공찬이 설공침의 몸을 빌리는 장치는 허구적인 내용이지만 마치 사실인 것처럼 꾸밈으로써, 공침이라는 사실적 인물과 저승이라는 허구적 세상을 결합시켜 '사실과 허구의 결합'이라는 소설적 면모를 확인할 수 있습니다.

소설의 끝부분은 성화 황제가 사람을 시켜 자기가 총애하는 신하의 저승행을 1년만 연기해 달라고 염라왕에게 요청하는 내용이 있는데, 이 청탁에 대해 염라왕이 화를 내며 허락하지 않습니다. 당황한 성화 황제가 친히 염라국을 방문하자 염라왕이 그 신하를 잡아 오게 해 손을 삶게 했다는 내용으로 전개되는데, 이 국문본의 후반부가 낙질이 되고 13쪽만 남아 있어서 뒤 쪽의 결말은 확인할 길이 없습니다.

요컨대 이 작품은 '순창'이라는 사실적인 공간을 배경으로 하고 실존 인물과 허구적 인물을 교묘하게 배합하여 마치 실화인 것 같은 느낌을 주면서 귀신 이야기를 다룸으로써 대중의 인기를 끌었던 것으로 보입니다. 국문학사적으로는 『금오신화』에 이은 두 번째 소설로 이후 본격적인 소설의 출현에 많은 역할을 한 작품이라고 높이 평가할 수 있습니다.

몽유록 소설의 시대를 연 임제의 소설들

꿈을 이용하여 현실을 비판하되 현실의 인물이 꿈 속에서도 그대로 유지되는 소설류를 몽유록이라 하며, 몽유록 계통 소설은 심의의 「대관재몽유록大觀齋夢遊錄」*을 거쳐 임제의 「원생몽유록元生夢遊錄」에서 본격적으로 시작됩니다.

임제(1542~1587)는 문학적으로 뛰어난 재능을 지녔지만 남에게 굽히기 싫어하는 성격으로 벼슬자리에서 물러나 명산을 찾아 즐겼던 인물입니다. 그가 개성에 이르러 황진이를 찾았으나 이미 세상을 버린 뒤여서 그녀의 무덤 앞에서 시조를 읊었다는 이야기와 '한우'라는 명기名妓와 시조를 주고받으며 인연을 맺은 일은 널리 알려져 있습니다. 임제의 대표작으로는 「원생몽유록」, 「화사花史」, 「수성지」 등이 전해집니다. 이 중에서 「원생몽유록」은 「원자허전元子虛傳」이라고도 하는데, 강직한 선비인 원자허가 어느 날 꿈에서 죽은 사람들이 사는 곳으로 가서 복건자(남효원)의 마중을 받아 왕(단종)과 다섯 신하가 있는 정자에 이르러 이들과 고금의 흥망성쇠를 논한다는 이야기입니다.

「대관재몽유록」
「대관재몽유록」은 「원생몽유록」보다 조금 앞선 시대의 것으로, '대관재'는 작가인 심의(1475~?)의 호이다.

원자허元子虛라는 사람이 있었다. 그는 불의不義를 보면 참지 못하는 꿋꿋한 절개를 가진 선비였다. 그래서 세상과 쉽게 타협하지 못하고 여러 번이나 나은羅隱의 쓰라림을 맛보았다. 원헌元憲의 가난을 견딜 수 없어 아침이면 나가 밭을 갈았지만, 저물면 돌아와서 옛 사람의 글을 읽었다.

백호 임제 기념관

그는 옛 역사책을 읽다가 왕조가 망하여 나라의 운명이 다하는 대목에 이르면, 항상 책을 덮은 후 책 위에 얼굴을 묻고 흐느껴 울었다. 마치 위급한 나라를 보고도 자신의 힘이 모자라서 그 나라를 구하지 못한 듯 안타까워했다.

팔월 어느 날 저녁, 그는 달빛을 따라 책을 뒤적거리다가 밤이 이슥해지자 책상에 기대어 잠이 들고 말았다. 그런데 별안간 몸이 가벼이 떠오르며 아득한 하늘 위로 너울너울 날아올랐다. 온몸이 차가운 바람을 타고 치솟은 듯도 하고, 날개가 돋아서 신선이 된 것도 같았다.

그러다가 바로 강 언덕 위에 머물렀는데, 밤이 깊어 모든 소리는 숨을 죽이고 세상은 맑고 고요했다. 달빛은 낮처럼 밝은데 물빛은 비단을 편 듯 아름다웠고, 바람은 갈대를 살며시 울리며 스쳐 지나가고, 이슬은 단풍 숲에 뚜욱뚜욱 떨어지곤 했다. 그는 홀연히 눈을 들어 '휘이' 하고 긴 휘파람 소리를 내며 시를 낭랑히 읊었다.

원한이 사무쳐 강물마저 흐르지 않고
갈꽃도 단풍잎도 우수수 우는구나,
이 곳은 분명히 장사長沙의 언덕이라.
달빛은 밝은데 임은 어디 거니나뇨.

시 읊기를 끝내고 주위를 서성이고 있을 무렵, 별안간 저 쪽 먼 곳에서 발자국 소리가 들려 왔다. 그리고는 얼마 안돼 갈꽃 깊은 곳에서 아름다운 사내 하나가 나타났다. 그는 야복野服에 복건을 썼으며, 정신이 맑고 눈썹이 빼어나 옛날 수양의 모습을 지닌 듯하였다. 그는 자허의 앞에 나와 고개 숙여 인사를 하며,

"어찌 이렇게 늦게 오셨습니까? 전하께서 당신을 기다리고 계십니다."

하였다. 자허는 그가 산귀신이나 물귀신이 아닌가 하고는 한참을 멍하니 서 있었다. 그러나 그의 얼굴이 준수하고 행동이 단아한 것을 보고는 자허는 자기도 모르는 사이에 마음 속으로 그를 칭찬하였다.

자허는 그의 뒤를 따라 걸어갔다. 그곳에는 정자 한 채가 우뚝 솟아 강을 굽어보고 있었다. 그 위에 임금이 난간에 의지하여 앉아 있고 그 곁에는 벼슬아치의 옷을 입은 다섯 사람이 임금을 모시고 있었다.

그들은 이 세상의 호걸로 용모가 당당하고 풍채가 늠름하였다. 또한 가슴에는 고마叩馬와 도해蹈海의 의리와, 경천봉일擎天捧日(하늘을 높이 들고 해를 받듦, 여기서 하늘과 해는 임금을 가리킴)의 충성을 간직하고 있어, 참으로 육 척의 고아孤兒도 부탁할 만한 사람이었다.

그들은 자허가 오는 것을 보고 일제히 마중을 나왔다. 자허는 먼저 왕에게 나아가 문안을 여쭙고 되돌아와서 각자 자리에 앉기를 기다렸다가 맨 끝에 앉았다. 자허는 어떻게 된 까닭인지 알 수 없어서 마음 속으로 몹시 불안해 하고 있었다. 그때 임금이 말하였다.

"내 항상 경의 꽃다운 지조를 그리워하였소. 오늘 이 아름다운 밤에 우연히 만났으니 조금도 이상하게 생각 마오."

자허는 그제야 의심을 거두고 일어서서 은혜에 감사하였다.

그 후 자리가 정해지자 그들은 고금古今 국가의 흥망을 흥미진진하게 논하였다. 복건 쓴 이는 탄식하면서

"옛날 요·순·우·탕은 만고의 죄인입니다. 그들 때문에 뒷세상에 여우처럼 아양 부려 임금의 자리를 뺏은 자가, 선위禪位(임금이 살아있는 동안 왕위를 물려 줌)를 빙자하여 신하로서 임금을 치고서도 정의를 외쳤습니다. 그러니 이 네 임금이야말로 도둑의 시초가 아니고 무엇이겠습니까?"

라고 말했다.

그러자 말이 채 끝나기도 전에 왕은 얼굴빛을 바로잡고,

"아니오. 경은 이게 대체 무슨 말이오? 네 임금이 무슨 허물이 있겠소? 다만 그들을 빙자하는 놈들이 도적이 아니겠소?"

하고 말했다. 그러자 복건 쓴 이는 머리를 조아리고 절하며,

"마음속에 불평이 쌓여서 저도 모르는 사이에 지나치게 분개했습니다."

하며 사과했다.

그러자 임금은

"그렇게 미안해할 필요는 없소. 오늘은 귀한 손님이 이 자리에 오셨는데 다른 이야기가 무슨 필요 있겠소. 다만 달은 밝고 바람이 맑으니, 이렇게 아름다운 밤을 어찌 그냥 보내겠소?"

하고 마을에 사람을 보내 술을 사 오게 했다. 술이 몇 잔 돌자 왕은 흐느껴 울며 말했다.

"경들은 각기 자기의 뜻을 말하여 남몰래 품은 원한을 풀어 봄이 어떠할꼬?"

얼마 되지 않아서 어떤 기이한 사내 하나가 뛰어들었는데, 그는 씩씩한 무인武人이었다. 키가 크고, 용맹이 뛰어났으며, 얼굴은 포갠 대추와 같고, 눈은 샛별처럼 번쩍였다. 그는 옛날 문천상의 정의와 진중자의 맑음을 모두 가지고 있어, 그 늠름한 모습은 사람들에게 공경심을 일으키게 했다. 그는 왕 앞에 나아가 인사를 드린 뒤 다섯 사람들을 돌아보며,

"애달프다. 썩은 선비들아. 그대들과 무슨 대사大事를 꾸몄단 말인가?"

하고, 곧 칼을 뽑아 일어서서 춤을 추며 슬피 노래를 부르는데 그 마음은 강개하고, 그 소리는 큰 종을 울리는 듯 싶었다.

바람이 쓸쓸하여 잎 지고 물결 찬데
칼 안고 휘파람 길게 부니 북두성은 기울었네.
살아서 충성하고 죽은 굳센 혼을 마음에 품으니
어찌 강에 비친 한 조각 둥근 달과 같겠는가.

노래가 끝나기 전에 달은 검고 구름은 슬픈 듯, 비바람은 트림하듯 큰 소리로 우는데, 갑자기 벼락 치는 소리가 크게 나 그들은 모두 깜짝 놀라 흩어졌다. 자허도 역시 놀라 깨어 보니 모두 한바탕 꿈이었다.

자허의 벗 해월 거사는 이 꿈 이야기를 듣고 원통하고 분해하며,

"예로부터 임금과 신하가 모두 어둡고 흐려 끝내 나라를 엎은 일이 많았네. 그런데 임금도 현명하고 여섯 신하도 또한 모두 충성스러운 선비였구려. 어찌 이처럼 임금이 나올 수 있으며, 이처럼 충성스러운 신하들이 있을 수 있겠는가? 그런데도 멸망의 화가 닥쳤으니 정말로 참혹할 뿐이네. 아아, 슬프고 슬프니, 이것이 정말 하늘의 뜻이란 말인가. 하늘의 뜻이라면 착한 이에게 복을 주며, 악한 놈에게 재앙을 주어야 하는 게 아닌가. 그러나 만일 이것이 하늘의 뜻이라면 어둡고 막연하여 그 이치를 자세히 알기 어려울 것일세. 그러니 이 세상에 한갓 지사志士의 한恨만 더

할 뿐이구려."

하고 말하였다.

『백호집』

「원생몽유록」은 본문의 내용에서 알 수 있듯이 꿈이라는 장치를 이용하여 세조의 왕위 찬탈이라는 정치권력의 모순을 폭로하려는 의도를 실행한 작품이며, 이 작품에 이르러 몽유록 계통의 소설이 역사적·사회적 주제를 띤 본격적인 소설의 반열에 올라서게 됩니다. 따라서 이 작품으로 인해 높은 차원의 몽유 소설이 전개되었다는 문학사적 의의를 부여할 수 있습니다.

「화사」는 식물인 꽃을 의인화 한 의인 소설인데 매화, 모란, 부용의 세 꽃을 도陶, 하夏, 당唐이라는 나라를 다스리는 군왕으로 설정하여 연年, 월月에 따라 사건을 기술하면서 작가가 사관의 입장에서 의견을 서술하는 형식으로 전개됩니다. 이러한 형식은 고려 시대의 가전체를 계승한 것입니다. 「화사」와 같은 의인 소설로 정수강(1454~1527)의 「포절군전」이 전하는데, 이 작품은 대나무를 의인화한 포절군을 통해 선비의 지조와 절의를 칭송한 것으로 작가 자신의 삶을 은연중에 대나무에 비유한 것입니다.

「수성지」는 임제가 느낀 현실에 대한 불만과 울적한 심회를 의인법으로 표현한 작품으로, 심성을 의인화한 천군이 근심의 세계인 수성愁城을 물리친다는 내용입니다. 이 작품은 사물을 의인화한 가전의 영향을 받되, 형식면에서 가전의 형식인 일대기의 틀을 벗어나 허구적 수법으로 복잡한 내용을 표현하여 가전체가 소설로 발전하는 단계의 작품이라고 할 수 있습니다.

『금오신화』를 계승한, 신광한의 소설집 『기재기이』

『금오신화』의 「만복사저포기」와 유사한 내용을 다룬 소설로는 조선 중기에 신광한申光漢(1484~1555)이 쓴 「하생기우전何生奇遇傳」이 있습니다. 태학생으로 선발되어 과거 날을 기다리고 있던 하생이 중추절에 낙타교駱駝橋 아래에 있는 복사卜師*집을 찾아가 '장차 부귀를 누리지만 오늘은 불길하다.'라는 점괘를 얻습니다. 하생은 점괘 때문에 괴로워하며 길을 헤매다가 절세가인*이 시비와 함께 살고 있는 작은 초가집에 이르러 하룻밤 묵기를 청합니다. 아름다운 여인은 자신과 하생이 천생연분이라고 말하고 이에 두 사람은 운우지락雲雨之樂*을 나눕니다. 새벽이 되자 여인은 자신이 죽은 혼령임을 밝히며, 옥황상제의 명으로 다시 이승에 나오게 되어 하생과 인연을 맺었으니 자신을 잊지 말아 달라고 하면서 신표*로 금척金尺 하나를 주고 사라집니다. 하생이 여인과 이별을 하고 돌아서니 무덤 앞이었습니다. 여인의 친정 노복들은 하생이 가지고 있는 금척을 보고 무덤을 도굴한 도둑으로 여기는데, 이것이 계기가 되어 하생은 여인의 부모를 만나 자신이 겪은 일을 이야기합니다. 이에 무덤을 파헤치자 죽었던 여인이 다시 살아납니다. 여인의 부모는 가난한 하생과 딸의 결혼을 반대하지만, 결국 하생과 여인은 부부가 되어 40여 년을 해로하고 행복한 삶을 마칩니다.

귀신과의 사랑이라는 이야기 요소는 「만복사저포기」와 유사하며, 점을 본 후에 우연히 여인을 만난다는 설정은 고전 소설의 우연성에 해당합니다. 또한 부부가 되어 40년을 함께 사는 것은 행복한 결말의 전형적인 틀이라고 할 수 있으며, 부모의 반대를 극복하고 혼인에 이르고 입신양명 한다는 점은 염정적, 유교적 성격이라고 볼 수 있습니다.

이 작품은 신광한의 소설집인 『기재기이企齋記異』*에 실려 있는데 이 책에는 「하생기우전」 외에도 「최생우진기崔生遇眞記」, 「안빙몽유록安憑夢遊錄」, 「서재야회록書齋夜會錄」이 수록되어 있습니다. 「최생우진기崔生遇眞記」는 최생이 선계에서 놀고 용궁에서 시를 짓다가 인간 세상에 돌아와 세속에 관심을 두지 않고 산에서 약을 캐다가 생애를 어떻게 마쳤는지 알 수 없다는 내용으로, 『금오신화』

복사
점쟁이, 점 치는 사람.

절세가인
세상에 견줄 사람이 없을 정도로 아름다운 여인.

운우지락
중국 초나라 혜왕이 운몽雲夢에 있는 고당에 갔을 때에 꿈속에서 무산巫山의 신녀神女를 만나 즐겼다는 고사에서 유래한 말로, 남녀의 사랑을 뜻한다.

신표
믿음의 증표.

『기재기이』
1553년에 목판본으로 간행되어 오늘날까지 전해지는 신광한의 소설집.

의 「용궁부연록」과 유사합니다. 「안빙몽유록」과 「서재야회록」은 몽유 형식과 가전체를 결합한 작품입니다. 「안빙몽유록」은 진사인 안빙이 과거에 급제를 하지 못하고 꽃동산에서 잠이 들어 꽃 나라에 가게 됩니다. 그곳에서 안빙이 꽃의 임금인 모란을 만난다는 설정은 가전체와 유사하고, 꿈을 꾼다는 점에서는 몽유록의 형식을 띱니다. 「서재야회록」은 어느 선비가 꿈에서 못쓰게 된 벼루, 붓, 먹, 종이가 각자 자기의 내력을 소개하면서 버림받게 되었다고 서러워하는 것을 엿듣고는 이것을 정중하게 땅에 묻고 제문을 지어 제사를 지낸다는 내용으로, 역시 가전체와 몽유록이 결합한 양상을 보입니다. 하지만 이 작품들은 모두 지나치게 흥미 위주로 서술되어 그 수준이 「금오신화」에는 미치지 못한다는 평을 받습니다.

서사 문학

02 패관 문학과 평론

넓은 의미의 패관 문학은 수필에서부터 문학 비평까지를 통틀어서 일컫는 개념이라고 볼 수 있는데, 전 시대인 고려의 패관 문학이 조선 시대까지 지속적으로 이어지면서 좀 더 전문화된 경향을 보입니다. 패관 문학이나 한문학과 관련하여 조선 전기에 돋보이는 인물로 서거정을 들 수 있습니다. 일찍이 신동이라 불렸던 서거정(1420~1488)은 세종 20년에 진사와 생원시에 연달아 합격하면서 입신양명의 길로 들어섰고, 성종 때에 69세의 나이로 세상을 등지기까지 다섯 왕조에 걸쳐 벼슬을 하면서 천문, 지리, 의약 등에 이르기까지 뛰어난 재능을 보였습니다. 그가 남긴 책 중에서 『동문선』은 신라에서 조선 초까지의 유명한 문인들의 시화를 모은 것으로, 우리나라 한문학의 총결산이 될 만한 책입니다. 또 『태평한화골계전太平閑話滑稽傳』은 '태평한 시대의 한가한 이야기'라는 뜻인데 웃음으로 긴장을 늦추면서 세상 근심과 무료함을 없애고자 한다는 의도로 썼다고 밝히고 있지만, 책에 수록된 이야기들을 살펴보면 단순히 한가한 이야기가 아니라 항간에 떠도는 풍자적인 내용의 이야기로 이루어

『동문선』

청소년을 위한
한국고전문학사

져 있어서 반전의 묘미를 자아냅니다.

한 조관朝官이 일찍이 진양晉陽 고을의 수령이 되었다. 그는 가렴주구苛斂誅求가 심하여 비록 산골의 과일과 채소까지도 그대로 남겨 두지를 않았다. 그리하여 절간의 중들도 그 폐해를 입었다. 하루는 중 하나가 수령을 찾아가 뵈었더니, 수령이 말하기를 "너의 절의 폭포가 좋다더구나."라고 하였다. 폭포가 무슨 물건인지 모르는 중은 그것도 또 세금으로 거두려고 하는가 두려워하여 대답하기를 "저희 절의 폭포는 금년 여름에 돼지가 다 먹어 버렸습니다."라고 하였다.

강원도 한송정寒松亭의 산수 경치가 관동 지방에서 으뜸이었으므로 구경꾼이 끊이지 않고 말과 수레가 사방에서 모여들었다. 고을 사람들은 그 접대하는 비용이 적지 않았으므로 항상 푸념하기를 "저 한송정은 어느 때나 호랑이가 물어 갈까."라고 하였다. 어떤 시인이 다음과 같이 두 구句의 시를 지었다.

瀑布當年猪喫盡 (폭포당년저끽진)　폭포는 옛날에 돼지가 먹어버렸네만
寒松何日虎將歸 (한송하일호장귀)　한송정은 어느 때에 호랑이가 물어갈꼬.

『태평한화골계전』

이 이야기는 '돼지가 삼킨 폭포猪喫瀑布'라는 제목의 글인데 폭포와 한송정에 관련된 이야기를 통해 조관들의 가렴주구*를 통렬하게 풍자하고 있습니다. 또 가난한 백성들의 고통을 해학적인 웃음으로 이겨내고자 하는 모습도 확인할 수 있습니다. 이러한 이야기는 강희맹의 『촌담해이村談解頤』*나 성현의『용재총화慵齋叢話』에도 실려서 오늘날까지 전해지는데, 구전 설화의 묘미를 확인할 수 있는 소중한 자료입니다.

일반적으로 조선의 문학관은 조선 건국의 주역인 정도전의 견해*에서 뚜렷하게 드러납니다. 정도전은 "문文은 '도를 싣는 그릇(재도지기載道之器)'이다."라고 하였는데, 이는 '재도적載道的인 문학관'이라고 합니다. 이처럼 조선 시대에는 주로 문학을 도道를 담는 수단으로 생각하는 경향이 있었습니다. 이황

가렴주구
세금을 가혹하게 거두어 들이고 무리하게 재물을 빼앗음.

『촌담해이』
『촌담해이』라는 제목은 '촌 이야기로 턱이 풀렸다'는 뜻인데, 재미있는 촌 이야기여서 웃다 보니 턱이 빠졌다는 의미이다.

정도전의 견해
"일월성신日月星辰은 하늘이 드러난 것이고, 산천초목山川草木은 땅이 드러난 것이며, 시서예악詩書禮樂은 사람이 드러난 것이다. 하늘은 기로써 이루어지고, 땅은 형으로써 이루어지며, 사람은 도로써 이루어진다. 그러므로 문文은 '도를 싣는 그릇載道之器'이다."
『도은문집』,「서문」

「도산십이곡」

긍호
자랑하고 뽐냄.

설만
행동이 무례하고 거침.

희압
희롱하고 업신여김.

완세불공
세상을 희롱하고 공손하지 못함.

온유돈후
온화하고 유순하며 인정이 두터
움, 마음에 어긋남이 없는 경지.

궤를 비겨
책상에 기대어.

무도
춤을 춤.

비린
비루하고 인색함.

감발
감동하여 분발함.

융통
지체 없이 통용함.

자익이 ~ 않을 것이다.
서로 이익이 될 것이다.

(1501~1570)의 「도산십이곡발陶山十二曲跋」에서도 이러한 견해가 드러납니다. 일반적으로 '발跋'은 한문학의 한 양식으로, 어떤 글의 끝에 본문의 내용과 관련하여 작가의 견해를 밝혀 놓은 글을 말합니다. 따라서 「도산십이곡발」은 이황이 「도산십이곡陶山十二曲」이라는 시조에 대해 자신의 견해를 밝힌 글이라고 할 수 있는데, 이 글에서 조선 시대의 독보적인 유학자였던 이황의 문학관을 확인할 수 있습니다.

이 「도산십이곡」은 도산노인陶山老人이 지은 것이다. 노인이 이 시조를 지은 까닭은 무엇 때문인가. 우리 동방의 가곡은 대체로 음와淫哇하여 족히 말할 수 없게 되었다. 저 「한림별곡」과 같은 류는 문인의 구기口氣에서 나왔지만 긍호矜豪*와 방탕에다 설만褻慢*과 희압戲狎*을 겸하여 더욱이 군자로서 숭상할 바 못 되고, 다만 근세에 이별李鼈이 지은 「육가六歌」란 것이 있어서 세상에 많이들 전傳한다. 오히려 저것 (이별의 「육가」)이 이것(고려 시대의 「한림별곡」)보다 나을 듯하나, 역시 그중에는 완세불공玩世不恭*의 뜻이 있고 온유돈후溫柔敦厚*의 실實이 적은 것이 애석한 일이다.

노인이 본디 음률을 잘 모르기는 하나, 오히려 세속적인 음악을 듣기에는 싫어하였으므로, 한가한 곳에서 병을 수양하는 나머지에 무릇 느낀 바 있으면 문득 시로써 표현을 하였다. 그러나 오늘의 시는 옛날의 시와는 달라서 읊을 수는 있겠으나, 노래하기에는 어렵게 되었다. 이제 만일에 노래를 부른다면 반드시 이속俚俗의 말로써 지어야 할 것이니, 이는 대체로 우리 국속國俗의 음절이 그러지 않을 수 없기 때문이다.

그러기에 내가 일찍이 이별李鼈의 노래를 대략 모방하여 「도산육곡」을 지은 것이 둘이니, 기일其一에는 '지志'를 말하였고, '기이其二'에는 '학學'을 말하였다. 아이들로 하여금 조석朝夕으로 이를 연습하여 노래를 부르게 하고는 궤를 비겨* 듣기도 하려니와, 또한 아이들로 하여금 스스로 노래를 부르게 하는 한편 스스로 무도舞蹈*를 한다면 거의 비린鄙吝*을 씻고 감발感發*하고 융통融通*할 바 있어서, 가자歌者와 청자聽者가 서로 자익資益이 없지 않을 것이다.*

(하략)

이 글에서 이황은 자신을 객관화하여 '도산노인'이라고 칭하면서 「도산십이곡」과 같은 우리말 노래를 짓게 된 연유를 서술하고 있습니다. 즉, 감흥을 주려면 노래로 불려야 하는데 한시는 노래로 부를 수가 없으므로 이속俚俗의 말인 우리말로 노래를 지어야 하며 이에 이별의 「육가」의 형식을 본떠 '언지言志'와 '언학言學'으로 이루어진 「도산십이곡」을 짓는다고 밝히고 있습니다. 이 중에서 '감흥을 불러일으킨다.'는 것은 문학이 사람을 움직인다는 문학의 효용론적 가치를 뜻하며, 「도산십이곡」의 내용인 '지志'와 '학學'은 '도道'라고 볼 수 있습니다. 따라서 이황은 문학을 '도'를 담는 그릇으로 보는 재도적인 문학관을 지녔다고 할 수 있습니다. 또, 우리말 문학을 옹호하고 있다는 점도 눈여겨볼 만한 대목입니다.

이황 (1501~1570)

임금을 사랑한 송강 정철, 송강을 사랑한 기생 강아

김만중이 '동방의 「이소」'라고 격찬했던 글을 썼던 인물, 그는 누구일까? 잘 알다시피 송강 정철이다. 그는 여인을 화자로 설정한 「사미인곡」과 「속미인곡」을 통해 임금의 사랑을 갈구한 인물이다. 그런 그도 사랑했던 여인이 있었으니, 그 사랑의 흔적이 경기도 고양시의 송강 마을 선산에 남아있다.

송강과 기생 강아江娥의 사연은 송강이 전라도 관찰사로 있던 시절로 거슬러 올라간다. 원래 강아의 이름은 '자미'였지만, 송강이 남원의 기녀인 그녀를 가까이 하자 남원 사람들은 송강의 호에서 '강江'을 따서 '강아'라고 부른다. 그러나 강아가 송강의 사랑을 받은 것도 잠깐이었다. 송강은 1582년에 한양으로 떠나게 되고 「영자미화詠紫薇花」라는 한시를 지어 주면서 강아에게 자신을 잊으라는 당부를 남긴다.

一園春色紫薇花	봄빛 가득한 동산에 자미화 곱게 피어
纔看佳人勝玉釵	그 예쁜 얼굴은 옥비녀보다 곱구나.
莫向長安樓上望	망루에 올라 장안을 바라보지 말라.
滿街爭是戀芳華	거리의 사람들 모두 다 네 모습 사랑하여 다투리.

송강이 떠난 후 10여 년간 강아와 송강은 만나지 못한다. 하지만 강아는 송강을 잊지 못하고 송강이 평안도 강계로 귀양을 갔다는 소식을 듣고 한달음에 강계로 달려간다. 이때가 1592년, 그 유명한 임진왜란이 일어난 해이다. 하지만 송강은 선조의 명으로 전라·충청도의 도제찰사로 임명되어 두 사람의 길은 엇갈리고 만다.

강아는 적진을 뚫고 송강을 만나러 가지만 일본군에게 포로로 잡힌다. 하지만 일본군

강아의 묘와 묘비

대장인 고니시小西를 유혹하여 조선군에 첩보를 제공함으로써 평양성을 탈환하는 데 공을 세운다. 그 후 강아는 비구니가 되지만, 송강이 죽자 그의 묘를 지키다가 송강 집안의 선산에 묻힌다. 송강의 묘는 충북 진천으로 옮겨졌지만, 지금도 고양시의 송강 마을에는 송강 부모의 묘와 장남 부부의 묘, 그리고 강아의 묘가 남아 있다.

송강 고개

강아 무덤 옆에 있는 송강 고개.
송강이 이 고개를 넘어 다녔다고 해서 얻은 이름이다.

~4부~
조선 시대
후기의 문학

시민 의식의 성장과 산문 문학의 시대

　문학사에서 조선 후기는 임진왜란과 병자호란부터 갑오경장 이전까지를 말하는데, 전쟁으로 많은 변화가 나타납니다. 전쟁으로 드러난 왕조 체제의 한계는 자신들의 삶을 스스로 지켜야 한다는 자각을 서민들에게 심어 주면서 의병의 봉기, 민란의 속출, 서민 의식의 성장, 실학사상의 발현으로 이어집니다. 특히 조선 후기의 실학사상은 서민 의식의 집약이라고 볼 수 있으며, 이 사상으로 말미암아 문학은 좀 더 현실에 관심을 기울이고 그것을 형상화하는 방향으로 나아갑니다.

　이 시기의 시가 문학은 전대의 갈래들을 이어가면서도 서민들이 문학 담당층으로 합류하면서 문학의 변형과 다양화가 늘어난다는 점이 특징입니다. 예를 들면 시조의 경우 양반의 시조와 함께 길이가 긴 사설시조가 본격적으로 출현하는데, 이 작품들은 작자 미상이 대부분이지만 내용면에서 관념적인 세계를 추구하기보다 일상적이고 현실적인 삶을 다루며, 미적 가치 측면에서 숭고미, 우아미, 비장미보다 희극미를 구현한다는 점에서 서민들의 작품일 가능성이 높습니다.

칠백의총　　사적 제105호인 칠백의총은 임진왜란 때(1592년) 싸우다가
장렬히 전사한 700명의 병사들을 위한 무덤과 사당이다.

가사의 경우에도 시조와 유사하게 전개됩니다. 즉 전 시대에 비해 내용이 다양해지면서 일상적이며 현실적인 체험을 사실적으로 표현하는 가사 작품들이 늘어나 전쟁 가사, 기행 가사, 유배 가사, 풍물 가사, 종교 가사 등이 등장합니다. 향유 계층도 양반뿐만 아니라 평민과 부녀자층으로 확대되어 평민 가사와 내방 가사로 창작의 범위가 넓어집니다.

구비 전승되는 시가 문학 갈래인 민요는 민중의 생활상을 진술한 언어로 표현해 왔습니다. 민중의 생활은 노동과 불가분의 관계이므로 '농가'나 '노동요'가 민요의 내용 중에서 가장 큰 비중을 차지하고 기쁨이나 슬픔, 소망, 괴로움 등의 정서를 표현한 것, 노동과 유희遊戲를 동반한 것, 의식에서 사용하는 것 등이 함께 전해집니다.

한시는 우리의 문화와 역사적 현실을 좀 더 주체적으로 자각하고 표현하는 작품들이 많이 창작됩니다. 대표적인 작가로는 정약용이 있으며, 이 외에도 이달, 김창협, 김병연 등이 현실적 삶을 소재로 한 작품을 많이 썼고, 최익현과 황현은 구한말의 비운의 역사에 대한 절규를 「창의시」와 「절명시」로 표현하였습니다.

조선 후기의 문학은 실학사상의 영향으로 현실에 관심을 가지면서 시가 문학보다는 서사 문학이 융성했습니다. 서사 문학의 대표 갈래인 소설은 조선 후기에 전성기를 맞이합니다. 조선 전기에 김시습의 「금오신화」로 출발한 소설은 17세기 전반기에는 허균의 「홍길동전」으로 국문 소설의 시대를 열고, 17세기 후반에는 김만중의 「구운몽」, 「사씨남정기」, 조성기의 「창선감의록」으로 말미암아 소설의 수준을 한 단계 높입니다. 이어 18세기에는 박지원의 한문 소설로 소설의 전성기에 이르고, 이외에도 군담 · 영웅 소설, 염정 · 애정 소설, 우화 · 의인 소설, 가정 · 가문 소설, 풍자 소설, 판소리계 소설 등 다양한 종류의 수

많은 소설들이 독자들에게 향유됩니다. 이 중에서도 특히 박지원의 한문 소설은 실학사상을 바탕으로 하여 현실을 비판·풍자하면서 새로운 인간형을 제시함으로써 소설사적으로 큰 성과를 이룩하였습니다.

또한 산문 정신의 발달은 다양한 기록 문학을 양산하였습니다. 대표적인 기록 문학으로는 전쟁을 기록한 『산성일기』와 『난중일기』, 궁중 삶을 기록한 『인현왕후전』, 『계축일기』, 『한중록』, 여행을 기록한 『열하일기』와 『의유당관북유람일기』 등이 있는데 이들은 모두 수필에 속한다고 할 수 있습니다. 이 중에서도 『열하일기』는 조선을 대표하는 실학자인 박지원이 팔촌 형인 박명원의 수행원으로 청나라 고종의 고희연에 참석하기 위해 1780년 6월 24일부터 8월 20일까지 두 달여 동안 중국을 여행한 견문을 기록한 것으로 한문 수필의 백미이며, 한문 소설인 「허생전」과 「호질」을 수록하고 있어서 사상적, 문학사적으로 높이 평가할 만한 저작물입니다.

평론 활동도 활발하게 전개되는데, 김만중의 『서포만필』과 홍만종(1643~1725)의 『순오지』는 국문학의 가치를 인정하여 우리 시가를 높이 평가한 조선 후기 평론의 대표작이라 할 수 있습니다.

우리 문학의 시작 시점부터 꾸준히 이어져 오던 설화는 조선 후기에도 지속적으로 이어집니다. 이 시기는 전쟁을 치르면서 민중들의 의식이 다채롭게 성장하는데, 이 의식들의 일부가 야담이나 소설에 적극적으로 차용됩니다. 예를 들면, 전쟁터에 나아간 영웅이 내부에 있는 적의 배신으로 패배를 한다는 내용으로 현실에 대한 인식을 이야기 속에 펼쳐내는 식입니다. 또 「아기장수 설화」와 같은 작품에서는 아기장수가 역적이 될 것을 걱정한 부모나 이웃이 아기장수를 죽이는 것으로 설정하여, 인재를 역적으로 모는 정치 풍토에 대한 풍자와 비판을 담아냈습니다.

야담은 민간에서 전승되는 역사적 인물이나 사건과 관련된 이야기를 한문으로 적은 것을 말하는데, 문헌 설화라고 할 수 있습니다. 초기에는 단순한 이야기였으나, 조선 후기에는 산문 문학의 발달에 힘입어 소설화되기도 합니다. 유몽인의 『어우야담』이 대표적인 야담집이며 『계서야담』, 『청구야담』, 『동야휘집』 등이 오늘날까지 남아 있습니다.

구비 서사 문학으로는 서사 무가, 판소리, 민속극 등의 갈래가 있었습니다. 서사 무가는 굿을 할 때 무당이 부르는 노래인데, 무속에서 섬기는 신의 내력을 풀이하는 내용으로 이루어집니다. 대표적인 서사 무가로는 「바리공주」, 「제석본풀이」 등이 있습니다. 판소리의 기원에 대해서는 여러 가지 견해가 있지만, 서사 무가 기원설이 가장 보편적으로 받아들여집니다. 「춘향가」, 「심청가」, 「흥부가」, 「수궁가(토별가)」, 「적벽가(화용도 타령)」, 「배비장 타령」, 「변강쇠 타령(가루지기타령, 횡부가)」, 「강릉 매화 타령」, 「숙영 낭자 타령」, 「옹고집 타령」, 「장끼 타령(자치가)」, 「무숙이 타령」 등의 열두 마당이 성행하였고, 이것을 고종 때 신재효가 여섯 마당으로 정리하였는데 오늘날에는 다섯 마당이 전해집니다.

민속극은 전쟁으로 인해 중세의 사회 지배 체제가 흔들릴 때 밑에서부터 제기되던 비판 정신이 가장 잘 표현된 갈래였으며, 가면을 쓰고 하는 탈춤과 인형을 이용한 꼭두각시놀음이 대표적입니다.

01 가사

조선 후기의 가사는 작자층이 다양화되면서 작품 계열 또한 여러 방향으로 나뉘었습니다. 전쟁 가사, 기행 가사, 유배 가사, 평민 가사, 규방 가사, 풍물 가사, 종교 가사 등 다양한 가사가 창작되었습니다. 이 시기의 가사가 이렇게 다면적多面的으로 발전할 수 있었던 요인은 각기 다른 문학적 욕구를 잘 실현해 내었기 때문입니다. 이 시기의 가사는 내용 면에 있어서 음풍농월吟風弄月, 연군戀君 등 서정적 관념에서 벗어나 일상적이며 현실적인 체험을 사실적으로 표현하였습니다. 이러한 현상은 조선 전기 사대부 가사의 바탕을 이루던 서정적 기풍이 상대적으로 생기를 잃고 퇴조했기 때문에 생긴 것입니다. 이러한 변모의 원인은 임진왜란이라는 역사적 사건에서 기인합니다. 내용이 이렇게 변함에 따라 형식 면에서도 가사의 길이가 장형화됩니다.

전쟁의 현실과 노계의 정서 변화 「태평사」, 「선상탄」, 「누항사」

박인로의 가사는 조선 전기에서 후기로 넘어가는 시점의 특성을 잘 보여 줍니다. 16세기 말, 17세기가 되면 이전 시대와는 달리 차츰 현실에 대한 관심이 증대됩니다. 이런 현실적 상황은 노계의 가사에도 직접적으로 반영되면서 전기 사대부 가사와는 다른 방식으로 삶의 현실과 정서를 노래합니다. 그가 작품을 통해 드러낸 핵심적인 두 주제는 '전쟁'과 '강호江湖'라고 할 수 있습니다. 그가 겪은 전쟁의 현실은 작품 속에서 실감나게 표현되고 있으며, 그 이후 변화된 삶의 모습도 현실감 있게 그려지고 있습니다. 또한 자연을 배경으로 안분지족하는 생활을 추구하는 사대부적 삶의 모습도 이전의 전형적인 사대부의 그것과는 상당한 차이가 있습니다. 왜냐하면 박인로가 추구한 안분지족의 삶은 사대부의 위치를 유지할

노계 박인로 선생 시비

만한 경제적 기반과 정신적 평온의 상태에서 비롯된 것이 아니기 때문입니다. 전쟁의 현실과 자연에 대한 노계의 의식이 드러난 작품으로는 「태평사太平詞」, 「선상탄船上嘆」, 「누항사陋巷詞」가 있습니다. 먼저 「태평사」를 살펴보겠습니다.

나라히 편소偏小ᄒ야 해동海東애 ᄇ려셔도, 기자箕子 유풍遺風이 고금古今업시 순후淳厚ᄒ야, 이백년래二百年來 예의禮義를 숭상ᄒ니, 의관衣冠 문물文物이 한당송漢唐宋이 되야꺼니, 도이島夷 백만百萬이 일조一朝애 충돌衝突ᄒ야, 억조億兆 경혼驚魂이 칼빗츨 조차 나니, 평원平原에 사힌 쎄난 뫼두곤 노파 잇고, 웅도雄都 거읍巨邑은 시호굴豺狐窟이 되야거늘, 처량凄凉 옥련玉輦이 촉중蜀中으로 뵈아드니, 연진煙塵이 아득ᄒ야 일색日色이 열워쩌니, 성천자聖天子 신무神武ᄒ샤 일노一怒를 크게 내야, 평양平壤 군흉群凶을 일검하一劍下의 다 버히고, 풍구風驅 남하南下ᄒ야 해구海口에 더져두고, 궁구窮寇을 물박勿迫ᄒ야 몃몃 히를 디내연고

(중략)

화산華山이 어듸오 이 말을 보내고져, 천산天山이 어듸오 이 활을 노피 거쟈, 이 제야 ᄒᆞ올 일이 충효일사忠孝一事ᄯᅮᆫ이로다. 영중營中이 일이 업셔 긴 줌 드러 누 어시니, 뭇노라 이 날이 어늬 적고, 희황羲皇 성시盛時를 다시 본가 너기로다. 천 무음우天無淫雨ᄒᆞ니 백일白日이 더욱 볼다. 백일白日이 볼그니 만방萬方애 비최나 다. 처처處處 구학溝壑애 흐터 잇던 노리老贏드리, 동풍신연東風新燕 가치 구소舊巢 을 ᄎᆞ자오니, 수구초심首丘初心*애 뉘 아니 반겨ᄒᆞ리. 원거愛居 원처愛處에 즐거 움이 엇더흐뇨. 혈유생령子遺生靈들아 성은聖恩인줄 아ᄂᆞᆫ다. 성은聖恩이 기픈 아리 오륜五倫을 발커스라. 교훈敎訓 생추生聚ㅣ라 절로 아니 닐어가랴. 천운天運 순환循環을 아옵게다. 하ᄂᆞ님아, 우아방국佑我邦國ᄒᆞ사 만세무강萬世無彊 눌리소 셔. 당우천지唐虞天地에 삼대일월三代日月 비최소셔. 오만於萬 사년斯年에 병혁兵革 을 그치소셔. 경전耕田 착정鑿井에 격양가擊壤歌*를 불니소셔. 우리 성주聖主을 뫼 읍고 동락태평同樂太平ᄒᆞ오리라

「노계집」

수구초심

여우가 죽을 때 머리를 자기가 살던 쪽으로 둔다는 뜻으로 고향 을 그리워하는 마음을 이르는 말

격양가

풍년이 들어 농부가 태평한 세월 을 즐기는 노래로 중국 요임금 때에 태평한 생활을 즐거워하며 불렀다고 한다.

현대어 풀이

나라가 한쪽으로 치우쳐서 해동에 버려져 있어도, 기자 조선 때부터 끼친 풍속 고 금 없이 순박하고 인정이 두터워, (조선 건국 이후에) 이백 년간 예의를 숭상하니, 우 리의 모든 문화(의관문물)가 한 · 당 · 송과 같이 되었더니, 섬나라 오랑캐의 많은 군 사가 하루 아침에 갑자기 쳐들어와서, 수많은 우리 겨레가 놀라 죽은 넋이 칼 빛 따라 생겨나니, 들판에 쌓인 뼈는 산보다 높아 있고, 큰 도읍과 큰 고을은 승냥이 와 여우의 소굴이 되었거늘, 처량한 임금 행차 의주로 바삐 들어가니, 먼지가 아 득하여 햇빛이 엷었더니, 거룩한 명나라 천자 무술이 빼어나시어 한 번 크게 성을 내시어, 평양의 모든 흉적(왜적) 한칼 아래 다 베어서, 바람같이 휘몰아 남쪽으로 내려와서 남해가에 던져 두고, 궁지에 빠진 왜구를 치지 않고 몇 해를 지냈는고? (중략)

화산이 어디인가 이 말을 보내고 싶다. 천산이 어디인가 이 활을 높이 걸어 두자. 이제는 해야 할 일이 충효 한 가지 일뿐이로다. 영중에 일이 없어 긴잠 들어 누웠 으니, 묻노라 이 날이 어느 땐가. 복희씨 때의 태평 시절을 다시 본 듯 여기노라.

하늘에 궂은비 멎어지니 밝은 해가 더욱 밝다. 햇빛이 밝으니 온누리에 다 비치도다. 곳곳의 골짜기에 흩어져 있던 늙고 여윈 사람들이 봄바람에 새로이 돌아오는 제비같이 옛집을 찾아오니, 고향을 그리는 본마음에 누가 아니 반겨하겠는가? 여기저기로 옮겨 거처하니 즐거움이 어떠한고. 외로이 살아남은 백성들아, 임금님의 은혜인 줄 아는가? 성은이 깊은 아래 오륜五倫을 밝혀 보세. 많은 백성을 가르쳐 다스리면 절로 흥해지지 않겠는가. 하늘의 운수가 순환함을 알겠도다, 하느님이시여, 우리나라를 도우시어 만세무강 누리게 하소서. 요순 같은 태평시에 하은주와 같은 삼대 일월 비추소서. 오 무궁무진 긴 세월 동안에 전쟁을 없애소서. 밭 갈고 우물 파서 격양가를 부르게 하소서. 우리도 임금님 모시고 함께 태평 즐기리라.

「태평사」는 선조 31년(1598년) 당시 정유재란丁酉再亂의 와중에서 박인로가 좌병사左兵使 성윤문成允文을 보좌할 때 수군水軍을 위로하기 위하여 지은 노래입니다. 노계는 전쟁에 참여하는 병사들의 집단적 정서를 고양시키고자 이 글을 써 나갔습니다.

이 작품의 이념적 기반은 우국지정憂國之情에 넘치는 충효 사상이며 평화와 태평성대의 지속을 염원하는 충정이 깔려 있습니다. 표현 기교면에서는 앞선 시대의 정철에 비하면 다소 떨어지는 편이며, 한문투어와 고사성어가 상당히 많은 것이 흠입니다. 하지만 무인다운 기상이 넘쳐흐르는 점이 특징입니다. 또 전체의 구성이 웅장한 가운데 묘사가 치밀하고 풍부한 어휘를 구사한 것은 높이 평가할 만한 요소입니다. 전란이 끝나고 난 뒤의 태평성대를 소망하는 마음이 구체적 현실로 표현되지만, 그렇다고 현재의 전란 상황이 태평성대인 것은 아님이 분명합니다. 그러므로 궂은비는 멎고 밝은 해가 더욱 밝은 복희씨 때의 태평 시절은 현존하는 것이 아니라, 화자를 포함한 병사들의 집단 소망과 신념의 표출로서 작가의 작품 창작 의도를 드러냅니다.

이상에서 보는 바와 같이 「태평사」는 창작의 계기가 되는 전쟁의 현실이 작품에 직접적으로 반영되어 있습니다. 그리고 작품에 표출된 정서는 작자 개인의 정서가 아니라 전쟁의 승리를 위해 의도된 집단의 정서인 것입니다. 「태평사」의 이러한 창작 배경이 작품에 구체적으로 반영되어 형상화된다는 점에서 노계의 다른 작품들과 비교해 볼 때 구별되는 점이라고 할 수 있습니다.

「선상탄」은 앞서 살펴본 「태평사」가 성윤문의 부탁에 의해 지어짐으로써 전쟁에 대한 작가의 진술이 집단적 이념과 정서를 구현하는 방식으로 형상화된 것과 달리, 전쟁이라는 현실에 대한 개인의 구체적 정서가 드러나 있습니다. 곧 전쟁의 현실을 개인의 시선으로 바라보기 때문에 「태평사」에서처럼 기쁨이나 환희는 나타나지 않습니다. 오히려 「선상탄」의 지배적인 정서는 원망과 한탄과 비애입니다.

늘고 병病든 몸을 주사舟師로 보뇌실시, 을사乙巳 삼하三夏애 진동영鎭東營 ㄴ려오니 관방중지關防重地예 병病이 깁다 안자실랴? 일장검一長劍 비기 츠고 병선兵船에 구테 올나, 여기진목勵氣瞋目 ㅎ야 대마도對馬島을 구어보니, ㅂ람 조친 황운黃雲은 원근遠近에 사혀 잇고, 아득흔 창파滄波는 긴 하ᄂᆞᆯ과 흔빗칠쇠.

선상船上에 배회徘徊ㅎ며 고금古今을 사억思憶ㅎ고, 어리미친 회포懷抱애 헌원씨軒轅氏를 애ᄃᆞ노라. 대양大洋이 망망汒汒ㅎ야 천지天地예 둘려시니, 진실로 ㅂ 아니면 풍파 만리風波萬里 밧긔, 어ᄂᆡ 사이四夷 엿볼넌고 무슴 일 ㅎ려 ㅎ야 ㅂ 못기를 비롯ㅎ고? 만세천추萬世千秋에 ㄱ업슨 큰 폐弊 되야, 보천지하普天地下애 만민원萬民怨 길우ᄂᆞ다.

어즈버 ᄭᆡᄃᆞ라니 진시황秦始皇의 타시로다. ㅂ 비록 잇다 ㅎ나 왜倭를 아니 삼기던들, 일본日本 대마도對馬島로 뷘 ㅂ 절로 나올넌가?

(중략)

강개慷慨 계운 장기壯氣는 노당익장老當益壯 ㅎ다마는, 됴고마는 이 몸이 병중病中애 드러시니, 설분 신원雪憤伸寃이 어려올 듯ㅎ건마는, 그러나 사제갈死諸葛도 생중달生仲達을 멀리 좃고*, 발 업슨 손빈孫矉도 방연龐涓을 잡아거든, ᄒᆞ물며 이 몸은 수족手足이 ㄱ자 잇고 명맥命脈이 이어시니, 서절구투鼠竊狗偸*을 저그나 저흘소냐? 비선飛船에 들려드러 선봉先鋒을 거치면, 구시월九十月 상풍霜風에 낙엽落葉가치 헤치리라. 칠종칠금七縱七禽을 우린들 못 ㅎ 것가?

준피 도이蠢彼島夷들아 수이 걸항乞降 ㅎ야스라. 항자불살降者不殺이니 너를구틱 섬멸殲滅ㅎ랴? 오왕吾王 성덕聖德이 욕병생德欲並生 ㅎ시니라. 태평 천하太平天下애

「삼국지」 원문

죽은 제갈량이 산 사마의를 멀리 쫓다死諸葛走生仲達. 제갈량이 죽자 사마의가 촉군을 들이쳤으나 진영에서 군대를 통솔하는 제갈량을 보고 놀라 도주했다. 실제로 그것은 제갈량이 죽기 전에 세워둔 계책대로 만든 나무상이었다.

서절구투

쥐나 개처럼 몰래 물건을 훔친다는 뜻. '좀도둑'을 이르는 말.

요순堯舜 군민君民 되야 이셔, 일월광화日月光華는 조부조朝復朝 ㅎ얏거든, 전선戰船 ᄐ던 우리 몸도 어주漁舟에 창만唱晩ㅎ고 추월춘풍秋月春風에 놉히 베고 누어 이셔, 성대聖代 해불양파海不揚波*를 다시 보려 ㅎ노라.

「노계집」

해불양파

바다에 파도가 일지 않는다는 뜻. 임금이 나라를 잘 다스려 백성이 편안함을 이름.

현대어 풀이

늙고 병든 몸을 통주사(수군)로 보내시므로 을사년 여름에 부산진에 내려오니, 변방의 중요한 요새지에서 병이 깊다고 앉아 있겠는가? 긴 칼을 비스듬히 차고 병선에 굳이 올라가서, 기운을 떨치고 눈을 부릅떠 대마도를 굽어보니, 바람을 따르는 노란 구름은 멀고 가깝게 쌓여 있고, 아득한 푸른 물결은 긴 하늘과 같은 빛이로구나. / 배 위에서 서성이며 옛날과 오늘날을 생각하고, 어리석고 미친 마음에 중국에서 처음 배를 만들었다고 하는 헌원씨를 원망하노라. 큰 바다가 아득하고 넓어서 천지에 둘려 있으니, 참으로 배가 아니면 거센 물결이 굽이치는 만 리 밖에서 어느 오랑캐들이 엿볼 것인가? 헌원씨는 무슨 일을 하려고 배 만들기를 시작하였는가? 왜 그는 천만 년 후세에 끝없는 폐단이 되도록 넓은 하늘 아래에 있는 많은 백성들의 원망을 길렀는가? / 아, 깨달으니 진시황의 탓이로다. 배가 비록 있다고 하더라도 왜족이 생기지 않았더라면, 일본 대마도로 빈 배가 저절로 나올 것인가? (중략)

강개를 이기지 못하는 씩씩한 기운은 늙을수록 더욱 장하다마는, 보잘것없는 이 몸이 병중에 들었으니, 분함을 씻고 원한을 풀어 버리기가 어려울 듯하건마는, 그러나 죽은 제갈공명이 살아 있는 중달을 멀리 쫓았고, 발이 없는 손빈이 방연을 잡았는데, 하물며 이 몸은 손과 발이 온전하고 목숨이 살아 있으니, 쥐나 개와 같은 왜적을 조금이나마 두려워하겠는가? 나는 듯이 빠른 배에 달려들어 선봉에 휘몰아치면, 구시월 서릿바람에 떨어지는 낙엽처럼 왜적을 헤치리라. 칠종칠금을 우리라고 못 할 것인가? / 꾸물거리는 오랑캐들아, 빨리 항복하려무나. 항복한 자는 죽이지 않는 법이니 너희들을 구태여 모두 죽이겠느냐? 우리 임금님의 성스러운 덕이 너희와 더불어 살아가고자 하시느니라. 태평스러운 천하에 요순시대와 같은 화평한 백성이 되어, 해와 달 같은 임금님의 성덕이 매일 아침마다 밝게 비치니,

진시황제 (B.C.259~B.C.210)

전쟁하는 배를 타던 우리들도 고기잡이배에서 저녁 무렵을 노래하고, 가을 달 봄 바람에 베개를 높이 베고 누워서, 성군 치하의 태평성대를 다시 보려 하노라.

「선상탄」은 「태평사」보다 7년 후인 1605년에 나온 작품으로, 작품의 서두는 '늘고 병病든 몸을 주사舟師로 보닉실식'로 시작합니다. 노계는 '늘고 병病든 몸'이지만 임금의 명을 받들어 부산 앞바다를 지키기 위해 눈을 부릅뜨고 왜놈의 땅을 굽어봅니다. 물론 그런 모습에서 무인다운 기개를 엿볼 수 있지만, 전쟁의 현실 속에서 병든 몸을 배에 실어야만 했던 마음을 '배'에 대한 원망과 한탄으로 드러냅니다. 배를 처음 만들었다고 하는 중국 전설 시대의 헌원씨를 원망하는 것은, 헌원씨가 배를 만들지 않았다면 섬나라 왜놈들이 쳐들어 왔을 리가 없었을 것이기 때문입니다. 그렇지만 이런 원망은 궁극적으로 볼 때, 헌 원씨에 대한 원망이 아니라 전쟁이라는 현실에 대한 것입니다. 그리고 원망은 여기에서 그치지 않고 진나라 시황제에게로 이어집니다. 배가 비록 있다고 하 더라도 진시황이 왜놈들을 만들지 않았다면* 역시 섬나라에서 왜놈들이 나올 수 없지 않았겠는가 하는 원망입니다. 하지만 신시황에 대한 원망도 결국 전 란에 지친 병사가 내뱉는 부질없는 원망이요 한탄인 것입니다. 이처럼 「선상 탄」에서 드러나는 정서는 전쟁의 현실 속에서 전란에 지친 병사가 토해 내는 정서입니다.

진시황이 불사不死의 약을 구하 기 위해 동남동녀童男童女를 대 마도로 보냈는데, 이로 인해 왜 倭가 생겨났다는 이야기이다.

그러나 이런 원망과 한탄의 정서가 작품의 끝까지 이어지지는 않습니다. '비선飛船에 들려드러 선봉先鋒을 거치면, 구시월九十月 상풍霜風에 낙엽落葉가 치 헤치리라.'에서 볼 수 있듯이 나라를 걱정하는 무인의 마음이 용맹한 기개 로 나타납니다. 그리고 '오왕吳王 성덕聖德'을 언급함으로써 임금에 대한 변함 없는 충정衷情을 드러내고 있습니다. 하지만 이것도 어찌 보면 전란의 상황 속 에서 어쩔 수 없이 배에 몸을 실을 수밖에 없었던 가운데 터져 나온 원망과 한 탄이라는 정서의 연속선상에 있는 것입니다. 왜냐하면 어차피 임금의 명으로 배에 오른 이상 그 상황을 피할 수가 없기 때문에 마음을 빨리 고쳐먹은 것뿐 이지, 원망과 한탄의 정서가 완전히 사라진 것은 아니기 때문입니다. 여하튼 이러한 모습이 처음부터 지속되어 온 개인적 차원의 정서 표출이라는 점에서는 변함이 없어 보입니다. 특히 마지막에 표출된 정서는 그런 점을 확실히 입증하는 좋은 예입니다. '성대聖代 해불양파海不揚波를 다시 보려 ᄒᆞ노라.'로 마무리되는 「선상탄」은 태평성대에 대한 소망과 기대가 한 개인의 정서적 지향속에서 형상화된 것입니다. 이런 점에서 집단적 이념과 정서를 표출하는 것으로 「태평사」와는 매우 대조적인 것을 알 수 있습니다.

「누항사」에서 드러나고 있는 곤궁한 삶은 결국 전쟁으로 인한 것입니다. 따라서 앞서 살펴본 「태평사」나 「선상탄」과 마찬가지로 전쟁이 작품의 정서를 형성하는 데 중요한 동기가 되고 있습니다. 이 작품이 이루어지는 시간과 공간은 물론 전란의 시기나 전란의 공간이 아닙니다. 하지만 이 작품 속 내용들은 전쟁으로 인해서 빚어진 현실의 모습과 관련된 것들입니다. 따라서 앞선 시대의 두 작품이 전쟁이라는 상황을 총체적으로 본 것이라면, 「누항사」는 전쟁이 가져다 준 현실 속의 개인적 삶에 대해 구체적이고 세밀하게 보여 줍니다.

어리고 우활迂闊ᄒᆞᆯ산 이 ᄂᆡ 우히 더니 업다. 길흉화복吉凶禍福을 하날긔 부쳐 두고, 누항陋巷 깁픈 곳의 초막草幕을 지어 두고, 풍조우석風朝雨夕에 석은 딥히 셥히 되야, 셔 홉 밥 닷 홉 죽粥에 연기煙氣도 하도 할샤. 설 데인 숙냉熟冷애 뷘 배쇡일 ᄲᅮᆫ이로다. 생애 이러ᄒᆞ다 장부丈夫 ᄯᅳᆺ을 옴길넌가. 안빈 일념安貧一念을 적을망정 품고 이셔, 수의隨宜로 살려 ᄒᆞ니 날로 조차 저어齟齬ᄒᆞ다. ᄀᆞ올히 부족不足거든 봄이라 유여有餘ᄒᆞ며, 주머니 뷔엿거든 병甁의라 담겨시랴. 빈곤貧困ᄒᆞᆫ 인생人生이 천지간天地間의 나ᄲᅮᆫ이라.

기한飢寒이 절신切身ᄒᆞ다 일단심一丹心을 이질ᄂᆞᆫ가. 분의 망신奮義忘身ᄒᆞ야 죽어야 말녀 너겨, 우탁 우낭于橐于囊의 줌줌이 모아 녀코, 병과兵戈 오재五載예 감사심敢死心을 가져 이셔, 이시섭혈履尸涉血ᄒᆞ야 몃 백전百戰을 지ᄂᆡ연고. 일신一身이 여가餘暇 잇사 일가一家를 도라보랴. 일노장수一奴長鬚는 노주분奴主分을 이졋거든, 고여춘급告余春及을 어니 사이 싱각ᄒᆞ리. 경당문노耕當問奴인들 눌ᄃᆞ려 물롤ᄂᆞ고. 궁경가색躬耕稼穡이 ᄂᆡ 분分인 줄 알리로다.

신야경수莘野耕叟와 농상경옹壟上耕翁을 천賤타 ᄒᆞ리 업것마는, 아므려 갈고젼들 어ᄂᆡ 쇼로 갈로손고. 한기태심旱旣太甚ᄒᆞ야 시절時節이 다 늦은 제, 서주西疇 놉

흔 논애 잠깐 긴 널비예, 도상道上 무원수無源水를 반만깐 듸혀 두고, 쇼 흔 적 듀마 흐고 엄섬이 흐는 말삼, 친절親切호라 너긴 집의 달 업슨 황혼黃昏의 허위허위 다라가서, 구디 다든 문門 밧긔 어득히 혼자 서서, 큰 기참 아함이를 양구良久ㅅ토록 흐온 후後에, 어와 긔 뉘신고 염치廉恥 업산 닉옵노라.

초경初更도 거읜듸 그 엇지 와 겨신고. 연년年年에 이러흐기 구차苟且흔 줄 알건마는, 쇼 업슨 궁가窮家애 혜염 만하 왓삽노라. 공흐니나 갑시나 주엄 즉도 흐다마는, 다만 어제 밤의 거넨 집 져 사룸이, 목 불근 수기치雉를 옥지읍玉脂泣게 쑤어 닉고, 간 이근 삼해주三亥酒를 취醉토록 권勸흐거든, 이러한 은혜를 어이 아니 갑흘넌고. 내일來日로 주마 흐고 큰 언약言約 흐야거든, 실약失約이 미편未便흐니 사설이 어려왜라. 실위實爲 그러흐면 혈마 어이흘고. 헌 먼덕 수기 스고 측 업슨 집신에 설피설피 물러오니, 풍채風采 저근 형용形容애 기즈칠 쑨이로다. 와실蝸室에 드러간들 잠이 와사 누어시랴. 북창北窓을 비겨 안자 식배롤 기다리니, 무정無情흔 대승戴勝은 이닉 한恨을 도우ㄴ다. 종조추창終朝惆悵흐며 먼 들홀 바라보니, 즐기는 농가農歌도 흥興 업서 들리ㄴ다. 세정世情 모른 한숨은 그칠 줄을 모르ㄴ다. 아식온 져 소뷔는 볏보님도 됴홀셰고, 가시 엉귄 묵은 밧도 용이容易케 갈련마는, 허당반벽虛堂半壁에 슬듸업시 걸려고야. 춘경春耕도 거의거다 후리쳐 더뎌 두쟈.

강호江湖 흔 꿈을 쑤언지도 오릭러니, 구복口腹이 위루爲累흐야 어지버 이져쩌다. 첨피기욱瞻彼淇澳혼듸 녹죽綠竹도 하도 할샤. 유비군자有斐君子들아 낙듸 흐나 빌려스라. 노화蘆花 깁픈 곳애 명월 청풍明月淸風 벗이 되야, 님직 업슨 풍월강산風月江山애 절로절로 늘그리라. 무심無心한 백구白鷗야 오라 흐며 말라 흐랴. 다토리 업슬슨 다문 인가 너기로라.

무상無狀한 이 몸애 무슨 지취志趣 이스리마는, 두세 이렁 밧논를 다 무겨 더뎌 두고, 이시면 죽粥이오 업시면 굴물망정, 남의 집 남의 거슨 전혀 부러 말렷스라. 닉 빈천貧賤 슬히 너겨 손을 헤다 물너가며, 남의 부귀富貴 불리 너겨 손을 치다 나아오랴. 인간人間 어닉 일이 명命 밧긔 삼겨시리. 빈이무원貧而無怨을 어렵다 흐건마는 닉 생애生涯 이러호듸 설온 뜻은 업노왜라. 단사표음簞食瓢飮*을 이도 족足히 너기로라. 평생平生 흔 뜻이 온포溫飽애ᄂᆞᆫ 업노왜라. 태평천하太平天

단사표음
'대나무로 만든 밥그릇의 밥과 표주박에 든 물'이라는 뜻. 청빈하고 소박한 생활을 이름. 「논어」 「옹야」에 나오는 말임.

下애 충효忠孝를 일을 삼아 화형제和兄弟 신붕우信朋友 외다 흐리 뉘 이시리. 그 밧 기 남은 일이야 삼긴 딕로 살럿노라.

「노계집」

현대어 풀이

어리석고 세상 물정에 어둡기로는 이 나보다 더한 사람이 없다. 모든 운수를 하늘 에다 맡겨 두고, 누추한 깊은 곳에 초가를 지어 놓고, 고르지 못한 날씨에 썩은 짚 이 땔감이 되어, 세 홉 밥에 다섯 홉 죽(초라한 음식)을 만드는데 연기가 많기도 하구 나. 덜 데운 숭늉으로 고픈 배를 속일 뿐이로다. 살림살이가 이렇게 구차하다고 한들 대장부의 뜻을 바꿀 것인가. 안빈낙도하겠다는 한 가지 생각을 적을망정 품 고 있어서, 옳은 일을 좇아 살려 하니 날이 갈수록 뜻대로 되지 않는다. 가을이 부 족한데 봄이라고 여유가 있겠으며, 주머니가 비었는데 술병에 술이 담겨 있으랴. 가난한 인생이 천지간에 나뿐이로다.

배고픔과 추위가 몸을 괴롭힌다 한들 일편단심을 잊을 것인가. 의에 분발하여 내 몸을 잊어서 죽어서야 말겠노라고 마음먹어, 전대와 망태에 한 줌 한 줌 모아 넣 고, 전란 5년 동안에 죽고 말리라는 마음을 가지고 있어, 주검을 밟고 피를 건너 몇 백 전쟁을 치렀던가. 한 몸이 겨를이 있어서 집안을 돌보겠는가. 늙은 종은 하 인과 주인의 분수를 잊어버렸는데, 나에게 봄이 왔다고 일러 줄 것을 어떻게 기대 할 수 있겠는가. 밭 가는 일은 마땅히 종에게 물어야 한다지만 누구에게 물을 것인 가. 몸소 농사를 짓는 것이 내 분수에 맞는 줄을 알겠도다.

들에서 밭 갈던 은나라의 이윤과 진나라의 진승을 천하다고 할 사람이 없지마는 아무리 갈려고 한들 어느 소로 갈겠는가. 가뭄이 몹시 심하여 농사철이 다 늦은 때 에 서쪽 두둑 높은 논에 잠깐 갠 지나가는 비에 길 위에 흐르는 물을 반쯤 대어 놓 고는 소 한 번 빌려 주마 하고 엉성하게 하는 말(또는 탐탁지 않게 하는 말)을 듣고 친절 하다고 여긴 집에 달이 없는 저녁에(달도 없는 황혼에) 허우적허우적(허둥지둥) 달려가 서 굳게 닫은 문 밖에 우두커니(멀찍이) 혼자 서서 '에헴.' 하는 인기척을 꽤 오래도 록 한 후에 '어, 거기 누구신가?' 묻기에 '염치 없는 저올시다.' '초경도 거의 지났는 데 그대 무슨 일로 와 계신가?' '해마다 이러기가 구차한 줄 알지마는 소 없는 가난한 집에서 걱정이 많아 왔소이다.' '공것이거나 값을 치거나 간에 주었으면 좋겠지만 다만 어젯밤에 건넛집 사는 사람이 목이 붉은 수꿩을 구슬 같은 기름에 구어 내고 갓 익은 좋은 술을 취하도록 권하였는데 이러한 고마움(은혜)을 어떻게 갚지 않겠는가(어찌 아니 갚겠는가)? 내일 소를 빌려 주마 하고 굳게 약속을 하였기에 약속을 어기기가 편하지 못하니 말씀하기가 어렵구료.' 정말로(사실이) 그렇다면 설마 어찌 하겠는가. 헌 모자를 숙여 쓰고 축 없는 짚신을 신고 맥없이 물러나오니 풍채 적은 내 모습에 개가 짖을 뿐이로구나. 작고 누추한 집에 들어간들 잠이 와서 누워 있겠는가. 북쪽 창문에 기대 앉아 새벽을 기다리니 무정한 오디새는 나의 한을 돕는구나. 아침이 끝날 때까지 슬퍼하며 먼 들을 바라보니 즐기는 농부들의 노래도 흥없게 들리는구나. 세상 물정을 모르는 한숨은 그칠 줄 모른다. 아까운 저 쟁기는 볏보임도 좋구나. 가시가 엉킨 묵은 밭도 쉽게 갈 수 있으련만 빈 집 벽 한가운데 쓸데없이 걸려 있구나. 봄갈이도 거의 다 지났다. 팽개쳐 던져 버리자.

자연을 벗 삼아 살겠다는 한 꿈을 꾼 지도 오래더니, 먹고 사는 것이 누가 되어, 아, 슬프게도 다 잊었도다. 저 냇가를 바라보니 푸른 대나무가 많기도 하구나. 교양 있는 선비들아, 낚싯대 하나 빌려 다오. 갈대꽃 깊은 곳에서 밝은 달과 맑은 바람의 벗이 되어, 임자 없는 자연 속에서 절로 절로(근심 없이) 늙으리라. 무심한 갈매기야, 나더러 오라고 하며 가라고 하랴?(나더러 오라고 하며 말라고 하겠느냐) 다툴 이가 없는 것은 다만 이것뿐인가 생각하노라.

못생긴 이 몸이 무슨 소원이 있으리오마는, 두세 이랑 되는 밭과 논을 다 묵혀 던져 두고, 있으면 죽이요, 없으면 굶을망정, 남의 집 남의 것은 전혀 부러워하지 않겠노라. 나의 빈천을 싫게 여겨 손을 헤친다고(젓는다고) 물러가며, 남의 부귀를 부럽게 여겨 손짓한다고 나아오랴? 인간 세상의 어느 일이 운명 밖에 생겼겠느냐? 가난하면서도 원망하지 않음이 어렵다고 하건마는, 내 생활이 이러하되 서러운 뜻은 없노라. 한 대광주리의 밥을 먹고 한 표주박의 물을 마시는 어려운 생활을 이것도 만족하게 여기노라. 평생의 한 뜻이 따뜻이 입고, 배불리 먹는 데는 없노라. 태평스런 세상에 충성과 효도를 일을 삼아, 형제 간에 화목하고 벗끼리 신의 있게 사귀는 일을 그르다고 할 사람이 누가 있겠는가? 그 밖의 나머지 일이야 태어난 대로 살아가려 하노라.

「누항사」는 전쟁이 끝난 뒤인 광해군 3년(1611년)에 박인로가 고향인 경기도 용진에서 한가히 지내고 있을 때, 한음 이덕형이 찾아와 누항* 생활의 어려움을 묻자, 이에 대한 답으로 지은 작품입니다. 전란 이후의 어려운 현실 생활을 생생히 표현하고 있으며, 지은이의 곤궁한 생활상과 안빈낙도하는 삶을 구체적이고도 사실적으로 잘 형상화해 놓았습니다. 전쟁으로 인한 곤궁한 현실을 사실적으로 보여 줌으로써, 사대부로서의 삶의 지향과 궁핍한 현실 사이에서 깊이 고심하고 있는 작자의 모습을 분명하게 그려냅니다. 다시 말해, '안빈낙도'하는 이상적 삶을 노래하면서도 궁핍하고 누추한 현실에서 오는 갈등과 괴로움을 솔직하게 그리고 있습니다. '분의 망신奮義忘身ᄒ야 죽어야 말녀 너겨, 우탁우낭于橐于囊의 줌줌이 모아 녀코, 병과兵戈 오재五載예 감사심敢死心을 가져 이셔, 이시섭혈履尸涉血ᄒ야 몃 백전百戰을 지닉연고.'에서 알 수 있듯이 죽음을 각오하고 전쟁에 뛰어들어 싸움을 치러 낸 작자에게 돌아온 건 굶주림과 헐벗음뿐이었습니다.

하지만 가난한 현실은 여기에서 그치지 않고 신분적 질서의 붕괴에까지 이르렀습니다. 늙은 종이 주인과 종 사이의 분수를 잊는 상황에까지 이른 것입니다. 이것은 노계 자신에게 새로운 상황을 인식하게 하는 계기가 된다는 점에서 매우 중요합니다. 왜냐하면 밭 갈기를 물을 종이 없기 때문에 자신이 몸소 논과 밭을 갈고 씨앗을 뿌려야 하는 처지에 놓였기 때문입니다. 전쟁이 지난 뒤 찾아온 가난과 함께 붕괴된 신분 질서는 사대부적 삶을 지향하는 한 개인의 삶을 무참하게 무너뜨린 것입니다. 따라서 노계가 처한 '자연'은 풍류를 즐기는 공간으로서의 자연이 아니라, 손수 논밭을 갈며 힘든 생활을 해야 하는 노동의 공간인 것입니다.

이처럼 「누항사」에는 전쟁이 끝난 후 그로 인한 가난과 궁핍, 신분 질서의 붕괴, 그리고 한 개인의 사대부적 삶의 좌절 등이 구체적으로 묘사되어 있습니다. 전쟁의 현실이 한 개인의 삶을 얼마나 피폐하게 만들었는가를 잘 보여 준다고 하겠습니다. 그렇지만 작자는 가난하지만 원망하지 않고, 자연을 벗 삼아 충효에 힘쓰고, 형제들과 화목하며, 벗들과 신의 있게 지낼 것을 다짐하면서 안빈낙도의 심경을 노래합니다. 또한 이 작품에는 임진왜란 이후에 작자

누항

누항陋巷이란 것은 우선 노계가 있는 장소를 가리킨다. 이곳은 세속적인 장소, 즉 세상의 생활을 영위하는 곳에서 안빈낙도를 하려 하는 곳이기에 갈등이 나타나 이중의 어려움이 발생하는 곳이다. 그러나 누항에서 작가의 최종 귀착지는 안빈일념安貧一念으로 빈이무원貧而無怨, 단사표음에 만족하는 오륜의 세계이다. 곧 충, 효, 화형제, 신붕우의 세계를 지향한다.

와 같은 계층이 당면한 현실이 잘 나타나 있습니다. 사대부로서의 지위가 보장되어 있지 않고 농민으로 살아가는 데 만족할 만한 여건을 갖추지도 못하였기 때문에, 양쪽에서 모두 소외된 괴로움이 절실하게 그려집니다.

이기적인 관리들의 정치 행태를 비판한 「고공가」와 「고공답주인가」

임진왜란은 여러 측면에서 조선의 백성들에게 큰 상처를 입힌 전쟁이었습니다. 임진왜란 직후에 피폐해진 경제를 다시 일으키고 백성들이 입은 상처를 치유하기 위해 앞장서야 할 나라의 관리들이 그러기는커녕 개인의 사리사욕私利私慾만을 추구하는 모습을 보였습니다. 이렇게 나라의 정사는 돌보지 않고 개인의 욕심만을 추구하던 관리들을 비판한 작품이 「고공가雇工歌」와 「고공답주인가雇工答主人歌」입니다. 이 두 작품은 임진왜란 직후의 국사國事를 한 집안의 농사일에 비유한다는 공통점이 있습니다.

「고공가」는 임진왜란 직후 허전許㙛이 지은 작품으로 순조 때 필사된 것으로 보이는 『잡가雜歌』라는 노래집에 실려 있습니다. 작자는 고공雇工, 즉 머슴을 내세워 당시 나라의 녹봉祿俸을 먹는 관리들의 부패상을 우의적寓意的으로 고발함으로써 이를 개선하려는 의도를 드러내고 있습니다.

집의 옷 밥을 언고 들먹는 져 雇工(고공)아. 우리 집 긔별을 아는다 모로는다. 비오는 늘 일 업슬지 숫쉬면셔 니르리라. 처음의 한어버이 사롬스리 ㅎ려 홀르지, 仁心(인심)을 만히 쓰니 사롬이 절로 모다, 플 쌧고 터을 닷가 큰 집을 지어 내고, 셔리 보십 장기 쇼로 田畓(전답)을 起耕(기경)ㅎ니, 오려논 터밧치 여드레 ㄱ리로다. 子孫(자손)에 傳繼(전계)ㅎ야 代代(대대)로 나려오니, 논밧도 죠커니와 雇工(고공)도 勤儉(근검)터라.

저희마다 녀름지어 가옴여리 사던 것슬, 요스이 雇工(고공)들은 헴이 어이 아조 업서, 밥사발 큰나 쟈그나 동옷시 죠코 즈나, ㅁ음을 듯호는 듯 호슈을 시오는 듯, 무슴 일 ㄱ쳐드러 흘긧할긧 ㅎ느순다. 너희ᄂᆡ 일 아니코 時節(시절) 좃ᄎ 수오나와, ㄱ득의 ᄂᆡ 셰간이 플러지게 되야ᄂᆞ듸, 엇그지 火强盜(화강도)에 家産(가산)

이 蕩盡(탕진)ᄒ니, 집 ᄒ나 불타 붓고 먹을 껏시 전혀 업다. 크나큰 歲事(세사)을 엇지ᄒ여 니로려뇨. 金哥(김가) 李哥(이가) 雇工(고공)들아 ᄉ무 옴 먹어슬나.

너희ᄂ 졀머ᄂ다 헴 혈ᄂ나 아니순다. ᄒᆫ 소틱 밥 먹으며 매양의 恢恢(회회)ᄒ랴. ᄒᆫ무흠 ᄒᆫ ᄠᅳᆺ으로 틔름을 지어ᄉ라. ᄒᆫ 집이 가음 열면 옷밥을 分別(분별)ᄒ랴. 누고ᄂ 장기 잡고 누고ᄂ 쇼을 몰니. 밧 갈고 논 살마 벼 셰워 더져두고, 눌 됴ᄒᆫ 호믹로 기음을 미야ᄉ라. 山田(산전)도 것츠럿고 무논도 기워간다. 사립피 ᄆᆞᆯ목 나셔 볏 겨틱 셰올셰라.

七夕(칠석)의 호믹 씻고 기음을 다 믿 후의, 숫쇼기 뉘 잘ᄒ며 셤으란 뉘 엿그랴. 너희 직조 셰어려 자랏자라 맛ᄉ라. ᄉᆞ를 거둔 후면 成造(성조)를 아니ᄒ랴. 집으란 내 지으게 움으란 네 무더라. 너희 직조을 내 斟酌(짐작)ᄒ엿노라. 너희도 머글 일흘 分別(분별)을 ᄒ려므나. 명셕의 벼롤 넌들 됴흔 ᄒᆡ 구름 씌여 볏뉘을 언지 보랴. 방하을 못 씨거든 거츠나 거츤 오려, 옥ᄀᆞᆺ튼 白米(백미)될 쥴 뉘 아라오리스니.

너희ᄂ 드리고 새 스리 사쟈 ᄒ니, 엇그직 왓던 도적 아니 멀니 갓다 ᄒ듸, 너희ᄂ 귀눈 업셔 져런줄 모르관듸, 화살을 젼혀 언고 옷밥만 닷토ᄂ다. 너희ᄂ 다리고 팁ᄂ가 주리ᄂ가. 粥早飯(죽조반) 아츤 져녁 더 ᄒ다 먹엿거든, 은혜란 ᄉᆡᆼ각 아녀 제 일만 ᄒ려ᄒ니, 혐 혜ᄂ 새 들이리 어ᄂ제 어더이셔, 집 일을 맛치고 시름을 니즈려뇨. 너희 일 이ᄃ라ᄒ며셔 삿 ᄒ스리 다 쇠괘라.

「잡가(雜歌)」

현대어 풀이

제 집의 옷과 밥을 제쳐 놓고 이집 저집 빌어먹는 저 머슴아. 우리 집 소식(내력)을 아느냐 모르느냐? 비 오는 날 일이 없을 때 새끼 꼬면서 말하리라. 처음에 조부모님께서 살림살이를 시작할 때에, 어진 마음을 베푸시니(많이 쓰시니) 사람들이 저절로 모여, 풀을 베고 터를 닦아 큰 집을 지어 내고, 써레, 보습, 쟁기, 소로 논밭을 갈아 일구니(기경하니), 올벼논과 텃밭이 여드레(8일) 동안 갈 만한 큰 땅이 되었도다. 자손에게 물려주어 대대로 내려오니, 논밭도 좋거니와 머슴들도 근검하였다. 저희들이 (각각) 농사지어 부유하게 살던 것을, 요새 머슴들은 생각이 어찌 아주 없어서, 밥그릇이 크거나 작거나 입은 옷이 좋거나 나쁘거나, 마음을 다투는 듯 우두머리를 시기하는 듯, 무슨 일에 감겨들어 반목을 일삼느냐? 너희들 일 아니하고 시절조차 사나워서(흉년조차 들어서), 가뜩이나 내살림이 줄어들게 되었는데, 엊그제 강도를 만나 가산이 탕진하니, 집은 불타 버리고 먹을 것이 전혀 없네. 크나큰 세간 살이를 어떻게 해서 일으키려는가? 김가 이가 머슴들아, 새 마음을 먹으려무나.

너희는 젊다 하여 생각하려고 아니하느냐? 한 솥에 밥 먹으면서 항상 관대하고 여유있게 하라?* 한 마음 한 뜻으로 어려움(농사)을 치는 것을 생각하자꾸나. 한 집이 부유하게 되면 옷과 밥을 인색하게 하랴? 누구는 쟁기를 잡고 누구는 소를 모니(서로 협력하니), 밭 갈고 논 갈아서 벼를 심어 던져 두고, 날이 좋은 호미로 김매기를 하자꾸나. 산에 있는 밭도 잡초가 우거지고 무논에도 풀이 무성하다. 도롱이와 삿갓을 말뚝에 씌워서(허수아비를 만들어) 벼 곁에 세워라.(새와 짐승을 쫓기 위해 허수아비를 세울 것이니)

칠월 칠석에 호미 씻고 기음을 다 맨 후에, 새끼는 누가 잘 꼬며, 섬은 누가 엮겠는가? 너희들의 재주를 헤아려 서로 서로 맡아라. 추수를 한 후에는 집 짓는 일을 아니하랴? 집은 내가 지을 것이니 움은 네가 묻어라(만들어라). 너희 재주를 내가 짐작하였노라. 너희도 먹고 살 일을 깊이 생각하려무나. 멍석에 벼를 널어 말린들 좋은 해를 구름이 가려 햇볕을 언제 보겠느냐? 방아를 못 찧는데 거칠고도 거친 올벼가, 옥같이 흰 쌀이 될 줄을 누가 알아 보겠는가?

너희들 데리고 새살림 살고자 하니, 엊그제 왔던 도적이 멀리 달아나지 않았다고 하는데, 너희들은 귀와 눈이 없어서 그런 사실을 모르는 것인지, 화살을 전혀 제쳐 놓고(방비할 생각은 전혀 하지 않고) 옷과 밥만 가지고 다투느냐?* 너희들을 데리고 행여 추운가 굶주리는가 (염려하며), 죽조반 아침 저녁을 다 해다가 먹였는데, 은혜는 생각지 않고 제 일만 하려 하니, 사려 깊은 새 머슴을 어느 때에 얻어서, 집안 일을 맡기고 걱정을 잊을 수 있겠는가?* 너희 일을 애달파하면서 새끼 한 사리를 다 꼬았도다.

관대하고 여유있게 하라?
'다투기만 하면 되겠느냐?'로 해석하기도 함.

옷과 밥만 가지고 다투느냐?
도적의 침략에 대비해서 방비를 해야 할 터인데, 일은 제쳐 놓고 벼슬자리만 다투고 있다.

사려 깊은~있겠는가?
새살림을 할 머슴인 벼슬아치의 출현을 기대하고 있다.

위에 제시한 부분은 이 작품의 전문全文으로 내용의 핵심은 대략 이렇습니다. 처음의 한 어버이가 나라를 연 이래, 여드레 갈이의 살림살이를 차려 놓고 인심을 많이 베풀어 국초國初의 머슴들은 모두 부지런하고 검소하였는데, 현재의 머슴들은 밥사발의 크고 작음과 의복의 좋고 나쁨을 다툴 뿐, 얼마 전에 화강도가 쳐들어 와 집안 재물을 모두 망쳐 놓았는데도 합심협력해서 농사를 지으며 도둑을 막을 생각은 않고, 화살을 방치해 두고 의복과 먹는 것만 다투고 있다는 것입니다. 그런 현실을 개탄하다 보니 어느새 새끼 한 사리를 다 꼬았다는 얘기입니다.

작품에 나타난 우의寓意를 살펴보면, '처음의 한 어버이'는 조선을 건국한 이성계李成桂를 우의한 것이고, '여드레 갈이'는 조선의 팔도를, '고공'은 조정의 신하들을, '화강도'는 임진왜란 때 쳐들어온 왜적을, '여름짓기' 곧 '농사'는 국사國事를, '밥사발'은 나라에서 주는 녹봉을 각각 빗대어 풍자한 것입니다. 이와 같이 이 작품은 글 전체가 우의적 수법으로 구성되어 있다는 것이 특징입니다. 작자는 임진왜란의 참화慘禍*로 유교적 이상이 깨어진 비참한 현실에 직면하여, 이러한 현실을 성실하게 수습하려 들지 않는 신하들의 나태한 모습을 애달픈 심정으로 표현하였는데, 이러한 비극적 감정의 이면에는 유교적인 이상 사회를 재건하려는 숭고한 의지가 내재되어 있습니다. 또한 이 시기의 다른 가사들이 대부분 도피적이거나 강호가도를 노래한다는 특징을 지니는 데 비해 이 작품은 세상을 다스리려는 경세적인 성격을 지닌다는 특징이 있습니다. 따라서 이 작품은 교술적인 성격이 강한 작품이라고 할 수 있습니다.

「고공답주인가」는 앞서 언급했던 허전의 「고공가」에 화답한 작품으로 임진왜란을 겪은 뒤 명신名臣이었던 이원익이 지었습니다. 이 작품 역시 「고공가」와 마찬가지로 순조 때 필사된 것으로 보이는 『잡가雜歌』라는 노래책에 실려 있습니다. 그리고 「고공가」에 화답하는 노래답게 비유적인 표현 방법을 주로 썼으며, 제재와 주제, 문체와 기교 등에서도 상응하는 방법을 사용하고 있습니다.

참화
비참하고 끔찍한 재난이나 변고

료이

'죵이'를 잘못 적은 것임.

어와 져 양반아 도라안자 내 말 듯소 엇지훈 져믄 소니 혬업시 단니ᄂ다 마누라 말솜을 아니 드러 보ᄂ순다 나는 일얼만뎡 外方(외방)의 늙은 료이* 공밧치고 도라갈 지 ᄒᄂᆞᆫ 일 다 보앗닉 우리 딕 셰간이야 녜붓터 이러튼가 田民(전민)이 만탄 말리 一國(일국)에 소리나데 먹고 입는 드난죵이 百餘口(백여구) 나마시니 므슴 일 ᄒ노라 터밧츨 무겨ᄂ고 農場(농장)이 업다 ᄒᄂᆞᆫ가 호미연장 못 갓던가 날마다 무슴하려 밥먹고 단기면서 열나모 亭子(정자) 아릭 낫줌만 자ᄂ순다 아힉들 타시런가 우리 딕 죵의 버릇 보거든 고이ᄒᆞᆫ데 쇼먹이는 ᄋ희ᄃᆞ리 샹모름을 凌辱(능욕)ᄒ고 進止(진지)ᄒᄂᆞᆫ 어린 손닉 한 계대를 그롱ᄒ다 쎄쎄름 除給(제급) 못고 에에로 제 일 ᄒ니 ᄒᆞᆫ 집의 수한 일을 누라셔 심뼈 ᄒᆞᆯ고 穀食庫(곡식고) 븨엿거든 庫直(고직)인들 어이 ᄒᆞᆷ며 셰간이 흐텨지니 될자힌들 어이 ᄒᆞᆯ고 내 왼 줄 내 몰나도 남 왼 줄 모롤넌가 풀치거니 믿치거니 할거니 돕거니 ᄒ로 열두 씌 어수선 픤거이고 밧별감 만하 이ᄉ 外方舍音(외방사음) 都達化(도달화)도 제 所任(소임) 다 바리고 몸 ᄊ릴 쓘이로다 비 시여 셔근 집을 뉘라셔 곳쳐 이며 옷 버서 문허진 담 뉘라셔 곳쳐 쓸고 블한당 구모 도적 아니 멀니 단이거든 화살 찬 誰何上直(수하상직) 뉘라셔 심뼈 ᄒᆞᆯ고 큰나큰 기운 집의 마누라 혼ᄌ 안자 긔걸을 뉘 드르며 論議(논의)을 눌하 ᄒᆞᆯ고 낫시름 밤근심 혼자 맛다 계시거니 옥 갓튼 얼굴리 편ᄒ실 적 면 날이리 이 집 이리 되기 뉘 타시라 홀셔이고 혬 업는 죵의 일은 믓도 아니 ᄒ려니와 도로혀 혜여ᄒ니 마누라 타시로다 닉 항것 외다 ᄒ기 죠의 조 만컨므는 그러타 뉘을 보려 민망ᄒ야 솖ᄂᆞ이다. 숫쇼기 마ᄅ시고 내 말솜 드로쇼셔 집 일을 곳치거든 죵들을 휘오시고 죵들을 휘오거든 賞罰(상벌)을 블기시고 賞罰(상벌)을 발키거든 어른죵을 미드쇼셔 진실노 이리 ᄒ시면 家道(가도)절노 닐니이다.

「잡가雜歌」

현대어 풀이

아아! 저 양반아! 돌아앉아 내 말 듣소. 어떠한 젊은 손(客객)이 셈 없이 다니는가? 주인님 말씀을 아니 들어 보았는가? 나는 이럴망정 외방의 늙은 종이 공 바치고 돌아갈 때 하는 일 다 보았네. 우리 댁 세간이야 예부터 이렇던가? 전민田民이 많단 말이 일국에 소리 나데. 먹고 입는 드는 종(드나들며 고공살이를 하는 종)이 백여 구 남았으니, 무슨 일 하느라 터밭을 묵혔는가? 농장이 없다던가? 호미 연장 못 가졌 나? 날마다 무엇하려 밥 먹고 다니면서 열 나무 정자 아래 낮잠만 자는가? 아이들 탓이던가? 우리 댁 종의 버릇 보노라면 이상하데. 소 먹이는 아이들이 상마름(지주 의 땅을 맡아 대신 소작권을 관리하는 사람의 우두머리)을 능욕(업신여기어 욕 보임)하고, 진지(거 동, 나아감과 물러섬)하는 어린 손들 한 계대(큰 겨레, 양반)를 기롱하는가(실없는 말로 빗대어 남을 놀리는가). 삐뚜름하게 제급 못고(물건의 한 부분을 빼돌려 모으고), 딴 길로 제 일하니, 한 집의 수한(많은) 일을 누가 힘써 할까? 곡식 창고 비었거든 창고를 지키는 사람 인들 어이 하며, 세간이 흩어지니, 옹기인들 어이 할까(왜적의 침입으로 인해 국가재 정의 파탄)? 내 왼(잘못된) 줄 내 몰라도 남 왼 줄 모를런가? 풀치거니 맺히거니, 헐 뜯거니 돕거니. 하루 열 두 때 어수선 핀 것인가?* 외별감(바깥 별감. 지방에서 보내던 임시 벼슬) 많이 있어야 외방사음(바깥 마름을 부리지 않음) 도달화도 제 소임 다 버리고, 몸 사릴 뿐이로다(소임을 잊고 제 몸만 살려는 무관들). 비 새어 썩은 집을 누가 고쳐 이으 며, 옷 벗어 무너진 담 누가 고쳐 쌓을까? 불한당 구모 도적(왜적) 아니 멀리 다니기 든(왜적의 침입에 대한 위험이 여전히 존재하고 있음을 알 수 있음) 화살 찬 수하상직(국방의 의무) 누가 힘써 할까? 크나큰 기운 집에 상전(마누라)님 혼자 앉아 긔걸(명령)을 뉘 들으며 논의를 뉘와 할까? 낮시름 밤근심 혼자 맡아 계시거니, 옥 같은 얼굴이 편하실 적 몇 날이리? 이 집 이리 되기 뉘 탓이라 할 것인가? 헴없는 종의 일은 뭇도 아니하 려니와(자신보다 아래인 신하나 임금 모두에게 잘못이 있음) 도리어 헤여하니(생각하니), 상전 (마누라)의 탓이로다. 내 항것(주인, 상전) 외다 하기 종의 죄 만컨마는 그렇다 세상 보 며 민망하여 삷나이다(여쭙니다). 삿꼬기 마르시고(새끼 멈추시고), 내 말씀 드르쇼서. 집일을 고치거든 종들을 휘어잡고, 종들을 휘오거든 상벌을 밝히시고, 상벌을 밝 히거든 어른 종을 믿으소서. 진실로 이리 하시면, 가도家道 절로 닐니이다(일어설 것 입니다).

위 전문全文에서 보듯이 이 작품은 한 국가의 살림살이를 농사짓는 주인과 종의 관계를 통하여 제시하고 있습니다. 이 작품의 요지는 '게으르고 헤아림 없는 종'에게 왜 '마누라'의 말씀을 듣지 않느냐고 비난하고, 이어서 '마누라'에

하루 열 두 때 어수선 핀 것인가?
당파의 이익을 위해 상대당과 싸 우기도 하고 결탁하기도 하는 어 지러운 정국을 보여줌.

게는 '어른 종'을 믿으라고 하는 것입니다. 여기서 '게으르고 헤아림 없는 종'은 나랏일에 태만한 신하, 곧 허전이 「고공가」에서 비난한 바 있는 그런 부류의 신하들을 빗대어 표현한 것이고, '마누라'는 선조 임금을, '어른 종'은 작자 자신을 포함한 당대의 고관들을 빗대어 표현한 것입니다. 그리고 '소 먹이는 아이들', 곧 지방 관청의 이속들이 '마름', 곧 지방 관청의 수령들을 능욕하니, '한 집', 곧 나라의 숱한 일들을 할 자가 없음을 탄식하고 있으며, 그리하여 곡식 창고는 비게 되고 세간은 흩어지고 살림은 말이 아니게 되었다고 탄식하는 것입니다. 이는 곧 나라의 형편이 궁핍화된 현실을 한탄한 것입니다. 거기에다가 '외별감', '외방마름外方숨音', '도달화都達花'* 등 변방을 지키는 무관들마저 맡은 임무에는 소홀하고 제 몸만 사리고 있으니, 누가 힘써 나라를 방어할 것이냐고 한탄하고 있는 것입니다. 그리고 임진왜란의 상처로 크게 기운 '집주인', 곧 선조는 밤낮 근심 속에 편할 날이 없다고 합니다. 이에 대해 작자는 '헤아림 없는 종', 곧 몰지각한 신하들 탓도 있겠지만, '마누라', 곧 임금님 탓이 더 크다고 하였습니다. 그런 까닭에 '집안일', 곧 나랏일을 고치려거든 '종'들, 곧 신하들을 휘어잡아 상벌을 밝히고, '어른 종', 곧 작자를 포함한 정승 · 판서 등을 믿어 달라고 간청하고 있습니다. 그러면 '가도家道', 곧 나라의 형편과 도리가 저절로 일어날 것이라고 말합니다.*

이 작품이 허전의 「고공가」에 답하는 형식이지만, 나라의 형편이 기울게 된 원인을 신하의 이기적인 행태에만 초점을 맞춘 「고공가」보다는 사태에 대한 분석력이 더 뛰어납니다. 「고공가」에는 나라가 기운 원인을 신하들의 직무태만으로 단순하게 보았으나, 이 작품은 사태를 보다 자세하게 분석한 다음, 신하들의 충간忠諫*을 들어준다면 해결이 가능하다는 자부심을 보여 주고 있습니다.

기행 가사의 쌍벽을 이루는 「일동장유가」와 「연행가」

조선 후기 기행 가사 중 대표할 만한 작품은 조선 영조 39년(1763년)에 일본 통신사通信司 조엄의 수행원으로 갔던 김인겸이 일본 여행에서 본 일본의 문

도달화
조선 시대에 공노비를 부리지 않는 대신에 그 종에게서 세금 받는 일을 맡아 보던 벼슬아치.

임금이 신하를 휘어 잡고, 상벌을 분명하게 하며, 높은 지위의 대신을 신뢰할 때, 즉 임금의 올바른 통치에 의해 국가의 재건이 가능하다는 것을 말하고 있다.

충간
충성스러운 마음으로 간함.

물과 풍속 등을 기록한 「일동장유가日東壯遊歌」와 고종 3년(1866년)에 홍순학이 고종의 왕비 책정으로 중국에 사신을 보낸 주청사奏請使* 일행의 서장관書狀官*으로 청나라 연경에 갔다가 보고 느낀 것을 적은 「연행가燕行歌」입니다. 이 두 작품은 분량면에서 조선 전기 가사에 비해 방대해졌는데, 이러한 장편화 경향은 조선 후기에 두드러진 산문 정신의 확대와 실학 정신의 영향, 그리고 견문의 다양화 등으로 인한 결과라고 여겨집니다.

주청사
조선 시대에 동지사 이외에 중국의 조정에 주청할 일이 있을 때 파견하던 사신. 주로 의복·서적·금은 등의 무역을 주청하였음.

서장관
삼사三使의 하나. 외국에 보내는 사신을 수행하여 기록을 맡던 임시 벼슬.

(전략)

빈방의 누어 이셔 내 신셰를 싱각ᄒᆞ니, ᄀᆞ득이 심난ᄒᆞᆫᄃᆡ 대풍이 니러나니, 태산 ᄀᆞᆺ튼 셩낸 물결 텬디의 ᄌᆞ옥ᄒᆞ니, 큰나큰 만곡쥐萬斛舟ᅵ 나모닙 브치이ᄃᆞᆺ, 하늘의 올라가 디함地陷의 ᄂᆞ려지니, 열두 발 ᄡᅡᆼ돗대ᄂᆞᆫ 지이텨로 구버 잇고, 쉰두 복 초셕 돗츤 반둘쳐로 빈블럿늬. 굵은 우레 쥰 별악은 등 아래셔 딘동ᄒᆞ고, 셩낸 고래 동ᄒᆞᆫ 뇽은 물 속의셔 희롱ᄒᆞ늬. 방 속의 요강 타구唾具 잣바지고 업더지고, 샹하 좌우 빈방 널은 닙닙히 우ᄂᆞᆫ구나. 이윽고 히 돗거늘 장관壯觀을 ᄒᆞ여 보ᄉᆡ, 니러나 빈문 열고 문셜쥬 잡고 셔셔, ᄉᆞ면을 ᄇᆞ라보니 어와 장홀시고, 인싱 텬디간의 이런 구경 ᄯᅩ 어ᄃᆡ 이실고. 구만九萬 니 우듀 속의 큰 물결분이로싀. 등 뒤흐로 도라보니 동ᄂᆡ東萊 뫼이 눈섭 ᄀᆞᆺ고, 동남을 도라보니 바다히 ᄀᆞ이 업늬. 우아리 프른 빗치 하늘 밧긔 다하 잇다. 슬프다 우리 길이 어ᄃᆡ로 가ᄂᆞᆫ쟉고. 흠긔 써ᄂᆞᆫ 다숫 빈는 간 ᄃᆡ를 모롤로다. ᄉᆞ면을 두로 보니 잇다감 물결 속의 부체만 쟈근 돗치 들낙날낙 ᄒᆞᄂᆞᆫ구나.

(중략)

굿 보ᄂᆞᆫ 왜인들이 뫼히 안자 구버본다. 그 듕의 ᄉᆞ나희ᄂᆞᆫ 머리를 ᄭᅡᆺ가시ᄃᆡ, ᄭᅩᆨ 뒤만 죠금 남겨 고쵸샹토 ᄒᆞ여시며, 발 벗고 바디 벗고 칼 ᄒᆞ나식 ᄎᆞ 이시며 왜녀倭女의 치장들은 머리를 아니 ᄭᅡᆨ고 밀기름 듬북 발라 뒤흐로 잡아 미야, 죡두리 모양쳐로 둥글게 ᄶᅮ여 잇고, 그 ᄭᅳᆺ츤 두로 트러 빈혀를 질러시며, 무론無論 노쇼 귀쳔老少貴賤ᄒᆞ고 어레빗슬 ᄭᅩᆺ잣구나. 의복을 보와 ᄒᆞ니 무 업슨 두루막이 혼 동 단 막은 ᄉᆞ매 남녀 업시 혼가지요, 넙고 큰 접은 ᄯᅴ를 느죽히 둘러 ᄯᅴ고 일용 범빅日用凡百 온갖 거슨 가슴 속의 다 품엇다. 남진 잇ᄂᆞᆫ 겨집들은 감

가츠시카 호쿠사이,
〈거울을 보는 여인〉 (1808년)

밀기름
밀과 참기름을 섞어 만든 머릿기름.

무
윗옷의 양쪽 겨드랑이 아래에 댄 딴 폭.

동
윗옷의 소매 부분, 또는 소매에 이어 댄 부분.

아ᄒ게 니齒를 칠ᄒ고 뒤흐로 쒸를 미고 과부 처녀 간나히ᄂ 압흐로 쒸를 미고 니를 칠티 아냣구나. (후략)

『가람 문고본』

현대어 풀이

(전략)

선실에 누워서 내 신세를 생각하니, 가뜩이나 마음이 어지러운데 큰 바람이 일어나서, 태산 같은 성난 물결이 천지에 자욱하니, 만 석을 실을 만한 큰 배가 마치 나뭇잎이 나부끼듯 하늘에 올랐다가 땅 밑으로 떨어지니, 열두 발이나 되는 쌍 돛대는 척척 굽어진 나뭇가지처럼 굽어 있고, 쉰두 폭으로 엮어 만든 돛은 반달처럼 배가 불렀네. 큰 우렛소리와 작은 벼락은 등 뒤에서 떨어지는 것 같고, 성난 고래와 용이 물속에서 희롱하는 듯하네. 선실의 요강과 타구가 자빠지고 엎어지고, 상하좌우에 있는 선실의 널빤지는 저마다 소리를 내는구나. 이윽고 해가 돋거늘 굉장한 구경을 하여 보세. 일어나 선실 문을 열고 문설주를 잡고 서서, 사면을 바라보니 아아! 굉장하구나, 인생 천지간에 이런 구경이 또 있을까? 넓고 넓은 우주 속에 다만 큰 물결뿐이로세. 등 뒤로 돌아보니 동래의 산이 눈썹만큼이나 작게 보이고, 동남쪽을 돌아보니 바다가 끝이 없네. 위 아래 푸른 빛이 하늘 밖에 닿아 있다. 슬프다. 우리의 가는 길이 어디란 말인가? 함께 떠난 다섯 척의 배는 간 곳을 모르겠도다. 사방을 두루 살펴보니 이따금 물결 속에 부채 만한 작은 돛이 들락날락하는구나.

(중략)

구경하는 왜인들이 산에 앉아 굽어본다. 그중의 남자들은 머리를 깎았으되 뒤통수만 조금 남겨 고추상투를 하였고, 발 벗고 바지 벗고 칼 하나씩 차고 있으며, 여자들의 치장은 머리를 깎지 않고 밀기름*을 듬뿍 발라 뒤로 잡아매어 족두리 모양처럼 둥글게 감았고, 그 끝은 둘로 틀어 비녀를 질렀으며, 노소와 귀천을 가리지 않고 얼레빗을 꽂았구나. 의복을 보아하니 무* 없는 두루마기 한 동*으로 된 옷단과 막은 소매가 남녀 구별 없이 한가지요, 넓고 크게 접은 띠를 느슨하게 둘러 띠고 늘 쓰는 모든 물건은 가슴 속에 다 품었다. 남편이 있는 여자들은 이를 검게 칠하

고 뒤로 띠를 매었고, 과부, 처녀, 계집아이는 앞으로 띠를 매고 이를 칠하지 않았구나. (후략)

「일동장유가」는 1763년 8월 3일부터 이듬해 7월 8일에 돌아오기까지 장장 11개월 동안의 정확한 노정路程과 일시日時를 적고, 날씨, 자연환경, 일어난 사건, 작자의 느낌 등을 과장 없이 그대로 묘사했을 뿐만 아니라 도처에 날카로운 비판과 유머를 곁들여 기행 문학의 묘미를 잘 살려 낸 작품이라 할 수 있습니다.

부산항에서 환송을 받으며 뱃길로 떠나 대마도에 도착하기까지의 여정과 배 위에서의 체험, 감상을 사실적으로 그리고 있습니다. 특히 부산항을 떠나는 광경과 바다에서 '태산 ᄀᆞ튼 셩낸 물결'을 만나서 '방 속의 요강 타구唾具 잣바지고 업더지고' 하는 고생 장면, 폭풍이 걷힌 후 '인싱 텬디간'의 최고 구경인 해돋이 장관을 실감나게 묘사하고 있습니다. 그리고 일본에 대한 묘사는 객관적인 관찰과 주관적 비판으로 일관하면서도 주체적 정신에 입각하고 있습니다. 특히 "당당한 천승국의 예물예단 가져와서 개돝 같은 취류에 사배四拜하기 어떠할꼬."라는 구절에서는 개돝(개와 돼지) 같은 왜놈에게 예배하기 싫어 상사上使들의 강권도 듣지 않고 국서 봉정식에도 참여하지 않은 작자의 대일 감정을 엿볼 수 있습니다.

당시 일본에 파견된 통신사는 문화 사절단의 성격을 띠고 있었기 때문에 문화국으로서의 우월 의식을 가지고 있었는데, 일본의 풍속과 인물을 묘사한 부분에서는 왜인들을 미개하다고 생각하는 작가의 의식이 드러납니다.

한편 우리는 이 작품을 통해 작가 김인겸의 '이용후생利用厚生' 태도를 엿볼 수 있습니다. 작자는 이 작품에서 우리나라와 중국 그리고 일본의 도시 경제를 비교하면서, 일본의 도시가 우리나라보다 훨씬 발달해 있고 중국에 비해서도 결코 뒤지지 않음

〈조선 통신사 내조도〉
조선 통신사가 도쿄에 있는 일본교를 지나 숙소로 가는 모습을 많은 일본인이 구경하고 있다.

을 인정하고 있습니다. 이러한 사실은 김인겸이 실학과는 거리가 있는 시기에 살았다는 점을 보면 이미 이용후생의 학문적 분위기가 이때부터 시작되고 있었다는 것을 추측케 합니다. 이 밖에도 무자위*나 주교舟橋에 대한 묘사는 작자가 이미 이용후생적 측면에 깊은 관심을 갖고 있었다는 사실을 증명해 주는 예라고 할 수 있습니다.

무자위
물을 높은 데로 끌어 올리는 기계. 양수기.

이상에서 살펴본 바와 같이 「일동장유가」는 조선 후기 가사에 일본 체험 내용을 하나 더 부여하면서 그 외연을 확대시켰다는 점에서 국문학사적인 의의가 있다고 하겠습니다. 하지만 일본 사회에 대한 깊이 있는 이해나 일본 민중에 대한 관찰, 일본의 학술이나 기술 문명의 수준에 대한 관심은 나타나 있지 않습니다. 다만 그때그때 견문한 것을 성실하게 기술했을 뿐입니다. 따라서 19세기를 향해 나아가는 길목에서 동아시아의 새로운 질서가 형성되고 있던 당시 일본의 위상과 그에 대한 우리의 자세 등을 진지하게 살피지 못했다는 한계가 있습니다.

「연행가」는 「일동장유가」와 더불어 조선 후기 기행 가사의 쌍벽으로 일컬어지고 있는 작품입니다. 이 작품은 1866년에 작가인 홍순학이 130여 일간에 걸쳐 청나라 연경에 다녀온 여정과 견문을 기술한 작품입니다. 가사 작품으로는 드물게 3,924구의 장편인 까닭에 노정이 자세하고 서술 내용이 풍부하며, 치밀한 관찰력으로 대상을 섬세하게 묘사하여 생동감을 주고 있습니다. 특히 청나라 사람들의 생활 풍속을 예리하게 관찰하여 사실적으로 묘사하였습니다. 이 작품은 압록강을 건너기까지는 고국의 산천과 거기에 얽힌 역사적 사실들을 사실적이면서도 정감 있게 묘사하였으며, 이후는 중국의 제반 풍물, 세태, 자연 풍치 등을 뛰어난 관찰력으로 그려 내었습니다.

(전략)

비치 못홀 이닉 마음 오날이 무슴 날고. 츌셰흔 지 이십오 년 시흥의 주라나셔 평일의 이측흐여 오릭 써나 본 일 업다. 반 년이나 엇지홀고, 이위졍이 어려우며, 경긔 지경 빅 니 밧기 먼길 단여 본 일 업다. 허박흐고 약흔 긔질 말 이 힝역 걱졍일셰. 흔 쥴긔 압녹강의 양국지경 난화스니, 도라보고 도라보니 우리

나라 다시 보즈.

(중략)

녹창 쥬호 여염들은 오쉭이 영농ᄒ고, 화슈 치란 시정들은 만물이 번화ᄒ다. 집집이 호인들은 길의 나와 구경ᄒ니, 의복기 괴려ᄒ여 처음 보기 놀랍도다. 머리ᄂᆞᆫ 압흘 싹가 뒤만 ᄯᅳ히 느리쳐서 당ᄉᆞ실노 당긔ᄒ고 말익이을 눌너 쓰며, 일년 삼백육십 일에 양치 한 번 아니ᄒ여 이ᄲᅣᆯ은 황금이오 손톱은 다셧 치라.

(중략)

하쳐라고 ᄎᆞ즈가니 집 졔도가 우습도다. 오량각 이 간 반의 벽돌을 곱게 ᄭᅡᆯ고 반 간식 캉을 지여 좌우로 ᄃᆡ캉ᄒ니 캉 모양 엇더터냐, 캉 졔도를 못 보거든 우리 나라 붓두막이 그와 거의 흡ᄉᆞᄒ여, 그 밋ᄒᆡ 구들 노하 불을 ᄯᅵ게 마련ᄒ고, 그 우히 ᄌᆞ리 펴고 밤이면 누어 ᄌᆞ며, 낫이면 손임 졉ᄃᆡ 걸터앉기 가장 죠코, 치유ᄒᆞ온 완ᄌᆞ챵과 면회面灰ᄒᆞ온 벽돌담은 미쳔ᄒᆞᆫ 호인들도 집치레 과람過濫코나.

(중략)

어린아희 길은 법은 풍속이 괴상ᄒ다. 힝담의 줄을 미여 그늬 미듯 츅혀 달고, 우는 아희 졋 먹여서 강보에 뭉둥그려 힝담 속의 누여 주고 쥴을 잡아 흔들며은 아모 소ᄅᆡ 아니ᄒ고 보치는 일 업다 ᄒ데. (후략)

『심재완 교합본』

현대어 풀이

(전략)

어디에도 비하지 못할 이내 마음 오늘이 무슨 날인가? 세상에 태어난 지 25년 부모님을 모시고 자라나서, 평소에 부모님 곁을 떠나서 오래 있어 본 적이 없다. 반년이나 어찌할 것인가? 부모님 곁을 떠나는 마음이 어려우며, 경기도 경계를 백 리 밖으로 벗어나 다녀 본 일이 없다. 허약하고 약한 기질에 만 리 여행길이 걱정일세. 한 줄기 압록강이 두 나라의 경계를 나누었으니, 돌아보고 돌아보니 우리나라를 다시 보자.

(중략)

녹색 창과 붉은 문의 여염집은 오색이 영롱하고, 화려한 집과 채색한 난간의 시가지는 만물이 번화하다. 집집마다 만주 사람들이 길에 나와 구경하니, 옷차림이 괴이

하여 처음 보기에 놀랍도다. 머리는 앞을 깎아 뒤만 땋아 늘어뜨려 당사실로 댕기를 드리고 마래기라는 모자를 눌러 쓰며, 일 년 삼백육십 일에 양치질 한 번도 아니하여 이빨은 황금빛이요 손톱은 다섯 치나 된다.

(중략)

묵을 곳이라고 찾아가니 집 제도가 우습도다. 보 다섯 줄로 된 집 두 칸 반에 벽돌을 곱게 깔고, 반 칸씩 캉이라는 걸 지어 좌우로 마주 보게 하니, 캉의 모양이 어떻더냐. 캉 제도를 못 보았으면 우리나라의 부뚜막이 그것과 거의 흡사하여, 그 밑에 구들을 놓아 불을 땔 수 있게 마련하고, 그 위에 자리 펴고 밤이면 누워 자며 낮이면 손님 접대 걸터앉기에 매우 좋고, 기름칠을 한 완자창과 회를 바른 벽돌담은 미천한 오랑캐 주제에 집치레가 지나치구나.

(중략)

어린아이 기르는 법은 풍속이 괴상하다. 작은 상자에 줄을 매어 그네 매듯 추켜 달고, 우는 아이 젖을 먹여 포대기로 대강 싸서 행담 속에 뉘어 놓고 줄을 잡아 흔들면 아무 소리 아니하고 보채는 일 없다 하대. (후략)

〈연행도〉
작자 미상. 중국 사행길을 파노라마처럼 그린 그림.

「연행가」의 출발 장면에서 작자가 보여 주는 심리적 정서는 「일동장유가」와 비슷합니다. 「일동장유가」에서 드러난 작자의 정서는 '비방의 누어 이셔 내 신셰를 싱각ᄒᆞ니, ᄌᆞ득이 심난흔듸'에서 보는 바와 같이 고국을 떠나 타국으로 향하는 마음이 심란함을 엿볼 수 있습니다. 이와 같은 정서는 「연행가」에서도 비슷하게 드러나는데, '허박ᄒᆞ고 약흔 긔질 말 이 힝역 걱정일셰.'에서 알 수 있듯이 작자는 여행길에 앞서 두려움과 걱정을 느낍니다. 이렇듯 작가는 자신의 감정을 감추지 않고 솔직하게 나타냅니다.

이 작품에서 드러나는 작가의 관심은 어느 한 곳에 편중되지 않고 다방면에 걸쳐 있습니다. 우리의 역사는 물론이고 중국의 역사에 대한 지식을 토대로 하여 기행 과정에서 만나게 되는 역사의 현장마다 시선을 고정시킵니다.

한편 작가는 반청 의식을 지니고 있음을 알 수 있는데, 중국 역사를 바라보는 시각도 대부분 친명반청으로 일관하고 있습니다. 위에 제시된 글 중에서 청나라 사람들의 모습을 표현한 부분은 바로 그들에 대한 부정적인 시각을 드러내는 좋은 예입니다. '일 년 삼백육십 일에 양치 한 번 아니ᄒ여 이샐은 황금이오 손톱은 다섯 치라.'에서 보여 주는 작가의 시각은, 물론 그들의 생활 문화를 과장과 해학을 통해 익살스럽게 표현하면서도 그에 대한 경멸적인 시선을 담고 있습니다. 이러한 작가의 시각은 가옥 구조를 기술한 글에서도 드러납니다. '채유헌 완자창과 면회面灰하온 벽돌담'을 보고 미천한 오랑캐 주제에 집치레가 지나치다고 한 것은 작가가 기본적으로 청나라의 문물과 제도에 대해 얕잡아 보는 시각을 갖고 있음을 드러낸 것이라고 할 수 있습니다.

또, 서양인에 대한 서술도 매우 부정적인 시각에서 행해지는데, 서양인을 '서양국놈' 혹은 '양귀자놈'이라고 표현하고, 여인네들은 흉칙하며 아이들은 '잔나뷔 삭기들과 이상이 갓도갓다 / 정녕이 짐승이요 사람의 종자 아니로다'라고 표현하였습니다. 몽고 승려들에 대해서도 '몽고놈들 볼작시면'이라고 한 것을 보면, 작가가 한족과 우리 민족 말고는 모두 오랑캐라는 보수적 의식을 강하게 지니고 있음을 알 수 있습니다. 작가의 이러한 보수적이고 폐쇄적인 의식으로 인하여 이 작품은 근대화의 욕구를 문학적으로 승화시키지 못한 한계를 안고 있습니다.

작가가 반청 의식에 바탕을 두고 글을 써 나간 것은 사실이지만, 청나라의 모든 생활 모습이나 문물에 대해 부정적인 시각을 드러낸 것은 아닙니다. 청나라 가옥 구조 중 '캉'을 설명하면서 효과적인 이해를 돕기 위해 우리나라의 부뚜막과 비교하여 설명하고 있습니다. 이런 설명을 통해 작가는 결국 '캉'의 실용적인 면을 긍정적인 시선으로 바라봄을 알 수 있습니다. 그리고 이런 긍정적인 시각은 청나라 사람들의 육아법을 관찰한 부분에서도 볼 수 있습니다. 위에 제시한 글 중에서 맨 마지막에 나오는 내용이 육아법에 관한 내용인데, 작가는 아이를 '힝담'에 넣어 기르는 것이 효율적이라고 생각합니다.

「연행가」는 현대적인 관점에서 볼 때, 완전히 기행문 내지 수필의 성격을 지니고 있습니다. 그리하여 조선 후기 장편 가사가 운문에서 산문으로 변모해 가는 과정을 잘 보여 줍니다. 또한 이국의 문화를 흥미롭게 기록함으로써 역사에 대한 인식의 폭을 넓혔다는 점에서 국문학사적으로 볼 때 귀중한 자료라고 할 수 있습니다.

서로 다른 두 유배 가사 「만언사」와 「북천가」

조선 후기의 많은 유배 가사 중 주목할 만한 두 작품은 정조 때 대전별감大殿別監이던 안조환이 지은 「만언사萬言詞」와 철종 때 김진형이 지은 「북천가北遷歌」입니다. 두 작품은 앞서 살펴본 기행 가사들처럼 여정과 견문, 그리고 감상이 드러난다는 점에서 기행 가사의 특징도 있습니다. 다시 말하면, 유배지로 오가는 동안의 견문이나 유배지에서의 생활 양상 등이 작품 속에 드러나기 때문에 기행 가사적인 속성도 취합니다. 하지만 글을 쓴 궁극적인 목적이 여행이 아니라 귀양살이의 억울함에 대하여 하소연하고 임금의 은총이 내려지기를 바라는 데 있었기 때문에 엄밀히 말하면 기행 가사는 아닌 셈입니다.

귀양은 대개 정치적인 이유에서 가게 되므로 유배 가사는 흔히 자신의 죄 없음을 고백하는 동시에 정적政敵에 대한 복수심을 토로하는 것이 일반적입니다. 그러면서도 오로지 임금에게만은 일편단심을 표출하는 이른바 충신 연주지사忠臣戀主之詞*적인 성격을 공통적으로 가지고 있습니다. 이것은 물론 임금이 자신을 귀양지에서 풀어 주었으면 하는 마음에서 드러내는 감정일 수도 있겠지만, 조선 전기부터 사대부들의 유배 가사 작품에 일관되게 드러난 통치권자에 대한 기본적인 정서라고 보는 것이 타당할 것입니다.

여기에서 언급하고자 하는 두 작품은 유배 가사라는 공통점은 있지만, 내용상 다른 점이 많다는 점에서 특이할 만하다고 하겠습니다. 「만언사」는 추자도楸子島*까지의 내왕과 그곳에서의 귀양살이를 노래하였습니다. 그러나 지은이가 유배자의 공통점이라 할 수 있는 양반 출신 정치범이 아니라 경제 사범인 중인 계층이었기 때문에, 흔히 볼 수 있는 양반적 허식과 과장이 전혀 없이 위선과 위엄을 벗어 버리고 인간 그대로의 체험과 감정을 솔직하게 표현하여 서민적이고 사실적인 작품을 남겼습니다. 이에 비하여 「북천가」는 전형적인 정치적 유배자의 작품으로, 서울에서 유배지인 함경도 명천까지 오가는 동안 곳곳에서 받은 후한 대접과 관기官妓와의 애정 생활까지 곁들이고 유배 생활답지 않은 호화로운 생활 감정을 표현했습니다.

「만언사」는 작자가 주색에 빠져서 국고금을 축낸 죄로 34세 때 추자도에 귀

선처를
베풀어
주소서...

충신 연주 지사
유배지나 임금과 멀리 떨어진 곳에 있는 신하가 임금에 대한 충성심과 그리움을 노래한 글. 「사미인곡」, 「속미인곡」 등.

추자도
제주특별자치도 제주시 추자면에 속한 섬으로, 상추자도와 하추자도로 이루어져 있다. 우리 역사에서 이름난 유배지였으며, 안조환은 이곳을 '하늘이 만든 지옥地獄天作'이라고 묘사했다.

4부

양 가서 굶주림과 추위에 시달리며 지은 죄를 눈물로 회개하는 내용을 애절하게 읊은 작품입니다. 이 작품이 서울에 전해지자 궁녀들이 읽고 눈물을 흘리지 않는 이가 없었고, 이로 인하여 「만언사」가 임금에게까지 알려져 유배에서 풀려났다는 일화도 있습니다.

(전략)

눈물로 밤을 새와 아침에 조반드니 덜 쓰른* 보리밥에 무장떵이* 한 종자라. 한 술 떠서 보고 큰 덩이 내어놓고 그도 저도 아조 없어 굶을 적이 간간이라. 여름날 긴긴 날에 배고파 어려웨라. 의복을 돌아보니 한숨이 절로 난다. 남방염천 찌는 날에 빨지 못한 누비바지 땀이 배고 땀이 올라 굴둑 막은 덕석인가. 덥고 검기 다 바리고 내암새를 어이하리. 어와 내 일이야 가련히도 되었고나. 손 잡고 반가는 집 내 아니 가옵더니 등밀어 내치는 집 구차히 빌어 있어, 옥식진찬* 어데 가고 맥반염장麥飯鹽藏* 대하오며, 금의화복錦衣華服* 어데 가고 현순백결懸鶉百結* 하였는고. 이 몸이 살았는가 죽어서 귀신인가. 말하니 살았으나 모양은 귀신일다. 한숨 끝에 눈물 나고 눈물 끝에 한숨이라. 도로혀 생각하니 어이 없어 웃음 난다. 이 모양이 무슨 일고 미친 사람 되었고나.

(중략)

날이 지나 달이 가고 해가 지나 돌이로다. 상년에 비던 보리 올해 고쳐 비어 먹고 지난 여름 낚던 고기 이 여름에 또 낚으니, 새 보리밥 담아 놓고 가삼 맥혀 못 먹으니 뛰든 고기 회를 친들 목이 메어 들어가랴. 설워함도 남에 없고 못 견딤도 별로하니 내 고생 한 해 함은 남의 고생 십 년이라. 흥즉길함 되올는가 고진감래 언제 할고. 하나님께 비나이다, 설은 원정 비나이다. 책력도 해 묵으면 고쳐 쓰지 아니하고 노호염도 밤이 자면 풀어져서 버리나니. 세사도 묵어지고 인사도 묵었으니 천사만사 탕척蕩滌*하고 그만 저만 서용敍用하사 끊쳐진 옛 인연을 고쳐 잇게 하옵소서.

「국문필사본」

쓰른
익은

무장떵이
무장아찌

옥식진찬
좋은 밥과 진귀하고 맛있는 반찬.

맥반염장
보리밥에 소금과 간장.

금의화복
비단옷과 화려한 옷.

현순백결
옷이 해어져서 백 군데나 기웠다는 뜻으로, 누덕누덕 기워 짧아진 옷을 이르는 말.

탕척
① 죄명을 씻어 줌. ② 더러운 것을 없애고 깨끗하게 함. 여기서는 ①의 뜻.

위에 제시한 내용은 작자가 귀양지인 추자도에서 겪은 유배 생활의 괴로움을 드러낸 부분과 유배에서 빨리 풀려나기를 소망하는 이 작품의 끝 부분입니다. 귀양을 오기 전에는 상상도 할 수 없었던 생활 앞에서 작자는 그 괴로움을 탄식조로 풀어내고 있습니다. 평소의 밥상과 너무나 차이가 많은 '덜 쓰른 보리밥에 무장떵이 한 종자'만 달랑 놓여 있는 밥상을 마주한 작자는 그나마도 전혀 없어 자주 굶으므로 길고 긴 여름날을 보내는 것이 무척이나 괴롭다는 심정을 직설적으로 드러내고 있습니다. 게다가 찌는 듯한 더위로 땀에 전 옷에서는 냄새가 풀풀 나니 그 몰골을 작자 자신이 '귀신'에다가 비유하고 있습니다. 그의 이러한 고생은 여기에서 그치지 않습니다. 평소 농사를 지어 본 경험이 없기 때문에 농사짓는 것도 쉽지 않아 문전박대하는 인심 속에서 동냥을 하며 살아가는 자신의 신세를 하염없이 한탄하고 있습니다. 결국 작자에게는 '한숨 끝에 눈물 나고 눈물 끝에 한숨'만이 전부였습니다. 귀양 온 지 1년이 넘어서는 시점에서 작자는 유배지에서의

위리안치된 유배인의 그림

가시울타리를 두른 집에서 허망한 표정으로
앉아 있는 유배인의 모습이 애처롭다.

괴로운 생활을 '내 고생 한 해 함은 남의 고생 십 년이라'라고 하면서 유배에서 풀려나기를 절절하게 호소하고 있습니다.

이상에서 알 수 있듯이 「만언사」는 유배 문학에 속하는 다른 가사들에 비해 자신의 체험과 감정을 사실적으로 밝혀 놓았다는 점에서 매우 특징적입니다. 이 작품의 작가는 당쟁과는 관계없이 공무상의 개인적인 비리로 유배되었기 때문에 유배 생활의 억울함을 주장하지는 않았으며, 임금에 대한 그리움이나 충성심이 작품의 지배적 정서로 나타나지도 않습니다. 다만 유배지에서의 궁

핍한 생활상과 그 속에서 느끼는 고통을 사실적으로 드러내는 데에 치중하고 있을 뿐입니다. 그래서 양반들의 모습에서는 찾을 수 없는 절절한 신세 한탄이 강하게 드러납니다. 따라서 허식과 과장으로 자기를 변호하는 성격이 강한 유배 문학의 범주에서 벗어나 평민적인 사실성을 보이는 작품이라고 할 수 있습니다.

「북천가」는 철종 4년(1853년)에 작자가 교리校理로 있을 때 이조판서 서기순을 탄핵한 사건으로 함경도 명천에 유배되어 당시 유배생활의 고락苦樂과 인정人情, 그리고 유배지에서 풀려나 돌아오는 길에서의 견문 등을 읊은 작품입니다. 「북천가」의 구체적인 내용은 상소를 올렸다가 유배령을 받은 신세, 북관(함경도) 수령의 융숭한 대접과 경치 구경, 기생과 나눈 사랑, 북관에서 유배지까지 가는 과정, 명천에 도착하자마자 방면되었다는 소식을 듣고 고향으로 돌아오는 과정 등으로 이루어져 있습니다.

(전략)

고참古站* 역마 잡아 타고 배소配所*로 들어가니 인민은 번성하고 성곽城郭은 웅장雄壯하다. 여각旅閣*에 들어 앉아 패문牌文(편지)을 부친 후에 맹 동원의 집을 물어 본관 더러 전하니, 본관 전갈傳喝하고 공형工刑이 나오면서 병풍 자리 주물상(술과 안주)을 주인으로 대령하고 육각六角 소리 앞세우고 주인으로 나와 앉아 처소에 전갈하여 뫼서 오라 전갈하네. 슬프다 내 일이야 꿈에나 들었던가. 이 곳이 어디메냐 주인의 집 찾아가니 높은 대문 넓은 사랑 삼천석군* 집이로다. 본관과 초면이라 새로 인사 대한 후에 본관이 하는 말이 김 교리金校理* 이번 정배定配(귀양) 죄 없이 오는 줄은 북관北關 수령守令 아는 배요 만인萬人이 울었나니 조금도 슬퍼 말고 나와 함께 노사이다. 삼형三瑩* 기생 다 불러다 오늘부터 노자꾸나. 호반虎班(무인武人)의 규모런가 활협闊俠*도 장하도다. 그러나 내 일신이 귀적歸謫(귀양 옴)한 사람이라 화광빈객華光賓客* 꽃자리에 기악妓樂(기생의 음악)이 무엇이냐. 극구極口에 퇴송退送(돌려보냄)하고 혼자 앉아 소일消日하니, 성내의 선비들이 문풍聞風(소문을 들음)하고 모여들어 하나 오고 두셋 오니 육십 인이 되었구나. 책 끼고 청학請學하며 글제 내고 고쳐지라(고쳐 주기를 바란다). 북관에

4부

고참
옛 역참驛站. 역참은 조선 시대의 교통 통신 기관이다. 나라의 명령과 공문서를 전달하기도 하고, 변경 지방에 급한 군사적 사태가 발생할 때 이를 전달했으며, 외국 사신이 오면 영접했다. 또 물자의 전송을 담당하기도 했다.

배소
유배지인 함경도 명천.

여각
조선 후기에, 연안 포구에서 장사치의 물품 매매를 거간하고, 숙박을 제공하던 영업 시설.

삼천석군
삼천 석을 추수할 정도의 부자.

김 교리
작자인 김진형을 말함. 김진형이 철종 때 홍문관 '교리'의 벼슬을 하다가 귀양 갔기 때문에 이렇게 부른 것이다.

삼형
삼영三瑩의 잘못인 듯하다. 삼영은 함경 감영, 명천 북영明川北營, 북병사 병영北兵使兵營이다.

활협
일을 처리하는 주변이 좋고 활동력이 강하다.

화광빈객
대단한 대우를 받는 손님.

관장
변방을 지키는 장수.

고종
외로운 처지에 있는 몸.

불출문외
문밖으로 나가지 아니함.

변산
변방의 산.

있는 수령 관장關將*만 보았다가 문관의 풍성風聲(바람에 들리는 소리) 듣고 한사하고(한사코) 달려드니 내 일을 생각하면 남 가르칠 공부 없어 아무리 사양한들 모면謀免할 길 전혀 없네. 주야로 끼고 있어 세월이 글이로다. 한가하면 풍월風月 짓고 심심하면 글 외우니 절세의 고종孤蹤*이라 시주詩酒에 회포懷抱 붙여 불출문외不出門外* 하오면서 편ᄒ게 편ᄒ게 날 보내니 춘풍에 놀란 꿈이 변산邊山*에 서리 온다. (후략)

「청사유고」

위에 제시한 내용은 작자가 유배지인 함경도 명천에 당도하여 북관 수령으로부터 융숭한 대접을 받는 장면입니다. 임금의 명을 받아 귀양 온 신세지만 양반 사대부로서 홍문관 정5품 벼슬을 한 사람을 대하는 함경도 수령의 모습은 전혀 죄인을 대하는 태도가 아닙니다. 오히려 그는 '김 교리金校理 이번 정배定配 죄 없이 오는 줄은 북관北關 수령守令 아는 배요 만인萬人이 울었나니 조금도 슬퍼 말고 나와 함께 노사이다.'라고 말하면서 삼영 기생 다 불러서 오늘부터 놀아 보자고 말합니다. 앞서 살펴본 「만언사」에서 안조환이 유배지에서 고생한 것과 비교해 보면 너무나 대조적인 모습입니다. 그리고 이 작품에서 작자는 귀양을 가게 된 사정에 대해서 해명하지 않으며, 뉘우치는 말도 몇 마디 하지 않습니다.

한편 이 작품은 좋은 구경을 하다가 이름난 기생을 만나 마음껏 즐긴 행적을 늘어놓아 흥밋거리를 찾던 당시의 독자들에게 상당한 인기를 끌었던 것으로 알려져 있습니다.

변환기 세태를 희화화한 평민 가사 「우부가」와 「용부가」

조선 후기 평민 의식의 성장과 더불어 등장한 평민 가사는 내용이 좀 더 풍부해집니다. 그 내용을 보면 「갑민가甲民歌」, 「거창가居昌歌」 등처럼 당대 사회의 모순과 학정으로 인한 민중들의 고통을 노래한 작품 「우부가愚夫歌」, 「용부가庸婦歌」 등과 같이 추하고 탐욕스런 인물을 등장시켜 신랄한 풍자를 가하면서 당시의 변환기적 세태를 희화화한 작품 「노처녀가老處女歌」, 「거사가居士歌」 등 남녀간의 애정을 중심으로 하여 욕구의 좌절·지연·성취 등의 문제를 다룬 작품 등 그 내용이 매우 다양한 것을 알 수 있습니다.

「우부가」와 「용부가」처럼 변환기에 드러나는 세태를 풍자한 작품들은 판소리의 놀부 심술 타령이라든가 뺑덕어멈 흉보는 대목과도 매우 유사합니다. 오로지 자신의 이익만을 추구하며 갖은 허욕을 일삼다가 패가망신하는 「우부가」의 인물을 보면, 이 부류의 작품들이 단순히 교훈적인 측면에 그치지 않고 조선 후기 사회의 한 단면을 희극적으로 드러낸 것임을 알 수 있습니다.

「우부가」는 작자 및 제작 연대 미상의 가사로, 어리석은 한량이 부모 덕분에 잘 살면서 방탕한 생활을 하다가, 마침내 패가망신한다는 내용으로 서민 사회의 실상이 사실적으로 묘사된 작품입니다. 이 작품은 일반적으로 경계警戒적인 가사들이 조금 딱딱한 점에 비해 그들의 행적을 구체적으로 열거함으로써 교훈과 더불어 웃음과 흥미를 유발시킨다는 점에서 다른 작품과 차이가 있습니다. 이 작품이 실려 있는 『초당문답가草堂問答歌』는 19세기 후반 양반 사회가 무너지는 현실 속에서 변해 가는 양반층의 의식을 반영하고 있는데, 특히 「우부가」의 경우 양반 사회가 당면한 경제적 몰락과 도덕적 타락을 매우 사실적으로 그려 내었다는 점에서 의의가 있습니다.

이 작품에 등장하는 중심인물은 세 명인데 모두 양반들입니다. '개똥이'의 경우 부모 덕에 호의호식하는 유복한 집안 출신이고, '꼼 생원' 역시 상당히 넉넉한 축에 속하는 인물이며, '꾕 생원'은 경제적으로 철저히 몰락하여 다른 사람에게 의지하는 기생적인 삶을 살아가는 양반입니다. 이로 볼 때, 이 작품에 등장하는 주인공들은 그 사회적 위상과 경제력에 있어서 양반 계층의 상층과 중층 그리고 하층을 대표하는 인물로 형상화된 것임을 짐작할 수 있습니다. 이 세 사람은 모두 도덕적으로 타락한 삶을 살아가다가 비참한 말로를 맞이합니다. 따라서 이 작품은 양반의 경제적 몰락과 타락 그리고 봉건적 윤리의식이 파탄되는 양반 사회의 붕괴를 그리고 있다고 할 수 있습니다.

내 말슴 광언狂言인가 저 화상을 구경하게. 남촌 한량閑良 개똥이는 부모 덕에 편히 놀고 호의 호식, 무식하고 미련하고 용통하여, 눈은 높고 손은 커서 가량없이 쥬져 넘어 시체時體따라 의관하고 남의 눈만 위하것다. 장장 춘일 낮잠 자기 조석으로 반찬 투정, 매팔자로 무상출입 매일 장취 게트림과 이리 모여 노름 놀기 저리 모여 투전鬪牋질에 기생첩 치가治家하고 외입장이 친구로다. 사랑에는 조방助幇군이 안방에는 노구老嫗할미 명조상을 떠세하고 세도 구멍 기웃기웃, 염량炎涼 보아 진봉進奉하기 재업財業을 까불리고 허욕虛慾으로 장사하기 남의 빗이 태산이라. (후략)

「초당문답가」

현대어 풀이

내 말이 미친 소리인가 저 인간을 구경하게. 남촌의 한량 개똥이는 부모 덕에 편히 놀고 호의호식하지만, 무식하고 미련하여 소견머리가 없는 데다가, 눈은 높고 손은 커서 대중없이 주제 넘어 유행에 따라 옷을 입어 남의 눈만 즐겁게 한다. 긴긴 봄날에 낮잠이나 자고 아침저녁으로 반찬 투정을 하며, 항상 놀고 먹는 팔자로 술집에 무상출입하여 매일 취해서 게트림하고, 이리 모여서 노름하기, 저리 모여서 투전질에 기생첩을 얻어 살림을 넉넉히 마련해 주고 오입쟁이 친구로다. 사랑방에는 조방꾼이, 안방에는 뚜쟁이 할머니가 드나들고, 조상을 팔아 위세를 떨고 세도를 찾아 기웃기웃하며, 세도를 따라 뇌물을 바치느라고 재산을 날리고, 헛된 욕심으로 장사를 하여 남의 빚이 태산처럼 많다. (후략)

인용문에 언급된 부분은 처음에 등장하는 '개똥이'와 관련된 내용인데, '개똥이'는 명문가의 종손으로 태어나서 '부모 덕에 편히 놀고 호의호식'하는 부러울 것이 없는 인물입니다. 그러나 재산이 있을 때에는 절제하고 삼가야 하는 것이 마땅한 도리인데, 이러한 도리를 저버린 대가로 재산을 모두 날리고 가난뱅이가 됩니다. 가난하게 된 '개똥이'는 이에 그치지 않고 분수에 맞지 않는 생활로 인해 더욱 비참한 비렁뱅이 꼴이 되지 않을 수 없었습니다. 이렇게 비렁뱅이 꼴이 된 '개똥이'는 명문가의 후손이라는 사회적 체면도 저버리고

‘옆 걸음질 병신’ 같이 남의 문전에 걸식하며 실제로 밥을 얻으러 다니는 극단적인 상황에까지 이릅니다. 이처럼 작자는 ‘개똥이’의 비참한 말로를 통하여 자기의 분수를 지키면서 살아가야 하고 헛된 욕심은 내지 말아야 한다는 유교적 규범을 제시하고 있습니다. 다시 말하면, ‘개똥이’와 같이 망나니짓을 하는 자를 경계하지 않으면 세상은 더욱 그릇되어 간다는 교훈적 의도를 뚜렷이 드러내고 있는 것입니다.

한편 이 가사에서 ‘개똥이’의 거침없는 행동과 상식을 벗어난 파격적인 행위를 선명하게 제시하고 있는 것은, 이 작품이 단순히 유교적 규범을 가르치는 데에만 있지 않다는 것을 드러냅니다. 다시 말하면 그러한 의도 외에 이면적 주제가 따로 존재할 수 있다는 말입니다. 이면적 주제는 반어적 표현을 통하여 드러나 있으므로, 작자의 의도나 표면에 강조된 주제와는 반대 방향으로 나간다고 볼 수 있습니다. 따라서 봉건적 이념이나 규범을 ‘개똥이’의 생생한 부정적 행위를 통하여 파괴하고 있는 것이 이면적 주제라고 할 수 있습니다.

성협, 〈투전판〉
투전하는 양반들을 사실적으로 묘사했다.

「용부가」는 제목에 드러나 있듯이 인륜이나 도덕을 전혀 모르는 어리석은 부인(용부庸婦)의 행적을 다룬 것입니다. 물론 이 작품에 표현된 여인의 모습이 당대 여인들의 일반적 모습은 아닙니다. 이 시대 여인들의 생활과 감정을 과장하여 현실적 비난을 피하려는 의미도 작품 속에 숨어 있다고 하겠습니다. 한 용렬庸劣*한 여자의 갖가지 부정적인 모습을 비판적으로 제시함으로써 여성의 바람직한 행실은 어떠해야 하는가를 깨우치고자 한 이 작품은 전체적으로 과장되어 있다는 느낌을 주지만, 그러면서도 생생하게 전달되는 사실적 묘사가 두드러진다는 점이 특징입니다. 이 같은 사실적 산문 정신은, 앞에서도 언급한 바 있지만 가사의 산문화를 이끈 기본 동력이라고 할 수 있습니다. 한편 이 작품을 지배하는 미의식은 ‘골계미滑稽美*’라 할 수 있는데, 그 이전 시대의 양반 가사에서는 볼 수 없는 서민적 미의식의 창출이라는 점에서 큰 의미가 있습니다.

용렬
사람이 변변하지 못하며 옹졸하고 천하여 서투르다.

골계미
있어야 할 것이 없는 대상을 희화화시킴으로써 느껴지는 문학의 미적 범주. 이 밖의 미적 범주로 우아미, 비장미, 숭고미가 있다.

흉보기가 싫다마는 저 부인의 거동擧動 보소. 시집간 지 석 달만에 시집살이 심하다고 친정에 편지하여 시집 흉을 잡아 내네. 계염할사 시아버지 암상할사 시어미라, 고자질에 시누의와 엄숙하기 맏동서여. 요악妖惡한 아우 동서 여우 같은 시앗년에 드세도다 남녀 노복奴僕. 들며나며 흠구덕에 남편이나 믿었더니 십벌지목十伐之木* 되었에라. 여기저기 사설이요 구석구석 모함이라. 시집살이 못 하겠네 간숫병을 기우리며 치마 쓰고 내닫기와 보찜 싸고 도망질에 오락가락 못 견디어 승僧들이나 따라갈가 긴 장죽長竹이 벗이 되고 들구경 하여 볼가. 문복問卜하기 소일消日이라. 겉으로는 시름이요 속으로는 딴 생각에 반분대半粉黛*로 일을 삼고 털 뽑기가 세월이라. 시부모가 경계警戒하면 말 한마디 지지 않고 남편이 걱정하면 뒤받아 맞넉수요 들고 나니 초롱군에 팔짜나 고쳐 볼까 양반 자랑 모두 하며 색주가色酒家나 하여 볼가.

남문 밖 뺑덕어미 천생이 저러한가 배워서 그러한가. 본 데 없이 자라나서 여기저기 무릎맞침 싸흠질로 세월이며 남의 말 말전주와 들며는 음식 공논, 조상은 부지不知하고 불공佛供하기 위업爲業할 제, 무당 소경 푸닥거리 의복 가지 다 내주고 남편 모양 볼작시면 삽살개 뒷다리요 자식 거동 볼작시면 털 벗은 솔개미라. 엿장사야 떡장사야 아이 핑계 다 부르고 물레 앞에 선하품과 씨아 앞에 기지개라. 이 집 저 집 이간질과 음담패설 일삼는다. 모함 잡고 똥 먹이기 세간은 줄어 가고 걱정은 늘어 간다. 치마는 절로 가고 허리통이 길어 간다.

(중략)

무식한 창생蒼生들아 저 거동을 자세 보고 그릇 일을 알았거든 고칠 改(개)자 힘을 쓰소. 옳은 말을 들었거든 행하기를 위업爲業하소.

「경세설」

현대어 풀이

흉보기가 싫다마는 저 부인의 거동을 보소. 시집간 지 석 달만에 시집살이가 심하다고 친정에 편지하여 시집 흉을 잡아 내네. 계염한 시아버지에 암상스런 시어머니라. 고자질 잘 하는 시누이와 엄숙한 맏동서여. 요사스럽고 간악한 아우 동서와 여우같은 첩년에 드세구나 남녀 하인. 들며나며 흠구덕에 남편이나 믿었

십벌지목
'열 번 찍어 베는 나무'라는 뜻. 열 번 찍어 안 넘어가는 나무가 없음을 이르는 말.

반분대
살짝 칠한 엷은 화장.

더니 열 번 찍은 나무가 되었구나. 여기저기 말이 많고 구석구석 모함이라. 시집 살이 못 하겠다며 자살하려고 간수를 마시고 치마를 쓰고 내닫기도 하고 봇짐을 싸 가지고 도망하기도 하며, 오락가락 견디지 못해 스님이나 따라갈까 긴 담뱃 대를 벗 삼아서 들 구경이나 하여 볼까. 점치기로 세월을 보내는구나. 겉으로는 시름에 쌓여 있지만 속으로는 딴 생각에 얼굴 단장으로 일을 삼고 털 뽑기로 시 간을 보낸다. 시부모가 타이르면 말 한 마디 지지 않고 남편이 나무라면 뒤받아 대꾸하고, 드나드는 초롱꾼에게 팔자나 고쳐 볼까. 양반 자랑은 모두 하면서 색 줏집이나 하여 볼까.

남문 밖 뺑덕어미 천생이 저러한가 배워서 그러한가. 본데없이 자라나서 여기저 기 무릎맞춤에 싸움질로 세월을 보내고, 남의 말 옮기기와 들어와서는 음식 이 야기, 조상은 안중에 없고 불공 드리기로 일을 삼을 때, 무당, 소경을 불러다가 푸닥거리 하느라고 의복들을 다 내주어, 남편 모양을 볼 것 같으면 삽살개 뒷다 리처럼 초라하고 자식 모습을 볼 것 같으면 털 빠진 소리개처럼 헐벗었다. 엿 장 사, 떡 장사를 아이 핑계로 다 부르고 물레 앞에서 하품을 하고 씨아 앞에서는 기지개를 켠다. 이 집 저 집 이간질시키고 음담패설을 하는 것으로 일을 삼는다. 남을 모함하고 골탕 먹이기, 살림살이는 줄어 가고 걱정은 늘어 간다. 치마는 짧 아 가고 허리통은 길어간다.

(중략) 무식한 창생들아 저 거동을 자세히 보고 그릇 일을 알았거든 고칠 改(개)자 힘을 쓰소. 옳은 말을 들었거든 행하기를 위업爲業하소.

이 작품에는 익명의 '저 부인'과 '뺑덕어미' 라는 어리석은 두 부인이 등장합 니다. 전반부의 나오는 익명의 부인은 양반층 부녀임을 명시해 놓았으나, 후 반의 뺑덕어미는 신분은 명시되어 있지 않지만 그 행위를 보아서 서민층임을 짐작할 수 있습니다. 이와 같이 이 작품은 신분의 상하에 관계없이 어리석은 부녀자들이 어떤 방식으로 인륜을 파괴하고 패가망신하기까지에 이르는가를 생생하게 보여 줍니다.

따라서 작자의 의도는 '무식한 창생蒼生들아 저 거동을 자세 보고 그릇 일을 알았거든 고칠 改(개)자 힘을 쓰소. 옳은 말을 들었거든 행하기를 위업爲業하

이건아내 저건아내 있는거 아니겠어?

소.'라는 끝맺음 말에 명확하게 드러나 있습니다. 즉 작자는 상층·하층 할 것 없이 인륜과 도덕을 저버리고 부녀자들이 악행을 일삼는 일이 있음을 개탄하면서, 유교적 질서와 규범이 준수되고 회복되어야 한다는 교훈을 전합니다.

한편 이 작품은 다른 각도로 해석할 수도 있습니다. 「용부가」의 부인은 봉건적인 속박을 운명으로 받아들이는 양반 여성들과 달리 봉건 사회의 모순에서 벗어나고자 합니다. 특히 '시집살이 못 하겠네 간숫병을 기우리며', '색주가나 하여 볼가.' 등에서 사회의 윤리 관념을 과감히 혁파하고 있습니다. 이러한 점에서 「용부가」는 새로운 현실의 모습을 보여 준다고 하겠습니다. 다시 말해 이 작품은 등장인물을 희화화하여 개인의 갈등과 사회적 모순을 다시 한 번 돌이켜 보게 함으로써, 시대의 변화를 촉구하는 기능을 지닌다고 볼 수 있습니다.

그 밖의 조선 후기 가사 작품

그 밖의 조선 후기 가사 작품들로는 정학유의 「농가월령가農家月令歌」, 작자 미상의 규방 가사인 「화전가花煎歌」와 「상사별곡相思別曲」, 풍물 가사인 「한양가漢陽歌」, 종교 가사인 최제우崔濟愚의 「용담가龍潭歌」* 등이 있습니다.

「농가월령가」는 양반의 문학이면서도 농민에 대한 이해와 친근감이 잘 나타나 있으며, 권농勸農*의 의도를 역설하는 데 특히 효과적인 형식을 갖추고 있습니다. 작품에 나타난 농가의 행사와 범절을 통하여 당시의 풍속, 조상들의 미덕 그리고 서민 생활의 흥취를 맛볼 수 있습니다. 「농가월령가」에서 '자연'은 완상玩賞*의 대상이 아니라 노동의 현장이자 생활의 현장입니다. 다시 말하면, 삶의 고달픔과 더불어 삶의 기쁨과 보람이 살아 숨 쉬는 삶의 구체적인 현장인 것입니다.

팔월이라 즁추仲秋되니 백노白露 츄분 졀긔로다. 북두성北斗星 자로 도라 셔편을 가르치니, 션션한 죠석朝夕 기운 츄의秋意가 완연하다. 귀또람이 말근 쇼래 벽간壁間의 들거고나. 아참의 안개 끼고 밤이면 이실 나려 백곡百穀을 셩실成實하고 만물을 재촉하니 들 구경 돌라보니 힘드린 닐 공생功生하다. 백곡의 이삭

「용담가」
동학東學의 교조敎祖 수운水雲 최제우의 포교 가사집布敎歌詞集인 「용담유사龍潭遺詞」에 실려 있는 가사 작품이다.

권농
농사를 장려함.

완상
좋아서 구경함. 취미로 구경함.

패고 여믈 들어 고개 숙어, 셔풍西風의 익는 빗츤 황운黃雲이 이러난다. 백설 갓흔 면화송이 산호珊瑚 갓흔 고쵸 다래 첨아의 너러시니 가을 볏 명낭하다. 안팟 마당 닷가 노코 발채 망구 쟝만하쇼. 면화綿花 따난 다락기의 수수 이삭, 콩 가지오. 나무군 도라오니 머루 다래 산과山果로다. 뒤동산 밤 대추는 아해들 셰상이라. 아람 모아 말니여라, 철 대야 쓰게 하쇼. 명지明紬를 끈허 내여 추양秋陽에 마젼하고, 쪽 듸리고 잇 듸리니 청홍靑紅이 색색이라. 부모님 연만年晚하니 슈의襚衣를 유의하고 그 남아 마루재아 자녀의 혼슈婚需하세. 집 우희 굿은 박은 요긴한 기명器皿이라. 댑사리 뷔를 매아 마당질의 쓰오리라. 참께 들깨 거둔 후의 즁오려 타작하고 담배 줄 녹두 말을 아쇠야 작젼作錢하랴. 쟝 구경도 하려니와 흥졍할 것 잇지 마쇼. 북어쾌 젓죠긔를 츄셕 명일明日 쇠아 보세. 신도쥬新稻酒 오려송편 박나믈 토란국을, 션산先山의 졔물하고 이웃집 난화 먹세. 며느리 말믜 바다 본집에 근친覲親갈 제, 개 잡아 살마 건져 떡고리와 슐병이라. 쵸록 쟝옷 반믈 치마 쟝쇽裝束하고 다시 보니, 여름지에 지친 얼골 쇼복蘇復이 되얏나냐. 즁츄야 밝은 달에 지긔志氣 펴고 놀고 오쇼. 금년 할 일 못 다하나 명년 계교計較 하오리라. 밀재 뷔여 더운가리 모맥牟麥을 츄경秋耕하세. 끗끗치 못 닉어도 급한 대로 것고 갈쇼. 인공人功만 그러할까 텬시天時도 이러하니, 반각半刻도 쉴 때 업시 맛츠며 시작나니.

「가사육종歌詞六種」

현대어 풀이

팔월이라 중추가 되니 백로 추분이 있는 절기로다. 북두칠성의 국자 모양의 자루가 돌아 서쪽을 가리키니, 서늘한 아침저녁 기운은 가을의 기분이 완연하다. 귀뚜라미 맑은 소리가 벽 사이에서 들리는구나. 아침에 안개가 끼고 밤이면 이슬이 내려, 온갖 곡식을 여물게 하고, 만물의 결실을 재촉하니, 들 구경을 돌아보니 힘들여 일한 공이 나타나는구나. 온갖 곡식의 이삭이 나오고 곡식의 알이 들어 고개를 숙여, 서풍에 익는 빛은 누런 구름이 이는 듯하다. 눈같이 흰 목화송이, 산호같이 아름다운 고추 열매, 지붕에 널었으니 가을 볕이 맑고 밝다. 안팎의 마당을 닦아 놓고 발채와 옹구를 마련하소. 목화 따는 다래끼에 수수 이삭과 콩 가지도 담고, 나무꾼 돌아올 때 머루 다래와 같은 산과일도 따오리라. 뒷동산의 밤과 대추에 아이들은 신이 난다. 알밤을 모아 말려서 필요한 때에 쓸 수 있게 하소. 명주를 끊어 내어 가을볕에 표백하고, 남빛과 빨강으로 물을 들이니 청홍이 색색이로구나. 부모님 연세가 많으니 수의를 미리 준비하고, 그 나머지는 마르고 재어서 자녀의 혼수하세. 지붕 위의 익은 박은 긴요한 그릇이라. 댑싸리로 비를 만들어 타작할 때 쓰리라. 참깨 들깨를 수확한 후에 다소 이른 벼를 타작하고 담배나 녹두 등을 팔아서 아쉬운 대로 돈을 만들어라. 장 구경도 하려니와 흥정할 것 잊지 마소. 북어쾌와 젓조기를 사다가 추석 명절을 쇠어 보세. 햅쌀로 만든 술과 송편, 박나물과 토란국을 조상께 제사를 지내고 이웃집이 서로 나누어 먹세. 며느리가 휴가를 얻어 친정에 근친 갈 때에, 개를 잡아 삶아 건지고 떡고리와 술명을 함께 보낸다. 초록색 장옷과 남빛 치마로 몸을 꾸미고 다시 보니, 농사짓기에 지친 얼굴이 원기가 회복되었느냐. 추석날 밝은 달 아래 기를 펴고 놀다 오소. 금년에 할 일을 다 못 했지만 내년 계획을 세우리라. 풀을 베고 더운가리하여 밀과 보리를 심어 보세. 끝까지 다 익지 못했어도 급한 대로 걷고 가시오. 사람의 일만 그런 것이 아니라 자연 현상도 마찬가지이니, 삼시도 쉴 사이가 없이 마치면서 다시 새로운 것이 시작되도다.

위에 제시된 지문은 「농가월령가」 13장 중 '8월령'에 해당되는데, 이 부분에는 농촌에서 가장 풍성한 계절인 8월을 맞아 농가에서 해야 할 일들이 잘 나타나 있습니다. 8월령의 내용은 8월의 서경 및 가을 풍경, 가을걷이, 추석 지내기, 며느리 근친 보내기 등으로 이루어져 있습니다.

이와 같은 「농가월령가」가 나오게 된 배경에는 조선 후기 농업 및 상업 화폐 경제가 발달한 데 그 원인이 있습니다. 따라서 자연스럽게 이 작품에서는 농업에 힘쓰기를 강조하고 있습니다. 다시 말해서 그 당시 일어나기 시작한 실학사상의 지대한 영향 아래 이 작품이 만들어졌다고도 볼 수 있습니다.

농가의 일 년 행사와 세시 풍속을 달에 따라 읊으면서 철마다 다가오는 풍속과 지켜야 할 예의범절을 가르치는 교훈적인 글로, 농촌 생활과 관련된 구체적인 어휘의 구사와 농촌 생활의 활기를 느끼게 하는 생동감 있는 표현 등

으로 하여 그 가치가 뛰어난 작품입니다. 그리고 농업 기술을 음률에 맞춰 흥
겹게 노래를 부를 수 있도록 하였다는 점에서 농업 기술의 보급상 중요한 의
미를 지니고 민속학 연구에도 많은 도움을 주는 작품입니다.

대표적인 규방가사에는 작자 미상의 「화전가」와 「상사별
곡」이 있는데, 「화전가」는 「화수가花隨歌」라고도 하며, 「꽃 부
침개 노래」라고도 합니다. 이 노래는 양가 댁 규중 부녀자
들이 청명절을 전후하여 들놀이를 하면서 부른 노래로, 조
선 여인의 풍류 노래라 할 수 있습니다. '화전花煎'은 꽃을
지진다는 뜻으로, 꽃을 지짐으로 해서 그것을 먹으면서 놀
이를 한다는 의미입니다. 또한 '화수花隨'는 꽃을 따른다는
의미이니 꽃을 따라 봄을 즐기는 것이라고 할 수 있습니다.

화전

앞에 서고 뒤에 서고 태산 같은 고봉준령 허위허위 올라가서 승지에 다닫거다.
좌우풍경 둘러보니 수양 같은 금오산은 충신이 멀었거늘 어찌 저리 푸르렀으며,
황하 같은 낙동강은 성인이 나시려나 어찌 저리 맑았느뇨. 구경을 그만하고 화
전터로 나려 와서 빈천이야 정관이야 시냇가에 걸어 놓고 청유야 백분이라 화전
을 지져 놓고 화간에 제종숙질 웃으며 불렀으되 어서 오소 어서 오소.

채록지: 영남 지방

「화전가」는 여러 작품이 전해 오지만 일반적으로 공통된 짜임이 있습니다.
그것의 일반적인 짜임은 '화전놀이 권유-화전놀이 준비 과정-놀이 장소로 이
동하는 과정-자연 경치를 즐기는 장면-화전놀이를 즐기는 장면-화전놀이를
마치고 헤어지는 장면'으로 이루어집니다. 위에서 제시한 지문의 내용은 '화
전놀이를 즐기는 장면'에 해당됩니다.

「상사별곡」은 남녀 사이의 연정, 독수공방의 외로움과 임에 대한 그리움을
여성적인 어조로 절절하게 그려 낸 작품입니다. 조선 전기 사대부의 연군 가
사들이 대부분 남녀 간의 연정을, 임금에 대한 충정을 우의적寓意的으로 표현
하는 소재로 사용한 점에서 성리학적 이념에 따른 것인데 반해, 이 노래는 그

러한 이념적 틀에서 벗어나 남녀 간의 순수한 연정을 표출하고 있다는 점에서 전기 가사와 차이가 있습니다.

다음으로 풍물 가사에 속하는 「한양가」는 「한양풍물가漢陽風物歌」, 「한양태평가漢陽太平歌」라고도 합니다. 이 작품은 헌종 10년(1844년)경에 지어졌으며, 모두 1,622구에 달하는 장편 가사 작품입니다. 내용은 조선 시대의 문물을 찬양한 것으로, 한양의 뛰어난 지세地勢, 웅대한 궁궐, 찬란한 관아, 번화한 거리, 유희의 모습, 임금의 엄숙한 거둥*, 과거 광경 등 조선 시대의 풍물을 읊고 있습니다.

마지막으로 종교가사에 속하는 「용담가」는 철종 11년(1869년)에 최제우가 지은 작품으로 『용담유사』에 실려 있습니다. 전체가 4장으로 이루어져 있으며, 2음보 1구로 모두 144구로 되어 있습니다. 「용담가」는 조상 때부터 지켜 내려왔고, 또 최제우 자신이 태어나서 자랐으며 득도한 경주 구미산 용담의 아름다움과 득도의 기쁨을 노래한 작품입니다. 그리고 이 「용담가」에는 당시 일반 민중들의 사회적 통념이던 풍수지리 사상과 가계를 중히 여기는 문벌 충효 의식이 강하게 부각되어 있습니다. 운율의 흐름과 다채로운 언어의 구사가 돋보이는 작품입니다.

거둥
임금의 나들이.

최제우 (1824~1864)

시가문학

02 시조

조선 후기에 들어 시조는 여러 면에서 변모를 보입니다. 자기 자신에 대한 새로운 인식과 실학의 대두로 인하여 관념적이고 형식적인 경향에서 벗어나, 새로운 인간성을 발견하고 다양한 현실적 삶을 표현하고자 하는 경향이 나타났습니다. 특히 형식적인 변화가 두드러지는데 각 장 4음보의 정형성이 파괴되어 시조의 장형화를 이루었으며, 이에 따라 사설시조가 출현하였습니다. 또한 향유 계층도 사대부에서 평민층으로 확대되는 양상을 보입니다. 한편 대중적인 창법이 새로이 등장하여 누구나 쉽게 부를 수 있게 되었습니다. 이 시기에 또 다른 특징은 전문 가객歌客*의 등장입니다. 이들은 시조를 창작하고 부르는 한편, 가객들끼리 모임을 형성하고 시조집을 편찬하여 조선 후기 시조 부흥에 기여하였습니다.

전문 가객

조선 후기 시조를 잘 짓거나 창唱을 잘하는 사람을 이르던 말이다. 시조집의 편찬자로 잘 알려진 김천택, 김수장, 안민영 등이 유명하다. 이들은 장악원掌樂院에 소속되지 않은 여항閭巷의 한 객閑客으로서 풍류 삼아 악기를 연주하고 노래를 창하던 민간 음악인이었다. 사대부에게까지 우대받았다는 사실로 보아 악기를 다루는 솜씨나 창의 기능이 대단하였으며 지식과 교양의 수준도 상당하였을 것으로 짐작된다.

다양한 현실적 삶을 표현한 시조들

17세기 시조 작품에는 관념적인 유교 이념 형상화와 구체적인 인간성을 서정적으로 형상화하는 조선 전기의 이원적 성격이 계속 유지되었습니다. 신흠과 윤선도가 이 시기를 대표하는 작가인데, 특히 윤선도는 시조 문학사상 가장 뛰어난 시인으로 평가됩니다. 그의 작품으로는 「견회요遣懷謠」, 「만흥漫興」, 「오우가五友歌」, 「어부사시사漁夫四時詞」 등 많은 작품들이 있습니다.

【춘사春詞 4】

우는 거시 벅구기가 프른 거시 버들숩가 / 이어라 이어라 / 漁어村촌 두어 집이 닛 속의 나락들락. / 至지匊국悤총 至지匊국悤총 於어思사臥와 / 말가ᄒᆞᆫ 기픈 소희 온갇 고기 뛰노ᄂᆞ다.

【하사夏詞 2】

년닙희 밥 싸 두고 반찬으란 쟝만 마라. / 닫 드러라 닫 드러라 / 靑청蒻약笠립은 써 잇노라, 綠녹蓑사衣의 가져오냐. / 至지匊국悤총 至지匊국悤총 於어思사臥와 / 無무心심ᄒᆞᆫ 白백鷗구는 내 좃ᄂᆞᆫ가 제 좃ᄂᆞᆫ가.

【추사秋詞 2】

水슈國국의 ᄀᆞ올히 드니 고기마다 술져 잇다. / 닫 드러라 닫 드러라 / 萬만頃경澄딩波파의 슬ᄏᆞ지 容용與여ᄒᆞ쟈. / 至지匊국悤총 至지匊국悤총 於어思사臥와 / 人인間간을 도라보니 머도록 더옥 됴타.

【동사冬詞 4】

간밤의 눈 갠 後(후)에 景경物물이 달랃고야. / 이어라 이어라 / 압희는 萬만頃경琉류璃리 뒤희는 千천疊텹玉옥山산 / 至지匊국悤총 至지匊국悤총 於어思사臥와 / 仙션界계ㄴ가 佛블界계ㄴ가, 人인間간이 아니로다.

「고산유고」

「어부사시사」가 탄생한 전라남도 완도 보길도의 세연정
보길도는 윤선도가 13년 동안이나 머물렀기 때문에 곳곳에 그의 유적이 많이 남아 있다.

「어부사시사」는 춘하추동 각 10수씩, 총 40수로 된 연시조입니다. 후렴구를 제외하면 완전한 3장 6구의 시조 형식이 되는 이 노래는, 아름다운 우리말을 사용함으로써 간결하면서도 품격이 돋보이는 작품입니다. 또한 기교면에서의 대구법對句法 처리나 자연의 변화와 시간의 흐름에 따른 시상詩想 전개, 그 시상의 전개가 펼쳐 보이는 인간과 자연의 조화에 주목할 만합니다. 「어부사시사」에서 화자는, 세속의 삶에 대한 욕구를 완전히 떨쳐 버리지 못한 전 시대의 「어부가」의 화자와는 달리, 강호에서 누리는 나날의 넉넉함과 아름다움에 집중하여 고양된 기쁨과 충족에서 오는 흥겨움에 빠져 있는 모습을 보입니다. 또한 오랫동안 작가 스스로가 어부의 생활을 직접 보아 왔기 때문에 그 생활이 훨씬 구체적이고 사실적으로 박진감 있게 그려져 있습니다.

17세기를 대표하는 또 다른 작가로 신흠이 있습니다. 신흠은 표현의 격조를 중시한 사람이었습니다.

山村(산촌)에 눈이 오니 돌길이 무쳐셰라.*
柴扉(시비)*를 여지 마라, 날 추즈리 뉘 이시리.
밤즁만* 一片明月(일편명월)*이 긔 벗인가 ᄒᆞ노라.

「진본 청구영언」

무쳐셰라.
묻혔구나.

시비
사립문

밤즁만
밤 중간쯤의.

일편명월
한 조각의 밝은 달.

위 시조는 작가가 인목 대비 폐위 사건으로 고향인 춘천에 유배되었을 때 지은 작품으로, 산촌에서 자연을 벗하며 살아가는 은사隱士의 심경이 잘 드러나 있습니다. 그리고 '산촌·눈·돌길·시비·밤·달'로 이어지는 시어를 통해 정적인 풍경을 감각적이고 세련되게 묘사하여, 속세를 떠나 무욕無慾의 자연에 안주하는 자신의 편안한 심정을 표현하였습니다.

조선 후기 특기할 만한 일은 평민 가객의 출현과 그들에 의한 시조집의 편찬입니다. 대표적인 가객은 김천택, 김수장, 박효관, 안민영 등인데, 이들은 시조 문학이 발전하는 데 크게 기여하였습니다. 그들은 끊임없는 연수를 통하여 시조의 작법과 창법을 전수하였습니다. 그리고 사설시조라는 새로운 시형을 발굴하고 발전시켰습니다. 또한 이들은 가단歌壇*을 형성하고 가집歌集을 편찬함으로써 시조 문학의 항구적인 발전을 꾀하였습니다. 이들이 편찬한 『청구영언青丘永言』, 『해동가요海東歌謠』, 『가곡원류歌曲源流』는 다른 시조집들에 비하여 수록한 작품 수가 많고 그 엮은 체제가 정연하여 3대 시조집이라고 일컬어집니다.

가단
김천택은 김수장과 함께 '경정산 가단敬亭山歌壇'을 결성하여 후진을 양성하였다. 또한 '노가재 가단老歌齋歌壇'은 김수장이 만년에 조직한 가단으로, 시가의 연구와 기법을 연마하였다. 한편 박효관과 안민영은 '승평계 가단昇平契歌壇'을 조직하여 활발하게 활동하였다.

서검
책과 칼. 문文과 무武. '벼슬' 또는 '입신양명'을 비유한 말.

오십 춘광
50년 세월.

희옴
한 일, 업적.

지닉연져.
지냈구나.

셜 쭐
꺼릴 줄, 싫어할 줄.

書劍(서검)*을 못 일우고 쓸찍 업쓴 몸이 되야
五十春光(오십 춘광)*을 희옴* 업씨 지닉연져.*
두어라 언의 곳 靑山(청산)이야 날 셜 쭐*이 잇시랴.

「청구영언」

「청구영언」

「가곡원류」

위 시조는 '서검書劍'으로 상징되는 유교적 입신양명과 '청산靑山'이 가리키는 자연이라는 소재를 대비시켜 세속적 가치를 다 떨치고 자연에 귀의하겠다는 뜻을 드러내고 있는 김천택의 작품입니다. 이 작품에서 자연은 세속적 현실과 대비되는 곳으로, 시적 화자는 자연과의 대조를 통해 세속의 이치와 제약을 시사하고 있습니다. 자연을 벗 삼아 즐기는 삶의 즐거움을 표현하고 있는 작품이지만, 자신의 신분과 처지에 대한 한탄이 강하게 나타난다는 점이 이 시조의 특징입니다. 작가의 자연 친화적 삶은 자연에서 유교적 도를 배우겠다는 사대부들의 강호가도와 달리 속세에서 겪는 고뇌를 달래 주는 위안을 자연에서 얻기 위함에 있습니다.

김천택과 더불어 중인층 가객을 대표하는 또 다른 한 사람이 바로 김수장인데, 그는 김천택이 이끄는 가단의 일원이었습니다. 그는 18세기 후반에 새로이 배출된 신진 가객들과 더불어 가단을 재편성하여 발전시켰습니다.

> 草庵(초암)*이 寂寥(적료)* 흔 딕 벗 업시 흔ᄌ 안ᄌ
> 平調(평조)* 한 닙히 白雲(백운)이 절로 존다.
> 언의 뉘* 이 죠혼 뜻을 알 리 잇다 ᄒ리오.
>
> 「해동가요」

초암
초가 암자.

적료
적막하고 고요함.

평조
시조 창법의 하나로 소리가 낮고 평이하다.

언의 뉘
어느 누가.

위 시조는 세속을 떠나 초가에 홀로 머무르면서 거문고를 타고 흰 구름을 벗 삼아 풍류를 즐기는 은일적 한정閑情이 그윽하게 느껴지는 김수장의 작품입니다. 자연과 벗한 '적료寂寥'한 초가에서 거문고를 타며 즐기는 풍류와 그윽한 경지를 느낄 수 있습니다. 한 폭의 동양화를 연상케 하는 이 작품은, 자연과 더불어 즐기는 평화로움과 물아일체의 경지에서 화자가 느끼는 가객으로서의 자부심이 잘 드러나 있습니다.

김천택과 김수장에 이어서 19세기의 대표적인 가객으로는 박효관과 안민영이 있습니다. 박효관과 안민영은 오랫동안 사제 관계를 유지하면서 19세기 가곡 발달에 힘썼고 『가곡원류』를 공동으로 편찬하였습니다. 이들은 당시 흥선 대원군의 후원을 받았는데, 흥선 대원군이 각기 '운애', '구포동인'이라는 호를

이경윤, 〈월하탄금도〉

지어 주었다는 사실만 보더라도 친밀감이 어느 정도였는지 알 수 있습니다.

스승인 박효관과 함께 근세 시조 문학 발전에 큰 공헌한 안민영은 즉흥적인 서경敍景을 잘 읊었습니다. 그중에서도 「영매가咏梅歌」라고도 불리는 「매화사梅花詞」는 매화에 대한 그의 사랑이 잘 담겨있는 노래라 하겠습니다.

성긘
엉성한.

촉
촛불.

암향
그윽한 향기.

부동터라.
떠도는구나.

빙자옥질
얼음과 같이 깨끗한 모습과 옥같이 고운 바탕.

아치고절
우아한 풍치와 고상한 절개.

어리고 성긘* 梅花(매화) 너를 밋지 아녓더니,
눈 期約(기약) 能(능)히 직혀 두세 송이 픠엿고나.
燭(촉)* 줍고 갓가이 스랑헐 제 暗香(암향)*조츠 浮動(부동)터라.* (제2수)

氷姿玉質(빙자옥질)*이여 눈ㄷ속에 네로고나.
ᄀᆞ마니 香氣(향기) 노아 黃昏月(황혼월)을 期約(기약)ᄒᆞ니
아마도 雅致高節(아치고절)*은 너뿐인가 ᄒᆞ노라. (제3수)

「금옥총부」

〈매화사〉 8절 공연 장면

안민영의 가집에 실려 있는 작품 중 가장 운치 있는 「매화사」에 곡을 올려 관현 반주에 맞추어 부르는 성악곡은 연주 형식이나 예술성 면에서 세계적으로 인정받고 있다.

위 시조는 안민영의 「매화사」 8수 중에서 2번째와 3번째 시조로서 매화의 고결한 성품과 아름다움 그리고 품위에 대해 노래하고 있는 작품입니다. 사군자 가운데 하나인 매화는 지조 높은 선비의 기풍을 상징하는 꽃으로 많은 사람들에 의해 칭송되었습니다. 이 노래의 화자 역시 매화를 의인화하여 눈 속에 피어나는 매화의 강인한 의지와 높은 절개를 예찬하고 있습니다. 작가 자신의 우아하고 고절高節한 성품에서 우러나오는 풍취와 정서를 인격화한 매화에 투영시켜 표현함으로써 주체인 작가와 객체인 매화가 일체가 되는 주객일체의 경지를 드러내고 있습니다.

이 시기에 그 밖의 대표적인 작가들로는 유학자의 도리를 노래한 박인로, 전원생활의 멋과 소박한 풍류 그리고 모든 인위적인 것을 배격하고 자연의 순리에 따라 살려는 무욕의 정신을 노래한 한호, 자연의 섭리에 순응하는 조화

4부

로운 삶을 지향하는 내용을 노래한 송시열, 사대부들의 다른 작품들과는 달리 땀 흘리며 일하는 구체적인 생활 및 노동의 공간으로서의 자연을 노래한 위백규 등이 있습니다.

> 땀은 듣는 대로 듯고 볏슨 쬘 대로 쬔다.
> 청풍의 옷깃 열고 긴 파람 흘리 블제,
> 어듸셔 길 가는 소님니 아는 드시 머무는고
>
> 『위문가첩魏門歌帖』

현대어 풀이

"(일을 하다 보니) 땀은 떨어질 대로 떨어지고 볕은 쬘 대로 쬔다.
맑은 바람에 옷깃을 열고 쉬면서 긴 휘파람을 멋들어지게 불 때
어디서 길 가던 손님이 (이 소리를, 우리를, 혹은 우리의 생활을) 아는 듯이 발걸음을 멈추는가?*

위 작품은 위백규魏伯珪의 연시조인 「농가」의 9장 중 제4장으로 햇볕에서 땀 흘리면서 일하는 농부를 통해 노동의 고귀함을 간접적으로 일깨우는 작품입니다. 초장에서는 열심히 일하는 농부의 모습을 사실적으로 말하고, 중장에서는 일한 뒤의 잠깐 동안의 휴식을, 그리고 종장에서는 길가는 손님이 농부가 쉬고 있는 옆에서 가만히 쉬고 있는 모습을 노래하고 있습니다. 그리고 이 시조는 단순히 농촌과 자연을 음풍농월吟風弄月하는 즐김의 대상으로 삼는 데서 벗어나, 땀 흘리며 일하는 생활의 터전으로 그려 냄으로써 전원田園을 노래한 시조의 새 경지를 열고 있습니다. 조선 후기의 시조들 중 많은 작품들이 자연을 단순하게 즐기고 유유자적悠悠自適하며, 안빈낙도安貧樂道의 삶을 꾸려 나가는 식의 노래로 부르고 있는 데 반해, 이 노래는 자연을 땀 흘리며 일하는 농가農家로서, 전원을 노래한 시조의 새로운 차원을 개척했다고 할 수 있습니다.

여기서 종장의 '손님'의 신분과 '아는 듯이'를 어떻게 해석하는 가에 따라서 '손님'에 대한 평가가 달라질 수 있다. 만약 손님이 농부가 아닌 사대부 양반이고, 그런 그가 농부의 삶을 이해하는 듯이 옆에 앉아 있다면 종장의 손님은 오히려 우스꽝스럽게 느껴질 수 있다. 그러나 손님이 일반 평민이고, '농부의 삶을 진정으로 이해하는 듯한' 사람이었다면, 종장의 손님과 농부는 일정한 공감대를 형성하고 있다고 볼 수 있다.

문학의 산문화 경향에 따른 사설시조의 등장

16, 17세기의 임진왜란과 병자호란을 기점으로 조선 왕조의 정치·사회 체제는 여러 가지 면에서 모순과 허점을 드러냅니다. 이에 유학은 자체 내에서 비판이 제기된 것은 물론이고, 의식의 성장과 더불어 미미하게나마 새로운 세력으로 등장한 서민에게 저항을 받습니다. 이러한 도전과 저항의 집약이라고 할 수 있는 실학사상은 선풍적인 반향을 불러일으켜 정치·경제·문화 등 각 분야에 하나의 분수령적인 구획을 긋기에 이르렀습니다. 문학예술 부문에 실학사상이 가져다준 가장 큰 변화는 과거의 운문 전성시대를 극복하고 산문 문학을 발전시킬 수 있는 바탕을 닦아 주었다는 데 있습니다.

사설시조는 모든 문학예술의 형식이 산문화하는 방향으로 전환하던 이 시기의 산물입니다. 시조가 지닌 3장체의 형식적 특성은 살리면서 초장과 중장에는 그리 큰 변화를 가져오지 않는 범위 내에서이기는 했지만, 일부 비판적 유학자들은 정형률을 깨고 새로운 가치관에 의하여 사설시조를 창작하게 되었습니다. 그러나 사설시조는 이들 일부 비판적인 유학자보다는 서민들의 적극적인 참여에 의하여 더욱 새롭게 발전합니다. 서민들은 유학자들과 생활·감정·사고 체계·가치관을 달리하였기 때문에 더욱 적극적으로 사설시조를 창작하여 그에 맞는 창법唱法과 작법作法을 개발하였습니다. 일부 비판적인 유학자에 못지않게 날카로운 현실 의식으로 시조의 전통적인 미학을 변혁하고 극복해 나간 것입니다.

사설시조를 지배하는 기본 원리는 '웃음'의 미학입니다. 현실의 모순에 대한 날카로운 관찰과 거리낌 없는 풍자, 고달픈 삶을 승화시킨 해학, 남녀 간의 애정 등을 직설적인 언어를 통해 강렬하게 표현합니다. 사설시조는 종래의 관습화된 미의식을 넘어서서 인간의 세속적인 모습과 갈등을 시의 세계 안에 끌어들임으로써 문학의 관심 영역을 넓히는 데에도 크게 기여했다고 평가됩니다. 이런 미의식은 조선 후기의 변모된 세계관과 현실 인식을 바탕으로 이루어진 것으로 우리 근대 문학의 바탕을 이루기도 합니다.

나모도 바히돌*도 업슨 뫼헤 매게 뽀친 가토릐* 안*과,

대천大川 바다 한가온딕 일천一天석 시른 빅에, 노도 일코 닷도 일코 농총*도 근
코 돗대도 것고 치도 싸지고, 브람 부러 물결 치고 안개 뒤섯계 주자진 날에 갈
길은 천리만리 나믄듸 사면이 거머어득 져뭇* 천지적막 가치노을* 썻는듸 수
적 만난 도사공의 안과,

엊그제 님 여흰 내 안히야 엇다가 フ을 흐리오.*

『병와가곡집』

바히돌
바윗돌

가토릐
까투리

안
마음

농총
돛대에 맨 줄.

져뭇
저물고

가치노을
큰 파도, 사나운 물결.

フ을 흐리오.
견주리오.

위 시조는 '삼한三恨' 또는 '삼안三內'이라고 알려진, 작자 미상의 사설시조 작
품으로 기발한 착상이 돋보입니다. 은신처도 없는 산에서 매에게 쫓기고 있는
까투리의 절박한 마음과 파산 직전에 도둑을 만난 사공의 절박한 마음을 비교
함으로써, 임을 여읜 자신의 절망적이고도 침담한 심성을 실감하게 드러내고
있습니다. 특히 중장에서는 설상가상으로 이어지는 극한적 상황을 과장하고
열거하면서 점층적으로 절박감을 더해 줍니다.

다음은 조선 영조 때의 가인歌人이었던 이정신이 지은 사설시조입니다.

붉가버슨 아해兒孩ㅣ 들리 거믜줄 테를 들고 기천川으로 왕래往來ᄒ며,

붉가숭아 붉가숭아 져리 가면 죽ᄂ니라. 이리 오면 스ᄂ니라.

부로나니* 붉가숭이로다.

아마도 세상世上일이 다 이러흔가 흐노라.

『청구영언』

부로나니
부르는 이

이 작품은 어린이가 잠자리를 잡는 단순한 놀이에 풍자성을 가미하여 서로
가 서로를 모해謀害하는 세태를 풍자하고 있습니다. 다시 말하면, '붉가숭이
(벌거숭이 아이들)'가 '붉가숭이(고추잠자리)'를 잡는, 서로 믿을 수 없는 약육강식의
각박한 세태를 해학적으로 풍자하고 있습니다. 세상만사가 모두 이와 같다는
소박한 표현 속에 깊은 생활 철학이 담겨 있다고 하겠습니다.

03 민요

전라남도 무형 문화재 제5호 〈남도 노동요〉

민요는 예로부터 민중들 사이에 불려 오던 소박한 노래로, 작사자·작곡자가 따로 없습니다. 그리하여 민요에는 민중들의 사상·생활·감정 등이 담겨 있습니다. 또 민요는 민중의 생활을 노래한 단순한 노래의 차원을 넘어 노동과 뗄 수 없는 관계이기 때문에 본질적으로 생산적인 노래라는 점이 특징입니다.

민요의 종류는 일정한 기능에 맞추어 부르는 기능요와 단지 노래의 즐거움 때문에 부르는 비기능요로 나뉩니다. 기능요는 다시 노동요, 유희요, 의식요, 정치요 등으로 갈라집니다.

노동요는 힘든 노동을 좀 더 즐겁고 능률적으로 하기 위하여 부르는 노래입니다. 각 지방에는 그 지방의 독특한 가락을 가진 노동요가 헤아릴 수 없을 정도로 많습니다. 노동요는 일의 리듬에 따라 박자를 맞추거나 흥을 돋우어 노동의 피로를 잊게 하는 역할을 합니다. 대부분의 농사일이 집단적으로 이루어지기 때

청소년을 위한
한국고전문학사

문에 민요를 통한 공동체 의식의 고양은 생산 활동에 활력을 주는 요인이 되었습니다.

> 기심* 매러 갈 적에는 갈뽕을 따 가지고
> 기심 매고 올 적에는 올뽕을 따 가지고
>
> 삼간방에 누어(누에) 놓고 청실 홍실 뽑아 내서
> 강릉 가서 날아다가* 서울 가서 매어다가*
> 하늘에다 베틀 놓고 구름 속에 이매* 걸어
> 함경나무 바디집*에 오리나무 북*게다가
> 짜궁짜궁 짜아 내어 가지잎과 뭅거워라.
>
> 배꽃같이 바래워서(표백해서) 참외같이 올 짓고
> 외씨 같은 보선(버선) 지어 오빠님께 드리고
> 겹옷 짓고 솜옷 지어 우리 부모 드리겠네.

채록지: 강원도 통천 지방

위의 「베틀 노래」는 강원도 통천 지방에 전해 오는 작자를 알 수 없는 민요로, 부녀자들이 베틀에서 베를 짜면서 그 고달픔을 덜기 위해 부르던 노동요입니다. 노래가 노동에 미치는 영향은 개인의 성향이나 처지에 따라 다르겠지만, 근본적으로 사람의 마음을 위로해 주고 안정시켜 준다고 할 수 있습니다. 따라서 이러한 노래를 부르는 목적은 노동의 현장에서 느끼는 흥겨움을 표현하고 일을 효율적으로 진행할 수 있도록 하기 위해서입니다.

유희요는 놀이에 박자를 맞추면서 부르는 노래를 말합니다. 일을 하면서 흥이 나면 여러 종류의 유희요를 부를 수 있고 반대로 놀면서 노동요를 부를 수 있기 때문에, 유희요는 노동요와 무관하지 않습니다. 그러나 보통은 특정한 노동과 관련 없이 무용과 놀이를 수반하고 있는 민요를 유희요라고 합니다.

기심
김, 논밭에 난 잡풀.

날아다가
(베, 돗자리, 가마니 따위를 짜려고) 베틀에 날실을 걸어다가

매어다가
옷감을 짜기 위하여 날아 놓은 날실에 풀을 먹이고 고루 다듬어 말리어 감아다가.

이매
잉아. 베틀의 날실을 한 칸씩 걸러서 끌어올리도록 맨 굵은 실.

바디집
베틀의 바디를 끼우는 테. 바디는 베틀, 가마틀 따위에 딸린 날을 고르며 씨를 치는 구실을 하는 머리빗처럼 생긴 기구.

북
날실의 틈으로 왔다 갔다 하면서 씨실을 풀어 주는 배 모양의 기구.

달 떠 온다 달 떠 온다 우리 마을에 달 떠 온다 강강술래

저 달이 장차 우연히 밝아 장부 간장 다 녹인다 강강술래

우리 세상이 얼마나 좋아 이렇게 모아 잔치하고 강강술래

강강술래 잘도 한다 인생일장은 춘몽이더라 강강술래

아니야 놀고 무엇을 할꼬 노세 노세 젊어서 노세 강강술래

늙고 병들면 못 노니라 놀고 놀자 놀아 보세 강강술래

이러다가 죽어지면 살은 녹아 녹수가 되고 강강술래

뼈는 삭아 진토가 되니 우리 모두 놀고 놀자 강강술래

어느 때의 하세월에 우리 시방에 다시 올래 강강술래

우리 육신이 있을 적에 춤도 추고 노래도 하고 강강술래

놀고 놀고 놀아 보자 질게 하면 듣기도 싫다 강강술래

노세 노세 젊어서 노세 칭칭이도 고만하자 강강술래

「한국민요집」

강강술래 놀이

위에 인용한 민요는 작자 미상의 「강강술래(거제민요)」입니다. 「강강술래」는 해마다 음력 8월 한가윗날 밤에 곱게 단장한 부녀자들이 마을 공터 등 일정한 장소에 모여 손에 손을 잡고 원형을 만들어 돌면서 부르는 노래로, 한 사람이 선창하면 모인 무리들이 '강강술래'라는 후렴구를 제창하는 형식으로 이루어

져 있습니다. 이 노래의 기원에 대해서는 여러 가지 이견이 있으나, 임진왜란 당시 왜군의 해안 상륙을 막기 위한 현실적 목적에서 불리다가 시간이 흐르면서 본래의 목적은 사라지고 문학적 형상화가 중심이 되면서 내용상의 세련미를 획득한 것으로 보입니다. 「강강술래」의 형식은 4·4조의 기본 율격으로, 거기에 맞는 사설이면 어느 것이나 1행이 끝날 때마다 여음에 맞춰 노래를 부를 수 있는 장점이 있습니다. 따라서 놀이의 분위기에 따라 사설의 선택이 자유로우며 그 정황에 맞게 적용이 편리합니다. 이러한 특징으로 인해 '강강술래'는 얼마든지 다채롭고 또한 재미있게 즐길 수 있는 유희가 된 것입니다.

의식요는 세시歲時나 장례葬禮 같은 의식을 치르면서 부르는 노래입니다. 다시 말하면 종교적 의식이나 제사의식 등에서 불리는 민요를 말합니다. 한 집안, 마을의 안녕을 비는 굿과 국가의 제천 의식에서 불리는 민요 속에는 신심神心이 반영되어 있습니다. 여기에는 「지신밟기」, 「성주풀이」, 「액맥이 타령」 등이 있습니다. 또 장사 지낼 때 부르는 민요로 「만가」가 있습니다. 다음은 장례 의식 때 부르는, 작자 미상의 「만가」입니다.

삼천갑자* 동방삭*은 / 삼천갑자 살았는데 / 요네 나는 백 년도 못 살아
(후창) 애 애 애 애 애애애 애애야 / 애 애 애 애 애애애 애애야
(중략)

구름도 쉬어 넘고 / 날짐승도 쉬어 가는 / 심산유곡*을 어이를 갈꼬
옛 늙은이 말 들으면 / 북망산*이 멀다더니 / 오늘 보니 앞동산이 북망

못 가겠네 쉬어나 가자 / 한번 가면 못 오는 길을 / 어이를 갈꺼나 갈꺼나

심산험노*를 어이를 갈꼬 / 육진장포* 일곱매로 상하로 질끈 메고
생이* 타고 아주 가네

「진도 만가」

삼천갑자
60갑자의 삼천 배, 즉 18만 년.

동방삭(B.C. 154~B.C.93)
중국 전한 시대의 문인. 속설에 서왕모西王母의 복숭아를 훔쳐 먹어 장수하였다 하며, '삼천갑자 동방삭'으로 일컬어짐. 흔히 '오래 사는 사람'이라는 뜻으로 쓰임.

심산유곡
깊은 산의 으슥한 골짜기.

북망산
중국 허난 성 뤄양 시 북쪽에 있는 작은 산으로, 무덤이 많았다고 함. '북망산천'의 형태로 무덤이 많은 곳, 사람이 죽어서 가는 곳을 뜻하는 말로 쓰임.

심산험노
깊은 산의 험하고 나쁜 길.

육진장포
조선 세종 때 지금의 함경북도 북변에 설치한 여섯 진鎭. 즉 경원, 경흥, 부령, 온성, 종성, 회령에서 생산되던 베.

생이
상여

참요

시대적 상황이나 정치적 징후를 암시하는 민요. 신라의 멸망과 고려의 건국을 예언했다는 「계림요鷄林謠」, 후백제의 내분을 예언했다는 「완산요完山謠」, 이성계의 혁명을 암시했다는 「목자요木子謠」 등이 있다.

풍요

한 지방의 풍속을 읊은 노래.

「만가輓歌」는 사람이 죽었을 때 상여를 운반하면서 부르는 노래로, 「상엿소리」라고도 합니다. 이 노래는 죽은 사람을 애도하여 그가 이승에 남긴 행적을 기리며 저승에서 좋은 곳으로 가도록 인도하는 의미에서 부르는 노래입니다. 아울러 이 노래에는 이별의 슬픔과 영원한 삶에 대한 소망도 담겨 있습니다. 「만가」는 아무 때나 부르는 노래가 아니라 죽음의 의례 중 상여를 메고 나갈 때만 부르는 노래라는 점에서 절차상의 제약을 받습니다. 만가는 형식상 앞소리꾼이 부르는 선창 부분과 상여를 멘 상여꾼들이 함께 부르는 후창 부분으로 나뉘는데, 상여를 운구하는 형태와 그때 불리는 노래는 지방마다 다릅니다.

정치요는 한 시대의 상황과 민중의 정치의식을 드러내는 것으로 참요讖謠*와 풍요風謠* 등이 있습니다. 왕조의 변화나 민중 봉기 등의 주제를 갖고 있으며 「녹두새요」가 대표적입니다.

한편 비기능요는 노래의 즐거움을 누리기 위해 부르는 민요입니다. 비기능요는 특정한 일과 관련 없이 흥이 나면 언제 어디서나 부르는 노래이므로 내용 및 형태상의 제약이 별로 없으며, 대개는 음악적으로나 문학적으로 기능요보다 더 다듬어져 있습니다. 그 주제는 삶의 여러 국면에서 자주 부딪치는 문제들에 대한 소망, 괴로움, 슬픔, 기쁨, 등이 주류를 이룹니다. 비기능요는 이러한 주제적 특징과 형태상 기능요와 비교할 때 상대적으로 간결하다는 특성 때문에 서정적 경향이 두드러집니다. 비기능요로는 「정선 아리랑」, 「밀양 아리랑」, 「시집살이 노래」 등이 있습니다.

> 날 좀 보소 날 좀 보소 날 좀 보소 / 동지 섣달 꽃 본 듯이 날 좀 보소
> 아리아리랑 쓰리쓰리랑 아라리가 났네 / 아리랑 고개로 넘어간다
>
> 정든 임이 오시는데 인사를 못 해 / 행주 치마 입에 물고 입만 방긋
> 아리아리랑 쓰리쓰리랑 아라리가 났네 / 아리랑 고개로 넘어간다
>
> 울 너머 총각의 각피리* 소리 / 물 긷는 처녀의 한숨 소리
> 아리아리랑 쓰리쓰리랑 아라리가 났네 / 아리랑 고개로 넘어간다

각피리

짐승의 뿔로 만든 피리.

늬가 잘나 내가 잘나 그 누가 잘나 / 구리 백통* 지전이라야 일색이지
아리아리랑 쓰리쓰리랑 아라리가 났네 / 아리랑 고개로 넘어간다

채록지: 경상남도 밀양 지방

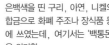

구리 백통
은백색을 띤 구리, 아연, 니켈의 합금으로 화폐 주조나 장식품 등에 쓰였는데, 여기서는 '백통돈'을 의미함.

이 작품은 한국 민요의 대표작인 「아리랑」 가운데 밀양 지역에서 불리는 「밀양 아리랑」입니다. 음악적, 문학적으로 정제되어 있고 표현이 진솔하다는 평가를 받습니다. 이 노래에는 임의 관심과 사랑을 얻고 싶어 하는 여인의 마음과, 정든 임을 만나고도 반갑게 인사하지 못하는 처녀의 수줍은 모습, 그리고 돈을 중요하게 여기는 세태가 드러나 있습니다. 이는 민중 사이에서 자연적으로 발생하여 민중들의 진솔한 삶과 그로부터 비롯되는 애환을 담은 노래인 민요의 특색을 잘 드러냈다 하겠습니다.

밀양 아리랑 축제

이상에서 알 수 있듯이, 민요는 일반 민중들의 생활 속에서 일어나는 여러 가지 경험과 느낌을 진솔한 언어로 표현한 것이 특징입니다. 때로는 구슬프고 비통하게 때로는 익살스럽거나 활기차게 자신들의 삶에 직결된 문제를 노래하는 것이 민요의 보편적인 특징이며, 이러한 특징은 다른 민족의 민요에서도 널리 발견됩니다. 하지만 완강한 신분 질서와 토지 지배의 굴레 아래 특히 어려운 삶을 살았던 우리 평민들의 노래에서 이러한 명암明暗의 대비가 좀 더 뚜렷할 수밖에 없었던 것으로 보입니다.

「밀양 아리랑」 노래비

04 한시

조선 후기의 한시는 중국의 영향에서 벗어나 우리의 역사, 문화와 현실 경험을 좀 더 자각적으로 표현하는 방향으로 발전해 나갔습니다. 이런 경향은 다산茶山 정약용의 「조선시 선언朝鮮詩宣言」에서 확인할 수 있습니다. 다산은 시를 짓되 까다로운 규범을 버리고 느낌이 떠오르는 대로 바로 나타내야만 진실을 얻을 수 있다는 문학관을 지닌 인물이었습니다. 그리고 '나는 조선 사람이어서 조선 시를 즐겨 짓는다我是朝鮮人 甘作朝鮮詩.'라고 선언을 하며 중국 시가 아닌 조선 시를 이루어야 한다는 주장을 폈습니다. 이러한 다산의 문학관에서 그가 지닌 강한 민족 주체 의식을 확인 할 수 있습니다. 다산이 중국의 문자인 한자로 시를 쓰면서 민족 주체 의식을 주장하였다는 점이 언뜻 모순이라는 생각이 들지만, 이러한 그의 선언은 그 나름대로 중화주의中華主義의 절대적 권위에서 벗어나려는 노력이었다고 할 수 있습니다.

다산은 19세기 초 조선의 농촌을 자세히 관찰하고 느낀 삶에 대한 생각 및 당대 사회의 내적 모순을 사실적으로 묘사한 한시를 많이 창작하였습니다.

정약용의 한시 「보리타작」은 보리를 타작하는 모습을 통해 농민들의 건강한 삶을 잘 보여 주고 있습니다. 비록 한문으로 창작되었지만 평민들의 삶과 관련 있는 시어들을 구사하여 농민들이 삶의 보습과 그들이 느끼는 즐거움을 사실적이고도 생동감 있게 묘사하였습니다. 이러한 묘사에서 작가가 하층민의 건강하고 생동하는 삶을 통해 조선 후기 성장하는 평민들의 모습을 보여 주려 하였다는 것을 짐작할 수 있습니다. 또, '무엇하러 벼슬길에 헤매고 있으리요.'라는 구절에서는 벼슬길에 나섰던 자신의 삶을 반성하고 있습니다.

한시가 조선 전기에는 사대부의 음풍농월吟風弄月 위주였다면, 조선 후기의 한시는 백성의 삶을 사실적으로 노래하는 경향으로 바뀌었음을 보여 주는 의미 있는 작품입니다. 또한 새롭고 가치 있는 삶을 평민들의 현실 세계에서 찾고자 한 진보적 지식인의 경향을 엿볼 수 있습니다.

新蒭濁酒如湩白 (신주탁주여동백)

大碗麥飯高一尺 (대완맥반고일척)

飯罷取枷登場立 (반파취가등장립)

雙肩漆澤翻日赤 (쌍견칠택번일적)

呼邪作聲擧趾齊 (호사작성거지제)

須臾麥穗都狼藉 (수유맥수도랑자)

雜歌互答聲轉高 (잡가호답성전고)

但見屋角紛飛麥 (단견옥각분비맥)

觀其氣色樂莫樂 (관기기색락막락)

了不以心爲形役 (요불이심위형역)

樂園樂郊不遠有 (낙원락교불원유)

何苦去作風塵客 (하고거작풍진객)

『여유당전서』

김홍도, 〈경작도〉

현대어 풀이

새로 거른 막걸리 젖빛처럼 뿌옇고

큰 사발에 보리밥, 높기가 한 자로세.

밥 먹자 도리깨 잡고 마당에 나서니

검게 탄 두 어깨 햇볕 받아 번쩍이네.

응혜야 소리 내며 발맞추어 두드리니

삽시간에 보리 낟알 온 마당에 가득하네.

주고받는 노랫가락 점점 높아지는데

보이느니 지붕 위에 보리티끌뿐이로다.

그 기색 살펴보니 즐겁기 짝이 없어

마음이 몸의 노예 되지 않았네.

낙원이 먼 곳에 있는 게 아닌데

무엇하러 벼슬길에 헤매고 있으리요.

    다산이 한시를 통해 제시하고자 했던 당대 사회의 모습은 대체로 인생에 대한 인식, 사회 제도의 모순, 관리나 토호들의 횡포, 백성들의 고뇌, 농어촌의 가난 등이었습니다. 다음의 한시는 관리들의 횡포를 고발하는 정약용의 「탐진촌요耽津村謠」입니다.

棉布新治雪樣鮮 (면포신치설양선)

黃頭來博吏房錢 (황두래박이방전)

漏田督稅如星火 (루전독세여성화)

三月中旬道發船 (삼월중순도발선)

「여유당전서」

현대어 풀이

새로 짜낸 무명이 눈결같이 고왔는데,

이방 줄 돈이라고 황두*가 빼어 가네.

황두

지방 관리

누전* 세금 독촉이 성화같이 급하구나,

삼월 중순 세곡선稅穀船*이 서울로 떠난다고.

「탐진촌요」는 관리들의 횡포에 시달리는 농민들의 눈물겨운 삶의 모습을 눈에 잡힐 듯이 사실적으로 그려 냅니다. 다산은 농민들의 생활고를 가중시키는 관리들의 수탈을 고발하면서 백성을 위한 참된 정치가 이루어지기를 촉구합니다. 결국 다산은 문학을 매개로 하여 도탄에 빠진 백성들의 현실을 있는 그대로 보여 줌으로써 정치의 근본이 되는 민본주의民本主義를 상기시키고 사회 제도의 개혁을 모색하고 있는 것입니다.

특히, 「고양이」는 현실 비판적인 성격을 보여 주는 그의 시들 중에서 단연 돋보이는 작품입니다. 도둑을 잡아 백성들을 보호해야 하는 관인들을 '고양이'에 비유하여 풍자한 이 작품에서 백성들은 그 고양이를 큰 활에 화살을 재어 쏘아 죽이고 싶을 정도로 증오합니다. 이런 모습에서 탐관오리의 횡포에 대한 백성들의 고초와 분노가 극에 달했음을 알 수 있습니다.

누전
토지 대장에서 누락되어 세금을 매길 근거조차 없는 토지.

세곡선
현물세로 낸 곡식을 실어 나르는 배.

김홍도, 〈타작도〉

지주의 땅에서 소작하는 농민과 이를 감독하는 마름(지주를 대리하여 소작인을 관리하는 사람)을 해학적으로 그린 그림이다.

이 밖에 현실 비판적인 성격을 띤 조선 후기 한시로는 관가의 수탈로 고통받는 농민들의 삶을 노래한 이달의 「습수요拾穗謠」, 백성을 괴롭히는 원님의 수탈 행위를 고발한 김창협의 「산민山民」, 못마땅한 마을 유지들을 풍자한 김병연의 「원생원元生員」 등이 있습니다.

조선 후기에서 일제 강점기로 넘어가는 시기에도 여전히 한시는 지어집니다. 이 시기 한시의 주된 내용은 '나라의 위기 앞에서 선비로서 어떤 자세를 취해야 할 것인가?'입니다. 즉, 한시를 통해 국가의 위기에 직면한 조선 선비의 꿋꿋한 기상과 정신을 보여 주는 작품들이 많았습니다. 대표적인 작가로는 최익현과 황현 등이 있습니다.

皓首奮畎畝 (호수분견묘)

草野願忠心 (초야원충심)

亂賊人皆討 (난적인개토)

何須問古今 (하수문고금)

「면암 선생 창의전말」

현대어 풀이

백발로 밭이랑에서 분발하는 것은

초야의 충성을 바랐음이라.

난적은 누구나 쳐야 하니,

고금을 물어서 무엇하리.

최익현 (1833~1906)

위의 「창의시倡義詩」는 을사조약(1905년) 체결 직후 국난을 맞아 의병을 일으켜 적에 대항할 것을 결의한 최익현의 작품입니다. 이 시와 같이 외세의 침략으로 국운이 위기에 몰렸을 때 의병을 모아 궐기하여 그에 대항하고자 하는 취지를 담은 시를 '창의시'라고 합니다. 초야에 묻혀 있으면서도 나라에 대한 충성심을 간직하고 살아가면서 의병을 일으켜야 하는 이유를 선명하게 밝힌 데서, 구한말의 대표적 선비로 알려진 작가의 기개와 장쾌한 선비 정신을 엿볼 수 있습니다.

鳥獸哀鳴海岳嚬 (조수애명해악빈)

槿花世界已沈淪 (근화세계이침륜)

秋燈掩卷懷千古 (추등엄권회천고)

難作人間識字人 (난작인간식자인)

「매천집」

현대어 풀이

새와 짐승들도 슬피 울고 강산도 찡그리니,

무궁화 온 세상이 이젠 망해 버렸어라.

가을 등불 아래 책 덮고 지난날 생각하니,

인간 세상에 글 아는 사람 노릇, 어렵기도 하구나.

「절명시絶命詩」는 나라 잃은 지식인의 비탄과 절망을 노래한 황현의 작품입니다. 국권을 피탈당한 참담한 상황에서 절의를 지켜 자결하는 심정을 토로한 작품으로, 망국에 대한 선비의 통분痛忿과 절망을 토로하고 있습니다. 황현은 일제에 의해 국권을 상실했다는 소식을 1910년 8월에 접하고, 하룻밤에 「절명시」 네 수를 짓고 음독 자결을 하였는데, 위에 제시된 작품은 그중 셋째 수에 해당합니다. 작가는 이 시에서 단지 역사를 기록하고 시를 짓는 행동밖에 할 수 없는 지식인의 고뇌를 표명하고, 험난한 역사 속에서 지식인으로서 처신의 어려움과 책임감을 통감하면서 자결의 길을 택합니다. 따라서 이 작품은 삶의 부당한 제약을 거부하고 숭고한 이념을 긍정하려는 투쟁에서 오는 아름다움인 비장미가 돋보이는 작품입니다.

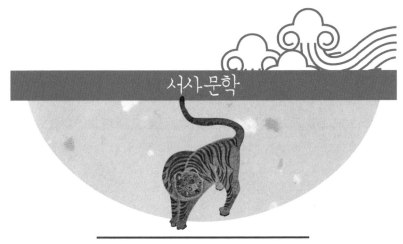

서사문학

---

01 소설

조선 전기에 김시습의 『금오신화』에서 시작된 소설 문학은 조선 후기인 17
세기 초에 허균의 『홍길동전』에 이르러 국문 소설의 시대를 열게 됩니다. 국문
학으로서의 소설 문학은 임진왜란과 병자호란으로 인한 신분 질서의 동요와
이에 따른 평민들의 자각으로 촉진됩니다. 즉 스스로의 삶에 대해 문제의식을
가지게 된 평민 계층들이 문학에도 눈을 뜨게 되고 문화 활동에 참여하기 시
작합니다. 이들이 문학 활동에 참여함으로써 산문의 발달이 촉진되었고, 바야
흐로 조선 후기는 산문의 시대, 소설의 전성기가 펼쳐집니다.

~조선 후기~

소설의 발달은 소설의 유통 과정에서도 확인할 수 있는데, 소설은 처음에
주로 '필사筆寫'의 형태로 유통됩니다. 필사는 개인이 소설을 베끼는 것을 말하
는데, 베끼는 과정에서 개작도 이루어졌을 것으로 추정됩니다. 그 다음 단계
에는 '세책가貰冊家'라는 곳에서 돈을 받거나 값이 나가는 물건을 전당 잡고 책
을 빌려주게 되는데, 이는 소설이 상업적으로 유통되었음을 의미합니다. 18세
기에는 민간 출판업자가 상업적인 목적으로 목판을 이용해 책을 출판하였는

데 이를 '방각본坊刻本'이라고 합니다. 방각본에 의한 소설 유통은 19세기에 이르면 더 활성화되며, 서울의 경판본京板本, 전주의 완판본完板本, 그리고 안성의 안성판본安城板本이 대표적인 방각본입니다. 이 뿐만 아니라 일정한 보수를 받고 소설을 읽어 주는 직업이 등장하는데, 사람이 많은 곳에서 소설을 읽어 주고 돈을 받던 이들을 '전기수傳奇叟'라고 불렀으며 이들이 존재하였다는 사실에서도 소설의 발달을 짐작할 수 있습니다.

방대한 조선 후기의 소설을 살펴보기 위해 우선 실명實名으로 작품을 썼던 권필(16세기), 허균·조위한·김만중(17세기), 박지원·이옥(18세기)을 중심으로 시대 순으로 그들의 작품을 살펴본 뒤에, 무명 작가의 작품을 내용과 형식에 따라 유형별로 나누어 살펴보도록 하겠습니다.

『금오신화』와 『홍길동전』을 이어 준 『주생전』

최초의 한문 소설인 『금오신화』와 최초의 국문 소설인 『홍길동전』을 잇는 소설로 권필(1569~1612)이 1593년에 쓴 『주생전周生傳』이 있는데, 이 작품은 최초로 가탁법假託法*을 소설에 적용하였습니다. 즉 실존 인물인 주인공 주생周生은 명나라 이여송 장군 휘하의 서기로 임진왜란에 참전하였는데 작가가 그의 사연을 전하는 것이라고 소설의 끝부분에 밝히고 있으므로, 주인공의 사연을 다른 사람이 대신 전한 가탁 형식의 소설이라고 할 수 있습니다.

촉주蜀州에 사는 주생은 계속하여 과거에 실패하자 벼슬이 인생의 전부가 아니라는 것을 깨닫고 재물을 팔아 강호를 유람하다가 기생 배도俳桃를 만나 백년가약을 맺습니다. 주생은 배도의 소개로 승상의 아들 국영國英을 가르치러 승상의 집에 드나들다가 그 집 딸인 선화仙花와 사랑에 빠지고 이를 배도가 알게 되자 두 사람은 헤어집니다. 배도가 세상을 떠난 후 선화와 정혼하지만, 임진왜란이 일어나 조선에 원병으로 출정하게 되어 사랑의 결실을 맺지 못합니다.

이 작품은 주생과 배도, 선화의 삼각관계를 통해 기생보다는 양반집 여인을 택하는 남자의 이기심과 배신, 배신당한 여인의 심리적 갈등과 죽음 등을 다

가탁법
어떤 사물이나 대상을 빌려 감정이나 사상을 표현하는 방법.

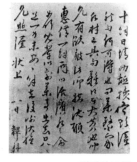
권필의 글씨

루고 있습니다. 또, 주요 등장인물들이 비극적인 결말을 맞이하게 함으로써 자연과 운명이라는 거대한 존재 앞에서 인간이 얼마나 하찮은 존재인가를 생각해 보게 합니다.

본격적인 국문 소설의 시대를 연 『홍길동전』

일반적으로 17세기 초에 허균(1569~1618)의 『홍길동전』이 우리나라 최초의 국문 소설이라고 합니다. 하지만 훈민정음이 창제된 15~16세기에 이미 국문 소설의 바탕이 형성되었다는 견해도 있습니다. 즉 『석보상절釋譜詳節』*이나 『월인석보月印釋譜』*에 등장하는 이야기들이 국문 소설 형성의 밑거름이 되었으므로,* 17세기의 국문 소설은 국문 소설 융성기의 작품으로 보아야 한다는 것입니다. 이것과 맥을 같이하여 보우(?~1565)의 『왕랑반혼전王郎返魂傳』을 최초의 국문 소설로 보기도 합니다.

『왕랑반혼전』은 원래 한문 소설로 창작된 것을 우리말로 번역한 것으로, 포교를 목적으로 한 불교 소설입니다. 길주에 사는 왕랑의 꿈에 죽은 아내 송씨가 나타나 다음날 명부*에 끌려갈 것을 알리고 염불을 권합니다. 왕랑은 아내가 시키는 대로 염불을 행하고, 왕랑을 잡으러 온 명부의 사자는 왕랑을 데리고 저승에 가서 자신이 목격한 광경을 염왕閻王에게 아룁니다. 염왕은 왕랑과 아내 송씨를 인간 세상으로 다시 돌려보내고 부부는 불공을 열심히 닦아 극락왕생한다는 내용의 소설인데, 염불 공덕을 쌓으면 극락왕생 할 수 있다는 교훈성을 지니고 있습니다. 만약 이 소설을 최초의 국문 소설로 인정한다면 우리나라 국문 소설의 시작이 중종과 명종 시대인 16세기로 당겨질 수 있으므로, 이 소설은 소설의 역사적 전개에 있어서 국문 소설이 한문 소설을 발판으로 이루어졌을 가능성이 있음을 확인할 수 있는 작품이라는 가치를 지닙니다. 또, 현존하는 고전 소설 중 연대가 가장 오래된 국문 표기 작품이라고 할 수 있습니다.

하지만 국문 소설의 시작이 언제이건 간에 『홍길동전洪吉童傳』은 구체적인 사회 현실을 바탕으로 하여 작품을 전개시킨다는 점에서 김시습의 『금오신화』

『석보상절』
세조가 수양대군이었던 세종 29년(1447년)에 석가모니의 가계와 그 일대기를 번역한 책.

『월인석보』
세조가 아버지인 세종이 지은 『월인천강지곡月印千江之曲』을 본문으로 하고 자신이 번역한 『석보상절』을 설명 부분으로 하여 세조 5년(1459년)에 합편한 책으로 권1 앞에 『훈민정음』의 언해본諺解本이 실려있다.

『석보상절』과 『월인석보』에 등장하는 「안락국태자전」, 「선우태자전」, 「금우태자전」과 같은 이야기들이 소설적 구성을 보인다는 견해로, 이 이야기들이 후대 고전 소설인 「안락국전」, 「적성의전」, 「금송아지전」으로 이어졌다고 본다.

명부
사람이 죽은 후에 심판을 받는 곳.

보다 소설의 수준을 한 단계 높인 작품입니다. 『홍길동전』의 주인공인 홍길동은 홍 판서의 서자庶子로 태어나 적서 차별이 엄격하던 시대에 아버지를 아버지라고 부르지 못하고 형을 형이라고 부르지 못하는 것에 한을 품습니다. 또한 노비인 어머니에게서 태어난 서자이므로 아무리 학문을 닦아도 과거에 응시할 자격을 얻지 못합니다. 이에 길동은 사회제도의 모순을 느끼고 집에서 뛰쳐나갑니다.

허균, 『홍길동전』

 조선조 세종 때에 한 재상이 있었으니, 성은 홍씨요 이름은 아무였다. 대대 명문 거족의 후예로서 어린 나이에 급제해 벼슬이 이조 판서에까지 이르렀다. 물망이 조야에 으뜸인데다 충효까지 갖추어 그 이름을 온 나라에 떨쳤다. 일찍 두 아들을 두었는데, 하나는 이름이 인형으로서 본처 유씨가 낳은 아들이고, 다른 하나는 이름이 길동으로서 시비 춘섬이 낳은 아들이었다.

 그 앞서, 공이 길동을 낳기 전에 한 꿈을 꾸었다. 갑자기 우레와 벽력이 진동하며 청룡이 수염을 거꾸로 하고 공을 향하여 달려들기에, 놀라 깨니 한바탕 꿈이었다. 마음 속으로 크게 기뻐하여 생각하기를, '내 이제 용꿈을 꾸었으니 반드시 귀한 자식을 낳으리라.'하고, 즉시 내당으로 들어가니, 부인 유씨가 일어나 맞이하였다. 공은 기꺼이 그 고운 손을 잡고 바로 관계하고자 하였으나, 부인은 정색을 하고 말했다.

 "상공께서는 위신을 돌아보지도 않은 채 어리고 경박한 사람의 비루한 행위를 하고자 하시니, 첩은 따르지 않겠습니다."

하며 말을 마치고는 손을 떨치고 나가 버렸다. 공은 몹시 무안하여 화를 참지 못하고 외당으로 나와 부인의 지혜롭지 못함을 한탄하였다.

 그때 마침 시비 춘섬이 차를 올리기에, 그 고요한 분위기를 틈타 춘섬을 이끌고 곁방에 들어가 바로 관계하였다. 그 무렵 춘섬의 나이는 열여덟이었는데, 한번 몸을 허락한 후에는 문밖에 나가 아니하고 타인과 접촉할 마음도 먹지 않기에, 공이 기특하게 여겨 애첩으로 삼았다.

 과연 그 달부터 태기가 있더니 10달 만에 일개 옥동자를 낳는데, 생김새가 비범하여 실로 영웅호걸의 기상이었다. 공은 한편으로 기뻐하면서도 부인의 몸에서 태어나지 못한 것을 안타깝게 여겼다.

길동이 점점 자라 8살이 되자, 총명하기가 보통이 넘어 하나를 들으면 백 가지를 알 정도였다. 그래서 공은 더욱 귀여워하면서도 출생이 천해, 길동이 늘 아버지니 형이니 하고 부르면, 즉시 꾸짖어 그렇게 부르지 못하게 하였다. 길동이 10살이 넘도록 감히 부형을 부르지 못하고, 종들로부터 천대 받는 것을 뼈에 사무치게 한탄하면서 마음 둘 바를 몰랐다.

"대장부가 세상에 나서 공맹을 본받지 못할 바에야, 차라리 병법이라도 익혀 대장인을 허리춤에 비스듬히 차고 동정서벌하여 나라에 큰 공을 세우고 이름을 만대에 빛내는 것이 장부의 통쾌한 일이 아니겠는가. 나는 어찌하여 일신이 적막하고, 부형이 있는데도 아버지를 아버지라 부르지 못하고 형을 형이라 부르지 못하니 심장이 터질지라, 이 어찌 통탄할 일이 아니겠는가!"

하고, 말을 마치며 뜰에 내려와 검술을 익히고 있었다.

그때 마침 공이 또한 달빛을 구경하다가, 길동이 서성거리는 것을 보고 즉시 불러 물었다.

"너는 무슨 흥이 있어서 밤이 깊도록 잠을 자지 않느냐?"

길동은 공경하는 자세로 대답했다.

"소인은 마침 달빛을 즐기는 중입니다. 그런데, 만물이 생겨날 때부터 오직 사람이 귀한 존재인 줄 아옵니다만, 소인에게는 귀함이 없사오니, 어찌 사람이라 하겠습니까?"

공은 그 말의 뜻을 짐작은 했지만, 일부러 책망하는 체하며,

"네 무슨 말이냐?" 했다. 길동이 절하고 말씀드리기를,

"소인이 평생 설워하는 바는, 소인이 대감 정기를 받아 당당한 남자로 태어났고, 또 낳아 길러 주신 부모님의 은혜를 입었음에도 불구하고, 아버지를 아버지라 못하옵고, 형을 형이라 못 하오니, 어찌 사람이라 하겠습니까?"

하고, 눈물을 흘리며 적삼을 적셨다. 공이 듣고 나자 비록 불쌍하다는 생각은 들었으나, 그 마음을 위로하면 마음이 방자해질까 염려되어, 크게 꾸짖어 말했다.

"재상 집안에 천한 종의 몸에서 태어난 자식이 너뿐이 아닌데, 네가 어찌 이다지

방자하냐? 앞으로 다시 이런 말을 하면 내 눈앞에 서지도 못하게 하겠다."

이렇게 꾸짖으니 길동은 감히 한 마디도 더 하지 못하고, 다만 땅에 엎드려 눈물을 흘릴 뿐이었다. 공이 물러가라 하자, 그제서야 길동은 침소로 돌아와 슬퍼해 마지 않았다. 길동이 본래 재주가 뛰어나고 도량이 활달한지라 마음을 가라앉히지 못해 밤이면 잠을 이루지 못하곤 했다.

하루는 길동이 어미 침소에 가 울면서 아뢰었다.

"소자가 모친과 더불어 전생연분이 중하여, 금세에 모자가 되었으니, 그 은혜가 지극하옵니다. 그러나 소자의 팔자가 기박하여 천한 몸이 되었으니 품은 한이 깊사옵니다. 장부가 세상에 살면서 남의 천대를 받음이 불가한지라, 소자는 자연히 설움을 억제하지 못하여 모친 슬하를 떠나려 하오니, 엎드려 바라건대 모친께서는 소자를 염려하지 마시고 귀체를 잘 돌보십시오."

그 어미가 듣고 나서 크게 놀라 말했다.

"재상가의 천생이 너뿐이 아닌데, 어찌 마음을 좁게 먹어 어미 간장을 태우느냐?"

길동이 대답했다.

"옛날, 장충의 아들 길산은 천생이지만 열세 살에 그 어미와 이별하고 운봉산에 들어가 도를 닦아 아름다운 이름을 후세에 전하였습니다. 소자도 그를 본받아 세상을 벗어나려 하오니, 모친은 안심하고 후일을 기다리십시오. 근간에 곡산댁의 눈치를 보니 상공의 사랑을 잃을까하여 우리 모자를 원수같이 알고 있습니다. 큰 화를 입을까 하오니 모친께서는 소자가 나감을 염려하지 마십시오."

하니, 그 어머니 또한 슬퍼하더라.

원래 곡산댁은 곡산 지방의 기생으로 상공의 첩이 되었던 것인데, 이름은 초란이었다. 아주 교만하고 자기 마음에 맞지 않으면 공에게 고자질을 하기에, 집안에 폐단이 무수하였다. 자신은 아들이 없는데, 춘섬은 길동을 낳아 상공으로부터 늘 귀여움을 받게 되자, 속으로 불쾌하여 길동을 없애 버릴 마음만 먹고 있었다.

하루는 초란이 흉계를 꾸미고 무녀를 청하여 말하기를,

"내가 편안하게 살려면 길동을 없애는 방법 밖에는 없다. 만일 나의 소원을 이루어 주면 그 은혜를 후하게 갚겠다."

고 하니, 무녀가 듣고 기뻐서 대답했다.

(중략)

이때 길동이 두 사람을 죽이고 하늘을 살펴보니, 은하수는 서쪽으로 기울어지고 달빛은 희미하여 마음은 더욱 울적해졌다. 분통이 터져 초란마저 죽이고자 하다가, 상공이 사랑하는 여자라는 데 생각이 미치자, 칼을 던지고 달아나 목숨이나 건지기로 마음먹었다. 바로 상공 침소에 가 하직 인사를 올리고자 하는데, 마침 공도 창밖의 인기척을 듣고서 창문을 열고 살폈다. 공은 길동임을 알고 불러 말했다.

"밤이 깊었거늘 네 어찌 자지 않고 이렇게 방황하느냐?"

길동은 땅에 엎드려 아뢰었다.

"소인이 일찍 부모님께서 낳아 길러 주신 은혜를 만분의 일이나마 갚을까 하였더니, 집안에 옳지 못한 사람이 있어 상공께 참소하고 소인을 죽이고자 하기에, 겨우 목숨은 건졌으나 상공을 모실 길이 없기로 오늘 상공께 하직을 고하옵니다."

하기에, 공이 크게 놀라 물었다.

"너는 무슨 일이 있어서 어린아이가 집을 버리고 어디로 가겠다는 거냐?"

길동이 대답했다.

"날이 밝으면 자연히 아시게 되려니와, 소인의 신세는 뜬구름과 같사옵니다. 상공의 버린 자식이 어찌 갈 곳이 있겠습니까?"

길동이 두 줄기의 눈물을 감당하지 못해 말을 이루지 못하자, 공은 그 모습을 보고 불쌍한 마음이 들어 타일렀다.

"내가 너의 품은 한을 짐작하겠으니, 오늘부터는 아버지를 아버지라 부르고 형을 형이라 불러도 좋다."

길동이 절하고 아뢰었다.

"소자의 한 가닥 지극한 한을 아버지께서 풀어 주시니 죽어도 한이 없습니다. 엎드려 바라옵건대, 아버지께서는 만수무강하십시오."

「홍길동전」 경판본

집에서 나온 홍길동은 세상을 떠돌다가 도적의 소굴에 들어가 우두머리가 됩니다. 자신이 이끄는 무리를 '활빈당活貧黨'이라 칭한 길동은 지방의 탐관오리들을 징벌하고 백성들을 구제하는 의적이 됩니다. 이에 조정에서는 길동을 잡으려고 백방으로 애를 쓰지만, 길동은 오히려 '여덟 길동'이 동시에 팔도에 등장하게 하는 신출귀몰한 능력을 발휘합니다. 결국 조정에서는 길동의 아버지와 형에게 길동을 설득하게 하고 길동은 자신에게 병조 판서의 직위를 내어 주면 다시는 조선 땅을 밟지 않겠다고 약속을 합니다. 조선을 떠난 길동은 부하들과 함께 '율도국'이라는 이상국을 세웁니다.

이 작품은 비록 전기적傳奇的인 요소가 나타나기는 하지만, 적서차별의 부당함이라는 사회 제도의 모순을 드러내고 '율도국'이라는 구체적인 이상국을 건설하는 내용으로 전개되어 사회 현실에서 문제를 찾고 해결책을 제시하는 양상을 띱니다. 이는 앞서 언급한 대로 『금오신화』에서 한걸음 더 나아간 것으로, 허균이 살았던 광해군 시대의 어지럽고 부조리한 사회 현실을 그대로 작품 속으로 옮겨왔다고 할 수 있습니다. 따라서 『홍길동전』은 구체적인 사회 현실을 뿌리로 삼은 사회 소설로 높이 평가할 수 있습니다. 또한 이 시대의 소설 대부분이 중국을 무대로 하는 데 비해 『홍길동전』은 우리나라를 무대로 하여 우리글인 한글로 창작되었다는 점에서도 그 문학사적 가치를 높이 평가할 수 있습니다.

작품의 주인공인 길동이 성장하는 과정에서 겪는 장애와 고난은 '영웅화를 위한 시련'이라고 볼 수 있으며, 지하국의 여인을 구출하는 것은 「지하국대적 퇴치설화」*와 같은 민담의 소설화로 볼 수 있습니다. 이 소설과 전쟁의 영향으로 『임진록壬辰錄』, 『조웅전趙雄傳』과 같은 많은 영웅 소설이 나오게 됩니다.

『홍길동전』의 아류작으로 『전우치전全雲致傳』이 있습니다. 전우치는 『청장관전서靑莊館全書』나 『지봉유설芝峯類說』에 조선 중기의 기인奇人이자 환술가幻術家로 이름이 전해지는 실존 인물이며, 작품 속에서 홍길동처럼 부패한 사회 현실에 맞서 백성을 구제救濟하는 활약상을 보여줍니다. 『홍길동전』과 『전우치전』은 도술을 소재로 한다는 공통점이 있지만, 『홍길동전』에 비해 『전우치전』이 비현실성과 전기성이 강하여 소설적 완성도의 측면에서 『홍길동전』에 미치지 못한다고 할 수 있습니다.

작품은 작가 자신의 체험이거나 시대상을 반영하는 경우가 많은데, 허균

『지하국대적퇴치설화』

한 장수가 지하국 괴물에게 납치된 공주를 구한 뒤 부하들에게 배반을 당하지만 산신의 도움으로 공주와 결혼하게 된다는 이야기.

의 『홍길동전』도 예외는 아닙니다. 허성, 허봉에 이어 허엽의 셋째 아들로 태어난 허균의 형제자매는 누이인 허난설헌을 포함하여 모두 뛰어난 문학적 자질을 지니고 있었습니다. 허균은 중국 소설인 『수호전水滸傳』을 좋아하였으며, 사회적으로 냉대를 받았던 서자들과 교류하였습니다. 해주에서 염상鹽商(소금 장사)을 경영하여 군자금을 모았으며 끝내는 반역을 꾀하였다는 죄목으로 사형에 처해진 허균은, 『홍길동전』이라는 소설을 통해 그가 꿈꾸는 유토피아인 율도국을 건설하여 자신의 혁명 정신을 담아냈습니다.

최초의 국문 소설인 『홍길동전』 외에도 허균의 작품으로는 『엄처사전嚴處士傳』, 『손곡산인전蓀谷山人傳』, 『장산인전張山人傳』, 『장생전蔣生傳』, 『남궁선생전南宮先生傳』 등의 한문 소설이 전해집니다. 이 작품의 주인공들도 모두 홍길동처럼 사회적으로 불우한 인물이라는 공통점이 있으며, 주인공이 세계와 갈등하고 대결한다는 점에서 소설다운 구도를 지니고 있습니다. 『엄처사전』은 문재文才가 뛰어난 인물이지만 어머니에 대한 지극한 효성으로 끝내 벼슬길에 나아가지 않았던 엄충정의 이야기이고, 『손곡산인전』은 시재詩才가 뛰어나 삼당시인三唐詩人의 한 명으로 불렸던 손곡산인 이달이 어미가 천한 신분이어서 세상에 쓰이지 못했다는 내용입니다.

『남궁선생전』은 전기성이 뛰어난 작품으로 『홍길동전』과 더불어 허균의 대표작으로 꼽을 수 있습니다. 전라도 임피에 살았던 남궁두가 당질과 간통한 애첩을 죽이고 붙잡혔다가 도망쳐서 산으로 들어가 도를 익힙니다. 하지만 신

선이 되기 직전에 실패를 한 후 속세로 내려와 작가인 허균을 만나 도를 전해 준다는 내용입니다. 결국 이 작품에서 주인공인 남궁두는 개인적인 불행이라는 문제 상황을 도교에 귀의하여 극복함으로써 상황을 철학적, 관념적으로 해결하려는 모습을 보여 줍니다. 이에 비해 『홍길동전』은 부조리한 사회 현실이라는 문제 상황을 이상국 건설이라는 역사적, 사회적인 방법으로 해결하려고 함으로써 해결책을 구하는 과정에서는 두 작품이 차별화됩니다. 하지

강원도 강릉에 있는 허균의 생가

만 두 작품 모두 혼란한 사회상을 풍자하고 나름의 해결책을 찾음으로써 작가가 문학을 매개로 하여 인간의 삶을 진지하게 탐구하고 있음을 확인할 수 있습니다.

전쟁의 모험담과 삶의 기록 『최척전』

『홍길동전』과 같은 시대인 17세기 실명 작가의 작품으로 조위한(1558~1649)이 쓴 『최척전崔陟傳』이 전해집니다. 이 작품은 끝부분에 '내가 남원 주포에 우거하고 있을 때 최척이 나를 찾아와 이와 같이 이야기하였다. 그리고 자기가 겪은 일의 전말을 기록하여 없어지지 않도록 해달라고 부탁하였다. 나는 거절할 수가 없어 대략 그 경계를 서술하였다. 1621년 윤이월 소옹 조위한이 쓰다.' 라는 저작기著作記가 있어 가탁법에 따른 작품의 형식과 정확한 창작 연대를 확인할 수 있습니다.

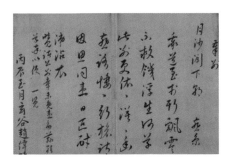

조위한의 글씨

주인공인 최척은 남원의 정상사 집에서 공부를 하다가 심부인의 딸 이옥영의 구애를 받아 들여 사랑하는 사이가 됩니다. 결국 두 사람은 옥영모의 반대를 극복하고 약혼을 하지만 갑자기 전란이 일어나 최척이 전쟁터에 나가게 됩니다. 이웃의 부자가 옥영을 아내로 삼으려고 하자 이 소식을 들은 최척은 군대에서 죽으려고 합니다. 하지만 최척이 죽으려 한 이유를 알게 된 의병장이 최척을 집으로 돌려보내고, 겨우 결혼하게 된 옥영과 최척은 맏아들 몽석을 낳지만 또 다시 임란 때문에 헤어집니다. 최척은 중국을 거쳐 안남(베트남)

『최척전』

으로 건너가게 되는데, 그곳에서 일본으로 끌려갔다가 남장을 하고 중국 상선에 탄 옥영과 재회합니다. 다시 만난 최척과 옥영은 둘째 아들 몽선을 낳고 십수 년간 행복하게 지내다가 몽선이 장성하자 홍도라는 중국 처녀를 몽선의 아내로 맞아들입니다. 하지만 청나라 군대가 명나라를 침범하자 최척은 또 다시 전쟁에 나가 포로가 되는데, 그때 포로로 잡힌 첫째 아들 몽석과 재회합니다. 최척과 몽석은 한 노인의 도움으로 고국으로 돌아오고, 우여곡절 끝에 옥영과 둘째 아들 몽선 부부 등 가족 모두가 고국에서 재회합니다. 최척 부부는 이 모든 것이 부처의 덕이라 여기고 만복사에 올라가 제를 올립니다.

이 작품은 17세기 전반기의 소설을 후반기의 소설로 이어 주는 다리가 되는 작품이라는 의의를 부여할 수 있으며, 전쟁이라는 역사적 사실을 배경으로 하여 우리나라, 일본, 중국, 안남의 지리를 좀 더 실질적으로 소설에 접목시킨 점이 돋보입니다. 특히 여주인공 이옥영은 자신의 의지에 따라 운명을 개척하는 여인상으로 후대 소설에 등장하는 '강인한 여성상'의 선구적 형태라 할 수 있습니다.

소설 발전의 가속화를 이룬 김만중의 『구운몽』과 『사씨남정기』

소설사에서 17세기 초가 '국문 소설의 시작'이라는 문학사적 의의가 있는 시기라면 17세기 후반은 '소설의 발전이 가속화된 시기'라는 문학사적 의의를 부여할 수 있는데, 이것을 가능하게 하는 것이 바로 김만중(1637~1692)의 『구운몽九雲夢』과 『사씨남정기謝氏南征記』입니다. 이 두 작품은 내용이나 형식면에서 허황되고 속된 문화라고 소설을 폄하하는 논리를 무색하게 할 만큼 뛰어나며, 사대부 취향의 고급 문화가 소설로 탄생할 수 있다는 것을 증명해 보입니다.

서포西浦 김만중은 병자호란 때 아버지 김익겸이 강화도에서 순절하자 유복자로 태어나 평생을 어머니께 효를 다하였고, 두 번이나 대제학의 벼슬에 오른 뛰어난 인물이었습니다. 숙종 때 이재가 쓴 『삼관기三官記』에 있는 김만중에 대한 글을 살펴보면, 김만중의 효성을 확인할 수 있습니다.

『사씨남정기』 필사본

서포 김공의 성품은 효성이 지극하였다. 자기가 유복자로 태어나 아버지 얼굴을 모름을 평생의 한으로 삼았으며 어머니에 대해 깊은 사랑이 있었다. 그리하여 어버이를 즐겁게 하는 일이라면 거의 옛 병아리가 놀고 어린 아이가 우는 것처럼 하였다. 부인이 책을 좋아하였는데 옛 역사며 색다른 책 심지어는 패관잡기에 이르기까지 널리 모아서 밤낮으로 어머니 좌우에서 읽고 이야기 하여 어머님 한 번 웃으시는 데에 보탰다.

이재, 『삼관기三官記』

한편 김만중의 문집인 『서포만필西浦漫筆』에서는 그의 문학관을 확인할 수 있습니다.

사람의 마음이 입으로 표현된 것이 말이요, 말의 가락이 있는 것이 시가문부詩歌文賦이다. 사방四方의 말이 비록 같지는 않더라도 진실로 말할 수 있는 사람이 각각 그 말에 따라 가락을 맞춘다면, 모두 천지를 감동시키고 귀신을 통할 수 있는 것은 유독 중국만이 그런 것은 아니다. 지금 우리나라의 시문詩文은 자기 말을 버려두고 다른 나라 말을 배워서 표현한 것이니, 설사 아주 비슷하다 하더라도 이는 단지 앵무새가 사람의 말을 하는 것과 같다. 여염집 골목길에서 나무꾼이나 물 긷는 아낙네들이 에야디야 하며 서로 주고받는 노래가 비록 저속하다 하여도 그 진가眞價를 따진다면, 정녕 학사대부學士大夫들의 이른바 시부詩賦라고 하는 것과 같은 입장에서 논할 수는 없다.

김만중 (1637~1692)

이 구절은 한문으로 된 학사대부의 시부보다 평범한 보통 사람들이 흥얼거리는 우리말로 된 노래가 더 진실성이 있다는 내용으로, 김만중이 우리말 문학의 진실성을 중시하는 인물이라는 것과 그가 지닌 문학관이 '문학은 감동을 주는 것'이라는 점을 알 수 있습니다. 한편 『서포만필』의 다음과 같은 구절에서는 '소설이 사람의 마음속에 깊은 영향을 끼친다.'는 김만중의 소설관을 확인할 수 있습니다.

『서포만필』

『동파지림』에서 말하기를 "거리의 아이들이 재능이 천박하고 용렬하여 아이들 집에서 귀찮고 괴로우면 곧 돈을 주어 모두 모여 앉아서 옛 이야기를 듣게 한다. 이야기가 삼국 시대에 이르러 유현덕이 졌다하면 얼굴을 찡그리고 눈물을 흘리는 자가 있다. 그러다가 조조가 패하였다 하면 곧 기뻐하며 쾌재를 외친다. 이것이 나관중의 역사 소설인『삼국지연의』의 시발이 아니겠는가."

이를 종합하면 김만중은 국어의 존엄성과 국문학의 우수성, 소설의 효용성을 인정하는 문학관을 지녔으며, 이런 가치관이『구운몽』과『사씨남정기』를 창작하게 하여 소설의 발전을 이끌어 냈다고 볼 수 있습니다.

19세기 실학자인 이규경(1788~1856)의『오주연문장전산고五洲衍文長箋散稿』에 의하면『구운몽』은 김만중이 귀양지인 남해 고산에서 노모를 위하여 하룻밤 사이에 지었다고 하고, 이재의『삼관기三官記』에도 '패설에『구운몽』이라는 것이 있으니 서포가 지은 것이다. 큰 취지는 공명과 부귀를 일장춘몽에 돌린 것인데, 대부인의 근심걱정을 풀어 드리고자 한 것이다.'라는 기록이 남아있어서『구운몽』이 어머니를 위하는 효심에서 만들어진 소설임을 알 수 있습니다.

이 작품의 내용은 젊은 수도승인 성진이 팔선녀를 만난 후 세속적 부귀영화를 흠모하다가 하룻밤의 꿈을 통해 인생무상을 깨닫는다는 것입니다. 형식적으로는 '현실-꿈-현실'이라는 환몽 구조를 틀로 삼아 '일장춘몽一場春夢'이라는 불교 금강경의 공사상空思想과 유교와 도교가 혼합된 동양적 철학을 담은 대작이라고 할 수 있습니다.

작품의 제목인 '구운몽'의 '구九'는 이 소설의 등장인물 9명을 뜻하고 '운雲'은 '뜬 구름과 같은 무상함'이라는 작품의 주제 의식을, 그리고 '몽夢'은 환몽 구조라는 작품의 형식을 의미합니다. 따라서 이 작품은 인간 세계로 환생한 양소유(성진)의 일대기에 유, 불, 선의 사상을 바탕으로 '인생무상' 혹은 '부귀공명을 부정하고 종교에 귀의함'이라는 주제 의식을 담았다는 점에서 사상 소설로서의 면모를 지니고 있습니다. 이후『구운몽』의 영향으로『옥련몽』이나『옥루몽』과 같은 몽자류 소설*이 등장하였습니다.

『사씨남정기』는 명나라의 유연수가 사정옥과 혼인을 하지만 자식이 없어 교

몽자류 소설

소설 제목에 대체로 '몽夢'이 들어가며 '꿈'이 작품 구조상 중요한 기능을 하는 소설. 몽자류 소설에서 꿈과 현실은 별개이며 주인공은 꿈속에서 새로운 인물로 인생을 체험한다.

채린을 후처로 들이게 되고 교씨에 의해 사씨가 쫓겨났다가 다시 돌아온다는 이야기인데 사정옥의 집안에 혼인을 청하는 과정에서 주인공인 사정옥의 인물됨이 잘 드러납니다.

"소사께서 우리 딸의 재색才色에 대해 잘못 들으셨던 게야. 우리 딸은 가난한 집에서 자라나 제 손으로 방적紡績을 하면서 여공女功을 서투르게 익혔을 뿐이네. 어찌 부귀한 집안의 부인에 방불할 만한 화용성식華容盛飾이 있을 리가 있겠는가. 결혼한 후에 소문과 같지 못하다면 죄를 얻을까 두렵다네. 바라건대 이렇게 회보하여 주기 바라네."

매파 주씨는 이 말을 듣고는 매우 이상하게 여기고 재삼 쾌히 승낙하기를 청했으나 부인의 말씀은 변함이 없었다. 매파는 돌아가 그대로 소사에게 아뢰었다. 소사는 자못 불쾌하였다. 한참을 말없이 생각하다가 매파 주씨에게 물었다.

"애당초 네가 부인에게 무엇이라고 말씀을 드렸는가?"

매파 주씨는 자기가 한 말을 그대로 반복하여 아뢰었다. 소사는 그제야 깨닫고는 웃으며 말했다.

"내가 일에 소활하여 너를 잘 가르쳐 보내지 못한 탓이로다. 너는 잠시 물러가 있거라."

이튿날 소사는 친히 신성新城으로 가 지현知縣 보고는 사씨 집안과의 통혼할 일을 말했다.

"일찍이 매파를 보내어 혼인의 뜻을 전했습니다만 그 집안에서 답하기를 여차여차하니 이는 필시 매파가 실언한 때문입니다. 이제 수고스럽지만 선생께서 한번 사급사 댁을 다녀와 주시기를 바랍니다."

지현이 말하기를,

"노 선생의 하교下敎를 어찌 따르지 않겠습니까? 다만 그 댁에 가서 어떻게 말해야 하는지요?"

소사 말하기를

"다른 말씀은 하실 필요가 없습니다. 다만, '선급사의 청명淸名을 흠모하고, 또 소저가 부덕婦德을 갖추었음을 들었다.'라고만 하십시오. 그러면 그 댁에서 의당 허락

할 것입니다."

지현이 말하기를,

"삼가 가르치신 대로 하겠습니다."

드디어 지현을 사씨 집에 아전을 보내어 지현 상공이 찾아올 것임을 말하게 했다. 부인은 혼사 때문임을 알고는 객당을 깨끗이 하고는 기다렸다.

이튿날 아침 지현이 도착하자, 소저의 유모가 소공자小公子 희랑喜郞을 안고 나아가 지현을 맞이했다. 당상堂上에 지현을 모시고는 유모가 여쭈었다.

"주인主人께서는 세상을 떠나시고 소주인小主人께서는 나이 어려 손님 대접하는 예를 모르십니다. 노야老爺께서는 어인 일로 누지陋地에 욕림辱臨하셨습니까?"

지현이 말했다.

"다른 일이 아니라네. 어제 유소사께서 관아에 오셔서 나에게 이렇게 말씀하셨다네. '아이의 혼사로 처자處子의 집을 방문한 것이 적지 않으나 뜻에 맞는 집이 하나도 없었습니다. 가만히 듣건대 사 급사 댁의 처자는 유한요조幽閑窈窕하여 여사女士의 풍모가 있다고 하니 이는 참으로 제가 구하는 사람입니다. 하물며 선 급사의 맑은 이름과 곧은 절개는 평소 흠앙하던 바입니다. 그리하여 일찍이 매파를 보내었으나 좋은 대답을 듣지 못했습니다. 아무래도 매파가 실언을 하여 그리되었을 것입니다.'라고. 이에 나로 하여금 중매하게 하시어 진진지호秦晉之好를 맺으려 하시니 이는 아름다운 일이라. 바라건대 이로써 노부인께 아뢰어 일언一言에 승낙하심을 얻고자 하네."

유모가 들어가더니 곧 나와서는 부인의 말씀을 아뢰었다.

"노야께서 소녀의 혼사를 위하여 누추한 집에까지 욕림하시니 실로 황공하기 그지없습니다. 말씀하신 유 소사댁과의 혼사는 다만 감당하지 못할까 두려울 뿐입니다. 어찌 감히 명을 어기겠습니까?"

지현은 기뻐하며 돌아가 소사에게 편지로 알리니, 소사는 크게 기뻐하여 길일을 택했다. 유 한림이 육례六禮로 친영親迎하니, 사 소저의 위의가 성대하고 예도禮度가 아름다움을 두고 진신縉紳들 사이에서 흠모하고 부러워하지 않은 이가 없었다.

「번언 남정기」

위의 내용에서 알 수 있듯이 여주인공 사정옥은 맑은 이름과 곧은 절개를 아는 집안의 처자處子로서 유연수와 혼인을 하여 현모양처의 면모를 보여 줍니다. 이 작품의 등장인물인 유연수는 당시의 임금 숙종을, 사씨는 인현 왕후, 그리고 교씨는 장 희빈을 풍자한 것이라고 할 수 있습니다. 이는 김만중의 개인적인 삶을 고려해도 추론이 가능한데, 숙종의 첫 번째 왕비였던 인경 왕후는 김만중의 형인 김만기의 딸이었습니다. 따라서 김만중의 집안은 인경 왕후가 죽고 난 뒤 정식으로 중전의 자리에 오른 인현 왕후를 지지하는 세력이라고 볼 수 있습니다. 실제로 김만중은 1687년에 장 희빈(당시에는 장 숙의) 일가의 잘못을 아뢰다가 선천으로 귀양을 간 후 1689년에 남해에 옮겨 가 1692년에 생을 마감하게 됩니다. 또 김만기의 손자인 김춘택은 인현 왕후가 폐비가 되자 복위 운동을 펼치기도 하였습니다. 이규경의 『오주연문장전산고』에서도 이 작품을 인현 왕후를 복위시킬 의도로 쓴 목적 소설로 보았습니다. 명나라를 배경으로 이야기를 전개하는 설정도 이 작품의 사회 풍자적 성격을 가리기 위한 장치라고 할 수 있습니다.

결론적으로 이 작품은 숙종이 인현 왕후를 폐출하고 장 희빈을 중전으로 책봉한 당대의 사회상을 풍자한 풍간諷諫 소설이며, 처첩 간의 갈등을 제재로 하여 축첩 제도의 불합리함과 권선징악을 보여 주는 가정 소설이기도 합니다. 김춘택은 『북헌집』에서 '서포는 속언俗言으로 많은 소설을 지었다. 그 가운데 『남정기南征記』라 하는 것은 할 일 없이 지은 작품들과는 비교할 수 없다. 그래서 내가 한문으로 번역하였다. 패관 소설은 황탄하지 않으면 경박하고 화려한데, 백성의 도리를 돈독히 하고 세교世教에 도움이 되게 할 만한 것은 오직 『남정기』뿐이다.'라고 『사씨남정기』를 높이 평가하고 있습니다. 사씨의 고난이나 정실부인이 되려는 교씨의 악한 행동은 다른 가정 소설의 모델이 되어 후대의 가정 소설에서도 등장할 뿐만 아니라 흥미진진한 내용으로 당대의 많은 여성 독자들에게 사랑을 받았다고 합니다.

이상으로 김만중의 『구운몽』과 『사씨남정기』를 살펴보았는데, 우리말 문학을 중시하여 국문 소설을 창작함으로써 허균의 소설과 조선 후기 실학파 문학을 이어 주었다는 점에서 김만중의 문학사적 위치를 짐작할 만합니다.

어머니를 위해 쓴 소설, 조성기의 『창선감의록』

『창선감의록』 본문

『창선감의록彰善感義錄』은 '선함善을 드러내고彰 의로움을義 느끼게感 하는 글錄'이라는 뜻입니다. 이 작품은 조성기(1638~1689)가 자신의 어머니를 위해 쓴 것으로 창작의 동기는 『구운몽』과 유사하고, 가정 내의 갈등과 모함을 내용으로 다룬 점은 가정 소설인 『사씨남정기』와 유사합니다. 따라서 『창선감의록』은 『구운몽』과 『사씨남정기』를 합쳤다고 할 수 있는 작품으로, 17세기 소설의 한 줄기를 형성하고 있습니다.

병부상서 화욱花郁은 심 부인, 요 부인, 정 부인의 세 부인에게서 각각 맏아들 춘, 딸 태강, 아들 진을 낳습니다. 하지만 요 부인과 정 부인이 죽고, 화욱이 영특한 둘째 아들 화진을 편애하자 맏아들 화춘과 심 부인이 불만을 품습니다. 화욱은 간신들이 조정에 득세하자 고향으로 돌아와서 은거하지만 이내 죽고, 심 부인과 화춘은 화진과 화태강을 괴롭히지만 화진은 장원 급제를 합니다. 화진을 시기한 화춘은 윤리와 기강을 어지럽혔다는 죄로 화진을 모함하여 귀양 보내고, 화진의 아내도 누명을 씌워 내쫓습니다. 귀양지에서 곽공郭公이라는 도사를 만난 화진은 병법을 익혀 백의종군하여 해적을 토벌하고 공을 세웁니다. 이에 조정에서 화진에게 정남대원수征南大元帥의 벼슬을 내리고 화진은 남방의 어지러움을 정비하고 개선합니다. 공을 세운 화진은 진국공晉國公에 봉해지고 심 부인과 화춘은 자신들의 잘못을 뉘우치고 착한 사람이 됩니다. 그리고 내쫓겼던 화진의 아내도 집으로 돌아와 심 부인을 지성으로 섬겨 화목한 가정을 이룹니다.

이처럼 남자 주인공이 전쟁에 나아가 적을 물리치고 공을 세우는 것은 『구운몽』과 유사하고, 여인들이 가정 내에서 시련을 겪는 것은 『사씨남정기』와 비슷합니다. 이 작품의 서두에 '인생은 남녀와 귀천을 막론하고 충효로써 근본을 삼고 여타의 다른 덕행은 모두 이에서 나온다.'라는 구절이 있습니다. 또한 다양한 내용으로 읽는 재미를 느낄 수 있으며 작품의 분량도 전보다 길어진 점으로 보아, 이 작품은 많은 여성 독자들이 애독하였던 것으로 추정됩니다. 이처럼 소설의 독자 계층을 여성으로 확대함으로써 고전 소설이 비약적으로 발전하는 토대를 마련하였을 뿐만 아니라, 내용의 전개에 있어서 소설의 길이가 길어지는 계기가 되었다는 점에서 『창선감의록』은 소설 발달사에서 중요한 의의를 지닙니다.

소설 문학의 전성기를 이룩한 박지원의 소설들

영·정조 시대는 실학사상이 크게 융성한 시기였습니다. 실학사상은 현실을 기반으로 하는 학문이므로 정치, 사회, 문화 전반에 걸쳐서 새로운 변화가 일어나 18세기는 바야흐로 근대화의 시발점이 되는 시기이기도 합니다. 문학에 있어서는 양반 위주의 문학에서 서민들이 참여하는 문학의 시대로 이행하였고, 소설사에 있어서 18세기는 현실적인 문제를 다루면서 비판과 개혁 의식을 보여 주는 연암燕巖 박지원朴趾源(1737~1805)의 한문 소설을 중심으로 하여 소설 문학이 전성기를 이룬 시기라고 할 수 있습니다.

박지원 (1737~1805)

박지원은 18세기의 후반의 실학자입니다. 하지만 박지원은 그 인물됨을 실학자라는 한단어로 다 설명할 수 없을 만큼 다양한 분야에서 활약하면서 근대화의 기수 노릇을 합니다. 그의 문학관은 웃음을 자아내도록 이야기를 꾸며 내되 허위를 깨뜨리고 진실을 드러내는 글을 씀으로써 현실을 변혁·개혁하여야 한다는 '사회 참여 문학론'이라고 할 수 있습니다. 즉 박지원은 이야기 자체를 흥미롭게 전개하여 독자에게 즐거움을 주되 사회 비판적 기능을 수행하는 것이 문학이라고 생각하였습니다. 이러한 사실은 그의 12편의 소설을 통해 확인할 수 있습니다. 「마장전」, 「예덕선생전」, 「양반전」, 「김신선전」, 「광문자전」, 「우상전」, 「민옹전」, 「역학대도전」, 「봉산학자전」은 『연암집燕巖集』의 『방경각외전放璚閣外傳』에 수록된 박지원의 초기 작품으로, 그의 나이 20세를 전후한 시기에 창작이 되었을 것으로 추정되며 이 중에서 뒤의 두 편은 제목만 전합니다. 또 『열하일기』의 「관내정사」와 「옥갑야화」에는 「호

강원도 정선에 있는 「양반전」 동상

정선 지역이 「양반전」의 배경이었던 사실에 착안해
조선 시대 정선의 옛 모습을 재현한 아라리촌에 설치되어 있다.

질과 「허생전」이 수록되어 있는데, 40대 박지원의 원숙한 사상이 반영된 작품들이라 할 수 있습니다. 마지막으로 「열녀함양박씨전」이라는 작품이 있는데, 이 소설은 박지원이 57세 때에 안의 현감으로 있던 시절에 젊은 과부가 남편의 대상大祥을 마치고 자살한 사건을 보고 여성에게 가해지는 사회적·도덕적 규범이 지나침을 개탄하면서 지었다고 전해집니다.

『연암집』

「마장전」은 박지원이 "붕우의 도리가 오륜五倫의 맨 끝에 놓인 것은 소홀히 한 것이거나 낮게 본 것이 아니다. 이것은 마치 오행五行에서 토土가 사시四時의 가운데 위치하는 것과 같다. 부자·군신·부부·장유의 도가 신信이 없으면 어떻게 될 것인가? 떳떳이 해야 할 일을 떳떳이 하지 못할 때에 벗이 이를 바로잡는 것이다. 이것은 마치 후군後軍이 앞을 통섭하는 것과 같다. 세 광인은 서로 벗이 되어 세상을 피해 떠돌아 다녔다. 그러나 그들이 논한 '헐뜯음과 아첨'에서 사나이를 보는 것 같아서 이에 「마장전」을 쓴다."고 창작의 이유를 밝힌 작품입니다. 주요 내용은 신분이 미천한 송욱, 조탑타, 장덕홍이라는 세 명의 걸인이 벗을 사귀는 도道에 대해 이야기하는 것입니다. 본문의 내용 중에서 "세상에 친구가 없었으면 없었지, 군자의 사귐은 할 수 없다."라는 대목에서 양반들의 타락상을 강하게 풍자, 비판하고 있습니다. 또 양반의 벗 사귐이 타락한 데 비해 걸인인 주인공들은 '때 묻은 얼굴 쑥 같은 머리에 새끼로 띠를 하고 거리를 떠돌며 노래를 불렀다.'라고 묘사함으로써 위선적인 양반들과 대조되는 소박하고 활기찬 서민의 모습을 보여 주어 오늘날의 독자들도 통쾌함을 느끼게 합니다.

「예덕선생전」은 선귤자(이덕무의 호)가 인분人糞, 즉 똥거름을 치우는 엄행수를 예찬하는 내용으로, 선귤자가 엄행수를 '선생'이라 칭하며 벗으로 청하려 하자 이에 불만을 품고 떠나려 하는 제자 자목에게 참된 교우의 도를 설명하는 글입니다. 선귤자는 벗을 사귈 때는 이利가 아니라 마음과 덕으로 사귀어야 하며, 엄행수는 천한 일을 싫어하지 않고 가난을 원망하지 않으며 진실하고 검소한 태도를 지니고 있으므로 감히 그의 이름을 부르지 못하고 그를 '예덕 선생'이라 높인다고 설명합니다. 따라서 이 작품은 천하지만 꼭 필요한 일을 하는 엄행수라는 인물을 예찬함으로써 '진실한 인간형'이 무엇인가를 보여 주는 소설이라고 평가할 수 있습니다.

'양반 매매'를 다룬 「양반전」은 「호질」, 「허생전」과 더불어 박지원의 대표작으로 꼽히는데, 단일한 사건을 집약적으로 서술하는 단편 소설의 특징을 잘 살린 작품이며 신분 질서의 동요라는 조선 후기의 사회상을 실감 나게 풍자하고 있습니다.

이 작품은 강원도 정선군의 가난한 양반이 관에서 빌린 곡식을 갚을 길이 없어 양반이라는 신분을 천한 부자에게 팔게 되는데, 이 사실을 알게 된 군수가 공적으로 매매 문서를 만들어 주자 부자가 양반되기를 포기한다는 이야기입니다. 이 작품의 핵심은 두 번에 걸쳐 작성되는 매매 문서에 있습니다. 첫 번째 문서에서 양반이 반드시 행해야 할 형식적인 행동거지를 열거하자, 부자는 "양반이 좋은 것인 줄 알았는데 행동의 구속만 받아서야 되겠느냐"며 "좋은 일이 있게 해 달라." 하고 부탁합니다. 이에 두 번째 문서에서는 양반의 횡포를 하나하나 나열하면서 관직에도 나갈 수 있고 상인들을 착취할 수도 있다고 하자, 부자는 "그만 두시오, 그만 두어. 맹랑하구먼. 나를 장차 도둑놈으로 만들 작정인가."라고 말하며 다시는 양반을 입에 올리지 않습니다. 여기서 양반을 도둑으로 인식하는 부자의 모습을 통해 능력이 없으면서도 신분을 바탕으로 횡포를 부리는 양반의 위선을 통렬하게 풍자 · 비판하고 있습니다. 이러한 풍자 정신은 문학을 수단으로 하여 실학사상을 실현한 것으로 근대 의식의 산물이라 할 수 있습니다.

「김신선전」은 우울증에 걸려 있던 박지원이 '김홍기'라는 인물이 선술을 부린다는 소문을 듣고 그를 찾아다니지만 결국 만나지 못한다는 비교적 간단한 내용의 소설인데, 이 소설의 핵심은 신선을 찾으려고 노력하지만 현실에서는 찾지 못한다는 점입니다. 곧 신선은 '세상에서 뜻을 이루지 못한 사람'이며 현실에는 존재하지 않습니다. 따라서 이 작품은 독자들에게 환상만을 추구할 것이 아니라 이성적으로 현실을 바라보아야 한다는 교훈을 줍니다.

「광문자전」은 박지원이 "광문은 궁한 걸인으로서 그 명성이 실상보다 훨씬 더 컸다. 즉 실제 모습은 더럽고 추하여 보잘 것 없었지만, 그의 성품과 행적으로 나타난 모습은 참으로 대단한 것이었다. 그리고 그는 원래 세상에서 명

조선 후기 향촌 사회에서는 사회적 경제적 변화로 신분 변동이 활발하였다. 즉 부를 축적한 농민이 지위를 높이거나 역의 부담을 모면하려고 공명첩을 사서 양반 신분이 되거나 족보를 위조하여 양반으로 행세하는 경우가 많았다. 울산의 호적을 살펴보면 1729년에는 양반호(29.29%), 상민호(59.78%), 노비호(13.29%)의 비율이었는데, 1765년에는 양반호(40.98%), 상민호(57.01%), 노비호(2.01%)로 변화하여 양반의 수가 급격하게 늘어나고 노비의 수는 줄어들어, 양반 중심의 신분제가 무너지고 있음을 확인할 수 있다.

성 얻기를 좋아하지도 않았다. 그러나 형벌을 면하지 못하였다. 하물며 도둑질로 명성을 훔치고, 돈으로 산 가짜 명성을 가지고 다툴 일인가."라고 창작 동기를 밝히고 있는 소설로, 종로의 거지 광문의 인물됨에 관한 내용을 서술하고 있습니다. 따라서 이 작품의 주인공인 광문도 「예덕선생전」의 엄행수처럼 박지원이 제시한 새로운 인간형에 해당됩니다.

광문廣文이라는 자는 거지였다. 일찍이 종루鐘樓의 저잣거리에서 빌어먹고 다녔는데, 거지 아이들이 광문을 추대하여 패거리의 우두머리로 삼고, 소굴을 지키게 한 적이 있었다. 하루는 날이 몹시 차고 눈이 내리는데, 거지 아이들이 다 함께 빌러 나가고 그중 한 아이만이 병이 들어 따라가지 못했다. 조금 뒤 그 아이가 추위에 떨며 숨을 몰아쉬는데 그 소리가 몹시 처량하였다. 광문이 너무도 불쌍하여 몸소 나가 밥을 빌어 왔는데, 병든 아이를 먹이려고 보니 아이는 벌써 죽어 있었다. 거지 아이들이 돌아와서는 광문이 그 애를 죽였다고 의심하여 다 함께 광문을 두들겨 쫓아내니, 광문이 밤에 엉금엉금 기어서 마을의 어느 집으로 들어가다가 그 집 개를 놀라게 하였다. 집주인이 광문을 잡아다 꽁꽁 묶으니, 광문이 외치며 하는 말이,
"나는 날 죽이려는 사람들을 피해 온 것이지 도적질을 하러 온 것이 아닙니다. 영감님이 믿지 못하신다면 내일 아침에 저자에 나가 알아 보십시오."
하는데, 말이 몹시 순박하므로 집주인이 내심 광문이 도적이 아닌 것을 알고서 새벽녘에 풀어 주었다. 광문이 고맙다는 인사를 하고는, 떨어진 거적을 달라 하여 가지고 떠났다. 집주인이 끝내 몹시 이상히 여겨 그 뒤를 밟아 멀찍이서 바라보니, 거지 아이들이 시체 하나를 끌고 수표교水標橋에 와서 그 시체를 다리 밑으로 던져 버리는데, 광문이 다리 속에 숨어 있다가 떨어진 거적으로 그 시체를 싸서 가만히 짊어지고 가, 서쪽 교외 공동묘지에다 묻고서 울다가 중얼거리다가 하는 것이었다.
이에 집주인이 광문을 붙들고 사유를 물으니, 광문이 그제야 그전에 한 일과 어제 그렇게 된 상황을 낱낱이 고하였다. 집주인이 내심 광문을 의롭게 여겨, 데리고 집에 돌아와 의복을 주며 후히 대우하였다. 그리고 마침내 광문을 약국을 운영하는 어느 부자에게 천거하여 고용인으로 삼게 하였다.
오랜 후 어느 날 그 부자가 문을 나서다 말고 자주자주 뒤를 돌아보다, 도로 다

시 방으로 들어가서 자물쇠가 걸렸나 안 걸렸나를 살펴본 다음 문을 나서는데, 마음이 몹시 미심쩍은 눈치였다. 얼마 후 돌아와 깜짝 놀라며, 광문을 물끄러미 살펴보면서 무슨 말을 하고자 하다가, 안색이 달라지면서 그만두었다. 광문은 실로 무슨 영문인지 몰라서 날마다 아무 말도 못하고 지냈는데, 그렇다고 그만두겠다고 말할 수도 없었다.

그 후 며칠이 지나, 부자의 처조카가 돈을 가지고 와 부자에게 돌려주며,

"얼마 전 제가 아저씨께 돈을 빌리러 왔다가, 마침 아저씨가 계시지 않아서 제멋대로 방에 들어가 가져갔는데, 아마도 아저씨는 모르셨을 것입니다."

하는 것이었다. 이에 부자는 광문에게 너무도 부끄러워서 그에게,

"나는 소인이다. 장자長者의 마음에 상처를 주었으니 나는 앞으로 너를 볼 낯이 없다."

하고 사죄하였다. 그러고는 알고 지내는 여러 사람들과 다른 부자나 큰 장사치들에게 광문을 의로운 사람이라고 두루 칭찬을 하고, 또 여러 종실宗室의 빈객들과 공경公卿 문하門下의 측근들에게도 지나치리만큼 칭찬을 해 대니, 공경 문하의 측근들과 종실의 빈객들이 모두 이야깃거리를 만들어 밤이 되면 자기 주인에게 들려주었다.

그래서 두어 달이 지나는 사이에 사대부까지도 모두 광문이 옛날의 훌륭한 사람들과 같다는 이야기를 듣게 되었다. 그 당시에 서울 안에서는 모두, 전날 광문을 후하게 대우한 집주인이 현명하여 사람을 알아본 것을 칭송함과 아울러, 약국의 부자를 장자長者라고 더욱 칭찬하였다.

이때 돈놀이하는 자들이 대체로 머리꽂이, 옥비취, 의복, 가재도구 및 가옥, 전장田庄, 노복 등의 문서를 저당 잡고서 본값의 십분의 삼이나 십분의 오를 쳐서 돈을 내주기 마련이었다. 그러나 광문이 빚보증을 서 주는 경우에는 담보를 따지지 아니하고 천금千金이라도 당장에 내주곤 하였다.

광문은 외모가 극히 추악하고, 말솜씨도 남을 감동시킬 만하지 못하며, 입은 커서 두 주먹이 들락날락하고, 만석희曼碩戲를 잘하고 철괴무鐵拐舞를 잘 추었다. 우리나라 아이들이 서로 욕을 할 때면, "니 형은 달문達文이다."라고 놀려 댔는데, 달문은 광문의 또 다른 이름이었다.

광문이 길을 가다가 싸우는 사람을 만나면 그도 역시 옷을 홀랑 벗고 싸움판에

뛰어들어, 뭐라고 시부렁대면서 땅에 금을 그어 마치 누가 바르고 누가 틀리다는 것을 판정이라도 하는 듯한 시늉을 하니, 온 저자 사람들이 다 웃어 대고 싸우던 자도 웃음이 터져, 어느새 싸움을 풀고 가 버렸다.

광문은 나이 마흔이 넘어서도 머리를 땋고 다녔다. 남들이 장가가라고 권하면, 하는 말이,

"잘생긴 얼굴은 누구나 좋아하는 법이다. 그러나 사내만 그런 것이 아니라 비록 여자라도 역시 마찬가지다. 그러기에 나는 본래 못생겨서 아예 용모를 꾸밀 생각을 하지 않는다."

하였다. 남들이 집을 가지라고 권하면,

"나는 부모도 형제도 처자도 없는데 집을 가져 무엇 하리. 더구나 나는 아침이면 소리 높여 노래를 부르며 저자에 들어갔다가, 저물면 부귀한 집 문간에서 자는 게 보통인데, 서울 안에 집 호수가 자그마치 팔만 호다. 내가 날마다 자리를 바꾼다 해도 내 평생에는 다 못 자게 된다."

하였다.

서울 안에 명기名妓들이 아무리 곱고 아름다워도, 광문이 성원해 주지 않으면 그 값이 한 푼어치도 못 나갔다.

예전에 궁중의 우림아羽林兒, 각 전殿의 별감別監, 부마도위駙馬都尉의 청지기들이 옷소매를 늘어뜨리고 운심雲心의 집을 찾아간 적이 있다. 운심은 유명한 기생이었다. 대청에서 술자리를 벌이고 거문고를 타면서 운심더러 춤을 추라고 재촉해도, 운심은 일부러 늑장을 부리며 선뜻 추지를 않았다.

광문이 밤에 그 집으로 가서 대청 아래에서 어슬렁거리다가, 마침내 자리에 들어가 스스로 상좌上坐에 앉았다. 광문이 비록 해진 옷을 입었으나 행동에는 조금의 거리낌도 없이 의기가 양양하였다. 눈가는 짓무르고 눈꼽이 끼었으며 취한 척 구역질을 해 대고, 헝클어진 머리로 북상투北髻를 튼 채였다. 온 좌상이 실색하여 광문에게 눈짓을 하며 쫓아내려고 하였다. 광문이 더욱 앞으로 나아가 무릎을 치며 곡조에 맞춰 높으락낮으락 콧노래를 부르자, 운심이 곧바로 일어나 옷을 바꿔 입고 광문을 위하여 칼춤을 한바탕 추었다. 그리하여 온 좌상이 모두 즐겁게 놀았을 뿐 아니라, 또한 광문과 벗을 맺고 헤어졌다.

『연암집』「방경각외전」

「우상전」은 실존 인물인 역관 이언진(자는 우상)의 재주와 공로를 소개하고 그의 죽음을 슬퍼하는 내용인데, 사실 중심으로 전개되어 「열녀함양박씨전」과 더불어 박지원의 작품 중에서 소설적 성격이 가장 빈약한 것으로 평가받습니다. 이 작품의 주된 내용은 일본에 역관으로 가서 뛰어난 문장력으로 일본인들을 놀라게 했던 우상이라는 인물이 자신의 뜻을 펴지 못함을 한스럽게 여기다가 27세의 나이로 요절한다는 것입니다. 서류庶流*라는 신분의 제약 때문에 뜻을 펴지 못했던 우상의 죽음을 안타까워하면서 사회의 부조리를 비판하는 글을 창작하였다는 점에서 작가의 인간애를 확인할 수 있는 작품입니다.

「민옹전」은 박지원이 실제로 만난 적이 있는 민유신이라는 노인의 행적을 형상화한 것인데, 우울증으로 앓아누운 박지원이 해학과 고담을 들으며 위안을 얻으려고 민옹을 불러 그가 해 주는 이야기를 듣고 우울증을 풀게 된다는 내용입니다. 『빙경각외전』에서 박지원은 "민옹이 골계에 의탁하여 풍자한 것이 세상을 비웃는 공손하지 못함이 있다. 그러나 경구警句를 써서 분발한 것은 게으른 이들을 경계할 수 있을 것이므로 이에 「민옹전」을 썼다."라고 서술하였습니다. 이 말은 익살스러운 이야기나 말이 웃음으로만 끝나는 것이 아니라 교훈을 준다는 뜻으로, 이 대목에서 문학의 효용성을 인정하는 박지원의 사상을 확인할 수 있습니다.

「호질」은 '호랑이가 질책한다.'라는 뜻으로 호랑이를 소재로 한 우화 소설입니다. 도학道學이 높고 인격이 고매高邁하다고 소문이 난 북곽 선생이 절개가 뛰어나 천자가 칭찬하고 제후가 그 현숙함을 사모한다는 수절 과부 동리자의 집에 숨어들어 간통을 합니다. 하지만 각각 성이 다른 동리자의 다섯 아들에게 발각되어 우스꽝스러운 모습으로 도망가다가 똥구덩이에 빠져 호랑이에게 질책을 당하게 됩니다.

"내 앞에 가까이 오지 마라. 내 들건대 유儒는 유諛라 하더니 과연 그렇구나. 네가 평소에 천하의 악명을 죄다 나에게 덮어씌우더니, 이제 사정이 급해지자 면전에서 아첨을 떠니 누가 곧이 듣겠느냐? 천하의 원리는 하나뿐이다. 범의 본성本性이 악한 것이라면 인간의 본성도 악할 것이요, 인간의 본성이 선善한 것이라면 범의

서류
서자庶子의 계통으로, 서가庶家 출신을 말한다. 반대말은 '적류 嫡流'임.

〈호작도〉

절세기문
세상에 견줄 데가 없을 정도로
뛰어나고 기묘한 글.

본성도 선할 것이다. 너희들의 떠드는 천 소리 만 소리는 오륜五倫에서 벗어난 것이 아니고, 경계하고 권면하는 말은 내내 사강四綱에 머물러 있다. 그런데 도회지에 코 베이고, 발꿈치가 잘리고, 얼굴에다 자자刺字하고 다니는 것들은 다 오륜을 지키지 못한 자들이 아니냐? 포승줄과 먹실, 도끼, 톱 같은 형구刑具를 매일 쓰기에 바빠 겨를이 나지 않는데도 죄악을 중지시키지 못하는구나. 범의 세계에서는 원래 그런 형벌이 없으니 이로 보면 범의 본성이 인간의 본성보다 어질지 않느냐?"

이와 같이 호랑이는 위선적이고 비굴한 양반 선비를 비판하되 양반뿐만 아니라 모든 인간의 위선과 독선, 간악함과 비행을 꾸짖다가 날이 밝자 사라집니다. 하지만 이를 모르는 북곽 선생은 계속 허리를 굽히고 절을 하다 새벽에 밭을 갈러 나온 농부에게 이 모습을 들키자, "성현聖賢의 말씀에 '하늘이 높다 해도 머리를 아니 굽힐 수 없고, 땅이 두텁다 해도 조심스럽게 딛지 않을 수 없다.' 하셨느니라."라고 하면서 본래의 위선적인 모습으로 돌아갑니다.

이처럼 「호질」은 북곽과 같은 양반 계층은 온 몸에 똥을 칠한 더러운 인간이며 끝까지 위선과 허세를 부리는 이중적인 인간임을 고발하고, 아울러 동리자의 가식적인 정절도 비판합니다. 또한 이 작품은 형식에 있어 '전傳'의 틀을 완전히 탈피하였을 뿐만 아니라, 북곽 선생을 똥구덩이에 빠뜨려 범이 잡아먹지 않고 질책하도록 하는 필연성을 부여하여 글을 완성함으로써 박지원 스스로도 '절세기문絶世奇文'*이라 평가하였습니다.

「호질」이 전의 형식을 완전히 탈피한 소설이라면, 「허생전許生傳」은 전의 형식을 유지하되 소설로서의 성격도 잘 살린 작품으로 박지원의 실학사상이 가장 잘 집약되었다는 평가를 받습니다. 또 박제가는 이 작품에 대해 "문장이 호탕하고도 비분강개해서 우리나라의 손꼽히는 문장 가운데 하나"라고 평가하기도 하였습니다.

「허생전」의 주인공인 허생은 책읽기에 열중하던 남산골 샌님인데, 변 부자에게서 1만 냥을 빌려 삼남의 길목인 안성安城으로 가서 여러 가지 과일을 모조리 두 배의 값으로 사들입니다. 허생이 과일을 사들이자 온 나라가 잔치나 제사를 지내지 못할 형편에 이르게 되었고, 그러자 허생은 두 배의 값을 받고 상인들에게 과일을 되팔아 이익을 남깁니다. 또 칼, 호미, 포목 따위를 가지고 제주도로 건너가서 망건의 재료인 말총을 죄다 사들이자 망건 값이 10배로 뜁니다. 이처럼 만 냥으로 매점매석을 하여 조선의 경제를 좌지우지 하는 내용으로 조선의 허약한 경제상을 비판하는 한편, 제사를 중시하고 반드시 망건을 쓰는 양반 모습을 보여줌으로써 무능한 양반 계층의 허례허식도 풍자합니다.

김홍도, 〈부부 행상〉

돈을 번 허생은 군도群盜들을 모아 빈 섬으로 가서 이상국을 건설하고 이용후생의 정책을 시험해 봅니다. 하지만 땅이 좁고 덕이 부족하다고 탄식하면서 화근禍根(재앙의 근원)이 되는 글 아는 자를 모조리 배에 태우고 한양으로 돌아옵니다. 그리고 변 부자에게 빌린 만 냥을 갚고 나머지 돈은 바다에 버립니다.

작품의 후반부는 변 부자의 소개로 만나게 된 이완 대장과 나눈 대화로 이루어지는데, 현실의 문제점을 극복하기 위해 세 가지 대책을 제시합니다. 제1의 계책은 인재를 얻기 위해 임금이 삼고초려三顧草廬*를 할 수 있는지를 묻는 것인데, 이완 대장이 어렵다고 답을 함으로써 인재 등용 제도의 문제점을 풍자하고 있습니다. 제2의 계책은 조선으로 망명한 명나라 장졸들에게 종실의 딸들을 시집보내고 훈척勳戚* · 권귀權貴*의 집을 나누어 주게 하자는 제안입니다. 이것은 당대 부패한 정치의 도덕성을 회복하자는 제안인데, 이완이 불가하다고 답을 하게 함으로써 북벌론의 허구성을 비판하고 있습니다. 마지막으로 제3의 계책은 국중의 자제들을 청나라에 보내어 청을 정탐하면서 호걸들과 결탁하여 때를 엿보라고 합니다. 이것은 명분에 얽매인 사대부들의 사고를 비판하면서, 조선보다 앞선 청나라의 문물 도입을 주장하는 것입니다. 하지만 이것에 대해서도 이완은 예법을 지키려는 사대부들이 변발辮髮을 하고 호복胡服을 입는 것은 불가하다고 답을 합니다. 그러자 허생은 다음과 같은 말을 하고 종적을 감춥니다.

망건

삼고초려
인재를 맞이하기 위해 참을성 있게 노력함. 유비가 난양에 은거하던 제갈량의 초가집에 세 번 찾아갔다는 것에서 유래함.

훈척
나라에 공을 세운 임금의 친척.

권귀
지위가 높고 권세가 있는 사람이나 집안.

변발하는 모습

번오기

중국 진秦나라의 장수. 번오기는 진시황의 미움을 사서 부모와 일족이 모두 죽었는데, 형가가 진시황을 죽이기 위해 번오기의 목이 필요하다고 하자, 자기 목을 스스로 찌르고 죽었다.

무령왕

중국 조趙나라의 왕. 진나라를 공격하려고 스스로 첩자가 되어 진나라에 들어갔으나 성공하지 못함.

"소위 사대부란 것들이 무엇이란 말이냐? 오랑캐 땅에서 태어나 자칭 사대부라 뽐내다니, 이런 어리석을 데가 있느냐? 의복은 흰옷을 입으니 그것이야말로 상인商人이나 입는 것이고, 머리털을 한데 묶어 송곳같이 만드는 것은 남쪽 오랑캐의 습속에 지나지 못한데, 대체 무엇을 가지고 예법이라 한단 말인가? 번오기樊於期*는 원수를 갚기 위해서 자신의 머리를 아끼지 않았고, 무령왕武靈王*은 나라를 강성하게 만들기 위해서 되놈의 옷을 부끄럽게 여기지 않았다. 이제 대명大明을 위해 원수를 갚겠다 하면서, 그까짓 머리털 하나를 아끼고, 또 장차 말을 달리고 칼을 쓰고 창을 던지며, 활을 당기고 돌을 던져야 할 판국에 넓은 소매의 옷을 고쳐 입지 않고 딴에 예법이라고 한단 말이냐? 내가 세 가지를 들어 말하였는데, 너는 한 가지도 행하지 못한다면서 그래도 신임받는 신하라 하겠는가? 신임받는 신하라는 게 참으로 이렇단 말이냐? 너 같은 자는 칼로 목을 잘라야 할 것이다."

결국 이 소설에서는 허생이 제안한 세 가지 대책 중에서 하나도 받아들여지지 못하는데, 이는 당대의 정치적 상황에 대한 풍자로 이해할 수 있습니다. 또 결말 부분의 설화적 종결 구조는 허생의 비범함과 이인異人다운 면모를 강조하면서도 박지원의 진보적인 사상이 현실적으로 받아들여지기 힘든 것이었으므로 미완의 형태를 택할 수밖에 없었음을 짐작하게 합니다.

너는 한가지도 행하지 못하대서 그래도 신임맞는 신하라 하겠냐?!

이상으로 살펴본 박지원의 소설은 한문을 수단으로 하고 있지만, 전통적인 한문의 규범에 얽매이지 않고 현실적인 일상용어를 사용함으로써 순정純正하지 못하다는 비난을 받습니다. 하지만 박지원은 『연암집』의 별집인 「영처고서」에서 "만약 중국의 문장법을 본받고 한·당의 문체를 답습한다면, 문장법이 고상하면 할수록 뜻이 정작 비루하게 되고, 문체가 한·당과 비슷하면 할수록 말이 더욱 거짓이 되는 현상을 볼 뿐이다."라는 자신의 견해를 밝힙니다. 연암의 차남인 박종채는 『과정록』에서 "아버지께서 좌우를 돌아보며 지시할 적에는 당당하게 위엄이 있으셨다. 그 모습을 본 사람들은 문득 두려워하며 복종하였다. 목소리는 크고 우렁차셔서 보통 음성으로 말씀하시더라도 수십 보 떨어진 담장 밖에까지 들렸다. 아버지의 얼굴빛은 아주 불그레하고 윤기가 나셨다. 또 눈자위는 쌍커풀이 졌으며 귀는 크고 희셨다. 광대뼈는 귀 밑까지 뻗쳤으며 긴 얼굴에 듬성듬성 구레나룻이 나셨다. 이마에는 달을 바라볼 때와 같은 주름이 있으셨다. 몸은 키가 크고 살졌으며 어깨가 곧추 솟고 등이 곧아 풍채가 좋으셨다."라고 연암의 모습을 묘사하고 있습니다. 이런 연암의 모습과 그의 소설, 그리고 그가 사용하기 고집했던 문체가 잘 어울렸던 듯합니다.

소설사적 측면에서 박지원의 한문 소설을 우리나라 소설의 전성기로 보는 이유로 첫째, 내용 면에서 김시습에게서 시작된 현실에 대한 문제의식을 계승하되 작품의 소재를 현실에서 구하여 실존 인물이나 사실성에 바탕을 두어 전개함으로써 현실을 예술적으로 구현하였다는 점을 들 수 있습니다. 둘째, 형식적인 면에서는 '전傳'의 틀을 이용하되 사건을 집약적으로 제시하고 풍자의 수법을 효과적으로 활용함으로써 소설의 성격을 넓혔다고 평가할 수 있습니다.

박지원의 소설을 계승한 이옥의 소설

박지원이 소설의 전성기를 열자 현실에서 소재를 취한 박지원의 문학 정신을 이어받아 실학사상을 바탕으로 한 문인들이 등장하는데, 이들은 주로 일상생활 주변에 있는 것들을 소재로 하면서도 다양성을 추구합니다. 대표적인 작가로는 23편의 소설을 남긴 이옥을 들 수 있습니다. 이옥은 그 문체가 정도正道에서 벗어났다는 규탄을 받아 벼슬 진출이 막히자 문학에 몰두합니다. 이옥의 소설은 친구인 김려의 『담정총서捻庭叢書』에 수록되어 있는데 작가인 이옥의 호를 따서 '문무자소설文無子小說'이라고 하며, 그중에서도 대표작인 「심생전」은 『금오신화』의 「이생규장전」과 『춘향전』을 잇는 다리 역할을 하는 작품으로 평가받고 있습니다.

한양의 선비 심생沈生은 운종가雲從街에서 임금의 행차를 구경하고 돌아오다가 계집종에게 업혀 가는 한 처녀를 보게 됩니다. 심생은 처녀가 중인의 딸임을 알아내고는 한 달 동안 매일 밤 담장을 넘어 처자의 방문 앞에서 기다립니

운종가

다. 결국 처녀는 심생의 진실한 마음을 인정하고 자신의 방으로 불러들여 부모를 설득한 뒤에 동침을 합니다. 그 뒤 심생은 밤마다 그녀를 찾아오고, 이 사실을 눈치 챈 심생의 부모는 심생을 북한산의 절로 보냅니다. 부모의 명을 거스르지 못하고 글공부를 하던 심생은 처녀가 보낸 유서를 받고 글공부를 버리고 무과에 급제하여 금오랑金烏郞에 올랐으나, 결국 요절한다는 내용입니다.

서술자는 이 작품에 대해 사평史評에서 12세 때에 시골 학당에서 선생에게서 들은 이야기를 쓴 것으로 시골 학당 선생은 심생이 절에서 처녀의 유서를 받을 때 함께 있었던 동창이라고 기술하여 이 이야기가 실재한 것임을 밝히고, 정사情史에 추록하기 위하여 쓴다고 하였습니다. 또 풍류 낭자의 일을 본받게 하려는 것이 아니고, 사람이 모든 일에 대하여 진실로 얻어야겠다고 마음먹으면 못할 일이 없음을 일깨워 주려고 들려준 것이라는 교훈성을 내세웁니다. 이 작품의 주된 갈등은 신분 차이로 인한 혼사 장애인데 이것은 신분 질서의 동요라는 사회상을 반영이라 할 수 있으며, 이런 맥락에서 이 작품은 현실성을 추구한 소설이라고 평가할 수 있습니다.

한시각韓時覺, 〈북새선은도〉
조선 시대 과거 시험 풍경을 그림.
국립 중앙 박물관에 소장.

과체시
과거 시험에 사용되는 시. '김삿갓'으로 알려진 김병연도 과체시를 많이 남겼다.

「유광억전柳光億傳」은 과체시科體詩*로 이름이 높았으나 자신은 과거에 응시하지 못하고 돈에 매수되어 글을 파는 것을 생업으로 삼던 유광억을 주인공으로 한 작품입니다. 과거 시험을 소재로 하여 매관매직賣官賣職이 성행하던 당시의 사회상과 돈에 약한 인간의 한계를 그려 낸 근대 의식의 산물이며, 실제로 과거 시험에서 소설의 문체로 응시하여 비난을 받았지만 끝내 자신의 뜻을 꺾지 않고 불우한 일생을 보낸 작가 자신의 삶이 창작의 바탕이 되었다고 할 수 있습니다.

영웅이 활약하는 이야기, 군담 · 영웅 소설

전쟁의 체험은 인간의 현실적인 삶을 변화시킬 뿐만 아니라 현실의 삶을 소재로 하는 문학 작품의 내용도 변화시킵니다. 군담 · 영웅소설은 임진왜란과 병자호란이라는 전쟁을 치르면서 유행을 하게 됩니다. 이러한 현상은 당쟁을 일삼다가 정작 국가의 위기에 직면해서는 제대로 대처하여 백성을 구하지 못했던 권력층에 대한 불만과 이를 해결해 줄 영웅의 출현을 바라는 평민들의 소망이 원인이라고 분석할 수 있습니다. 따라서 군담 · 영웅 소설의 주인공들은 전쟁이나 위기를 겪으며 영웅적인 활약상을 펼치면서 승리를 할 뿐만 아니라, 이런 종류의 소설에서는 영웅의 일대기 구조가 많이 나타납니다.

군담 · 영웅 소설은 몇 개의 기준에 따라 종류별로 나눌 수 있는데, 먼저 역사적 현실과 관련성 정도를 기준으로 역사적 현실을 바탕으로 하여 만들어진 역사 군담 소설과 순수한 창작물인 창작 군담 소설로 나눌 수 있습니다. 전자에 해당하는 것은 『임진록』, 『임경업전』, 『박씨전』 등이고, 후자에 해당하는 것은 『유충렬전』, 『조웅전』, 『소대성전』*, 『장백전』 등입니다. 또, 주인공의 성별을 기준으로 할 때에는 남성이 주인공인 『임진록』, 『임경업전』, 『유충렬전』, 『조웅전』, 『소대성전』, 『장백전』과 여성을 주인공으로 하는 『박씨전』, 『금방울전』, 『홍계월전』, 『정수정전』, 『삼한습유』, 그리고 남성과 여성 영웅이 모두 등장하는 『옥루몽』, 『황운전』, 『이대봉전』*, 『권익중전』 등으로 나눌 수 있습니다.

『임진록壬辰錄』은 임진왜란을 소재로 한 역사 군담 소설로 설화적인 성격이 강합니다. 즉, 임진왜란을 전후하여 일본을 물리치는 내용을 담은 여러 가지 설화가 문자로 정착된 것으로 보는데, 최일경 · 이순신 · 정출남 · 김덕령 · 김응서 · 이여송 · 사명당의 일화 등 수많은 의병장과 명장을 차례로 등장시켜 전쟁에서 승리하는 이야기들로 구성되어 있습니다.

『소대성전』
중국 명나라를 배경으로, 영웅의 기상을 타고난 소대성이 부모를 여의고 고난을 겪다가 무공을 연마하여, 흉노가 중원을 침입했을 때 혼자 물리쳐 천자를 구해 주고 노왕魯王에 제수된 뒤에 헤어졌던 이채봉을 만나 행복하게 살았다는 내용의 소설.

『이대봉전』
중국 명나라를 배경으로 주인공 이대봉과 약혼녀 장 소저가 간신의 모함으로 온갖 어려움을 겪다가 국가의 위기를 해결한 후에 부귀영화를 누리며 살았다는 군담 소설.

각설, 왜왕이 조선 생불 온다는 말을 듣고 만조滿朝를 모아 의논 왈,

"조선 생불이 온다 하니 반드시 묘계 있으니 어찌하리오."

승상 홍굴통이 주왈,

"생불은 조화 있나니 한 계교 있사오니, 조선 사신 오는 길에 일만 팔천구백 장 병풍으로 일만 팔천 구십 자 시문을 써 붙이고 외우라 하여, 잊지 아니하오면 반드시 도술이라. 진위眞僞를 알 것이니이다."

왜왕이 옳게 여겨

"조선 생불을 대접하라."

하고, 왜왕이 시신을 데리고 나와 사명당을 맞아 예필禮畢 후에 왜왕 왈,

"생불은 모르는 것이 없다 하오니, 들어오는 길에 병풍이 서 있으니 외우나이까?"

사명당 왈,

"왕은 삼척동자의 조롱이로다. 물어 무엇하리오. 그 병풍이 일만 팔천구백구십이라."

하니,

"그러하면 그 시문을 외우나이까?"

사명이 염주를 왼손에 들고 가사袈裟를 입고 머리에 금관을 쓰고, 이튿날 오시午時까지 일만 팔천구백팔십구 칸 시문을 외우니, 왜왕과 만조 재신이 놀라고 왈,

"한 칸을 모르니 어인 일인고?"

사명당 왈,

"보지 못한 글을 어찌 알리오."

왜왕이 사람을 보내어 병풍을 적간하니 한 칸이 과연 바람에 덮였는지라. 더욱 놀라 모계謀計를 의논하니, 한 신하가 주왈,

"남문 밖에 한 못이 있으되 깊이가 만여 장이라. 대연을 배설하고 구리쇠로 천근 방석을 만들어 주며 생불더러 '저 방석을 타고 저 물 위에 선유船遊하라.' 만일 시행치 아니하면 어찌 살기를 바라리오."

왜왕이 옳게 여겨, 대연大宴을 배설하고 사명을 데리고 장막을 치고 놀다가 천근 방석을 내어 놓고 왈,

"생불은 저 방석을 타고 저 물 위에 다니면 생불의 도술을 알리이다."

사명이 잠소潛笑하고 사해용왕을 불러 육정육갑六丁六甲을 외우고 방석을 타고 물 위에 떠 선유하니, 동풍이 불면 서로 행하고, 남풍이 불면 북으로 행하는지라. 호령 왈,

"왜왕은 들으라. 나는 석강래 제자라. 물 위에 이렇듯 선유하니 풍악을 갖추고 친히 나와 춤을 추어라. 그러지 아니하면 대화大禍를 당하리라."

왜왕이 대경하여 일어나 춤추거늘, 사명이 종일 놀다가 별궁에 돌아와 가로되,

"왜왕은 바삐 나와 항복하라. 임진년에 내 들어와 왜놈의 씨를 없이 하고자 하였더니, 석가여래께옵서 만류하시되, '종차從次하라.' 하시기로 이제 들어왔거니와, 너희는 천의天意를 모르고 외람되이 조선을 침범하니 우리 전하 근심하사, 또한 팔천 명 생불이 갈충보국竭忠報國하거든 네 어찌 항거하리오. 목숨을 아끼거든 항서를 올리라. 그렇지 아니하면 왜국을 공지로 만들리라."

왜왕이 황겁惶怯하여 침식寢食이 불안하더니, 또 한 신하가 주왈,

"한 묘계 있사오니 구리쇠로 가둘 옥을 만들고 사명을 방에 앉히고, 문을 봉한 후 숯불을 놓고 대풍구를 불면 제가 아무리 생불이라도 뼈가 녹으리이다."

왜왕이 옳게 여겨, 구리쇠로 집을 짓고 사명의 처소로 정하고 문을 봉하고 숯을 쌓고 대풍구를 불거늘, 사명이 구리 방석에 얼음 빙氷 자를 쓰고, 벽에는 눈 설雪 자를 쓰고, 단정히 앉아 팔만대장경을 외우니 좌석이 서늘하더라. 이때, 왜놈이 대풍구를 밤낮 이틀을 부니 구리쇠 기둥이 다 녹는지라. 왜왕 왈,

"아무리 생불이라도 혼백이 다 녹으리라."

하고, 군사로 문을 열어 보니, 사명이 가사의를 입고 완연히 앉아 호령 왈,

"남방이 덥다 하더니 어찌 그리 추우뇨."

자세히 보니 앉은 데는 얼음이 깔리고 사방 벽에는 눈이 뿌려졌거늘, 왜왕이 대경하여 사명을 다시 별궁에 앉히고 황황분주遑遑奔走하더니, 또 한 신하 주왈,

"이제는 백계무책百計無策 이라, 환患을 당할진대 또 한 계교로 시험하소서. 구리쇠로 철마를 만들어 숯불에 달구어서 그 말을 타고 다니게 하사이다."

왜왕이 왈,

"불로 달군 방에 얼음을 깔고 있는 생불이 어찌 불을 겁하리오. 그러나 시험하리

라."

하고, 구리 말에 풍구를 달아 불말을 만들어 세우고 조선 생불로 타라 하니, 사명이 냉소하고 서쪽으로 조선을 행하여 사배하고 침 세 번을 뱉으니, 서쪽으로 일점흑운이 떠오며 순식간에 천지가 뒤눕고 벽력 소리가 사람의 정신을 놀라게 하며, 급한 비 담아 붓듯 하여 바다가 창일漲溢하여 왜국 장안이 거의 해중海中에 묻힐 듯하더라.

왜왕이 대겁大怯하여 옥새를 끌러 목에 걸고 용포龍袍를 벗어 목에 매고 돈수사죄頓首謝罪 왈,

"신령하신 생불은 잔명殘命을 보존케 하옵소서."

하며 애걸하거늘, 그제야 사명당이 비를 그치게 하고 왈,

"이제 또다시 반심叛心을 두어 조선을 항거할소냐."

왜왕이 복지 애걸 왈,

"차후로는 그런 범람氾濫한 뜻을 두지 아니하오리다."

하고, 백배사례 왈,

"잔명을 살려 주옵시면 천추만대千秋萬代라도 은혜를 갚사오리다."

사명당이 허락하고,

"매년에 인피人皮 삼백 장과 동철銅鐵 삼천 근과 목단牧丹 삼천 근과 왜물倭物 삼천 근을 조공朝貢하라."

하니, 왜왕이 그대로 항서를 써 올리거늘, 사명당 왈,

"우리 조선에는 한 도에 생불이 일천씩 계시니, 다시 반심을 두면 팔천 생불이 일시에 왜국을 공지로 만들 것이니 부디 조심하라."

왜왕이 백배돈수百拜頓首하더라.

사명당이 조서에 나올새, 왜왕이 비사후례卑辭厚禮로 전송하더라.

사명당이 조선에 나와 왜왕의 항서와 조공물 건기件記를 전하께 올리고, 경상도 밀양 표충사에 내려가 칠월 망일에 졸하니, 전하 차탄嗟歎 하시고 표충사에 서원書院을 지어 춘추春秋에 제향祭享하라 하시고, 팔도의 중에게 하교하시되, 매년 칠월 망일에 재齋를 지내고, 천추만세千秋萬世에 유전하게 하시고 불도를 더욱 추존하시더라.

이 작품의 후반부에서 사명당이 왜왕에게 항서를 받아 내는 것에서 알 수 있듯이 이 작품은 참담했던 임진왜란을 승리의 역사로 허구화함으로써 피폐한 현실적 삶에 대해 정신적으로 보상을 받으려는 민중의 의식을 반영하고 있습니다. 이처럼 민중의 의식을 반영하여 여러 가지 이야기를 수록한 작품이다 보니 한 사람의 창작물이라고 하기 보다는 여러 사람에 의해 점차적으로 형성되었을 가능성이 매우 높습니다. 따라서 소설사에 있어서『임진록』이 서민 문학의 시대를 열었다는 평가를 하기도 합니다.

『임경업전林慶業傳』역시 전쟁에 대한 정신적 보상이라는 사회적, 역사적 여건이 만들어낸 작품으로 실존 인물인 임경업이 주인공입니다. 이 작품의 내용은 실제의 역사적 사실과는 다른 면이 있지만, 외적으로 조선을 침범한 호국에 대한 적개심을 드러내면서 내적으로는 백성의 삶을 돌보지 않은 간신들에 대한 비판이라는 민중 의식을 반영한 작품이라고 할 수 있습니다.

『박씨전朴氏傳』은 이시백의 아내 이야기인데,『임경업전』보다 허구화의 강도가 좀 더 강한 작품입니다. 등장인물 중에서 병조판서 이시백(1581~1660)은 실존 인물로 임경업을 발탁하고 병자호란이라는 전쟁의 상황을 수습했습니다. 하지만 소설 속의 박씨는 이시백의 아내이지만 상상력이 만들어 낸 허구적 인물로, 박색薄色에서 미색美色으로 거듭나 지혜와 도술을 발휘하는 영웅적인 면모를 보여 줍니다. 따라서 이 작품은 뛰어난 능력을 지닌 여성을 주인공으로 한다는 점에서 봉건 사회의 억압적인 분위기 속에서 살았던 여성들의 변화에 대한 욕구를 반영한 근대 지향적인 작품이면서, 허구적 인물의 영웅적 행위를 통해 현실적 치욕을 문학적으로 극복하려는 의도를 지니고 있습니다.

『유충렬전劉忠烈傳』은 전형적인 창작 영웅 소설입니다. 줄거리는 중국 명나라 때의 충신이었던 유심의 외아들 충렬이 간신인 정한담의 모함으로 어릴 때 죽을 고비를 맞이하지만 도술을 배워 후에 반란을 일으킨 정한담을 물리친다는 것입니다. 이 작품은 영웅의 일대기가 가장 충실하게 반영되어 있으며 충신과 간신의 대립 양상이 명확하다는 점이 특징입니다. 또한『조웅전』과 더불어 귀족 영웅 소설의 대표작이라 할 수 있습니다.

임경업 (1594~1646)

『조웅전趙雄傳』은 중국 송나라 문제 때의 승상인 조정인이 간신 이두병의 모함으로 죽자, 외아들인 조웅이 이두병을 피해 어머니와 함께 도망갔다가 월경도사에게 병법과 무술을 전수받고 역모를 꾀한 이두병을 제압하여 제후로 봉해지는 영웅담입니다.

이 같은 영웅 소설들은 뒤에 나올 판소리계 소설과 더불어 조선 후기에 가장 인기가 있던 소설류인데, 당대 독자들이 무엇을 꿈꾸고 어떤 것에 흥미를 느꼈는지를 보여 준다는 점에서 문학사적 의의가 있습니다.

여성 영웅을 소설화한 『금방울전』은 『금령전金鈴傳』이라고 하는데, 하늘에서 죄를 지어 기이한 모습인 금방울의 탈을 쓰고 태어난 남해 용왕의 딸 금방울이 사람으로 환생한 동해 용왕의 아들 장해룡張海龍을 도와 큰 공을 세우게 하여 공주와 혼인하게 만듭니다. 그 뒤 금방울이 탈을 벗고 미색이 되자 황제의 주선으로 장해룡의 두 번째 부인이 되어 셋이 행복하게 살다가, 인간의 수명이 다한 공주는 죽고 해룡과 금방울은 하늘로 올라가 신선이 된다는 이야기입니다. 중국을 무대로 하여 기이한 모습의 여주인공 금방울이 뛰어난 능력을 발휘하여 결국 사랑을 성취하는 낭만적인 소설로, 여성이 주인공으로 등장한 것은 여성 독자의 의식이 반영된 결과라고 할 수 있습니다.

『홍계월전洪桂月傳』은 '홍계월'을 주인공으로 하는 여성 영웅 소설로, 주인공이 남장을 한 여자였음이 밝혀진 뒤에도 지위를 그대로 유지하거나 상관上官인 아내가 남편을 군법으로 다스리는 등 당대의 사회상과 비교할 때 획기적인 내용을 담고 있어서 상상력이라는 소설적 재미를 느끼게 하는 작품입니다. 작품의 주요 내용은 다음과 같습니다.

『홍계월전』

홍계월은 명나라 형주 구계촌에 사는 홍무의 딸로 태어나지만, "5세에 부모와 이별하고 18세에 다시 만나 공후 작록을 누린다."라는 예언을 듣고 남장하여 길러집니다. 계월이 다섯 살이 되자 난이 일어나 어머니와 함께 도망가다가 헤어집니다. 계월은 무릉포의 여공呂公을 만나 평국이라고 이름을 짓고 동갑인 여공의 아들 보국과 함께 자랍니다. 평국(계월)과 보국은 과거에 급제하여 벼슬에 나아가는데, 서관의 서달이 쳐들어오자 두 사람이 함께 전쟁터에 나아가 서달을 물리치고 평국은 헤어졌던 부모와 재회합니다. 이때 평국이 병이 나서 진맥을 하던 중 여자임이 밝혀지고 이 사실을 알게 된 천자의 주선으로 평국과 보국은 혼인을 합니다. 하지만 보국이 자신보다 지위가 높은 아내에게 불만을 품고 애첩을 가까이하자, 평국과 보국은 갈등이 생깁니다. 오·초왕이 반란을 일으키자 보국과 평국이 또 다시 이를 물리치고 홍무는 초왕으로, 여 공은 오왕으로 봉해지고 보국은 승상이 됩니다.

김소행(1765~1859)이 지은 『삼한습유三韓拾遺』는 『의열녀전義烈女傳』 혹은 『향랑전香娘傳』이라고도 불리는데, 경상북도 선산의 백성 향랑이 남편의 냉대를 견디지 못하고 자살한 사건을 소재로 한 작품입니다. 즉 자결한 향랑이 천상에 올라갔다가 동정을 받아 다시 인간의 세상에 환생해 김유신과 함께 활약한 효렴이라는 장수의 아내가 되어 삼국 통일을 이루는 데 도움을 주고 가야산에 들어가 신신이 되었다는 이야기입니다. 이 작품은 역사적 사실과 허구를 결합하여 사건을 전개함으로써 놀라운 상상력을 보여줍니다.

『숙향전淑香傳』은 여성 영웅 소설과 사랑 이야기가 혼합된 작품으로, 영웅의 일대기를 따라 사건이 전개되지만 주인공의 영웅적 면모보다는 사랑과 시련에 초점을 맞추고 있다는 점이 특징입니다. 『숙향전』의 줄거리는 다음과 같습니다.

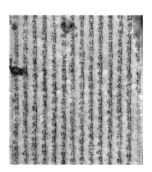

『숙향전』

송나라 때 김전은 명산대찰에 기도하여, 선계의 월궁소아月宮小娥였다가 인간계로 내려온 숙향이라는 딸을 낳습니다. 숙향이 세 살이 되던 해에 난이 일어나 피난을 가다가 딸과 헤어집니다. 부모와 헤어진 숙향은 사슴의 도움으로 장 승상댁의 양녀로 들어가는데, 시비侍婢의 계략으로 도둑 누명을 쓰고 쫓겨나 물에 빠져 죽으려다가 용녀龍女의 도움으로 살아납니다. 또 숙향이 불에 타서 죽게 되었을 때는 화덕진군火德眞君*이, 배가 고파 죽게 되었을 때는 천태산 마고할미가 도와주어 목숨을 구하게 됩니다. 어느 날 자신이 선녀가 되어 천상 세계에서 노는 꿈을 꾼 숙향은 꿈의 내용을 수놓습니다. 마고할미는 수놓은 것을 시장에 내다 파는데, 이를 매개로 이선이라는 문장가와 만나 인연을 맺습니다. 이선은 원래 천상세계의 태을산인인데, 숙향과 마찬가지로 옥황상제께 죄를 지어 인간 세계로 하강한 인물이었습니

화덕진군
불을 맡아 다스린다는 신령. 마고 할미 등과 더불어 작품에 도교적 색채를 드리운다.

다. 부모의 허락도 없이 아들이 혼인한 사실을 뒤늦게 알게 된 이선의 아버지 이상서가 낙양 태수 김전에게 숙향을 옥에 가두게 하자, 김전은 자신의 딸인 줄도 모르고 숙향을 가두려 합니다. 그때마다 마고할미가 술법으로 숙향을 구해 주고, 김전의 아내 장씨는 꿈을 통해 숙향이 어릴 때 헤어진 자신의 딸임을 알게 됩니다. 결국 숙향은 이선의 부모를 만나고, 숙향의 비범함을 알아본 이선의 부모는 이선과 혼인하는 것을 허락합니다. 이선은 장원급제한 후 황태후의 병 치료에 쓸 약을 구해 오는 임무를 완수합니다. 숙향과 이선은 부귀영화를 누리다가 선계로 돌아갑니다.

이 작품은 천상에서 죄를 지은 남녀 주인공이 적강하면서 헤어지게 된다는 영웅 소설의 양상을 띠지만, 대부분의 영웅 소설이 주인공이 성장한 뒤에는 비범한 능력으로 위기를 극복하는 데 비해 조력자(사슴, 용녀, 화덕진군, 마고할미 등)의 도움으로 위기를 극복한다는 점이 특이합니다. 즉 고귀한 혈통의 여성이 비정상적으로 태어나 시련을 거쳐 성공을 거둔다는 점에서는 영웅 소설과 유사한 전개 방식을 보이지만 남녀 주인공의 애정과 수난을 주된 내용으로 다룸으로써 영웅 소설과 차별화되며, 한편으로는 여성 독자의 호응을 얻었을 것으로 보입니다. 이처럼 남녀 간의 사랑 이야기를 주로 다룬 소설을 염정 소설 혹은 애정 소설이라고 부릅니다.

『옥루몽』은 남영로(1810~1857)가 지은 몽유 구조의 영웅 소설이자 염정 소설인데, 원래는 『옥련몽』이라는 작품을 먼저 썼으나 후에 내용을 좀 더 보태어 『옥루몽』으로 개작하였다고 전합니다. 이 작품은 작가 자신의 소실인 조 씨를 위해 지었다고 하며, 선계의 문창성文昌星과 제방옥녀帝傍玉女, 천요성天妖星, 홍란성紅鸞星, 제천선녀諸天仙女, 도화성桃花星 등의 선녀들이 양창곡楊昌曲, 윤소저, 황 소저, 강남홍, 벽성선, 일지련으로 각각 인간세계에 태어나 2처 3첩의 인연을 맺고 부귀영화를 누리다가 선계로 돌아간다는 이야기입니다. 내용면에서는 『구운몽』의 맥락을 이어가면서도 인생무상이나 종교적 귀의보다 주인공들의 영웅적인 활약상과 부귀영화를 추구하는 모습을 보여줌으로서 『구운몽』과 차별화되는데, 이러한 차이는 두 작품의 창작 시기가 17세기와 19세기라는 시대의 차이에 기인한다고 할 수 있습니다. 또 3권 3책 64회의 구성으로 『구운몽』의 3배에 이를 정도로 분량이 방대하여 다양한 인물과 사건이 등장합니다. 한편 등장인물 중 양창곡에 초점을 맞추면 남성 영웅 소설이 되고 강남홍에 초점을 맞추면 여성 영웅 소설이 되는데, 특히 기생 출신인 강남홍을 뛰어난 능력을 지닌 인물로 묘사함으로써 기생이라는 신분보다는 능력을 중시하는 면모를 보여준다는 점에서 근대적인 성격을 지닙니다.

이외에도 해외로 원정하여 적을 물리치는 내용을 다룬 『육미당기六美堂記』라는 영웅 소설이 있습니다. 『육미당기』는 서유영이 1863년에 쓴 것으로 강호정벌을 다룬다는 점에서 다른 작품과 차별화됩니다.

주인공은 신라의 태자 김소선金蕭仙인데 소선이 부왕의 병을 고치기 위해 보타산에서 죽순을 가지고 오다가 이복형 세징世徵의 습격으로 눈이 멀게 됩니다. 소선은 당나라에 가서 뛰어난 통소 실력으로 부마가 된 뒤 시력을 되찾아 침범해 온 토번을 물리치는 공을 세우고 신라로 귀국하여 이복형을 개과천선시킵니다. 또, 일본이 침범하자 이를 물리치고 왕위에 올라 선정을 베풀다가 여섯 부인과 더불어 승천한다는 영웅담으로 김소선의 삶이 '분리—고난—결합'이라는 기존의 영웅 소설의 맥락을 따르는 한편 일본 왕의 항복을 받아냄으로써 민족의 기개를 드러냅니다.

애절한 사랑 이야기, 염정 · 애정소설

앞서 언급한 대로 염정 소설이란 남녀 간의 애정을 그린 작품을 말합니다. 인간의 삶에서 사랑이 빠질 수 없듯이 소설에 있어서도 사랑 이야기는 독자의 사랑을 많이 받는 소재였습니다. 하지만 유교를 국가의 이념으로 삼았던 엄격한 사회 분위기 때문에 양반집 여인과의 사랑 내용보다는 기녀와의 사랑 내용을 다룬 염정 소설이 많았으나, 조선 후기에 서민 의식이 싹트자 인간 본연의 애정을 다양한 양상으로 다룬 염정 소설이 활발하게 창작되었습니다.

염정 소설은 여주인공의 신분에 따라 양반집 여인이 주인공으로 등장하는 귀족적 염정 소설과 기녀나 시녀가 주인공으로 등장하는 서민적 염정 소설로 나눌 수 있는데, 전자는 『숙영낭자전』, 『숙향전』, 『백학선전』 등이 있으며 신분

이 높은 남녀 주인공들이 비현실적·전기적으로 사건을 전개해 나갑니다. 후자에 해당하는 소설로는 앞서 나온 권필의 『주생전』과 작자 미상의 『운영전』, 『영영전』, 『옥단춘전』, 『채봉감별곡』 등이 있는데, 이 작품들은 지혜롭고 아름답지만 신분이 낮은 여인들이 사회적 제약으로 시련을 겪으면서 신분을 초월한 사랑을 보여주는 내용입니다.

『숙영낭자전淑英娘子傳』은 판소리로도 불렸으며, 조선 후기 가치관의 변화 양상을 잘 보여주는 작품입니다. 즉 이 작품에는 효를 중시하는 봉건적·전통적 가치관과 애정을 추구하는 근대적 가치관 사이의 갈등이 드러나는데, 후자가 승리하는 쪽으로 내용이 전개됩니다.

백상군은 명산대찰에 기도하여 외아들 선군을 얻습니다. 선군이 장성하여 혼처를 구하려고 할 때 선군의 꿈에 천상에서 죄를 짓고 선경 옥련동에 귀양 와 있던 적강 선녀인 숙영낭자가 나타나서, 선군과 자신이 하늘이 맺어 준 운명임을 알려 주고 하늘이 정한 기한이 3년 남았으니, 그때까지만 기다리라고 합니다. 선군은 꿈에서 본 숙영을 그리워하다가 병이 납니다. 이에 숙영은 선군의 목숨을 염려하여 다시 꿈에 나타나 옥련동으로 자신을 만나러 오라고 하자, 선군은 숙영을 찾아가 혼인한 뒤 집으로 돌아와 8년 동안 행복하게 지냅니다. 선군은 아버지의 권유로 과거를 보기 위해 길을 떠나지만 숙영을 그리워하여 부모의 눈을 속이고 밤에 몰래 숙영을 찾아오곤 했는데, 아버지 백상군은 시비 매월의 말만 듣고 이를 외간 남자로 오인합니다. 오해를 참지 못한 숙영은 자결을 하지만 시체가 움직이지 않아 장례를 치르지 못합니다. 이에 아들을 걱정한 백상군은 임 소저와 선군의 약혼을 추진하지만 과거에 급제한 선군은 사건의 전말을 밝히고 숙영을 모함한 시비 매월을 죽여 원수를 갚고 옥황상제의 은덕으로 다시 살아난 숙영과 재회합니다. 선군은 자신과의 약혼 때문에 정절을 지키고 있던 임 소저를 둘째 부인으로 삼습니다. 임금은 숙영과 임 소저에게 각각 정렬부인*, 숙렬부인의 직첩을 내려 주고 세 사람은 부귀영화를 누리다가 같은 날 함께 하늘로 올라갑니다.

정렬부인
정조를 지킨 부인에게 내리는 정삼품 통정대부 이상의 품계.

위의 줄거리에서 확인할 수 있듯이 주인공 백선군과 숙영 낭자는 사랑이 이루어지는 행복한 결말을 맞이합니다. 소설이 사회의 반영이라는 점을 고려한 다면 이러한 결말은 효를 요구하는 봉건적 가치관에서 사랑을 추구하는 근대적 가치관으로 바뀌어 가는 사회의식을 반영한 결과라고 할 수 있습니다.

『백학선전白鶴扇傳』은 남녀 주인공이 인연을 맺을 때 교환했던 신물神物을 제목으로 삼았습니다. 명나라의 유태종의 아들 유백로와 이부상서 조경로의 딸 조은하가 각각 13세, 10세였을 때 길에서 만나게 되는데, 유백로는 집안 대대로 전해 내려오는 보물인 백학선에 '요조숙녀窈窕淑女 군자호구君子好逑'*라는 글귀를 써서 조은하에게 주고는 훗날을 기약합니다. 그 뒤로 유백로와 조은하는 다른 곳의 청혼을 거절하는데 이 때문에 상대방의 앙심을 삽니다. 유백로는 과거에 급제하여 남방순무어사로 부임하여 조은하를 찾아보지만, 결국 찾지 못하고 병이 들어 벼슬을 버립니다. 이때 가달이 쳐들어오자, 유백로는 이전의 거절 때문에 앙심을 품은 최국앙의 천거로 전장에 나가 포로로 잡힙니다. 한편, 조은하는 주막에서 친 점괘로 유백로가 위험한 것을 알고는 임금에게 자원하여 전쟁터에 가서 선녀의 도움으로 오랑캐를 물리치고 유백로를 구해 돌아옵니다. 유백로와 조은하는 연왕, 연왕비가 되어 팔순까지 살다가 하늘로 올라갑니다. 이 작품은 유교적인 사상인 '충'보다 개인의 애정에 초점을 맞추고 있다는 점이 특징인데, 남자 주인공이 '충'이라는 유교적 이념을 실천하기보다 오로지 사랑하는 사람을 찾으려 한다든지, 여자 주인공이 국가의 위기 상황에 아랑곳하지 않고 단지 연인을 구하기 위해 전쟁에 나아가는 점에서 이러한 사실을 확인할 수 있습니다.

『운영전雲英傳』은 『수성궁몽유록壽聖宮夢遊錄』, 『유영전柳泳傳』 등으로도 불립니다. 유영이 안평대군의 수성궁에 놀러 갔다가 깜빡 잠이 드는데, 이때 안평대군의 궁녀인 운영과 선비인 김 진사를 만나 그들의 사랑 이야기를 전해 듣는다는 몽유 형식을 띠는 액자 소설로 염정 소설 중에서 유일하게 비극적으로 끝을 맺습니다. 이 작품은 실존 인물인 유영을 등장시켜 작품의 틀을 형성하고, 그 안에 운영과 김 진사의 사랑 이야기를 사실적으로 담아내는 입체적인 구성 방식이 특징입니다. 또 유영, 운영, 김 진사라는 개성적인 인물을 창조하여 궁 안의 삶을 사실적으로 드러내는 장면과 사랑 때문에 괴로워하는 인간

요조숙녀 군자호구

'그윽하고 정숙한 숙녀는 군자의 좋은 짝이로다.'라는 뜻으로 『시경』의 「주남」편에 나오는 노래 구절이다.

의 심리를 섬세한 문체로 잘 표현한 부분 때문에 인간의 삶과 심리의 표현이라는 소설적 미학을 온전히 갖춘 작품으로 평가받습니다.

『영영전英英傳』은 성균관 선비인 김생과 회산군의 시녀 영영의 사랑 이야기인데, 김생이 과거에 급제한 후 회산군 부인 친척의 주선으로 영영과의 사랑을 성취하여 행복한 결말을 맺는 내용입니다. 결말이 『운영전』의 비극성과 차별화되며, 애정으로 인한 번민을 잘 표현한 작품입니다.

『옥단춘전玉丹春傳』은 기녀인 옥단춘이 평안 감사 김진희와 친구였지만 문전박대를 받고 죽음으로 몰린 이혈룡을 구해 주자, 과거에 급제하여 암행어사가 된 이혈룡이 의리를 저버린 김진희를 엄하게 다스린 뒤 우의정의 자리에 올라 옥단춘과 행복하게 살아간다는 이야기입니다. 이 작품은 두터운 우의를 지녔던 김진희와 이혈룡의 믿음이 깨지는 사건을 통해 사대부의 신의 없음을 비판하고, 비록 기생이라는 미천한 신분이지만 헌신적인 자세를 보여주는 옥단춘의 사랑을 강조합니다. 또 선비와 기생의 사랑이라는 점, 주인공의 이름이 비슷하다는 점, 그리고 어사출두 대목과 같은 유사한 이야기 요소가 있다는 점에서 『춘향전春香傳』을 모방한 작품이라고 보기도 합니다.

『채봉감별곡彩鳳感別曲』은 김채봉과 강필성의 애정담으로 『추풍감별곡秋風感別曲』이라고도 불리며, 우연성과 비현실성을 많이 배제하여 근대화 과정으로 이행하는 소설의 성격을 지니고 있습니다. 평양성 밖에 사는 김 진사의 딸 김채봉과 선천 부사의 아들 강필성은 약혼을 하지만, 벼슬에 눈이 먼 채봉의 아버지가 딸을 허 판서의 첩으로 보내려고 합니다. 이에 채봉은 도망을 쳐서 평양 기생 '송이'로 이름을 바꾼 후 강필성과 재회합니다. 하지만 채봉은 평양 감사 이보국의 서기로 들어가게 되어 또다시 강필성과 이별을 하게 되고, 강필성이 양반의 신분을 버리고 평양 감영의 이방으로 자원을 하여 두 사람은 결국 사랑을 성취합니다. 이 작품에서 기생 송이와 강필성의 재회 과정에서 두 사람이 주고받은 한시가 매개체가 된다든지, 평양 감사가 두 사람의 사연을 알게 되는 것이 채봉의 「추풍감별곡*」이라는 가사 때문인 것은 사건 전개에 있어서 우연성을 배제하고 필연성을 부여하려는 장치라고 할 수 있습니다. 또 이 작품은 벼슬을 구하기 위해 딸을 이용하려는 김 진사를 통해 부패한 인

추풍감별곡

『채봉감별곡』에서 채봉이 쓴 가사의 제목. 동일한 제목과 내용의 서도창(우리나라 서쪽 지역에서 부르는 민요)이 오늘날까지 전해지며, 이 가사의 주된 내용은 '임을 그리워하는 마음'이다.

청소년을 위한
한국고전문학사

간상과 매관매직이 만연된 조선 후기 사회상을 비판합니다. 특히 이 소설은 주인공의 친아버지인 김 진사가 악인형 인물*로 설정되어 있어서 다른 고전 소설과는 차별화된다는 점이 특이합니다.

악인형 인물
고전 소설은 현대 소설에 비해 선악善惡의 대립 구조가 명확하다. 따라서 인물 유형도 선을 대표하는 선인형 인물과 악을 대표하는 악인형 인물이 존재한다.

다른 것에 기대어 인생을 보여 주는 우화 · 의인 소설

때로는 직설적으로 인간의 삶을 드러내는 것보다 사물에 빗대어서 표현하는 것이 전달의 효과가 더 뛰어납니다. 이런 빗댐의 효과를 위해 비인격적인 상징이나 동식물 등에 형태적 또는 심리적으로 인격을 부여하는 수법을 '의인擬人'이라고 하며, 이러한 의인의 수법을 사용한 소설을 의인 소설이라고 합니다. 의인 소설은 의인화의 대상에 따라 동물 의인 소설, 식물 의인 소설, 기타 사물 의인 소설로 세분화할 수 있습니다. 우선 동물 의인 소설로는 『장끼전』, 『서동지전』, 『황새결송』 등이 있습니다. 식물 의인 소설로는 꽃을 의인화한 『화왕전』이라는 작품이 있는데 김수항(1629~1689)과 이이순(1754~1832)이 쓴 것으로 동일한 제목의 소설 두 편이 각각 전해집니다.

이 밖에도 마음을 의인화한 것으로 『천군전』, 『수성지』, 『천군연의』, 『천군실록』 등이 있습니다. 『천군전天君傳』은 김우옹이 1566년에 쓴 작품인데, 마음을 의인화하여 '천군'이라 하고 천군 아래에 있는 충신형 인물과 간신형 인물이 대립하여 선善이 승리하는 내용으로 후대의 천군 소설에 영향을 끼친 천군 소설의 효시라고 할 수 있습니다. 『천군연의天君衍義』는 『천군전』과 마찬가지로 충신형 인물과 간신형 인물의 대립 양상을 주요 내용으로 하며, 이런 대립을 통해 독자로 하여금 군자가 지녀야 할 마음이 무엇인지를 깨닫게 합니다.

『장끼전』은 판소리 사설이었다가 영 · 정조 때에 소설화된 작품입니다. 아홉 아들, 열두 딸을 둔 장끼와 그 아내 까투리는 엄동설한에 먹을 것을 찾아 들판을 헤매다가 콩 한 알을 발견합니다. 굶주린 장끼가 콩을 먹으려고 하니, 까투리는 불길한 꿈을 꾸었다고 말하며 만류합니다. 하지만 까투리의 충고를 여자의 말이라고 무시하고 콩을 먹은 장끼는 덫에 치어 죽으면서 까투리에게 개가를 하지 말라는 유언을 남깁니다. 장끼의 장례식에 온 갈까마귀와 물오리

등이 까투리에게 청혼하지만 까투리는 이를 거절하고 결국 홀아비 장끼와 재혼을 하여 아들딸을 모두 혼인시킨 후 명산대천을 구경하다가 큰 물에 들어가 조개가 됩니다. 이 작품에서 남편인 장끼는 아내의 말을 무시하다가 죽는데 이는 남존여비 사상에 대한 풍자이며, 까투리가 개가를 하는 것은 개가 금지라는 유교 도덕을 비판하는 것으로 조선 사회에서 소외된 여성들의 권익을 강조함으로써 조선 후기 서민 의식의 성장을 보여줍니다.

『서동지전鼠同知傳』은 쥐를 의인화한 것인데, 송사를 소재로 하므로 송사 소설로도 분류할 수 있습니다. 중국 옹주 땅에 사는 서대주鼠大州(쥐의 의인화)는 당 태종에게 큰 공을 세워서 벼슬을 받고 이를 축하하는 잔치를 베풉니다. 하도산에 사는 게으른 다람쥐가 이 소식을 듣고 서대주를 찾아가 밤과 잣을 얻어서 돌아옵니다. 하지만 또 먹을 것이 떨어지자 서대주를 찾아가 도움을 요청합니다. 그러나 서대주가 이를 거절하자, 이에 원한을 품은 다람쥐는 아내의 충고를 무시하고 곤륜산의 백호산군白虎山君에게 서대주를 모함하는 소송장을 냅니다. 백호산군은 다람쥐가 거짓됨을 알고는 유배 보내지만 선한 서대주는 선처해 줄 것을 간청합니다. 백호산군은 서대주의 착한 심성에 감동하여 다람쥐를 풀어 주고, 다람쥐는 자신의 잘못을 반성합니다. 이에 서대주는 다람쥐를 불쌍히 여겨 황금을 주어 돌려보냅니다. 이 작품은 '사필귀정'과 '권선징악'을 주제로 하면서 귀여운 다람쥐를 가부장적이고 게으른 인간으로 형상화한 점이 특이하며, 이러한 의인화를 통해 배은망덕하고 부도덕한 인간을 비판하는 풍자 · 우화 소설입니다.

서대주가 잘못한 건 이놈을 유배 보내라. (백호산군)

안통하네...

『황새결송』도 『서동지전』처럼 송사를 소재로 하는 소설인데, 재산을 다투는 인간의 송사를 이야기의 틀(외화)로 삼고 동물을 의인화한 것을 내부 액자(내화)로 삼은 전개 방식이 독특합니다. 경상도에 사는 큰 부자가 재산을 나누어 달라고 못살게 구는 친척과 함께 서울로 올라와 형조에 소송을 합니다. 하지만 친척은 재판관에서 여러 가지 방법을 써서 자신에게 유리한 판결을 이끌어 냅니다. 이에 부자는 꾀꼬리 · 뻐꾸기 · 따오기의 이야기에 빗대어 자신의 억울함을 호소합니다. 즉 세 짐승이 서로 자기의 소리가 가장 좋다고 우열을 다투다가 결판을 내리지 못해 관장군 황새를 찾아가 송사를 합니다. 따오기는 스스로 제 소리가 가장 못함을 알고 황새가 좋아하는 여러 곤충들을 잡아 바치면서 미리 청탁을 합니다. 다음날 황새는 세 짐승의 소리를 듣고 꾀꼬리의 소리는 애잔하여 쓸데없다고 하고, 뻐꾸기의 소리는 궁상스럽고 수심이 깃들어 있다고 합니다. 이어서 따오기의 소리가 가장 웅장하다 하여 그것을 상성上聲으로 판결을 내린다는 이야기인데, 이를 통해 재물 때문에 그릇된 판결을 내린 재판관을 비판합니다. 이처럼 『황새결송』은 이야기 속에 다른 이야기를 곁들인 작품으로, 뇌물이 성행하는 조선 후기의 부도덕한 사회상을 비판하고 있습니다.

만사의 근본인 가정 문제를 다룬 가정·가문 소설

가정은 인간 사회의 가장 기본적인 삶의 단위입니다. 가정 안에서 벌어지는 처첩妻妾 간의 갈등이나 의붓자식과의 관계에서 야기되는 여러 가지 이야기를 소재로 한 소설을 가정 소설이라고 합니다. 이 소설의 범주에 앞서 나온 『사씨남정기』, 『창선감의록』 등도 포함되고, 널리 알려진 『콩쥐팥쥐전』, 『장화홍련전』 등이 속합니다. 이러한 소설들은 대부분 권선징악을 주제로 삼습니다.

『유소저전』이라고도 불리는 『정을선전鄭乙善傳』도 전형적인 가정 소설입니다. 경상도의 재상 정진희는 늦은 나이에 얻은 아들 을선을 익주에 사는 유한경의 딸 유추연과 혼인시키려고 합니다. 그러나 추연의 계모가 추연을 시기하여 자신의 사촌으로 하여금 추연의 애인으로 자칭하게 하고, 이를 오해한 을선은 혼인날 집으로 돌아가 버립니다. 이에 추연은 자결을 하고, 나중에 자신의 잘못을 깨달은 을선은 추연의 혼령이 시키는 대로 금성산에 가서 신기한 구슬을 얻어와 추연을 다시 살려냅니다. 을선은 추연을 충렬부인으로 봉하여 원비로 삼고 사랑했는데, 추연보다 먼저 을선과 혼인한 초왕의 딸 정렬부인이 이것을 시기하여 남장한 시비를 보내 충렬부인이 오해를 받도록 꾸밉니다. 시비의 도움으로 겨우 살아난 추연은 혼자 아들을 낳

『정을선전』

4부

4부
조선 시대 후기의 문학 349

고 사경을 헤매는데, 을선이 돌아와 진상을 밝혀내고, 정렬부인을 사사賜死*
합니다. 그리고 충렬부인과 아들을 구하여 부귀영화를 누리다가 부부가 같은
날에 세상을 떠납니다. 이 작품의 전반부는 남녀 주인공의 애정담이고, 중반
부는 계모와의 갈등 양상이며, 마지막으로 후반부는 부인들 간의 사랑을 다루
는 이야기라고 분석할 수 있는데, 이 세 가지 이야기 요소는 가정 소설의 전형
적인 소재입니다.

가정 소설은 조선 후기로 오면서 장편화·장형화가 되는데 그 결과로 형성
된 갈래를 가문 소설, 연작 소설, 세대기 소설, 대하 소설이라고 부릅니다. 대
표작으로는『명주보월빙明紬寶月聘』과『완월회맹연玩月會盟宴』등이 전합니다.

『명주보월빙』은『윤하정삼문취록尹河鄭三門聚錄』,『엄씨효문청행록嚴氏孝門淸行
錄』등과 함께 삼부 연작 소설의 형태를 이루는 대하 소설이면서 가문 소설입
니다. 그 분량이 각각 100책, 105책, 30책으로 235책에 달하고 200자 원고지
로 치면 약 3만 매에 해당합니다. 윤씨·하씨·정씨 세 가문의 인물들이 혼인
으로 결합하면서 새로운 가족을 형성하는 과정을 주요 내용으로 하는데, 분량
이 긴 만큼 많은 인물들이 등장하여 그들이 경험하는 여러 가지 사건을 병렬
식으로 전개합니다. 이러한 작품들은 여러 소설에서 볼 수 있는 인물, 사건,
수법 등을 두루 모아 통일성 있게 전개해 나간다는 점이 특징입니다.

『완월회맹연』은 단일 작품으로서는 가장 장편인데, 분량이 108책이나 됩니
다. 제목인 '완월회맹연'은 '완월대 연회에서의 굳은 약속'이란 뜻으로, 완월대
에서 한 혼약이 이루어지는 과정과 등장인물 간의 갈등을 중심으로 한 많은
사건들이 권선징악을 주제로 하여 펼쳐집니다.

부정적 사회 현실에 일침을 놓는 풍자 소설

문학은 인간의 삶을 다루되 문제 상황을 제시하거나 이에 대한 해결책을 모색하기도 합니다. '풍자諷刺'는 문제 상황이나 이에 대한 해결책을 밝히는 방법 중의 하나인데, 어떤 부정적인 현상을 측면이나 이면에서 공격하여 그 치부를 드러내 보임으로써 웃음을 자아내게 합니다. 풍자의 방법으로 사건을 전개하는 소설을 풍자 소설이라고 하는데, 박지원과 이옥의 소설 등이 여기에 속합니다. 이외에도 『오유란전烏有蘭傳』, 『배비장전裵裨將傳』 등이 전해집니다.

『오유란전』은 양반 이생과 기생 오유란의 사랑을 매개로 하여 양반의 위선적인 모습을 풍자하되 웃음을 자아내는 작품입니다. 한양에 사는 김생과 이생은 친구 사이인데, 장원 급제를 먼저 한 김생이 이생과 함께 부임지에 내려와 잔치를 엽니다. 하지만 이생은 잔치 자리에서 기생을 업신여겨서 빈축을 삽니다. 김생은 기생 오유란을 동원하여 이생이 절개를 버리도록 만들고, 이생은 내막을 모른 채 오유란에게 유혹당해 이승과 저

창극 〈오유란전〉 공연의 한 장면

승을 구별하지 못한 채 온갖 추태를 보이다가 망신을 당합니다. 이생은 한양으로 돌아와 학문에 매진하여 과거에 급제한 뒤 암행어사가 되어 김생을 질책하지만, 김생이 옛일을 사과하자 두 사람은 우정을 회복한다는 이야기입니다. 이 작품의 핵심은 이생이 오유란의 함정에 빠지는 대목인데 이 부분에서 양반의 위선을 적나라하게 풍자하는 한편 재미있는 서술로 웃음을 유발합니다. 또한 작품의 결말을 용서와 화해로 맺음으로써 대립과 갈등을 공동체 의식으로 풀어 가는 모습을 보여줍니다.

『배비장전』은 기생과 나눈 사랑을 소재로 한다는 점에서 『오유란전』과 유사하지만 풍자의 강도는 좀 더 강합니다. 『배비장전』은 여색에 빠지지 않을 것이라고 본처에게 장담하고 제주도로 간 배비장이 제주 목사 김경의 계교인 줄도 모르고 제주 기생 애랑에게 홀딱 빠져 뒤주 속에 갇혀 망신당한다는 이야기인

「배비장 타령」
판소리로 부르던 열두 편의 작품
(열두 마당) 중에서 「옹고집 타령」과
함께 판소리는 없어지고 소설로만
남았다.

데, 판소리 사설인 「배비장 타령」*을 소설화한 것으로 양반의 위선을 웃음으로 풍자한 작품입니다.

서민들의 삶의 정수를 보여 주는 판소리계 소설

북한 창극 〈춘향전〉 음반 표지

18세기에 민중의 문학인 '판소리'가 등장합니다. 판소리는 구비 서사 문학이면서 광대와 고수에 의해 공연이 이루어지는 공연 문화이고, 음악의 범주에 포함된다고 할 수 있습니다. 판소리에서 연창되던 사설이 18세기 초에 문자로 정착하는데, 이것이 판소리계 소설입니다. 즉 판소리는 근원 설화에서 시작되어 판소리 사설을 거쳐 판소리계 소설로 정착되었을 것으로 추정합니다.

현재 전해지는 판소리계 소설로는 『춘향전』, 『심청전』, 『흥부전』, 『토끼전』, 『옹고집전』, 『장끼전』, 『배비장전』 등이 대표작이며, 이들은 다양한 근원 설화를 바탕으로 오랫동안 여러 사람의 입을 거쳐 형성되었으며, 4음보의 운문체로 되어 있습니다. 청중을 염두에 두고 재미를 추구하다 보니 '긴장과 이완의 서사적 구조'를 추구하되, 묘사적이고 사실적인 표현으로 장면을 극대화하거나 특정 부분을 독자적으로 서술하기도 합니다.

『춘향전春香傳』은 판소리계 소설의 대표작이면서 우리나라 고전 소설의 최고봉으로, 이본異本만 해도 100여 종이 넘는 작품입니다. 남원 부사의 아들인 이몽룡은 광한루에서 그네를 타고 있는 기생의 딸 성춘향을 보고 한 눈에 반하여 백년가약을 맺습니다. 이몽룡이 부친을 따라 상경한 뒤, 후임 남원 부사로 내려온 변학도는 춘향에게 수청을 들라하고 춘향이 이를 거절하자 남원 감옥에 가둡니다. 하지만 과거에 급제한 이몽룡이 암행어사가 되어 남원으로 내려와 변학도를 징벌하고 춘향을 정실부인으로 맞아들여 부귀영화를 누린다는 이야기인데, 이몽룡과 성춘향의 신분을 초월한 사랑에는 서민들의 신분 상승에 대한 욕구가 반영되어 있습니다.

춘향의 영정

근읍近邑 수령이 모여든다. 운봉영장*, 구례, 곡성, 순창, 옥과, 진안, 장수 원님이 차례로 모여든다. 좌편에 행수, 군관 우편에 청령, 사령 한가운데 본관은 주인이 되어 하인 불러 분부하되

"관청색* 불러 다담*을 올리라. 육고자* 불러 큰 소를 잡고, 예방禮房 불러 고인*을 대령하고, 승발 불러 차일을 대령하라. 사령 불러 잡인을 금하라."

이렇듯 요란할 제 기치, 군물軍物이며 육각풍류六角風流 반공에 떠 있고 홍의홍상紅衣紅裳 기생들은 백수白手 나삼羅衫 높이 들어 춤을 추고 지화자 둥덩실 하는 소리 어사또 마음이 심란하구나.

"여봐라 사령들아. 너의 원 전에 여쭈어라. 먼 데 있는 걸인이 좋은 잔치에 당하였으니 주효酒肴 좀 얻어먹자고 여쭈어라."

저 사령 거동 보소.

"어느 양반이건데, 우리 안전님 걸인 혼금하니 그런 말은 내도 마오."

등 밀쳐내니 어찌 아니 명관名官인가. 운봉이 그 거동을 보고 본관에게 청하는 말이

"저 걸인의 의관은 남루하나 양반의 후예인 듯하니 말석에 앉히고 술잔이나 먹여 보냄이 어떠하뇨."

본관 하는 말이

"운봉 소견대로 하오마는."

하니, 마는 소리 후 입맛이 사납겠다. 어사 속으로

"오냐. 도적질은 내가 하마. 오라*는 네가 져라."

운봉이 분부하여

"저 양반 듭시래라."

어사또 들어가 단좌하여 좌우를 살펴보니 당상의 모든 수령 다담을 앞에 놓고 진양조가 양양*할 제 어사또 상을 보니 어찌 아니 통분하랴. 모 떨어진 개상판*에 닥채* 젓가락, 콩나물, 깍두기, 막걸리 한 사발 놓았구나. 상을 발길로 탁 차 던지며 운봉의 갈비를 직신*

"갈비 한대 먹고지고."

"다라도 잡수시오."

운봉영장雲峰營將
운봉의 진영장鎭營將. 진영장은 총융청摠戎廳, 수어영守禦營, 진무영鎭撫營과 팔도의 감영, 병영에 딸린 각 진영의 장관.

관청색官廳色
관청빗. 옛날 수령의 음식을 맡아 하던 아전.

다담茶啖
불가에서 손님 앞에 내는 다과 따위.

육고자肉庫子
지방 관청에 쇠고기를 바치던 관노.

고인鼓人
공인工人. 옛날에 악기를 연주하던 사람. 악공樂工. 공생工生.

오라
옛날 죄인을 묶던 줄.

양양
흥취가 넘친다.

개상판
개다리소반. 다리가 개다리같이 구부러진 둥근 소반.

닥채
껍질을 벗겨 낸 닥나무의 가느다란 가지.

직신거리다
지분지분 자꾸 조르다.

하고 운봉이 하는 말이

"이러한 잔치에 풍류로만 놀아서는 맛이 적사오니 차운* 한 수씩 하여 보면 어
떠하오."

"그 말이 옳다."

하니 운봉이 운을 낼 제 높을 고高자, 기름 고膏자 두 자를 내어 놓고 차례로 운을
달 제 어사또 하는 말이

"걸인이 어려서 추구권*이나 읽었더니 좋은 잔치 당하여서 주효를 포식하고 그
저 가기 무렴하니 차운 한 수 하사이다."

운봉이 반겨 듣고 필연筆硯을 내어주니 좌중이 다 못하여 글 두귀를 지었으되 민
정民情을 생각하고 본관 정체政體를 생각하여 지었겄다.

금준미주金樽美酒는	천인혈千人血이요
옥반가효玉盤佳肴는	만성고萬姓膏라
촉루낙시燭淚落時	민루낙民淚落이요
가성고처歌聲高處	원성고怨聲高라

이 글 뜻은

금동이의 아름다운 술은 일만 백성의 피요, 옥소반의 아름다운 안주는 일만 백
성의 기름이라. 촛불 눈물 떨어질 때 백성 눈물 떨어지고 노랫소리 높은 곳에 원망
소리 높았더라.

이렇듯이 지었으되 본관은 몰라 보고 운봉이 글을 보며 내념*에

"아뿔싸. 일이 났다."

이때 어사또 하직하고 간 연후에 공형* 불러 분부하되

"야야. 일이 났다."

공방 불러 포진鋪陳 단속, 병방 불러 역마驛馬 단속, 관청색 불러 다담 단속, 옥 형
방 불러 죄인 단속, 집사 불러 형구刑具 단속, 형방 불러 문부* 단속, 사령 불러 합
번* 단속, 한참 이리 요란할 제 물색없는 저 본관이

"여보 운봉은 어디를 다니시오."

"소피*하고 들어오오."

본관이 분부하되

"춘향을 급히 올리라."

고 주광*이 난다.

이때에 어사또 군호*할 제 서리 보고 눈을 주니 서리, 중방 거동 보소. 역졸 불러 단속할 제 이리 가며 수군 저리 가며 수군수군. 서리, 역졸 거동 보소. 외올 망건* 공단* 쓰개* 새 평립(패랭이) 눌러 쓰고 석 자 감발* 새 짚신에 한삼汗衫 고의 산뜻 입고 육모 방망이 녹피* 끈을 손목에 걸어 쥐고 예서 번뜻 제서 번뜻 남원읍이 우꾼우꾼*. 청파역졸 거동 보소. 달 같은 마패馬牌를 햇빛같이 번뜻 들어

"암행어사 출도*야."

외(치)는 소리 강산이 무너지고 천지가 뒤눕는 듯 초목금수草木禽獸인들 아니 떨랴. 남문에서

"출또야."

북문에서

"출또야."

동·서문 출또 소리 청천靑天에 진동하고

"공형公兄 들라."

외(치)는 소리 육방六房이 넋을 잃어

"공형이오."

등채*로 휘닥딱

"애고 중다*."

"공방 공방."

공방이 포진 들고 들어오며

"안하려던 공방을 하라더니 저 불 속에 어찌 들랴."

등채로 휘닥딱

"애고 박 터졌네."

좌수* 별감* 넋을 잃고 이방 호장 실혼失魂하고 삼색나졸* 분주하네. 모든 수령 도망할 제 거동 보소. 인궤* 잃고 과줄* 들고 병부* 잃고 송편 들고 탕건* 잃고 용

녹피鹿皮 녹비. 사슴의 가죽.

우꾼우꾼하다
여러 사람이 한꺼번에 소리쳐 움직이는 꼴이 나타나다.

출또出頭
어사 출또. 암행어사가 중요한 사건을 처리하기 위하여 지방관청에 가서 사무를 보는 일.

등채
옛날 전쟁에서 군인들이 쓰던 채찍.

중다 죽는다.

좌수座首 시골 관청의 우두머리.

별감別監 좌수에 버금가는 자리.

삼색나졸三色邏卒
옛날 지방관아에 딸린 나장, 군뢰, 사령 등 세 하인을 함께 이르는 말.

인궤印櫃
관청에서 사용하는 도장을 넣어 두던 상자.

과줄
밀가루를 꿀과 기름에 반죽한 뒤 판에 박아 기름에 띄워 지진 음식.

병부兵符
발병부發兵符. 동글 납작한 나무 쪽에 '발병發兵'이라 써서 군사를 일으킬 때 내리던 표.

탕건
갓 아래에 바쳐 쓰는 관의 한 가지.

용수
술을 거르는 데 쓰는 싸리로 만든 긴 통.

수* 쓰고 갓 잃고 소반 쓰고 칼집 쥐고 오줌누기. 부서지(느)니 거문고요 깨지느니 북 장고라. 본관이 똥을 싸고 멍석구멍 새앙쥐 눈 뜨듯 하고 내아內衙로 들어가서

"어 추워라. 문 들어온다 바람 닫아라. 물 마르다 목 들여라."

관청색官廳色은 상을 잃고 문짝 이고 내달으니 서리 역졸 달려들어 후닥딱

"애고 나 죽네."

이때 수의사또 분부하되

"이 골은 대감이 좌정하시던 골이라. 훤화*를 금하고 객사客舍로 도처*하라."

좌정 후에

"본관은 봉고파직*하라."

훤화喧譁
지껄여 떠듦.

분부하니

"본관은 봉고파직이오."

사대문四大門에 방榜 붙이고 옥 형리 불러 분부하되

도처徒處
옮겨감.

"네 골 옥수*를 다 올리라."

호령하니 죄인을 올리거늘 다 각각 문죄* 후에 무죄자無罪者 방송*할 새

"저 계집은 무엇인고."

봉고파직封庫罷職
관청의 창고를 봉해 잠그고 못된 짓을 한 원을 파면시킴.

형리 여쭈오되

"기생 월매 딸이온데 관정官庭에 포악한 죄로 옥중에 있삽내다."

"무슨 죄인고."

옥수獄囚
감옥에 갇혀 있는 죄인.

형리 아뢰되

"본관 사또 수청으로 불렀더니 수절이 정절이라 수청 아니 들려 하고 관전官前에 포악한 춘향이로소이다."

문죄問罪
죄를 캐어 물음.

어사또 분부하되

"너만 년이 수절한다고 관정 포악하였으니 살기를 바랄소냐. 죽어 마땅하되 내 수청도 거역할까."

방송放送
놓아 보냄.

춘향이 기가 막혀

"내려오는 관장官長마다 개개이 명관名官이로구나. 수의사또 들조시오. 층암절벽 높은 바위 바람 분들 무너지며 청송녹죽 푸른 나무가 눈이 온들 변하리까. 그런 분부 마옵시고 어서 바삐 죽여주오."

하며

"향단아 서방님 어디 계신가 보아라. 어젯밤에 옥 문간에 와 계실 제 천만 당부
하였더니 어디를 가셨는지 나 죽는 줄 모르는가."

어사또 분부하되

"얼굴 들어 나를 보라."

하시니 춘향이 고개 들어 대상臺上을 살펴보니 걸객乞客으로 왔던 낭군 어사또로 뚜
렷이 앉았구나. 반 웃음 반 울음에

"얼씨구나 좋을씨고 어사낭군 좋을씨고. 남원읍내 추절秋節 들어 떨어지게 되었
더니 객사에 봄이 들어 이화춘풍李花春風 날 살린다. 꿈이냐 생시냐 꿈을 깰까 염려
로다."

한참 이리 즐길 적에 춘향모 들어와서 가없이 즐겨하는 말을 어찌 다 설화說話하
랴. 춘향의 높은 절개 광채 있게 되었으니 어찌 아니 좋을손가. 어사또 남원 공사
公事 닦은 후에 춘향 모녀와 향단이를 서울로 치행治行할 제 위의威儀 찬란하니 세상
사람들이 누가 아니 칭찬하랴. 이때 춘향이 남원을 하직할 새 영귀榮貴하게 되었건
만 고향을 이별하니 일희일비一喜一悲가 아니 되랴.

놀고 자던 부용당芙蓉堂아. 너 부디 잘 있거라. 광한루 오작교며 영주각瀛洲閣도
잘 있거라. 춘초는 연년녹하되 왕손은 귀불귀라* 날로 두고 이름이라. 다 각기 이
별할 제 만세무량萬歲無量하옵소서. 다시 보기 망연*이라.

이때 어사또는 좌·우도 순읍巡邑하여 민정을 살핀 후에 서울로 올라가 어전御前
에 숙배하니 삼당상* 입시入侍하사 문부文簿를 사정査定 후에 상上이 대찬大讚하시고
즉시 이조참의* 대사성*을 봉하시고 춘향으로 정렬부인*을 봉하시니 사은숙배*
하고 물러나와 부모 전에 뵈온대 성은을 축수祝壽하시더라. 이때 이판 호판 좌·
우·영상 다 지내고 퇴사* 후에 정렬부인으로 더불어 백년동락百年同樂할 새 정렬
부인에게 삼남삼녀三男三女를 두었으니 개개이 총명하여 그 부친을 압두*하고 계계
승승繼繼承承하여 직거일품* 으로 만세유전*하더라.

『열녀춘향수절가』

암행어사 출두 대목은 이 작품의 절정으로, 잔치에 온 양반과 이속들이 허

춘초는 연년녹하되 왕손은 귀불
귀라
봄풀은 해마다 푸르른데 왕손은 돌
아가서는 돌아오지 않네.

망연
아득함.

삼당상
육조六曹의 판서判書, 참판參判, 참
의參議.

이조참의
이조의 정삼품의 당상관. 참판의 다
음 벼슬.

대사성
성균관의 정삼품의 으뜸 벼슬.

사은숙배
임금의 은혜를 사례하여 공손히 절
함.

퇴사
벼슬에서 물러남.

압두
첫머리를 차지함. 여기에서는 압도
壓倒의 의미로 그 부친보다도 재주
가 뛰어남을 말함.

직거일품職居一品
벼슬살이함에 있어 첫째 품계를 차
지함.

만세유전萬世流傳
대대로, 길이 전하여 옴.

둥대는 모습을 희화화戱畫化하여 골계미를 추구함으로써 현실에서 소외된 민중들에게 작품을 통해 통쾌함을 느끼게 합니다. 여주인공 춘향은 감옥에서 시련을 견뎌냄으로써 사랑을 성취하게 되므로 감옥은 통과 의례*라고 할 수 있습니다. 신분의 차이를 극복한 사랑과 탐관오리에 대한 징벌은 조선 후기 사회의 구조적 모순에 대한 서민들의 항거 의식이 발로發露된 것이라고 해석하는 견해도 있고, 춘향이라는 인물 자체는 순정적인 여인이라고 단순화하는 견해도 있습니다. 이 두 견해를 절충하여 표면상으로는 사랑을 지키려는 여인의 정절을 추구하고 그 이면에서는 사회의 모순을 풍자하고 인간 해방을 추구하는 작품이라고 정리할 수 있습니다.

『심청전深靑傳』은 현실적인 가난을 효의 윤리로 극복하려는 의식이 반영된 것으로 죽음과 재생을 모티프로 합니다. 이 작품에서 심청이가 인당수에 빠지는 전반부가 비장미와 숭고미를 창출한다면 심청이 왕비가 되는 후반부는 지극한 효성에 따른 인과응보라는 주제 의식을 드러냅니다. 이 작품은 경판본과 완판본이 내용 전개에 차이*가 있는데, 뺑덕어미를 등장시켜 심봉사를 희화화·세속화시켜서 독자들의 웃음을 좀 더 많이 유발하는 것이 완판본이라면, 경판본은 심봉사의 근엄함을 부각시켜 유교적인 엄숙성을 강조합니다.

『흥부전』은 전통적 가치관에 매달리는 아우 흥부와 돈을 모으기 위해 수단을 가리지 않는 형 놀부를 대립시켜 표면적으로는 '우애'를 권하지만, 다른 한편으로 경제적 이행기에 등장한 신흥 부농과 몰락한 양반 계층의 빈부 갈등 양상을 바탕으로 양반 계층의 허세를 다루고 있습니다. 표현의 측면에서는 해학적 문체를 바탕으로 재미를 추구하며 가난을 웃음으로 극복하려 합니다.

진주 남강 유등 축제에서 선보인 『토끼전』 유등

『토끼전』은 자라가 병든 용왕*을 위해 육지에 사는 토끼의 간을 구하려다 실패하는 이야기입니다. 이 작품은 용왕과 자라를 비롯한 용궁의 신하들과 육지에 사는 토끼가 대비되면서 전자는 지배 관료층을 빗대고 후자는 피지배 농민층을 반영함으로써, 지배층의 억압을 지혜로 극복하는 서민 의식을 드러낸 풍자 소설입니다. 한편으로는 자라의 우직한 충성심을 주제로 삼기도 하며, 동물을 의인화한 우화·의인 소설로도 볼 수 있습니다.

『옹고집전瓮固執傳』은 권선징악을 주제로 한 작품입니다. 옹진 고을에 사는 옹고집은 심술 사납고 인색하며 불효한 인간이어서, 학대사가 초인草人으로 가짜 옹고집을 만들자 진짜 옹고집과 가짜 옹고집이 진위眞僞를 가리다가 진짜 옹고집이 쫓겨납니다. 쫓겨난 진짜 옹고집은 걸식 끝에 도사에게 구출되어 자신의 잘못을 깨닫는다는 이야기인데, 인색한 부자가 화를 입는다는 내용은 「장자못 설화」*와 유사합니다. 이처럼 『옹고집전』은 널리 알려진 설화를 수용한 것으로 판소리계 소설 가운데 가장 단순하며 짧은 작품입니다.

「장자못 설화」
인색한 부자 영감 장자의 집이 못으로 변해 버렸다는 설화.

마당놀이 〈옹고집전〉의 한 장면

이상으로 조선 후기 소설을 유형별로 나누어 살펴보았는데 이외에도 윤리 문제를 주로 다루는 윤리 소설과 이상향 추구를 목적으로 삼는 이상 소설 등으로 유형화하기도 합니다. 『적성의전』은 대표적인 윤리 소설인데 강남 안평 국왕의 둘째 아들 적성의가 일영주日映珠를 구하러 서역으로 떠나서 공주와 결혼하고 세자로 책봉되는 이야기로 '효도'와 '우애'를 강조하였으며, 불효자인 진대방이 김태수의 훈계로 불효를 깨닫고 반성하는 내용을 다룬 『진대방전

陳大方傳』도 윤리 소설에 해당됩니다.

이상 소설은 양반들의 이상향을 드러내거나 부패한 양반 사회를 비판하면서 서민 주도의 사회 건설을 시도하는 것으로 세분화 할 수 있습니다. 전자에 해당하는 것이 『구운몽』, 『옥루몽』이라면 『홍길동전』, 『임경업전』은 후자의 범주로 볼 수 있습니다.

또, 세상사를 다룬 소설로 세태 소설이라는 범주가 있는데 『김학공전』, 『황새결송』, 『옹고집전』, 『장화홍련전』이 여기에 속합니다. 이 중에서 『김학공전』은 신분제가 동요하는 사회상을 반영한 작품입니다. 아버지가 돌아가시고 어머니, 누이와 함께 사는 김학공의 집에서 노복인 박명석이 학공 모자를 죽이고 재산을 탈취하려 하자 재산을 숨겨 놓고 피난을 갔다가 원수를 갚은 뒤 가족과 다시 만나 부귀영화를 누리고 선계로 돌아간다는 이야기입니다. 이 작품에서 노복이 재산을 탈취하려고 했다는 점이 사회의 변화를 반영한 것이므로 세태 소설의 대표작이라고 할 수 있습니다.

02 수필 · 평론

전쟁은 인간의 삶을 변화시킵니다. 임진왜란과 병자호란이라는 큰 전쟁을 거치면서 사람들은 자신의 체험이나 역사적 사실을 기록할 필요성을 느끼게 되었습니다. 사실의 기록에는 산문 갈래가 적합하므로 기행문이나 서간문, 일기와 같은 다양한 수필이 조선 후기에 등장합니다. 전쟁 체험을 기록한 것으로는 임진왜란의 기록인 이순신의 『난중일기亂中日記』와 유성룡의 『징비록懲毖錄』 등이 전해지고, 병자호란을 다룬 것으로 김성헌의 『남한기략南漢紀略』과 궁녀가 쓴 『산성일기山城日記』, 남평 조씨가 쓴 『병자일기丙子日記』 등이 있습니다. 이 중에서 『난중일기』는 국보 제76호로 지정되었는데, 임진왜란이 일어난 다음 달인 선조 25년(1592년) 5월 1일부터 이순신이 전사했던 선조 31년(1598년)까지의 7년간의 기록으로 7책 205장에 이르는 분량입니다. 주요 내용은

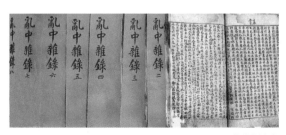

『난중일기』

엄격한 진중 생활과 국정에 관한 솔직한 느낌, 전투 후의 비망록과 수군 통제에 관한 비책, 계절과 삶에 대한 일상적인 느낌, 가족, 친지, 부하, 내외 요인들의 내왕이나 부하들에 대한 상벌, 충성과 강개의 기사, 전황의 보고, 장계및 서간문의 초록 등이 실려 있어 임진왜란 연구에 없어서는 안 될 귀중한 자료로 평가됩니다.

『남한기략』은 1636년 12월 12일부터 1637년 1월에 삼전도에서 왕이 항복한 후 한양으로 돌아올 때까지의 사실을 일기체로 서술한 것으로, 남한산성의 수비 및 척화파斥和派와 주화파*에 대한 기록이 있어서 병자호란 연구의 중요한 자료가 됩니다.

한편 인조가 남한산성으로 피난하여 산성을 지키는 50여 일간의 사실을 간결하게 묘사한 기록물로『산성일기』가 전해지는데, 병자호란을 기록한 유일한 한글 일기로서 당시에 남한산성에 함께 있었던 궁녀가 썼을 것으로 추정됩니다. 이 작품은 병자호란이 일어난 배경과 원인, 전쟁의 상황, 눈물겨운 항전, 치욕적인 항복, 전쟁의 뒤처리까지 역사적 사실을 자세히 기록하고 있을 뿐만 아니라 치욕적인 역사적 사실의 이면을 생생히 보여 주며 생동감 있는 기록 문학으로 높이 평가 받습니다.

전쟁을 기록한 수필 외에 일반인들이 엿볼 수 없는 궁중의 삶을 다룬 수필 작품도 있습니다.『계축일기』와『인현왕후전』, 『한중록』은 조선 시대 3대 궁중 문학으로 일컬어지며 여성 특유의 섬세함과 우아한 표현이 돋보입니다.

『계축일기』는 광해군이 인목 대비를 폐위시킨 사건을 기록한 것으로『서궁록』이라고도 부릅니다. 선조는 3명의 부인에게서 14남 1녀를 얻었는데, 그중에서 영창 대군만이 정비 소생이고 왕위에 오른 광해군은 후궁인 김 씨의 소생이었습니다. 선조가 갑작스럽게 세상을 뜨자 후궁 소생인 광해군이 왕위에 올라 인목 대비의 아버지인 김제남을 반역죄의 명목으로 사형시킨 뒤 동생인 영창 대군을 강화도로 귀양 보내 죽입니다. 그리고 계모인 인목 대비는 서궁에 유폐시켰는데, 이 사건을 계축옥사(1613년)라고 합니다. 이 계축옥사에 대한 기록이 바로『계축일기』인데 주로 인목 대비를 지지하는 입장에서 서술되어 있습니다. 순수한 우리말을 사용하되 전아典雅하고 중후한 궁중어가 풍부하여

척화파와 주화파
척화파는 병자호란 당시 청과의 전쟁을 주장한 김상헌, 윤집, 오달제 등을 말하며, 주화파는 청과의 화해를 주장한 최명길 같은 사람을 일컫는 말이다.

『계축일기』

내가 폐위되기 까지의 일이 담겨있어.

인목대비

문학성이 뛰어납니다.

『인현왕후전』은 김만중이 『사씨남정기』를 통해 풍자한 '인현 왕후-숙종-장희빈' 사건의 사실적 기록인데, 잔잔하고 차분한 필치가 독자에게 감동을 주며 소설에 견줄 만한 흥미진진한 기록이라는 평가를 받습니다.

궁중 기록에 해당되는 『계축일기』와 『인현왕후전』이 작자 미상인데 비하여, 『한중록』은 작가가 명확하게 알려진 작품으로 1795년에 정조의 어머니인 혜경궁 홍씨가 자신의 기구한 운명과 남편인 사도 세자*가 뒤주에 갇혀 죽게 되는 참변을 기록한 자서전 성격의 수필입니다. 지금까지 전해지는 것은 모두 4편인데 제1편은 정조 19년에 작가가 회갑 때 썼고, 나머지는 순조 1년에서 3년 사이에 쓴 것으로 추정됩니다. 제목의 '한閑'은 '한恨'으로도 해석을 하는데, 작가가 한가해진 때閑에 한恨스러운 일을 되새기는 기록으로 이 작품의 성격을 규정할 수 있습니다. 고상하고 우아한 어휘를 사용하였고 전반적으로 전아典雅하고 품위 있는 분위기를 지닌 작품이어서 궁중 문학 중에서도 백미로 손꼽힙니다.

사도 세자
영조의 둘째 아들. 28세 때 노론 강경파의 모함으로 영조에 의해 8일간 뒤주에 갇혀 있다가 죽는다. 이 사건을 임오화변壬午禍變이라고 한다.

융릉
경기도 화성시 태안읍에 있는 사도 세자와 혜경궁 홍씨의 무덤으로 사적 206호이다.

여행의 기록물로는 박지원의 『열하일기熱河日記』와 의유당 김씨의 『의유당관북유람일기意幽堂關北遊覽日記』가 대표작입니다. 박지원은 앞에서 언급한 대로 조선 후기의 대표적인 실학자입니다. 그는 정조 4년(1780년)에 팔촌 형인 박명원을 따라 청나라 고종의 고희연에 가는 도중에 고종의 피서지인 열하를 여행한 후 다시 북경으로 돌아오기까지 약 2개월 간의 견문과 느낌을 분야별로 나누어 『열하일기』에 기록하였습니다. 이 책의 1권에서 7권까지는 여행 경로를 기록하였고 8권에서 26권까지는 보고 들은 것을 수록하였는데, 발표 당시에 보수파들에게 비난을 받기도 하였지만 중국의 신문물을 망라한 연경 기행 문학의 정수로 인정받고 있습니다. 이 책에 수록된 여러 작품 중에서 「일야구도하기一夜九渡河記」와 「호곡장론好哭場論」은 구체적인 경험과 깨달음을 전하고 있어 설득력이 강한 글로 평가받습니다.

「일야구도하기」는 '하룻밤에 아홉 번 강을 건넌 이야기'라는 뜻으로, 낮에 강

박지원의 『열하일기』는 견문기라는 형식을 띠되, 새로운 문체의 사용, 대화 중심의 극적 구성, 해학적 표현의 구사, 섬세한 인간 심리 묘사 등이 들어 있는 문학 작품을 수록함으로써 우리 산문 문학의 수준을 한 단계 끌어올린 훌륭한 문화유산이라고 할 수 있다. 특히, 이용후생을 바탕으로 하여 실제 생활에 도움이 될 만한 내용들을 역사, 지리, 풍속, 기술, 의학, 인물, 정치 등의 분야에서 관찰에 입각하여 자세하게 서술하여 조선 사회의 현실에 대한 비판과 개혁 의지로 연결시킴으로써 박지원의 개혁 사상이 들어가 있는 고전 사상서思想書라고 할 수 있다. 따라서 이 책은 기행 문학의 정수이면서 뛰어난 문학서이고 과학과 예술 그리고 새로운 사상과 미학을 담은 책이라는 의의를 부여할 수 있다.

을 건널 때에는 거친 파도가 눈에 보이기 때문에 소리가 귀에 들어오지 않았으나 밤에 강을 건널 때에는 눈에 거친 파도가 보이지 않아서 물소리가 위협적으로 들렸다는 내용입니다. 사람의 감각이 외부 사물에 현혹되기 쉬우므로 몸가짐을 바르게 해야 한다는 교훈을 전합니다.

「호곡장론」은 흔히 '통곡할 만한 자리'로도 불리는 작품인데 넓은 요동 벌판을 보고 통곡할 만하다고 함으로써 통곡의 이유에 대해 사람들의 호기심을 자극하면서 시작되는 글입니다.

> 7월 초팔일 갑신일, 맑다.
>
> 정사와 한 가마를 타고 삼류화三流花를 건너 냉정冷井에서 조반을 먹었다. 십여 리를 가다가 산기슭 하나를 돌아 나서니 태복泰ㅏ이라나 놈이 국궁鞠躬을 하는 말 앞으로 달려 나와 땅에 머리를 조아리고 큰 소리로,
>
> "백탑白塔이 현신함을 아뢰오."
>
> 한다.
>
> 태복은 정진사의 마두이다.
>
> 산기슭이 가로 막고 있어 백탑이 보이지 않기에 말을 급히 몰아 수십 보를 채 못 가서 겨우 산기슭을 벗어났는데 안광이 어질어질 하더니 홀연히 검고 동그란 물체가 오르락내리락한다. 이제야 깨달았다. 사람이란 본래 의지하고 붙일 곳이 없이 단지 하늘을 이고 땅을 밟고 이리저리 나다니는 존재라는 것을.
>
> 말을 세우고 사방을 둘러보다가 나도 모르게 손을 들어 이마에 얹고,
>
> "한바탕 통곡하기 좋은 곳이로구나."
>
> 했더니 정 진사가,
>
> "천지간에 이렇게 시야가 툭 터진 곳을 만나서는 별안간 통곡할 것을 생각하시니, 무슨 까닭입니까?"
>
> 하고 묻기에 나는,
>
> "그렇긴 하나, 글쎄 천고의 영웅들이 잘 울고, 미인들이 눈물을 많이 흘렸다고는 하나, 기껏 소리 없는 눈물을 두어 줄기 옷깃에 굴어 떨어진 정도에 불과하였지. 그 울음소리가 천지 사이에 울려 퍼지고 가득 차서 마치 악기에서 나오는 소리와 같다

는 얘기는 들어보지 못했네.

사람들은 단지 인간의 칠정七情 가운데 오로지 슬픔만이 울음을 유발한다고 알고 있지. 칠정이 모두 울음을 자아내는 줄은 모르고 있네. 기쁨이 극에 달하면 울음이 날 만하고, 분노가 극에 치밀면 울음이 날 만하며, 미움이 극에 달하면 울음이 날 만하고, 욕심이 극에 달해도 울음이 날 만할 걸세. 막히고 억눌린 마음을 시원하게 풀어 버리는 데는 소리를 지르는 것보다 더 빠른 방법은 없네.

통곡 소리는 천지간에 우레와 같이 지극한 감정에서 터져 나오고, 터져 나온 소리는 사리에 절실할 것이니 웃음 소리와 뭐가 다르겠는가? 사람들이 태어나서 사정이나 형편이 이런 지극한 경우를 겪어 보지 못하고 칠정을 교묘하게 배치하여 슬픔에서 울음이 나온다고 짝을 맞추어 놓았다네. 그리하여 초상이 나서야 비로소 억지로 '아이고' 하는 등의 소리를 질러 대지.

그러나 정말 칠정에서 느껴져 나오는 지극하고 진실한 통곡 소리는 천지 사이에 억누르고 참고 억제하여 감히 아무 장소에서나 터져 나오지 못하는 법이네. 한나라 때의 가의賈誼는 적당한 통곡의 자리를 얻지 못해 울음을 참다가 견디지 못하고 갑자기 하나라 궁실인 선실宣室을 향해 한바탕 길게 울부짖었으니, 어찌 사람들이 놀라고 괴이하게 여기지 않을 수 있겠는가?"

하니 정진사는,

"지금 여기 울기 좋은 장소가 저토록 넓으니, 나 또한 그대를 좇아 한바탕 울어야 마땅한데, 칠정 가운데 어느 정에 감동 받아 울어야 할지 모르겠습니다."

하기에 나는,

"그건, 갓난아이에게 물어보시게. 갓난아이가 처음 태어나 칠정 중 어느 정에 감동하여 우는지? 갓난아이는 태어나 처음으로 해와 달을 보고, 그 다음에 부모와 앞에 꽉 찬 친척들을 보고 즐거워하고 기뻐하지 않을 수 없을 것이네. 이런 기쁨과 즐거움은 늙을 때까지 두 번 다시 없을 터이니, 슬퍼하거나 화를 낼 이치가 없을 것이고 응당 즐겁고 웃어야 할 것이 아닌가. 그런데도 도리어 한없이 울어대고 분노와 한이 가슴에 꽉 찬 듯이 행동을 한단 말이야. 이를 두고 신성하게 태어나거나 어리석고 평범하게 태어나거나 간에 사람은 모두 죽게 되어 있고 살아서는 허물과 근심을 백방으로 겪게 되므로 갓난아이는 자신이 태어난 것을 후회하여 먼저 울어서 자신을 위로하는 것이라고 한다면, 이는 갓난아이의 본마음을 참으로 이해하지 못해서 하는 말이네.

갓난아이가 어머니 태중에 있을 때 캄캄하고 막히고 좁은 곳에서 웅크리고 부대끼다가 갑자기 넓은 곳으로 빠져나와 손과 발을 펴서 기지개를 켜고 마음과 생각이 확 트이게 되니, 어찌 참소리를 질러 억눌렸던 정을 다 크게 씻어 내지 않을 수 있겠는가!

그러므로 갓난아이의 거짓과 조작이 없는 참소리를 응당 본받는다면, 금강산 비로봉에 올라 동해를 바라봄에 한바탕 울 적당한 장소가 될 것이고, 황해도 장연長淵의 금모래사장에 가도 한 바탕 울 장소가 될 것이네. 지금 요동 들판에 임해서 여기부터 산해관山海關까지 일천이백 리가 모두지 사방에 한 점의 산이라고는 없이, 하늘 끝과 땅끝이 마치 아교로 붙인 듯, 실로 꿰맨 듯 하고 고금의 비와 구름만이 창창하니, 여기가 바로 한바탕 울어 볼 장소가 아니겠는가?"

『열하일기』

이 작품에서는 슬플 때만 통곡하는 것이 아니라 '희노애락애오욕喜怒哀樂愛惡欲'이라는 인간의 칠정七情이 극에 달하면 울게 된다고 하면서, 요동 벌판의 넓음을 접한 기쁨이 극에 달해 마치 갓난아이가 넓은 세상에 나와서 기뻐서 우는 것처럼 통곡하게 된다는 참신한 발상으로 내용을 전개하여 읽는 이로 하여금 감탄을 자아냅니다.

또한 이 책에서 눈여겨보아야 할 부분은 18세기 인물인 박지원의 현실관이 반영되어 있는 대목입니다. 이전의 기행문이 나그네의 여정에 따른 감상 위주인 데 비해 이 책은 여행을 기반으로 하여 앞서 제시한 두 편의 이야기에서처럼 깨달음을 기록하되, 여행 중에 보고 들은 신문물을 바탕으로 '어떻게 하면 돈을 벌 수 있는가?' 하는 식의 실리 적인 사고를 드러내고 있습니다. 예를 들면, 중국인이 꼭 필요로 하지만 중국에는 없는 인삼을 중국인들이 정중히 받드는 모습을 기록한 대목이나 중국식 온돌인 '캉'을 분석한 부분은 작가가 관심을 가진 것이 어떤 것들인지 짐작하게 합니다.

『의유당관북유람일기意幽堂關北遊覽日記』는 흔히 '동명일기東溟日記'라고 불리는 작품인데 영조 때인 1772년에 의유당 남씨가 함흥의 판관으로 부임해 가는 남편을 따라 그곳의 명승고적을 살피고 느낀 바를 기록한 한글 수필입니다. 특히, 「동명일기」는 해돋이의 장관을 잘 표현하였는데 우리말을 적절하게 잘 사용하여 일출 광경의 장엄하고 화려한 모습을 사실적이고 섬세하게 잘 묘사하였다는 평가를 받습니다.

급히 눈을 들어 보니, 물 밑 홍운紅雲을 헤앗고 큰 실오리 같은 줄이 붉기 더욱 기이奇異하며, 기운이 진홍眞紅 같은 것이 차차 나 손바닥 넓이 같은 것이 그믐밤에 보는 숯불 빛 같더라. 차차 나오더니, 그 우흐로 적은 회오리밤 같은 것이 붉기 호박琥珀 구슬 같고, 맑고 통랑通朗하기는 호박도곤 더 곱더라. 그 붉은 우흐로 훌훌 움직여 도는데, 처음 났던 붉은 기운이 백지白紙 반 장半張 넓이만치 반듯이 비치며, 밤 같던 기운이 해 되어 차차 커 가며, 큰 쟁반만 하여 불긋불긋 번듯번듯 뛰놀며, 적색赤色이 온 바다에 끼치며, 몬저 붉은 기운이 차차 가새며, 해 흔들며 뛰놀기 더욱 자로 하며, 항 같고 독 같은 것이 좌우左右로 뛰놀며, 황홀恍惚히 번득여 양목兩目이 어즐하며, 붉은 기운이 명랑明朗하여 첫 홍색을 헤앗고, 천중天中에 쟁반 같은 것이 수렛바퀴 같하야 물 속으로 치밀어 받치듯이 올라붙으며, 항, 독 같은 기운이 스러지고, 처음 붉어 겉을 비추던 것은 모여 소혀처로 드리워 물 속에 풍덩 빠지는 듯 싶으더라. 일색日色이 조요照耀하며 물결에 붉은 기운이 차차 가새며, 일광日光이 청랑淸朗하니, 만고천하萬古天下에 그런 장관은 대두對頭할 데 없을 듯하더라. 짐작에 처음 백지 반 장만치 붉은 기운은 그 속에서 해 장차 나려고 우리어 그리 붉고, 그 회오리밤 같은 것은 진짓 일색을 빠혀 내니 우리온 기운이 차차 가새며, 독 같고 항 같은 것은 일색이 모딜이 고온 고로, 보는 사람의 안력眼力이 황홀恍惚하여 도모지 헛기운인 듯싶은지라

위 대목에서 알 수 있듯이 해돋이의 장관을 표현하면서 떠오르는 해를 '회오리밤'과 '쟁반', 그리고 '수렛바퀴'에 비유하여 사실적이고 섬세하게 묘사함으로써 작가의 탁월한 심미안을 보여 줍니다.

조선 후기의 평론에서 돋보이는 사람은 우리 문학의 중요성을 인식한 김만

중과 홍만종입니다. 김만중은 『서포만필』에서 우리말을 버리고 중국의 말을 쓰는 것은 마치 앵무새가 사람의 말을 흉내 내는 것과 같다고 하면서 국문학이 참된 문학임을 주장하였는데, 다음의 내용에서 이런 사실을 확인할 수 있습니다.

사람의 마음이 입으로 표현된 것이 말이요, 말의 가락에 있는 것이 시가문부詩歌文賦이다. 사방四方의 말이 비록 같지는 않더라도 진실로 말할 수 있는 사람이 각각 그 말에 따라 가락을 맞춘다면, 다같이 천지를 감동시키고 귀신을 통할 수가 있는 것은 유독 중국만이 그런 것은 아니다. 지금 우리나라의 시문詩文은 자기 말을 버려두고 다른 나라 말을 배워서 표현한 것이니, 설사 아주 비슷하다 하더라도 이는 단지 앵무새가 사람의 말을 하는 것과 같다. 여염집 골목길에서 나뭇꾼이나 물 긷는 아낙네들이 에야디야 하며 서로 주고받는 노래가 비록 저속하다 하여도 그 진가眞價를 따진다면, 정녕 학사대부學士大夫들의 이른바 시부詩賦라고 하는 것과 같은 입장에서 논할 수는 없다.

김만중, 『서포만필』

홍만종의 문학관도 이와 유사한데, 『순오지旬五志』에서 그의 문학관을 확인할 수 있습니다. 『순오지』는 홍만종이 인조 25년(1647년)에 병으로 누워 있을 때 15일 만에 완성한 책입니다. 이 책에서 홍만종은 우리 곡조는 우리말을 사용한 가사여야 한다고 주장하면서, 우리 시가와 민간에서 전승되는 이야기를 수집하여 수록하였고 부록에 130여 개의 속담을 실었습니다. 이를 통해 그가 주장하는 문학이 우리말을 사용한 것임을 짐작할 수 있습니다.

03 서사 무가

우리나라의 건국 서사시는 제천 의식에서 무당과 같은 존재들이 영웅들의 이야기를 구비 전승의 형태로 불렀을 것으로 추정됩니다. 하지만 유학이나 불교를 중시하는 중세 시대가 되면서 이들 무당은 몰락의 길을 걷게 되고, 건국 서사시는 대부분 문자로 정착되지 못하고 나라의 시조始祖를 노래하는 내용에서 무속의 신을 기리는 내용으로 바뀝니다. 그리고 구비 전승의 형태로 상층의 문화와 멀어진 채 하층의 문화에 속하게 됩니다. 특히 조선은 유교를 국가의 통치 이념으로 삼았기 때문에 무속과 관련된 것은 철저하게 배제하였으나, 민간에서는 여전히 무속을 숭상하는 풍속이 굿의 형태로 이어졌습니다.

굿을 할 때 무당이 부르는 노래가 서사 무가敍事巫歌인데, 이것은 구비 서사시의 일종이며 무속에서 섬기는 신의 내력을 풀이하는 내용으로 이루어집니다. 제주도에서는 서사 무가를 무속의 내력을 풀이한다고 하여 '본풀이'* 라고 부릅니다. 대표적인 서사 무가로 「바리공주」, 「제석본풀이」* 등이 있습니다.

「바리공주」는 「오구풀이」, 「칠공주」, 「바리데기」라고도 부르며, 「동명왕 신화」

본풀이

굿에서 신의 일대기나 근본 내력을 말로 풀어내는 것.

「제석본풀이」

'제석'은 불교에서는 석가모니를, 무가에서는 스님을 뜻한다. 제목인 '제석본풀이'는 '제석신의 근본 내력을 말로 풀어낸 것' 이라는 뜻이다. 이 무가의 주인공이 남자인 스님이 아니라 여자인 당금애기인데도 제목을 '제석본풀이'로 한 것은, 남성 중심의 사고가 반영된 결과이다.

오구굿

사람이 죽었을 때 하는 굿. 중부 지방에서는 '진오귀굿' 혹은 '지노귀굿'이라고 부르며, 호남 지방에서는 '씻김굿', 영남 지방에서는 '오구굿', 관북 지방에서는 '망묵이굿'이라고 부른다.

에 나오는 영웅의 일대기와 유사한 틀을 기본 구조로 하는 서사 무가입니다. 바리공주는 '버려진 아이'라는 뜻에서 '바리데기'라고 부르며 오구굿*에서 가장 중요한 무신巫神을 말합니다.

즉 이승과 저승 사이의 길을 열어 망자亡者(죽은 자)의 혼을 편안하게 인도하는 힘을 지닌 존재가 바리공주입니다. 본풀이의 내용을 영웅의 일대기 구조에 맞게 도식화하면 다음과 같이 정리할 수 있습니다.

일대기 구조	「바리공주」의 내용
고귀한 혈통	어떤 왕국에서 일곱 번째 공주로 태어난다.
어려서 버려짐	딸이라는 이유로 버려진다.
구출, 양육자를 만남	석가세존 혹은 초자연적인 힘의 도움으로 양육된다.
성장하여 다시 위기에 직면함	왕이 병이 들어도 여섯 공주가 약을 구하러 떠나려 하지 않자, 버렸던 바리공주를 찾아서 약물을 구해 오게 한다.
위기를 극복하고 승리자가 됨	여러 가지 난관*을 극복하고 약물을 구해 와서 왕을 살려 내고, 죽은 영혼을 이승에서 저승으로 인도하는 무속의 신이 된다.

여러 가지 난관

「바리공주」의 통과 의례는 '서울 지역 전승본'에서는 저승에서 무상신선을 만나 9년 동안 노동을 하고 일곱 명의 자식을 낳는 수난을 겪는데, 이본에 따라 수난의 내용이 다양하다.

시련과 수난

「바리공주」에서 주인공이 겪는 시련과 수난을 '여성의 시련과 수난'으로 구체화하면 「단군신화」의 웅녀, 「주몽신화」의 유화, 「심청전」의 심청과 맥을 같이한다고 볼 수 있다.

「바리공주」에 나오는 기아棄兒, 재생再生, 효행孝行의 모티프는 「숙향전」, 「적성의전」 등에 영향을 미쳤고, 영웅으로서의 활약상은 「조웅전」, 「옥루몽」과 관련성이 있다.

제석굿

'세존굿', '시준굿', '생굿'이라고도 한다.

이러한 영웅의 일대기나 시련과 수난*의 양상은 우리나라 서사 문학의 특질이면서 후대 소설의 내용에도 많은 영향을 끼칩니다.*

「바리공주」의 내용을 개인, 사회, 인류의 측면으로 나누어 분석하면, 개인적인 측면은 아버지를 살려 내는 것이고 사회적 측면은 왕을 부활시켜 국가의 위기를 극복하는 것입니다. 그리고 인류적 측면은 죽은 이를 저승으로 편안하게 인도하는 신이 된다는 것인데, '희생(버려졌다가 약물을 구하기 위해 수난을 겪음)－구원(병든 부모를 구하고 무속의 신이 됨)'이라는 맥락으로 내용이 전개됨으로써 죽지 않고 영원히 살고 싶어 하는 민중의 소망과 초월적 세계에 대한 열망을 드러내어 보편성을 획득합니다.

「제석본풀이」는 「당금애기」라고도 하는데 제석굿*에서 부르는 삼신할미의 내력담입니다. '삼신'은 아이의 잉태와 출산, 성장을 관장하는 무속신으로 생산신, 수복신壽福神입니다. 출생이 인간의 삶에서 가장 중요하기 때문에 「제석본풀이」는 우리나라에서 가장 널리 전승되는 무가가 되었습니다.

바리공주

당금애기는 고귀한 신분을 지닌 부모에게서 태어난다. 아들만 아홉이 계속 태어나자 기도를 드려 겨우 딸을 얻는데, 어렵게 얻은 딸은 인물도 좋고 재주가 많다. 그러던 어느 날 부모와 일곱 오빠가 모두 떠나고 딸 혼자 집에 남는다. 시주하러 온 스님이 당금애기를 잉태시킨다.* 이렇게 임신을 한 당금애기는 온갖 수모를 겪게 되는데, 어머니의 도움으로 목숨을 건지고 세 아들을 낳아 잘 길러 낸다. 세 아들은 아버지를 찾아가 혈육임을 확인한 뒤 삼불제석三佛帝釋이 되고, 당금애기는 삼신할미의 직분을 받아 무속신이 된다.

시주하러 온 스님이 당금애기를 잉태시키는 사건을 '구출, 양육'으로 보는 이유는 당금애기가 그로써 세 아들을 낳아 훌륭하게 양육함으로써 무속신이 되기 때문이다.

지신
'당금애기'의 의미. '당'은 골짜기를 뜻하는 말이고 '금'은 신이라는 의미가 있다. 따라서 당금애기는 '골짜기의 신'이나 '지모신地母神'일 가능성이 있다.

이 작품의 틀은 '천부지모형天父地母形' 신화와 양상이 유사한데, 스님은 남신男神으로 천신天神이며, 당금애기는 지역을 수호하는 여신으로 지신地神* 혹은 생산신에 해당됩니다. 또 세 아들이 아버지를 찾아가는 것은 유리왕이 동명왕(주몽)을 찾아가는 것과 비슷하며 잉태한 당금애기가 수난을 겪는 것은 「바리공주」와 유사한데, 이는 후대의 문학 작품에도 빈번하게 등장하는 이야기 요소입니다.

이상의 두 작품에서 살펴본 것처럼 서사 무가는 문학성이 매우 강할 뿐만 아니라, 다른 서사 문학과도 밀접한 영향 관계를 맺으며 우리 민족의 원초적 우주관과 인간관 그리고 민중의 세계관을 담고 있습니다.

따라서 우리 서사 문학의 역사적 줄기를 파악할 수 있는 자료로서 그 문학 사적 의의가 있습니다.

04 판소리

구비 전승되는 서사 문학 중에서 우리 민족의 음악 언어와 표현 방법이 가장 잘 드러나는 것이 판소리입니다. 판소리는 '판'과 '소리'의 합성어인데, '판'이 '상황, 장면, 여러 사람이 함께 모인 곳'을 뜻한다고 보아 '판소리'를 '다수의 청중들이 모인 놀이판에서 부르는 노래'라고 어원을 분석하는 견해와 '판'은 '악조樂調'를 뜻하므로 '판소리'를 '변화 있는 악조로 구성된 노래'라고 보는 두 가지 견해가 있습니다.

판소리의 기원*에 대해서는 호남 지방의 단골 무당들이 부르는 서사 무가에서 유래하였다는 설이 가장 유력한데, 두 갈래 모두 장편 구비 서사시의 형식인 점이나 창과 아니리를 섞은 구연, 음악적 장단이나 선율 구조, 창법 등의 여러 가지 면에서 공통점이 있습니다.

우리나라에서 판소리를 확인할 수 있는 가장 오래된 문헌은 영조 30년(1754년)에 유진한이 쓴 『만화집晚華集』인데 이 책에 「춘향가」가 수록되어 있으며 이 무렵에 판소리 열두 마당이 이루어졌을 것으로 보입니다. 판소리 열두 마당

판소리의 기원에 대해서는 광대 소학지희笑謔之戲 기원설, 중국 강창문학講唱文學 기원설, 독서성讀書聲 기원설, 육자배기토리 기원설, 판놀음 기원설 등 다양한 견해가 있다.

은「춘향가」,「심청가」,「흥부가」,「수궁가(토별가)」,「적벽가」,「배비장 타령」,「변강쇠 타령(가루지기 타령, 횡부가)」,「강릉 매화 타령」,「숙영낭자 타령」,「옹고집 타령」,「장끼 타령(자치가)」,「무숙이 타령」의 판소리 12종류를 뜻하는데, 순조 때 송만재宋晚載(1769~1847)는「관우희觀優戱」라는 문헌에서「무숙이 타령」과「숙영낭자 타령」대신에「왈자 타령」과「가짜 신선 타령」을 열두 마당이라고 소개하였습니다. 이것을 고종 때 신재효가 다시「춘향가」,「심청가」,「흥부가」,「수궁가」,「적벽가」,「변강쇠가」의 여섯 마당으로 정리하였습니다.* 그러나 이 중에서「변강쇠가」는 곡이 유실되어 현재는 판소리 다섯 마당만이 전해집니다.

판소리의 공연은 '창(노래 · 소리)'과 '아니리(이야기조의 사설)'로 서사적 내용을 전달하는 광대(창자唱子)와 북을 치며 장단을 맞춰 주면서 '추임새'*를 넣어 주는 고수鼓手에 의해 진행되고, 한 편의 판소리를 모두 외워서 공연하는 데에는 대략 7~8시간 정도가 소요됩니다. 이때 광대는 실감나는 장면 묘사를 위해 '너름새(발림)'라는 동작이나 몸짓을 하기도 합니다. 또, 판소리는 공연을 전제로 한다는 특징 때문에 광대 즉, 소리꾼이 판소리 청자의 호응에 따라 즉흥적으로 사설의 내용을 바꾸기 때문에 다양한 이본이 존재합니다. 판소리「수궁가」에서 확인을 해 보면 다음과 같습니다.

18세기 말 무렵에 판소리의 향유 계층이 양반층으로까지 확대되면서, 평민적 해학과 풍자가 강한 작품들이 사라지고 판소리도 열두 마당에서 여섯 마당으로 줄어들었을 것으로 추정된다.

추임새
장단을 짚는 고수가 창의 군데군데에서 소리의 끝 부분에 창자의 흥을 돋우기 위하여 '좋다', '좋지', '으이', '얼씨구', '흥' 등의 조흥사助興詞나 감탄사를 넣어 주는 것.

이때에 주부 모친이 있는듸
자라라도 수수천년이 되야 삶아도 먹지 못할
암자라 한 마리가 있든가 부드라.
주부 세상 간다는 말을 듣고
울며불며 못 가게 만류를 허는듸
(진양조)
"여봐라 주부야 여봐라 별주부야.
늬가 세상을 간다허니 무얼 허로 갈랴느냐.
세상이라 허는 데는 한번 가면 못 오느니라.
장탄식長歎息, 병이 든들 뉘 알뜰이 구원허며
네 몸이 죽어져서 오연烏鳶의 밥이 된들

뉘랴 손뼉을 뚜다려 주며

후여쳐 날려 줄 이가 뉘 있드란 말이냐.

위방불입危邦不入이니 가지를 마라."

박봉술 창唱 「수궁가」 중

"여봐라, 주부야! 네가 세상을 간다 하니 노모 마음 한없이 기쁘다마는, 부디 낚시를 조심하여라. 너희 부친도 세상에 가서 낚싯밥을 물었다가 청춘조사허였기로, 독수공방 설움 중에 너 하나만 믿는 마음, 쥐면 꺼질까 불면 날까 애지중지 기를 적에, 일찍 나가 늦게 오면 문에 빗겨 기다리고, 늦게 나가 아니오면 여閭에 빗겨 바랬더니마는, 네가 이제 등과하여 인군仁君을 섬기다가, 인군이 환후 계셔 약 구하러 간다 하니, 군위신충君爲臣忠 당당한 네 직분이 갸륵하고 장하도다. 아무쪼록 정성대로 수이 구하여 돌아오되, 만일 약을 못 구하면 골폭사장에 거기서 죽지 돌아오지 말지어다."

김연수 창唱 「수궁가」 중

판소리계 소설과 판소리의 선후 관계에 대해서는 소설이 판소리보다 선행했다는 설과 판소리가 소설에 선행했다는 두 학설이 있는데, 후자의 학설이 일반적으로 받아들여집니다. 판소리에서 광대의 대본에 해당하는 것이 판소리 사설인데, 이것은 거의 대부분 구전 설화가 기본 골격이 됩니다. 따라서 판소리계 소설은 구비 전승되던 근원 설화가 판소리로, 그리고 판소리는 판소리계 소설로 이어졌을 가능성이 높습니다.

또한 판소리를 공연하는 광대들은 전승되는 이야기의 골격을 근간根幹으로 삼아 그중에서 특히 흥미로운 부분을 확장하고 부연하여 청중의 흥미와 감동을 이끌어 냅니다.* 그리고 판소리의 내용은 비장한 장면과 골계적滑稽的인 장면을 교차 배치하여 청중들을 작중 현실에 몰입시켰다가 해방시키는 '긴장-이완'의 방식으로 구성됩니다. 판소리 사설의 문체는 운문과 산문이 혼합되어 있는데, 이것은 판소리가 여러 계층의 청중들을 상대로 한 구비 전승의 적층積層 문학*이므로 전아典雅하고 장중한 양반의 언어와 소박하고 발랄한 평민적 언어가 공존했기 때문입니다. 따라서 판소리는 언어 사용의 측면이나 향유 계층, 그리고 앞서 소설에서 다룬 내용의 측면을 고려할 때 서민들의 현실 생활을 풍자와 골계를 통해 드러내면서 양반과 평민층을 아우르는 근대 문학 갈래라고 평가할 수 있습니다.

05 민속극

오기

① 금환: 곡예 ② 월전: 탈춤 ③ 대면: 탈을 쓰고 역신을 쫓는 춤 ④ 속독: 춤, ⑤ 산예: 사자무獅子舞를 말하는데 이것은 중국과 서역 등에서 전래한 무악 · 산악散樂 등의 영향을 받은 삼국악三國樂을 종합한 놀이였을 가능성이 높다.

가무백희

국가에서 주관하는 각종 행사나 연회에서 베풀어진 노래 · 춤 · 기예.

산대잡극과 구나

산대잡극은 처용무를 비롯한 가악무와 곡예적인 재주를 내포하며, 구나는 악귀를 쫓는 종교적 행사로 가무를 동반한다.

민속극의 약화

이외에도 민속극을 촉발할 수 있는 상업의 발달과 시정 문화 형성이 늦어진 것도 민속극이 약화된 원인이다.

상고 시대의 제천 의식에서 행해지기 시작한 연극은 자생적 바탕 위에 중국과 서역의 영향을 받으면서 역사와 함께 발달해 왔습니다. 삼국 시대에는 고구려악高句麗樂과 백제의 기악伎樂, 신라의 오기五伎*와 처용무에 대한 기록이 전하는데, 이것은 모두 가무백희歌舞百戱*를 통합한 것으로서 음악 · 무용 및 연극이 분화되지 않은 상태의 연희였습니다. 고려 시대는 산대잡극山臺雜劇과 구나驅儺*에 대한 기록들이 남아있으나, 조선 시대는 유교의 영향으로 엄격한 규범이 전 사회적으로 적용되면서 연극의 발달은 크게 제약을 받습니다.

조선 중기까지만 해도 사신 영접이나 공적인 의식을 위해 산대도감山臺都監이라는 관청을 두어 가무백희를 거행하면서 국가의 태평성대를 기원하였지만, 무당굿 놀이, 꼭두각시놀음, 탈춤처럼 규모가 큰 민속극은 궁중에서 연희되지 않았습니다. 조선 후기에 이르러서 외침外侵이나 내정內政과 같은 국가적 혼란 때문에 민속극은 갈수록 약화*의 길을 걸으면서 상층 문화와 단절된 채 지역 단위의 민속 예능이라는 하층의 문화로 정착했을 것으로 추정할 수 있습니다. 하층 문화로 자리 잡은 민속극은 중세의 사회 지배 체제가 흔들릴 때 밑에서부터 제기되던 비판 정신이 가장 잘 표현된 갈래로 발전합니다. 따라서 민속극은 민중이 독자적인 창조력을 구현한 문학 갈래라는 의의를 지닙니다.

일반적으로 민속극은 무당의 굿놀이*와 탈춤, 꼭두각시놀음을 말합니다. 무당의 굿놀이는 무당이 하는 굿에 포함되는 연극으로 신들린 무당이 굿을 청한 사람을 상대로 공수*를 주고받을 때 대화의 형식으로 진행되면서 연극적 요소를 띱니다.

「꼭두각시놀음」은 남사당패나 굿중패라고 불리는 떠돌이 놀이패가 공연하는 인형극입니다. 인형극으로 망석중놀이, 장난감 인형 놀이, 발탈* 등도 존재하였지만, 오늘날까지 전해지지 않고 「꼭두각시놀음」만이 전승되었습니다. 따라서 「꼭두각시놀음」은 우리나라 민속극 중에서 유일한 인형극에 해당됩니다. 「꼭두각시놀음」은 인형극이므로 인형을 놀리는 포장막이 필요하며 이 안에 인형을 조정하는 남사당패*들이 들어가서 인형을 움직이고 대사를 합니다. 또 악사와 산받이라고 부르는 소리꾼이 포장 밖의 적당한 곳에서 무대를 향해 자리를 잡고 반주를 하거나(악사) 인형과 대화를 주고받으며(산받이) 놀이의 진행을 도와줍니다. 공연은 대개 밤에 이루어지므로 포장막의 양옆을 관솔불로 밝게 비추어 인형의 상반신이 보이게 합니다. 인형은 주로 팔을 움직이거나, 인형들끼리 대화를 하거나 산받이와 말을 주고받습니다.

「꼭두각시놀음」은 구비 전승*되다 보니 채록본採錄本에 따라 내용이 조금씩 차이가 나지만, 직접적이고 노골적인 표현을 사용하여 풍자의 강도가 매우 강합니다. 이러한 풍자는 서민들의 의식을 반영하면서 그들의 소박하고 활기찬 삶을 보여 줍니다.

탈춤은 민속극 중에서 가장 발달한 것으로 가면을 쓰고 하는 연극입니다. 가면극이라고도 불리며 지방에 따라 산대놀이, 탈놀이, 별신굿 놀이, 덧뵈기, 들놀음 등의 이름으로 구비 전승되었습니다. 탈춤의 종류는 지역에 따라 농촌 탈춤과 도시 탈

굿놀이
'무극巫劇'이라고도 부른다.

공수
무당에게 신이 내려 신의 소리를 내는 일이나 무당이 죽은 사람의 넋이 하는 말이라고 전하는 말.

발탈
발에 탈을 씌우고 갖가지 동작을 연출하는 민속 연희.

남사당패
남성들만으로 구성되어 봄부터 가을까지 전국 곳곳의 농어촌을 돌아다니며, 풍물(농악), 버나(접시돌리기), 살판(몸재주 곡예), 어름(줄타기), 덧뵈기(탈놀음), 덜미(꼭두각시놀음) 등의 다양한 놀이를 벌이는 떠돌이 놀이패.

연희나 연극을 천시하는 사회적 분위기 때문에 문헌 기록으로 정리되지 못하고 연희자들에 의해 입에서 입으로 전승되었다.

〈꼭두각시놀음〉의 한 장면

춤으로 나눌 수 있는데, 농촌 탈춤은 「북청 사자놀음」, 「강릉 관노 탈놀이」, 「하회 별신굿 탈놀이」처럼 특정 지역에서 부락제의 형식으로 전승됩니다. 도시 탈춤은 중부 지방의 산대놀이에 해당되는 「양주 별산대 놀이」와 「송파 산대놀이」, 황해도 지방의 해서 탈춤인 「봉산 탈춤」과 「강령 탈춤」, 「은율 탈춤」, 낙동강 서쪽인 통영, 고성, 진주, 가산, 마산 등의 오광대와 동래, 수영, 부산진 등의 들놀음(야류野遊)이 있는데, 18세기 이후에 상업이 발달하여 새로운 상업 도시가 등장하자 그곳의 상인과 이속이 주체가 되어 연희하였습니다.

탈춤은 제1마당, 제2마당처럼 마당 단위로 진행되며 각 마당에는 전형적이면서도 뚜렷한 성격을 지닌 인물이 등장하여 선명한 갈등 상황을 빠르게 진행시키되, 관중이나 악사에게 말을 시켜 극에 끼어들게 함으로써 극적 환상을 차단하여 놀이판 전체가 하나로 어우러지게 합니다. 탈춤의 대사는 일상어를 기초로 하여 신랄한 비속어와 재담을 거리낌 없이 구사함으로써 평민 문화의 발랄한 힘을 보여줍니다.

「하회 별신굿 탈놀이」는 우리나라 농촌 탈춤의 대표적인 작품으로 경상북도 안동군 풍천면 하회리에 전승됩니다. 별신굿은 3년이나 5년, 혹은 10년에 한 번씩 마을에 우환이 있거나 돌림병이 돌 때 신탁(신내림)에 의해 거행되는데, 「하회 별신굿 탈놀이」는 이 별신굿의 과정에 포함되면서도 연극적인 독립성을 가진 놀이입니다. 이 지역의 서낭신*은 17세 처녀인 의성 김씨 '무진생 서낭님'인데 산주山主*와 광대들이 음력 정월 초이튿날 아침에 서낭당에 올라가 서낭신이 내린 서낭대*를 가지고 마을에 내려오면 서낭신의 대역인 각시 광대가 무동을 타고 구경꾼 앞을 돌면서 걸립*을 합니다. 여기서부터 본격적인 탈놀음이 시작됩니다. 즉 주지 마당, 백정 마당, 할미 마당, 파계승 마당, 양반 · 선비 마당으로 이어지다가 총각과 각시의 혼례 마당과 신방 마당을 보여 주면서 끝이 나는데, 마지막의 혼례와 신방은 풍요를 기원하는 의미가 담겨 있습니다. 이 중에서 양반 · 선비 마당은 풍자의 절정을 이루는데, 특히 양반의 시중을 드는 초랭이가 양반과 선비의 대화에 끼어들어 말놀이를 하는 대목에서 풍자가 돋보입니다.

서낭신
마을과 토지를 지키는 신.

산주
하회 별신굿의 제사를 주관하는 사람.

서낭대
서낭당에 세워 신이 내리기를 비는 막대.

걸립
동네에 경비를 쓸 일이 있을 때, 여러 사람들이 패를 짜서 각처로 다니면서 풍물을 치고 재주를 부리며 돈이나 곡식을 구하는 것.

〈하회 별신굿 탈놀이〉

양반: 나는 사대부士大夫의 자손인데…….

선비: 뭐 사대부? 나는 팔대부八大夫의 자손일세.

양반: 허허, 팔대부는 또 뭐야?

선비: 팔대부는 사대부의 갑절이지.

양반: 우리 할아버지는 문하시중門下侍中이거던.

선비: 아 ─ 문하시중 그까짓 거? 우리 아버지 바로 문상시대門上侍大인데…….

양반: 문상시대! 그건 또 뭐야?

선비: 문하門下보다는 문상門上이 높고 시중侍中보다는 시대侍大가 크단 말일세.

양반: 그것 참 별꼴을 다 보겠네.

선비: 지체만 높으면 제일인가?

양반: 그러면 무엇이 또 있단 말인가?

선비: 첫째 학식이 있어야지. 나는 사서삼경四書三經을 다 읽었네.

양반: 뭣이, 사서삼경? 나는 팔서육경八書六經을 다 읽었네.

선비: 도대체 팔서육경은 어디 있으며, 대관절 육경은 또 뭐야?

초랭이: (방정맞게 양반과 선비 사이로 뛰어들며) 헤헤헤, 나도 아는 육경 그것도 모르니
　　　　껴? 팔만대장경, 중의 바래경, 봉사의 안경, 약국의 길경, 처녀의 월경,
　　　　머슴의 쇄경.

　　이 대목에서 양반과 선비는 '사대부-팔대부, 문하시중-문상시대, 사서삼
경-팔서육경'이라고 말을 주고받습니다. 이 중에서 후자들은 실제로 존재하
지 않는 것을 전자와 짝이 이루어지도록 억지로 갖다 붙인 것으로 양반과 선
비의 문화적 저급성이 드러납니다.

〈봉산 탈춤〉

「봉산 탈춤」은 황해도 봉산鳳山 지방에서 전승되는 탈춤입니다. 남북을 잇는 유리한 지역에 자리 잡은 봉산은 교통의 요충지이면서 황해도 일대의 농산물과 수공업 생산물의 교역지로 상업이 발달하였습니다. 교통과 상업의 발달에 힘입어 놀이가 성행하였는데, 대개는 오월 단옷날 밤에 시작하여 다음날 새벽까지 연희하였습니다. 「봉산 탈춤」은 전체 7개의 마당으로 이루어지며 각 마당이 독립된 내용으로 한 테두리에 묶여 있는 옴니버스 방식으로 구성됩니다.

「봉산 탈춤」의 여러 마당 중 핵심이 되는 마당은 '양반춤 마당'과 '미얄춤 마당'이라고 할 수 있습니다. 여기에 탈춤에서 일반적으로 나타나는 양반 지배 계층에 대한 비판·풍자와 중세 봉건사회의 남존여비 사상에 대한 비판이 잘 드러나 있기 때문입니다. 아래 인용된 '양반춤 마당'은 '말뚝이의 양반 조롱–양반의 호통–말뚝이의 변명–양반들의 안심–춤과 화해'라는 틀이 반복적으로 진행되면서 양반에 대한 서민들의 비판을 신랄하게 펼치고 있습니다.

하하 하하 개잘량 양'자에 개다리 소반 '반'자를 쓰는 '양반이 났지요!!' 말뚝이 탈

> 말뚝이 : (가운데쯤에 나와서) 쉬이. (음악과 춤 멈춘다.) 양반 나오신다아! 양반이라고 하니까 노론老論, 소론少論, 호조戶曹, 병조兵曹, 옥당玉堂을 다 지내고 삼정승三政丞, 육판서六判書를 다 지낸 퇴로 재상退老宰相으로 계신 양반인 줄 알지 마시오. 개잘량이라는 '양'자에 개다리 소반이라는 '반'자 쓰는 양반이 나오신단 말이오.
>
> 양반들 : 야아, 이놈 뭐야아!
>
> 말뚝이 : 아, 이 양반들, 어찌 듣는지 모르갔소. 노론, 소론, 호조, 병조, 옥당을 다 지내고 삼정승, 육판서 다 지내고 퇴로 재상으로 계신 이 생원네 3형제분이 나오신다고 그리하였소.
>
> 양반들 : (합창) 이 생원이라네. (굿거리 장단으로 모두 춤을 춘다. 도령은 때때로 형들의 면상을 치며 논다. 끝까지 그런 행동을 한다.)

이상에서 살펴본 바와 같이 탈춤은 봉건 사회의 허위성을 신랄하게 폭로하면서 평민들의 역동적인 삶을 재담, 춤, 노래의 신명나는 놀이판으로 펼쳐 보입니다.

모전자전이라더니 그 어머니 밑에 그 아들일세! - 신사임당과 이이

우리나라 화폐의 인물을 살펴보자. 천 원권에는 퇴계 이황이, 오천 원권에는 율곡 이이가, 만 원권에는 세종대왕의 모습이 들어 있다. 2009년 6월 23일에 오만 원권이 발행되었는데, 이 화폐는 이전의 화폐에 비해 특이한 점이 눈에 띈다. 화폐 최초로 여성의 모습이 들어가 있는데, 그녀는 다름 아닌 신사임당이다. 어머니와 아들이 모두 화폐 속의 인물이 되는 기록을 세운 셈이다.

기록이라는 측면에서 이이는 또 하나의 타이틀을 지니고 있다. 율곡 이이는 「고산구곡가」를 비롯한 수많은 작품으로 유명할 뿐만 아니라, 조선의 뛰어난 성리학자이면서 백성들을 위한 정치가였다. 그의 정치 입문은 과거 시험 합격으로 시작된다. 이 과거 시험에 그의 기록이 숨어있다. '9번 과거급제'라는 어마어마한 대기록이 바로 그것이다. 13세 때인 명종 3년(1548년)에 진사시에 합격하고, 21세 때인 명종 11년(1556년)에 「천도책天道策」을 지어 한성시漢城試에 장원 급제한 후, 29세에 응시한 문과 전시殿試에 이르기까지 아홉 번의 과거에서 모두 장원하여 '구도장원공九度壯元公(아홉 번 장원한 분)'이라 불리었다. 하지만 장원 급제 천재인 이이도 시험에서 실패를 맛보기도 했던 것으로 추정된다.

> "옛 사람이 이르기를, '젊은 나이에 과거에 오르는 것은 하나의 불행이다.'라고 하였으니, 자네가 이번 과거에 실패한 것은 아마도 하늘이 자네를 크게 성취시키려는 까닭인 것 같으니 자네는 아무쪼록 힘을 쓰게나."
>
> 「퇴계전서」

이것은 명종 13년(1558년)에 퇴계 이황이 이이에게 보낸 편지글인데 '아무쪼록 힘을 쓰게나.'라고 조언하는 이황의 말에서 천재는 1퍼센트의 영감과 99퍼센트의 노력이라는 말도 음미해 봄직하다.

찾아보기

산문